dtv

Die junge, attraktive Architektin Lavinia steht am Beginn ihrer Karriere. Sie hat in Europa studiert und führt nun in der Hauptstadt ihrer lateinamerikanischen Heimat das unbeschwerte und sorgenfreie Leben einer unabhängigen Frau aus der Oberschicht. Ihre Rebellion gegen die bestehenden gesellschaftlichen Verhältnisse beschränkt sich auf gelegentliche Proteste gegen ihre allzu konservative Familie. Das ändert sich über Nacht, als sie sich in Felipe verliebt, der mit der Untergrundbewegung des Landes zusammenarbeitet. Während sie anfangs nur zögerlich Beihilfe leistet, findet sie bald zu einer eigenständigen, auch von Felipes Vorstellungen emanzipierten Rolle im Kampf gegen Terror und Unterdrückung. »Neben Ernesto Cardenal«, schreibt die ›Abendzeitung‹, »ist Gioconda Belli die große Poetin Nicaraguas, eine der wichtigsten Stimmen in der Literatur Lateinamerikas.«

Gioconda Belli wurde in Managua geboren. Sie studierte in Spanien und den USA. Ab 1970 beteiligte sie sich am Widerstand der Sandinistischen Befreiungsfront FSLN gegen die Somoza-Diktatur ihres Landes. Sie lebt heute in Managua und Los Angeles/USA. Von ihren Werken liegen in deutscher Sprache vor: ›Wenn du mich lieben willst‹ (1988), Gedichte; ›Tochter des Vulkans‹ (1990), Roman; ›Zauber gegen die Kälte‹ (1992), Erotische Gedichte; ›In der Farbe des Morgens‹ (1992), Gedichte; ›Die Werkstatt der Schmetterlinge‹ (1995), Märchen; ›Waslala‹ (1996), Roman.

Gioconda Belli

Bewohnte Frau

Roman

Deutsch von Lutz Kliche

Deutscher Taschenbuch Verlag

Von Gioconda Belli
sind im Deutschen Taschenbuch Verlag erschienen:
In der Farbe des Morgens (11565)
Tochter des Vulkans (11678)

Für Nora Astorga,
die immer wieder geboren wird

Ungekürzte Ausgabe
Mai 1997
Deutscher Taschenbuch Verlag GmbH & Co. KG,
München
Titel der Originalausgabe: ›La Mujer Habitada‹
(Editorial Diana, Mexico 1988)

ISBN 3-87294-375-8
Umschlagkonzept: Balk & Brumshagen
Umschlagbild: Ausschnitt des Gemäldes ›Arearea‹ (1892)
von Paul Gauguin (© AKG, Berlin)
Gesetzt aus der Garamond 9,5/11· (Linotype System 4)
Satz: C.H. Beck'sche Buchdruckerei,
Nördlingen
Druck und Bindung: Presse-Druck, Augsburg
Gedruckt auf säurefreiem, chlorfrei gebleichtem Papier
Printed in Germany · ISBN 3-423-08372-7

Ich schlage dieses Ei auf, und es wird die Frau und es wird der Mann geboren. Und zusammen werden sie leben und sterben. Aber sie werden neu geboren. Und nach ihrer Wiedergeburt werden sie von neuem sterben und von neuem geboren werden. Und immer wieder kommt es zu ihrer Wiedergeburt, denn der Tod ist eine Lüge.

Eduardo Galeano
Mythos der Indios Makiritare
›Erinnerung an das Feuer‹

I

Bei Sonnenaufgang kam ich wieder ans Licht. Merkwürdig ist alles, was dort in der Tiefe seit jenem Tag geschehen ist, als ich Yarince zum letzten Mal sah. In der Totenfeier sagten die Alten, daß ich nach Tlalocan reisen werde, den Gärten ewigen Frühlings im Osten, dem Land des Grüns und der Blumen, die sanfter Regen streichelt. Doch dann lag ich jahrhundertelang allein in einer Höhle aus Erde und Wurzelwerk und sah staunend meinem Körper zu, der langsam zu pflanzlicher Natur wurde. Hunderte von Jahren, in denen ich die Erinnerung an Kürbisrasseln wachhielt, an Pferdegetrappel, Aufruhr, Lanzen, an die Angst, zu verlieren und an Yarince und seinen sehnigen Rücken. Seit Tagen schon hörte ich den Regen, wie er sich erst in kleinen Rinnsalen, dann in großen unterirdischen Strömen meiner jahrhundertealten Wohnung näherte, sich Gänge öffnete, mich durch die feuchte, durchlässige Erde anzog. Ich spürte, daß ich der Welt immer näher kam, an den sich verändernden Farben der Erde erkannte ich es.

Ich sah die Wurzeln. Ausgestreckte Hände, die mich riefen. Und die Macht des Befehls zog mich unwiderstehlich an. So drang ich in den Baum ein, in seine Blutbahnen, ich durchlief ihn wie eine lange Liebkosung aus Saft und Leben, ein Öffnen von Blütenblättern, ein Zittern von Zweigen. Ich fühlte seine rauhe Rinde und die feine Architektur seiner Äste und dehnte mich in den Pflanzengängen dieser neuen Haut, streckte mich nach so langer Zeit, löste mein Haar und reckte mich dem blauen Himmel mit den weißen Wolken entgegen, um den Vögeln zuzuhören, die noch genauso singen wie damals.

Und ich sang mit meinem vielstimmigen Mund – ich hätte tanzen wollen – und fand meinen Stamm voller Knospen und in meinen Zweigen den Duft von Orangen. Vielleicht bin ich endlich in jenen tropischen Gefilden angekommen, im Garten von Überfluß und Ruhe, der stillen, unaufhörlichen Freude derjenigen, die im Zeichen von Quiote-Tláloc sterben, des Herrn der Wasser ... Denn dies ist nicht die Zeit der Blüte, es ist die Zeit der Frucht. Doch hat der Baum meinen eigenen Kalender angenommen, mein eigenes Leben, den Rhythmus anderer Sonnenuntergänge. Er ist zu neuem Leben erwacht, bewohnt vom Blut einer Frau.

Niemand hat bei dieser Geburt leiden müssen, so wie damals, als ich meinen Kopf zwischen den Beinen meiner Mutter hervorstreckte. Diesmal gab es keine Unsicherheit, keine herzzerreißende Freude. Die Hebamme vergrub auch nicht meinen Xicmetayotl, meine Nabelschnur, in der dunkelsten Ecke des Hauses, noch nahm sie mich in die Arme, um mir zu sagen: »Du sollst im Hause sein, so wie das Herz im Körper ... du sollst die Asche sein, die das Herdfeuer deckt.« Niemand weinte bei meiner Namensgebung, so wie es meine Mutter damals tat, denn seit die blonden Männer mit Haaren im Gesicht aus der Ferne gekommen waren, trauerten alle Wahrsager und fürchteten sich sogar davor, das Schicksal anzurufen, daß es mir meinen Namen, mein *tonalli* gebe. Sie hatten Angst davor, mein Schicksal zu erfahren. Arme Eltern! Die Hebamme wusch mich, reinigte mich, wobei sie Chalchiuhtlicue, die Mutter und Schwester der Götter, anrief, und in derselben Zeremonie gab man mir den Namen Itzá, Tautropfen. Sie gaben mir meinen Erwachsenennamen, ohne darauf zu warten, daß ich alt genug wäre, ihn selbst zu wählen, denn sie fürchteten die Zukunft.

Jetzt hingegen scheint alles in meiner Umgebung ruhig; frisch gestutzte Büsche, Pflanzen in großen Kübeln und ein Wind, der mich leicht bewegt, mich von einer Seite zur anderen wiegt, als wolle er mich grüßen, mich nach so langer Dunkelheit im Tageslicht willkommen heißen. Seltsam ist diese Umgebung. Da sind Bauten mit langen Wänden wie die, die uns die Spanier errichten ließen. Ich sehe eine Frau, die den Garten hütet. Sie ist jung, hochgewachsen, hat dunkles Haar und ist sehr schön. Ihr Gesicht ähnelt denen der Frauen der Invasoren, aber sie geht wie die Frauen unseres Stammes; mit der gleichen Entschlossenheit bewegt sie sich, wie wir uns vor den schlechten Zeiten bewegten. Ich frage mich, ob sie für die Spanier arbeitet. Ich glaube nicht, daß sie Feldarbeit macht oder spinnt. Sie hat zarte Hände und große, glänzende Augen, die den Glanz derjenigen haben, die noch entdecken.

Alles blieb still zurück, als sie davonging; ich hörte weder Tempelgeräusche noch die Bewegungen von Priestern. Nur die Frau bewohnt diese Wohnung und diesen Garten. Sie hat keine Familie und keinen Herrn. Sie ist auch keine Göttin, denn sie fürchtet sich: Sie schloß Türen und Riegel, bevor sie ging.

An dem Tag, als der Orangenbaum zu blühen begann, stand Lavinia früh auf, um zum ersten Mal in ihrem Leben arbeiten zu gehen.

Schläfrig schaltete sie den Wecker aus. Sie haßte sein Dröhnen, das einer Schiffssirene glich und ihren morgendlichen Frieden zerriß. Sie rieb sich die Augen und kam langsam zu sich.

Der Duft von Orangenblüten belagerte sie eindringlich vom Garten her. Auf dem Bett kniend, lehnte sie sich zum Fenster hinaus und sah den blühenden Baum.

Es war ein alter Baum, der genau vor dem Fenster ihres Schlafzimmers stand. Der Gärtner ihrer Tante Inés hatte ihn dort vor Jahren gepflanzt und geschworen, er trüge das ganze Jahr über Früchte, denn er sei das Ergebnis seiner geschickten Hände, der Hände eines Liebhabers und eines Pflanzenheilkundigen. Die Tante hatte den Baum liebgewonnen, obwohl er während der ganzen Zeit ihres Lebens niemals hatte blühen wollen.

Sicher lag es an den späten Dezemberregen, dachte Lavinia. »Zur Unzeit Regen bringt gute Frucht«, pflegte ihr Großvater zu sagen.

Immer noch müde, trat sie ins Bad. Im Vorübergehen stellte sie das Radio an und hob die Kleider auf, die sie achtlos hatte zu Boden fallen lassen, als sie spätnachts nach Hause gekommen war. Sie mochte ihr Zimmer, das sie mit Bastkörben und farbigen Decken geschmückt hatte. Mit ihrem Gehalt als Architektin würde sie es noch besser einrichten können, dachte sie sich unter der Dusche und freute sich auf ihren ersten Arbeitstag.

Der Duft der Blüten regnete mit dem Wasser auf sie herab. Es war ein gutes Omen, daß der Baum ausgerechnet an diesem Tag zu blühen begonnen hatte, sagte sie sich, während sie ihr langes, kastanienbraunes Haar trocknete und es dann mit dem Kamm bändigte. Sie trat aus dem Bad, frottierte sich mit einem riesigen Strandlaken und schminkte sich vor dem Spiegel, betonte die Augen, die Linien ihres ausdrucksvollen Gesichts. Sie hätte nicht so aussehen wollen wie Sara, ihre beste Freundin, mit ihren Zügen einer Porzellanpuppe. Die Unvollkommenheit fand sie attraktiver. Ihr Gesicht, das vielleicht zu anderen Zeiten kaum beachtet worden wäre, hätte nicht besser passen können zu Rockmusik und Hippiemode, den Miniröcken, der unaufhörlichen Rebellion des vorigen Jahrzehnts und der modernen Nachlässigkeit dieser beginnenden siebziger Jahre.

Ja, sagte sie sich, während sie sorgfältig ihre Kleider auswählte, den Kopf schüttelte, damit sich die Strähnen ihres Haares richtig legten – das Geheimnis war, sich nicht zu kämmen –, sie paßte zu dieser Zeit. Vor einem guten Monat hatte sie das Elternhaus verlassen und war in das Haus ihrer Tante Inés gezogen. Sie war eine alleinstehende Frau, jung und unabhängig.

Tante Inés hatte sie seit ihrer Kindheit erzogen. In diesem Haus war sie oft für längere Zeit gewesen, weil ihre Eltern zu beschäftigt damit waren, jung zu sein, sich um ihren Bekanntenkreis zu kümmern und Erfolg zu haben. Erst als ihnen auffiel, wie groß sie geworden, daß sie schon fast erwachsen war und ihr Brüste und Schamhaare wuchsen, ihr Körper Rundungen bekam, machten sie ihre Ansprüche als Eltern geltend und schickten sie zum Studieren nach Europa, so wie es sich in jenen Jahren für Leute aus besseren Kreisen gehörte.

Tante Inés hätte sie am liebsten nicht reisen lassen, beugte sich jedoch den patriarchalischen Rechten ihres Bruders und begnügte sich damit, sie eindringlich davor zu warnen, Fremdsprachensekretärin oder Optikerin zu werden. Wenn sie Architektin werden wollte, dann hätte sie auch ein Recht dazu, so sagte sie ihr. Sie hätte das Recht, jene Häuser tatsächlich zu bauen, die sie erträumt und als Kind sorgfältig aus Streichholzschachteln und alten Schuhkartons gebastelt hatte: die Traumstädte ihrer Kindheit. Sie hätte das Recht, davon zu träumen, etwas zu werden, unabhängig zu sein.

Und sie ebnete ihr, bevor sie starb, den Weg dazu. Sie vererbte ihr das Haus mit dem Orangenbaum und allem, was darinnen war, »für den Fall, daß eine Zeit kommt, in der sie allein sein wolle«.

Lavinia war nun fast mit dem Ankleiden fertig und atmete tief den starken Duft ein, ohne sich über diese Laune der Natur, diese ungewöhnliche Blütezeit mitten im Januar, Gedanken zu machen. Sie schloß die Tür des Schlafzimmers und machte eine Runde, um Schlösser und Riegel zu überprüfen. Es war ein schönes Haus, eine kleine Ausgabe jener kolonialen Herrenhäuser, die auf Innenhöfe hinaus gebaut sind.

Als sie einzog, war es vernachlässigt und begann zu verfallen. Die Türen quietschten, durchs Dach tropfte das Regenwasser; das Haus litt durch Feuchtigkeit und Abgeschlossenheit an Rheumatismus. Mit ihren Kenntnissen als Architektin und dem, was der Verkauf einiger alter Möbel eingebracht hatte, renovierte sie es. Mit einer Menge Pflanzen holte sie den Wald ins Haus, drapierte es dann mit bunten Kissen und Kästen, mit Büchern und Schallplatten. Sie brachte die Ordnung durcheinander, die alte, alleinstehende Menschen zu bewohnen pflegen.

Die Unordnung war noch offensichtlicher nach diesem Wochenende ohne Lucrecia, die die einzige war, die aufräumte, denn Lavinia war ein bequemes, leichtes Leben gewöhnt. Nur an den drei Tagen in der Woche, an denen Lucrecia kam, wurde Staub gewischt und warm gegessen. Ansonsten begnügte sie sich mit Konserven, Käse, Salami und Erdnüssen, denn kochen konnte sie nicht.

Der Januarwind trieb die rosa Blüten der Roteichen durch den Rinnstein und wirbelte ihr Haar durcheinander, als sie auf die Straße hinaustrat und den breiten Bürgersteig ihres Viertels entlangging. Ihre Nachbarn sah sie fast nie. Es waren ältere Leute, die gleiche Generation wie ihre Tante. Schweigend warteten sie auf ihren Tod, hüteten ihre Erinnerungen hinter den Mauern ihrer Anwesen, verloschen langsam im Halbdunkel der Räume. Es machte Lavinia traurig, wenn sie manchmal nachmittags sah, wie sie sich in weißen Korbschaukelstühlen in den offenen Türen alter Wohnzimmer wiegten. Das Alter schien ihr ein schrecklicher Zustand voller Einsamkeit. Etwas melancholisch drehte sie sich nach ihrem Haus um und dachte an Tante Inés. Vielleicht war es gut so, daß sie gestorben war, ohne hinfällig zu werden, obwohl es ihr jetzt gefallen hätte, die hochgewachsene, schlanke Gestalt ihrer Tante in der Tür stehen und sie verabschieden zu sehen, wie sie es immer tat, als Lavinia noch, gewaschen und zurechtgemacht, morgens das Haus verließ, um zur Schule zu gehen.

Als sie gestorben war, zog Lavinia es vor, den entsetzlichen Begräbnisriten nicht beizuwohnen. Sie wollte sie lebendig in Erinnerung behalten und wußte, daß die Tante einverstanden gewesen wäre.

Die Straßen waren wie leergefegt. Sie beschleunigte ihren Schritt, um die Avenida zu erreichen, die diesen Stadtteil der alten Leute begrenzte. An der Ecke winkte sie ein Taxi heran. Ein protziger Mercedes, gewaschen und poliert, hielt vor ihr. Niemals konnte sie aufhören, über diese Taxis in ihrem Land zu staunen. In Faguas schenkte der Große General seinen Militärs Lizenzen für die zollfreie Einfuhr von Mercedes-Benz-Automobilen. Die Militärs verkauften diese Wagen an Taxikooperativen, deren Gesellschafter sie waren, und kauften das nächste, neueste Modell.

Im armen, staubigen, heißen Faguas fuhren nur Mercedes-Taxis. Kaum hatte sie sich im Ledergeruch verströmenden Sitz niedergelassen, wurde sie auf die Radiosendung aufmerksam. Es wurde die Gerichtsverhandlung gegen den Direktor des »La-Concordia«-Gefängnisses übertragen. Das Verfahren war überall Gesprächsthema während der vergangenen Tage gewesen, und sie wollte nichts mehr davon hören, war die Berichte über begangene Grausamkeiten leid, konnte ihnen aber auch im Taxi nicht entkommen. Der Fahrer ließ sich, während er angestrengt auf den Verkehr achtete und rauchte, kein einziges Wort entgehen.

Sie bemühte sich, ihre Aufmerksamkeit nach draußen zu richten. Von diesem hochgelegenen Wohngebiet aus konnte man die ganze Stadt übersehen, dahinter die ferne Silhouette der Vulkane, die am anderen Seeufer zu grasen schienen. Die Landschaft war grandios, so grandios, wie die Tatsache unverzeihlich war, daß dem See die Funktion einer Kloake zugewiesen wurde. Sie stellte sich vor, wie dieser Morgen wäre, wenn die Stadt dem See nicht den Rücken kehren würde, wenn es am Seeufer eine Promenade gäbe, auf der nachmittags die Liebespaare und die Gouvernanten mit ihren blauen Kinderwagen flanierten.

Doch hatte den Großen Generälen Ästhetik noch nie etwas bedeutet. Die Stadt war eine einzige Aneinanderreihung von Widersprüchen: von hohen Mauern umgebene Villen und erbärmliche Elendshütten.

Es gelang ihr nicht, sich der Stimme des Gerichtsmediziners, eines Militärarztes, zu entziehen. Ohne Anzeichen von Unsicherheit beschrieb er die Spuren von Folterungen, die am Leichnam des Gefangenen entdeckt worden waren. Er sagte aus, daß der Gefängnisdirektor den Bruder des Gefangenen, der, wie auch der Gefangene selbst, der Verschwörung bezichtigt wurde, in den Tago habe werfen lassen, einen aktiven

Vulkan, in dessen Krater die Lava kochte. In der Abenddämmerung konnte man das Magma vom Rand aus rot glühen sehen. Vor Hunderten von Jahren hatten die spanischen Konquistadoren geglaubt, es handele sich um flüssiges Gold.

Der Mann beschrieb die Knochenbrüche und Wunden des Ermordeten, als handele es sich um den Bericht eines Ingenieurs über die Folgen eines Erdbebens. Die Aussage strotzte von technischen Vokabeln.

»Ich hätte in Bologna bleiben sollen«, dachte sie und erinnerte sich an ihr Appartement in der Nähe des Glockenturms. So reagierte sie jedesmal, wenn sie mit den dunklen Seiten von Faguas konfrontiert wurde. Doch hätte sie sich in Europa wohl mit Innenarchitektur begnügen müssen, mit der Erneuerung von Innenausstattungen, die die Fassaden, Dokumente einer besseren Vergangenheit, nicht veränderten. In Faguas hingegen gab es andere Herausforderungen. Hier handelte es sich darum, die vulkanische Natur, erdbebengeschüttelt und fruchtbar wuchernd, zu beherrschen, die Wollust, mit der die Pflanzen unaufhaltsam den Asphalt durchstießen, zu bändigen. Faguas erregte jede Pore ihrer Haut. Faguas war Sinnlichkeit, offener Körper, breit, geschmeidig, wogende Frauenbrüste, aus Erde gemacht und über die Landschaft gegossen. Bedrohlich, bezaubernd.

Sie wollte nichts mehr von Toten hören. Sie lehnte die Stirn gegen die Scheibe und starrte auf die Straße. Was in Faguas gebraucht würde, war Leben, deshalb träumte sie davon, Gebäude zu errichten, Spuren zu hinterlassen, dem Beton Wärme zu geben, Harmonie; die schlechten Kopien der New Yorker Wolkenkratzer in der Avenida Truman, die sie jetzt langsam hinauffuhren, durch Bauten zu ersetzen, die zur Landschaft paßten. Aber das war eigentlich ein nicht zu verwirklichender Traum, dachte sie, während ihr Blick auf das Firmenschild des eben erst eröffneten Kaufhauses fiel. Von der Straße aus war die Rolltreppe zu sehen, die große Neuheit, die einzige ihrer Art im ganzen Land. Die Kaufhausdirektion hatte an den Türen Wächter aufstellen müssen, um den zerlumpten Zeitungsjungen den Eintritt zu verwehren, die in den ersten Tagen das Vergnügen der eleganten Damen gestört hatten, sich elektronisch zum Konsum emportragen zu lassen.

Die Stadt versuchte um jeden Preis, modern zu erscheinen, und benutzte dazu jedes noch so lächerliche Hilfsmittel. Die Toten waren Mitglieder der verbotenen Nationalen Befreiungsbewegung. »Das sind die einzigen, die Mut haben in diesem Land«, sagte Adrián, Saras Ehemann. »Wie sollte sonst mit der Subversion aufgeräumt werden«, sagte der Staatsanwalt, und da hielt das Taxi. Lavinia blickte auf die Uhr, es war genau acht Uhr morgens. Sie kam pünktlich. Sie bezahlte den Taxifahrer, sah, wie er ihre langen Beine betrachtete, wobei er sarkastisch lächelte und ihr einen »guten Tag« wünschte, nachdem er sie zuvor gezwungen hatte, sich diese detaillierte Schilderung lateinamerikanischer Golgathas anzuhören.

Sie betrat die Eingangshalle. Das Gebäude war modern. Typ Streichholzschachtel. Quadratisch. Graue Wände und rote Applikationen. Mit einem Aufzug. Statussymbol. Auch ein Hilfsmittel, um modern zu erscheinen. In ganz Faguas gab es fünf oder sechs Aufzüge. Man baute sie ein, um zu protzen. Manchmal sogar in Gebäuden mit lediglich zwei Stockwerken, wo sie nur die leitenden Angestellten benutzen durften. Hier gab es zumindest vier Stockwerke. Der Aufzug führte zu den eleganten Büros von Ingenieuren, Rechtsanwälten und Architekten.

Sie stieß die Tür zum Architekturbüro auf und befand sich in einem nüchternen Vorraum vor dem Schreibtisch einer modisch gekleideten, grünäugigen Sekretärin, die sie freundlich bat, Platz zu nehmen. Señor Solera würde sie sofort empfangen.

Sie griff nach einer Zeitschrift und zündete sich eine Zigarette an. Irgendwo im Büro übertrug ein Radio die Gerichtsverhandlung. Glücklicherweise konnte sie nichts verstehen.

Im Einstellungsgespräch hatte sich Julián Solera über die Schwierigkeiten ausgelassen, in Faguas Architekt zu sein. Das sei hier nicht wie in Europa, hatte er gesagt. Hier kämen die Damen mit ihren Zeitungsausschnitten und bäten um Entwürfe wie die in ›House and Garden‹ und ›House Beautiful‹. Sie verliebten sich in ein Landhaus im Alpenstil und wollten so ihr Sommerhaus am Meer gebaut haben. Man mußte sie erst davon überzeugen, daß sie in einem anderen Land lebten. Die Hitze. Das Material. Doch sie – Lavinia – sei eine Frau, hatte er gesagt. Ihr würde es leichter fallen, sich verständlich zu machen. Frauen verstünden sich doch untereinander. Sie mußte lächeln, als sie daran dachte, wie sie ihn charmant davon überzeugt hatte, daß das stimmte.

In jenem Gespräch, das auf die Vermittlung Adriáns zustande gekommen war, hatte Lavinia die Skepsis gespürt, mit der Julián Solera sie von oben bis unten angesehen, die Länge ihres Minirocks und ihr in Strähnen ungeordnetes Haar betrachtet hatte. Er war ein Mann in den Vierzigern, mit wachen Augen und einer pragmatischen Art, doch mit jener zwanghaften Neigung zum Verführen, wie sie lateinamerikanischen Männern dieses Alters eigen ist.

Kurz nach der Begrüßung, als sie die Mappe hervornahm und ihre exzellente akademische Ausbildung vorführte, mit Stolz ihre auf der Universität entwickelten Projekte zeigte, von ihren Ansichten über die Notwendigkeiten in Faguas sprach und mit Eifer ihre Liebe zur Architektur verteidigte, gab sich Julián geschlagen. Wie ein Kind, das auf einem Fahrrad Kunststücke vorführt, erläuterte er ihr die örtlichen Probleme des Berufs, und es dauerte nicht lange, da hatte er sich davon überzeugt, daß ihre Einstellung ein Gewinn sein würde. Sie hatte keinerlei Gewissensbisse, die tausendjährigen Waffen der Frau zu gebrauchen, die Wirkung auszunutzen, die bei den Männern hochglanzpolierte Oberflächen erzeugten; das war nicht ihre Schuld, sondern ihr Erbe.

Die Wartezeit hatte sich ausgedehnt. Ein Mann von mittlerer Statur mit grauen Augen durchquerte den Raum und betrat das Büro von Solera. Die Sekretärin sagte Lavinia, daß sie jetzt eintreten könne.

Der Raum war modern eingerichtet. Ledersessel. An den Wänden abstrakte Zeichnungen in Aluminiumrahmen. Ein großes Fenster, von dem aus man die gesamte Seeansicht vor sich hatte. Die dampfenden Vulkane wie riesige Säugetiere. Solera kam ihr entgegen, um sie zu begrüßen. Sie mochte seine etwas altmodisch-charmante Art, obwohl ihr das formale »Sie« unpassend erschien.

»Ich möchte Ihnen Felipe Iturbe vorstellen«, sagte Solera.

Der Mann stand aufrecht mitten im Zimmer. Sein Händedruck war fest. Lavinia bemerkte seinen muskulösen Unterarm, die hervortretenden Venen, das fast schamdichte schwarze Haar. Er war jünger als Solera und betrachtete sie ironisch, als sich dieser über ihre akademische Ausbildung und die Vorteile ausließ, die es mit sich brächte, eine Frau im Team zu haben, und ihr die Rolle Felipes als leitendem Architekten, der alle Arbeiten zuteilte und überwachte, erklärte. Der Architekt Iturbe, sagte Solera, würde sie mit allen Verfahrensweisen und Regelungen im Büro vertraut machen.

Die beiden Männer schienen an ihrem Arbeitspaternalismus Gefallen zu finden. Lavinia fühlte sich im Nachteil gegenüber dieser männlichen Komplizenschaft und wünschte, daß die Vorstellung ein Ende hätte. Es machte ihr keinen Spaß, sich wie im Schaufenster zu fühlen. Es erinnerte sie an ihre Rückkehr aus Europa, als ihre Eltern sie herausgeputzt auf Feste mitnahmen und sie losschickten, damit kleine Tierchen mit Schlips und Kragen sie beschnüffeln konnten. Kleine Haustierchen, die auf der Suche nach jemandem waren, der ihnen viele gesunde Kinder schenkte, das Essen machte und die Wohnung einrichtete. Endlich betrachtete Solera die Vorstellung als beendet, und sie ging hinter Felipe hinaus.

Über den Flur kamen sie in die Helligkeit des Zeichensaals. Eine seiner Wände bestand ganz aus Glas, so daß das Tageslicht frei einfließen konnte. Auch hier war die Einrichtung modern: Raumteiler aus Sackleinen trennten die einzelnen Arbeitsplätze der technischen Zeichner. Weil sie eine Frau sei, so Felipe, sollte sie das Privileg eines Büros direkt an der Fensterfront haben. Er öffnete die Tür, um es ihr zu zeigen, und nahm sie dann in das seine mit. Es war etwas größer. Ein schlichtes Poster in Pastelltönen, die Ankündigung einer Grafikausstellung, schmückte eine der Wände. Auf einem Regal hinter dem Schreibtisch stand ein ziemlich altes, schwarzes Radio. Lavinia fragte sich, ob er es wohl war, der die Übertragung der Gerichtsverhandlung gehört hatte, doch sagte sie nichts.

Sie setzte sich in den Chromsessel vor dem Schreibtisch, während er auf einem Hocker vor dem Zeichentisch Platz nahm.

»Du hast einen merkwürdigen Namen«, sagte er, sie duzend.

»Meine Mutter hatte einen Hang zu italienischen Namen«, antwortete sie, mit einer Geste, die nachsichtigen Spott über mütterliche Vorlieben ausdrücken sollte.

»Hast du denn auch Brüder mit ähnlichen Namen? Romulus, Remus...?«

»Nein, ich habe keine Brüder. Ich bin das einzige Kind.«

»Aha!« rief er aus, und an dem Ausdruck seiner Stimme erkannte Lavinia, was er dachte: Einzelkind, höheres Töchterlein, verwöhnt...

Am liebsten hätte sie ihn gefragt, ob er sich genauso über sie lustig gemacht hätte, wenn sie ein Mann gewesen wäre und den Namen Apolonius oder Achilles getragen hätte, was in Faguas gang und gäbe war, doch wollte sie nicht provozieren, wenigstens nicht gleich am ersten Tag. Dazu würde sich noch genug Gelegenheit ergeben.

Sie lenkte die Unterhaltung auf die Arbeit. Felipe kannte sich aus. Er erzählte ihr, daß er ein paar Jahre in Deutschland studiert hatte. Neben seiner Arbeit gab er abends noch Unterricht an der Universität. Im Gespräch stellten sie fest, daß sie ähnliche Ansichten über den Einklang von Beton, Vegetation und Vulkanen, die Harmonie mit der Landschaft, über humanes Bauen hatten. Sie begann zu glauben, daß sie sich auf der beruflichen Ebene verstehen würden. Später spürte sie, daß er sie mit anderen Augen betrachtete und nicht mehr vorrangig ihr Minirock im Mittelpunkt seines Interesses stand.

Das Telefon unterbrach sie. Felipe nahm den Hörer ab und führte eine einsilbige Unterhaltung, so wie man sie führt, wenn man in Gegenwart Dritter nicht reden möchte. Lavinia bemühte sich, uninteressiert zu wirken, bis er auflegte und sagte, er müsse jetzt gehen, und sie mit einem Stapel Bauplänen in der Tür zu ihrem Zimmer zurückließ.

Allein in ihrem Büro, setzte sie sich an den Zeichentisch. Sie drehte sich ein paarmal auf dem Hocker um sich selbst, es machte ihr Spaß, sich zum ersten Mal als »richtige« Architektin zu fühlen. Draußen war es heiß. Man konnte die Hitze über dem Asphalt flimmern sehen. Die feuchte Luft stieg empor und würde gegen Abend riesige Wolkentürme bilden. Rötlich-gelbe und violette Haufen, die über den Himmel spazierten, bevor das Tageslicht schwand und ihren ersten Arbeitstag mitnahm.

Sie breitete die Pläne aus und bemühte sich, das bekannte Vokabular wiederzuentdecken. Das hier war »die Praxis«. In der »Praxis« veränderten sich die theoretischen Ausdrücke. Nach und nach konnte sie das Einkaufszentrum ausmachen, die kleinen Reihenhäuser, die sich glichen wie ein Ei dem anderen. Die Entwürfe waren so genormt wie langweilig. Das konnte in einem nordamerikanischen Vorort genausogut stehen wie in Faguas. Das Grundstück dagegen schien vielversprechend. Diese rechteckigen, phantasielosen Linien waren eine Schande. Sie begann, Kreise zu zeichnen, sich von ihrer Eingebung leiten zu lassen. »Ich möchte deine Meinung dazu hören«, hatte Felipe gesagt.

Als sie Lust auf eine Tasse Kaffee bekam, stand sie auf und verließ ihren Arbeitsraum. Mercedes, die Sekretärin, eine junge, üppige, dunkelhäutige Frau, zeigte sich hilfsbereit. »Ich bringe ihn schon«, sagte sie und ging unter den aufmerksamen Blicken der Zeichner mit wiegenden Hüften hinaus. Lavinia blieb einen Moment in der Tür stehen und mußte über die von den Plänen erhobenen Augenpaare lachen. Mercedes kam mit der dampfenden Tasse zurück. »Hier ist Ihr Kaffee schon, Señorita Alarcón.«

»Nenn' mich Lavinia«, sagte sie, »Señorita Alarcón ist so

förmlich. Du weißt nicht zufällig, ob Felipe bald wiederkommt?«

Mercedes lächelte hintergründig. »Man weiß nie, wann er zurückkehrt, wenn er mitten am Vormittag das Büro verläßt.«

Früh am Nachmittag war er wieder da, und Lavinia bestürmte ihn mit einer Menge neuer Ideen. »Schau dir doch mal die Gegend an«, schlug Felipe vor.

Sie stimmte seinem Vorschlag zu, morgen würde sie sich das Gelände ansehen.

2

In der Abenddämmerung kehrte sie zurück und öffnete Fenster und Türen. Sie schien so glücklich zu sein, wie ich es war, die ich den Tag damit zugebracht hatte, die Welt wiederzuerkennen, durch alle Blätter dieses neuen Körpers atmend. Wer hätte gedacht, daß dies geschehen würde! Wenn die Alten von tropischen Paradiesen für diejenigen sprachen, die unter dem Zeichen von Quiote-Tláloc im Wasser starben, dann stellte ich mir durchsichtige Regionen vor, aus Träumen gemacht. Oft ist die Wirklichkeit noch viel phantastischer als die Phantasie. Ich schreite nicht durch Gärten, ich bin Teil eines Gartens. Und dieser Baum erblüht mit mir zu neuem Leben. Er war am Ende, doch ich habe ihm Saft in alle Zweige getrieben, und wenn die Zeit kommt, wird er Frucht tragen, und so wird der Kreislauf von neuem beginnen.

Ich frage mich, wie sehr sich die Welt wohl geändert haben mag. Vieles ist ganz anders, kein Zweifel. Diese Frau ist allein. Sie hat weder Familie noch Herrn. Sie benimmt sich wie ein hoher Würdenträger, der nur sich selbst dient. Sie kommt und wirft sich in die Hängematte nahe meinen Zweigen. Sie streckt ihren Körper und überlegt. Sie nimmt sich die Zeit nachzudenken. Einfach so daliegen, ohne etwas anderes zu tun als nur nachdenken.

Hohe Mauern umgeben mich, ich höre fremdartige Geräusche; das Rattern von Hunderten von Karren, so als sei ein Fahrweg in der Nähe. Seltsam, diese lärmerfüllte Stille. Ich möchte wissen, was wohl mit den Meinen geworden ist. Wo mag Yarince sein? Wohnt er vielleicht in einem anderen Baum, oder durchquert er den Himmel als Morgenstern oder in einen Kolibri verwandelt? Mir scheint, als hörte ich noch seinen Schrei, jenen langen verzweifelten Schrei, der die Luft durchschnitt wie ein vergifteter Pfeil.

Was mag aus uns geworden sein, aus meiner Mutter, die ich nie wiedersah, nachdem ich mit Yarince fortging? Nie hat sie verstanden, daß ich nicht einfach zu Hause bleiben konnte. Niemals mochte sie es Citlalcoatl verzeihen, daß er mir den Umgang mit Pfeil und Bogen beigebracht hatte.

Als Lavinia die Haustür öffnete, spürte sie von neuem den Geruch von Sauberkeit. Das Haus glänzte. Lucrecia war dagewesen. Lavinia fand eine Nachricht in ihrer ungelenken Handschrift, mit der sie ihr mitteilte, daß sie am Mittwoch früher kommen wolle, um sie zu sehen und ihr das Frühstück zu machen. Bei dem Gedanken daran, wie Lucrecia sie verwöhnte, mußte sie lächeln.

Sie betrat die Küche und schenkte sich einen Schluck Rum ein. Dann ging sie zur Hängematte auf der Terrasse und ließ sich auf das weiche Baumwollgeflecht fallen, das sich leicht an ihren Körper schmiegte. Still legten sich Schatten auf die Dinge. Die Blüten des Orangenbaumes schienen im Halbdunkel zu phosphoreszieren.

Sie schaukelte sich leicht mit dem Fuß. Es tat gut, so friedlich dazuliegen, ganz mit sich allein. Obgleich sie jetzt auch gern Tante Inés bei sich gehabt hätte, um mit ihr den Tag zu besprechen.

Vielleicht sollte sie Sara besuchen. Doch Sara würde nicht verstehen, warum sie sich so glücklich fühlte. Sie hatte kein Verständnis für das Vergnügen, das es bereitete, man selbst zu sein, Entscheidungen zu treffen, das Leben unter Kontrolle zu haben. Sara war vom Vater-Vater direkt in die Arme des Vater-Ehemanns gelaufen. Adrián brüstete sich in ihrer Gegenwart damit, zu Hause die Hosen anzuhaben. Und Sara hörte sich solche Reden lächelnd an. Für sie war dies »ganz normal«. Die Feste, auf denen sie ausgestellt wurde, waren »ganz normal«, sie gehörten einfach zum Paarungsritual, so wie die Balztänze im Tierreich. Sara hatte zu ihrer Hochzeit Anzeigen aus Büttenpapier verschickt, deren Schrift und Stil von der nordamerikanischen Autorin eines Buches für Benimmregeln empfohlen wurden. Lavinia erinnerte sich noch gut daran, wie Sara, mit einem Strauß weißer Orchideen im Arm, in einer Wolke aus Spitzen und Tüll die Kirche verlassen hatte. Die ellenbogenlangen Handschuhe. Sie würde sich auf ein paar Jahrhunderte hinaus in lärmenden, dicken Enkelkindern reproduzieren. Das wäre dann ihr Leben. Ihre Selbstverwirklichung.

So hatten es sich auch Lavinias Eltern für ihre Tochter vorgestellt. Doch sie langweilte sich bei den Festen im Club, sie zog andere Vergnügen vor. Vielleicht würde sie ja doch eines Tages heiraten wollen, aber im Moment jedenfalls nicht. Da mußte schon ein ganz besonderer Mann ihren Weg kreuzen.

Und vielleicht nicht einmal dann. Man konnte ja genausogut einfach zusammenleben, Liebe mußte nicht erst durch Papiere legalisiert werden.

Die Abendluft erfrischte sie. Der Mond kam hervor und verströmte gelbes Licht. Die Stille schien ihr fast bedrohlich. Vielleicht hätte sie trotz allem Sara besuchen sollen. Sie lauschte auf das in den Zweigen des Orangenbaumes verborgene Schweigen. Sara mochte sie, und sie mochte Sara. Von klein auf waren sie Freundinnen gewesen, beste Freundinnen. Sie akzeptierten sich, obwohl sie so verschieden waren. Für einen Augenblick bereute sie es, die Einsamkeit gewählt zu haben. Doch sie hatte sich nun einmal vorgenommen zu lernen, allein zu sein. Das war ihre Art, Tante Inés zu ehren. »Man muß lernen, sich selbst gute Gesellschaft zu leisten«, pflegte sie zu sagen.

Sie erhob sich, ging ins Haus und schaltete den Fernsehapparat ein. Auf dem kleinen Schirm zog die Gerichtsverhandlung vorüber. Der Gefängnisdirektor war verurteilt worden. Die Militärrichter sahen auf den Arzt, der den Gefängnisdirektor so klar belastet hatte. Pyrrhussieg der Justiz. Wenige Monate später würde der Gefängnisdirektor wegen guter Führung freikommen und den Arzt auf einer abgelegenen Straße ermorden.

Es gab eine Zeit, da hatte Lavinia gedacht, daß alles anders werden könnte. Eine Zeit des Aufruhrs, als sie achtzehn Jahre alt war und die Ferien bei ihren Eltern verbrachte. Sie fand die Häuserwände mit den Plakaten der Opposition übersät. Die Menschen sangen das Lied ihres Kandidaten mit Enthusiasmus. Die Illusion kam auf, der Wahlkampf könnte mit einem Sieg der Opposition enden. Alle Träume zerstoben am letzten Sonntag vor der Wahl. Eine große Demonstration zog durch die Straßen und forderte den Rücktritt der herrschenden Familie, der Sohn des Diktators sollte seine Kandidatur zurückziehen. Die Führer hatten der Menschenmenge eingeheizt. Niemand sollte zurückweichen. Niemand sollte nach Hause gehen. Passiver Widerstand gegen die Tyrannei. Bis die Soldaten, Sturmhelme auf den Köpfen, die Avenida herunter auf die Menge zukamen, die von den Reden aufgepeitscht hin und her wogte. Niemand wußte hinterher genau zu sagen, wann die ersten Schüsse gefallen waren und wo Hunderte von Schuhen herkamen, die Lavinia verstreut auf der Straße liegen sah, als sie zwischen galoppierenden Pferden dorthin lief, wo ihre Tante Inés stand und ihren Namen rief.

An diesem Abend warteten die Familien angsterfüllt, während die Schüsse der Scharfschützen durch die Nacht hallten.

Die Nachrichten verkündeten, daß der Kandidat mit seinen Mitarbeitern in ein Hotel geflüchtet war und um den Schutz der nordamerikanischen Botschaft ersucht hatte. Es ging die Rede von dreihundert, von sechshundert, von zahllosen Toten. Niemals sollte genau bekannt werden, wie viele Menschen an diesem Tag starben und die Hoffnung mit ins Grab nahmen, sich von der Diktatur zu befreien. Die Unterdrükkung nahm zu.

Seither waren Flugblätter aufgetaucht: »Es bleibt nur der Weg des bewaffneten Kampfes.« Flugblätter, die hastig unter Türen durchgeschoben wurden. Trupps, die fern von den Städten in den Dörfern des Nordens Militärposten besetzten, junge Leute, die in der Universität flammende Reden hielten, während der Machtapparat immer härter zuschlug und das Auftauchen toter »Subversiver« an der Tagesordnung war.

»Das sind doch Dummheiten«, sagte ihr Vater, »da kann man doch nichts machen.« Die Mutter nickte zustimmend mit dem Kopf. Selbst Tante Inés wurde mutlos. Und Lavinia erinnerte sich nur mit einem Frösteln daran, wie nah sie dem Tod gewesen war.

Die Nachrichten schlossen mit einer Werbung für Nylonstrümpfe. »Provozierende Freiheit, die nur neun Pesos kostet.« Sie mußte lächeln bei dem Gedanken, daß die Neuzeit jetzt auch die Beine der Frauen von Faguas erreicht hatte und ihnen »Pantyhosen« zu »Volkspreisen« anbot und dies als Befreiung darstellte. Sie schaltete das Gerät aus und legte sich mit einem Buch ins Bett, bis der Schlaf sie übermannte. Dann stand sie auf einem hohen Berg, breitete ihre silbernen Flügel aus und stieß sich ab. In weiten Kreisen glitt sie schwerelos durch die kühle Luft, atmete tief den Geruch nach Frühling und feuchter Natur, und ein fast schmerzendes Glücksgefühl überströmte sie.

Es ist Nacht. Die Feuchtigkeit der Erde dringt durch diese langen Arterien aus Holz in mich ein. Ich bin wach. Werde ich nie mehr schlafen können, mich nie wieder Träumen hingeben, ihre verschlüsselten Botschaften vernehmen können? Es gibt sicher viele Dinge, die ich nie erfahren werde. Als ich die Frau so nachdenklich im Garten sah, hätte ich gern gewußt, worüber sie nachsann, einige Male fühlte ich sie ganz nah, mir war, als mischten sich ihre Gedanken mit dem Murmeln des Windes.

Doch ach, sehr schnell wurde ich abgelenkt vom Mond, der in der Ferne aufging, groß und gelb wie eine reife Frucht, die sich zum Firmament erhebt, heller wird und immer weißer leuchtet, je näher sie dem höchsten Punkt des Nachthimmels kommt. Und von neuem die Sterne und ihr Geheimnis. Die

Nacht ist für mich immer die Zeit des Zaubers gewesen. Sie nach so vielen Katunes, nach so vielen Zyklen wiederzuerleben, reicht aus, um mich aus der Traurigkeit zu reißen, die ich bei all diesen »Niewieder« zu fühlen begann, die mich erwarten. Ich müßte den Göttern dafür danken, daß ich hier sein und in den Zweigen atmen darf, in diesem grünen Kleid, das sie mir für meine Rückkehr gaben.

Ich begann, mich in der Nachtluft zu wiegen, ich fühlte mich ganz leicht. Mehr als einmal hatte ich mich gefragt, warum die Bäume so hoch aufgereckt und grazil aussahen, trotz ihrer dicken Stämme. Die Wurzeln geben einem ein ganz anderes Gefühl als Füße, es sind viele kleine, im Erdreich ausgestreckte Zehen: Ein Teil meines Körpers steckt im Boden und gibt mir ein Gleichgewicht, das ich nie gespürt habe, als ich noch Füße hatte, mit denen ich über die Erde ging. Glühwürmchen umtanzen die schlafenden Vögel. In mir brodelt das Leben wie in einem schwangeren Wesen, ich spüre das langsame Wachsen der Früchte aus den Stempeln meiner Blüten. Seltsam, zu denken, daß ich die Mutter von Orangen sein werde. Ich, die ich mir Kinder versagen mußte.

Am nächsten Morgen verließ Lavinia in aller Herrgottsfrühe das Haus und fuhr zum Gelände, das die Pläne des Einkaufszentrums auswiesen. Es war ein warmer Tag. Der Januarwind blies und wirbelte Staub auf. Das Taxi fuhr die Avenidas zum See hinunter. Als sie sich dem Baugebiet näherte, sah sie vom Autofenster aus die schon begonnenen Abschnitte. Die gegossenen Fundamente unzähliger Häuser eines einzigen Sektors. Sie stieg aus dem Taxi und ging durch die frisch planierten Straßen, wobei sie sich den Kalk abschüttelte, der vermischt mit Sand hartnäckig ihre Hosenbeine weiß tünchte. Hier und da waren Gruppen von Arbeitern damit beschäftigt, neue Fundamente zu setzen, auf denen sich später die Wände erheben sollten. Als Lavinia vorüberging, ließen sie die Arbeit ruhen und stießen Pfiffe oder ein »Hallo, junge Frau« aus. Sie sollte gesetzlich verboten werden, dachte Lavinia, diese Belästigung, der sich Frauen auf der Straße ausgesetzt sahen. Das beste war es wohl, gar nicht hinzuhören, obwohl sie irgendwann anhalten und nach der Arbeit fragen wollte. Beide Seiten, Lavinia und die Arbeiter, mußten sich an eine andere Beziehung zueinander gewöhnen.

Sie hielt an, um die Pläne zu studieren. Es gelang ihr nicht, den genauen Standort des Einkaufszentrums auszumachen.

Als sie ein Stück weitergegangen war, sah sie sich plötzlich mit einer endlosen Reihe von Hütten aus Holz und Pappe konfrontiert. Diese Elendsviertel umgaben die ganze Stadt, konnten aber auch manchmal in Zentrumsnähe Fuß fassen.

Wenigstens fünftausend Menschen mochten hier leben. Nackte Kinder. Kinder in kurzen Hosen, die am Gemeinschaftsbrunnen Eimer füllten. Barfüßige Frauen, die dünngewaschene und ausgebleichte Wäsche an die Leine hingen. Dort mahlte eine Frau Mais. An der Ecke stand ein dicker Mann vor einer Reifenreparaturwerkstatt und starrte zu ihr hinüber. Als Lavinia erneut die Pläne betrachtete, wurde ihr klar, daß die Ecke des Einkaufszentrums die Werkstatt plattwalzen und durch eine Eisdiele ersetzen sollte. Die Mauern des neuen Komplexes würden die kleinen Gärten mit Bananenbüschen und Mandelbäumen vernichten.

Und die Menschen? Was geschieht mit den Menschen,

fragte sie sich. Mehr als einmal hatte sie in der Zeitung von Vertreibungen wilder Siedlungen gelesen. Niemals hatte sie gedacht, einmal selbst daran beteiligt zu sein.

Sie schaute sich um. Der Januarwind zerrte an dem Unkraut, das in den Fugen der halbfertigen Bürgersteige wuchs. Ein Trupp Arbeiter goß Zement in das Fundament eines neuen Hauses. Sie näherte sich ihnen. »Wissen Sie davon, daß hier gegenüber ein Einkaufszentrum gebaut werden soll?« fragte sie.

Die Arbeiter betrachteten sie von oben bis unten. Einer von ihnen trocknete sich mit einem schmutzigen, ehemals blauen Taschentuch, das er um den Hals geknüpft trug, den Schweiß ab. Dann nickte er langsam.

»Aber was wird aus den Leuten?« fragte Lavinia.

Die Arbeiter sahen sie ausdruckslos an. Was stellte ein weißes, gutgekleidetes Mädchen solche Fragen? Sie waren Arbeiter, harte Burschen. Die nackten braunen Brustkörbe glänzten schweißnaß. Sie waren barfuß, die Füße weiß von Kalk, ebenso die Hände.

Der, der genickt hatte, machte eine wegwerfende Kopfbewegung. Dann hob er die Schultern in einer beredten Geste, die soviel heißen mochte wie: »Was soll's?« oder »Wen interessiert das schon?« »Man wird sie woanders hinbringen«, durchbrach ein anderer Arbeiter, einer mit einem roten Halstuch um den Kopf, das Schweigen. »Man wird sie wegschaffen, sie haben hier wild gebaut.«

»Und seit wann leben sie schon hier?« fragte Lavinia.

»Ha«, meinte der mit dem roten Tuch um den Kopf, »seit Jahren schon. Seit die Überschwemmungen am Seeufer waren.«

»Und was sagen Sie dazu?«

Noch einmal die gleiche Geste. Jetzt von allen gleichzeitig, eine einhellige, eindeutige Reaktion.

»Fragen Sie sie doch selbst«, sagte der mit dem roten Halstuch, »wir wissen gar nichts.«

»Danke«, sagte sie und ging, sie wußte, daß sie von den Arbeitern nichts weiter erfahren würde.

Als sie die Straße überquerte, spürte sie die Blicke der Männer auf ihrem Rücken.

Sie schwitzte. Der Schweiß lief ihr die Beine hinunter und klebte die Hose an die Haut, das rote T-Shirt an den Rücken. Die Schminke verfärbte das Kleenex, mit dem sie sich das Gesicht trocknete. Sie ging zu dem Holzverschlag, der als Reifenreparaturwerkstatt diente. Der dicke Mann hielt gerade einen Schlauch in ein Faß Wasser; er sah auf die Oberfläche und wartete darauf, Blasen aufsteigen zu sehen, die ihm anzeigen sollten, wo das Loch war. Sie grüßte. Aus der Werkstatt heraus sah sie ein dünnerer Mann an, der gerade dabei war, einen Schlauch zwischen Reifen und Felge hervorzuziehen.

»Wissen Sie, daß hier ein Einkaufszentrum gebaut werden soll?« fragte Lavinia den Dicken.

»Ja«, sagte er und blickte sie mißtrauisch an. Aus dem Schlauch stiegen unzählige kleine Bläschen auf.

»Und? Sind Sie einverstanden damit?«

Wieder die gleiche Geste wie bei den Arbeitern.

»Es heißt, wir sollen woandershin umgesiedelt werden, daß man uns woanders Land geben wird. Ich wohne jetzt seit fünf Jahren hier. Dahinten«, er wies in die Straßen des Viertels, »da ist mein Häuschen. Wir haben mit der Baufirma verhandelt, aber sie bestehen darauf, daß uns dieses Gelände nicht gehört. Als ob wir nicht selbst wüßten, daß wir Habenichtse sind. Wir sind hierhergekommen, als uns das Hochwasser von weiter unten vertrieb.« Er machte eine unbestimmte Geste zum See hin. »Fünf Jahre lang hat uns niemand belästigt. Wir haben hier viel reingesteckt. Sogar eine Schule haben wir gemeinsam zustande gekriegt. Aber das ist ihnen ja egal. Niemand hört uns an. Wenn wir nicht gehen, lassen sie die Nationalgarde auf uns los, das haben sie uns schon angedroht. Aber was wollen Sie denn hier überhaupt?« fragte der Mann plötzlich so, als täte es ihm nun leid, soviel geredet zu haben. »Sind Sie von der Zeitung?«

»Nein, nein«, antwortete Lavinia. »Ich bin Architektin. Man hat mich beauftragt, die Pläne zu überprüfen. Ich hatte keine Ahnung von dieser Situation.«

»In diesem Land weiß keiner was, wenn es ihm nicht in den Kram paßt«, sagte der Dicke und sah auf die Rolle Baupläne, die Lavinia unter dem Arm trug, um sich dann wieder seiner Arbeit zuzuwenden.

Lavinia ging davon. Eine Weile lief sie noch den Gehweg am Rande des Elendsviertels entlang, sah in die staubigen Sandwege, die sich darin verloren, von Hütten aus Brettern und Zeitungspapier gesäumt, mit Dächern aus Palmwedeln oder Wellblech. Die ganze Bandbreite der Armut. Schmutzige nackte Gören mit dicken Bäuchen neben abgezehrten Kötern in den Türrahmen. Bananenbüsche und herumspazierende Hühner. Weiter drinnen der Schuppen, der als Schule diente. Die Kinder auf dem Fußboden. Die Lehrerin in abgetragenem Kleid und mit Plastiksandalen an den Füßen vor der Tafel. Sie spürte Mitleid und Unbehagen. Dies war nicht gerade die angenehmste Art und Weise, die »Praxis« kennenzulernen: sich als Teil der Zerstörungsmaschinerie zu fühlen, die diese ewig Heimatlosen zu einer neuen Wanderung zwang. Während sie in der unerträglich werdenden Hitze und einem

Wind, der den Staub vor sich herwirbelte, zur Avenida hinüberging, verspürte sie den Wunsch, mit Felipe darüber zu reden. Das Taxi brachte sie ins Büro zurück.

Hinter den großen Holztüren empfing sie ein Schwall kühler klimatisierter Luft. Silvia, die Empfangsdame, bemerkte, daß sie verschwitzt war. Sie machte Lavinia darauf aufmerksam, daß dieser brüske Klimawechsel gefährlich sein könnte. Sie werde sich sicher erkälten.

Sie ging zur Toilette, wusch sich den Staub von den Armen und trocknete sich mit einem Handtuch. Ihr Spiegelbild sah bleich aus, sie holte ihr Rouge hervor, um sich wieder etwas Farbe zu geben, bevor sie mit Felipe sprach.

Sie klopfte an die Tür. »Herein«, sagte seine Stimme. Lavinia trat ein. Plötzlich war sie sich ihrer noch feuchten Bluse bewußt, die an der Haut klebte; ihrer Brustwarzen, die die kalte Luft der Klimaanlage hervortreten ließ.

»Hat man dir einen Eimer Wasser über den Kopf gegossen?« fragte Felipe nachsichtig spottend und lächelte über das ganze Gesicht.

»Kaltes Wasser«, antwortete Lavinia. »Warum hast du mir nichts von dem Einkaufszentrum erzählt?«

»Ich dachte, das interessiert Mädchen wie dich nicht besonders«, sagte Felipe und hatte wieder den spöttischen Ausdruck im Gesicht.

»Na, da siehst du mal, wie du dich geirrt hast. Du hast ganz schöne Vorurteile gegenüber meiner Geburtsurkunde. Natürlich mach' ich mir Gedanken wegen dieser armen Menschen. Es gefällt mir nicht besonders, in die sogenannte Praxis einzusteigen, indem ich Bauten entwerfe, die gut und gerne fünftausend Seelen vertreiben, wie die Pfaffen das nennen würden.«

Sie schüttelte die Bluse und blies hinein, um ihre Brüste zu kühlen. Sie war erhitzt, sie spürte, wie sich ihre Wangen und die Haut ihres Körpers durch den Unterschied zwischen ihrer Temperatur und der künstlich kühlen Umgebung röteten. Sie lehnte sich im Sessel zurück. Felipes Art ärgerte sie.

»Ich glaube, es wird Zeit, daß du ein paar deiner romantischen Vorstellungen von der Architektur ablegst«, sagte er.

»Du hättest mir ruhig etwas mehr Zeit dafür lassen können...«

»Mag sein, ich glaubte aber, daß es später nur schwieriger sein würde. Jetzt ist der Schock zwar größer..., aber laß mich dir einen Kaffee besorgen. Du bist ganz verschwitzt, und die Kälte bekommt dir sicher nicht gut.«

Lavinia schaute ihn an. Sein Blick war etwas sanfter geworden. Er verließ das Büro und kam mit der dampfenden Tasse in der Hand zurück. Der Kaffee tat ihr gut. Sie dankte ihm und dachte daran, wie verschieden Felipe sein konnte, mal ruppig, mal sanft, von einem Moment zum anderen.

»Was mich am meisten erschüttert hat, ist die Apathie der Leute«, sagte Lavinia und erinnerte sich an die Gesten der Machtlosigkeit, während sie langsam ihren Kaffee schlürfte.

»Was bleibt ihnen denn sonst auch übrig«, sagte Felipe. »Entweder gehen sie freiwillig, oder die Nationalgarde wird auf sie losgelassen.«

»Genauso hat mir das einer da auch gesagt.«

Sie unterhielten sich bis zur Mittagspause. Felipe lud sie zum Essen in eine nahe gelegene Cafeteria ein.

»Lieber ein anderes Mal«, sagte sie. Jetzt wollte sie sich umziehen. Sie hatte keine Lust, sich mit ihrer nassen Bluse und der Polarkälte des Büros eine Erkältung zu holen.

Wie merkwürdig Felipe war, dachte sie, während sie nach

Hause fuhr. Er hatte ihr einen langen Vortrag über die »Berufswirklichkeit« gehalten. Er erzählte ihr, daß er versucht hatte, die Bauherren dazu zu überreden, das Einkaufszentrum woanders zu bauen, ohne jeden Erfolg. Das Land, das sie zu einem Schleuderpreis von der Stadt gekauft hatten, war »öffentliches Eigentum«. Der Bürgermeister machte bei dem Verkauf seinen Schnitt. Und die Baupläne waren längst fertig. »Ich wollte nur deine Meinung hören«, sagte er. Sie sollte die Wände nicht entwerfen, die den Dicken und seine Reifenreparaturwerkstatt plattwalzen würden. Er hatte sie nur »auf den Boden der Tatsachen« holen wollen. Es war besser, wenn sie die Beine auf der Erde behielt.

3

Langsam beginne ich, diese Zeit zu verstehen. Ich habe die Frau beobachtet. Sie scheint kein Wesen zweiten Ranges mehr zu sein, sondern eine eigenständige Person. Sie hat sogar Bedienstete für sich selbst. Und sie arbeitet außerhalb des Hauses. Sie geht morgens zur Arbeit und kommt erst gegen Abend wieder zurück. Ich weiß nicht, ob das von Vorteil ist. Unsere Mütter zumindest hatten nur die Hausarbeit, und damit war es genug. Man könnte sagen, daß es auch gut so war, denn sie hatten Kinder, um die sie sich kümmern mußten, und einen Ehemann, der sie die Enge ihrer Welt vergessen ließ, wenn er sie nachts umarmte. Sie hingegen hat diese Freuden nicht.

In der heutigen Zeit scheint es keinerlei Götterverehrung zu geben. Nie entzündet sie Ocote-Zweige, damit sie ihren heiligen Duft verströmen, noch verbeugt sie sich in Zeremonien. Und nie scheint sie daran zu zweifeln, daß Tonatiú am Morgen leuchten wird. Wir lebten in der Angst, daß die Sonne einmal für immer untergehen könne, denn wer kann schließlich mit Sicherheit sagen, daß sie morgen wieder scheint? Vielleicht fanden die Spanier eine Methode. Sie behaupteten, aus einem Land zu kommen, in dem die Sonne niemals unterging. Doch war nichts sicher zu jener Zeit, und ihre fremden Zungen logen ohne Unterlaß. Nur kurze Zeit dauerte es, da hatten wir ihre merkwürdigen Besessenheiten herausgefunden. Sie waren fähig, wegen ein paar Steinen oder des Goldes unserer Altäre und Kleider zu töten. Und dennoch meinten sie, wir wären ungläubig, weil wir den Göttern Krieger opferten. Oh, wie wir es lernten, diese Sprache zu hassen, die uns betrog, uns all dessen beraubte, was wir bis zu ihrer Ankunft gewesen waren!

Und die jetzige Zeit hat eine Sprache, die der ihren gleicht, nur ist sie weicher, sie hat ähnliche Laute wie die unsere. Ich wage nicht, von Siegern und Besiegten zu sprechen.

Mein Saft fährt emsig fort, die Blüten in Früchte zu verwandeln. Ich fühle schon, wie die Embryonen sich mit dem gelben Fruchtfleisch der Orangen zu umkleiden beginnen. Ich weiß, daß ich mich beeilen muß. Sie und ich, wir werden uns bald treffen. Die Zeit der Frucht wird kommen, die Zeit der Reife. Ob es wohl weh tun wird, wenn sie gepflückt werden?

Lavinia verbrachte den ersten Monat ihres Berufslebens damit, »auf den Boden der Tatsachen« zu gelangen, in der allgegenwärtigen Nähe von Felipe, der mit großem Vergnügen die Aufgabe übernahm, sie darin zu »unterstützen«.

Sie hatte sich an die tägliche Routine gewöhnt, früh aufzustehen und arbeiten zu gehen, obwohl sie es jeden Morgen aufs neue bedauerte, die wohlig-weichen Laken verlassen zu müssen. Niemals hatte sie verstanden, warum die Zeiteinteilung nicht geändert wurde, um den Morgen zu ehren, die Zeit des schönsten Schlafs. Außerdem hatte der morgendliche Schlaf für sie noch den anziehenden Beigeschmack, etwas Verbotenes zu sein. Zu schlafen, während Lkw, Busse und Taxis schon ihre Ladung aus Menschen, Milch und Brot durch die Straßen karrten. Zu schlafen, auch wenn die Sonne erbarmungslos durch die Türritzen drang.

Doch hielt die Schläfrigkeit nie lange an. Jetzt, wo sie Teil der hektischen Betriebsamkeit, des Schreibmaschinengeklappers in den Büros war, verstand sie, warum die Menschen große Befriedigung darin fanden, sich zu schinden, hinter ablaufenden Vertragsfristen herzurennen, Projekte abzuschließen.

So konnte man sich wenigstens wichtig fühlen, hatte einen Grund, die eigenen vier Wände zu verlassen, um in die Geschäftswelt einzutreten, wo es Risiken gab, die Gefahr, zu verlieren, und die Möglichkeit, zu gewinnen. So wurde das Leben zu einem interessanten Geschäft, einem ständigen Wettstreit, und man konnte sich der Illusion hingeben, daß einem die Zeit nicht zwischen den Fingern zerrann, sondern daß man etwas Vernünftiges anfing mit den sich dehnenden Stunden, den Tagen, die sich unerbittlich aneinanderreihten.

Sie sprang mit einem Satz aus dem Bett und begann den allmorgendlichen Ritus: das Wasser für den Kaffee aufsetzen, sich aus dem Fenster lehnen, um das Wiedererblühen des Baumes zu beobachten, der seine Blüten in Früchte zu verwandeln begann, die künftigen Orangen lugten wie kleine grüne Bällchen zwischen den Zweigen hervor, ins Bad gehen und sich im Spiegel anschauen. Sie dachte daran, wie merkwürdig fremd ihr Gesicht ihr morgens vorkam, geradezu häßlich.

Sie drehte die Dusche auf und fühlte, wie das Wasser den Schlaf fortspülte. Es machte ihr Spaß, sich so lange einzuseifen, bis der Schaum über ihren nackten Körper lief, zuzusehen, wie ihr Schamhaar weiß wurde, diesen Körper neu zu entdecken, der ihr auf so rätselhafte Weise für ihr ganzes Leben gegeben war.

»Man muß ihn einfach lieben«, hatte Jerôme gesagt und liebte ihn auch, zwischen den knorrigen Olivenbäumen am Meer während jener kleinen Fluchten aus dem italienischen Studentenwohnheim, an die sie jetzt denken mußte. Das Duschen erinnerte sie an Jerôme, an die Entdeckung des männlichen Körpers, der von der Art grünen Fruchtfleisches war, die angespannten Muskeln, die sich an der Weichheit ihrer Schenkel rieben. Damals hatte sie herausgefunden, daß ihre Haut bereit zu Zärtlichkeiten war, daß sie fähig war, Laute auszustoßen, die an eine Verwandtschaft mit Katzen, mit den Panthern und Jaguaren tropischer Wälder denken ließ. Sie schloß die Augen. Felipe tauchte vor ihr auf und überlagerte die Bilder gelegentlicher Zufallsbekanntschaften.

Da war mehr zwischen ihnen als nur das gemeinsame Interesse an der Architektur. Sie spielten Katz und Maus, suchten die Nähe des anderen, während sie so taten, als gingen sie sich aus dem Weg, bauten künstliche Meinungsverschiedenheiten auf, um den Vorwand zu haben, im Büro des anderen lange Diskussionen führen zu können. Seit jenem Tag, als er sie so unvorbereitet losgeschickt hatte, damit sie sich über die Zwangsumsiedlung klar wurde, die der Bau des Einkaufszentrums mit sich brachte, stritten sie andauernd. Auch wenn sie im Laufe der Wochen die Grenzen seines Idealismus begreifen lernte, bestand sie doch weiter darauf, daß sie immerhin die Gewalt über Reißbrett und Baupläne hatten, auch wenn diejenigen, die das Geld gaben, nicht gerade Menschenfreunde waren. Es fiel ihr schwer, die dickköpfig-schlichten oder bombastisch-kitschigen Vorstellungen der Kunden hinzunehmen. Felipe half ihr, Kompromisse zu finden, und zeigte viel Geduld in den langen Diskussionen. Nur ab und zu warf er ihr mit erhobener Stimme den Trotz eines verwöhnten Mädchens vor, rief ihr in Erinnerung, daß sie ihr Gehalt dafür bekam, den Kunden die Wünsche zu erfüllen und nicht dafür, daß sie mit ihnen diskutierte, wenn klar war, daß alles Diskutieren keinen Sinn hatte.

Sie war sicher, daß er Spaß an diesen Streitgesprächen hatte, selbst wenn er mit gespielter Verzweiflung reagierte, wenn sie sichtlich streitlüstern in der Tür seines Büros auftauchte. In gemeinsamen Konferenzen trafen sich ihre Blicke und gingen wieder auseinander. Dabei schützten sie beide professionelle Kühle vor und verschanzten sich hinter Bauprojekten, Häusern und Material für Dächer und Wände.

Mehr als einmal war sie drauf und dran, ihn zu sich nach Hause einzuladen, doch war es ihr nicht gelungen, daß er seine Einladung zum Essen an einem der ersten Tage wiederholte.

Felipe schien einer jener Männer zu sein, die mit der gegenseitigen Anziehung kokettieren, doch vor der Möglichkeit fliehen, in jenem Strudel zu versinken, der entsteht, wenn man sich seinen Gefühlen hingibt. Gleichwohl war es schwer, sich vorzustellen, daß nichts geschehen sollte. Das Spiel mußte sich eines Tages entscheiden. Doch hatte er vielleicht, so dachte Lavinia, traditionellere Vorstellungen und mochte dieses Aufschieben, das Kokettieren, sich Krumen hinwerfen wie den Tauben auf dem Platz, das Flügelschlagen, wenn sie sich in der unvermeidlichen Eintracht ihrer täglichen Arbeit auf fünf Uhr nachmittags zubewegten, der Stunde des Auseinandergehens.

Vielleicht aber, so sagte sie sich, während sie die Strümpfe an den Beinen hochzog, war sie einfach das Opfer romantischer Vorstellungen, und in Wirklichkeit unterhielt Felipe eine heimliche Liebschaft mit einer verheirateten Frau, die ungeduldig darauf wartete, daß ihr Mann das Haus verließ, um diese geheimnisvollen Anrufe zu tätigen, die Felipe am Morgen oder am Nachmittag blitzartig das Büro verlassen ließen. Oder er war sogar eine Art Don Juan und hatte gleich mit mehreren Frauen Affären, und vielleicht war das die Erklärung für seine abendlichen »Studienzirkel«, für die Studenten, die ihn »brauchten«, denn niemand hatte normalerweise so viel zu tun, niemand war außerhalb seines Berufes so beschäftigt wie er.

Das Telefon klingelte und riß sie aus ihren Spekulationen. Es war Antonio, der sie zum Tanzen einladen wollte. Ohne zu zögern nahm sie an. Sie hatte etwas Ablenkung nötig.

Als sie eilig in die Eingangshalle des Büros gelaufen kam, traf sie auf Felipe, der auf den Aufzug wartete. Seite an Seite traten sie ein und stellten sich zwischen Menschen mit ernsten Gesichtern. Sie mußte daran denken, wie seltsam die Atmosphäre in Fahrstühlen immer war. Die gespannte Stille, die in ihnen herrschte. Die Menschen wirkten wie stumme Fische, denen die Nähe Angst voreinander einjagte und die flüchtend auf offene Türen zuschwammen, zu verschiedenen Zielen. Wenn sie die Enge verließen, atmeten sie tief durch wie jemand, der aus dem Wasser auftaucht. Aufzüge. Aquarien.

Als sie im vierten Stock ausstiegen, machte sie gegenüber Felipe eine Bemerkung darüber. Er mußte prompt lachen. Silvia saß schon hinter ihrem Empfangstisch und begrüßte die morgendlichen Nachzügler. Lavinia machte einen Scherz über die hinterhältige Art und Weise, mit der ihre Bettlaken sie an diesem Morgen festgehalten hatten. Sie fühlte sich jetzt ganz im Einklang mit dem freundschaftlich lockeren Umgangston im Büro. Die steife Förmlichkeit der ersten Tage lag längst hinter ihr. Señor Solera war für sie inzwischen Julián. Die männlichen Kollegen respektierten sie, sie war die einzige Frau hier mit einem solchen Posten; die anderen waren alle entweder Sekretärinnen, Assistentinnen oder Putzfrauen. Leicht war es nicht gewesen, dachte sie, während sie sich im Gang von Felipe verabschiedete und in ihr eigenes gemütliches Büro eintrat. Anfangs hatten sie nur mißtrauisch ihre Meinung angehört. Wenn sie Projekte oder Zeichnungen vorlegen mußte, unterwarfen sie sie einem dichten Hagel aus Fragen und Einwänden und stellten sie von allen Seiten auf die Probe.

Sie hatte sich jedoch nicht einschüchtern lassen und nutzte bewußt den Vorteil, den ihre Herkunft bot. Zu irgend etwas mußte es ja nützen, in einer Gesellschaftsschicht geboren zu sein, in der man sie wie die Herrin der Welt erzogen hatte.

Juliáns Haltung ihr gegenüber trug dazu bei, die Versuche der anderen zu dämpfen, ihre männliche Überlegenheit auszuspielen. Oft machte er Bemerkungen über ihre Kreativität und ihr berufliches Können, stellte sie als Beispiel hin, wenn es darum ging, bessere Arbeit zu leisten, auch wenn dies längere Sitzungen mit den Kunden nach sich zog.

Sie legte ihre Handtasche auf den Schreibtisch und zog die Jalousie hoch, die das große Fenster verdeckte. Dann griff sie nach den Bleistiften, um sie alle zu spitzen. Mercedes kam herein, brachte Kaffee und Zeitungen.

Nur wenige Dinge genoß Lavinia so wie diese erste morgendliche Stunde im Büro, in der sie sich auf die Hektik des Tages vorbereitete. Sie schlug die Zeitung auf, überflog die Nachrichten und schlürfte dabei ihren Kaffee. Nach einer Weile trat Felipe ein, um die Arbeiten der vergangenen Woche zu bereden. Es war Freitag, und nachmittags sollten sie sich wie immer mit Julián zusammensetzen, um die laufenden Projekte zu besprechen und die Vorhaben der kommenden Woche zu planen. Irgendwann im Laufe der Unterhaltung erwähnte sie, daß sie vorhatte, abends tanzen zu gehen.

»Tanzt du denn etwa nicht gern?« fragte sie Felipe.

»Und ob«, antwortete er, »als Kind habe ich schon in der Schule Wettbewerbe gewonnen.«

Er lächelte sie breit an. Lavinia fiel auf, daß sie ihn seit Tagen nicht mehr in so guter Laune erlebt hatte.

An diesem Abend, als sie mit Antonio über die Tanzfläche im »Rosa Elefanten« wirbelte, sah sie Felipe mit einem Drink an der Bar stehen und sie beobachten.

Einen Augenblick lang verlor sie die Konzentration, es war zu ungewöhnlich, ihn hier mitten im Qualm und der röhrenden Musik zu erleben, ihn wie einen schlauen Kater lächeln und zwischen den sich auf der kleinen Tanzfläche drängenden Paaren auftauchen und verschwinden zu sehen.

Sie tanzte aber weiter, ließ sich von den Becken-, den Trommelschlägen forttragen, ihr Herz folgte dem Takt der Musik. Zu sehen, wie Felipe sie von weitem betrachtete, machte ihre Beine zittrig. Sie gab sich ganz diesem Gefühl hin, beobachtet zu werden. Durch Lichter und Rauch sah sie ihn: die grauen Augen, die in sie drangen, die sie kitzelten. Sie tat so, als bemerke sie ihn nicht, und tanzte doch für ihn. Sie war sich bewußt, daß sie ihn provozieren wollte, und genoß den Exhibitionismus, die Sinnlichkeit des Tanzes, die Euphorie, die sie bei dem Gedanken befiel, daß sie sich nun endlich außerhalb des Büros sahen. Sie trug einen ihrer kürzesten Minis, hohe Absätze, und ihre Bluse ließ eine Schulter frei. Ein Bild reiner Sünde, hatte sie vor dem Spiegel zu sich selbst gesagt und ein bißchen Gras geraucht. Ab und zu mochte sie das. Während sie schon in Italien den flüchtigen Genuß dieses Rausches erlebt und für sich verworfen hatte, waren hier in Faguas ihre Freunde gerade erst dabei, die Droge zu entdecken, und sie wollte keine Spielverderberin sein.

Als die Musik wechselte, hatte sie schon beschlossen, die Initiative zu ergreifen. Antonio war nicht überrascht, als sie ihm sagte, sie wolle ihren Chef begrüßen. Er kehrte an den Tisch der »Gang« zurück, während Lavinia auf die Bar zusteuerte.

»Na hoppla«, sagte sie etwas spöttisch zu Felipe und setzte sich auf den freien Barhocker neben ihn. »Ich dachte, du seist ein zu netter junger Mann, um dich an solchen Schauplätzen von Sünde und Verderben sehen zu lassen.«

»Ich konnte einfach der Neugier nicht widerstehen, dich in dieser Umgebung zu sehen«, antwortete Felipe. »Ich stelle fest, du bewegst dich wie ein Fisch im Wasser. Du tanzt sehr gut.«

»Sicher nicht so gut wie du«, spottete sie zurück. »Ich habe noch nie einen Wettbewerb gewonnen.«

»Weil Mädchen aus gutem Hause an solchen Sachen gar nicht teilnehmen«, sagte er, glitt von seinem Hocker und streckte die Hand aus. »Wollen wir tanzen?«

Der Diskjockey legte einen langsamen Bossa Nova auf. Die meisten Paare verließen die Tanzfläche. Es blieben nur wenige, engumschlungene Körper. Amüsiert nahm sie Felipes Angebot an. Sie redete pausenlos und haßte sich gleichzeitig dafür, so nervös zu sein. Felipe drückte sie fest und sicher an sich, durch das Hemd konnte sie sein üppiges Brusthaar spüren. Sie begannen sich zu wiegen. Haut an Haut.

»Ist das dein Verlobter?« fragte er, als sie an dem Tisch vorbeikamen, an dem Antonio saß.

»Nein«, sagte Lavinia, »Verlobte sind längst nicht mehr in Mode.«

»Dein Lover dann eben«, sagte er und drückte sie fester an sich.

»Er ist mein Freund«, antwortete Lavinia, »und ab und zu hilft er mir auch aus...«

Sie spürte das Zittern in Felipes Körper, die Reaktion auf ihren Versuch, ihn zu provozieren. Er hielt sie so fest, daß es beinahe weh tat. Lavinia fragte sich, was zum Teufel mit ihm los war. Was mochte wohl mit der verheirateten Frau passiert sein, den Abendkursen in der Universität? Sie konnte kaum atmen. Ihr Mund berührte fast die Hemdknöpfe an seiner Brust. Der Tanz wurde langsam ernst. Der warme Atem Felipes in ihrem Nacken. Die Musik, die sie durch die Dunkelheit bewegte.

»Du rauchst gern Gras, stimmt's?« fragte Felipe flüsternd, ohne sie loszulassen.

»Ab und zu, ja«, sagte sie von unten herauf, »aber eigentlich habe ich diese Phase schon hinter mir.«

Er umfaßte sie noch enger. Sie verstand diesen raschen Wechsel nicht. Er schien von einem Moment zum anderen jegliches Vorspiegeln von Gleichgültigkeit aufgegeben zu haben und eine geradezu animalische Verführung zu versuchen. Sie fühlte sich erdrückt, verwirrt. Felipe hatte eine starke körperliche Ausstrahlung. Etwas, das von innen kam. Anders als bei den anderen.

»Du solltest kein Gras rauchen«, sagte er, »du brauchst solche Krücken nicht. Du hast genug Leben in dir.«

Lavinia wußte nicht, was sie antworten sollte. Sie fühlte sich schwindlig, an seinen rauchgrauen Blick gekettet. Es fiel ihr schwer, eine einigermaßen vernünftige Entgegnung zu geben. Die langsame Musik war zu Ende, von neuem begann der »Heavy Rock«. Felipe ließ sie nicht los. Er bewegte sich in dem Rhythmus, den der Körper wollte und der mit der Musik nichts zu tun hatte. Lavinia schien es fast, als habe er sogar mit ihr nichts zu tun. Sie spürte, wie nervös sie war. Von weitem machte Antonio ihr Zeichen. Sie schloß die Augen. Ihr gefiel Felipe. Sie hatte gewollt, daß dies geschehe. Ein ums andere Mal hatte sie sich gesagt, daß es eines Tages geschehen mußte. Sie konnten ja nicht ihr ganzes Leben lang im Büro solche Blicke tauschen. Da war etwas zwischen ihnen, wie bei zwei Tieren, die sich berochen.

Antonio schien zu meinen, daß er sie retten müßte. Er näherte sich, um den Bann zu brechen. Eifersüchtig. Felipe sah ihn an. Sie hörte, wie er zu Antonio sagte, daß sie jetzt gehen würden, daß sie noch eine Verabredung hätten. Dann sagte er ihr, sie solle ihre Tasche holen. Sie gehorchte.

Sie betraten das Haus, ohne Licht zu machen. Alles geschah sehr schnell. Felipes Hände streichelten ihren Rücken, tasteten sich vervielfacht, verwirrend, an die Grenzen ihres Körpers vor, erkundeten ihn, legten den Weg durch die Kleidung frei. Sie fanden den Weg ins Schlafzimmer, wo er ihr die Bluse abstreifte, den Reißverschluß des Minirocks öffnete, als sie auf der freien Fläche des Lagers anlangten, dem Bett unter dem

Fenster. Sie vergrub sich an Felipes Brust, ließ sich fortschwemmen von der Hitze, die seinem Bauch entströmte, ertrank in den überschlagenden Wellen ihrer Körper, die sich spannten und bogen und öffneten.

Sie sprachen nur wenig in den Ruhepausen. Lavinia machte den Versuch, eine Zigarette zu rauchen, unter den Küssen Felipes eine Unterhaltung anzufangen. Doch das ließ er nicht zu. Von neuem schien es ihr, als sei sie nicht da. Sie sagte es ihm.

»Schau mich an«, sagte sie, »siehst du mich eigentlich?«

»Natürlich sehe ich dich«, lachte Felipe. »Endlich kann ich dich sehen. Ich glaube, ich wäre krank geworden, hätte ich dich heute nicht so gesehen. Ich dachte schon, ich müßte mir größere Unterhosen anschaffen, um die Bürozeit durchzustehen.«

Er stimmte in das schallende Gelächter Lavinias ein, die endlich beschloß, ihn zu genießen und sich nicht länger über die Gewalt dieser Leidenschaft zu wundern, die sich so restlos in einer einzigen Nacht befreite, in der sie die Übersicht verlor und nur noch dachte, daß Lucrecia sie beide bei Tagesanbruch finden würde, beide an Herzschlag gestorben.

Gegen acht Uhr morgens wachte sie auf. Sie öffnete die Augen und fühlte den Körper Felipes, sah ihn verwoben mit dem ihren in der Unordnung dieser eben begonnenen Liebe. Sie fürchtete, ihn zu wecken, und bewegte sich nicht. Es dauerte eine Weile, bis ihr klar wurde, wie spät es war, daß niemand kommen würde, daß sie nicht zu arbeiten brauchten, denn heute war Samstag.

Beruhigt lächelte sie angesichts des wohligen Schlafes, den

Felipe schlief. Es machte Spaß, Menschen beim Schlafen zuzusehen. Er sah aus wie ein Kind. Sie stellte sich ihn vor, als er noch klein war und Kreisel spielte, und dabei schlief sie wieder ein, bis er sie schließlich weckte.

»Es ist schon sehr spät«, sagte er. »Ich muß gleich weg.«

»Aber heute ist doch Wochenende. Wir können gemeinsam frühstücken …«

»Es geht nicht«, sagte er und ging schon ins Bad, »ich treffe mich mit meinen Studenten. Ich habe versprochen, ihnen bei der Vorbereitung aufs Examen zu helfen.«

Er kam wieder zum Vorschein und begann, sich hastig anzuziehen.

»Immer hast du zu tun.«

»Nein. Nicht immer«, antwortete er und zwinkerte ihr dabei zu. An der Tür verabschiedete sie sich von ihm und ging wieder ins Zimmer zurück. Allein mit sich, schaute sie in den Spiegel. Sie hatte das Gesicht einer gutgeliebten Frau. Sie roch nach ihm. Am liebsten hätte sie sich nicht gewaschen, hätte seinen Geruch den ganzen Tag über an sich behalten. Sie mochte den Geruch nach Samen, nach Geschlecht. Dann ging sie doch unter die Dusche, um die Trägheit fortzuwaschen, die Lust, wieder ins Bett zu gehen. Sara wartete mit dem Frühstück auf sie.

4

Heute morgen ist sie singend aufgewacht. Sie singt, während sie unter der Dusche steht. Ich freue mich, daß sie glücklich ist. Ich bin es auch. Ich trage Früchte. Die Orangen sind noch klein und grün. Nur ein paar Tage wird es dauern, dann sind sie gelb und rund. Ich freue mich, diesen Baum gefunden zu haben. Er ist eines der wenigen guten Dinge, die die Spanier hierherbrachten. Wir stibitzten Orangen, wenn wir durch ihre Plantagen kamen, Yarince und ich. Nicht alle mochten die Früchte. Wir hingegen verschlangen sie geradezu. Ihr Saft ist frisch. Nicht wie die Mango, die nur noch mehr Durst macht, obwohl ich auch gern ein Mangobaum geworden wäre. Aber ich habe Glück gehabt. Ich weiß nicht, was ich getan hätte, wenn ich in jenem Kaktus dort drüben hervorgekommen wäre. Denn Kaktus mag ich nicht.

Die Orange hat ein saftiges Fruchtfleisch, dessen Wachsen großer Mühe bedarf. Tausende kleiner Wicklungen, dünne Häutchen, die das Fleisch umschließen, noch eine Haut, die die Scheiben voneinander trennt, die Schale und viele Kerne: kleine Versprechen zukünftiger Kinder, deren Entstehen einem wankelmütigen Schicksal ausgesetzt ist.

Ganz aus der Nähe kann ich ins Innere der Frucht sehen. In ihr sein, in ihren abgeflachten Stellen, in ihrer Rundung. »Die Erde ist rund und an ihren Polen abgeflacht wie eine Orange.« Die große Entdeckung der Spanier. Ich lache sie aus. Die Erde ist wie ich.

Als sie ankam, machte Sara gerade ihre tägliche Runde durch den Garten. Sie und Adrián waren jetzt schon sechs Monate verheiratet, und Sara spielte die Rolle der Hausfrau mit großer Perfektion. Sie wohnten in einem alten Haus mit überdachten Terrassen um den Innenhof und großen Schlafzimmern mit Bogenfenstern. Im Patio wuchs ein Malinchebaum, der über das Dach hinausreichte und den ganzen Hof mit Schatten füllte. Um den Baum, der einmal im Jahr feuerrot blühte, hängte Sara Farne und pflanzte Begonien, Jalacates und Rosen.

Die beiden Freundinnen hatten sich angewöhnt, samstags gemeinsam zu frühstücken. Der Tisch war schon gedeckt: Kaffee, Toast, Marmelade, Butter im Silbernapf, neues Geschirr, ein frisches Tischtuch. Das Haus war noch erfüllt von der Atmosphäre der Hochzeitsgeschenke.

»Meine Gnädigste«, scherzte Lavinia und trat an den Tisch, »ich sehe, es ist alles bereit.«

»Heute habe ich keine Pfannkuchen gemacht«, sagte Sara. »Und weil du pünktlich bist, sind meine Vorbereitungen nie umsonst. Der Kaffee wird nicht kalt und der Toast nicht zäh, so wie es mir mit Adrián passiert, der immer genau zur Essenszeit an die spannendste Stelle seines Buches kommt oder sich im Bad endlos lange die Hände wäscht.«

Lachend setzten sie sich an den Tisch, und während Sara Kaffee einschenkte, betrachtete Lavinia ihr Gesicht, das dem einer Dame aus dem 18. Jahrhundert glich. »Porzellanteint«, pflegte Sara selbstironisch zu sagen. Die blonden Haare hatte sie zu einem Knoten gebunden. Ihre ganze Person wirkte leicht und sanft.

»Wie geht's mit der Arbeit?«

»Danke, gut. Ich bin immer noch dabei, mich daran zu gewöhnen, daß Träume Schäume sind. Ich glaube, Felipe hatte recht mit dem kleinen Streich, den er mir spielte, als er mich zum Einkaufszentrum schickte. Die freie Wirtschaft ist knallhart. Für die armen Leute ließ sich nichts tun. Die Eigentümer wollten ihr gerade gekauftes Land nicht wieder herausrücken. Es sind eben keine Menschenfreunde.«

»So ist das Leben. Mach' dir nichts draus, diese Leute sind das gewöhnt. Und jetzt, was zeichnest du jetzt gerade?«

»Ein Wohnhaus«, antwortete Lavinia, schlürfte ihren Kaffee und dachte, wie einfach für Sara doch alles war. »Mit Felipe hat's schon gefunkt«, fügte sie hinzu, ohne sich bremsen zu können.

Saras Züge erhellten sich. Seit sie von Felipe gehört hatte und wußte, daß er Junggeselle war, machte sie Anspielungen, die Lavinia so ärgerten, daß sie ihrer Freundin schließlich sagte, sie solle aufhören, sie verheiraten zu wollen, so wie ihre Eltern das versuchten. Doch Sara gab nicht auf und fragte beharrlich nach ihm.

»Und wie war's?« fragte sie jetzt und versuchte, ihre Neugier zu verbergen, damit die Freundin nicht mißtrauisch wurde.

»Sehr schön. Doch ich möchte mich nicht zu sehr da hineinstürzen. Alles ist sehr schnell gegangen. Ich habe Angst davor, mich zu verlieben, bevor ich genau weiß, was los ist.«

»Daß du dir das Leben immer so schwer machen mußt! Die Liebe ist doch die natürlichste Sache der Welt! Ich wüßte nicht, warum du Angst davor haben solltest.«

»Es ist halt so, daß Felipe auch seine merkwürdigen Seiten hat. Er bekommt oft so seltsame Telefonanrufe. Dann macht er sich ganz eilig davon. Und er ist immer so beschäftigt. Das riecht mir geradezu nach verheirateter Frau ... Vielleicht ist es auch nur meine Phantasie.«

»Eine blühende Phantasie hast du ja wirklich schon immer gehabt!«

»Mag sein«, Lavinia war nachdenklich und ein bißchen verärgert über sich selbst, denn sie fühlte sich plötzlich wie eine eifersüchtige Ehefrau, während sie an Felipe und seine Samstagmorgenstunden in der Universität dachte, »und wie geht es dir mit Adrián?«

Mit artigem Gesichtsausdruck begann Sara nun einen mäßig genauen Bericht über ihre Beziehung zu Adrián, eine Darstellung der perfekten Ehe. Nur im »Intimbereich« hatten sie ein paar Probleme. Adrián war sehr schnell. Er hatte kein Gefühl für Zärtlichkeit.

Lavinia war es immer schwergefallen, sich Sara im Bett vorzustellen. Sie sah so durchsichtig, fast verklärt aus. Eine Zeitlang hatte sie sogar davon gesprochen, ins Kloster einzutreten und sich der Liebe zu Gott zu widmen.

»Vielleicht bin ich zu romantisch oder habe zu viele Liebesszenen im Kino gesehen«, sagte Sara und lehnte sich nach vorn, um Butter auf ihren Toast zu streichen.

Lavinia lächelte. »Die Liebe in den Filmen ist reine Illusion. In Wirklichkeit muß das ja entsetzlich sein. Stell dir mal vor: unter Scheinwerfern und Kameras und mit der fortwährenden Gefahr einer Unterbrechung in jedem Augenblick. Die dauernde Drohung eines Koitus Interruptus, wenn du deine Sache nicht gut genug machst, so, wie der Regisseur sie sich vorstellt...«

Sie mußten beide lachen. Zärtlichkeit hatte viel mit Lernen zu tun. Es stimmte, die Männer unterdrückten sie meistens. Man mußte es ihnen zeigen. Und sie dachte daran, daß auch sie dies würde tun müssen, doch zog sie vor, mit Sara nicht darüber zu reden. Der Anfang ist immer schwer. Ungelenke Versuche für das, was kommen sollte, wenn die Körper sich erst mal entschlüsselt hatten. So war es ihr jedenfalls mit Jerôme gegangen. Doch waren Sara und Adrián immerhin schon sechs Monate verheiratet. Lavinia sagte ihr, wie wichtig es war, die Scham zu verlieren, Adrián ihre verborgenen Regionen zu zeigen, ihm den Kompaß zu geben.

So redeten sie, bis es fast Mittag war. Adrián würde bald

kommen, und Sara meinte, daß sie sich jetzt fertigmachen müßte, denn sie hatte es nicht gern, wenn er sie genauso vorfand, wie er sie verlassen hatte.

Lavinia nutzte die Gelegenheit, sich zu verabschieden, obwohl sie zum Essen eingeladen wurde. Sie war nicht in der Stimmung für den Spott und die Reden von Adrián. Sie zog es vor, Schlaf nachzuholen, zu lesen, nachzudenken.

Die Woche ging mit jener erstaunlichen Langsamkeit vorüber, mit der die Zeit voranschreitet, wenn besondere Ereignisse sie füllen.

Die Büroetage hatte seit dem Beginn der Beziehung mit Felipe etwas Verschwommenes bekommen. Es fiel ihr schwer, sich auf die Arbeit zu konzentrieren, denn er kam mit Bemerkungen und Gesten auf sie zu, die es ihr unmöglich machten, die eben gewonnene Vertraulichkeit zu ignorieren. Zwar waren sie nur einmal abends zusammen ins Kino und nachher noch ein Bier trinken gegangen, doch drängte sich dies und die einzige stürmische Liebesnacht immer wieder in ihre Erinnerung, begleitet von den täglichen Zärtlichkeiten, die sie heimlich-flüchtig während der Arbeitszeit austauschen konnten.

Felipe sprach gern von seiner Vergangenheit, von seiner Gegenwart schien er ein paar Einzelheiten zu verschweigen. Lavinia konnte ihn sehen, wie er den Atlantik überquerte, nach Deutschland reiste, gekleidet wie ein Seemann auf den alten Fotografien. Und wie er durch die Straßen Hamburgs lief: der Hafen, wo sich die Frauen nackt in Schaufenstern ausstellten, um zu Festpreisen verkauft zu werden. Ihre Vorstellungen hatten sich vor allem auf Ute konzentriert, von der Felipe erzählt hatte. Sie stellte sich eine Walküre vor, mit langen blonden Haaren und mit reichlich Lebens- und Liebeserfahrung.

Mit siebzehn Jahren war Felipe in Puerto Alto, wo sein Vater als Hafenarbeiter lebte, an Bord eines Schiffes gegangen. Das Abenteuer wurde zum Alptraum. Entschlossen, sich nicht länger der Willkür des Kapitäns auszuliefern, blieb er in Deutschland und kam beinahe um vor Kälte und Hunger. Ute rettete ihn, war sozusagen Mutter und Geliebte. Sie nahm ihn bei sich auf und entschlüsselte seine Sprache.

Was Lavinia nicht ganz verstand, war der dankbare Ton, in dem Felipe erzählte, wie sie ihm klargemacht hatte, daß er nach Faguas zurückkehren mußte. Es klang so, als erzählte Odysseus von seiner Rückkehr nach Ithaka. Warum hatte sie ihn davon überzeugt, zurückzukehren, obwohl sie ihn liebte?

Noch so ein Geheimnis, dachte Lavinia, während sie das neue Regal mit Büchern füllte, genau wie die Telefonanrufe und die abendlichen Verpflichtungen, die, darauf bestand er, mit seiner Arbeit in der Universität zusammenhingen.

Am folgenden Wochenende ging Lavinia nicht zum Frühstück zu Sara. Am Vortag hatte sie ihr Gehalt ausbezahlt bekommen und den Samstagmorgen mit dem Kauf von Möbeln und anderen Einrichtungsgegenständen verbracht.

Abends wollte sie mit ihrer Clique tanzen gehen, und am Sonntag wollte Felipe zum Kaffee kommen.

Sie sah in den Garten. Ihr Blick suchte den Orangenbaum. Seine Blätter glänzten in der Sonne, und seine Früchte waren fast reif. Sie mochte den Baum, er schien ihr ebenso energiegeladen wie sie. Dafür hatte sie Bologna hinter sich gelassen, mitsamt seinem Glockenturm und seinen Arkaden: Schon als kleines Mädchen hatte sie das Grün geliebt, die rebellische Vegetation der Tropen, die Verbissenheit, mit der die Pflanzen den dörrenden Sommern Widerstand leisteten. Nie hatte sie sich mit den europäischen Wintern aussöhnen können. Sie hatte sich in ihrem eigenen Fleisch vergraben, verhielt sich schweigend. In Faguas hingegen lud die Wärme sie ein, aus sich herauszugehen und das Glück in der Landschaft zu suchen, die ihre Augen aufnahmen wie Porzellanschalen. Dieses tropische Land, diese Bäume gehörten ihr, und sie gehörte ihnen.

Samstage sind langsame Tage, dachte sie und fühlte sich sehr allein.

Ich gebe mir Mühe, arbeite hart in diesem Laboratorium grünen Saftes. Ich muß mich beeilen. Ein geheimes Wissen nährt meine Mühe. Es sagt mir, daß wir uns bald vereinen werden. Heute morgen kamen die Vögel, die Kolibris. Sie flogen in meinem Blattwerk umher und kitzelten mich, wenn sie die Adern meiner Blätter berührten. Das ist ihr Liebesspiel. Eine pflanzliche Liebe. Wer weiß, ob nicht der Geist Yarinces den schnellsten von ihnen bewohnt, der mit hochaufgerecktem Schnäbelchen in meinen Blüten zu trinken sucht. Alle Welt weiß, daß die Krieger als Kolibris zur Erde zurückkehren, um in der lauen Luft zu fliegen.

Ach, Yarince. Ich erinnere mich an deinen sonnenverbrannten Körper, wenn du nach der Jagd mit der Anmut eines müden Pumas zu mir kamst, um auf meinem Schoß Ruhe zu suchen. Schweigend setzten wir uns ans Feuer und sahen den Flammen zu, ihrer blauen Mitte, ihren roten Zungen, die den Rauch bissen und die Luft mit heißen Peitschenschlägen füllten. So lang waren die Nächte des Schweigens, die wir im grünen Bauch der Berge versteckt ausharrten und auf die Gelegenheit zum Angriff warteten. Die Spanier trauten sich nicht, uns dorthin zu folgen. Unsere Bäume und Tiere machten ihnen angst. Nichts wußten sie von Schlangengiften, kannten weder Jaguar noch Tapir, nicht einmal den Flug der Pocoyas, die nachts fliegen und vor denen sie sich fürchteten, weil sie ihnen wie ruhelose Seelen vorkamen. Sie entluden den Donner ihrer Knüppel und schreckten die Papageien auf, die Vogelschwärme und Affenhorden, die über unsere Köpfe hinwegstoben. Die Weibchen trugen Jungen, die seither erschrockene Gesichter haben.

Doch du hast mich inmitten jener Salven umarmt, mir die Hände auf die Ohren gelegt, mich ins dichte Gebüsch gebettet, mich mit dem Gewicht deines Körpers beruhigt, der sich in den meinen flüchtete, bis das Schlagen unserer Herzen der donnernde Klang des Waldes war.

Ach, Yarince! Und wenn alles umsonst war? Wenn nicht einmal die Erinnerung an unsere Kämpfe geblieben ist?

Am nächsten Morgen lag Lavinia schon früh zwischen Schlafen und Wachen. Es wurde fast elf, bis der Hunger über Trägheit und Bett siegte. Sonntags fühlte sie sich immer überflüssig. Sonntage waren für Familienausflüge gemacht. Sie mußte an ihre Eltern denken. Seit jenem Mittagessen, als sie ihnen verkündet hatte, daß sie ihr eigenes Leben führen und in das Haus zu ihrer Tante ziehen würde, hatte sie sie nicht mehr gesehen. Tante Inés und der Großvater waren für sie Mutter und Vater gewesen.

Ab und zu überfiel sie sonntags das Heimweh eines Waisenkindes. Um es abzuschütteln, beschloß sie, ganz für sich allein ein Familienfrühstück zu machen. Die Küche roch leer. Die

Regale sahen aufgeräumt aus. Sie bedauerte, daß niemand sie das Kochen gelehrt hatte. Lavinia öffnete den Kühlschrank, um sicherzugehen, daß genügend Milch und Eier und Butter da waren. Sie stellte die Kanne auf den Herd und steckte Brotscheiben in den Toaster. Dann deckte sie den Tisch und legte Musik auf. Durch den Rhythmus ihrer eigenen Aktivitäten brachte sie sich in Schwung. Das einzige, was jetzt noch fehlte, war Orangensaft. Schade. Doch warum probierte sie nicht die noch etwas grünen Früchte im Garten. So schlecht konnte der Saft nicht schmecken, auch wenn er noch etwas sauer sein würde. Sie suchte die Schlüssel zur Hintertür, nahm das Vorhängeschloß ab und trat in den Garten. Der Orangenbaum strahlte in der späten Morgensonne, die fast senkrecht auf die Blätter fiel und sie tiefgrün glänzen ließ.

Sie betrachtete den Baum und fuhr sanft mit ihrer Hand über seinen Stamm. In letzter Zeit sprach sie mit ihm wie mit einer Katze oder einem Hund. Es hieß, daß es gut sei, mit den Pflanzen zu reden. Sie legte den Kopf in den Nacken und sah in der Krone ein paar Früchte, die schon gelbe Flecken auf der grünen Schale trugen.

Mit einer Stange gelang es ihr, ein paar Früchte herunterzuholen. In der Küche legte sie eine Orange auf das Schneidebrett, betrachtete sie, drehte sie ein bißchen, um die Mitte zu treffen, und senkte das Messer ins Fruchtfleisch. Sie schienen saftig zu sein. Sie schnitt alle auf und preßte sie aus. Der Saft ergoß sich gelb in das Kristallglas.

Es geschah tatsächlich. Ich fühlte, wie mich etwas kitzelte, vier deutliche, runde Berührungen. Das Gefühl an den Fingerspitzen, wenn ich die Schärfe der Pfeile prüfte. Sonst nichts.

Kein Blut, kein Saft. Ich hatte Angst, als ich sie mit dieser Entschlossenheit in den Garten treten sah. Mir zitterten die Blätter. Leicht. Sie merkte es nicht. Ich dachte schon, alles wäre aus, als die vier Orangen auf den Rasen fielen. Doch plötzlich spürte ich mich doppelt, auf dem Boden und im Baum. Erst als mich ihre Hände berührten, verstand ich, daß ich in den Orangen war, ohne aufzuhören, im Baum zu sein.

Gleichzeitig an verschiedenen Orten! Wie die Götter! Ein See. Ein Stein. Kreise, die entstanden und sich auflösten. Seltsam schienen mir die Wege des Lebens.

Sie öffnete uns mit einem einzigen Schnitt. Dann die Finger, die nach der Schale griffen, und das Fließen des Saftes. Als bräche eine Spannung. Wie beim Weinen. Die sich öffnenden Scheiben. Die Häutchen, die vorsichtig die Tränen preisgaben, die sie in jener runden Welt zurückgehalten haben. Und stellte uns auf den Tisch. Aus dem Glas schaue ich sie an. Ich warte, daß sie mich an die Lippen hebt.

Wie schön das Frühstück war. Die Pfannkuchen, der Kaffee, der Toast, die Musik, das Glas Orangensaft auf dem Tisch. Gegen alle Gewohnheit trank sie den Saft zum Schluß, damit sie den Geschmack im Mund behielte.

Ob sie Felipe heute noch sehen würde? Eigentlich sollte er um fünf vorbeikommen. Wenn es nicht klappt, wollte er anrufen. Gestern abend hatte Antonio sie einem Verhör unterzogen, obwohl sie ihm verboten hatte, sich in sie zu verlieben. Doch es war unvermeidlich. Er war eifersüchtig.

Lavinia erzählte ihm nur das Wichtigste. Er schaffte es nicht, sie zum Bleiben zu überreden. Er würde ihr nach Felipe schlecht schmecken. Und sie wollte keinen Unterschied spüren, Felipe nicht mit etwas Unwesentlicherem zudecken.

Wenn sie an diesem Sonntagnachmittag einen Wagen gehabt hätte, wäre sie mit Felipe auf ihren Hügel gefahren, auf schattigen Wegen durch die Kaffeepflanzungen spaziert, sie hätten die Wolken am Himmel mit der Hand gefüttert und zugesehen, wie Schwärme kleiner Papageien das Blau der Luft grün sprenkelten.

Auf diesen Hügel war sie immer gestiegen, wenn sie die Ferien auf der Hazienda des Großvaters verbracht hatte. »Sturmhöhen« war ein Herrenhaus mit dicken Ziegelwänden, riesigen Zimmern, Emaillewannen in den Bädern und einem Garten voller Stiefmütterchen um den Brunnen in seiner Mitte. Abends trank man heiße Schokolade, um sich nicht zu erkälten. Lavinia und ihre Cousins machten ein Höllenspektakel, wenn sie auf ihren Fahrrädern den steilen Weg vom Haus hinunterrasten.

Dort hatte sie ihr Großvater mit Jules Verne bekanntgemacht. Diese Texte nahmen sie vollständig gefangen, faszinierten sie tausendmal mehr als alle Fahrräder, das Kriegespielen oder die Indianerkämpfe.

Im Vorwort der Bücher stand, daß Verne Frankreich nie verlassen hatte und trotzdem mit seiner großen Einbildungskraft in der Lage war, zum Mond zu reisen und viele Taten und Entdeckungen der Menschheit vorherzusagen. Das war es, was sie wollte: dorthin reisen, wohin die Phantasie sie führen würde!

Sie liebte es, den Hang hinter der Hazienda hinunterzuklettern, um in der Ferne den Vulkan rauchen zu sehen, oder zum Hügel mit dem Staubecken und der Quelle zu laufen. Dort konnte sie Stunde um Stunde verbringen und dem Wasser zuschauen, das unablässig aus dem kreisrunden Loch sprudelte. Sie stellte sich einen unterirdischen Ozean vor, im Mittelpunkt der Erde, mit großen Wellen.

Erneut spürte sie die Sehnsucht. Während sie in langsamen Schlucken den Orangensaft schlürfte und dem süßsauren Geschmack nachschmeckte, der ihren Erinnerungen glich, fiel ihr der Großvater ein.

Sie sah immer noch den großen schmalen Mann vor sich, seine hellen Augen, sah unter seiner Haut die Adern wie Deltas innerer Flüsse.

Gewöhnlich trug er weite Khakihosen und weiße langärmelige Hemden. An einer Uhrkette baumelte ein Taschenmesser, mit dem er den Jungen Zwillen schnitzte.

Sie mochte ihn lieber, wenn er ruhig im Schaukelstuhl saß und mit ihr redete. Sein Wissen schien ihr unbegrenzt, er kannte die Sternbilder, wußte Bescheid über Mondphasen, Tages- und Nachtgleichen und über Sonnenfinsternisse, er erzählte ihr die alten Legenden von Häuptlingen und indianischen Prinzessinnen, ganze Passagen seiner vielen Bücher wußte er auswendig. Seit fünfunddreißig Jahren war er Witwer und lebte allein, doch waren seine amourösen Abenteuer weit bekannt. Lavinias Mutter war seine einzige eheliche Tochter.

Doch nie würde sie die ungezählten Tanten und Onkels vergessen, die am Tage von Großvaters Beerdigung plötzlich aufgetaucht waren. Zum einzigen Male trafen sie sich bei diesem Anlaß, Menschen, die sich untereinander kaum kannten.

Kurz vor seinem Tod machte der Großvater sein Testament bezüglich der wenigen Dinge, die er besaß. Ihr hinterließ er einen kurzen Text, den er ihr an seinem letzten Geburtstag auswendig vorgetragen hatte: »Die Griechen nannten Anfang und Ende Alpha und Omega. Nun, da ich an mein Omega gelange, hinterlasse ich dir dies Vermächtnis: Keine Anstrengung um die Kultur der Menschheit geht je verloren. Deshalb sollst du das Buch achten, das dem Wort zum Schutze dient; dem Wort, das das Besondere des Menschen ist.«

Er starb an einem 31. Dezember, unter dem Lärm der Feuerwerkskörper und Feste, die ihn zusammen mit dem alten Jahr verabschiedeten. Seine Beerdigung wurde zur politischen Demonstration. Sie erinnerte sich noch gut an jenen heißen Nachmittag, an die Blumen des Friedhofs und die Masse der Arbeiter, die ihn begleiteten, bis er hinter der Platte des Familiengrabes verschwand. Der Großvater hatte, als Anhänger liberaler, ja sozialistischer Ideen und als unnachgiebiger Gegner der Dynastie Großer Generäle, schon den Acht-Stunden-Tag eingeführt, Sozialleistungen und Arbeitsschutzmaßnahmen, bevor es eine entsprechende Gesetzgebung gab. Und er hatte auch die Ruinen von Tenoztle entdeckt.

Für sie bedeutete er ihre Kindheit und den Glanz der Phantasie. In einem beständig wiederkehrenden Traum traf sie ihn noch immer: Sie standen auf der schneebedeckten Spitze eines schwindelerregend hohen Berges, auf dessen Hängen aber schon der Frühling lag. Der Großvater befestigte auf ihrem Rücken Flügel aus weißen Federn, genau wie jene, die sie als Kind bei den Prozessionen der Karwoche getragen hatte. Er blies kräftig hinein und schubste sie an. Und sie flog wirklich in diesen Träumen, fühlte sich frei und schwerelos wie ein Vogel und doch vollkommen sicher, weil der Großvater ja oben auf dem Berg auf sie wartete, glücklich darüber, sie fliegen zu sehen.

Die Zeit verging. Die Musik verklang. Sie wurde wieder der leeren Teller gewahr, des leeren Glases. Sie stand auf, um abzuräumen, um unter die Dusche zu gehen und sich das Heimweh abzuspülen.

Ich kam durch rosa Membranen. Wie ein amberfarbener Wasserfall gelangte ich in Lavinias Körper. Ich sah, wie über mir das Gaumenzäpfchen vorbeiflog, bevor ich durch einen dunklen, engen Tunnel in die Werkstatt des Magens stürzte.

Jetzt schwimme ich in ihrem Blut, durchmesse den weiten Raum ihres Körpers, höre das Herz wie das Echo einer unterirdischen Höhle schlagen. Alles hier bewegt sich im Rhythmus des Atems. Wenn sie einatmet, weiten sich die Wände. Dann kann ich die feinen Äderchen sehen, die der Spur einer Handvoll Pfeile ähneln, die in den Himmel geschossen werden. Atmet sie aus, dann schließen und verdunkeln sich die Wände. Ihr Körper ist jung und gesund. Ich habe ihr Inneres gesehen. Ich spürte die Kraft, während ich mich durch ihre Gefäße treiben ließ. So schlugen die Herzen der Krieger, wenn sie der Priester ihrer Brust entriß. Wild schlugen sie, bis sie erloschen. Mir tat es immer leid, sie außerhalb ihrer Wohnung zu sehen. Ich meinte, die Götter müßten sehr dankbar sein für dieses Lebensgeschenk. Was konnten wir ihnen Besseres geben als das Zentrum unseres Universums, unsere Herzen, die Herzen unserer besten Krieger.

Trotzdem waren wir den schießenden Stöcken der Spanier ausgeliefert. Vielleicht hätten die Götter auch lieber unser Gold gehabt. Unsere Klagen schienen sie nicht zu bewegen, gnadenlos lieferten sie uns dem Wüten der Seelenlosen aus. Nichts nützten da die vielen roten Herzen. Sie schienen sich dem Gott der Fremden zu unterwerfen, der, so sagten sie, durch das Wasser in den Geist gelangte.

Yarince ließ sich taufen, um das Wort der Spanier auf die Probe zu stellen, und um herauszufinden, was er von ihrem Gott Nützliches für unser Volk lernen konnte. Doch der Gott der Spanier berührte seinen Geist nicht. Uns wurde klar, daß wir auch diesem Gott nicht gefielen. Vielleicht bat er die Spanier um Indianeropfer.

Lavinia trägt große Räume des Schweigens in sich. Ihr Gehirn hat weite Regionen, die schlafen. Ich tauchte in ihre Gegenwart ein und sah Visionen ihrer Vergangenheit. Kaffeesträucher, rauchende Vulkane, Quellwasser, alles eingehüllt in den dichten Nebel der Sehnsucht. Sie versucht, sich selbst zu verstehen. Eine komplizierte Mischung aus Echos und Projektionen. Ich kann keine Ordnung in der Folge der Bilder erkennen, die diese weißen Zelloberflächen ausstrahlen. Sie verwirren mich, regen mich auf. Ich brauche Ruhe. Mein Geist ist aufgewühlt.

Aus der Ferne schlug die Uhr der Kathedrale fünfmal. Sie lehnte sich in Erwartung Felipes aus dem Fenster und sah ihre alten Nachbarn mit der ewig gleichen Unbeweglichkeit in den Eingängen der Häuser sitzen und ihren Fruchtsaft trinken.

Die Wohnung sah sauber und einladend aus. Nicht umsonst hatte sie das ganze Wochenende damit zugebracht, die neuen Möbel zu arrangieren, das Haus sauberzumachen, die Pflanzen zu gießen und Papiere zu ordnen. Sie fragte sich, ob die Liebe wohl häuslich machte, fühlte sich jedoch gleichwohl zufrieden mit dem, was sie getan hatte. Sie zog Jeans, eine weite Bluse und Sandalen an. Sie mußte lächeln über dieses

Spiegelbild eines jungen Mädchens vom Land, noch dazu mit Pferdeschwanz.

Felipe kam nicht. Um sechs wurde sie ungeduldig. Das Telefon klingelte auch nicht. Sie fühlte, wie schlechte Laune in ihr emporstieg, bemühte sich jedoch, die Ungeduld zu zähmen, dachte an all die Möglichkeiten, die Felipe aufgehalten haben mochten. Wenigstens hätte er telefonieren können, es war ja wohl kein Problem, einen Hörer in die Hand zu nehmen und anzurufen. Gerade er, der so süchtig nach Telefonaten zu sein schien. Sie griff nach einem Buch und warf sich in die Hängematte.

Es gelang ihr nicht, sich zu konzentrieren. Um sieben stand sie auf, lief, wie ein Kaninchen im Käfig, durchs Haus und überlegte, was sie tun sollte. Vielleicht war es richtig, einfach auszugehen, nicht länger auf ihn zu warten. Sie wählte die Nummer von Antonio, erhielt jedoch keine Antwort. Sicher war er noch nicht von dem Ausflug zurück, zu dem er sie eingeladen hatte. Auch Sara und Adrián waren nicht zu Hause. Die Einsamkeit des Tages sammelte sich und wuchs mit der Stille. Sie legte Musik auf. Obwohl sie sich erst in der vergangenen Woche vorgenommen hatte, keine Vermutungen über Felipes Beschäftigungen anzustellen, konnte sie genau das nun nicht verhindern. Vielleicht war sie tatsächlich einem gewöhnlichen Don Juan zum Opfer gefallen. Und trotzdem, Felipes Verhalten kam ihr dafür zu ehrlich vor. Sie schenkte sich ein Glas Rum ein. Sie wollte nicht länger darüber nachgrübeln, am nächsten Tag würde sie alles ein für allemal klären. Sie wollte nicht länger so tun, als interessierten sie seine Geheimnisse nicht. In diese Falle gerieten viele Frauen aus Angst vor der Anschuldigung, »beherrschend« oder »besitzergreifend« zu sein.

Es schlug neun. Nun war es offensichtlich, daß er nicht kommen würde. Tante Inés pflegte zu sagen, daß die Männer unberechenbar und undurchschaubar waren, stockfinstere Nächte mit ein paar Sternen. Die Männer waren die Höhle, das Feuer unter Dinosauriern, die Sicherheit einer breiten Brust, Hände, die die Frau beim Lieben hielten, Wesen, die den Vorteil genossen, keine unverrückbaren Horizonte, keine Räume mit festen Begrenzungen zu haben. Die ewig Privilegierten. Obwohl sie alle aus dem Bauch einer Frau kamen, von ihr abhingen, um zu atmen und um zu wachsen, um sich zu ernähren und Kontakt mit der Welt aufzunehmen, schienen sie sich später mit ungewöhnlicher Wildheit gegen diese Abhängigkeit aufzulehnen, um das weibliche Element zu unterwerfen, denen die Macht zu entreißen, die ihnen durch den Schmerz gespreizter Beine das Leben geschenkt hatten.

Sie schaltete das Fernsehgerät ein. Es lief ein schlechter Film, auf dem anderen Kanal eine langweilige Serie. Es gab nur zwei Programme in Faguas. Sie schaltete den Apparat wieder ab, knipste die Lichter aus und verschloß die Hintertür. Sie zog sich aus und legte sich ins Bett, um noch ein wenig zu lesen. Mittlerweile war es elf geworden. Sie hatte Kopfschmerzen, fühlte sich traurig und betrogen, war wütend auf sich selbst und ihren romantischen Leichtsinn. Schließlich ließ die Stille der Einsamkeit sie in den Schlaf fallen.

Die Nacht umhüllt meine Zweige, und die Grillen singen ihre monotone Weise unter dem taumelnden Liebestanz der Glühwürmchen. Es gelang mir gerade noch, sie im Traum zu erreichen. Ich grub meinen Namen – Itzá, Tautropfen – in ihre Vision von Blumen und vom Fliegen. Auch ich träumte vom

Fliegen, wenn ich sah, wie sich die Vogelschwärme über die Reittiere und die Haufen übelriechender, zotteliger Männer erhoben. So klein die Vögel und mit einem solchen Vorteil uns gegenüber.

Die vielen Vorkommnisse verwirren mich. In ihrem Blut zu sein war wie in mir selbst zu leben. Genauso wird mein Körper gewesen sein.

Ich spüre Sehnsucht nach Adern, Eingeweiden und Lungen. Ihre Gedanken hingegen waren eine Papageienfamilie, die sich lärmend im Kreis umflatterte. Für sie jedoch hatten sie eine Ordnung. Ein Bild hing mit dem anderen zusammen, wie ein Spiegel, der sich unendlich oft in einem anderen Spiegel wiederholt. Ich mußte an die Faszination der Spiegel denken. Mit ihnen gelang es den Spaniern, uns zu betören. Anfangs dachten wir, dieses Bild, das alle unsere Bewegungen wiederholte, sei ein Scherz. Bis uns klar wurde, daß wir uns zum ersten Male selbst sahen, ganz deutlich, nicht wie im bewegten und flüchtigen Abbild des Quellwassers. Was kann mehr faszinieren, als sich zum ersten Male zu sehen? Sich zu erkennen? Yarince wurde böse, als er mich dabei überraschte, wie ich in einen kleinen Spiegel schaute. Doch wußte ich bis dahin nicht, wie schön ich war. Und es gefiel mir, mich zu betrachten. Die Männer verstehen viele Dinge nicht.

5

Ein Geräusch weckte sie auf. Still blieb sie in der Dunkelheit liegen. Draußen blies der Nachtwind und bewegte die Bäume. Zunächst dachte sie, daß seine Böen an der Tür rüttelten. Doch die Schläge waren regelmäßig, laut und eindringlich.

Erschrocken und plötzlich wach, zog sie sich schnell den Kimono über und trat ins Wohnzimmer. Während sie das Licht anknipste, hörte sie die Stimme Felipes. Sie klang heiser.

»Mach auf, schnell, mach auf!«

Sie mußte zur Seite treten, als die entriegelte Tür von außen durch das Gewicht seines Körpers aufgestoßen wurde. Ein gekrümmt gehender Mann kam auf Felipes Arm gestützt herein.

Sie hatte keine Zeit zu fragen, was los war. Gerade noch bemerkte sie seinen veränderten Gesichtsausdruck, als er an ihr vorbeiging und den Fremden ohne zu zögern und ohne sich nach ihr umzudrehen ins Schlafzimmer führte.

»Schließ gut ab, leg alle Riegel vor und mach das Licht aus.« Benommen gehorchte sie. Was war passiert, was bedeutete dieser plötzliche Überfall mitten in der Nacht? Sie rochen merkwürdig, nach Gefahr, nach Verzweiflung.

Mit zitternden Knien ging sie ins Schlafzimmer zurück. Undeutlich sah sie die Flecken auf dem Boden; groß, feucht, rot. Sie betrat das Zimmer, wo Felipe sich um den Mann bemühte.

»Hast du ein paar Laken, etwas, woraus wir Verbandszeug machen können, um die Wunde abzubinden?« fragte er und preßte ein Handtuch, das langsam immer dunkler wurde, auf die Seite des Verwundeten.

Ohne ein Wort zu sagen, ging sie ins Bad. Dort bewahrte sie Desinfektionsmittel, Watte und andere Dinge für Erste Hilfe auf. Die Hände zitterten ihr. Mit den Laken, ein paar Handtüchern und einer Schere kam sie zurück und legte alles aufs Bett.

Der Mann gab beim Atmen ein merkwürdiges Geräusch von sich. Mit dem Arm hielt er das Handtuch gegen die Taille gepreßt, das Blut sickerte in kleinen Fäden auf die Hose.

»Er ist schwer verwundet. Hat er einen Unfall gehabt? Wir müssen ihn ins Krankenhaus bringen, einen Arzt rufen«, sagte sie mit sich überschlagender Stimme.

»Das geht nicht. Morgen vielleicht. Hilf mir jetzt. Wir müssen die Blutung stillen.«

Sie trat näher. Der Mann nahm das Handtuch weg, so daß Felipe die Wundpresse anbringen konnte. Sie sah den Arm oberhalb des Ellenbogens, das runde Loch, die Haut und das rohe Fleisch, das Blut, das unaufhaltsam hervorschoß. Wirre Bilder schossen ihr durch den Kopf. Hier war die dunkle Seite von Faguas plötzlich in ihrem Haus, unerwartet und ohne zu fragen. Endlich verstand sie die geheimnisvollen Telefonate Felipes, seine plötzlichen Abwesenheiten. Zorn und Angst brandeten in ihr hoch, während sie wie hypnotisiert auf die Wunde sah und den Drang, sich zu übergeben, unterdrückte.

Felipe wickelte das Laken so fest wie möglich um den Arm. Lavinia versuchte die Flecken zu übersehen, die das Tuch färbten, und konzentrierte sich auf die Züge des Mannes, der jetzt merkwürdig bleich aussah. Sie fühlte sich in der Falle. Sie konnte nichts weiter tun, als zuzusehen und ein paar Handreichungen zu verrichten. Ihr Kopf pochte wie ein großes, stürmisches Herz.

»Er ist angeschossen«, sagte sie aus dem Bedürfnis heraus, es endlich auszusprechen. Felipe drehte am Druckverband, preßte ihn stärker zusammen. Das Weiß des Stoffes tränkte sich mit einem schrecklich schreienden Rot.

Der Mann atmete schwach. Das ausdruckslose Gesicht hatte er Felipe zugewandt. Er beobachtete das Geschehen, als ginge es ihn nichts an. Er war jung, mittelgroß, hatte leicht geschlitzte Augen und dicke Lippen; sein Haar war braun, es fiel ihm in einer Strähne in die Stirn. Als er sie sprechen hörte, wandte er sich ihr zu.

»Keine Sorge, Compañera«, sagte er und sah sie an, »ich werde nicht bei Ihnen zu Hause sterben.« Dabei lächelte er fast traurig. Schweißgebadet versuchte Felipe den Knebel fester zu ziehen. Schließlich riß er noch einen Streifen vom Bettlaken und band ihn um den Arm. Er trocknete das Blut mit einem Handtuch, mit dem er sich dann den Schweiß von der Stirn wischte.

»So, ich glaube, du bist noch mal davongekommen. Wie fühlst du dich?«

»Als ob man mir eben eine Kugel verpaßt hätte... Alles in Ordnung, mach' dir keine Sorgen, kümmere dich um die Compañera. Sie scheint sich ganz schön erschrocken zu haben.«

»Ich werde mich schon um sie kümmern, aber ich finde, du solltest dich für den Moment nicht von der Stelle bewegen. Die Compañera ist sauber. Es ist besser, wenn du hierbleibst. Es ist sicherer so. Jetzt solltest du etwas trinken und dann schlafen. Du hast viel Blut verloren.«

»Na, wir werden ja sehen. Wir wissen ja noch gar nicht, was sie dazu sagt.«

Nur der Verwundete schien ihre Gegenwart zu bemerken. Felipe war fast damit fertig, das Bett zu säubern. Es gab keinen Zweifel mehr, nach diesen Anspielungen Felipes auf die Sicherheit ihres Hauses. Er hätte sie nicht da hineinziehen sollen, dachte Lavinia, hätte sie nicht zwingen sollen, eine solche Situation unvorbereitet zu erleben, ohne die kleinste Vorwarnung.

»Hast du etwas da, was wir ihm zu trinken geben können?« fragte er und wandte sich ihr zu. Sein Gesicht war hart, ausdruckslos, beherrscht von einem einzigen, bestimmten Gedanken.

»Ich könnte ihm einen Orangensaft machen. Und es ist Milch da«, antwortete sie, erstaunt über Felipes Befehlston. Sie fühlte sich deplaziert, entmutigt.

»Milch ist besser«, sagte der Verwundete. »Von Orangen bekomme ich Sodbrennen.«

Felipe folgte ihr in die Küche.

»Sollte man die Milch nicht ein bißchen warm machen?«

»Ich glaube nicht«, antwortete Lavinia. »Ich habe gelesen, daß alles Warme schlecht bei Blutungen ist... Erzähl mir, was passiert ist und wer das ist.«

»Er heißt Sebastián. Komm, wir geben ihm die Milch, dann erkläre ich dir alles.«

Er trat ans Fenster. Immer noch wehte ein starker Wind. Fern bellte ein Hund, ab und zu fuhr ein Auto vorüber. Sie sah, wie er sich vergewisserte, daß alle Türen gut verschlossen waren. Sebastián trank die Milch. Dann lehnte er sich in die Kissen zurück. Er schloß die Augen.

»Danke«, sagte er, »danke, Compañera.«

Es war etwas in seiner gleichmütigen Ruhe, das sie an einen gefällten Baum erinnerte.

Gemeinsam mit Felipe verließ sie das Schlafzimmer. Das Haus lag im Dämmerlicht, der Mond brachte eine fahle Helligkeit herein. Der Schatten des Orangenbaumes bewegte sich auf den Fliesen. Felipe warf sich aufs Sofa, legte den Kopf zurück und schloß die Augen. Mit einer müden Geste fuhr er sich über das Gesicht, wie jemand, der sich auf eine neue Episode vorbereiten will.

»Lavinia«, er öffnete die Augen und bedeutete ihr, sich neben ihn zu setzen. Sein Ausdruck war ein wenig sanfter geworden, trotz der Stirnfalte und des strengen Tons.

Sie nahm neben ihm Platz und wartete schweigend. Sie wollte

nicht fragen, dachte, es wäre besser, nichts zu wissen. In Faguas war es besser, nichts zu wissen.

»Sebastián ist von der Nationalgarde erwischt worden. Sie haben das Haus gestürmt, in dem er sich aufhielt. Er konnte mit knapper Not entkommen, drei weitere Compañeros sind umgekommen...«

Felipe sah sie aufmerksam an. Sie wußte nicht, wie sie reagieren sollte. Am liebsten wäre sie weggelaufen. Der Gedanke, daß ihnen die Nationalgarde auf den Fersen war, versetzte sie in Schrecken. Ihre Methoden waren nur zu bekannt: Folter, der Vulkankrater. Und sie war eine Frau. Felipe hätte das nicht tun dürfen, einfach so in ihr Haus einzudringen! Vielleicht war ihm nichts anderes übriggeblieben, trotzdem hatte er kein Recht, sie so in Gefahr zu bringen. Und der Verletzte, der in ihrem Bett schlief! Verzweifelt überlegte sie, wie sie sich verhalten sollte.

»Jetzt weißt du, warum ich nicht kommen konnte und was meine obskuren Beschäftigungen sind, die Telefonanrufe.« Er sah sie sanft an und legte seine Hand auf die ihre. »Es tut mir leid, daß du es so erfahren mußt. Ich hätte ihn nicht hergebracht, wenn es sich nicht um einen absoluten Notfall gehandelt hätte. In meinem Haus konnte ich Sebastián nicht unterbringen. Da wohnen noch andere. Sie hätten todsicher etwas mitbekommen, und eine Anzeige wäre das Ende gewesen... Mir fiel nichts anderes ein, als ihn hierherzubringen. Hier ist er am sichersten. Es tut mir leid.«

Trotz der Dunkelheit konnte sie Felipes Blässe sehen, den Schweiß, der auf seinem Gesicht glänzte. Ihr war heiß. »Und jetzt? Was wollen wir jetzt machen?«

»Ich weiß es nicht. Ich weiß es noch nicht«, antwortete Felipe und fuhr sich mit der Hand durchs Haar.

Er kam Lavinia ratlos vor, wie er da schwer atmend auf den Kissen des unordentlichen Sofas lag und die Beine von sich streckte, als wögen sie Tonnen. Plötzlich richtete er sich auf und sagte, ohne sie anzusehen, so als spräche er mit sich selbst: »An den Tod gewöhnt man sich nie richtig. Nein, nie.«

Er hatte die drei toten Compañeros gekannt, einer von ihnen, Fermín, war sogar ein Schulkamerad von ihm gewesen.

An diesem Nachmittag war er zu einem Treffen bestellt worden. Deshalb war er auch nicht, wie verabredet, zu ihr gekommen. Fermín machte Witze über die Ruhe im Viertel. Sie fühlten sich sicher in jenem Häuschen, das sie erst kürzlich mit den spärlichen Mitteln der Organisation gemietet hatten. (Er sprach von der »Organisation«, als wüßte sie, worum es sich dabei handelte.) Es war ein Armenviertel. Bretterhütten, Plumpsklos in den Hinterhöfen, die Wohnungen von Campesinos, die auf der Suche nach einem besseren Leben in die Stadt gekommen waren. Um neun hatte er das Haus verlassen, um heimzugehen.

»Ich habe nichts bemerkt, absolut nichts«, sagte er in einem Ton, als gäbe er sich selbst die Schuld für das Geschehene. Er strengte sich an, die Einzelheiten jener ruhigen Straße am Sonntagabend zu rekonstruieren; Frauen und Männer, die in den Türen ihrer Häuser saßen, Straßenköter, die Busse, die wie immer mit klappernden Karosserien vorbeidröhnten. »Ich habe absolut nichts bemerkt«, sagte er ein ums andere Mal, während er ihr erzählte, was er von Sebastián wußte: »Plötzlich tauchte die Nationalgarde auf. Sie hörten den Lärm der Jeeps und im selben Augenblick: ›Ihr seid umstellt, ergebt euch!‹ Und sie hatten kaum Munition. Zwei Maschinenpistolen. Während sie durchluden und in Stellung gingen, beschlossen sie, daß Sebastián abhauen sollte, versuchen sollte, sich zu retten, zu überleben, um weiterzumachen. Sie schrien: ›Wir kommen schon‹, um Zeit zu gewinnen. Es war das letzte, was Sebastián hörte, bevor er über die Mauer des Hinterhofes sprang.

Um neun Uhr gestern abend lebten sie noch.«

Er schwieg und streckte den Arm aus, als brauchte er die Nähe eines menschlichen Wesens, um nicht zu verzweifeln.

Unfähig, auch nur ein Wort zu sagen, drückte sie sich an seine Brust, ohne zu wissen, wie sie ihn trösten konnte. Sie hätte ihn ganz in sich aufnehmen, den Schutz ihres weiblichen Körpers geben mögen. Sie spürte seinen regelmäßigen Atem, sein warmes und festes Fleisch, das so leicht verwundbar war: ein Stückchen Blei, das mit einer bestimmten Geschwindigkeit flog, und Felipe würde zerrissen werden, diese Haut, die sie berührte. Das plötzliche Gefühl der Nähe des Todes ließ sie erschauern. Erst um neun Uhr hatte Felipe das Haus verlassen. Und wenn er noch ein Weilchen geblieben wäre? Sie drängte sich enger an ihn, dachte an seine Freunde, die sie nie mehr kennenlernen konnte. Sie verspürte den Drang zu weinen bei dem Gedanken daran, was er jetzt fühlen mußte, dem tauben Schmerz des Todes, der Ohnmacht.

Der Morgen dämmerte. Felipe stand auf und ging zum Fenster. In der Ferne krähten die ersten Hähne.

»Wir sind die Befreiungsbewegung«, sagte er und bestätigte so, was Lavinia bereits vermutet hatte. »Du weißt, was das ist, oder?«

»Ja, der bewaffnete Kampf.«

»Ganz genau. Der bewaffnete Kampf. Wir konnten ihn nicht mehr nur in den Bergen führen. Wir werden mehr, wir fangen an, auch in den Städten zu operieren. Wir können nicht länger zulassen, daß die Nationalgarde mit Terror herrscht. Erinnerst du dich an die Sache mit den wilden Siedlern? Wir können nicht länger zusehen, wie solche Dinge passieren. Gegen Gewalt hilft nur Gewalt. Es ist die einzige Möglichkeit.«

Langsam kam er wieder zu Kräften. Wie ein Kranker, der nach der entsetzlichen Nachricht den Entschluß faßt, weiterzuleben. Sie sah ihn an. Es war Wahnsinn, daß er sich diesem Risiko aussetzte, er, der eine sorglose Zukunft haben könnte, es war Wahnsinn, daß man ihn zum bewaffneten Kampf überredet hatte.

»Ihr habt doch keine Chance, Felipe. Sie werden euch alle umbringen. Es ist verrückt. Du bist ein intelligenter Mensch. Ich hätte nie gedacht, daß du an diese Sachen glaubst ...«

Er drehte sich zu ihr um und sah aus, als wollte er etwas sagen. Niemals würde sie diesen Blick vergessen. Er mußte die Angst in Lavinias Augen bemerkt haben, denn im letzten Augenblick beherrschte er sich.

»Laß uns Kaffee machen«, sagte er nur.

Als sie sich auf den Holzbänken am Küchentisch gegenübersaßen und die Tassen vor ihnen standen, nahm er ihre Hand.

»Lavinia, ich möchte dich nicht in Schwierigkeiten bringen. Ich möchte deine Ruhe nicht stören. Im Gegenteil, mir gefällt deine Sorglosigkeit, deine Fröhlichkeit. Ich verlange weder von dir, daß du uns verstehst, noch daß du mit uns einverstanden bist. Es mag dir verrückt vorkommen, uns aber scheint es der richtige Weg. Das einzige, worum ich dich bitte, ist, daß Sebastián hierbleiben kann, bis wir ihn woanders hinbringen können. Dein Haus ist sicher. Hier wird ihn niemand vermuten. Er ist für die Bewegung sehr wichtig. Ich schwöre dir, daß wir dich dann nie mehr um etwas bitten werden.«

»Und du, was willst du machen?«

»Ich werde den Tag über bei ihm bleiben und abwarten, wie

sich die Dinge entwickeln. Dann bringe ich ihn weg. Ich bin selbst ziemlich sauber. Das Problem ist, daß wir keine großen Mittel zur Verfügung haben. Häuser, Autos, all das. Ich muß erst sehen, wo wir ihn hinbringen können.«

»Dann ist die Bewegung also nicht besonders groß?«

»Sie wird stärker«, antwortete Felipe und sah sie noch einmal scharf an. »Was ist, bist du einverstanden?«

Während sie ihn anschaute, spürte sie, daß es ihm schwerfiel, sie fragen zu müssen. Seine Augen glänzten. Er hatte ihre Hand losgelassen und wartete darauf, daß sie etwas sagte. Ich sitze in der Falle, dachte sie, ich kann nicht nein sagen. Doch durfte sie jetzt nicht aus Gefühlsduselei handeln. Das war kein Spielchen, das war blutige Wirklichkeit. Niemals hatte sie gedacht, daß ausgerechnet ihr so etwas passieren würde.

Guerilleros, das waren für sie Wesen von anderen Sternen. Sicher, während ihrer Zeit in Italien hatte sie wie alle ihre Freunde Che Guevara bewundert, und sie erinnerte sich noch gut an die Faszination, mit der ihr Großvater von Fidel Castro und der Revolution gesprochen hatte. Doch es war eine Sache, gegen die Diktatur zu sein, aber eine ganz andere, mit der Waffe in der Hand gegen eine Armee zu kämpfen, die dazu abgerichtet war, ohne jedes Mitleid zu töten.

Ihre Ablehnung der Diktatur war eng verbunden mit ihrer ganz persönlichen Rebellion gegen das Elternhaus, gegen eine Frauenrolle, die ihr die Unabhängigkeit nehmen wollte, gegen alte Konventionen. Für das andere, für dieses wahnsinnige Abenteuer brauchte es eine andere Persönlichkeit. Einen übertriebenen Idealismus. Aber auch viel Mut. Dies mußte sie anerkennen, obgleich sie fand, daß es der Mut eines Don Quijote war. Und sie wollte zumindest nicht sterben.

»Du hast noch nicht geantwortet«, sagte Felipe, »was ist,

willst du nichts sagen?« Seine Stimme hatte die Entschlossenheit des Vorabends zurückgewonnen.

»Ich weiß, daß ich es dir nicht abschlagen kann, selbst wenn ich es wollte. Ich sehe ein, daß ihr eure Gründe habt, das zu tun, was ihr tut. Ich möchte nur, daß ganz klar zwischen uns ist, daß ich diese Vorstellungen nicht teile. Ich bin nicht aus diesem Holz. Sebastián kann für den Augenblick hierbleiben, doch bitte ich dich, ihn wegzubringen, sobald es möglich ist. Ich weiß, daß du das entsetzlich findest, doch fühle ich mich zu mehr nicht fähig. Ich muß ehrlich zu dir sein.«

»Ich verstehe dich. Mehr wollen wir ja auch nicht im Augenblick.«

»Nein. Ich bitte dich, sage nicht ›im Augenblick‹. Wie wohl alle in Faguas achte ich euch wegen eures Mutes, aber ich meine, daß ihr euch irrt, daß ihr heldenhaft Selbstmord begehen wollt. Zieh mich da nie wieder hinein.«

»Einverstanden, ist gut«, antwortete Felipe.

Lavinia beugte sich über den Tisch, legte den Kopf auf die Arme und schloß die Augen. Sie fühlte sich müde, erschöpft.

»Laß uns etwas ausruhen«, sagte Felipe, »ich glaube, ich höre schon Stimmen.«

6

Ah, wie gern hätte ich sie geschüttelt, ihr geholfen zu verstehen. Sie war genau wie so viele andere, die ich kennengelernt hatte. Ängstlich. Die meinten, so könnten sie ihr Leben retten. So viele, die als traurige ausgemergelte Vogelscheuchen endeten. »Angst ist ein schlechter Ratgeber«, pflegte Yarince immer zu sagen, wenn man ihn wegen der Kühnheit seiner Pläne angriff.

Felipe strömt die Kraft des Zornes aus; sie hingegen schwimmt in einem Meer von Verwirrung. Ihre inneren Bilder waren fahl, ihr Blut wurde wäßrig. Sie klammert sich an ihre Welt, als gäbe es keine Vergangenheit und als wäre die Zukunft nur ein farbiger Stoff. Sie ist wie diejenigen von uns, die sich taufen ließen, weil sie dachten, das Taufwasser reinige das Herz. Sie konnten nichts ausrichten gegen die Pferde und Feuerstöcke, gegen die langen, harten Schwerter; nichts anderes blieb übrig, als sich zu ergeben und abzuwarten, denn ihr Gott schien mächtiger zu sein als unsere Götter.

Immer noch meine ich die Klagen nach der Schlacht zu hören, die wir fünf Tagesreisen von Maribios entfernt gegen die Spanier führten. Wir hatten Nachricht von der Expedition der spanischen Befehlshaber erhalten. Sie wollten die Dörfer im Umkreis des Ortes unterwerfen, an dem sie ihre Tempel und Häuser errichteten. Sie bauten eine Stadt, um sich auf unserem Gebiet niederzulassen. Es war eine Stunde der Verzweiflung. In jener Zeit griffen wir sie Tag und Nacht an, aus dem Hinterhalt, wobei wir das Wissen nutzten, das wir von unserer Erde und ihren Verstecken besaßen. Doch wir verloren viele Krieger. Nach dem ersten Angriff holten sie ihre Bestien und schossen Feuer mit ihren Stöcken. Sie stürzten sich auf uns und zwangen uns, auseinanderzulaufen.

Da fiel Tacoteyde, dem alten Priester, ein Plan ein, der die Spanier ganz sicher zurückschlagen würde.

Zwei Tage und zwei Nächte beratschlagten wir an den Lagerfeuern tief im Wald. Ich war nicht einverstanden, es schien mir ein sinnloses Opfer zu sein, wenn ich auch die Wirkung sah, die es auf die Spanier haben würde. Yarince, Quiavit und Astochimal äußerten lautstark ihre Meinung, die einen dafür, die anderen dagegen. Schließlich stand Coyevet auf, der Alte mit dem weißen Haar, den alle achteten, und schlug vor, daß wir das Schicksal entscheiden lassen sollten.

Mir ist, als sähe ich jetzt noch den nächtlichen Kreis der Krieger eng um die drei Anführer stehen. Die Ocote-Späne, die in den Astgabeln der Bäume brennen. Coyevet und Tacoteyde, die auf dem Boden sitzen und Tabak rauchen.

Sie schossen die Pfeile, die Luft pfiff um die Bogensehnen. Die Pfeile von Yarince und Quiavit flogen weit. Astochimal verlor. Er senkte den Kopf und ließ eine lange Klage hören.

An diesem Abend wählten die Krieger aus den Gemeinschaften vierzig alte Männer und Frauen. Als sie sie in unser Lager brachten, hatten sie noch verschlafene Gesichter, wie sie da in ihre Decken gehüllt in einem Kreis auf dem Boden saßen und Tabak kauten. Tacoteyde sprach zu ihnen. Er erzählte ihnen, daß der Herr der Küste, Xipe Totec, ihm im Traum erschienen sei und ihm gesagt habe, daß ein Opfer weiser Männer und Frauen nötig wäre, um die Eindringlinge zu vertreiben. Dann sollten sich die Krieger mit der Haut der Geopferten kleiden und sich so als erste in die Schlacht begeben. Die Spanier würden, von Entsetzen gepackt, fliehen. Und sicher würden sie darauf verzichten, in Maribios ihre Städte zu bauen. Er sagte ihnen, daß sie für das Opfer ausgewählt seien. Bei Sonnenaufgang müßten sie sterben.

Ich beobachtete alles vom Gebüsch aus, denn uns Frauen war es nicht erlaubt, an den Handlungen der Priester teilzunehmen. Ich hätte im Zelt bleiben müssen, doch hatte ich längst schon die Pflichten einer Frau verletzt, indem ich mit Yarince zusammen in den Kampf gezogen war. Man hielt mich für eine Texoxe, eine Hexe, und meinte, ich habe Yarince mit dem Geruch meines Geschlechtes verzaubert.

So sah ich dieses Schauspiel im Morgengrauen. Die Alten

saßen nebeneinander in ihre Decken gehüllt und lauschten mit ihren zerfurchten Gesichtern Tacoteyde. Zunächst verharrten sie schweigend. Dann beugte sich einer nach dem anderen zu Boden und stieß lange Klagen aus. »So geschehe es, so geschehe es«, sagten sie. »So geschehe es, so geschehe es«, bis ihre Stimmen einem großen Gesang glichen.

Ich fühlte mich, als trüge ich ein zerbrochenes Tongefäß in der Brust. Ich sah die Gestalten unserer Alten, die sterben sollten. Mit ihnen stürbe die Geschichte unseres Volkes, seine Weisheit, Jahre, Jahrzehnte unserer Vergangenheit. Viele von ihnen waren Eltern oder Großeltern unserer Krieger, die das Geschehen jetzt mit starren bronzenen Gesichtern beobachteten.

Wie litten wir unter diesem Opfer! Als Tacoteyde bei Sonnenaufgang des kommenden Tages auf dem rasch für Xipe Totec erbauten Altar ein Herz nach dem anderen herausriß, fühlten wir alle eine riesige Last auf dem Rücken und den Haß auf die Spanier im Blut.

Tacoteyde zog ihnen die Haut ab. Einer nach dem anderen warfen sich vierzig unserer Krieger diese schrecklichen Kleider über, wobei einige von ihnen ein entsetzliches Schluchzen hören ließen. Als alle fertig waren, boten sie einen Anblick, der uns selber erschütterte.

Unser Schmerz war vergessen, als wir uns die Spanier vorstellten, wenn sie sehen würden, was wir jetzt anschauten. Auch ihre Tiere würden erschrecken. Und wir würden siegen. Das Opfer unserer Alten würde nicht umsonst sein.

Wir hatten nicht mit ihrer Hartherzigkeit gerechnet. Sicher, zunächst erschraken sie. Wir sahen, wie sie zurückwichen, und dabei fiel eine große Zahl von ihnen, durchbohrt von unseren Giftpfeilen. Doch dann schien sie der Zorn zu packen. Unter Geschrei, wir wären »Ketzer« und »unrein«, griffen sie an und richteten von ihren Pferden aus mit ihren harten Zungen aus Eisen und ihren Feuerstöcken ein entsetzliches Blutbad unter uns an.

In jener Nacht, als wir uns wieder in die Berge zurückgezogen hatten, mochten wir uns nicht in die Gesichter sehen. Das war die Nacht, in der viele von uns sagten, ihre Teotes, ihre Götter, seien stärker als die unsren.

Yarince warf sich mit dem Gesicht auf den Boden. Er beschmierte sich das Gesicht mit Schlamm und erlaubte mir nicht, mich ihm auch nur zu nähern. Er war wie ein waidwundes Tier.

Ich erkenne mein Blut, das Blut unserer Krieger in Felipe, in dem Mann, der in Lavinias Zimmer liegt, voller Gelassenheit und mit der Haltung eines Häuptlings. Nur sie ist unstet wie der Docht im Öl der Lampe, und ich in ihrem Blut konnte mich nicht zurückhalten, ich mußte sie rufen, ich versteckte mich im Labyrinth ihres Ohrs und flüsterte mit ihr.

Kurz vor sieben fuhr Lavinia hoch, mit der plötzlichen Gewißheit, daß es Zeit zum Aufstehen war. Die Arbeit, der Ablauf der Woche gingen weiter, ohne auf das Rücksicht zu nehmen, was im Haus geschah. Lucrecia würde bald kommen. Sie mußte sie aufhalten, eine Ausrede erfinden, damit sie wieder fortging. Sie setzte sich aufrecht hin, auf die Matratze, die nach alten Lumpen roch. Felipe hatte sie zum Ausruhen nach nebenan in das Zimmer geschickt, das sie sich eines Tages als Arbeitszimmer einrichten wollte, das jetzt aber nicht mehr war als eine Rumpelkammer. Sie hatte es nicht geschafft, richtig einzuschlafen. Durch die halboffene Tür sah sie ihn, wie er sich im Morgengrauen durch das Haus bewegte, in das Zimmer, in dem Sebastián lag, zum Fenster, um die Straße zu beobachten.

Jetzt hörte sie seine Stimme aus dem Nebenzimmer, er sprach mit Sebastián. Sie zog die Beine an und legte das Gesicht auf die Knie. Bei Tage war die Wirklichkeit noch schlimmer, dachte sie. Nichts war jetzt mehr wie früher. Ihr Leben, das bis gestern so ruhig gewesen war, würde nie mehr dasselbe sein. Am liebsten hätte sie in dieser Fötushaltung ausgeharrt, hätte sich einen geschützten Ort gesucht, an dem sie sicher war, weit weg von der Gefahr, die diese Stimmen bedeuteten, die durch die Wände und Türritzen zu ihr drangen. Doch dann stand sie auf, zog sich an und trat ans Fenster. Tau glänzte auf dem Rasen. Draußen schien alles ruhig. Lucrecia kam pünktlich. Lavinia öffnete die Tür, begrüßte sie und erklärte ihr, daß ein paar Kollegen aus dem Büro zur Arbeit an einem besonderen Projekt zu ihr nach Hause kommen würden. Dabei bemühte sie sich, ihrer Stimme einen sicheren Klang zu geben. Es sei nicht nötig, daß sie saubermachte, sagte sie, man werde Papiere auf dem Boden ausbreiten, alles schmutzig machen. Es wäre besser, sie käme am Mittwoch wieder. Lucrecia blieb jedoch hartnäckig, sie könne ja den Kaffee machen und sie überhaupt mit allem versorgen, was sie brauchten. Nein, das sei nicht nötig, wiederholte Lavinia. In einer halben Stunde würden sie kommen. »Bis Mittwoch«, lächelte Lavinia, »ich muß noch unter die Dusche.« Es blieb Lucrecia nichts anderes übrig, als sich zu fügen. Mit ratlosem Gesicht ging sie davon.

Lavinia kehrte ins Haus zurück. Sie hatte nicht besonders überzeugend gesprochen, dachte sie; doch Lucrecia würde nicht allzu überrascht sein und es auf den seltsamen Beruf schieben. Sie konnte die Gestalt Felipes erkennen, wie er durch eines der Fenster spähte.

Und jetzt, was hatte sie jetzt zu tun? Sollte sie arbeiten gehen? Sie mußte es mit beiden besprechen. Doch zunächst ging sie ins Bad, um sich das Gesicht zu waschen. Wieder und wieder benetzte sie es mit Wasser.

Sollte sie nicht doch ins Büro gehen? fragte sie sich noch einmal und spürte wieder Angst hochsteigen. Es fiel ihr schwer, sich vorzustellen, daß draußen alles wie immer sein sollte. Nichts würde sich geändert haben: die Busse, die Taxis, die Menschen im Aufzug, im Büro. Und sie, die sich nackt fühlte, zerbrechlich, die die Blicke fürchtete, die fürchtete, daß man ihr die vergangene Nacht ansehen könnte, das Geheimnis, das Blut.

Sie zog es vor, zu Hause zu bleiben. Zwar war die Sache mit Lucrecia bereinigt, doch konnte jederzeit jemand kommen und an die Tür klopfen. Was würde geschehen, wenn Felipe öffnete,... und Sebastián, der Verletzte, in ihrem Bett?

Sie sah im Spiegel die Ringe unter ihren Augen; das gleiche Gesicht, nur etwas müde, wie nach einer durchgefeierten Nacht. Wenn man sie so sah, konnte man nichts von ihren Problemen ahnen.

Sie verließ das Bad und klopfte an die Tür ihres Schlafzimmers.

»Komm rein«, hörte sie Felipes Stimme sagen, der sie gleich fragte, mit wem sie sich da unterhalten hatte. Lavinia erklärte es ihm.

Der Verletzte saß aufrecht im Bett. Um den Arm trug er einen sauberen Verband. Die Wunde hatte aufgehört zu bluten. Sein Gesicht war jedoch noch bleich.

»Guten Morgen, Compañera«, sagte er. Er fuhr fort, sie mit »Compañera« anzureden.

»Guten Morgen«, gab sie zurück. »Wie geht es?«

»Besser, viel besser. Danke.«

»Ich wollte euch fragen, ob ihr meint, daß ich ins Büro gehen sollte oder ob ich besser hierbleibe.«

Die Blicke der beiden Männer kreuzten sich fragend.

»Es wäre wohl besser, wenn sie hierbliebe, meinst du nicht auch?« sagte Felipe und sah Sebastián an.

»Nein«, antwortete er. »Ich glaube, es ist besser, wenn sie geht. Es ist nicht ratsam, daß ihr beide im Büro fehlt.«

»Aber was ist, wenn ihr etwas braucht«, sagte Lavinia, »wenn irgend etwas passiert...«

»Erwarten Sie heute noch jemanden?«

»Nein, niemand mehr.«

»Dann machen Sie sich keine Sorgen. Hier sind wir relativ sicher. Es ist wirklich besser, Sie gehen zur Arbeit... Wenn sie dich suchen, wird sie es mitbekommen. Sie kann uns Bescheid geben«, sagte er, jetzt wieder zu Felipe gewandt. »Sie kann die Zeitungen mitbringen und in Erfahrung bringen, was sonst noch so geredet wird. Wenn das Haus verschlossen ist, sieht es so aus, als sei niemand da. Es ist besser, sie geht«, sagte er noch einmal, und während er sich umdrehte, um Lavinia anzuschauen, fügte er noch hinzu: »Es wäre nicht gut, wenn man Ihre Abwesenheit mit der Felipes in Zusammenhang brächte.«

Sebastiáns Stimme klang ruhig und sicher, er sprach, als ginge es um ganz alltägliche Dinge oder darum, ob man am Sonntag ans Meer fahren sollte.

Lavinia wäre lieber dageblieben. Sie fühlte sich nicht fähig, alles zu tun, was von ihr erwartet wurde. Man würde es ihrem Gesicht ansehen. Ihr Gesicht war durchsichtig. Es war leicht, sie zu durchschauen. Sie spürte, daß sie immer nervöser wurde. Doch sie sagte nichts; Sebastiáns Blick, seine Gelassenheit, verursachten ihr Scham.

»Du kannst auch noch in einer Apotheke vorbeigehen und Antibiotika besorgen, irgendwelche starken Antibiotika. Die Wunde kann sich entzünden«, sagte Felipe.

»Wollt ihr denn heute auch keinen Arzt holen?« fragte Lavinia.

Sie könnten doch ganz einfach einen Unfall vortäuschen. Die beiden Männer beruhigten sie. Sie wollten schon noch einen Arzt rufen, aber es konnte nicht irgendein Arzt sein. Sie wollten darüber reden, wenn sie wieder da wäre.

Sebastián bat sie, das Radio für die Nachrichten ins Zimmer zu bringen. Lavinia suchte ihre Kleider zusammen und verließ das Haus.

Auf der Straße war es schon heiß. Von allen Seiten stieg der feuchte Atem der Erde auf, gemischt mit Staub und Wind. Von Jahr zu Jahr war die Trockenheit schlimmer, von Jahr zu Jahr wurde mehr Urwald abgeholzt. Die Eichen an der Straße sahen aschgrau aus. Lavinia beschleunigte ihren Schritt, während sie die Häuser ihrer Nachbarschaft beobachtete. In einiger Entfernung schnitt ein Gärtner den Rasen mit seiner Machete. Alles war wie immer, dachte sie. Nur sie war es, die anders war in dieser ruhigen Atmosphäre eines ganz normalen Wochentages. Sie, die jetzt zu spät in ihr Büro kommen würde und deshalb schneller ging.

Die Angst ließ ihr überall am Körper Augen wachsen. Wie ein Alptraum fiel ihr der Satz ein, den Felipe in der vorigen Nacht ein ums andere Mal wiederholt hatte, als er von der Flucht Sebastiáns erzählte: »Und ich habe nichts bemerkt, absolut nichts.« Und wenn sie schon hier waren? Wenn die Sicherheitsbeamten ums Haus schlichen und auf den günstigsten Zeitpunkt warteten, um zuzuschlagen?

Sie gelangte zum Aufzug und fuhr allein nach oben. Um

diese Zeit war die Eingangshalle des Gebäudes leer. Sie sah ihr Spiegelbild in den Metallwänden. »Niemand wird etwas merken«, beruhigte sie sich selbst. »Ich bin die gleiche. Die gleiche wie immer.« Doch sie war nicht sonderlich überzeugt davon; in ihrem Innern schwappte das Blut in einem Adrenalinsturm von einer Seite zur anderen.

Sie begrüßte Silvia, ging in ihr Büro und nickte im Vorbeigehen den Zeichnern zu. Alles ganz normal. »Verhalte dich natürlich«, hatte Felipe gesagt. Und hatte sie umarmt, bevor sie hinausging. Dabei wiederholte er, daß es ihm leid tat, sie da hineingezogen zu haben. Und trotzdem verhielten sie sich nicht anders, dachte sie, verlangten von ihr, das Gerede auszukundschaften, verlangten von ihr, Zeitungen zu besorgen, Medizin zu kaufen.

Am liebsten wäre sie nicht mehr nach Hause zurückgekehrt, wäre bei Sara und Adrián geblieben, bis die beiden Männer sich davonmachten. Nicht mehr verantwortungsbewußt sein; nicht mehr diesen Druck empfinden, der sie zwang, das zu tun, was sie von ihr verlangten; die innere Stimme, die ihr zurief: »Sei kein Feigling – du kannst sie jetzt nicht im Stich lassen; du kannst nicht das Risiko eingehen, daß sie umgebracht werden.« Die Macht ihrer Liebe zu Felipe... obwohl es noch etwas anderes war, dachte sie, etwas anderes als nur ihre Liebe zu Felipe. Schließlich wußte sie ja nicht, ob es diese Liebe überhaupt gab, ob man eine so frisch begonnene Beziehung Liebe nennen konnte.

Sie rief Mercedes herein und bat sie um die Zeitungen. Erstaunt hörte sie sich lügen, hörte, wie sie Mercedes erzählte, daß Felipe sie angerufen habe, er würde heute nicht zur Arbeit kommen, er fühle sich nicht wohl.

Mercedes sah sie nur ein bißchen frivol an und ging dann

hinaus, um Kaffee und Zeitungen zu holen, wobei sie sich kokett wie immer in den Hüften wiegte.

Teilte Mercedes das Geheimnis? Wer wußte es noch? Wer von diesen Menschen, die so alltäglich, so normal schienen, führte noch ein Doppelleben?

Das Mädchen kam mit dem Kaffee und den Zeitungen zurück, setzte die Tasse vor sie hin und legte die Zeitungen daneben.

»Haben Sie schon gehört, was gestern passiert ist?« fragte sie.

»Nein«, antwortete Lavinia, ohne sie anzusehen, denn sie fürchtete, sie könne sich verraten. Die Frage ließ ihr Herz laut pochen; sie begann, die Zeitungen durchzublättern.

»Na ja, Sie wohnen ja auch ganz woanders«, sagte Mercedes, »aber von da aus, wo ich wohne, konnte man die Schüsse hören. Das hätten Sie sehen sollen; Flugzeuge, Schützenpanzer ... es war wie im Krieg. Die Gardisten spielten völlig verrückt! Und dabei waren es nur drei Leute! Stellen Sie sich das mal vor! Drei Leute!« und damit ging sie auch schon hinaus.

Lavinia lehnte sich im Sessel zurück und schloß die Augen. Die Übermüdung verursachte ihr das Gefühl, als schwebte sie im Wasser. In großen Schlucken trank sie den Kaffee, war dankbar für ihr eigenes kleines Büro, in dem sie jetzt allein sein konnte. Sie verschob die Lektüre der Zeitungen auf später.

Wie sollte sie es bloß anstellen, den ganzen Tag hier zuzubringen? Nein, sie hielt die Spannung nicht aus, den Knoten im Magen, die Faust mitten auf der Brust, das Gefühl des Ertrinkens.

Schließlich beugte sie sich vor und sah auf die Fotos der

Soldaten vor dem Haus und die Schlagzeile: TERRORISTENNEST AUFGEDECKT. NATIONALGARDE OPERIERTE ERFOLGREICH. Weiter unten das Foto der drei toten Guerilleros. Welcher von ihnen war wohl Fermín? fragte sie sich und sah auf die Leichen, zwei Männer und eine Frau, alle jung und zerfetzt, Blut und Einschüsse überall; das Foto eines Hauses voller Einschüsse.

Die Freunde Felipes, dachte sie. Und Sebastián war bei ihnen gewesen, und jetzt war er bei ihr. Einer von ihnen. In ihrem Haus.

Sie überflog den Text, um zu sehen, ob er erwähnt wurde. Nichts. Niemand hatte ihn verraten.

Beim Anblick der Fotos fühlte sie nicht mehr das ferne Mitleid, das die Fotos hingemetzelter junger Leute sonst in ihr hervorriefen; diese Toten waren näher, gefährlich nahe. Ihre unbekannten, zerschossenen, entstellten Gesichter waren in ihr Leben getreten, ihr Geist für sie Wirklichkeit geworden.

Wie in der vergangenen Nacht fühlte sie jetzt wieder den heimlichen Vorwurf an diese Toten in sich hochsteigen, sich so umbringen zu lassen, so zu sterben, zu glauben, sich der Armee des Großen Generals mit diesen jungen Gesichtern entgegenstellen zu können. Die lächerlichen Waffen neben den Leichen, lächerlich neben den Helmen, Walkie-talkies, Maschinenpistolen, Flugzeugen, Schützenpanzern der Nationalgarde.

Und jetzt war auch sie, Lavinia, in diese selbstmörderische Kühnheit verstrickt.

Doña Nico, die Frau, die ihnen die Fruchtsäfte bereitete und im Büro saubermachte, kam herein und brachte ihr Saft aus Karotten und Orangen, den Lavinia immer am Spätvormittag trank. Als sie das Glas auf den Schreibtisch stellte, warf sie einen Blick auf die Zeitungen.

»Arme Jungs«, sagte sie leise, fast unhörbar. »Es ist in meinem Viertel passiert«, fügte sie noch hinzu, wie um ihre Bemerkung zu rechtfertigen.

»Und wie ist es passiert?« fragte Lavinia, ohne genau zu wissen, wie sie fragen sollte, wie sie es anstellen sollte, »Gerüchte zu sammeln«.

»Ich weiß es nicht«, sagte die Frau unsicher und strich sich mit den Händen über die Schürze, »ich weiß nicht, wie es passiert ist. Ich war gerade beim Waschen, da hörte ich die Schüsse. Eine entsetzliche Schießerei. Es dauerte fast bis Mitternacht. Wir dachten, da müßten eine Menge Leute in dem Haus sein, und dann waren es nur diese drei. Das ist alles, was ich weiß ...«

»Kannten Sie sie denn?« fragte Lavinia weiter.

»Nein. Ich habe sie nie gesehen.«

»Und wie hat die Nationalgarde herausgefunden, daß sie dort waren?«

»Ich weiß nicht. Keine Ahnung«, sagte die Frau, ging langsam zur Tür und dann schnell hinaus.

Das war die Diktatur, dachte Lavinia, die Angst; die Frau, die sagte, sie wüßte nichts. Sie selbst, die sagte, daß sie nicht hineingezogen werden wollte. Es war besser, es war sicherer, nichts zu wissen. Die dunkle Seite von Faguas nicht wahrzunehmen. Hinauszugehen, so wie Doña Nico hinausgegangen war. Wer wollte ihr das auch vorwerfen, ihr, die alleinstehend war und vier Kinder zu versorgen hatte?

Doch Sebastián war entkommen, und niemand hatte ihn verraten.

Nachdem sie die Zeitungen gelesen hatte, versuchte sie zu arbeiten, sich auf die Baupläne des luxuriösen Hauses zu konzentrieren, das sie entwarf: die gekachelten Bäder, die Innenhöfe. Sie konnte die Fotos der Toten nicht aus ihrem Kopf verbannen. Sie verwoben sich in die Linien der Zeichnungen, tauchten auf in den großen Räumen, zwischen den Balken des Daches, der Außenwände.

Trotz alledem fühlte sie sich ruhiger. Die Umgebung des Büros, wo nichts Besonderes geschah, ließ sie langsam das Gefühl von Normalität wiedergewinnen. Niemand kam, um Felipe zu holen. Alles ist in Ordnung, sagte sie sich, es hat sich nichts geändert.

Die Zeit im Büro war rasch vergangen. Bald war es fünf Uhr nachmittags. Sie mußte in die Apotheke, um die Antibiotika zu kaufen, nach Hause zurück mit den Zeitungen.

Einer der Architekten streckte den Kopf zur Tür herein und fragte, ob sie wüßte, wann Felipe käme.

»Ist irgend etwas?« fragte sie zurück und fühlte, wie sie sich anspannte, versuchte aber gleichzeitig, ihre Aufregung zu verbergen.

»Nichts Besonderes. Ich wollte ihn nur etwas fragen.«

»Er hat angerufen, daß er sich nicht wohl fühlt«, sagte Lavinia, während sie sich von dem Schreck erholte. »Er scheint etwas Falsches gegessen zu haben«, fügte sie noch mit einem Lächeln hinzu.

Sie log spontan, fast ohne nachzudenken.

Ihre Angst verfehlt nicht ihre Wirkung auf mich, rührt mich an, macht mich weich, jetzt, wo ich ihre Vergangenheit und Gegenwart zu unterscheiden weiß, zwischen den hellen Dünen ihres Gehirns. Anfangs war es schwierig. Damit sie ein Ereignis verarbeiten kann, bewegt sie sich zwischen ihren Erinnerungen. Diese Vergleiche ihrer Seele verwirrten mich, bis mir die Unterschiede der Farben auffielen. Wenn sie ein gegenwärtiges Gefühl hat, ist die Farbe strahlend lebendig, egal, ob hell oder dunkel. Das Schwarz der Gegenwart ist ein Rabenflügel im Mondlicht; das Rot ist Blut oder die Sonne mancher Untergänge. Die Vergangenheit hingegen erscheint matt: schwarz wie von Vulkangestein, rot wie von unseren heiligen Malereien. In der Vergangenheit geben Dinge und Personen ein rundes, hohles Echo ab, das überwundene Sehnsüchte und schale Gerüche enthält. In der Gegenwart sind die Blätter und Geräusche glatt und eben und haben einen vollen Geruch. So habe ich langsam gelernt, die Spuren zu lesen und mich durch das Labyrinth ihrer Geräusche und Vorstellungen zu finden.

Vieles davon ist mir unverständlich, wegen der langen Zeit, die sie schon die Erde bewohnt. Doch gibt es eine Fülle unveränderter Beziehungen; das Grundsätzliche ist sich ähnlich geblieben. Der Frieden und der Unfrieden; die Liebe und die Unruhe; die Sehnsucht und die Unsicherheit; Lebendigkeit und Kummer; Glauben und Mißtrauen; Leidenschaft und Instinkt. Ich verstehe Hitze und Kälte, Nässe und Trockenheit; Oberflächlichkeit und Tiefgründigkeit, Schlaf und Schlaflosigkeit, Hunger und Durst, Geborgenheit und Schutzlosigkeit.

Es ist die unberührbare Landschaft. Der Mensch kann mit seinen Werken ihre Züge verändern, äußerliche Erscheinungen: Bäume pflanzen oder fällen, den Lauf der Flüsse verändern, diese großen Straßen bauen, die Schlangenlinien in das Land zeichnen. Doch er kann nicht die Vulkane versetzen, die Täler zuschütten, die Himmelskuppel ändern, die Formation der Wolken, den Stand von Sonne und Mond. Lavinia trägt in ihrem Innern genauso eine unveränderbare Landschaft.

Und deshalb kann ich ihre Angst verstehen; und kann sie mit Kraft tränken.

Die Apotheke verströmte den Geruch nach Vitamintabletten, nach Alkohol und Wasserstoffperoxidampullen. In Holzregalen standen kleine Schachteln, die mit seltsamen Namen beschriftet waren. Die Glasbehälter mit Blechdeckeln zeigten ihre mit Keksen, Bonbons und Alka-Seltzer gefüllten Mägen. Der Apotheker, der einen geölten Schnauzbart trug und aussah wie ein nordmexikanischer Viehzüchter im weißen Kittel, saß in einem Korbschaukelstuhl und las, von der Abenddämmerung schläfrig gemacht, in seiner Zeitung.

Lavinia bat ihn um ein starkes Antibiotikum und erfand eine Verletzung, die sich ihre Nachbarin beim Heckenschneiden zugefügt hatte.

»Hat Ihre Nachbarin eine Tetanus-Impfung?« fragte der Apotheker und strich sich seinen Schnauzbart.

Sie bejahte, sagte, daß es nur darum ginge, einer möglichen Infektion vorzubeugen.

In Faguas nahmen die Apotheker oft die Funktion von Ärzten wahr. Die Menschen gingen lieber zu ihnen, weil sie nichts für die Beratung, sondern nur für die Medizin berechneten. Mit großer Würde übten sie ihre Macht aus, Rezepte zu schreiben.

Sie sah ihn zu einer der Schubladen gehen und eine Tüte mit schwarzen und gelben Kapseln füllen. Ihre Freundin solle alle sechs Stunden eine der Kapseln einnehmen, fünf Tage lang. Er hatte ihr die ausreichende Menge gegeben.

Mit dem Medikament in der Tasche ging sie hinaus. Langsam wurde der Abend zur Nacht. Jede dieser tropischen

Dämmerungen war ein überwältigendes Schauspiel blutroter Wolken, seltsamer Figurationen am Himmel, orangefarbenen Strahlens. Der Tag verabschiedete sich in einem kurzen, schönen Tod.

Sie verließ das Taxi schon auf der Avenida. Je näher sie an ihr Haus kam, um so mehr verspannte sie sich, versteiften sich ihre Muskeln; schlug wachsam, nervös ihr Herz. Wenn sie nur sicher sein konnte, daß dies alles bald vorbei wäre, dachte sie, damit sie zur alltäglichen Ruhe ihrer Abende zurückkehren könnte.

Doch sie wußte, daß es nicht so sein würde. Sie rechnete damit, daß die beiden noch mindestens zwei Tage bleiben würden und sie noch einige Tage dieses Doppelleben führen mußte.

Und dennoch, sagte sie sich – hatte sie eine Grenze überschritten. Tante Inés pflegte immer zu sagen, das Wachsen bedeutete, persönliche Grenzen zu überschreiten, Fähigkeiten auszuprobieren, die man nicht zu haben glaubte. Nie hätte sie gedacht, einen Tag wie diesen überstehen zu können. Ohne Schuldgefühle zu lügen, mit überraschender Kaltblütigkeit. Ohne lange zu überlegen, zack!, als ob die Worte bereitlägen, fertig zum Gebrauch. Im Büro, in der Apotheke, nirgendwo hatte irgend jemand etwas bemerkt.

Lügen war für sie immer ein Problem gewesen.

»Lügen ist eine Sünde«, sagten die Nonnen in ihrer Schule.

»Kein falsch Zeugnis reden«, war eines der Gebote. Aus Angst stellte sie das Lügen ein, der Angst vor den heißen Feuerstürmen der Hölle, die Schwester Teresa mit soviel entsetzlichen Einzelheiten beschreiben konnte: Sie ließ die Kinder ein Streichholz entzünden und den Finger leicht durch die Flamme bewegen. So war die Hölle, nur am ganzen Körper, dieses Feuer am ganzen Körper, das brannte, ohne zu töten, in alle Ewigkeit.

Sie hatte das Lügen verlernt. Es verursachte ihr auch als Erwachsene noch Schuldgefühle, nicht die Wahrheit zu sagen, auch wenn sie das Lügen nicht mehr als Sünde betrachtete.

Doch das hier war etwas anderes, dachte sie, als sie den Schlüssel im Schloß drehte und in das dunkle Innere des Hauses trat.

Die Dunkelheit roch nach zähflüssigem Schweigen. Einem Schweigen des Wartens. Geduckter Tiger. Im Garten, unter dem Orangenbaum, konnte sie Felipe entdecken, aufrecht, die Hand am Gürtel, erwartungsvoll angesichts des Lärms an der Tür. Ein bleicher Mond warf den Schatten des Orangenbaums auf die Fliesen der Terrasse.

Sie machte Licht. Felipe kam herbei, um sie zu begrüßen.

»Na, wie war's?« fragte er sehr leise.

»Ich glaube, einigermaßen«, antwortete sie und streckte ihm die Hand mit den Zeitungen entgegen, wobei sie ihn ansah und an die Gesichter seiner Freunde denken mußte, die er nie mehr wiedersehen würde.

Felipe griff mit einer brüsken Bewegung nach den Zeitungen und begann sofort, neben ihr stehend, die Schlagzeilen zu lesen, die Spalten der ersten Seite, er sah die Fotos, ohne etwas zu sagen.

Sie schwieg und wußte nicht, was sie tun, ob sie dort neben ihm stehenbleiben oder sich lieber zurückziehen sollte.

»Mörder, Schweine!« stieß Felipe endlich heiser hervor. Lavinia sah, wie sich ein stummer Schrei in seinen Lungen, seiner Brust, seinen Armen und Beinen ausbreitete.

Sie umarmte ihn von hinten, ohne etwas zu sagen, dachte, wie arm die Sprache war im Angesicht des Todes.

Sebastián tauchte in der Tür des Zimmers auf. Er wirkte erholt, trug einen sauberen Verband und eines der Männerhemden, die Lavinia ab und zu anzog. Er ging sofort zu Felipe hinüber und stellte sich an seine Seite, um die Zeitung zu lesen.

»Es steht nichts davon drin, daß jemand entkommen ist«, sagte Felipe und gab ihm die Zeitung. Wortlos ging er in die Küche und kam mit einem Glas Wasser wieder, das er in großen Schlucken trank, während Sebastián schweigend weiterlas.

Aus Achtung für die beiden Männer zog sich Lavinia zurück, sie fühlte sich überflüssig. Leise ging sie zur Gartentür und sah in die Nacht hinaus, auf den Garten und die stille Ausstrahlung der Pflanzen, den Orangenbaum, der seinen Duft verströmte.

In diesem Augenblick hätte auch sie aus dem Stoff der Pflanzen sein mögen.

Sie spürte, daß Felipe zu ihr trat.

»Ist im Büro nichts Besonderes passiert, hat man nicht nach mir gefragt? Du hast nichts Außergewöhnliches gehört?«

»Nein. Es ist nichts Besonderes geschehen. Alle wußten, was passiert war, doch keiner bringt dich damit in Zusammenhang. Es wurden Bemerkungen darüber gemacht, daß die Garde einen solchen Aufwand wegen drei Personen gemacht hat. Doña Nico erzählte mir, daß es in ihrem Viertel geschehen ist, wollte aber sonst nichts sagen. Sie hat nur ›arme Jungs‹ gesagt, als sie die Fotos sah, aber anscheinend hatte sie Angst zu reden. Ich habe Mercedes erzählt, du hättest Bauchschmerzen.«

Er antwortete nicht, sondern ging zu Sebastián hinüber. Sie sprachen leise miteinander. Dann sagte Sebastián: »Pardon,

Compañera«, und die beiden gingen ins Zimmer und schlossen die Tür hinter sich.

Natürlich weinen Männer nicht, dachte Lavinia, während sie sich auf das Fensterbrett stützte und starr auf den Stamm des Orangenbaumes blickte.

Felipe schien sich von dem Schrecken in der vergangenen Nacht erholt zu haben. »Man gewöhnt sich nie an den Tod«, hatte er in der Verwundbarkeit der Erschöpfung gesagt. Jetzt sah es aus, als ob sie den Tod undramatisch nähmen, nur mit Zorn. Offensichtlich war das einzige, was jetzt zählte, wie es nun weiterginge, jetzt, wo sie wußten, daß niemand den »anderen« erwähnte, den, der fliehend über Mauern gesprungen war, obwohl ihn eine Kugel getroffen hatte. Es verursachte ihr eine Gänsehaut, sie so ungerührt, so unverwundbar zu sehen, als prallten Tod und Traurigkeit von ihrer Haut ab, ohne in sie eindringen zu können. Sie erinnerte sich an einen Streit mit Natalia, ihrer spanischen Freundin, über die Rechtmäßigkeit der baskischen Aktionen gegen die Diktatur Francos. Beide Seiten töteten kaltblütig. Wodurch unterschieden sie sich? Wodurch unterschieden sich die Menschen im Krieg? Welchen grundlegenden Unterschied gab es zwischen zwei Männern mit Gewehren, die beide entschlossen waren, zur Verteidigung von Gründen, die sie für richtig hielten, zu töten?

Natalia hatte sich über ihre Fragen ereifert, die sie für »philosophisch-metaphysisch« hielt. Doch konnte sie nicht umhin, sich diese Fragen zu stellen, obwohl sie sich des Unterschiedes zwischen Angreifer und Angegriffenem wohl bewußt war; zwischen der französischen Résistance und den Nazis zum Beispiel. In der Gesellschaft gab es, genau wie zwischen einzelnen Menschen, die sogenannte Selbstverteidigung als Rechtfertigung für Gewalt; es gab verschiedene menschliche Verhaltensweisen, Menschen, die für den Tod töteten, und Menschen, die für das Leben töteten, zur Verteidigung, zum Schutz des Menschlichen gegenüber der Unmenschlichkeit nackter Gewalt. Doch trotzdem war es immer entsetzlich, auf Kugeln und Waffen zurückgreifen zu müssen, einer gegen die anderen. So viele Jahrhunderte hatten es nicht geschafft, die brutale Art und Weise zu ändern, in der sich die Menschen gegenübertraten.

In Faguas war es leicht, die kämpfenden Jungs zu rechtfertigen; zu offensichtlich waren Unrecht und himmelschreiende Unterschiede, die die eine Seite verteidigte; der unübersehbare Mangel an Alternativen zum Großen General.

Doch konnte sie die Zweifel nicht ganz beiseite schieben. Angesichts des Verhaltens von Sebastián und Felipe mußte sie an die Gefahren denken, die das Verhärten mit sich brachte. Diese Härte, die ihr angst machte, ihr das Gefühl eines gefährlich labilen Gleichgewichts vermittelte, das, wenn es zusammenbrach, die Welt ins Zeitalter der Dinosaurier und wilden Tiere zurückschleudern konnte.

Es war in diesem Augenblick, daß sie durch das halboffene Fenster jenen entsetzlichen Laut hörte, den sie nie mehr vergessen sollte; die heisere Stimme Sebastiáns, die plötzlich innehielt und dann in trockene, mächtige Schluchzer ausbrach, die von einem Schmerz zeugten, den sie noch niemals kennengelernt hatte.

Ich sehe, wie sie mich ansieht, fühle, was sie denkt. Da schwirrt sie mitten in der Nacht wie ein verirrtes Glühwürmchen zwischen uns, ohne den Ort zu finden, an den sie gehört.

Im Hause drinnen beratschlagen die beiden Männer. Ich höre das Gemurmel ihrer Stimmen, wie ich so viele Male aus der Dunkelheit die Beratungen belauschte, die Yarince mit seinen Kriegern abhielt. Jene Beratungen, an denen es mir nicht erlaubt war, teilzunehmen, obwohl sie mich in den Kampf mitnahmen.

Nach der Schlacht von Maribios – der Schlacht der Enthäuteten, wie die Spanier sie nannten – empfand ich manches Mal mein Geschlecht als einen Fluch. Sie brachten Tage damit zu, zu beratschlagen, wie es weitergehen sollte, während ich dazu verurteilt war, um sie herumzuschleichen, für sie auf die Jagd zu gehen und zu kochen.

Wenn ich zum Fluß hinunterging, um ihnen Wasser zu holen, dann wartete ich mit gespreizten Beinen darauf, daß der Wasserspiegel ganz glatt wurde, unbeweglich, damit ich mein Geschlecht sehen konnte: Geheimnisvoll schien mir die Vertiefung zwischen den Beinen, sie ähnelte einigen Früchten; die fleischigen Lippen und in der Mitte das zarte rosafarbene Samenkorn. Dort drang Yarince in mich ein, und wenn er in mir war, waren wir ein einziges Bild, ein einziger Körper: Gemeinsam waren wir vollständig.

Ich war stark, und meine Intuition rettete uns mehr als einmal vor Überfällen. Ich war sanft, und oft kamen die Krieger zu mir, um mit mir über ihre Gefühle zu sprechen. Ich hatte einen Körper, der fähig war, Leben zu schenken und den Schmerz der Geburt zu ertragen. Ich verstand es zu kämpfen, war ihnen ebenbürtig mit Pfeil und Bogen und konnte außerdem kochen und ihnen in den Nächten der Feste vortanzen. Doch sie schienen diese Dinge nicht sehr zu schätzen. Sie ließen mich außer acht, wenn es um die Zukunft ging oder darum, Entscheidungen über Leben und Tod zu fällen. Und alles wegen dieser kleinen Mulde, dieser klopfenden Blume von der Farbe einer Nispero-Frucht, die ich zwischen den Beinen trug.

Lavinia blieb noch ein Weilchen im Garten und sah zu, wie sich die Schatten im Wind bewegten. Das Weinen des Mannes hatte einen Druck in ihrer Brust hinterlassen. Sie schämte sich jetzt, an den Gefühlen dieser fremden Wesen gezweifelt zu haben, dieser Eindringlinge in den Frieden ihres Hauses, dieser handelnden mutigen Träumer, wie Adrián sie nannte. Der so nahe Schmerz rief in ihr Beschützergefühle wach. Was konnte sie für die beiden tun? dachte sie. Wenig. Fast nichts. Ihr fiel ein, daß sie noch nichts gegessen hatten. Sie könnte ihnen etwas zurechtmachen. Sie ging in die Küche und überlegte dabei, was sie für sie drei kochen könnte. Trotz ihres Schmerzes mußten Sebastián und Felipe essen, weiterleben, sich ernähren.

Im Spülbecken fand sie eine leere Sardinenbüchse. Die Armen! dachte sie und schämte sich ihrer schlecht ausgestatteten Küche.

Sie kochte das einzige, das sie wirklich konnte: Spaghetti mit Fleischsauce. Sie war gerade dabei, die Teller auf den Tisch zu stellen, als Felipe in der Küchentür erschien.

»Wie geht es Sebastián mit seinem Arm?« fragte sie und tat so, als habe sie nichts gehört, goß das Wasser ab und ließ Butter über den Spaghetti zerfließen.

»Sein Arm hat sich entzündet«, antwortete Felipe.

»Er sollte zum Arzt damit«, sagte Lavinia und füllte die Sauce auf die Teller.

»Darum wollten wir dich gerade bitten«, sagte Sebastián, der hinter Felipe aufgetaucht war. Seine Augen waren noch leicht gerötet. »Wir wollten dich bitten, eine Compañera zu holen, sie ist Krankenschwester. Mit ihr werden wir auch meinen Abtransport für morgen verabreden.«

»Warum erklärt ihr mir das alles nicht beim Essen«, sagte Lavinia. »Ihr müßt doch etwas zu euch nehmen.«

Sie freute sich, Sebastián lächeln zu sehen, während sie sich an den Tisch setzten.

Flor – so hieß die »Compañera« – hatte einen Wagen. Lavinia brauchte nur ein Taxi zu nehmen und mit ihr zurückzukehren. Nur dies noch. Dann würde sie sie los sein.

»Mich zumindest«, sagte Sebastián und ließ ein leicht ironisches Lächeln sehen.

Sie aßen schweigend. Sebastián und Felipe schienen keinen großen Hunger zu haben. Lavinia sah aus den Augenwinkeln zu Sebastián hinüber. Sie konnte nicht leugnen: Mit seiner weichen, aber festen Stimme hatte er erreicht, daß sie Dinge tat, die sie niemals für möglich gehalten hätte. Es waren Sicherheit und Überzeugung, die von ihm ausgingen, und deshalb verweigerte sie sich nicht. Sein Vertrauen war eindringlicher als jeder ausdrückliche Befehl.

Morgen würde ihr Leben zum Alltag zurückkehren, sagte sie sich. Dann konnte sie Angst, Schrecken und wirre Gefühle vergessen. Die Vorstellung, die Stadt nachts im Taxi zu durchqueren, gefiel ihr nicht besonders, doch war sie bereit, es zu tun.

»Na, ist die schlimmste Angst vorbei?« fragte Sebastián.

»Einigermaßen«, antwortete sie.

»Das ist etwas ganz Normales«, sagte er wieder. »Wir haben alle Angst. Das Wichtigste ist nicht, sie zu haben, sondern sie zu überwinden. Und du hast sie gut überwunden. Du bist tapfer gewesen.«

»Mir ist ja auch nichts anderes übriggeblieben«, sagte Lavinia und versuchte zu lächeln.

»So geht es uns eben«, gab Sebastián ernst zurück. »Es bleibt nichts anderes übrig.«

»Es ist trotzdem nicht das gleiche! Ihr wißt, warum ihr das tut. Das mit euren Compañeros tut mir sehr leid.«

»Sie sind wie Helden gestorben«, sagte Sebastián und sah sie dabei ganz weich an, »doch sie waren Menschen wie du und ich.«

»Ich glaube, es ist besser, wenn Lavinia jetzt Flor holen fährt«, unterbrach Felipe. »Es ist schon spät geworden.«

7

Neun Uhr abends. Der klare Märzhimmel strahlte im Glanz eines gelben Mondes. Das Taxi bewegte sich schnell durch den spärlichen Verkehr. Die Straßen, leerer als sonst um diese Uhrzeit, waren das einzige sichtbare Zeichen der jüngsten Ereignisse.

In die hintere Ecke des Wagens gepreßt, sah Lavinia durch das Rückfenster, so wie es ihr Sebastián gesagt hatte, um sicher zu sein, daß kein Auto ihr folgte. Sie fuhren zu den östlichen Stadtteilen hinüber, eine Aneinanderreihung roter, grüner und gelber Hütten, ärmlich und mit dem einzigen Schmuck der grellen Farben an den Wänden.

Der Taxifahrer rauchte und hörte sich im Autoradio eine Sportsendung an.

Lavinia erkannte sich selbst nicht wieder in dieser umsichtigen, argwöhnischen Frau. Wenn sie Glück hatte, war der Alptraum am kommenden Tag vorüber. Sie biß sich auf die Nägel. Es bereitete ihr immer wieder Unbehagen, nachts Taxi zu fahren. Ein Gefühl von Gefahr und Risiko. Nur daß sie sich dieses Mal nicht vor dem Taxifahrer fürchtete, sondern vor der Dunkelheit, die sie in diesen schlechterleuchteten Straßen umgab, der Möglichkeit, daß man sie verfolgte... Sie betete still für sich, daß ihr nichts passieren möge, daß sie diese Flor fände und mit heiler Haut nach Hause zurückkehren möge.

Das Taxi bog nach links ab, überquerte eine Brücke und befand sich jetzt auf einer ungepflasterten Straße. Am Ende standen ein paar Häuser aus Backstein. Dort wohnte Flor. Vom Taxi aus sah sie das mit Ziegeln gedeckte Dach, die ländliche Bauweise des Hauses und die rohe Mauer, die Felipe ihr beschrieben hatte.

Als sie die Straße entlangfuhren, sah sie sich aufmerksam um. Doch fiel ihr nichts Besonderes auf. Auch Felipe war nichts Besonderes aufgefallen, dachte sie und betete, daß nichts geschehen möge.

»Hier ist es«, sagte der Taxifahrer. Sie zahlte und stieg aus.

Die Türklingel ließ ein schrilles Gerassel vernehmen. Kurz darauf hörte sie Schritte.

Eine Frau blickte sie von der anderen Seite der eisernen Gittertür an. Lavinia sah, wie ihre Augen dem Taxi folgten, das staubaufwirbelnd die Straße in Richtung Avenida verließ.

»Ja bitte? Zu wem möchten Sie?« Die Frau kam einen Schritt näher.

»Ich möchte zu Flor«, antwortete Lavinia.

»Ich bin Flor«, sagte die Frau. »Was kann ich für Sie tun?«

Lavinia streckte ihr den Zettel entgegen, den Felipe auf dem Küchentisch geschrieben und dann auf merkwürdige Weise zusammengefaltet hatte. Dabei hatte er ihr erklärt, daß Flor schon Bescheid wissen würde, sobald sie sähe, wie der Zettel gefaltet war. Trotzdem öffnete die Frau den Zettel zunächst und las ihn, bevor sie die Tür aufmachte.

Sie hatte schwarzes, gewelltes Haar, das bis zu den Schultern reichte; ihr Gesicht war dunkel und hatte den sachlichen Ausdruck einer Krankenschwester. Sie mochte an die Dreißig sein.

Sie trug noch ihre weiße Arbeitskleidung, hatte sich nur die Schuhe und Strümpfe ausgezogen und lief in Plastikpantoletten.

»Komm rein«, sagte sie und deutete ein Lächeln an, das ihre Züge mit einem Schlage weicher erscheinen ließ.

»Entschuldige, daß ich dich habe warten lassen«, sagte Flor, »in diesen Tagen muß man doppelt vorsichtig sein.«

Sie gingen durch einen Vorraum, der voller Blumenkübel stand, in denen großblättrige Pflanzen, Farne, Veilchen, Begonien dem alten windschiefen Haus Anmut und Wärme verliehen. Flor führte sie in einen gemütlichen, jugendlich eingerichteten Raum, der Lavinia dazu veranlaßte, ihren ersten Eindruck zu revidieren. Sie sah Bücher, Schallplatten, Schaukelstühle, noch mehr Pflanzen, Bilder und ein Poster von Bob Dylan an der Wand. Am Fenster rankte sich eine Kletterpflanze empor. Nur ein paar dicke Medizinbücher im Regal und eine Anatomiepuppe sagten etwas über den Beruf der Hausbewohnerin.

»Warte einen Augenblick auf mich«, sagte Flor, »ich ziehe mir nur Schuhe an, suche meine Sachen zusammen, und dann können wir fahren.«

Sie bedeutete Lavinia, sich zu setzen, und verschwand hinter einem geblümten Vorhang. Lavinia rutschte wartend auf der Lehne des Sessels hin und her. Sie hatte Kopfschmerzen.

Bald kam Flor wieder, in einem schlichten blauen Kleid und mit einem Arztkoffer in der Hand. Sie sah besorgt aus.

Sie machte die Lichter aus und schloß die Fenster. Lavinia folgte ihr zur Garage, in der ein alter Volkswagen stand.

»Hast du die Doppelprobe gemacht, als du herkamst?« fragte Flor und öffnete die Wagentür.

»Wie bitte?« fragte Lavinia und verstand überhaupt nichts.

»Hast du aufgepaßt, daß dir niemand folgte?« sagte Flor, diesmal deutlicher.

»Ja, ja. Ich habe niemanden gesehen.«

Sie sah Flor an, wie sie den Wagen herausfuhr und die Garagentür schloß. Ähnlich Sebastián, strahlte auch sie Würde und Stärke aus.

Es kam ihr unwirklich vor, mit diesen Wesen in Verbindung zu sein. Sie hatte sie sich immer mit verkniffenen Gesichtern vorgestellt, mit Augen, die voller Wahnvorstellungen glühten, fanatisch, eine Art Samurai. Lächerliche Kinoklischees waren das gewesen, warf sie sich jetzt selbst vor und schämte sich. Niemals hätte sie erwartet, daß sie ganz normale Menschen waren. Immerhin war ja Felipe einer von ihnen. Auch Flor paßte nicht in das Korsett ihrer Vorstellungen.

Sie verließen die dunklen Straßen der östlichen Stadtteile und kamen auf die Avenida, die zum Stadtteil führte, in dem Lavinia wohnte.

»Welch ein Glück, daß es Sebastián einigermaßen geht«, sagte Flor. »Ich war sehr in Sorge um ihn. Wir hatten ja nichts mehr von ihm gehört.«

»Kennst du ihn schon lange?« fragte Lavinia.

»So ziemlich«, antwortete Flor ausweichend. »Und du bist mit Felipe befreundet, nicht wahr?«

»Ja, wir arbeiten zusammen.«

»Aber du hast keine Ahnung von dieser Geschichte gehabt...«

»Nein.«

»Du bist sicher erschrocken.«

»Ich hätte es niemals für möglich gehalten.«

»So ist das«, sagte Flor. »Wenn man es am wenigsten für möglich hält...« Ja, dachte Lavinia, so ist das. Wenn man es am wenigsten für möglich hält, geht man durch den Spiegel, tritt in eine andere Dimension, in eine andere Welt ein, die dem täglichen Leben verborgen ist; und plötzlich fährt man gemeinsam in einem Auto und unterhält sich mit einer unbekannten Frau, die die Feuerlinie der Rebellion überschritten hat. Ohne Zweifel waren für Flor ihre, Lavinias, Rebellionen gegen das Schicksal einer Ehe, gegen die Eltern, gegen gesellschaftliche Konventionen nichts weiter als unwichtige Kapitel einer Kindergeschichte.

Flor schrieb eine andere Geschichte, eine Geschichte ohne Anführungszeichen. Sie gab ihr Leben als Einsatz für ihre Ziele. Sie, Lavinia, hingegen würde nicht mehr Geschichte machen als die Geschichte einer rebellischen Jugend ohne besondere Ziele.

Flor redete von allem möglichen, machte Bemerkungen über den Verkehr, die Ampeln. Unwesentliches. Sie schien überhaupt nicht nervös zu sein. Lavinia spürte einen Anflug von Bewunderung für sie in sich aufsteigen. Sie dachte an ihre alte Ehrfurcht für die Helden in den Büchern Jules Vernes, die sie als Kind empfunden hatte. In der wirklichen, modernen Welt war es nicht leicht, Menschen zu finden, die man bewundern konnte. Es war deshalb auch so verführerisch, sie in Fabelwesen zu verwandeln, in Übermenschen, mit denen man kaum etwas gemeinsam hatte. Sie mußte achtgeben. Daß sie bloß nicht auf die Idee kam, eine von ihnen zu sein! Gar nichts hatte sie gemein mit diesen »Mutigen«, die wie Flor ganz ruhig mitten in der Nacht durch die dunklen Straßen einer Stadt fahren konnten, die von Polizei-Jeeps wimmelten, um einem verletzten Guerillero zu helfen.

Flor stellte ihr Fragen, und Lavinia gab der Versuchung nach, über sich selbst zu sprechen; mit jemandem zu reden, der ihr so aufmerksam zuhörte, mit einer Frau, einem Wesen, das genau wie sie uralten Vorbestimmungen unterworfen war und trotzdem in einem solch ungewöhnlichen Bereich der Wirklichkeit lebte, sich in der Verschwörung bewegte wie in ihrem natürlichen Element und fern aller bestehenden Normen des Frau-Seins.

»Da ist schon das Haus.« Lavinia unterbrach ihre Unterhaltung und deutete nach vorn. Flor fuhr am Haus vorbei ohne anzuhalten und parkte erst ein paar Blocks weiter. Lavinia begriff. Die Sicherheit. Ein paar Regeln hatte sie schon gelernt in dieser kurzen Zeit. Sie gingen nebeneinander her. Ihre Schritte hallten auf den leeren Gehsteigen. Ein paar Hunde umringten Mülleimer. Lavinia sah die Frau an, die da schweigend neben ihr ging, den schwarzen Arztkoffer in der Hand. Sie wußte nichts von ihr. Geschickt hatte Flor das Gespräch so gelenkt, daß fast nur Lavinia gesprochen hatte. Sebastián und Felipe saßen wartend im Wohnzimmer.

Sie umarmten Flor. Umarmungen wie von überlebenden Schiffbrüchigen, Flor mit geschlossenen Augen. Nachdem sie die zärtliche Begrüßung beendet hatten, wollte Flor Sebastiáns Arm untersuchen. Gemeinsam mit Felipe gingen sie ins Schlafzimmer, Flor mit dem Arztkoffer in der Hand.

Lavinia ging mit, sie mochte nicht draußen, abseits, allein für sich bleiben. Vielleicht könnte sie Watte oder Alkohol reichen. Die anderen schienen nichts gegen ihre Gegenwart zu haben.

Sie blieb in der Nähe der Tür stehen, während Sebastián, auf dem Bett sitzend, Flor den Notverband abnehmen ließ.

»Er ist ziemlich entzündet. Habt ihr ihm Antibiotika gegeben?« fragte sie dann, zu Felipe gewandt.

»Ja«, sagte er, »Ampizillin«, und beschrieb ihr die Dosis.

Mit professioneller Präzision öffnete Flor den schwarzen Handkoffer und nahm Watte und Verbandstoff heraus. Lavinia konnte nicht verhindern, daß ihr das Blut erstarrte, als sie auf dem Boden, zwischen Ampullen, Fläschchen und Spritzen, zwei schwarze Pistolen liegen sah. Und sie war quer durch die Stadt gefahren mit dieser Frau, dachte sie, mit den nur schlecht unter Verbandmull und Watte versteckten Waffen!

»Na, Gott sei Dank«, sagte Sebastián ohne Anzeichen von Verwunderung. »Du hast sie dabei.« Auch er hatte die Pistolen gesehen.

Wieder überfielen Lavinia Widerwillen und Zweifel. Sie spürte den Drang, ihnen vorzuwerfen, sie in das alles mit hineingezogen zu haben. Sie dachte an die gelassene, harmlose Art von Flor, als sie im Auto saßen; als sie sich über Italien, die Überbleibsel des Faschismus, die politischen Diskussionen unterhielten. Der Koffer hatte die ganze Zeit über vor ihren Füßen gestanden, und sie war völlig ahnungslos über seinen Inhalt, hatte Flor sogar angeboten, ihn zu tragen, als sie zum Haus gingen.

Mit dem Anblick der Waffen kam die Angst zurück.

Es kostet mich Mühe, ihre Angst zu bändigen, nicht zu gestatten, daß sie sich frei in ihr Blut ergießt. Die Angst ist glänzendschwarz. Sie umgibt ihre Gedanken wie ein Netz, das sich zusammenzieht, bis sie sich nicht mehr bewegen kann, dem Biß der Gelbvipern unserer Wälder gleich. Ich habe oft Angst empfunden. Ich erinnere mich an das erste Mal, daß ich die Bestien sah, auf denen die Spanier geritten kamen. Wir glaubten anfangs, daß sie zusammen einen einzigen Körper bildeten. Wir hielten sie für Götter der Unterwelt. Doch starben sie. Sie und ihre Bestien starben. Wir waren alle sterblich, sie genauso wie wir. Als wir das endlich merkten, war es zu spät. Die Angst hatte uns Fallen gestellt.

Flor hatte die Wunde jetzt gereinigt, die Haut zeigte ein rundes Einschußloch. Die Kugel war von hinten in den Arm eingedrungen, das sah man an dem kleineren Loch, und war kurz über der Armbeuge wieder ausgetreten. Alle angrenzenden Körperpartien bis hinunter zur Hand hatten sich verfärbt.

Sie bat Sebastián, eine Reihe von Bewegungen mit dem Arm auszuführen – was er tat, ohne den Schmerz zu verbergen –, so daß sie sich davon überzeugen konnte, daß die Kugel die Bewegungsmuskulatur nicht ernsthaft verletzt hatte. Flor sagte, sie wolle die Wunde jetzt nähen, damit sie besser vernarbe und die Infektion aufgehalten werde.

»Lavinia, kannst du bitte etwas Wasser heiß machen«, bat sie.

In kochendem Wasser sterilisierten sie die gekrümmten Wundnadeln. Flor nahm sie vorsichtig heraus.

»Könntest du mir ein bißchen helfen?« fragte sie Lavinia. »In diesen Dingen verstehe ich mich mit Frauen besser. Männer machen mich dabei eher nervös.«

Sie half Flor, alles, was sie brauchte, auf einem sauberen Handtuch auf dem Bett auszubreiten. Die schmalen Hände der Krankenschwester arbeiteten rasch, zogen den schwarzen Faden von einer Seite der Wunde zur anderen und schlossen so die Haut. Es mußte ihm weh tun, dachte Lavinia, doch verzog Sebastián kaum das Gesicht. Nur an seinem Hals konnte man die Anspannung ablesen: Die Sehnen standen im Nacken hervor wie dünne Kabel. Felipe sah der Operation zu und machte ab und an einen Scherz, um Sebastián abzulenken.

Mit dem Handtuch und den Instrumenten in der Hand fühlte sich Lavinia, als lebte sie ein Leben, das nicht das ihre war. »Es ist unwirklich«, sagte sie sich; es war ihr unvorstellbar, daß sie sich in ihrem eigenen Zimmer befand (die Schallplatten, die Matratze auf dem Boden, die zusammengeknüllten bunten Decken in der Ecke) und Flors Händen zusah, wie sie den Wundfaden ein ums andre Mal durch Sebastiáns Haut zogen.

Bis auf Felipe waren ihr diese Menschen völlig unbekannt. Sie hätten sich auf der Straße begegnen können, ohne sich wahrzunehmen; höchstens den flüchtigen Moment hätten sie vielleicht miteinander geteilt, in dem man den Augen eines anderen menschlichen Wesens in der Menge begegnet und die Blicke sich kreuzen wie ferne Schiffe im Nebel, bis die Gesichter dann für immer spurlos verschwinden, wenn man zur nächsten Ecke kommt und die Augen auf die süßen Farben im Korb der Frau fallen, die Karamelbonbons verkauft.

Niemals hätte sie sich vorgestellt, eine Nacht wie diese zu verbringen, dachte sie, mit ihnen hier, in der zähen Märzhitze und unter kompliziertem Schweigen, der Sorge um Sebastiáns Arm, Sebastiáns Leiden.

Zwischen ihnen war etwas entstanden, eine Nähe, als wäre sie schon jahrelang mit ihnen bekannt.

Sie hob den Kopf, als auf der Straße Lärm zu hören war. Es war nur ein Auto. Die vier sahen sich kurz an und beobachteten dann weiter schweigend Flor. Sie mußten nicht viel voneinander wissen, dachte Lavinia. Die gemeinsame Sorge machte das überflüssig, ihre Augen stellten sich auf die gleiche Schärfe ein; Stärke und Verwundbarkeit lagen dicht beieinander, lösten sich ab in kommenden und gehenden Wellen, die Brandung eines Meeres, in dem sie gemeinsam schwammen, Schiffbrüchige dieses Augenblicks.

Endlich war Flor fertig. Sebastián sah seinen Arm an, die schwarze Zickzacklinie der Stiche. Felipe nahm Lavinia sanft bei den Schultern und lenkte ihren Körper aus dem Raum.

»Du solltest dich drüben etwas hinlegen«, sagte er, als sie draußen waren. »Mach dir weiter keine Sorgen. Wir müssen noch darüber reden, wie wir Sebastián morgen von hier wegbringen. Es wird sicher spät werden. Schlaf du lieber ein bißchen.«

»Felipe«, sagte Lavinia, »wenn es unbedingt notwendig ist, kann Sebastián auch noch bleiben. Ich möchte nicht, daß ihm etwas passiert, weil er von hier weg mußte ...«

»Danke«, antwortete Felipe, »doch ich glaube, daß das nicht gut wäre. In solchen Situationen ist große Beweglichkeit sehr wichtig. Wir wissen ja nicht, ob nicht doch jemand Sebastián verraten hat, ob man auf der Suche nach ihm ist. Vielleicht haben sie nur nichts davon gesagt, damit wir die Deckung aufgeben und uns verraten ... Mach' dir keine Sorgen.«

Er gab ihr einen väterlichen Kuß auf die Stirn und verschwand wieder im Schlafzimmer.

Sie streckte sich im anderen Zimmer auf der Matratze aus, die nach altem Schlaf roch. So lag sie mit dem Gesicht nach oben, angezogen, ohne das Licht einzuschalten. Die Schatten der im Raum abgestellten Dinge umgaben sie wie stille Ikonen; die Stimmen aus dem Nebenzimmer kamen unverständlich durch den Spalt der Badezimmertür herein.

Sie dachte daran, daß sie schlafen müßte, nicht mehr an sie denken sollte; nicht daran denken, daß Sebastián das Angebot annehmen könnte, hierzubleiben. Sie wußte nicht, warum sie es gemacht hatte, wie die Worte aus ihrem Mund gekommen waren; vielleicht weil sie ein schlechtes Gewissen hatte bei dem Gedanken, daß sie gingen, diese Insel verließen, die Insel, auf der sie gemeinsam gewesen waren, als kennten sie sich seit ewigen Zeiten. Deshalb, so dachte sie, deshalb hatte sie es gesagt, auch wenn es nicht vernünftig war, auch wenn es ihr morgen sicher schon wieder leid täte, sie wieder Angst haben würde. Doch sie wollte jetzt an nichts mehr denken, sondern nur noch die Augen zumachen. Sie hatte ja kaum geschlafen.

Sie fühlte sich allein. Felipe war bei ihnen, er gehörte ihnen; die drei gehörten sich. Nur sie lag allein im leeren Zimmer, in einem dichten Schleier aus Bildern und Gedanken, die sie nicht in den Schlaf gleiten ließen. Sie versuchte, sie zu löschen, indem sie an das Meer dachte. Wenn sie nicht schlafen konnte, dachte sie immer an das Meer. Sie ging über einen Strand, hörte die Möwen, sah die Wellen, die ihre weißen Kämme hochschäumen ließen; in einem langen, weißen Gewand lief sie über den verlassenen Strand. Dann das Schlagen der Flügel, der Flug. Wieder flog sie. Ihr Großvater winkte zu ihr herauf, während die Unendlichkeit des Meeres im riesigen Raum kleiner wurde.

Als sie die Augen wieder öffnete, drang schon die Helligkeit des nächsten Tages durch die hohen Fenster. An ihrer Seite saß Felipe vollständig angekleidet und rauchte.

»Sie sind schon fort«, sagte er.

Lavinia fuhr hoch und rieb sich die Augen. Sie sind fort, dachte sie, die Angst ist vorbei, und hatte Lust zu heulen.

»Wir sollten jetzt duschen und ins Büro gehen«, fuhr Felipe fort. »Ich soll mich bei dir bedanken. Du seist sehr tapfer gewesen.«

Sie antwortete nichts, sondern stand auf und legte sorgfältig die Laken zusammen, ohne genau zu wissen, warum. Sie würden wieder ins Büro gehen. Sebastián und Flor waren fort. Alles würde so sein wie immer. Es war nichts geschehen. Alles gesund und munter. Sie atmete tief ein, um nicht dem Drang zu weinen nachzugeben.

Felipe sah sie erwartungsvoll an. Er denkt sicher, daß nun zwischen uns alles aus ist, dachte sie und ging allein ins Badezimmer. Unter der Dusche schloß sie die Augen und ließ sich das Wasser in scharfem Strahl auf den Kopf prasseln. Sie hatte das Gefühl, von einer langen Krankheit genesen zu sein.

Als sie wieder zum Vorschein kam, war Felipe gerade mit dem Aufräumen des Zimmers fertig. Die blutigen Bettlaken hatte er auf das Bett gelegt.

»Wir sollten sie besser wegwerfen«, sagte Lavinia, während sie sich anzog.

Felipe stand am Fenster und rauchte schon wieder eine Zigarette.

»Das ist gefährlich«, antwortete er. »Man könnte sie finden und hätte eine Spur. Es ist besser, wir verstecken sie irgendwo und waschen sie später.«

Sie stopften die Laken hinter ein paar alte Koffer in ihrem Schrank. Bevor sie das Haus verließen, machte Lavinia die Runde und schloß Fenster und Türen.

»Ich hoffe, daß für Sebastián alles gut weitergeht«, sagte sie zu Felipe, als sie auf die Straße traten.

»Wollen wir's hoffen«, Felipe umarmte sie. »Danke.«

Lavinia drückte ihn fest an sich. Sie bemerkte seine Sorge, sie könnte ihm jetzt sagen, daß sie ihn nicht mehr sehen wolle.

»Ich liebe dich«, sagte sie.

Lavinia verbrachte diesen Tag eingehüllt in eine merkwürdige, ruhige Zufriedenheit. Die Routine der Baupläne, die technischen Zeichner über ihren Arbeitstischen, Mercedes, die sich durchs Büro wiegte, der heiße Kaffee auf ihrem Schreibtisch, all das kam ihr wie ein Ereignis vor. Sie hatte das Gefühl, von einer langen Reise zurückgekehrt zu sein. Mehrmals während des Tages fielen ihr Flor und Sebastián ein. Sie schienen so fern zu sein, daß die Erinnerung an sie schon fast nostalgisch war.

Sie mußte an die Worte des Fuchses im ›Kleinen Prinz‹ denken, die Sache mit der Freundschaft. In so kurzer Zeit waren sie ihr so sehr ans Herz gewachsen! Sie wollte nicht, daß ihnen etwas geschehe. Sie spürte die Komplizenschaft der Blicke, ein Gefühl großer Nähe, die Solidarität in der Gefahr.

Doch war es gut, daß alles schon der Vergangenheit angehörte. Sie fühlte sich nicht in der Lage, etwas Ähnliches noch einmal durchzumachen.

Als sie nach Hause zurückkam, blitzte alles vor Sauberkeit. Es war Mittwoch, und Lucrecia war dagewesen. Sie knipste das Licht im Garten an und betrachtete den mit Früchten überladenen Orangenbaum. Dann schenkte sie sich ein Glas Rum ein und ließ sich in die Hängematte fallen.

So lag sie, hörte Musik, fühlte die Frische des Abends und gab sich der Ruhe hin. Als sie aufstand, um Sara oder Antonio anzurufen, spürte sie einen Moment lang Unruhe. Hier war ihre ersehnte Normalität, und trotzdem fühlte sie sich, als seien ihr Haus und ihr Leben mit einem Schlage leer geworden. Mit dem Hörer in der Hand, langsam eine Zigarette rauchend, stellte sie sich die unwesentliche Unterhaltung vor, die gleich stattfinden würde, und fragte sich, was sie tatsächlich so an ihrer Ruhe schätzte; war sie ihr wirklich so wichtig, oder war es mehr das Gefühl, eine eigenständige, unabhängige Frau mit einem Beruf und einer eigenen Wohnung zu sein? Jetzt würde erst mal nichts mehr passieren, dachte sie, die Tage waren wieder vorhersagbar.

Die Einsamkeit zu beherrschen war ihre größte Errungenschaft. Hier konnte sie auf ewig bleiben, während sich die Welt in Regen auflöste und Sebastián, Flor und Felipe und wer weiß wie viele noch da draußen gegen Windmühlenflügel ankämpften.

Sie steht an der Schwelle vieler Fragen. Nur ich, die ich hier verborgen bin, kann träumen, Zusammenhänge erkennen, Scheidewege. Ich allein erkenne die Macht der Geschichte, des Erbes, wo sie nur die Macht ihres Herzens fühlt, ohne sie benennen zu können.

Die Spanier meinten, eine neue Welt entdeckt zu haben. Doch war diese Welt nicht neu für uns. Viele Generationen waren auf dieser Erde erblüht, seit unsere Vorfahren, die Tamagastad und Cipatonal anbeteten, sich auf ihr niedergelassen hatten. Wir waren Nahua, doch sprachen wir auch Chorotega und die Sprache der Niquirana. Wir wußten den Lauf der Sterne zu berechnen, verstanden es, auf Hirschhäuten zu schreiben, wir bebauten das Land und lebten in großen Siedlungen am Ufer der Seen, wir jagten, webten, hatten Schulen und heilige Feste.

Wer kann wissen, wie hier heute alles wäre, wenn die Chorotega, die Caribe, die Diriane und Niquirano nicht getötet worden wären ...

Die Spanier meinten, sie müßten uns zivilisieren, uns aus der Barbarei erlösen. Doch mit Barbarei unterwarfen sie uns, entvölkerten uns. In wenigen Jahren verursachten sie mehr Menschenopfer, als wir sie jemals in der Geschichte unserer heiligen Feste hatten.

Dieses Land war dicht bevölkert. Und trotzdem war es nach den fünfundzwanzig Jahren meines Lebens ohne Menschen. In großen Schiffen schickten sie sie fort, eine große Stadt zu bauen, die sie Lima nannten; sie töteten sie, die Hunde rissen sie in Stücke, man hängte sie an den Bäumen auf, schnitt ihnen die Köpfe ab, erschoß sie, taufte sie, man prostituierte unsere Frauen.

Sie brachten uns einen fremden Gott, der unsere Geschichte und unsere Wurzeln nicht kannte und von uns verlangte, daß wir ihn anbeten sollten, wie wir es nicht verstanden. Und was ist von all dem Gutes geblieben? Das frage ich mich.

Die Menschen fliehen immer noch. Es gibt blutrünstige Herrscher. Das Fleisch wird weiter zerrissen, es wird weiter Krieg geführt.

Unsere Trommeln müssen im Blut dieser Generation weiterschlagen.

Das ist das einzige, was von uns geblieben ist, Yarince: der Widerstand.

8

Lavinia hob die Augen von ihrer Arbeit und blickte auf die Landschaft im Abendlicht, der Himmel war feuerrot gefärbt durch das Abbrennen der Felder, wie jedes Jahr im April.

Sie war müde, und der Bauch tat ihr weh. So fühlte sie sich immer während der Menstruation: matt und empfindlich. Kurz zuvor war Felipe hereingekommen und hatte ihr erklärt, warum er am vorigen Tag nicht zur ihr nach Hause gekommen war. Eine wichtige Zusammenkunft, er konnte ihr nicht Bescheid geben, es gab dort kein Telefon.

Sie hatte auf ihn gewartet. Zuerst las sie angezogen, zurechtgemacht, mit sorgfältig gekämmtem Haar in irgendeinem Buch gegen die Ungeduld an. Dann lag sie bis zum Morgengrauen wach und hatte Angst, sie könnte einschlafen und das Klopfen an der Tür überhören. Bis sie schließlich der Schlaf übermannte.

Seit den Tagen mit Sebastián vermied es Felipe, mit ihr über die Bewegung zu sprechen. Das Thema war zu einem Tabu zwischen ihnen geworden. Auf Lavinias Fragen, ihre schwachen Annäherungsversuche, das Bemühen um Verstehen, antwortete er ausweichend. Zunächst störte sie das nicht besonders. Sie wußte nicht, was passiert wäre, hätte Felipe unmittelbar nach den Geschehnissen versucht, sie in die Bewegung zu ziehen. Sie brauchte Wochen, um sich von dem Schock zu erholen, um die Zweifel zu überwinden, ob sie die Beziehung zu ihm fortsetzen sollte, um ihr Haus wieder ausgefüllt, ihr Alleinsein fruchtbar und zufriedenstellend zu empfinden, um ihre Beziehung zu Felipe weiterzuleben, trotz alledem.

Im Grunde verstand sie jedoch sein Verhalten nicht und

ärgerte sich darüber. Zu eilfertig hatte Felipe ihre Argumente akzeptiert, es wäre besser, die Dinge an ihrem Platz zu lassen, ihre Beziehung nicht mit Worten und Taten zu vergiften, die zur Entscheidung jedes einzelnen gehörten... Er war dem Schwall von Begründungen gegenüber offen geblieben, die sie ins Feld führte, als sie ihn – voller Angst, er könne ihre Zweifel bemerken – an den Abenden nach dem Verschwinden Sebastiáns mit Argumenten bombardierte, damit er von einem Unternehmen ablassen werde, das er nicht einmal begonnen hatte.

Sie erinnerte sich, daß Felipe ihr schweigend zugehört hatte, daß er mit allen vorgebrachten Punkten einverstanden gewesen war.

»Ich weiß, wir können nicht zusammen schwimmen«, hatte er schließlich gesagt. »Du bist mein Ufer. Schwämmen wir gemeinsam, welches Ufer empfinge uns dann?«

Zu Lavinias Entsetzen gab er zu, ihre häusliche Oase zu brauchen, ihr Lächeln, die sichere Ruhe ihrer Tage.

»Die Geschichte mit Sebastián war ein Notfall. Ich wollte dich nicht in irgend etwas hineinziehen. Das mußt du mir einfach glauben.«

Gar zu einfach war es gewesen, dachte Lavinia, ihn zu überzeugen. Es war offensichtlich, daß Felipe nicht wollte, daß sie in die Bewegung verwickelt wurde.

Es war nicht logisch, dachte Lavinia. Logisch wäre gewesen, wenn er versucht hätte, das mit ihr zu teilen, was seinem Leben Sinn und Ziel gab. Wenn er zumindest einen Versuch unternommen hätte.

Im Grunde gab sie Felipe die Schuld an ihrer eigenen Angst, daran, daß er ihr nicht half, gegen das lähmende Entsetzen anzukämpfen, das die Vorstellung, sich der Bewegung anzuschließen, in ihr hervorrief, daß er ihre Ängste durch Erzählungen von Verfolgung und Folter vielmehr noch verstärkte. Aber sie war sich auch nicht sicher, ob ein Versuch Felipes, sie zu rekrutieren, sie nicht in Alarm versetzt, sie zur Flucht veranlaßt hätte, nicht nur vor der Bewegung, sondern auch vor Felipe selbst.

Und trotzdem: Davon zu sprechen, danach zu fragen, war für sie zu einer zwanghaften Idee geworden. Eine ständige Versuchung, ein unerklärlicher Reiz. Und niemals hätte sie sich gedacht, daß Felipe sie bremsen, sie zurückhalten könne.

Das einzig Sichere war ihre Verunsicherung. Sie fühlte sich einsam, auch wenn er bei ihr war, in abgrundtiefer Einsamkeit, wie in einem schalldichten, luftleeren Raum. Sie war mit einem Mann zusammen, der einer Welt angehörte, die nichts mit der ihren gemein hatte. Einem Mann, der sie offensichtlich nur für einen angenehmen Ruhepol in seinem Leben hielt. Einem Mann, der von einem Tag zum anderen verschwinden konnte, den die Verschwörung schluckte. Am besten wäre es, ihn zu verlassen, dachte sie. Doch sie konnte es nicht. Wenn er sie schon vorher angezogen hatte, so war nun die Faszination doppelt so stark geworden. Der Hauch von Geheimnis und Gefahr zog sie beinahe gegen ihren Willen wie magisch an. Sie mochte nicht beiseite stehen, doch traute sie sich eben auch nicht, den endgültigen Schritt zu tun. Wenn er darauf bestand, würde sie es sich vielleicht noch einmal überlegen. Manchmal wünschte sie sich, daß er das täte. Sie fragte sich, ob sie dem Leben wirklich nicht mehr schuldete als die persönliche Unabhängigkeit. Doch vermied Felipe jedes Gespräch darüber.

Die Stadt brodelte unterdessen vor Protest. Der Große General hatte befohlen, die Preise für die öffentlichen Verkehrsmittel und für Milch anzuheben. Die Bevölkerung ging, angeheizt von Studenten- und Arbeitergruppen, auf die Straße und demonstrierte. In den Stadtvierteln wurden nächtliche Versammlungen abgehalten. Zudem verlangten die Menschen die Freilassung eines Lehrers, den man der Unterstützung der Befreiungsbewegung bezichtigte und der im Gefängnis einen Hungerstreik begonnen hatte. Auf dem Universitätsgelände wurden Busse angezündet, nachts große Feuer abgebrannt. Der Große General hatte die Zensur der Presse verfügt. Die Straßen waren voll hitzigem Aufruhr.

Felipe nahm an den Aktionen teil, da war sie sich sicher. Ihr hingegen blieb in diesen Tagen nichts weiter, als auf ihn zu warten und mit sich selbst zu kämpfen, das Gefühl zu unterdrücken, daß sich ihre Liebe in Angst verwandelte. Sie wollte Felipe nicht zum Mittelpunkt ihres Lebens werden lassen. Ob sie jedoch wollte oder nicht, sah sie sich in tausendjährigen Gewohnheiten gefangen: die Frau, die in der Höhle darauf wartet, daß ihr Mann von der Jagd oder aus der Schlacht zurückkehrt, die Angst vor dem Gewitter hat und sich ihn von wilden Bestien umringt vorstellt, von einem Blitz oder einem Pfeil getroffen; die ruhelose Frau, die freudig aufspringt, wenn sie in der Dunkelheit den Ruf hört, die mit jubelndem Herzen zurückruft, froh, ihn heil zurückkehren zu sehen, zu wissen, daß sie nun bis zum nächsten Tag zu essen haben und geschützt sein wird, bis der Mann von neuem zur Jagd aufbricht, zum nächsten Schrecken, der nächsten Angst, dem Schnauben der Bestien.

Wider ihren Willen fühlte sie sich in das enge Haus der Geliebten eingeschlossen, mit nicht mehr Recht, das Leben zu erleben, als ihren eigenen Körper, die überströmende, geteilte Sinnlichkeit, die Blüten der Scham, die Felipe immer weiter entblätterte, je tiefer er zu ihr vordrang, sich vor ihr hinkniete, um ihr die Beine zu öffnen und ihr feuchtes Geschlecht zu betrachten, ihren Nektar zu trinken wie eine Biene auf dem Blütenrand, salzigen Saft zu schlürfen, bis sie die Türriegel löste und ihm die unterirdischen Gänge öffnete, die Zugbrücke über den Burggraben, der den kleinen Lustturm umgab, den sein Mund mit einem Heer von Lanzen belagerte, ihm alle Häute hinzugeben, ihn in ihren Bauch zu lassen, bis die allerletzte Welle sie keuchend besiegt in den Untergang schleuderte.

Sie konnte es ihm nicht einmal vorwerfen, daß er sie bewahren, für sich behalten wollte, um sich die Illusion einer Oase voller Palmen zu schaffen. Sie konnte ihm nicht vorwerfen, daß er sie benutzte, um das Bedürfnis eines normalen Mannes zu befriedigen, einen normalen Bereich im Leben zu haben: eine Frau, die auf ihn wartete. Ihm dies vorzuwerfen, würde bedeuten, eine Entscheidung zu treffen, für die sie nicht vorbereitet, nicht reif war: ihn sofort zu verlassen. Für keine der beiden Alternativen wollte sie sich entscheiden, und so blieb sie im Schwebezustand des Wartens.

Sie war wütend auf sich selbst. In letzter Zeit war dies ihr stärkstes Gefühl gewesen. Sie hatte nicht einmal Lust, Antonio, Florencia und die anderen zu sehen, die es müde wurden, sie anzurufen. Deren Welt war merkwürdig klein geworden und war überlagert von Konflikten, die sie nichts mehr angingen.

Um sie herum war es Nacht geworden. Das Büro lag still und dunkel da. Das Geräusch der Stille brach plötzlich in ihre Versunkenheit. Sie erschrak darüber, allein so spät dort zu sein. Schnell griff sie nach ihrer Tasche und lief hinaus, die Gänge entlang zum Aufzug und auf die Straße, wo sie endlich dieses seltsame Gefühl, eingeschlossen zu sein, in einer Falle zu sitzen, abschütteln konnte.

Es war sieben Uhr, als sie zum Parkplatz und zu ihrem erst vor kurzem gekauften Auto hinüberging. Sie hatte keine Lust, nach Hause zu fahren, wollte aber auch nicht Sara oder die Clique sehen. Die Einsicht, daß es unmöglich war, ihre Gedanken mit ihnen zu teilen, machte sie noch einsamer. Ihr fiel wieder ein, wie unwohl sie sich am vergangenen Sonntag gefühlt hatte, als sie zum Landhaus von Florencias Eltern hinausgefahren waren. Der Anblick der Campesinos, die die Gruppe junger reicher Leute aus der Stadt beobachteten, berührte sie peinlich. Sie konnte die Gesichter von Sebastián und Flor nicht aus ihrer Vorstellung verdrängen, konnte nicht umhin, sich zu fragen, was die beiden wohl dächten, wenn sie sie bei diesen Schickeria-Vergnügungen erlebt hätten.

Es ging ihr häufig so. Wie in einem Film sah sie Sebastián und Flor vor sich, als habe sich jene Episode, der kurze Einbruch in ihr Leben in einen tiefen Riß verwandelt, der unerbittlich die Ordnung ihrer Welt veränderte, einer Welt, die ihr so unveränderbar erschienen war. Sogar in ihre Träume drang es nun schon ein. Sie träumte von Kriegen und dunkelhäutigen Männern und Frauen. Es wurde für sie geradezu zwanghaft, ein Strudel, dem sie sich vergeblich entgegenstemmte.

Sie hadert mit sich. Tag für Tag habe ich sie jetzt hin- und herschwanken gefühlt, ohne sich entziehen zu können, ohne fliehen zu können, sich vorbeugend, als sähe sie in einen Abgrund. Ich weiß nicht, ob ich nicht beharrlicher sein soll. Ich verstehe die verschlungenen Verbindungen noch nicht. Ich weiß wohl, daß gewisse Bilder aus meiner Vergangenheit, aus meinem Leben in ihre Träume gedrungen sind; daß ich ihr die Angst verjagen kann, wenn ich der Angst Widerstand leiste.

Ich weiß, daß ich ihr Blut bewohne, so wie ich diesen Baum bewohne. Doch fühle ich auch, daß ich sie nicht von Grund auf ändern kann und ihr auch nicht ihr Leben wegnehmen darf. Sie muß es ja selber leben! Ich bin nur das Echo eines Blutes, das auch das ihre ist.

Das Schlimmste war, daß es niemanden gab, mit dem sie über alles sprechen konnte. Die Gespräche mit Sara hatten etwas Unbestimmtes, Unwirkliches bekommen. Lavinia konnte ihr gegenüber nicht einmal von ihrer Unzufriedenheit in der Beziehung zu Felipe sprechen, ohne die Gründe dafür zu erklären. Und sie konnte die Fragen nicht beantworten, die ihr Sara über die normalen Pläne und Erwartungen in einer Beziehung zu einem Mann stellte, auch wenn es ihr hier leichter fiel, sich mit einer modernen Sichtweise der Dinge zu rechtfertigen. Wie paradox es doch war, daß sie, ausgerechnet sie, sich mit einem Male nach Sicherheit und Stabilität sehnte, all dem Traditionellen, in einer Beziehung, die nicht mehr Zukunft zu bieten hatte als die des Augenblicks. Felipe hatte ihr auseinandergesetzt, daß es jederzeit notwendig für ihn werden konnte, in den Untergrund zu verschwinden. Sie hatte ihm mit einem Vers des brasilianischen Dichters Vinicius de Morais über die Liebe geantwortet: »Sie soll nicht unsterblich sein, denn sie ist Flamme, doch soll sie ewig sein, solange sie währt.« So hatte sie die Schönheit des Augenblicks verteidigt, das Leben in der Gegenwart. Doch mußte sie sich eingestehen, wie schwer es war, mit einer so unsicheren Zukunft zu leben, ohne die eigene Unsicherheit mit jemandem teilen zu können.

Es blieb ihr nichts anderes übrig, als ihre Zweifel für sich zu behalten, dachte sie, als sie in ihr noch neu riechendes Auto stieg.

Sie ließ den Motor an und wußte nicht, wohin sie fahren sollte; also einfach losfahren, auf die Landstraße, dem abgrundtiefen Einsamkeitsgefühl davonfahren, dem Gefühl, daß sie unrettbar in ein Niemandsland geraten war.

Sie fuhr durch die Straßen und über Avenidas und sehnte sich nach Tante Inés, sehnte sich nach einem menschlichen Wesen, das sie verstand, mit dem sie reden konnte.

In ihrer Erinnerung tauchte plötzlich und mit dem Schein eines fernen Leuchtturms das Bild Flors auf, mit ihrem welligen Haar und den dunklen Zügen und dem solidarischen Gefühl zwischen zwei Frauen, das sie in der einzigen Nacht gespürt hatte, in der sie zusammengewesen waren.

Aber durfte sie überhaupt zu ihr fahren? Als Flor in jener Nacht bei ihr zu Hause war, hatten sie sich nicht einmal voneinander verabschiedet. Und Flor war ja nicht einer dieser unkomplizierten Menschen, die man je nach Belieben besuchen konnte, ohne sie vorher auch nur anzurufen. Sie gehörte einer anderen Welt an. Doch warum eigentlich nicht, sagte sie sich, wenn Flor etwas dagegen hat, daß ich sie besuche, dann wird sie es mir schon sagen.

Entschlossen fuhr Lavinia nach rechts, entfernte sich von der Landstraße und versuchte, sich daran zu erinnern, wo Flors Haus lag.

Sie schlug die Richtung der östlichen Stadtteile ein. Alte, zerbeulte Busse luden an den Haltestellen Menschen ein, Männer und Frauen, deren Gesichter in der Dunkelheit nur schemenhaft zu unterscheiden waren und die sich müde in den Wartehäuschen drängten, auf deren Außenwänden in grellen Farben geworben wurde.

Sie bog ab und fand die Brücke, die Einbiegung in die Straße, in der Flor wohnte.

Wieder überkamen sie Zweifel, Unsicherheit über den Empfang, den Flor ihr bereiten würde. Doch war sie jetzt schon so nah, sagte sie sich. Sie konnte nicht zulassen, daß ihre fortwährenden Zweifel, die Unsicherheit ganz von ihr Besitz ergriffen, sie in allen ihren Handlungen lähmten. Sie durfte nicht jene Sicherheit verlieren, auf die sie seit ihrer Jugend so stolz gewesen war.

Sie erkannte die Holzbaracken wieder. Bei einigen von ihnen standen jetzt die Türen offen. Man konnte hineinsehen und hatte das ganze Innere vor sich: das einzige Zimmer, der offene Herd im hinteren Teil, die Familie, die auf Holzstühlen vor der Tür saß, um die erfrischende Abendluft zu genießen; spielende Kinder, barfuß.

Sie stellte ihr Auto neben der rohen Mauer vor Flors Haus ab. Dabei sah sie, daß Flors Wagen in der Garage stand und daß Licht im Haus brannte.

Die Türklingel schnarrte rasselnd, und Lavinia hörte Schritte. Innerlich bat sie inständig, daß Flor sie einlassen möge.

Flor kam an die Tür, und ihr Gesicht leuchtete auf vor freudiger Überraschung, als sie Lavinia dort stehen sah.

»Hallo«, sagte sie und öffnete das Vorhängeschloß der Eisengittertür. »Welch eine Überraschung!«

»Hallo«, antwortete Lavinia. »Bevor ich hereinkomme, möchte ich dich fragen, ob es in Ordnung ist, daß ich dich besuche ... Ich war mir nicht so sicher, ob ich es tun sollte ...«

»Na, nun bist du ja schon da«, sagte Flor, »also sei nicht so förmlich und komm schon rein«, und lächelte sie herzlich an.

Sie traten ins Wohnzimmer mit dem Bob-Dylan-Poster an der Wand.

»Hast du Lust auf Kaffee?« fragte Flor. »Ich habe gerade welchen gekocht.«

»Ja, danke«, antwortete Lavinia.

Flor verschwand hinter dem geblümten Vorhang. Lavinia setzte sich in den Schaukelstuhl, bewegte sich leicht hin und her und zündete sich eine Zigarette an, um die Zeit zu überbrücken. Sie warf einen Blick auf die Bücherregale: ›Madame Bovary‹, ›Die Verdammten dieser Erde‹, ›Himmel und Hölle‹ von Cortázar, ›Frau und Sexualität‹... Einige der Titel kannte sie.

Flor kam mit zwei Emailletassen zurück und stellte sie auf den Tisch.

»Wie bist du darauf gekommen, mich zu besuchen?« fragte Flor, während sie den Zucker umrührte und Lavinia ansah.

»Das weiß ich eigentlich auch nicht genau«, antwortete Lavinia ein klein wenig zaghaft. »Ich mußte einfach mit jemandem reden. Ich war mir nicht sicher, ob es richtig wäre, hier einfach so aufzutauchen, doch dachte ich gleichzeitig, daß du es mir schon sagen würdest...«

»Normalerweise ist es schon besser, wenn du nicht einfach so herkommst, ohne vorher Bescheid zu sagen«, sagte Flor, »doch du hättest mich ja gar nicht erreichen können, stimmt's? Laß uns jetzt also keine Gedanken daran verschwenden. Du bist jetzt hier, und ich freue mich, dich wiederzusehen.«

Lavinia wußte nicht so recht, wie sie das Gespräch fortsetzen sollte. Was wollte sie eigentlich bereden?

»Wie geht's Sebastián«, fragte sie, um überhaupt etwas zu sagen.

Flor antwortete, daß es ihm gutgehe. Er hatte sich besser erholt, als sie es für möglich gehalten hätte, und konnte den

Arm problemlos bewegen; die Wunde hatte sich nicht entzündet.

»Tatsächlich«, sagte Lavinia wieder, »weiß ich eigentlich nicht genau, warum ich gekommen bin. Ich fühlte mich einfach einsam. Ich dachte an dich und daran, daß du mich vielleicht verstehen könntest.«

Flor sah sie freundschaftlich und aufmunternd an, ohne ihr jedoch in der Unterhaltung allzuweit entgegenzukommen.

»Ich habe das Gefühl, als wäre ich im Niemandsland«, fuhr Lavinia fort. »Ich kenne mich selbst nicht mehr.«

»Sprichst du denn nicht mit Felipe darüber?«

»In der letzten Zeit haben wir uns kaum gesehen. Abends warte ich oft auf ihn, ob er nicht vielleicht doch noch kommt. Ich fühle mich nicht glücklich dabei.«

Flor lachte.

»Wahrscheinlich ist er einfach nur beschäftigt.«

»Mit anderen Worten«, sagte Lavinia, »egal, ob der Mann Guerillero ist oder ob er Kühlschränke verkauft, die Rolle der Frau ist, auf ihn zu warten?«

»Nicht unbedingt«, erwiderte Flor und lächelte, »das hängt ganz davon ab, was man als Frau für das eigene Leben beschließt.«

»Und du selbst, wie bist du selbst zu dem Entschluß gekommen, das zu werden, was du geworden bist?«

Zwischen langen Schlucken Kaffee, erklärenden Gesten und Momenten des Schweigens erzählte ihr Flor ihre eigene Geschichte. Sie hatte einen wichtigen Verwandten gehabt, einen Onkel, sagte sie, aber nicht im positiven Sinne. Der Onkel hatte sie von der abgelegenen Hütte in den Bergen weggeholt, wo sie mit ihrer Mutter und den Geschwistern lebte, um sie in der Stadt ausbilden zu lassen. Während des Kaffeebooms hatte er eine Menge Geld verdient und war nun ein ziemlich verkommener Junggeselle. »Er adoptierte mich praktisch«, erzählte Flor, »doch nicht mit den besten Absichten.« Ihr war schon aufgefallen, wie er sie beobachtete, wenn sie, inzwischen ein heranwachsendes Mädchen, zum Fluß hinunterging, um zu baden. »Er wartete darauf, daß ich älter würde, damit er mich zu seiner Geliebten machen konnte«, sagte Flor, während sie mit undurchdringlichem Gesichtsausdruck rauchte und ihren Kaffee trank.

Sie haßte ihn, fuhr sie fort. Um sich seinen Nachstellungen zu entziehen, ging sie auf die Universität und fing reihenweise Beziehungen an und schlief mit jedem, der dazu bereit war (»Daran fehlte es nie«, fügte sie hinzu und sah Lavinia dabei fast herausfordernd an). Der einzige, der nicht dazu bereit gewesen war, war Sebastián. Flor erinnerte sich daran, wie er sie mit sich selbst konfrontiert hatte, wie er sie wachgerüttelt hatte, damit sie die Selbstzerstörung erkannte, in die sie sich gestürzt hatte, als sie den abgrundtiefen Haß auf den Onkel mit dem Haß gegen sich selbst verwechselte. »Zuerst wehrte ich mich dagegen«, sagte sie, »doch dann fing ich an, nachzudenken.«

In dieser Phase des Streitens mit Sebastián hatte eines Tages die Nationalgarde die Universität besetzt. »Hier, steck die Pistole in deine Handtasche«, hatte Sebastián in dem entsetzlichen Augenblick zu ihr gesagt, als sich die Sirenen dem Campus näherten und die Diskussion in eine Schlägerei zwischen verschiedenen Gruppen ausartete. »Verschwinde schnell. Geh' nach Hause und warte dort auf mich. Ich komme heute abend.«

Voll Entzücken darüber, daß er ihr so vertraute, daß er nicht glaubte, sie könne ihn verraten, wenn man sie mit der Pistole in der Tasche erwischte, lief sie davon.

»Er vertraute mir und ließ mich einen der schlimmsten Augenblicke meines Lebens durchstehen«, fügte sie hinzu. Stunden später war Sebastián bei ihr zu Hause erschienen, als ob nichts Besonderes geschehen sei, und hatte nach der Pistole gefragt, die sie in der Schublade zwischen ihrer Unterwäsche versteckt hatte. An diesem Abend überzeugte er sie davon, daß sie das Haus ihres Onkels verlassen und mit erspartem Geld jenes Haus kaufen sollte, in dem sie jetzt lebte, um ganz mit der Bewegung zusammenzuarbeiten.

»Sein Vertrauen hat mich überzeugt«, sagte Flor. »Entweder nahm ich es an, oder ich blieb das lächerliche Ding, das ich war, das meinte, sich an seinem Onkel rächen zu müssen.«

Danach hatte sie unzählige Feuerproben bestehen, hatte begreifen müssen, daß, wie Sebastián es ihr auch dauernd wiederholte, die Bewegung keine Psychotherapiegruppe war, die man als etwas betrachten durfte, das einem einen Lebensinhalt gab. Schließlich gelang es ihr auch, sich nicht nur mit sich selbst auszusöhnen, sondern auch eine kollektive Verantwortung übernehmen zu lernen. »Und wenn es nur dazu gut ist, daß keine Campesino-Mutter ihre Kinder mehr an reiche Verwandte hergeben muß, weil sie denkt, daß sie nur so etwas werden können«, sagte sie.

Und wieder flossen für Lavinia die Bilder zusammen. Sie stellte sich vor, wie Flor ein Leben führte, das dem ihren ähnlich war, intensiver vielleicht, doch durchaus ähnlich. Flor legte jetzt den Kopf gegen die Sessellehne. Lavinia hatte ihrer Erzählung bewegt zugehört, erstaunt darüber, daß Flor ihr so vertraute.

»Es ist nicht leicht gewesen«, schloß Flor nun, »diese Entscheidungen sind niemals leicht. Aber manchmal passieren die Dinge so, daß sie dich im richtigen Augenblick erwischen. Doch entscheiden mußt du dich schon selber. Dein Problem heißt nicht Felipe.«

»Ich weiß, ich weiß«, sagte Lavinia, und es klang, als müsse sie sich verteidigen. »Aber mir scheint, daß er eine gewisse Verantwortung hat, da er nun mal der Mensch ist, der mir am nächsten steht.«

»Was er ganz offensichtlich will, ist ein Ruheplatz als müder Krieger«, lächelte Flor, »die Frau, die auf ihn wartet und ihm das Bett warm hält und auch noch glücklich ist, daß ihr Mann für eine gerechte Sache kämpft, bei der sie ihn in aller Stille unterstützt. Sogar Che Guevara meinte ja anfangs, daß Frauen sich hervorragend zum Kochen und zum Überbringen geheimer Botschaften der Guerilla eigneten, daß das ihre eigentliche Rolle sei ... Dieser Kampf wird noch lange dauern!«

»Ich will aber nicht nur für ihn das Flußufer sein«, sagte Lavinia wieder.

»Na gut, wenn du willst, kann ich dir ja ein paar Informationen mitgeben, damit du genauer verstehst, was unsere Bewegung ist und was sie sich vorgenommen hat. Dann kannst du deine eigenen Entscheidungen treffen. So kannst du ihn an jenem Flußufer erwarten, aber mit Pfeil und Bogen in der Hand.«

Sie wüßte nicht, ob das Informationsmaterial ihr alle Fragen beantworten könne, sagte Lavinia, doch sie könne es ja lesen. Felipe hätte einen gutgezielten Pfeil verdient.

»Vorsicht, Vorsicht«, antwortete Flor. »Hier geht's um dich, nicht um Felipe.«

Sie mußte vorsichtig mit dem Material umgehen, hatte Flor beim Abschied gesagt, wenn sie damit geschnappt würde, würde man sie sicher verhaften. Und hatte ihr ein paar einfach vervielfältigte Broschüren in die Hand gedrückt, die Geschichte der Bewegung, Programm und Statuten, Sicherheitsmaßnahmen (es war sicher nicht verkehrt, wenn sie sie kannte, hatte Flor gemeint, besonders nach der Episode mit Sebastián). Wenn sie sie gelesen hatte, sollte Lavinia sie ihr wieder zurückgeben.

Sie drückte die Handtasche an sich, als sie in den Wagen stieg, und stellte sie dann dicht neben sich. Flor verabschiedete sich in der Tür stehend mit einem Winken. Sie ließ den Motor an und steuerte den Wagen auf die Avenida hinaus. Durch die Nacht fuhr sie in Richtung ihrer Wohnung, als sie an der Ecke den Streifenwagen stehen sah.

Ihr Herz machte einen Satz, eine plötzliche Hitzewelle überflutete sie. Sie faßte das Lenkrad fester, senkte die Geschwindigkeit und betete zu allen Heiligen, daß sie sie nicht anhalten würden. Habe ich etwas falsch gemacht? dachte Lavinia schweißgebadet. Und wenn der Polizist nun, während er sie um die Papiere bat, die Hefte in ihrer Handtasche sah? Wenn ihm ihre Nervosität auffiel? Langsam, ohne hinzusehen, fuhr sie an den Polizisten vorüber. Sie hielten sie nicht an. Während sie weiterfuhr, konnte sie kaum das Zittern ihrer Knie und ein Weinen unterdrücken.

Das hier ist kein Spielzeug, mußte sie denken, während sie wieder und wieder nach ihrer Handtasche faßte, während sie sich selbst anfaßte, um sich zu vergewissern, daß nichts Schlimmes mit ihr geschehen war.

Was Felipe wohl sagen würde, wenn er sie jetzt sähe, dachte Lavinia und beschleunigte nervös an der grünen Ampel, wollte nach Hause kommen, fühlte sich, als wüßte die ganze Stadt, daß sie sie mit ihrer Ladung subversiver Papiere durchquerte.

Als sie zu Hause ankam, fand sie Felipe schlafend vor dem Fernsehgerät. Sie hatte nicht erwartet, ihn zu treffen. Erst kürzlich hatte sie ihm einen Schlüssel gegeben, um sich das nutzlose Warten Abend für Abend zu ersparen und die Angst, das Klopfen an der Tür zu überhören. Doch es war heute das erste Mal, daß er ihn auch benutzte. Sie bewegte sich leise, um ihn nicht zu wecken, und trat auf der Suche nach einem geeigneten Versteck für die Papiere ins Schlafzimmer.

Als sie sich umsah, fiel ihr Blick auf eine staubbedeckte Puppe oben auf dem Kleiderschrank. Nutzloses Überbleibsel ihrer Kindheit. Lavinia erinnerte sich noch gut an den Moment tiefer Enttäuschung, als sie, auf der Suche nach menschlichen Merkmalen, nach etwas, was den Umarmungen einen Sinn gab, den Zärtlichkeiten eines Einzelkindes auf der Suche nach gleichaltriger Gesellschaft, entdeckte, daß ihre geliebte Puppe kein Herz besaß, sondern innen hohl und leer war.

Sie holte sie herunter, nahm ihr den Kopf ab, steckte die Papiere in die hohle Brust und setzte ihr den Kopf wieder auf.

Sie ging ins andere Zimmer zurück, das vom weißlichen Licht des Fernsehgerätes erfüllt war und wo Felipe schlafend auf ihrem Bett lag. Sie betrachtete ihn. Er sah aus wie eine gestürzte Statue.

Sie legte sich in die Kissen zurück und genoß es, ihn so zu betrachten. Im Fernsehen kamen die letzten Nachrichten; der Große General verkündete eine angebliche Landreform für die Campesinos. Er sprach von einer »Revolution« auf dem Lande. Es war der Versuch, diesem Wort seine Bedeutung zu rauben, sich seiner zu bemächtigen, es chemisch zu reinigen. Er war ein abstoßender Mann, dick und untersetzt, mit weißer Haut und schwarzem Haar, einem künstlichen

Lächeln, das er mit sorgfältig polierten Zähnen lächelte, und zarten Händen. Er bewegte sich mit Machtbewußtsein, mit gutmütiger Nachlässigkeit, und um ihn her lächelte das Gefolge der Minister mit unterwürfigen, künstlichen Grimassen.

Von den Stadtteilversammlungen, den in den Straßen brennenden Bussen wurde nichts berichtet.

Lavinia dachte an die Papiere im Puppenbauch. Sie sah zu Felipe hinüber. Sie wollte ihm nichts davon erzählen, beschloß sie. Sie würde ihn aus dem Bereich ihrer Entscheidungen ausschließen; würde ihn, so, wie er es mit ihr machte, zur Fußnote verurteilen, dazu, gleichfalls nicht vorzukommen in einem Schlüsselbereich ihres Lebens; zur unschuldigen Ahnungslosigkeit, die so sehr Teil weiblicher Geschichte war. Denn wenn es auch stimmt, daß sie ohne ihn nicht die Fragen, die Zweifel hegen würde, die sie jetzt hatte, so war es doch auch offensichtlich, daß das Ganze für Felipe nur eine unvermeidbare Episode gewesen war, leichte Veränderung des Alltags, die für sie keine weiteren Folgen haben sollte. Ohne es zu wollen, hatte er sie an die Schwelle dieser anderen Wirklichkeit geführt und dann versucht, sie wieder fortzubekommen.

Dein Problem ist nicht Felipe, hatte Flor gesagt. Und genau deshalb mußte sie jetzt ihre Entscheidung für sich allein treffen.

Was denke ich da eigentlich? fragte sie sich plötzlich erschrocken. Was für eine Beteiligung denn? Es ging doch nur darum, sich besser zu informieren, beschwichtigte sie sich, doch gelang es ihr nicht vollständig, sich zu beruhigen.

Felipe schlief immer noch. Lavinia sah abwesend zu dem Orangenbaum, den der Nachtwind wiegte. Aus dem Herzen der Puppe verströmten die Papiere ihre Gegenwart, schwammen in der stillen Luft des Hauses.

Sie sah mich an. In ihren Augen spürte ich die entfesselte Macht des Kampfes in ihrer Lunge, ihren Eingeweiden. Der Wind wiegte mich hin und her. Es wird bald regnen. Die Erde hat begonnen, die Erinnerung an den Geruch des Regens freizugeben; sie ruft nach Quiote-Tláloc, der das Wasser hütet.

Ich glaube jetzt, daß vielleicht auch meine frühen Vorfahren, die vor der Ausbeutung durch die Ticomega und Maguatega flohen und hierherkamen, um dieses Land zu besiedeln, in der Erde, in den Früchten und Pflanzen waren, als ich lebte. Vielleicht war es einer von ihnen, der mein Blut mit Echos besiedelte; vielleicht lebte einer von ihnen in mir: ließ mich mein Haus verlassen, führte mich in die Berge, um an Yarinces Seite zu kämpfen.

Das Leben erneuert sich ständig selbst.

9

Lavinia erwachte in der Hitze des Samstags.

Es würde bald regnen, dachte sie und sehnte sich nach der Kühle der Regenzeit, den verhangenen Morgen, der Gemütlichkeit bewölkter Tage.

Felipe war schon fort. Auf dem Nachtschränkchen fand sie einen Zettel: »Wollte dich nicht wecken. Ich küsse dich. Felipe.«

Als sie zu ihm ins Bett gekommen war, hatte er kurz die Augen geöffnet, sich die Schuhe ausgezogen, war dann aber gleich wieder an ihrer Seite eingeschlafen wie ein gelangweilter Ehemann.

Sie dehnte und reckte sich und rieb die Beine an den kühlen Enden des Lakens.

Ich muß die Papiere lesen, durchfuhr es Lavinia. Heute morgen gab es kein Frühstück mit Sara. Lavinia zwang sich, zu Hause zu bleiben. Sie rief die Freundin an und sagte ihr, daß sie eine dringende Arbeit erledigen müsse. Wieder log sie geschickt. Sara zeigte sich verständnisvoll und ersparte ihr allzuviele Entschuldigungen.

Ohne zu duschen, nur mit Orangensaft, Kaffee und einem Stück Brot, machte sie es sich im Bett bequem, nachdem sie der Puppe den Kopf abgenommen und die Papiere hervorgeholt hatte.

Es war Viertel nach zwei, als sie das letzte Heft aus der Hand legte. Auf dem Bett verstreut lagen die geheimen, schlecht gedruckten und mit ungeschickten Zeichnungen versehenen Broschüren wie schwarzweiße Insekten.

Sie schloß die Augen und lehnte sich zurück. Durfte man denn so sehr träumen, die Welt neu erschaffen, aus dem Nichts neu gestalten? Schlimmer noch, fand sie. Schlimmer noch als aus dem Nichts. Sie neu erschaffen aus einem Schuttabladeplatz, aus diesem Trümmergrundstück voller Schrott und Müll? War das erlaubt, war es denn vernünftig, daß es auf der Welt Menschen gab, die diese Welt mit soviel Energie neu erfanden? Die die Gründe der Traurigkeit so klar beschrieben und die Hoffnung Punkt für Punkt benannten, wie es das Programm der Bewegung tat? Das Programm, in dem mit soviel Sicherheit von all den unerreichbaren Dingen gesprochen wurde, die es zu erreichen galt: Alphabetisierung, kostenlose, menschenwürdige Gesundheitsversorgung für alle, Wohnraum, Landreform (eine richtige – nicht die Fernsehshow des Großen Generals), Emanzipation der Frau (und was wird aus Felipe? mußte sie denken, und den anderen Männern, die wie er Revolutionäre, aber dennoch Chauvinisten waren?), ein Ende der Korruption, ein Ende der Diktatur... alles vorüber, wie wenn ein schlechter Film zu Ende ist und die Lichter angehen; das war es, was sie wollten: das Licht anschalten. Und so stand es auch da: »Ein Ende der Dunkelheit; aus der langen Nacht der Diktatur aufwachen.« Das Licht anschalten und noch viel mehr, Flüsse von Milch und Honig – die biblische Sprache gefiel ihr –, die Utopie einer besseren Welt. Dann die Regeln für diese neuen Don Quijotes, die Statuten, zahllose Pflichten und wenig Rechte... Statuten eines neuen Menschen, der großzügig, brüderlich, kritisch und verantwortungsbewußt war, ein Verteidiger der Liebe und fähig, sich mit denen gemein zu machen, die leiden müssen. Moderne Christus-Gestalten, dachte Lavinia, die bereit waren, sich für die frohe Botschaft kreuzigen zu lassen... aber nicht bereit, sich gegenseitig im Stich zu lassen. Für Verräter gab es harte Strafen bis hin zum Erschießen (ob sie das wirklich taten?).

Doch wie leicht war es, die Nöte und Hoffnungen der großen Mehrheit zu vergessen! Hier zu Hause, zwischen Kissen, Pflanzen und Musik; mit den Freunden in der Diskothek; im Bett mit Felipe; und morgens im klimatisierten Büro. Wie viele verhielten sich so! Alle ihre Freunde machten das. Die breite Armut beeinträchtigte den Glanz der Kristallüster in den Clubs und Nobelrestaurants nicht, nicht das leichte, süße Leben von Sara, und auch nicht das unermüdlich hektische Gesellschaftsleben ihrer Eltern.

Es lag an ihr, sich für die trügerische Scheinwelt zu entscheiden, in die sie hineingeboren worden war, und die andere, die wirkliche Welt nur vom Autofenster aus zu sehen. Im Vorbeifahren und angesichts der Barackenviertel mit den staubigen

Straßen den Blick zu den herrlichen Wolken am Horizont und der Vulkankette am Seeufer zu heben. Wie viele Leute taten sich selbst gegenüber so, als wüßten sie nichts von alldem, betrachteten die Ungleichheit als ewiges Gesetz des Lebens.

Und wie lange wollte sie noch mit sich hadern, fragte sich Lavinia. Es wäre besser, sie würde ein für allemal begreifen, daß sie die romantischen Ideen nicht abwehren konnte. Es stimmte ja, auch ihr gefiel es zu träumen. Seit ihrer Kindheit, seit den Tagen Jules Vernes träumte sie. Was war verkehrt daran, von einer besseren Welt zu träumen? Es war doch nur logisch, daß sie sich von dem Gedanken angezogen fühlte, »Compañera« zu sein, an Verschwörungen teilzunehmen, wie die romantische Heldin eines Romans.

Sie mußte – das sagte sie sich jetzt – dieses Dauerverhör mit sich selbst durchbrechen, dieses Kommen und Gehen ihres Vernunft-Ichs zu jenem anderen Ich, das vom Brennen nach Gerechtigkeit entzündet war, das erzogen war durch eine Kindheit voller Bücherhelden, unmöglicher Träume und Großväter, die sie zum Fliegen einluden.

Oh, wie sie zweifelt! Ihre Stellung erlaubt es ihr. Sie denkt zuviel. Die Schleier vor ihren Augen sind dicht. Zu unserer Zeit gab es, als der Krieg ausbrach, viele Frauen, die jäh erwachen und den Fehler erkennen mußten, allzuviel Zeit in Muße und Gefügigkeit verbracht zu haben.

Ich hatte Glück. Obwohl meine Mutter mir zürnte, hatte ich immer eine Schwäche für die Spiele der Jungen, für Pfeil und Bogen. Sie erfuhr es an jenem Abend, als Yarince mit seinen Männern nach Taguzgalpa kam und unsere Augen für immer aneinander haften blieben. Neben dem Feuer wartete sie auf mich; als ich nähertrat, sah sie mich mit jenem traurigen Blick an, der auf ihren Zügen erschienen war, seit die Kämpfe mit den Spaniern aufgehört hatten eine ferne Nachricht zu sein. Ihre kräftigen Hände kneteten den Maisteig und formten ihn.

»Du bist bei den Kriegern gewesen«, sagte sie zu mir. Und ihre Stimme meinte: Du hast gefehlt, das ist kein Ort für eine Frau, sie haben dein Blut in Wallung gebracht.

»Sie kommen von weit her«, entgegnete ich ihr, »es sind Kariben. Sie sagen, daß wir uns erheben, daß wir kämpfen müssen, wenn wir nicht untergehen wollen, wenn wir nicht wollen, daß alles zu Ende ist. Daß die Spanier uns umbringen werden, um unser Land, die Seen und das Gold zu besitzen. Daß sie unsere Vergangenheit, unsere Götter zerstören werden. Viele Männer wollen morgen mit ihnen in den Kampf gehen. Wir werden den alten Zwist und Hader begraben und uns gegen die blonden Männer verbünden. Auch ich will gehen.«

»Ich habe dir gesagt, daß die Schlacht kein Ort für Frauen ist. Weise ist die Welt erschaffen. Deine Nabelschnur liegt unter der Asche dieses Herdfeuers begraben. Hier ist dein Platz. Hier liegt deine Macht.«

»Yarince, der Anführer, sagt, daß er mich mitnimmt.«

»Ja«, sagte meine Mutter nur. »Ich habe gesehen, wie er dich auf dem Platz anschaute. Ich habe gesehen, wie du ihn angeschaut hast.«

Ich senkte die Augen. Dem Herz meiner Mutter blieb nichts verborgen.

»Es ist der Frau bestimmt, dem Mann zu folgen«, fuhr meine Mutter fort. »Das ist kein Fluch. Wenn er dich liebt, soll er die Zeremonie mit deinem Vater besprechen, seine Gaben darbringen und den Segen des Stammes erhalten.«

»Wir sind im Krieg. Das alles ist jetzt nicht mehr möglich. Morgen früh bei Sonnenaufgang müssen wir fort. Verdamme mich nicht, Mutter. Gib mir deinen Segen«, sagte ich und kniete vor ihr hin.

»Nichts weiter leitet dich als dein Instinkt«, antwortete sie. »Itzá, ist es denn möglich, daß du mir noch mehr Gründe geben willst, die Spanier zu verfluchen?«

»Es bleiben nur zwei Möglichkeiten, Mutter.« Ich stand auf. »Entweder sie zu verfluchen oder sie zu bekämpfen. Ich muß fort, nicht nur wegen Yarince. Ich kann mit Pfeil und Bogen umgehen. Ich halte den trügerischen Frieden dieser Tage nicht länger aus, dieses Warten auf etwas, das ganz sicher kommen wird. Ich fühle tief in mir, daß es mein Schicksal ist zu gehen.«

Ich weiß noch, wie sie die Hände ausstreckte und ihre vom Maiskneten, vom Tortillabacken weißen Handflächen sehen ließ. Sie hob und senkte sie wieder. Sie beugte den Kopf und zeigte mir so, daß sie nicht mehr reden wollte. Sie ließ mich noch einmal knien und rief Tamagastad und Cipatonal, unsere Schöpfer, an, rief auch Quiote-Tláloc an, den Gott des Regens, dem ich geweiht war.

Stark wie ein Vulkan, ihr weicher Umriß im Gegenlicht der Tür, so sehe ich sie noch heute. Wie sie mich am Morgen meiner Abreise mit erhobener Hand verabschiedete, einer Hand, die einem trockenen Zweig glich.

Sie war mein einziger Zweifel. Sie, die mir die Liebe zeigte.

Das Telefon klingelte.

»Ja bitte? Wer ist dran?« sagte Lavinia.

»Lavinia?«

»Ja, ich bin's«, antwortete sie. Sie erkannte die Stimme am

anderen Ende der Leitung nicht, obwohl sie ihr irgendwie bekannt vorkam.

»Lavinia, ich bin's, Sebastián.«

Der Name warf sie mit einem Schlage in die Unordnung auf ihrem Bett zurück. Was konnte Sebastián von ihr wollen? Was war passiert?

»Ist Felipe bei dir?«

Ihr Herz pumpte heftig. Nein, Felipe war nicht bei ihr, er war arbeiten gegangen, hatte ihr nur eine Nachricht dagelassen.

»Arbeiten? Am Samstag? Wir wollten uns eigentlich treffen und zusammen ein Bier trinken gehen, vor einer guten Stunde!« antwortete Sebastián, und seine Stimme klang fröhlich.

Felipe hatte Sebastián warten lassen? Lavinia war ganz verwirrt vor Angst.

»Aber er hat mir hinterlassen, daß er arbeiten muß«, beharrte Lavinia, ohne zu merken, daß der andere harmlos zu klingen versuchte. In ihrem Kopf begannen sich entsetzliche Vorstellungen zu bilden. Sie verstand nicht, warum Sebastián durchs Telefon lachte, und auch nicht seine Bemerkung über diesen Felipe, der auch nie dazulernen könne und sogar heute arbeiten gehen müsse. Sie arbeiteten doch wirklich schon genug während der Woche!

Langsam begann Lavinia zu begreifen, daß sie eine normale Unterhaltung führen mußte. Es gelang ihr nicht. Die Worte wollten nicht fließen.

Sebastián schien es endlich zu bemerken.

»Reg' dich nicht gleich auf«, sagte er. »Komm mich lieber hier abholen. Ich stehe in einer Telefonzelle vor dem Zentralkrankenhaus. Dann können wir uns in Ruhe unterhalten. Ich erwarte dich in zehn Minuten. Denk dran, daß ich nicht lange in der Sonne stehen kann«, fügte er noch ironisch hinzu.

Als sie den Hörer auflegte, zitterten Lavinia die Beine. Bilder von Gewalt und Zerstörung trafen sie mitten in die Magengrube und erzeugten einen Tränenschleier vor ihren Augen.

»Ich darf jetzt nicht nachdenken«, sagte sie sich, ohne ganz die Vorstellung einer Zeitung voller Fotos mit zusammengeschossenen Leichen unterdrücken zu können. Schnell stand sie auf und warf sich die zerknitterten Kleider von gestern über. »Ich muß mich beruhigen«, sagte sie zu sich selbst, während sie sich mit der Bürste durchs Haar fuhr, nach Handtasche und Schlüsseln griff und zum Wagen hinausging.

Als sie den Motor anließ, verwarf sie den allerletzten Grund für Felipes Zuspätkommen, mit dem sie sich zu beruhigen versuchte – die allerletzte Möglichkeit, daß es am Verkehr gelegen haben könnte. Sie dachte an den Abschnitt über Pünktlichkeit als wichtigsten Punkt konspirativer Kontakte. Sie hatte es ja gerade in den Sicherheitsmaßnahmen gelesen: Die Wartezeit durfte fünfzehn Minuten nicht überschreiten. Und Sebastián hatte schon über eine Stunde auf Felipe gewartet...

Die samstäglich leeren Straßen machten es möglich, schnell zu fahren. Das rhythmische Geräusch ihres Atmens war die einzige Unterbrechung angsterfüllter Stille.

Sie sah Sebastián an der Ecke stehen, mit einer Zeitung unter dem Arm und einer Schiebermütze auf dem Kopf. Ruhig unterhielt er sich mit einer dicken, weiß beschürzten Obstverkäuferin. Der Bürgersteig war voller Fußgänger, die Päckchen und Tüten trugen. Im Krankenhaus war Besuchszeit.

Sie fuhr an den Bordstein und rief: »Sebastián.« Hupen war in dieser Zone verboten.

Er hob den Kopf, verabschiedete sich schnell von der Frau

und stieg mit einem ernsten, aufgebrachten Gesichtsausdruck ins Auto.

»Mach das niemals wieder«, sagte er, während er sich im Sitz zurechtsetzte.

»Was denn?« fragte Lavinia überrascht und vergaß für einen Moment die Angst um Felipe.

»Mich auf der Straße, in der Öffentlichkeit bei diesem Namen zu nennen. Du weißt nicht, ob ich tatsächlich so heiße.«

Sie erinnerte sich an die Broschüren, an die Pseudonyme, von denen dort die Rede war. Dann hieß Sebastián also gar nicht Sebastián! Es war nur sein Deckname. Und Flor hieß vielleicht auch nicht Flor. Felipe war nicht Felipe ... Vielleicht würde sie morgen schon in der Zeitung, unter dem Foto, lesen, daß Felipe Ernesto oder José hieß. Wie fremd ihr das alles war! Ich eigne mich einfach nicht für all das, dachte sie bedrückt.

»Entschuldige«, sagte sie resigniert. »Felipe heißt also auch nicht Felipe?«

»Doch, Felipe heißt wirklich Felipe«, antwortete Sebastián. »Sein Name ist legal.«

Es gab »Legale« und »Illegale«, wie Lavinia eben erst gelesen hatte.

Sie fragte Sebastián, ob sie zu sich nach Hause fahren sollte. Er nickte und sah besorgt aus.

»Was meinst du, was passiert sein kann?« fragte Lavinia.

»Ich weiß nicht, ich weiß es nicht«, antwortete Sebastián. »Es ist merkwürdig. Felipe ist immer sehr pünktlich. Pünktlichkeit ist ja auch eine unserer Regeln. Deshalb weiß ich nicht, was ihm passiert sein kann. Laß uns zu dir nach Hause fahren und noch eine Stunde warten. Wenn er dann immer noch nicht da ist, sage ich dir, was wir tun werden. Versuche dich jetzt zu beruhigen«, sagte er noch und berührte leicht ihren Arm.

Während Lavinia sich auf das Fahren konzentrierte – »Paß auf, daß uns die Polizei nicht wegen irgendeiner Dummheit anhält«, hatte Sebastián gesagt – und sich bemühte, seine Besorgnis zu übersehen, begann Sebastián mit ruhiger Stimme zu sprechen.

Es sei wichtig, die Angst unter Kontrolle zu halten, sagte er, ihr nicht die Zügel schießen zu lassen; nur so habe er es fertiggebracht, die Jahre im Untergrund zu überleben. Man müsse optimistisch sein, dürfe den Glauben nicht verlieren, müsse die Hoffnung bewahren. »Davon leben wir«, fügte er hinzu. Er verstand nur zu gut, daß sie Angst hatte. Er kannte das angstvolle Warten. »Dazu im Versteck«, sagte er, »bewegungslos. Oder unterwegs von einem Versteck zum anderen. Verkleidet als Hippie, als Arzt, der einen Hausbesuch macht. Du solltest mal sehen, wie gut mir manche Verkleidungen stehen«, versuchte er, sie zum Lachen zu bringen. Er wollte ihr nicht sagen, sie solle keine Angst mehr haben, sondern nur, daß sie versuchen solle, ruhig zu sein. Diese Art von Gefühlen ließ sich genausowenig vermeiden wie die andere. Es war wichtig, gerade für sie, daß die Abwehrmechanismen sie nicht gefühllos machten, sie zu kalten, mechanisch handelnden Wesen werden ließen, daß sie sich nicht verhärteten. Die ständige Todesgefahr konnte sie nicht in unverwundbare Wesen verwandeln, auch wenn es einen hohen Preis kostete, die Sensibilität zu bewahren. Doch sei es wichtig, sich nicht von alltäglichen Gefühlen zu entfernen, das wäre, wie wenn man sich von den Menschen, vom Volk entferne, sagte er noch.

Lavinia hörte ihm schweigend zu. Sebastián schien entschlossen, mit ihr zu reden, als sei sie schon eine »Compañera«. Sie war aber keine. Sie wollte nicht leiden. Sie wollte nicht, daß Felipe umgebracht würde. Wenn Felipe etwas zustieße, dann würde sie sie hassen, dachte sie. Ihn und Flor, die ganze Bewegung, dafür, daß sie solche Traumtänzer waren, daß sie ihre Leben verschleuderten, als bedeuteten sie nichts.

Sie näherten sich ihrem Haus. Sebastián befahl ihr, ein paarmal um den Block zu fahren und erst dann den Wagen in der Garage abzustellen. Sie mußten sichergehen, daß ihnen niemand folgte.

Sie befolgte seine Anweisungen, hin und her gerissen zwischen der zornigen Rebellion gegen die Aufopferung und einem Gefühl der Nähe, der gleichen Nähe, die sie schon an jenem letzten Tag gespürt hatte, als Sebastián bei ihr zu Hause gewesen war und sie sich gewünscht hatte dazuzugehören.

Den ganzen Weg über hatte sie, inmitten des Ansturms der Widersprüche, zu allen Heiligen ihrer Tante Inés gebetet, sie möge Felipe antreffen, wenn sie die Haustür öffnete. Während sie jetzt den Schlüssel im Schloß drehte, schloß sie die Augen und dachte ganz fest daran, daß sie ihn, wenn sie sie wieder öffnete, im Halbschatten des Orangenbaums auf ihrer Terrasse sitzen sähe.

Doch war die Tür zum Garten so verschlossen, wie sie sie zurückgelassen hatte. Das Haus war in Schweigen gehüllt, genau wie vorhin, als sie gegangen war. Bewegungslos die Dinge. Niemand wartete im Schatten.

Sie traten ein. Sie bat Sebastián, er möge sich setzen, während sie ins Bad ging.

Sie wollte nicht, daß er ihre vor Enttäuschung feuchten Augen sah; sie wollte das Weinen unter Kontrolle bringen, sie fühlte sich am Rande der Hysterie, verspürte den Drang, auf die Straße zu laufen und Felipe zu suchen. Wenn Sebastián nicht dagewesen wäre, hätte sie mit Sicherheit das Haus verlassen, um die Avenidas abzufahren, um Felipe überall zu suchen.

Sie verließ das Bad, nachdem sie sich das Gesicht gewaschen hatte. Sie hatte nicht geweint. Wenn sie zu weinen begann, konnte sie wahrscheinlich nicht mehr aufhören. Und das wäre ihr peinlich gewesen, trotz der Dinge, die Sebastián im Wagen zu ihr gesagt hatte.

Sie hatte Angst davor, daß die Tränen von ungerechten Vorwürfen begleitet sein könnten. Unter dem Vorwand, Durst zu haben und ein Glas Wasser trinken zu wollen, ging sie in die Küche.

»Bring' mir doch bitte auch ein Glas Wasser mit«, hörte sie Sebastiáns Stimme vom Wohnzimmer aus sagen.

Sie kehrte mit den beiden Gläsern zurück und stellte sie auf den Tisch.

»Setz' dich«, sagte Sebastián, »Felipe kann aufgehalten worden sein. Diese Verspätung muß nicht heißen, daß er tot ist oder gefangen.« Sie nickte und setzte sich auch wirklich hin. Sie überlegte, ob es nichts zu tun gäbe, wen sie anrufen könnte, jemanden mit »Beziehungen«, der etwas über Felipe in Erfahrung bringen konnte.

»Hol' doch mal das Radio«, hörte sie Sebastián sagen, »vielleicht kommt ja was in den Nachrichten.«

Er ist auch unruhig, dachte Lavinia.

Sie stellte das Radio auf den Tisch in der Mitte des Raums. Radio Nacional, der offizielle Sender, der immer über subversive Aktionen berichtete, brachte eine Jazzsendung. Duke Ellington haute so meisterhaft wie immer in die Tasten.

Draußen fuhr ab und zu ein Auto vorbei und durchbrach

die Stille, die die beiden, auf die Sofakissen gestreckt, bewahrten.

Freunde mit Beziehungen, dachte Lavinia. Einer fiel ihr besonders ein, ein Freund ihrer Eltern. Weihnachten schickte er immer teure, extravagante Geschenke, Radiowecker, Kugelschreiber mit eingebauter Digitaluhr. Dieser Mann konnte bestimmt etwas tun, dachte sie. Er machte mit der Regierung Geschäfte und war ein guter Freund des Großen Generals. Doch wie sollte sie es anstellen? Es bedeutete, daß sie ihre Eltern anrufen, ihnen etwas erklären mußte. Sie verwarf den Gedanken. »Sie hat mit diesen Leuten nichts zu schaffen«, würde ihre Mutter sagen.

Und Julián? dachte Lavinia und wollte nicht aufgeben. Vielleicht kannte Julián jemanden. Felipe und Julián mochten sich. Sie vermutete außerdem, daß Julián eingeweiht war. Wenn Felipes mysteriöse Ausflüge während der Arbeitszeit zu häufig wurden, rief er ihn zu sich in sein Büro.

»Manchmal bringt er mich zum Verzweifeln«, hatte Felipe gesagt, als er ihr von Julián erzählte, den er schon seit seiner Jugend kannte. Damals war er ab und zu in der Stadt Verwandte besuchen gefahren. Gemeinsam mit Julián hatte er sein erstes Abenteuer mit einer Frau erlebt. Nacheinander waren sie in das schummrige Zimmer des »Moulin Rouge« getreten, eines Bordells mit roter Beleuchtung und hohen Mauern, das Lavinia immer mit einer gewissen Neugier von der Straße aus betrachtet hatte. Felipe hatte ihr den muffigen Geruch und die Frau, die sich gerade das Kleid wieder überzog, als er nach Julián den Raum betreten hatte, in lebendigen Farben geschildert. Es war eine junge, attraktive Frau gewesen. Er hatte das Glück gehabt, daß sie ihm amüsiert dabei zusah, wie er sich die Hose aufknöpfte, so als fühlte sie sich im Besitz einer uralten Macht. Sie beobachtete ihn, wie man ein Kind betrachtet, das seine ersten Bleistiftstriche in ein Heft kritzelt. Er hatte sich immer vorgestellt, daß die Frauen in den Bordells traurig und mitgenommen aussähen, doch Terencia hatte ein strahlendes Lächeln und nur gesagt, daß man in diesem Geschäft Humor haben muß. Erst als er schon auf ihr lag und sich bereits bei dem Gedanken, zwischen den Beinen einer Frau zu liegen, sofort ergoß, als er sein Geschlecht von dem feuchten, heißen Tunnel wie vom Netz einer Spinne umschlossen fühlte, da hatte er gemerkt, wie sie sich spannte, aggressiv wurde, voll versteckter Wut knurrte.

Er hatte Lavinia erzählt, daß sie ihn mit den Worten: »Jetzt weißt du, wie das ist, jetzt kannst du dich endlich als Mann fühlen«, von sich gestoßen habe, und Felipe hatte sich daran erinnert, daß er, auch wenn es eine traurige Art war, zum Mann zu werden, stolzer, erwachsener aus dem Bordell gekommen war.

Julián könnte etwas tun, dachte Lavinia.

»Felipe hat einen Freund, seinen Chef im Büro, Julián. Vielleicht kann der etwas rauskriegen«, sagte sie zu Sebastián hinüber, der bemüht war, im Radio die Nachrichten zu finden.

»Es wäre nicht gut, einen Verdacht zu wecken, in ein Wespennest zu stechen, bevor es nötig ist«, antwortete er. »Bei solchen Geschichten darf man nicht hektisch reagieren. Das ist gefährlich… In den Nachrichten kommt nichts«, sagte er dann und stellte wieder das Radio Nacional mit dem Duke-Ellington-Konzert ein. »Dieser Schwarze spielt gut, ein As auf der Trompete, sage ich nur. Gefällt dir die Musik?« fragte er und wandte sich Lavinia zu.

Er versucht, mich abzulenken, dachte sie und antwortete mit einem Kopfnicken.

»Hast du neulich diesen Film gesehen... wie heißt er doch gleich? ... ›Woodstock‹?« fragte Sebastián wieder.

»Ja«, sagte sie, »mit Felipe zusammen.«

»Aha, du warst das also... Felipe hat mir erzählt, daß er ihn mit einer Frau gesehen hat, die ihm gefiel. Vor zirka zwei Monaten, nicht wahr? Ich hätte mir denken können, daß du es warst. Wie lange seid ihr eigentlich schon zusammen?«

»Kurz bevor du angeschossen wurdest, fing es an.«

»Dann ist meine Schußverletzung also so etwas wie ein Stichtag?« grinste Sebastián und faßte sich an den Arm, der inzwischen verheilt war. Er trug ein langärmliges Hemd, um die Narbe zu verbergen.

»Ja«, sagte Lavinia. »Genau. Man könnte fast sagen, daß sich mein Leben in einen Teil vor und einen nach deiner Schußverletzung teilt.«

»Welche Ehre«, frotzelte Sebastián. »Ich war doch nur ein flüchtiger Besucher.«

»Nein«, antwortete Lavinia heftig, »das warst du nicht. Seither stelle ich mein Leben in Frage, seither zweifle ich...«

»An was?« fragte Sebastián.

»Ich weiß nicht genau... ich bin irgendwie verwirrt. Manchmal hasse ich euch dafür, daß ihr so mutig seid. Aber dann möchte ich auch wieder sein wie ihr. Das, was ich für meine Rebellion gehalten habe, kommt mir lächerlich vor. Ihr scheint so entschlossen, so sicher zu sein, wer ihr seid, wohin ihr geht... Aber ich habe Angst, hineingezogen zu werden. Das ist nichts für mich. Ich bin nicht aus diesem Holz.«

»Man ist nicht aus diesem oder aus jenem Holz«, antwortete Sebastián. »Man macht sich selbst so, wie man ist. Und was dich betrifft, du scheinst schon ganz schön hineingezogen zu sein«, sagte Sebastián mit einem Lächeln, das offenbar eine gehörige Portion Spott enthielt.

»Im Grunde ist es egal, ob du erst mit deiner ganz persönlichen Rebellion angefangen hast. Das ist bei vielen der erste Schritt. In Faguas kann man die Augen nicht ewig geschlossen halten, selbst wenn man es möchte. So sehr man sie auch übersehen möchte, die Gewalt sucht und findet dich doch. Wir tragen hier alle eine Dosis davon in uns, sozusagen als nationales Anrecht. Und man bekommt sie ab, wenn man sich nicht wehrt. Oder wenn man sie nicht selbst abbekommt, dann bekommen andere sie ab... Und da geht die Geschichte mit dem Bewußtsein los. Denn wenn man zuläßt, daß andere sie abbekommen, dann macht man sich, ob man will oder nicht, zum Komplizen.«

Duke Ellington beendete sein Solo, der letzte Ton blieb im Raum hängen. Sebastián hatte recht. Sie bezweifelte eine Tatsache, die längst entschieden war. Denn in Wirklichkeit erlebte sie ja schon alle Ängste des Beteiligtseins, selbst wenn sie immer noch meinte, daß sie vor einer Entscheidung stand. Die Gewalt war längst zu ihr vorgedrungen.

»Ich war gestern bei Flor«, sagte Lavinia. »Sie hat mir eine Reihe Informationen über die Bewegung gegeben. Heute habe ich sie gelesen.«

Sebastián sah überrascht aus. Lavinia fragte sich, ob Flor dadurch Schwierigkeiten bekommen könnte.

»Ist es das erste Mal, daß du etwas über die Bewegung liest?« fragte Sebastián.

»Ja«, antwortete Lavinia.

Die Unterhaltung führte unvermeidlich zu Felipe, kreiste um Felipe, kreiste ihn ein. Sebastián verstand nicht, daß er,

Felipe, sie nicht wenigstens mit den Schriften der Bewegung bekannt gemacht, ihr die Rückkehr ans Flußufer unvermeidlich gemacht hatte.

»Ich verstehe sein Bedürfnis, ein normales Leben zu führen«, sagte sie und schaute auf die Uhr.

Eine Dreiviertelstunde war vergangen. Es fiel ihr immer schwerer, sich auf etwas anderes zu konzentrieren als auf die unerbittlichen Zeiger der Uhr.

Sebastián hatte gerade begonnen, etwas von den »Problemen der Compañeros« zu erzählen, als er plötzlich innehielt. Er hob den Kopf, einem Tier gleich, das die Ohren spitzt. Auch sie hörte die Schritte, die näher kamen, Schritte, die sie vom langen nächtlichen Warten so gut kannte, den Absatz, der eilig auf den Asphalt hämmerte. Bewegungslos verharrte sie, bis sich der Schlüssel im Schloß drehte und Felipe im Wohnzimmer stand, gesund und munter und gegen das plötzlich helle Licht blinzelnd.

Verständnislos sah er Lavinia und Sebastián an.

»Was machst du denn hier?« fragte er Sebastián.

Er blickte auf Lavinia, als sei sie gar nicht vorhanden. Sie gab keinen Laut von sich, unfähig, sich angesichts seines plötzlichen Auftauchens zu beruhigen.

»Das fragst du mich?« sagte Sebastián, offensichtlich irritiert über Felipes Ton, »wo du selbst nicht zur verabredeten Zeit erscheinst. Eine Stunde habe ich auf dich gewartet, dann habe ich Lavinia angerufen, weil ich dachte, du wärst hier, doch keine Spur von dir... Wir haben schon gedacht, es wäre was passiert!«

»Aber ich bin doch dort gewesen!« rief Felipe. »Auch zur verabredeten Zeit! Ich habe auch auf dich gewartet. Ich war genauso in Sorge. Dann bin ich schließlich, nach vielem Hin und Her, hierhin zurückgekehrt, weil ich dachte, dir wäre etwas geschehen!«

Die beiden Männer begannen ein gereiztes Gespräch darüber, wer von ihnen im Recht war und wer sich falsch verhalten hatte. Es war nicht mehr zu klären, wo sie sich hatten treffen wollen. Felipe sagte, an der Ecke des Parks. Sebastián meinte, vor dem Haupteingang des Krankenhauses. Lavinia verschwand unbeachtet, verlor sich in einer konfusen Mischung aus Lachen und Weinen.

Ein einziger kleiner Irrtum, und die Welt stand kopf. So war das Leben am Rande des Abgrunds. Jemand irrte sich, kam zu spät, und der Geruch nach Tod drang in jeden Atemzug. Aber Felipe lebte ja. Es würde kein Foto in der Zeitung geben.

Die beiden stritten immer noch über die Nachricht, die Sebastián mit dem Boten geschickt hatte.

»Ich bin sicher, daß du ›Ecke des Parks‹ geschrieben hast. Schade, daß ich den Zettel verbrannt habe«, sagte Felipe.

Langsam beruhigten sie sich, bis sie schließlich lachten, sich umarmten und sagten, Gott sei Dank, was für ein Schreck, sieh nur Lavinia an, die Ärmste, komm, nimm sie in den Arm.

Stunden später lag Lavinia an den schlafenden Felipe gekuschelt und konnte selbst keinen Schlaf finden.

Nach der Warterei, nachdem die Verwirrung halbwegs aufgeklärt war, hatte Felipe noch einmal fort gemußt, um Sebastián wegzubringen. Sie war allein im Haus geblieben. Und als sie sich so allein sah, schien es ihr plötzlich, Felipes Rückkehr wäre nur eine Einbildung gewesen. Von neuem ergriff sie Panik, bis er wieder da war. Sie liebten sich lange und zärtlich, endlich konnte sie dieses Denken an die Möglichkeit des Todes herausweinen, diesen Gedanken, der so unerbittlich ihre Küsse, ihre Berührungen umschlich. Sie weinte um sich selbst, um das unbeschwerte Mädchen, das sie noch bis vor wenigen Monaten gewesen war und das sich nun aufzulösen begann, verwirrt zurückblieb, bewohnt von einer Frau, die ihre Identität, ihr Ziel und ihre Sicherheit noch nicht gefunden hatte. Sie beweinte ihre Wehrlosigkeit gegenüber der Liebe, gegenüber dem Zerstörerischen der Gewalt, gegenüber der Verantwortung, der sie nicht länger entkommen konnte. Und ohne Vorwarnung, im Augenblick größter Nähe, als sich ihre schweißnassen Körper kopfüber in den Strudel stürzten, der dem Auseinandergehen vorhergeht, wuchs in ihrem Bauch der Wunsch, ein Kind zu haben. Zum ersten Mal in ihrem Leben wünschte sie es sich mit der Kraft der Verzweiflung, wünschte sie sich, Felipe in sich zu halten, daß er in ihr blühe, sich in ihrem Blut vervielfältige.

Matt, doch ohne schlafen zu können, fühlte sie dieser animalischen Empfindung nach, die von ihr Besitz genommen und die sich der Vernunft so übergestülpt hatte, indem sie das Bild des Kindes entstehen ließ, das Lavinia so klar in ihrer Vorstellung auftauchen sah. Für sie war Mutterschaft immer eine unbestimmte Sache unbestimmter Zukunft gewesen. So, wie sich ihr Leben jetzt entwickelte, wurde der Gedanke nur noch unbestimmter. Ihr Dasein schien sich von Tag zu Tag mehr unvorhersagbaren Dingen auszuliefern. Morgen und Abend waren ungewisse Territorien, Verschwinden und Tod tägliche Begleiter. In dieser Lage blieb nichts anderes übrig, als auf den Wunsch zu verzichten, sich fortzupflanzen. Ein Kind paßte nicht in eine solche Unsicherheit. Unpassend, überhaupt daran zu denken. Sie mußte darauf verzichten. Darauf verzichten, wie so viele Frauen vor und nach ihr, darauf verzichten, solange Felipe kam und ging wie bisher, wie ein flackerndes Licht.

Der Bauch begann ihr weh zu tun. Langsam verwandelte sich der Schmerz in Wut, eine unbekannte Wut, die aus dem Bild eines Kindes wuchs, das niemals leben würde, weil die Verhältnisse es nicht zuließen.

Wir weigerten uns, zu gebären.

Nach Monaten heftiger Kämpfe waren viele unserer Krieger tot. Wir sahen unsere zerstörten Dörfer, das Land, das neuen Herren gehörte, unser Volk, das wie Sklaven für die Grundbesitzer arbeiten mußte.

Wir sahen, wie die Knaben, von ihren Müttern getrennt, Zwangsarbeit verrichten mußten oder auf die Schiffe geschickt wurden, von wo sie niemals wiederkehrten. Die Krieger, deren sie habhaft werden konnten, wurden den schlimmsten Foltern unterworfen: Hunde rissen sie in Stücke, oder sie starben gevierteilt von Pferden.

Aus unseren Feldlagern desertierten immer mehr Männer. Lautlos verschwanden sie in der Dunkelheit, um sich dem Sklavenschicksal auszuliefern.

Die Spanier brannten unsere Tempel nieder, sie zündeten riesige Scheiterhaufen an, auf denen sie die heiligen Schriften unserer Geschichte verbrannten. Als Erbe blieb uns nur ein löchriges Netz.

Wir mußten uns tief in die bergigen, waldreichen Gebiete des Nordens zurückziehen, in die Höhlen an den Vulkanhängen. Von dort aus zogen wir durchs Land und suchten Männer, die bereit waren zu kämpfen, schnitzten Lanzen, Pfeile und Bogen und sammelten Kräfte.

Ich erhielt Nachricht von den Frauen aus Taguzgalpa. Sie hatten beschlossen, nicht mehr mit ihren Männern zu schlafen. Sie wollten den Spaniern keine Sklaven gebären.

Jene Nacht war eine Vollmondnacht, die Nacht der Empfängnis. Ich spürte es an dem Ziehen in meinem Bauch, der Weichheit meiner Haut, meinem Verlangen nach Yarince.

Mit einem großen Leguan von der Farbe trockener Blätter kam er von der Jagd zurück. Das Feuer brannte und erleuchtete die Höhle mit rotem Schein. Nach dem Essen kam er zu mir. Er streichelte meine Hüfte. Ich sah, wie seine Augen im Feuerschein leuchteten.

Ich nahm seine Hand von mir und glitt tiefer in die Höhle hinein. Er folgte mir, er dachte, es wäre ein Spiel, das ihn nur noch mehr begehren lassen sollte. Er küßte mich, er wußte, daß seine Küsse wie Honigmet waren auf meinen Lippen. Sie berauschten mich.

Ich küßte ihn Bilder stiegen in mir auf wie Wasser, das aus den Teichen verdunstet, zärtliche Szenen, Träume aus mehr als einer einzigen Nacht; ein Kind, ein Krieger, rebellisch, unbeugsam, uns fortsetzend, uns beiden gleichend, eine Mischung aus uns, unser beider zärtlichste Blicke tragend.

Bevor mich seine Lippen besiegten, entzog ich mich ihm.

»Nein, Yarince. Nein«, sagte ich zu ihm. Und sagte dann noch einmal »nein« und erzählte ihm von den Frauen von Taguzgalpa, den Frauen meines Stammes. Wir wollten keine Kinder für die Sklavenarbeit, für den Bau ihrer Städte, ihre Schiffe. Kinder, die von Hunden zerrissen wurden, sobald sie mutige Krieger waren.

Mit irrem Blick sah er mich an. Dann wich er zurück. Er sah mich an, als habe er eine schreckliche Erscheinung gehabt. Dann rannte er hinaus, und es herrschte Stille. Nur das

Prasseln der Äste, die brennend im Feuer starben, war zu hören.

Dann vernahm ich das Heulen meines Mannes wie das eines Wolfes. Und später kam er, ganz zerkratzt von Stacheln, zurück.

In dieser Nacht umarmten wir uns weinend und unterdrückten das Verlangen unserer Körper, eingehüllt in einen schweren Umhang aus Traurigkeit.

Wir verweigerten uns das Leben, die Fortsetzung, das Keimen der Saat. Wie schmerzt mich die Erde um meine Wurzeln, nur wenn ich daran denke!

Ich weiß nicht, ob es regnet oder ob ich weine.

10

In Faguas regnete es. Die Regenzeit hatte begonnen, tropischer Winter. Die Woche ging ihrem Ende entgegen. Seit dem vergangenen Sonntag schob Lavinia es auf, sich mit Flor zu treffen.

Vom Schreibtisch aus sah sie auf das regennasse Fenster. Dort rannen die Tropfen herunter und bildeten kleine Flüsse, stießen sich an, formten Wasserfälle auf der Glasscheibe. In der Regenzeit bedeckte sich der Nachmittagshimmel mit dicken, schwarzen Wolken und ließ mit Wut seine Sintflut los. Die Erde lieferte sich der Lust der Gewitter aus. Ein durchdringender Geruch stieg auf, der von kommenden Geburten kündete. Die Landschaft ließ intensives Grün in allen Schattierungen sehen. Die Bäume schüttelten ihre dichten Kronen wie nasses Haar. Es war die Zeit, in der die Vögel Orgien feierten und die Stadt unter den Wasserströmen ihr gewöhnliches Gesicht verlor und sich auf Schlamm, fliegende Ameisen und tropfende Dächer einstellte. Die alten Leute beschwerten sich über ihr Rheuma. Aber die Betten fühlten sich morgens frisch an, kühl die Laken und angenehm warm der Platz, wo die Körper lagen.

Sie konnte die Sache nicht länger aufschieben. Das war noch beängstigender. Es beeinträchtigte sie in ihrer Arbeit, reduzierte ihr Konzentrationsvermögen. Nichts war schlimmer als die Unfähigkeit, sich entscheiden zu können. Heute war Donnerstag. Flor hatte ihr die Telefonnummer im Krankenhaus gegeben. Sie rief an. Sie vereinbarten, sich nach Feierabend zu sehen.

Flor sprach leise. Sie sah erschöpft aus und hatte tiefe Schatten unter den Augen. Die Arbeit im Krankenhaus war ermüdend. Zu viele Menschen wollten behandelt werden, und sie waren so wenige.

Flor flößte ihr Respekt ein. Felipe hielt sie für »hart«. Er hatte gesagt, Sebastián vergleiche sich, wenn er von seiner Geschichte mit Flor erzähle, immer mit einem Fischer, der eine Auster öffnet, um ihr die Perle zu entreißen.

Lavinia sah sie an und stellte sich Flors Inneres aus Perlmutt vor. Dieser Onkel, der sie mit einer Leidenschaft liebte, die der von Lewis Carroll für Alice glich. Das hatte Narben zurückgelassen, Argwohn. Ihr kam Flor nicht »hart« vor, vielmehr haftete ihr etwas Verschlossenes an wie von einer Festung, etwas, das vielen Menschen eigen ist, die gelitten haben und die wissen, daß sie verletzlich sind. Doch spürte Lavinia Zärtlichkeit in der Art und Weise, wie Flor mit ihr sprach, sie nicht zu erschrecken versuchte, ihr sagte, daß sie langsam, Stück für Stück vorgehen würden. Zunächst müsse Lavinia noch mehr lesen. Ihre Überzeugungen durften nicht blind, durften nicht schwach sein, sagte sie. Sie sollte verstehen, sich bewußt werden, daß die Möglichkeiten – das, was Lavinia die »Träume« des Programms nannte – machbar waren. Sie müsse alle Instrumente beherrschen, sagte Flor, um die Welt anders verstehen zu lernen, die Gewißheiten abzuklopfen, die sie immer so klar umgeben hatten, das Betrügerische gewisser »ewiger« Wahrheiten zu begreifen; Schlechtes und Gutes in der Wirklichkeit unterscheiden lernen und begreifen, wie sie gemäß den jeweiligen Interessen zusammenhängen.

Dann gingen sie zu den praktischen Einzelheiten über. Flor meinte, Lavinia solle die Broschüre mit den Sicherheitsvorschriften behalten.

»Du wirst sie jetzt auswendig lernen müssen«, fügte sie noch hinzu, »wie ein Gedicht in der Schule. Zunächst mögen sie dir übertrieben vorkommen, extreme, merkwürdige Maßnahmen. Nur sind sie unverzichtbar, nicht nur für deine eigene Sicherheit, sondern für die Sicherheit aller. Heute beginnt für dich die Zeit, da du dein »Ich« durch ein »Wir« austauschen mußt. Vor allem mußt du die Sicherheit der Compañeros schützen, die im Untergrund sind, wie Sebastián zum Beispiel. Und du darfst mit niemandem über uns sprechen, was du tust, mit absolut niemandem, der nicht durch die Arbeit in der Organisation mit dir zu tun hat.«

»Auch mit Felipe nicht?« fragte Lavinia.

»Auch nicht mit Felipe«, antwortete Flor.

»Um so besser«, sagte Lavinia, »ich will gar nicht, daß er von meinem Entschluß erfährt.«

»Ob er von deiner Beteiligung erfährt oder nicht, das ist deine Sache. Das ist aber auch alles, was er wissen darf. Wenn du willst, kannst du ihm das ruhig sagen.«

»Ich will gar nicht«, sagte Lavinia wieder.

Flor lächelte.

»Und jetzt müssen wir dir noch einen Decknamen geben. Wie möchtest du denn gern heißen?«

»Inés«, antwortete Lavinia, ohne überhaupt nachgedacht zu haben.

»Manchmal geben wir uns für besondere Aufgaben noch andere Pseudonyme«, sagte Flor. »Und du weißt ja schon, daß das nur unter uns gilt, es sei denn, du erhältst andere Instruktionen. Benutze den Namen niemals in der Öffentlichkeit.«

Lavinia erzählte Flor, wie sie Sebastián laut auf offener Straße bei seinem Namen gerufen hatte. »Du kannst dir nicht vorstellen, wie dumm ich mir da vorkam«, sagte sie.

»Du wirst dich schon daran gewöhnen«, sagte Flor. »Es ist nichts weiter als ein Lernprozeß. Mit der Zeit schärfen sich deine Sinne. Das Adrenalin funktioniert bei uns besser als die meisten anderen Hormone. Und du siehst ja, daß trotzdem manchmal noch Pannen vorkommen, wie am Samstag zwischen Sebastián und Felipe. Und das, obwohl die beiden genug Erfahrung haben.«

Flor sprach noch eine Weile weiter, erklärte noch mehr. Der Wind bewegte die Kletterpflanzen vor dem Fenster. Bob Dylan sah nachdenklich auf sie herunter. Es lag Regen in der Luft. Fern am Himmel zuckten Blitze. Als Flor schwieg, bemerkte Lavinia plötzlich deren Müdigkeit.

»Du bist müde, nicht wahr?« fragte sie.

»Ziemlich«, antwortete Flor und strich sich das Haar aus dem Gesicht.

Sie ging vor Lavinia zur Tür. Plötzlich drehte sie sich um und umarmte sie.

»Herzlich willkommen in unserem Club, Inés«, sagte sie dabei, und ihr Lächeln wurde vom fernen Licht eines Blitzes erhellt.

Ich fühlte Lavinias frisches Blut, und es überschwemmte mich eine Woge wonnigen Saftes, frischgefallenen Regens. Es ist meine Schöpfung, auf seltsame Weise. Das bin nicht ich. Sie ist nicht ich, die neu auf die Welt kommt. Sie ist nicht von mir besessen wie von den Geistern, von denen besessen zu sein meine Vorfahren so schreckte. Nein, das nicht. Doch leben wir im gleichen Blut zusammen, und die Sprache meiner Geschichte, die auch die ihre ist, hat in ihren Adern zu singen begonnen. Noch hat sie Angst. Noch sehe ich nachts die lebendigen Farben ihres Entsetzens, doch stützt sie sich jetzt schon, vertraut sie schon auf festen Boden, es wachsen ihr eigene Wurzeln. Sie tanzt jetzt nicht mehr wie die Flamme auf dem Öl.

Ach, wie schwer, die Herdasche zu überwinden, die Hände, die das Feuer hüten sollen, den Mais mahlen sollen, wie schwer, die Strohmatte der Krieger hinter sich zu lassen!

Anfangs wollte Yarince unbedingt, daß ich im Lager bliebe und dort auf die Krieger wartete. Das konnte ich verhindern, indem ich als Argument meine eigene Schwachheit gebrauchte. Und wenn die Spanier kämen, so sagte ich, was würde dann aus mir? Was konnte mir nicht alles während der langen Zeit des Wartens geschehen? Ich zog es vor, im Kampf zu sterben, anstatt von den Eisenmännern vergewaltigt oder von den Jaguaren in Stücke gerissen zu werden.

Es gelang mir, sie zu überzeugen, sie zu überreden, daß sie mir in der Kriegsformation einen geschützten Platz zuwiesen, von dem aus ich meine vergifteten Pfeile schoß.

Ich war eine gute Schützin. Und so wurde mir bald in der Schlacht Befehlsgewalt gegeben, doch hinterher mußte ich weiter für sie kochen und die Wunden der Verletzten heilen. Später, als wir uns in die Höhlen des Nordens zurückzogen, um Kräfte zu sammeln und den Kampf fortzusetzen – mehrere Häuptlinge hatten sich schon den Eindringlingen gebeugt wie das Schilfgras in der Flußströmung –, schickte mich Yarince in das Land, damit ich die Hütten betrat und mit den Männern sprach, daß sie sich dem Kampf anschlossen. »Bring' keine Frauen«, sagte er. Das befahl er mir, obwohl ich zornig wurde. Er meinte, es wäre schwer für die Männer, während des Kampfes daran zu denken, daß die Frauen ihre Brüste den Feuerstöcken entgegenstreckten. Darüber hatte ich nicht nachgedacht. Niemals hatte er mir gesagt, daß er in der Schlacht um mich fürchte. Es rührte mich, von seiner Sorge zu erfahren. Ich gab nach.

Meine Entsendung war jedoch wenig erfolgreich. Die Männer vertrauten mir nicht. Ich bekam gerade etwas Mais zusammen, damit wir ein paar Tortillas essen konnten.

Die Frauen versammelten sich um mich. Sie hörten mir zu, wenn ich meine Geschichte erzählte. Sie wollten vom Krieg gegen die Spanier wissen. Keine einzige fragte aber, ob sie sich uns anschließen dürfe. Ich glaube, es kam ihnen nicht in den Sinn, dies für möglich zu halten. Für sie war ich eine Texoxe, eine Hexe.

Ich erzählte ihnen von dem Entschluß der Frauen vieler Stämme, den Spaniern keine Sklaven zu gebären. Sie blickten zu Boden. Die Jüngeren grinsten und dachten, ich redete Unsinn.

Sie waren schwer, diese Zeiten. Traurig kehrte ich zu den Höhlen zurück. Manchmal glaubte ich sogar, daß ich aus einer seltsamen Masse gemacht, daß ich nicht aus Mais erschaffen war. Oder daß meine Mutter vielleicht, so wähnte ich, einen Zauber empfangen hatte, als sie mich in ihrem Leib trug. Vielleicht war ich ein Mann mit einem Frauenkörper. Vielleicht war ich halb Mann, halb Frau.

Yarince lachte, als er mich so reden hörte. Er nahm meine Brüste in beide Hände, roch an meinem Geschlecht und sagte dann: »Du bist eine Frau, eine Frau. Du bist eine mutige Frau.«

Während Lavinia nach Hause unterwegs war, brach das Gewitter los. Ein Gewittersturm mit bleichen Peitschenhieben und einem Dröhnen, als bräche der Himmel auseinander. Der Sturm rüttelte wütend an den Bäumen, Staubwolken ließen die Nacht noch dunkler erscheinen. Sie sah, wie ein paar Menschen eilig Schutz vor dem Regen suchten, der jeden Augenblick beginnen mußte. Sie selbst fuhr eigentümlich ruhig, völlig unberührt von dem, was um sie herum vorging. Der Regen begann auf die Windschutzscheibe zu prasseln, erst in großen, vereinzelten, geradezu schüchternen Tropfen, dann plötzlich wie entfesselt, mit einem Lärm, als knallten Steine auf das Autoblech.

In der Abgeschlossenheit des Autos, eingehüllt in ihre Ruhe, ihre Gelassenheit, dachte sie daran, daß sie nun den Schlußstrich unter ihre Zweifel gezogen und endlich ihren eigenen Entschluß angenommen hatte. Die Wochen der Ungewißheit lagen hinter ihr. Sollte sie sich irgendwann nicht mehr in der Lage fühlen, dann blieb ihr nichts anderes übrig, als es zu erkennen und zuzugeben, daß sie sich geirrt hatte. Alle Menschen hatten ein Recht, sich zu irren.

Wie sich ihr Leben wohl verändern würde, was wohl geschehen würde? Es war schwer, sich das vorzustellen. Mit keinem ihrer Bekannten konnte sie die Vermutungen über das teilen, was sie erwartete. Sie war allein. Sie konnte Flor nicht mit ihren Fragen belästigen, auch Sebastián nicht. Sie fragte sich, ob sie der Versuchung würde widerstehen können, es Felipe zu sagen.

Es hätte ihr gefallen, daß er es erfuhr, daß er sich schlecht bei dem Gedanken fühlte, nicht derjenige gewesen zu sein, der sie für die Sache gewonnen hatte, weil er sie dazu nicht für fähig hielt. »Benütze es nicht zur Rache«, hatte Flor gesagt, und Lavinia hatte verneint, daß sie es ihm deshalb nicht sagen wollte. Doch war etwas davon darin enthalten, das konnte sie nicht abstreiten. Im Grunde wünschte sie sich sogar, daß Flor und Sebastián es ihm sagten, daß sie ihn sich schämen ließen.

Ihrer Meinung nach durften Männer, wenn sie Revolutionäre sein wollten, nicht so handeln. Hatte denn der Che etwa so gehandelt? Flor sagte, der Che habe geschrieben, die Frauen wären gute Köchinnen und Boten für die Guerilla, obwohl er später, in Bolivien, mit einer Guerillera, Tania, zusammen gewesen war. Er hatte sich geändert, sagte Flor. Und wer war Tania? Die Geliebte des Che? fragte sich Lavinia jetzt, während sie durch den Regen fuhr, an Straßenecken abbog, die plötzlich in Strömen von Schlamm versanken. Sie mußte vorsichtig fahren, um zu verhindern, daß der Motor in den Wassermassen verreckte.

Wen interessierte schon das Liebesleben des Che Guevara? An solchen Kleinigkeiten hielt die Geschichte sich nicht auf. Die Geschichte interessierte sich nicht für das Privatleben ihrer Helden. Denn sie wurde ja immer von Männern geschrieben. Die Frauen interessierten sich allerdings doch dafür. Es war »weiblich«, immer nach der Liebe zu fragen. Und warum auch nicht, warum ihre Bedeutung verhehlen, warum sie in dunkle Schlafzimmer verbannen? Warum hinnehmen, daß einer so normalen Sache, die so sehr Teil des Lebens aller Männer und Frauen war, immer nur ein zweitrangiger Platz zugestanden wurde? Vielleicht gerade deshalb, weil es das einzige Gebiet war, auf dem der Frau Überlegenheit zugestanden wurde, der einzige Bereich, an dem man sie selbstverständlich teilhaben ließ? Warum fiel es den Männern so schwer, das Bedürfnis nach Liebe zuzugestehen?

Felipe würde schon noch früh genug merken, daß er sich in ihr getäuscht hatte, daß er egoistisch gehandelt hatte. Sie bewunderte seine Klugheit und seine Ehrlichkeit. Und sie konnte seine Bemühungen nicht übersehen, den männlichen Widerstand zu überwinden, der Liebe ihren Platz zu geben, selbst wenn er sie traditionell sah. Manchmal glich er einem glücklichen, verspielten Kobold, eine liebenswürdige, strahlende Seite, die sie liebte. Es war traurig für sie zu sehen, wie er in Vorstellungen und Verhaltensweisen befangen war, die so sehr der Entwicklung entgegenstanden, die er in anderen Bereichen seines Lebens geschafft hatte. Es würde ihm guttun, seine Lektion zu bekommen. Es tat ihr gut, sich als Besitzerin eines Geheimnisses zu wissen, in das er nicht einzudringen vermochte, außer wenn sie es ihm erlaubte.

Doch wollte sie jetzt nicht länger an ihn denken. Sie hatte es nicht wegen Felipe getan, wiederholte sie sich noch einmal, während sie schon die Roteichen ihres Viertels sah, die sich unter dem Regensturm bogen. Dies war auch ihr Land. Auch sie träumte es sich anders. Sie liebte dieses Land mit den großen, weißen Wolken und dem entfesselten Regen. Faguas verdiente eine bessere Zukunft.

Nein, es war nicht nur wegen Felipe, sagte sie sich noch einmal, während sie zu Hause ankam, den Wagen abstellte und unter ihrem Schirm durch den Regen zur Tür lief.

»Warum bist du so still?« fragte sie Felipe später auf der Terrasse im Garten.

Er war nur einige Zeit nach ihr gekommen und hatte sie

nachdenklich in der Hängematte liegend gefunden. Jetzt saß er ihr gegenüber in dem weißen Korbstuhl, sah sie aufmerksam an und spielte zerstreut mit ein paar Blättern des Orangenbaums, der sein silbrig grünes, vom Regen schweres Blattwerk dicht neben ihm ausstreckte.

»Ich weiß nicht. Vielleicht bin ich nur müde«, antwortete sie.

Sie war tatsächlich erschöpft und gleichzeitig angespannt. Sie sah Felipe wie von weitem, wie durch eine Glaskuppel.

»Seit einiger Zeit kommst du mir ziemlich abwesend vor«, fing er wieder an, »so, als seist du gar nicht hier. Deine Gedanken sind woanders. Sag mir wenigstens, was los ist. Vielleicht kann ich dir ja helfen.«

»Ich glaube nicht, daß ich Hilfe brauche«, antwortete sie und wäre gerne allein gewesen, um sich an ihren Decknamen »Inés« zu gewöhnen und darüber nachzudenken, ob ihre Entscheidung wirklich richtig gewesen war.

»Wenn man eine Krise durchmacht, ist es immer gut, mit jemandem darüber zu reden«, fuhr er fort.

»Und wie kommst du darauf, daß ich eine Krise durchmache?« fragte sie abweisend. Die selbstgefällige, väterliche Art Felipes störte sie.

»Du reagierst ja wie ein Tiger«, sagte er. »Ich mache dir doch gar keine Vorwürfe. Krisen haben wir schließlich alle mal.«

»Es fällt mir schwer zu glauben, daß du jemals eine gehabt hast. Es scheint, als ob du schon bei deiner Geburt alles gewußt hast«, gab sie gereizt zurück, während sie ein Orangenblatt abriß und auf ihm herumkaute, bis sie den bitteren Geschmack nach Zitrus spürte, den Duft roch, der von den Blattäderchen aufstieg.

»Sei nicht ungerecht. Du hast mich in mehreren Krisen erlebt... In der Geschichte mit Sebastián... Als die Compañeros umgebracht wurden...«

»Genau das meine ich«, gab sie zurück. »Du erlebst eine Krise, wenn etwas außerhalb von dir selbst passiert, aber was deine Gefühle angeht, scheinst du immer alles unter Kontrolle zu haben.«

»Ich verberge es nur gut genug«, sagte er und sah sie direkt an, »doch ich kann dir versichern, auch ich trage meine inneren Kämpfe aus. Auch ich wünsche mir oft, daß ich mitteilsamer wäre, daß ich mit jemandem teilen könnte, doch ich habe gelernt, meine Probleme allein durchzustehen, meine Schwächen allein auszuhalten.«

»Es ist nur schade«, sagte Lavinia, »daß dabei an deiner Oberfläche ein Eindruck von Selbstgenügsamkeit entsteht, der uns auseinandertreibt. Es ist schwer, mit perfekten Menschen eine Beziehung zu haben... oder mit Menschen, die so scheinen.«

Felipe beugte sich zu ihr hin, nahm ihre Hand und lächelte.

»Du weißt doch, daß ich nicht perfekt bin, nicht wahr?«

»Niemand ist das. Deshalb stört es mich ja gerade. Mich stört dieses Bemühen, immer und in allem sicher zu sein. Man könnte meinen, du zweifelst nie. Andauernd gibst du mir Ratschläge, aber du bittest mich nie um Rat«, sagte Lavinia bitter.

»Mag sein. Vielleicht liegt das einfach daran, daß ich immer für mich selbst habe sorgen müssen. Und vielleicht wird man auch so, wenn man sich daran gewöhnen muß, so viele Dinge geheimzuhalten.«

»Man kann nicht das ganze Leben nur für sich selbst sorgen, Felipe. Gerade du solltest das wissen, besser als irgend jemand sonst. Die anderen spielen eine wichtige Rolle. Sie beeinflussen dich, sind Beispiele...«

»Gut, es stimmt, daß man sich Fixpunkte sucht. Immerhin sind wir soziale Wesen, wie du richtig sagst. Was ich eigentlich meinte, ist, daß die Krisen meines Lebens mehr im Handeln als im Nachdenken über mich selbst stattfanden. Ich habe nie viel Gelegenheit gehabt, über das Sein nachzudenken. So abstrakt. Ich mußte immer irgendwie Probleme lösen, die sich mir auf dem Weg auftaten... Und das sind eher praktische Probleme.«

»Aber hast du dich nie gefragt, bist du dir nie unsicher gewesen, was du willst, wer du bist, was du auf dieser Welt tust?«

Felipe schwieg. Lavinia sah, daß er sich zu erinnern bemühte, die Fragen in seinem Gedächtnis suchte.

»Um ehrlich zu sein, nie«, sagte er schließlich, »die Wirklichkeit hat die Antworten immer von selbst aufgedrängt, ohne daß ich sie suchen mußte. Ich wußte, wer ich war, wußte auch, daß ich studieren wollte, und habe dann, mit Hilfe von Ute, begriffen, daß ich zurückkehren und kämpfen mußte, um mein Land zu verbessern... und genau das ist es, was ich auf dieser Welt tue. Das ist für mich nie kompliziert gewesen.«

Vielleicht, dachte Lavinia, geht es wirklich nur mir so, weil ich verschiedene Möglichkeiten habe. Ich kann wählen.

»Aber du hättest doch auch in Deutschland bleiben können«, fing sie wieder an. »Hast du nie gezweifelt, ob es sich lohnt, zurückzukehren, ob es wirklich möglich ist, zu kämpfen, um dein Land zu verbessern? Ist dir das nicht manchmal wie eine romantische, utopische Idee vorgekommen«, provozierte sie.

»Das Leben in Deutschland war schwer für mich. Trotz meines Architekturstudiums mußte ich als Gärtner arbeiten. Das einzige, was mich hätte zurückhalten können, war meine Beziehung zu Ute, doch war gerade sie überzeugt davon, daß es wichtiger für mich war, zurückzukehren und etwas zu tun. Ich kannte dort auch Compañeros aus der Bewegung, Durchreisende, die um Unterstützung baten, Geld, politische Kontakte, um unseren Kampf bekanntzumachen. Ich war von der Richtigkeit ihrer Standpunkte überzeugt. Es war nicht schwer, mich zu überzeugen. Ich wußte ja aus eigener Erfahrung, wie es um mein Land bestellt war. Ich weiß nicht, ob dir das romantisch vorkommt, aber eins der überzeugendsten Motive ist die Art von Glauben, die sich in einem festsetzt. Du liest die Geschichte des Kampfes in Faguas und spürst die Energie, die sich da ansammelt, die Kraft zum Widerstand. Du merkst, daß es ihn gibt, daß es nur darum geht, ihn zu wecken, ihn richtig zu führen...«

»Hältst du es nicht für nahezu unmöglich?«

»Nein. Ich halte es für schwierig, aber nicht für unmöglich. Ich bin mir absolut sicher, daß das, was wir tun, richtig ist, und daß es keinen anderen Weg gibt. Ich will dir noch etwas anderes gestehen: Es motiviert einen ja nicht nur das Bewußtsein, daß das, was man tut, wofür man kämpft, richtig ist, man hat doch auch persönliche Befriedigung dabei. Was du zum Beispiel gesagt hast darüber, was man auf dieser Welt tut... Man weiß doch, daß man nicht seine ganze Energie dafür aufbringt, eines Tages ein schönes Haus zu haben, ein Auto, einen guten Job, eine hübsche Frau, und um dann zu denken: Na gut, und jetzt? Wir Menschen sind doch so wunderbar gebaut, daß es eine Schande ist, das ganze Leben all unsere Fähigkeiten nur darauf zu verwenden, zu konsumieren und dick und alt zu werden. Ich glaube, die einfache Tatsache zu leben beinhaltet schon eine Verpflichtung, etwas für die Zukunft zu tun, für die, die nach uns kommen. Wenn wir Flugzeuge bauen können, Unterseeboote, Satelliten, dann sollten wir auch fähig sein, die Welt, die uns umgibt, so zu verändern, daß alle würdig leben können. Es ist, finde ich, so gut wie unvorstellbar, daß in unserem technologischen Zeitalter Menschen an Hunger sterben, nie einen Arzt aufsuchen können...«

»Aber dir gefällt doch auch die Vorstellung, ein normales Leben zu führen, oder nicht? Hast du mir nicht neulich erzählt, daß du diese mittelmäßigen Menschen beneidest, die keine anderen Sorgen haben, als nach Hause zu kommen und sich vor den Fernsehapparat zu setzen?«

»Ja, schon. Manchmal finde ich sie schon unnatürlich, diese Art zu leben, mit dem Tod zu liebäugeln, im Untergrund zu leben. Eigentlich sollte es nicht so sein. Es sollte nicht sein, daß wir sterben oder den Tod riskieren müssen, nur weil wir wollen, daß die Armut verschwindet und daß es keine Diktatoren mehr gibt. Das Unnatürliche ist, daß es sie gibt, doch weil es sie nun einmal gibt, bleibt uns nichts anderes übrig, als dagegen zu kämpfen. Manchmal und im Widerspruch zu dem, was ich dir eben gesagt habe, stelle ich mir vor, wie es wäre, all die Sorgen nicht zu haben, ein normaler Mann mit einer normalen Arbeit und einem sicheren Leben zu sein, der umringt von Enkelkindern alt werden kann. Doch dann gehst du auf die Straße, schaust dich um und begreifst, daß du das nur kannst, wenn du keine Gefühle hast. Ich glaube, daß es für niemanden, der auch nur ein bißchen Menschlichkeit im Leib hat, möglich ist, ein Galadiner zu genießen, wenn er von Hunderten bettelnder, hungernder Kinder umgeben ist. Die Menschen, die das tun, haben sich damit abgefunden, nichts zu tun, es normal zu finden, daß es hungernde Kinder gibt. Sie nehmen diese Art von Gewalt einfach hin und können nicht verstehen, warum wir uns gezwungen sehen, zu den Waffen zu greifen, daß wir es tun, weil wir es nicht hinnehmen, weil wir es nicht als normal empfinden.«

»Aber um zu der Geschichte mit dem normalen Leben zurückzukommen«, sagte Lavinia jetzt, »meinst du nicht, daß es falsch ist, wie du es dir eingerichtet hast, beide Welten zu haben? Mit mir zusammen hast du das sogenannte normale Leben, und mit deinen Compañeros kannst du die Befriedigung empfinden, etwas Besonderes zu tun ...«

»Ich weiß nicht, was daran verkehrt sein soll«, antwortete Felipe, sichtlich überrascht über die Frage. »Wenn ich das Glück gehabt habe, dich kennenzulernen und eine Beziehung mit dir anzufangen, dann weiß ich nicht, warum ich mir das versagen soll. Es geht doch nicht um eine masochistische Berufung. Wir sind alle ganz normale Menschen, die das Leben lieben, die das Recht haben, zu lieben und geliebt zu werden ... Ich weiß nicht, was du meinst.«

»Vielleicht sollte ich die Frage anders stellen«, sagte Lavinia, »und dich fragen, ob es dich nicht stört, daß ich, die ich das Leben mit dir teile, einer von diesen sogenannten normalen Menschen bin, die angesichts hungernder Kinder dennoch zum Galadiner gehen ...«

»Aber ich glaube doch gar nicht, daß du einer von diesen Menschen bist«, rief Felipe aus, und es war ihm die Verwirrung anzusehen, verstehen zu wollen, worauf Lavinia hinauswollte, ohne daß es ihm gelang. »Ich glaube, daß du als meine Compañera meine Gefühle teilst. Wie oft haben wir darüber geredet, seit wir uns kennen!«

»Mag sein, daß ich sie in gewisser Hinsicht teile«, antwortete sie, »aber es ist ein passives Teilen. Stört dich das nicht?«

»Wenn ich mich richtig erinnere, hast du mir seit jenem Tag, als ich Sebastián verwundet hierherbrachte, gesagt, daß du uns verstehst, daß du aber nicht da hineingezogen werden willst, daß du dich dazu nicht in der Lage fühlst, daß es dir angst macht. Du warst nicht einverstanden mit unserem heldenhaften Selbstmord. Das hast du, wenn ich mich recht erinnere, gesagt.«

»Und du, wenn dir so sehr daran gelegen ist, die Wirklichkeit zu verändern, hast nicht ein einziges Mal daran gedacht, auch mich zu verändern, oder? Du hast dir alle Mühe gegeben, einverstanden zu sein mit mir, hast sogar noch meine Ängste verstärkt, wenn ich Zweifel über meine eigenen Ansichten und über meine Passivität geäußert habe. Glaubst du nicht, daß das unbewußt mit deinem Wunsch zusammenhängt, einen normalen Bereich in deinem Leben zu haben?«

»Ich glaube, Lavinia«, sagte Felipe leicht amüsiert, »wie schon Juárez sagte, die Achtung vor dem Recht des anderen ist der Frieden. Du bist ein intelligenter Mensch und hast ein Recht darauf, so zu denken, wie du denkst. Ich kann dich nicht zwingen, dich der Bewegung anzuschließen. Das wäre nicht in Ordnung von mir. Ich kann dir nicht einreden, daß du keine Angst haben sollst. Denn das, was wir tun, ist gefährlich und muß angst machen. Ich kann dir nichts vorspielen, damit du dich uns anschließt, als ob du zu einem Fest eingeladen wärst. Die Bewegung ist kein Spielzeug... Ich glaube nicht, daß die Tatsache, daß ich deine Art zu denken respektiert habe, mit dem Wunsch nach normalem Leben zu tun hat.«

»Fändest du es denn gut, wenn ich mich der Bewegung anschlösse, oder eher nicht?«

»Du stellst vielleicht Fragen!«

»Hast du vergessen, daß du mir gesagt hast, ich sei dein Flußufer, und daß es kein Flußufer für dich gäbe, wenn wir beide schwämmen?«

»Aber doch nur, damit du dich bei deiner eigenen Unentschlossenheit nicht schlecht fühltest ... damit du auf irgendeine Art fühltest, daß du, indem du mich liebst, auch etwas Nützliches tust ...«

»Nein, Felipe, sag' das nicht. Du weißt, daß das nicht stimmt. Jedesmal, wenn ich auch nur die leise Möglichkeit erwähne, mich euch anzuschließen – und es stimmt, ich habe es immer mit viel Zweifeln gesagt –, dann wirst du ganz offen für meine Zweifel und erzählst mir die Geschichte vom Flußufer.«

»Aber das ist ja nur ein Bild, Lavinia, damit du dich nicht schlecht fühlst, weil ich weiß, wie schwer dir die Vorstellung fällt, dich uns anzuschließen!«

»Stimmt. Es fällt mir schwer«, sagte sie und verhielt sich nachdenklich und schweigsam, wartete darauf, daß Felipe versuchen würde, sie zu überzeugen, damit sie ihm endlich ihren Entschluß sagen konnte. Wenn er es wirklich einmal gewollt hatte, dann war jetzt der Moment dazu.

Doch Felipe sagte nichts. Er näherte sich ihr. Umarmte sie. Strich ihr übers Haar. Sagte, daß es schon spät sei. Daß es die Zeit sei, in der normale Paare sich liebten. Das sagte er.

Lavinia verschwieg ihre Enttäuschung. Welcher Widerspruch zwischen dem schönen Gespräch und seiner Weigerung, sie einzuladen, die »Veränderung der Welt« mit ihm zu teilen! Sie würde so etwas nicht noch einmal versuchen, dachte sie, und fühlte sich erschöpft, todmüde, nachdem sie Felipe nein gesagt hatte, nein, sie war jetzt zu müde dazu.

Der Moment würde schon kommen, dachte sie, da würde sie es ihm sagen. Es würde eine Genugtuung sein, die Überraschung in seinem allwissenden Gesicht zu sehen.

In ihren Träumen flog Lavinia weit von Felipe fort.

11

Montag. Lavinia war dabei, ein luxuriöses Schlafzimmer zu entwerfen. Die Arbeit bekam langsam immer mehr die Züge von Routine. Wie sie da auf ihrem hohen Hocker saß und mit leichter Hand Räume entwarf, Farben und Formen erfand, kam es ihr ganz unwirklich vor, sich als Teil des geheimen Lebens dieser Stadt mit doppeltem Leben zu wissen, in der es Wesen gab, die nur eingeweihte Augen sehen konnten.

Die Gegensätze um sie herum bedrückten sie manches Mal. Das vergangene Wochenende hatte sie mit ihren alten Freunden verbracht. Samstag morgen frühstückte sie mit ihrer Freundin Sara, und am Abend ging sie mit Antonio und der Clique auf ein Fest. Während des Festes hatte sie plötzlich wie neben sich gestanden und das Gefühl gehabt, völlig fehl am Platze zu sein. Sie gab vor, ins Bad zu müssen, wünschte sich sehnlich, nach Hause zu gehen. Sie wusch sich endlos die Hände und betrachtete die weißen Kacheln mit komplizierten hellbraunen Mustern, die Topfgeranien neben der in den Boden eingelassenen Badewanne, die Spiegelwände. Während von draußen laute Musik hereindröhnte, dachte sie, daß diese Welt eigentlich über der wirklichen Welt schwebte. Doch dann fragte sie sich plötzlich, ob nicht diese Welt vielleicht die wirkliche war. Ob nicht sie es war, die, in einem Bad eingeschlossen, in einem Ballon ohne Ziel flog, auf der Suche nach Monstern und gefährlichen Fabelwesen.

»Seit du mit Felipe zusammen bist, hast du dich ganz schön verändert«, hatte Florencia zu ihr gesagt. Sie fragte sich, ob sie nicht zu einem anderen Menschen wurde, ob sie nicht langsam aufhörte, die zu sein, die sie gewesen war. Die Zeit, in der sie sich um nichts Sorgen gemacht hatte, lag in weiter Ferne. Ohne Zweifel war sie dabei, sich zu verändern. Das Problem war nur, daß sie nicht wußte, was sie am Ende sein würde. Zunächst mal mußte sie sich wohl dafür entscheiden, drei Personen auf einmal zu sein: eine für die Freunde und die Arbeit, eine für die Bewegung, und eine für Felipe. Manchmal machte es ihr richtig angst, nicht zu wissen, welche dieser drei Personen sie wirklich war.

Wenigstens im Büro hatte sie weiterhin eine Menge Erfolg. Ihr normaler Tagesablauf wurde oft genug von den angekündigten »Ehefrauen« unterbrochen, die sie auf Bitten Juliáns davon überzeugen sollte, keine geschmacklosen Stoffe und Teppiche aus Miami zu importieren oder im tropischen Klima des Landes auf Schweizer Chalets zu bestehen.

Diese Frauen machten Lavinia Arbeit und Kopfschmerzen, doch konnte sie nicht leugnen, daß sie deren Extravaganzen auch amüsierten und ihr jede Menge Material für Witze und Anekdoten lieferten, so sehr waren sie lächerliche Abbilder der Widersprüche ihrer Zeit.

An diesem Tag im Mai kamen zwei jener Frauen in ihr Büro, um Lavinias Leben für immer zu ändern. Mercedes kündigte sie an. Sie stellte sich mit einem sauren Gesichtsausdruck vor ihren Schreibtisch und sagte: »Der Chef läßt Sie rufen. Ich sage Ihnen gleich, daß er zwei Mumien bei sich drin hat.« Und ging ohne weitere Worte hinaus.

Tatsächlich handelte es sich um zwei dürre Frauen mit grellgeschminkten Gesichtern, die sehr theatralisch dreinblickten. An ihren dünnen Ärmchen klapperten die Armreifen, und sie erweckten den Anschein, als müßten sie sich besonders anstrengen, die Arme mit dem vielen Gold in die Höhe zu heben. Eine der beiden redete ohne Unterlaß, während die andere dazu im Takt mit dem Kopf nickte. Als Lavinia eintrat, sahen sie sie mit dem gleichgültigen Ausdruck an, den gewisse Frauen annehmen, wenn sie sich Wesen der gleichen Gattung gegenübersehen, die sie für untergeordnet halten. Sie denken sicher, ich bin die Sekretärin, sagte sich Lavinia, für diese Art von Frauen ist das die Gegnerin, die, die ihnen den Mann wegnimmt.

»Guten Tag«, sagte sie.

»Guten Tag«, antworteten die beiden.

»Guten Tag, Lavinia«, sagte auch Julián und fügte, zu den Besucherinnen gewandt, als Erläuterung hinzu: »Señorita Alarcón ist eine unserer besten Architektinnen.« Dabei lud er sie mit einer Handbewegung ein, Platz zu nehmen.

Als sie ihren Nachnamen und den Beruf hörten, ging der Ausdruck der beiden Frauen schlagartig in ein breites Lächeln über.

»Ich möchte dir Señora Vela und ihre Schwester, Señorita Montes, vorstellen«, sagte Julián nun zu ihr. Sie gab ihnen mit dem üblichen »sehr erfreut« die Hand. Die Hände der beiden Frauen waren dünn und schlaff, sie streckten sie eilfertig und mit wenig Anmut aus, wovon auch die vielen Armreifen nicht ablenken konnten.

Lavinia kam der Name Vela bekannt vor, doch konnte sie ihn in ihrer Erinnerung nicht einordnen.

Um ihr klarzumachen, worum es ging, wandte sich Julián ihr zu und erklärte, daß die Familie Vela auf einem kürzlich erworbenen Grundstück ein Haus bauen wolle, auf den Hügeln, die die Stadt im Süden umgaben.

»Das Gelände ist sehr uneben«, sagte er und breitete einen Plan aus, »doch eröffnet es eine Menge attraktiver Möglichkeiten.«

»Die Aussicht ist herrlich von dort oben«, sagte Señora Vela. »Ich habe keine Ahnung, ob man dort ein Haus bauen kann, doch mein Mann sagt, es geht. Ich hätte mir gewünscht, daß er mitgekommen wäre, aber er ist so beschäftigt und hat mich deshalb gebeten, das mit dem Haus in die Hand zu nehmen«, seufzte die Frau, in ihr Schicksal ergeben.

»Du kannst froh sein, daß dein Mann dir solche Freiheiten zugesteht«, lächelte Señorita Montes mit einem Blick auf Julián und Lavinia und war augenscheinlich bemüht, zu überspielen, was wie eine Beschwerde ihrer Schwester klang.

Lavinia betrachtete die beiden amüsiert. Sie sahen aus wie aus einem Theaterstück. Señora Vela war jünger als ihre Schwester, die aussah wie eine lustige Junggesellin von jenem Schlag, die ihre Nase in alles hineinsteckt. Sicher kümmerte sie sich auch um die Kinder. »Wie viele Personen werden im Haus wohnen?« fragte Lavinia.

»Mein Mann und ich, die zwei Kinder und meine Schwester... und die Dienstboten natürlich. Das Haus soll aber groß sein und genügend Platz bieten.«

»General Vela liebt das gesellschaftliche Leben nämlich sehr«, sagte die grell geschminkte Señorita Montes.

General Vela! Deshalb war Lavinia der Name so bekannt

vorgekommen! Das war kein Geringerer als der kürzlich ernannte Chef des Generalstabs der Armee! Die Zeitungsmeldung hatte seine unbedingte Treue zum Großen General hervorgehoben. Vor seiner Beförderung war General Vela Polizeichef gewesen, ein Posten, den der Große General seinen Getreuen zuschanzte, bevor sie in der militärischen Hierarchie aufstiegen, damit sie sich die Taschen beim Geschäft mit Nummernschildern, Strafzetteln und Führerscheinen ordentlich füllen konnten. Und jetzt sollte sie ihm das Haus entwerfen! dachte sie, ausgerechnet sie!

»Ich habe mir überlegt, daß wir mehrere Wohnzimmer, mehrere Eßzimmer und eine Menge zusätzlicher Räume brauchen«, sagte Señora Vela. »Wir brauchen auch ein Schwimmbecken für die Kinder, einen Spielplatz... Und mein Mann braucht einen Raum für seinen Billardtisch.«

Lavinia fuhr fort, Fragen zu stellen, und beobachtete sie jetzt mit einer anderen Neugier. Die Schwestern überschlugen sich fast, Eigenschaften und Räume aufzuzählen, die das Haus haben sollte. Es dauerte nicht lange, da öffneten sie ihre Handtaschen und zogen Zeitungsausschnitte hervor, wobei sie ihren Wunsch erwähnten, daß »importierte« Materialien verwendet würden, denn die aus Faguas befriedigten ihre Ansprüche nicht. Lavinia beugte sich über den Tisch, um die ausgeschnittenen Bilder der Schwestern zu sehen. Wenigstens handelte es sich um das Ferienhaus von Raquel Welch und nicht um die Berghütte von Ursula Andress. Die Schauspielerin posierte auf makellos weißen Möbeln und in einem Schlafzimmer mit rundem Bett und gestreiftem Bettüberwurf.

Señora Vela sprach von ihrem »Traum«, einem Badezimmer mit ovaler Wanne; Señorita Montes erzählte von der

Vorliebe des heranwachsenden Sohnes der Vela für Flugzeuge, Vögel und überhaupt alles, was flog.

»General Vela liegt sehr daran, diese Träume des Jungen in die richtigen Bahnen zu lenken, ihn anzuregen, Pilot zu werden«, sagte sie.

Dann sprachen sie von Springbrunnen im Garten, Wänden mit »weinenden« Felsen, Spiegelwänden in den Bädern ... Lavinia und Julián sahen sich ab und zu an und taten so, als hörten sie dem Ideenwasserfall der Schwestern aufmerksam zu.

Sie wüßten, daß all dies viel Geld kosten würde, erklärte Señora Vela, aber Kosten spielten keine Rolle. Der General habe sein ganzes Leben hart gearbeitet. Er verdiene das Beste. Und außerdem sollten ja die Kinder das Haus erben.

Schließlich verabredete Julián, der die ganze Zeit über höflich und aufmerksam den beiden Frauen gegenüber gewesen war, einen Termin in der nächsten Woche, um ihnen einen ersten Entwurf zu zeigen und das Gespräch fortzusetzen. Unter dem Geklingel ihrer Armbänder gingen die Frauen hinaus.

Lavinia ließ sich auf das Sofa fallen, das in Juliáns Büro stand. Sie wußte nicht, ob sie lachen oder weinen sollte, war ganz benommen von dem aufgedrehten Neureichengeschnatter. Früher hätte sie sich nur auf der beruflichen Ebene unwohl gefühlt. Jetzt, da sie Mitglied der Bewegung war, fragte sie sich, ob nicht der Moment gekommen war, eine erste Probe des frisch erworbenen neuen Bewußtseins abzulegen.

»Kein Geringerer als General Vela«, sagte Julián und schloß die Tür.

»Unglaublich«, rief Lavinia von ihrem Sitz aus.

»Die wissen nicht, wohin mit ihrem Geld«, meinte Julián.

»Wollen wir etwa für die arbeiten?« fragte Lavinia prüfend. »Sollen wir dieses schäbig erworbene Geld nehmen?«

»Werd' bloß nicht sentimental«, gab Julián zurück und rollte den Plan des Bauplatzes zusammen. »Das meiste Geld, das wir erhalten, ist unehrlich erworben. Der einzige Unterschied ist, daß es hier offensichtlicher ist. Es scheint außerdem so zu sein, als plane der Große General, die ihm treu Ergebenen reich zu machen, um sicherzugehen, daß sie zufrieden sind und ihn verteidigen werden. So, denk' ich, stellt er sich vor, Unzufriedenheit und Aufruhr besser beikommen zu können. Es ist wahrscheinlich, daß uns nach diesem Auftrag noch andere aus der Richtung ins Haus stehen.«

»Das heißt also, du bist bereit, deinen Vorteil dabei herauszuschlagen?« fragte Lavinia und konnte sich noch immer nicht entscheiden, wie sie sich verhalten sollte.

»Komm mir jetzt nicht so moralisch«, antwortete Julián. »Wenn sie ihr Geld unbedingt ausgeben wollen, dann helfen wir ihnen eben ein bißchen dabei. Schließlich ist es besser, wir verdienen es als weniger ehrliche Leute. In diesem Falle werd' ich dich nicht einmal darum bitten, sie zu überzeugen, auf Kitsch und schlechten Geschmack zu verzichten. Mach' dir also keine Sorgen.«

»Deshalb werde ich mir auch keine machen«, sagte Lavinia und richtete sich auf. »Ich weiß nur nicht, ob ich große Lust habe, ihnen dabei zu helfen, ihr Geld auszugeben.«

»Das Geld geben sie so oder so aus, wenn nicht bei uns, dann eben bei anderen, die sich mühelos finden lassen. Daß die ihr Geld ausgeben, werden du und ich nicht verhindern. Und außerdem darf man bei Geschäften nicht von Prinzipien ausgehen.«

»Der Gedanke beunruhigt mich. Kannst du den Auftrag nicht einen der Kollegen ausführen lassen?« fragte Lavinia und erhob sich, um hinauszugehen, wobei sie plötzlich daran denken mußte, wie sehr bei ihr plötzlich die Prinzipien eine Rolle zu spielen begannen.

»Nein, Lavinia«, antwortete Julián und sah sie ernst an. »Damit kann ich keinen der Kollegen beauftragen. Es gibt niemand besseren als dich für diese Arbeit. Wenn wir anfangen wollen, uns von unseren Prinzipien leiten zu lassen, sollten wir lieber zu Hause bleiben.«

»Bist du noch nicht auf die Idee gekommen, daß sie vielleicht gar keinen besonderen Wert auf meine Mitarbeit legen?« fragte Lavinia und ging jetzt zu einer Überredungstaktik über. »Bei meinem Namen können sie sich denken, daß ich aus einer Oppositionsfamilie stamme, wie sie oppositioneller nicht sein könnte ...«

»Im Gegenteil, das wird ihnen besonders gefallen. Diese Leute lassen sich von aristokratischen Namen leicht beeindrucken, da spielt es überhaupt keine Rolle, ob sie der Opposition angehören oder nicht. Ihr Traum ist es ja gerade, so zu sein wie ihr. Es ist nun mal so, glaub' mir, daß sie als einzige wirkliche Opposition nur die Guerilla fürchten.«

Julián öffnete einen Aktenordner auf seinem Schreibtisch, begann Papiere zu entnehmen, und zeigte so, daß er die Unterhaltung als beendet ansah. Lavinia nahm ihr Notizbuch und ging zur Tür. Sie hielt den Türgriff schon in der Hand, als Julián noch einmal den Kopf hob.

»Ich werde persönlich die Arbeit beaufsichtigen. Wir beide werden also zusammenarbeiten. Felipe hat schon zu viele Projekte, um die er sich kümmern muß.«

Julián weiß über Felipe Bescheid, dachte sie. Er wollte ihn nicht zwingen, mit General Vela in Kontakt zu kommen. Er wußte, daß Felipe es ablehnen würde, sich an diesem Auftrag zu beteiligen. In ihrem Büro griff Lavinia zum Telefon und wählte Felipes Anschluß. Sie mochte nicht riskieren, daß Julián sie in Felipes Büro treten sah und sie für indiskret hielt.

»Felipe?«

»Ja?«

»Ich bin's, Lavinia.«

»Ich habe deine Stimme schon erkannt«, antwortete er und klang nicht besonders freundlich, eher vielbeschäftigt.

»Ich hatte gerade einen Termin mit der Frau von General Vela. Sie wollen uns den Auftrag für ihr neues Haus geben. Julián möchte, daß ich ihn ausführe.«

Schweigen.

»Felipe, ich bin der Ansicht, daß ich ihn nicht übernehmen soll.«

Schweigen.

»Ich bin der Meinung«, sagte endlich die Stimme am anderen Ende, »du solltest ihn übernehmen. Ja, du solltest ihn unbedingt übernehmen.« Die Stimme wurde eindringlicher.

»Aber...«

»Laß uns nachher darüber reden«, unterbrach er. »Ich habe zu tun.«

Lavinia legte den Hörer auf und sah abwesend auf die Landschaft draußen vor dem Fenster. Ja, es würde ihr Genugtuung bereiten, in Juliáns Büro zu gehen und ihm zu sagen, daß sie nicht bereit sei, das Haus zu entwerfen. Sie stellte sich die Reaktion der Kollegen vor, der Architekten und Zeichner, stellte sich vor, wie das Getuschel durchs Büro gehen würde. Die jungen Kollegen, die hinter vorgehaltener Hand das Regime kritisierten, ohne sich zu trauen, der Korruption und den absurden Dekreten direkt Widerstand zu leisten, würden dann einsehen, daß die Rebellion möglich war. Sie war sich sicher, daß Felipe sie schon verstünde, wenn sie es ihm nachher erklärte. Und sie hatte keinerlei Zweifel, daß Sebastián sie unterstützen würde. Zufrieden mit sich selbst stand sie auf, schwang sich auf den Hocker vor dem Zeichentisch und fuhr, leise vor sich hinsummend, in ihrer Arbeit fort.

»Warum bist du bloß so sicher, daß ich das annehmen sollte«, fragte Lavinia spät am Abend Felipe. »Ich bin fast überzeugt, daß Sebastián meiner Meinung wäre.«

»Sei nicht naiv«, antwortete Felipe. »Das, was du Rebellion nennst, wäre im Nu zu Ende. Man würde dich ganz einfach entlassen und jemand anderen mit der Arbeit betrauen. Es ist merkwürdig genug, daß Julián dich damit beauftragt hat. Er weiß über uns Bescheid...«

»Ich verstehe nicht«, sagte Lavinia und sah ihn an.

Als Felipe kam, hatte sie schon im Bett gelegen. Er zog sich aus und schlüpfte zwischen die Laken, wobei er sie um Entschuldigung bat, daß er so spät kam, und sie aufforderte, ihm alles über den Auftrag von Señora Vela und ihrer Schwester zu erzählen. Sie tat es und erzählte ihm auch von ihrem Entschluß zu protestieren, sich zu weigern, die Arbeit auszuführen. Er beharrte darauf, wie wichtig es sei anzunehmen.

»Bist du dir darüber klar, daß es sich um den Chef des Generalstabs handelt?« sagte er noch einmal.

»Natürlich bin ich mir klar darüber«, antwortete Lavinia. »Das ist es ja gerade.«

»Ist dir dann nicht auch klar, daß du Zugang zu einer Menge Informationen über sein Leben, seine Gewohnheiten, seine Familie haben könntest? Ist dir nicht klar, daß du ihm das Haus entwirfst, sein Schlafzimmer, sein Badezimmer...?« rief Felipe am Rande der Verzweiflung aus.

Lavinia schwieg. Langsam begann sie zu verstehen. Durch

ihren Kopf schossen Bilder von Attentaten, Aldo Moro, tote Männer in Schlafzimmern. Ihr wurde schlecht.

»Wollt ihr ihn umbringen?« fragte sie und konnte es nicht anders ausdrücken.

»Darum geht es nicht«, gab Felipe zurück. »Aber es ist ungeheuer wichtig, mehr Informationen über diese Leute zu haben, ihr Vertrauen zu gewinnen, verstehst du?«

Sie verstand. Doch war es ein vages Verständnis, das von schrecklichen Vorstellungen durchzuckt wurde. Sie dachte an die ältliche Jungfer, die verbindliche Schwester, an die Bombe, die sie in Stücke riß.

»Ich verstehe schon«, sagte sie. »Ich verstehe, daß diese Informationen nützlich sind, um sie zu erledigen.«

»Lavinia, wir glauben nicht, daß es darum geht, Leute umzubringen. Wenn es so wäre, hätten wir den Großen General längst erwischen können. Wir wollen viel tiefergreifende Veränderungen als nur die Auswechslung von ein paar Leuten.«

»Warum braucht ihr dann aber die ganzen Informationen?«

»Weil eine der goldenen Regeln des Krieges die bessere Kenntnis des Feindes ist – wie er lebt, wie er denkt. Was mit dieser Information geschieht, ist schon nicht mehr deine Sache. Deine Aufgabe wäre es nur, sie zu besorgen, das Vertrauen der Familie zu gewinnen, Zugang zu ihrem Haus zu haben, Dokumente zu besorgen ...«

»Das wäre doch aber sicher gefährlich«, meinte Lavinia fragend.

»Mag sein«, sagte er, »du hast recht. Aber es ist wichtig. Und wir würden dich schützen.«

»Ich müßte Mitglied der Bewegung sein«, sagte sie wieder und sah ihn jetzt direkt an.

»Oder du gibst mir einfach die ganzen Informationen.«

»Das wäre kein großer Unterschied.«

»Nicht unbedingt. Du hättest keine andere Verantwortung, als mir die Informationen weiterzugeben.«

»Und wenn ich dir sage, daß ich schon Mitglied der Bewegung bin?«

»Dann würde ich dir nicht glauben.«

»Tut mir leid, aber es ist wahr.« Lavinia wartete die Reaktion Felipes ab. Er sah sie verblüfft, ungläubig an. Schweigend maßen sich ihre Blicke. Sie senkte nicht die Augen.

»Es verletzt mich, daß du es mir verheimlicht hast«, sagte Felipe schließlich.

»Irgendwann hätte ich es dir schon gesagt. Ich wußte nur nicht genau, wann.«

»Wann war es denn, wann hast du dich dazu entschlossen?« fragte Felipe.

Lavinia berichtete knapp von ihren Überlegungen, ihren Gesprächen mit Sebastián und Flor.

»Und warum hast du mir nichts davon erzählt?« entrüstete sich Felipe.

»Ich hab's versucht«, gab sie zurück, »doch du hast nicht mitgespielt. Ich hatte das intensive Gefühl, du wolltest nicht, daß ich mitmache; du würdest mir bis in alle Ewigkeit sagen, daß ich noch nicht reif sei.«

So sei es auch, sagte er, nun sichtlich aufgebracht. Seiner Meinung nach war sie noch nicht reif, um ein ernstzunehmendes Mitglied zu werden; sie hatte noch zu viele Zweifel, wußte nicht klar genug, was sie wollte. Lavinia gab zu, Zweifel zu haben, aber hatten vielleicht nur diejenigen ein Recht, der Bewegung anzugehören, die keine Zweifel hatten? Nur Felipe schien so zu denken. Seine Haltung war ganz anders als die von Sebastián und Flor.

»Weil ich dich besser kenne als irgend jemand sonst«, sagte Felipe, mit schon leicht erhobener Stimme. »Willst du mir vielleicht erzählen, daß du uns nicht für Selbstmörder hältst? Daß du nicht noch eben von dem Gedanken in Panik versetzt worden bist, Informationen über den General zu besorgen, weil das dessen Leben gefährden könnte? Als ob sein Leben wichtiger sei als das vieler Compañeros! Als ob sie etwas um unser Leben gäben!«

»Das ist es doch gerade, was uns von ihnen unterscheidet, oder?« gab Lavinia zurück. »Daß für uns Leben nicht wegwerfbar ist.«

»Natürlich«, antwortete Felipe. »Eins zu null für dich. Aber es kann auch nicht darum gehen, Leute wie Vela zu schützen.«

»Ich glaube, du verstehst weder meine Gedanken noch mich«, sagte Lavinia und behielt die Ruhe und den sanften Ton bei. »Du wirst nie glauben, daß ich reif für die Bewegung bin. Es paßt dir nicht in den Kram. Du willst dir eine Nische normalen Lebens erhalten, für alle Ewigkeit dein Flußufer behalten, dein Weibchen, das unter deiner Führung mitarbeitet, ohne sich selbst weiterzuentwickeln. Gott sei Dank denken nicht alle so wie du, mein Lieber!«

Von Minute zu Minute verlor Lavinia mehr die Ruhe, Risse platzten auf, ihr ganzer angestauter Ärger quoll hervor – die Nächte, in denen sie wach gelegen und auf ihn gewartet hatte, seine väterliche, überhebliche Art.

»Es ist mir scheißegal, was die anderen denken«, stieß er heftig hervor. »Sie sollen denken, was sie wollen. Sie leben ja nicht mit dir zusammen. Sie müssen ja die Macken eines verwöhnten Mädchens aus gutem Hause nicht aushalten! Das bist du nämlich: ein verwöhntes Gör, das meint, alles haben zu können, das seine eigenen Grenzen nicht kennt.«

»Ich bin nicht gefragt worden, wo ich geboren werden wollte!« brauste Lavinia auf, »das ist nicht meine Schuld, hast du mich verstanden?«

»Soll dich die ganze Nachbarschaft hören?«

»Du hast mit dem Schreien angefangen.«

Sie hatte sich an der anderen Seite des Bettes aufgesetzt. Nackt, die Beine auf dem Laken von sich gestreckt, verhielt sie sich jetzt schweigend und sah intensiv auf ihre Füße, als sähe sie sich aus der Entfernung, sähe einen fernen, fremden Teil ihrer selbst. Sie bewegte ihre Füße, streckte die Zehen. Zähes Schweigen breitete sich zwischen ihnen aus, stand im Raum, wie zwei geduckte Tiger warteten sie nackt auf den Laken, wer den nächsten Prankenhieb austeilen würde. Sie wollte den Blick nicht heben, wollte Felipe nicht ansehen, nichts mehr sagen, einfach warten...

»Hat's dir die Sprache verschlagen?« fragte Felipe nicht ganz so laut.

Sie sah weiter stumm auf ihre Zehen.

»Und wer hat dich rekrutiert? Sebastián?«

»Flor«, sagte sie, ohne den Kopf zu heben.

»Natürlich«, stieß er hervor, »hätte ich mir ja denken können.«

An einigen Stellen war der Nagellack von den Zehennägeln abgebrochen. Sie mußte ihn ganz entfernen.

Das Schweigen wurde dichter. Draußen blies der Wind stärker und bewegte die Zweige des Orangenbaumes, dessen Schatten durchs Fenster fiel und schwarze Muster auf die Wand zeichnete. Unmerklich hob sie den Blick nur ein ganz klein wenig über ihren großen Zeh. Felipe lag auf dem Bett ausgestreckt, die Hände unter dem Kopf verschränkt, und sah angestrengt an die Decke.

Wie lange sollten sie noch so verharren? überlegte Lavinia. Wie lange würde Felipe brauchen, um einzusehen, daß er im Irrtum war? Sie würde nichts tun, dachte sie. Es gab keinen Grund, warum sie es sein sollte, die die Unterhaltung wieder aufnahm. Sie würde nicht reden. Er war es, der reden mußte.

»Es ist also beschlossene Sache«, sagte er, als rede er mit sich selbst.

»Ja«, sagte sie, »ich bin nicht bereit, wieder umzukehren, wo ich doch gerade erst begonnen habe. Noch viel weniger jetzt.«

»Wahrscheinlich hast du ganz recht«, gab er zurück. »Eigentlich sollte es mir keine Schwierigkeiten bereiten, ganz im Gegenteil. Aber ich kann's nun mal nicht ändern.«

Er stützte sich auf einen Arm und sah sie an. Dann streckte er die Hand aus und berührte zaghaft ihren Arm.

»Eigentlich solltest du dich freuen«, sagte sie. »Findest du es nicht merkwürdig, daß es dich stört?«

»Das meine ich ja gerade«, antwortete er. »Mich stört nicht dein Entschluß, Mitglied in der Bewegung zu werden, sondern die Tatsache, daß du es geworden bist, ohne es mir zu sagen.«

»Aber ich habe dir doch schon gesagt ...«

»Ja, ja«, unterbrach er sie, »kann ja auch sein, daß du recht hast. Kann sein, daß ich dich nicht hineinziehen wollte, daß ich zu beschützend gewesen bin, weil ich dich nicht der Gefahr aussetzen wollte. Aber das, was du mir alles unterstellen willst, stimmt auch nicht, zumindest stimmt es so nicht ...«

Sie schaute ihn an, ohne etwas zu sagen.

»Gut, gut«, fuhr er fort. »Du hast gewonnen. Ich werde versuchen, mich dran zu gewöhnen und dir zu helfen.«

»Obwohl ich ein verwöhntes reiches Mädchen bin«, stichelte sie.

»Und was für eins«, antwortete er, hob leicht den Kopf und sah sie ironisch an.

Ihre Gemüter beruhigten sich. Sie wurden zärtlich zueinander. Die Spannung wich nicht völlig, doch Küsse, Worte und Liebkosungen schafften es halbwegs, sie zuzudecken. Felipe biß sie spielerisch in die Schulter, und Lavinia dachte zwischen Biß und Kuß und Hand zwischen den Beinen, wie Felipe es hingekriegt hatte, sich aus der Affäre zu ziehen, wie er ihr ganz einfach gesagt hatte, er würde ihr »helfen«; und sie hatte es vorgezogen, ihm zu glauben, sich zu ergeben, die Versöhnung zu suchen.

Danach kamen sie überein, daß sie sich mit Flor und Sebastián besprechen und das Haus bauen sollte, wenn ihr »Verantwortlicher« damit einverstanden war.

12

Sebastián und Flor waren nicht nur einverstanden. Sie trugen ihr am Mittwoch sogar auf, ihre ganze Aufmerksamkeit diesem Projekt zu widmen, sich, soweit sie konnte, in die Umgebung vorzuwagen und alles zu berichten, was sie sehen und über die Familie Vela herausbekommen konnte. »Alles«, sagten sie. Keine noch so kleine Einzelheit durfte ihr unwichtig erscheinen. Sie sahen es genau wie Felipe. Ihre Argumente überzeugten Lavinia schließlich. Sie traute sich nicht, noch weitere Einwände vorzubringen.

Die anderen bestanden auch noch darauf, daß es für sie absolut notwendig sei, am gesellschaftlichen Leben teilzunehmen, ihren Freundes- und Bekanntenkreis aus dem Club zu pflegen und am nächsten Ball teilzunehmen. Sie durfte sich nicht absondern, meinten sie. Es war wichtig, daß sie sich sehen lasse. Wenn General Vela Auskunft über sie einholte, durfte kein Zweifel aufkommen, daß sie die Kontakte pflegte, die ihrer Herkunft entsprachen.

Wie komisch, dachte Lavinia nach dem Treffen, daß ihre Aufgabe in der Bewegung nicht sei, wie sie gedacht hatte, ihr Leben zu ändern, sondern gerade darin bestehen würde, genau die Rolle ihres eigenen Lebens zu spielen.

Als sie nach Hause kam, fand sie die ganze Wohnung unaufgeräumt. Es roch muffig, ungelüftet. Lucrecia war nicht zum Saubermachen dagewesen. Die Kaffeetassen vom morgendlichen Frühstück standen noch auf dem Küchentisch, und das Bett in ihrem Zimmer war nicht gemacht. Durch die aufgestellten Kippfenster war der Regen eingedrungen. Winzige Tröpfchen glänzten auf dem Boden, als sie das Licht im Zimmer anmachte. Der Orangenbaum wiegte hin und her und kratzte mit seinen Zweigen über die Glaslamellen des Fensters.

»Hallo«, grüßte sie ihn. »Heute bist du ja ordentlich naß geworden.«

Es war ihr inzwischen schon zur Gewohnheit geworden, mit dem Baum zu sprechen. Wie sie ihn so grün und voller Früchte stehen sah, war sie ganz und gar davon überzeugt, daß recht hatte, wer sagte, es sei gut, mit den Pflanzen zu sprechen. Dieser Baum zumindest schien ihr ihren Gruß zu danken.

Sie zog sich die Schuhe aus und tauschte sie gegen bequeme Hausschuhe; dann brachte sie die Tasse und das leere Wasserglas neben dem Bett in die Küche und begann abzuwaschen. Was wohl mit Lucrecia los war, fragte sie sich, während sie mit der Spülbürste über Gläser und Tassen fuhr. Lucrecia war immer so zuverlässig. Ob sie krank geworden war?

Sie machte sich zu schaffen, bis das Haus ordentlich aussah. Sie war nicht in der Stimmung für Unordnung. Hoffentlich kommt Lucrecia wenigstens morgen, dachte sie. Sicher ist ihr irgendwas dazwischengekommen.

Doch Lucrecia kam auch am nächsten Tag nicht, und auch nicht am übernächsten.

»Du solltest mal hinfahren und nachsehen, was mit ihr los ist«, meinte Felipe morgens im Büro.

»Daran habe ich auch schon gedacht«, antwortete Lavinia, »heut' abend nach der Arbeit kümmere ich mich drum.«

In ihrer Handtasche trug sie noch den Zettel, auf den Lucrecia ihre Adresse geschrieben hatte. Die ungelenke Kinderhandschrift war schwer zu entziffern – Lucrecia hatte nur zwei Schuljahre absolviert –, doch Lavinia konnte den Namen des Viertels und der Straße ausmachen. Das würde sicher reichen, die Nachbarn kannten sie bestimmt.

Schon von der Hauptstraße aus sah sie das Elendsviertel mit den kreuz und quer laufenden Straßen und Bretterhütten. Dahinter erhob sich die Silhouette einer Kirche im Abendlicht.

Sie verließ die Hauptstraße und kam auf einen Sandweg. Schon bei den ersten Hütten hörte die Straßenbeleuchtung auf. Nur aus den armseligen, dichtgedrängt stehenden Häusern fiel etwas Licht auf die Straße. Hinter Zäunen standen Mandelbäume und Bananenbüsche.

Sie gelangte auf den Platz vor der Kirche, dem einzigen Gebäude aus Stein weit und breit, und bog in eine der dahinterliegenden Straßen ab. Wo sie vorbeikam, schauten ihr die Kinder nach. Der Wagen schaukelte über das unebene Gelände; Hühner und Schweine kreuzten aufgeschreckt vor ihr den Weg, der jetzt, in der Regenzeit, völlig verschlammt war. Durch offene Türen sah sie ins Innere schmutziger Häuser, die nur aus einem Zimmer bestanden. Hier lebten auf engstem Raum Familien zu sechst oder siebt in unbeschreiblicher Enge. Wie hielten sie es aus, so zu leben, dachte Lavinia und fühlte sich schuldig.

Man brauchte sich nur ein paar Kilometer von den parkähnlichen, gut angelegten und beleuchteten besseren Vierteln zu entfernen und kam schlagartig in diese traurige Welt voller Armut. Sie stellte sich Lucrecia vor, wie sie morgens in aller Herrgottsfrühe über die Sandwege zur Hauptstraße ging, um in einen der verbeulten, überfüllten Busse voller Menschen zu steigen. Wieder mußte sie daran denken, wie ungerecht man geboren wurde. Der Tod war viel demokratischer. Im Tod waren alle Menschen gleich; ob Familiengrab oder Sandgrube, alle Leiber lösten sich auf gleiche Weise in Erde auf. Doch was nützte einem dann die Demokratie noch?

Neben einer Gruppe junger Leute, die schwatzend an einer Ecke standen, hielt sie an und fragte nach der Straße, in der Lucrecia wohnte. Lavinia solle einfach noch ein Stück weiterfahren, bedeuteten sie ihr. Es sei das Haus neben dem Laden ganz hinten.

Die Sonne war inzwischen untergegangen, das Tageslicht fast erloschen. Eine barfüßige Frau mit olivfarbener Haut kam, mühsam einen Karren mit Feuerholz vor sich herschiebend, den leicht ansteigenden Weg herauf. Ein paar Kinder saßen obenauf. Als die Frau beim Auto anlangte, sahen die Kinder sie neugierig an. Um diese Zeit, dachte Lavinia, kamen sicher nicht mehr allzu viele Autos hier vorbei.

Sie hielt vor Lucrecias Hütte. Aus der Ferne beobachtete

die Frau mit dem Holzkarren, wie sie aus dem Wagen stieg. Lavinia fühlte sich unwohl, fehl am Platz in ihrem Leinenkostüm und den hochhackigen Schuhen. Sie klopfte an die Tür. Ein etwa zwölfjähriges Mädchen öffnete.

»Wohnt hier Lucrecia?« fragte Lavinia.

»Ja«, antwortete das Mädchen und trat einen Schritt zurück, so als wolle sie im Inneren des Hauses Schutz suchen. »Ja, die wohnt hier. Sie ist meine Tante.«

»Ist sie zu Hause?«

»Tante, hier ist jemand«, rief das Mädchen, indem sie sich umwandte.

Die Tür öffnete sich ein kleines Stück weiter, so daß Lavinia das Blechdach sehen konnte. Über einem Balken hingen abgewetzte Matratzen, die nachts zum Schlafen ausgebreitet wurden. Eine Glühbirne baumelte an Drähten herab. In einer Ecke stand ein ziemlich abgewetzter Stuhl.

»Wer ist es denn?« hörte sie die Stimme Lucrecias fragen.

»Ich bin's, Lucrecia. Lavinia«, antwortete sie von der Tür aus.

»Laß sie herein, laß sie herein«, erklang die Stimme wieder.

Gehorsam trat das Mädchen zur Seite. Lavinia sah in einen kleinen Raum, der Wohn- und Schlafzimmer in einem zu sein schien. Auf der einen Seite, hinter einer Trennwand aus Holz und einem schmutzigen, verschlissenen Vorhang, hörte sie Lucrecias Stimme. Das ganze Zimmer roch ungelüftet, nach alten Kleidern.

Lavinia zog den Vorhang zur Seite und fand Lucrecia auf einem Feldbett liegend, den Kopf von einem Handtuch bedeckt, das starken Kampfergeruch verströmte.

»Ach, Señorita Lavinia«, sagte die Frau, »wie peinlich mir das ist, daß Sie zu mir nach Hause kommen müssen. Ich konnte nicht zur Arbeit kommen, weil ich krank bin. Ich habe so hohes Fieber!«

Lavinia trat näher heran und sah Lucrecias gerötete Augen. Die Frau war bleich, ihre Lippen seltsam blau angelaufen.

»Aber was ist denn los mit dir, Lucrecia?« fragte sie, »du siehst sehr schlecht aus. Bist du beim Arzt gewesen?«

Lucrecia schlug die Hände vors Gesicht und begann zu weinen. »Nein«, antwortete sie schluchzend, »ich bin nicht beim Arzt gewesen. Ich will auch nicht zum Arzt. Rosa, hol einen Stuhl«, sagte sie noch zu dem Mädchen und weinte dann weiter.

Lavinia setzte sich neben sie auf den Stuhl, den gleichen, den sie beim Eintreten gesehen hatte. Es war der einzige im ganzen Haus.

»Was soll das heißen, du willst nicht zum Arzt?« fragte sie in Lucrecias Schluchzen hinein. »Komm, hör auf zu weinen. Wann hat das angefangen?«

Die junge Frau, durch Armut gealtert, deckte sich voller Scham mit ihrem Laken zu, während sie das Mädchen ihre Mutter holen schickte.

»Lucrecia«, bohrte Lavinia, »sag' mir doch, was mit dir los ist. Ich kann dich zum Arzt bringen. Hör auf zu weinen. Der Arzt wird dir sicher helfen. Wir können sofort fahren, wenn du willst...«

»Ach, Señorita Lavinia! Wie gut Sie zu mir sind!« schluchzte Lucrecia. »Ich will aber keinen Arzt!«

»Sie will nicht zum Arzt. Sie will lieber an ihrem Fieber sterben«, sagte auf einmal eine Stimme hinter Lavinia.

Sie fuhr herum und sah am Vorhang eine dicke Frau mit einer Schürze stehen. Es war die Schwester von Lucrecia, die Mutter des kleinen Mädchens.

»Komm, sag' es ihr schon«, fuhr die Frau, zu Lucrecia gewandt, fort. »Du kannst doch nicht so daliegen bleiben, weinen und warten, bis du vor lauter Fieber stirbst. Wenn du es ihr nicht sagen willst, dann sag' ich es ihr eben.«

Das Schluchzen Lucrecias schwoll an.

»Ich habe ihr gesagt, sie soll es nicht tun«, sagte die Schwester wieder, »aber sie wollte ja nicht auf mich hören.«

Schließlich erzählte Lucrecia, vom Weinen geschüttelt, Lavinia von ihrer Abtreibung. Sie hatte das Kind nicht austragen können. Der Vater hatte ihr gesagt, sie solle nicht auf ihn rechnen, und sie konnte doch nicht aufhören zu arbeiten. Außerdem wollte sie doch noch weiter zur Schule gehen. Sie konnte kein Kind durchbringen. Sie wollte kein Kind bekommen und es allein lassen müssen, ohne es vernünftig zu versorgen, ihm genug Essen geben zu können. Schließlich hatte ihr eine Freundin die Adresse einer Krankenschwester gegeben, die nicht viel dafür nahm.

Und so hatte sie es wegmachen lassen. Merkwürdig war nur, daß die Blutung nicht aufhören wollte. Sie roch schon ganz schlecht, richtig verfault, und dann dieses hohe Fieber... »Sicher ist das die Strafe Gottes«, sagte Lucrecia. »Ich muß eben sterben für das, was ich getan habe.« Nein, sie wollte von keinem Arzt untersucht werden. Der würde sie sicher fragen, wer ihr das Kind abgetrieben habe, und die Frau hatte ihr unter Drohung verboten, jemandem ihren Namen zu sagen. Die Ärzte wußten ja, daß es verboten war, und sie würden es sicher merken. Sie konnte dafür eingesperrt werden.

Lavinia strengte sich an, sich vom Bild der Frauen mit den verhärmten Gesichtern, dem Weinen Lucrecias zwischen den Bettlaken, der Unwissenheit und Angst, dem stickigen Bretterverschlag mit dem Kampfergeruch und dem erschrockenen

Gesicht des Mädchens, das den Kopf durch den Vorhang steckte, nicht mutlos machen zu lassen.

»Geh spielen, Rosa, ich habe dir doch gesagt, daß du spielen gehen sollst«, sagte die Mutter des Mädchens und stieß das Kind mit drohend erhobener Hand hinaus.

Ich muß überlegen, was zu tun ist, dachte Lavinia. Nur nicht dem flauen Gefühl im Magen nachgeben, dem Drang, in das Weinen Lucrecias einzustimmen, die endlich ruhiger wurde und nur noch leise schluchzte.

»Ich habe eine Freundin, die ist Krankenschwester«, sagte Lavinia, »die werde ich holen.«

Sie wollte Flor Bescheid sagen, Flor konnte ihr wenigstens sagen, was zu tun war. Sie stand auf, überwand Kampfergeruch und Fieber, Mitleid und Zorn über die Armut, das Elend.

»Danke, Señorita Lavinia, danke«, sagte Lucrecia und begann wieder zu weinen.

Als sie auf die dunkle Straße hinaustrat, atmete Lavinia tief durch. Die Nacht hatte sich auf die Bretterhütten der Umgebung gesenkt. Der vom Regen blankgewaschene Himmel war voller Sterne. Hier machte kaum ein anderes Licht seinem Glanz Konkurrenz. Lucrecias Schwester stand hochaufgerichtet im Türrahmen und fuhr sich mit der Hand durchs Haar.

»Ich bin gleich wieder da«, sagte Lavinia zu ihr, »ich bin sofort wieder zurück«, und stieg in ihr neu riechendes Auto.

Schon auf der Hauptstraße mußte Lavinia anhalten.

Ihre Tränen umgaben die Scheinwerfer der entgegenkommenden Autos mit einem Farbschleier.

Zwei Stunden später verschwand Flor mit Lucrecia durch die Glastür zur Notaufnahme des Krankenhauses. Lavinia ging mit schleppendem Schritt zum Wartesaal zurück.

Der Raum war hoch, und die an der Decke verstreuten Neonlampen, von denen die meisten nicht funktionierten, verbreiteten schummriges Licht. Sie ließ sich auf eine der Holzbänke fallen. Wäre nicht der Geruch nach Medizin und Angst gewesen, dieser typische Krankenhausgeruch, dann hätte man den Wartesaal mit dem Gemeindesaal einer protestantischen Kirche verwechseln können. Mehrere Reihen roher Holzbänke standen in der Mitte und an den Seiten des Raums. Schweigend warteten Frauen mit schmutzigen, kranken Kindern oder allein, auch ein paar Männer, Lavinia legte den Arm auf die Rückenlehne und rieb sich die Augen. Ihr Kopf schmerzte, und ihr Rücken war ganz verspannt.

Glücklicherweise hatte Flor die Situation mit ihrer gewohnten Ruhe unter Kontrolle bekommen. Sie hatte genügend befreundete Ärzte im Krankenhaus, die an Fälle wie Lucrecia gewöhnt waren. »Das kommt tausendfach vor«, hatte Flor gesagt.

Lavinia hielt die Augen eine ganze Weile geschlossen und hoffte, ein wenig dösen zu können, um die Wartezeit zu verkürzen. Doch der Schlaf wollte nicht kommen. Sie öffnete die Augen wieder, sah sich im Raum um und bemerkte, daß die anderen sie beobachteten. Sie wandte den Blick ab, kaum daß sie die Augen aufschlug, doch hatten sie sie angeschaut, hatten sie beobachtet, als wäre sie im Theater und ein Scheinwerferlicht stünde über Lavinia.

Sie fühlte sich unwohl. Um sich abzulenken, sah sie zu Boden. Mit den Augen folgte sie der Reihe Füße ihr gegenüber. Unter den Bänken starrte der Boden von Schmutz. Die Füße der älteren Frauen bewegten sich. Sie waren dick. Krampfadern lugten aus dem rohen schwarzen Leder der Schuhe hervor. Die Besitzerin hatte an den Schuhspitzen ein Loch gemacht, damit sie paßten. Die blauroten, eingerissenen

Zehennägel sahen grotesk aus. Lavinia sah auf die Füße daneben. Es waren die Füße einer jüngeren Frau, die höchstens dreißig war. Die braunen, spröden Füße steckten in Sandalen, die einstmals weiß gewesen waren. Auf den Nägeln saß dunkelroter, abbröckelnder Lack. Lavinia sah die aus den Beinen hervortretenden Adern. Weiter drüben fiel ihr Blick auf die abgelaufenen Sohlen von Männerschuhen. Kurze Söckchen mit ausgeleierten Gummis, deren Rand ausgefranst war. So ging sie wie hypnotisiert mit den Augen die Reihe trauriger Füße entlang. Dann hob sie den Kopf. Alle sahen sie an. Sie senkte wieder den Blick, sah auf ihre eigenen Füße. Diese feingliedrigen, weißen Füße mit rotlackierten Nägeln, die aus hochhackigen Sandalen von weichem italienischem Leder hervorsahen. Wie schön ihre Füße waren. Aristokratisch. Sie schloß die Augen wieder.

Flor riß sie aus ihren Gedanken, als sie zusammen mit dem Arzt, einem kräftigen Mann mittleren Alters mit freundlichem Gesicht, erschien und ihr berichtete, daß es Lucrecia besser ginge. Sie hatten eine Bluttransfusion machen und eine Ausschabung vornehmen müssen. Es war gut, daß Lavinia sie heute gebracht hatte. Einen Tag später, und kein Arzt der Welt hätte sie retten können.

Zusammen mit Flor ging sie auf die Frauenstation. Der Krankensaal »J« war lang und schmal, an seinen beiden Seiten standen lange Reihen von Betten. Frauen mit matten Gesichtern folgten ihr mit den Blicken, als sie den Mittelgang entlang zum Bett ging, in dem Lucrecia schlief. Sie taxierten ihre Kleidung, ihre Handtasche, beobachteten sie von oben bis unten. Lavinia ging auf Zehenspitzen und wünschte sich, die Erde möge sie verschlucken. Sie fühlte sich irgendwie schuldig und empfand ihr Eindringen in dieses fremde Leiden wie eine Beleidigung.

Nur Flor lächelte und machte ihr Mut, näher zu treten, sich über Lucrecia zu beugen und ihr mit der Hand über die Stirn zu fahren. Sie bedeutete ihr, die Bettnummer zu notieren, um Lucrecias Schwester Bescheid sagen zu können. Morgen würde es Lucrecia schon viel besser gehen, meinte Flor, und sie könnte zwischen drei und fünf Uhr nachmittags Besuch empfangen.

Tage darauf kämpfte Lavinia im Büro, während sie die ersten Entwürfe für General Velas Haus zeichnete, gegen die Niedergeschlagenheit, die Mutlosigkeit, die sie gefangenhielt. Sie spürte, wie das Leben sie unaufhaltsam in Widersprüche verwickelte. Ihre beiden nebeneinanderher geführten Leben prallten jetzt aufeinander, erschütterten sie bis ins Innerste und drohten ihre Identität vollständig zu zerstören.

Der Abend im Wartesaal des Krankenhauses wollte nicht aus ihrer Erinnerung weichen. Das dort Gesehene verfolgte sie beständig, und ihre Verwirrung verstärkte sich noch durch ihre nachmittäglichen Besuche an den drei folgenden Tagen, bei denen sie mit der Schwester und der Nichte Lucrecias am Krankenbett in dem großen Saal der Frauenstation gesessen hatte. Sie konnte die Gesichter der Frauen nicht vergessen, die sie noch immer aus den weißen Laken heraus verwundert ansahen, denen Lavinias Anwesenheit unangenehm gewesen war.

Es war entsetzlich schwer, sich in dieser Welt seinen Platz zu suchen, wenn man nichts weiter hatte als seine guten Absichten. Wenn man an den Privilegien der Ungerechtigkeit zu tragen hatte, wenn man den Reichtum wie ein Brandzeichen spürte, das einen von den Besitzern der spröden Hände und Füße trennte, von jenen Frauen, die wegen schlecht ausgeführter Abtreibungen mit ihren entleerten Bäuchen in den Krankenhausbetten lagen, Frauen mit kleinen Kindern, die sich genausowenig wie sie, Lavinia, hatten aussuchen können, wo sie geboren werden wollten, und die vom Schicksal der Geburt und den unterschiedlichen Lebensbedingungen dazu verdammt waren, zusammengepfercht mit Geschwistern, Onkeln, Vätern und Müttern in dunklen, muffigen Hütten aufzuwachsen.

Lavinias Bleistift hörte auf, Bögen und Türen zu zeichnen, und malte plötzlich Hände und Füße. Sie hob den Kopf und hörte das Summen der Neonlampen über den Zeichentischen, die Unterhaltungen der Lehrlinge, die Sekretärinnen, die mit Kaffeetassen vorbeigingen, das Vibrieren der Klimaanlage. Jetzt war Lucrecia wohl schon zu Hause, glücklich, überlebt zu haben. Vielleicht machte sie sich eine Schüssel Suppe, wusch die kampfergetränkten Laken, wartete darauf, daß ihre Schwester von ihrem Verkaufsstand auf dem Markt nach Hause kam, um Tortillas zu machen, die Rosa, ihre Tochter, abends mit schrillem Stimmchen in den Straßen des Viertels verkaufte: »Tortiiillas, Tortiiillaaaas!«

Ihr ganzes Leben lang, erinnerte sich Lavinia, waren Schlaglichter dieser anderen Wirklichkeit jäh vor ihr aufgetaucht, versteckt, verschämt. Unbewegliche Bilder, aus denen sie der Schmerz hilferufend ansah. Verschwommene, vergilbte, verschwiegene Augenblicke, die erst jetzt in ihrem Bewußtsein zu schwimmen begannen wie eine Flaschenpost im Meer. Botschaften auf den Stränden ihrer Erinnerung. Botschaften, die sie wachrüttelten.

»Wenn ich eine von ihnen wäre«, sagte sie sich, »würde ich jemandem wie mir, jemandem, der so aussähe wie ich, nichts glauben. Auf jeden Fall nichts Gutes.«

13

Sara ließ den Blick über ihren Garten voller Farne und Pflanzen schweifen und redete ohne Unterlaß, wie beschäftigt sie doch mit dem Einkauf auf dem Markt, dem Aufräumen des Hauses und dem Instandhalten der Kleider sei. »Ich bin eine gute Ehefrau«, sagte sie, »und weißt du was: Es macht mir Spaß, eine zu sein. Das ist eine Beschäftigung, die dich genauso zufrieden machen kann wie andere Beschäftigungen auch: sich ums Haus kümmern, alles tun, damit der Mann zufrieden ist.«

Das Seltsame war nur, daß die Dinge wie in Zeitlupe geschahen, in einer eigenen Zeit, mit der Adrián so gut wie nichts zu tun hatte. Wenn er abends mit den Geschichten von seiner Arbeit, den Neuigkeiten der Außenwelt nach Haus kam, fiel es ihr oft schwer, die Rolle zu wechseln und eine »interessante« Unterhaltung zu führen. Noch schwerer fiel es ihr, erzählte sie weiter, mit Adrián ins Bett zu gehen und all die Verführungsspielchen zu spielen, die ihm so sehr gefielen. Nacht für Nacht die Kristallkugel zu durchbrechen, diese weiche Decke häuslichen Einerleis, um dann wie ein Schmetterling zu fliegen, eine sinnliche Frau zu sein.

»Fast meine ich, ihm etwas vorspielen zu müssen. Ich muß mich richtig anstrengen, die Zeitlupe zu durchbrechen, meinen Lebensrhythmus zu beschleunigen, interessiert zuzuhören, wenn er mir etwas erzählt.«

Es war leichter, sagte sie, wenn er fortging und sie allein in ihrer stillen Welt zurückblieb, in ihrem Garten und dem häuslichen Alltag.

Und es fiel ihr besonders auf, daß es allen Frauen in dieser Situation ähnlich zu gehen schien: Ihre Tage widmeten sie dem Wohlergehen ihrer Ehemänner, doch waren diese Wesen, die abends kamen, um morgens wieder zu verschwinden, Fremdlinge, Fremdkörper in ihrer Umgebung.

War es denn nicht tatsächlich so, fragte Sara und sah dabei Lavinia an, daß die »Hausfrauen« seit Jahrhunderten in einem ganz persönlichen Universum lebten und den abendlichen Eindringlingen bloß gute Miene machten, um sich am kommenden Tag wieder ihren höchst persönlichen Beschäftigungen zuzuwenden?

»Ich weiß nicht, ob du mich verstehen kannst«, schloß sie. »Für Leute wie dich ist das häusliche Leben entsetzlich, geradezu eine Wüste. So sehen es auch die Männer. Aber man erfindet sich seine Oase, man vertreibt sich die Zeit. Mir gefällt es zum Beispiel, mit dem Schlachter zu reden, es macht mir Spaß, auf dem Markt um die Preise zu feilschen, den Garten zu pflegen und die Begonien wachsen zu sehen. Ich genieße den Alltag. Was mir merkwürdig vorzukommen beginnt, ist, das Bett, das Bad, die Küche mit Adrián zu teilen, der abends kommt, um morgens gleich wieder zu gehen, der ein ganz anderes Leben führt ...«

»Siehst du«, konnte Lavinia endlich einwerfen, »das ist es doch gerade. Die Frauen sollen sich um den Alltag kümmern, während sich die Männer die Welt der großen Ereignisse reservieren.«

»Meiner Ansicht ist es aber auch so, Lavinia, daß wir Ehefrauen selber auf unsere ganz besondere Weise die Ehemänner ausschließen, weil sie so etwas wie Eindringlinge in unsere häusliche Welt werden ...«

»Mach dir nichts vor, Sara«, antwortete Lavinia. »Wenn es keine Ehemänner gäbe, dann gäbe es auch keine Hausfrauen, und die Welt, von der du redest, wäre ganz anders.«

»Es geht mir ja gar nicht darum, daß die Ehemänner verschwinden, verstehst du denn nicht. Tatsache ist, daß es sie gibt. Was ich sagen will, ist, daß wir Hausfrauen, genau wie die Männer bei ihrer Arbeit, unsere eigene Lebensweise haben, die uns zufrieden macht...«

»Daran zweifle ich nicht«, meinte Lavinia ironisch, »ohne Gehalt allerdings und ohne soziale Anerkennung.«

»Mich mögen alle hier im Viertel«, gab Sara ein wenig schnippisch zurück. »Man kennt und achtet mich. Und die soziale Anerkennung bekomme ich in meinem Freundeskreis.«

»Wie eine richtige Hausfrau eben«, sagte Lavinia.

»Das stört mich überhaupt nicht. Hausfrau zu sein ist eine sehr respektable Aufgabe. Ich versuche dir nicht zu erzählen, daß das, was ich mache, mir gefällt, vielmehr ist das Entdekken...«

»Das einzige, was du entdeckt hast, ist die Arbeitsteilung«, unterbrach Lavinia sie, der Verzweiflung nahe.

»Nein, Lavinia. Du wärst sicher überrascht zu hören, was wir Hausfrauen über unsere Ehemänner reden, wenn wir unter uns sind. Wir gehen mit ihnen um wie mit fremden Wesen, so als hätten sie nichts mit uns zu tun, mit den Gesprächen über Flecken in den Tischtüchern, der richtigen Garzeit für das Fleisch, der Pflege unserer Gärten... Das ist das Seltsame, daß die Männer meinen, diese Welt bestehe für sie. Dabei glaube ich ehrlich, daß es kaum einen Ort gibt, wo sie weniger wichtig sind, auch wenn sich alles um sie zu drehen scheint. Im Gegensatz zu dem, was man landläufig meint, ist die Welt der Hausfrauen eine Welt, die erst dann zur Normalität zurückkehrt, wenn die Männer morgens das Haus verlassen, um zur Arbeit zu gehen. Sie sind es, die stören.«

»Und sind gleichzeitig der Grund dafür, daß diese Hausfrauenwelt überhaupt existiert«, meinte Lavinia. »Jede Feministin würde an die Decke gehen, wenn sie dich reden hörte!«

»Kannst du es denn nicht als eine Möglichkeit der Frauen sehen, sich ein eigenes Feld ganz für sich allein zu schaffen?«

»Nein«, antwortete Lavinia, ohne zu zögern. »Mir kommt es vielmehr so vor, als sei die Zeitlupe, von der du sprichst, und die Art und Weise, den Mann als Eindringling zu sehen, nichts weiter als eine Form unbewußter Rebellion.«

»Aber glaubst du nicht, daß wir Frauen Macht über ein Gebiet von der größten Wichtigkeit haben, eine ganz handfeste Macht, die unvorstellbar groß ist... sozusagen die Macht hinter dem Thron?«

»Das ist eine Erfindung der Männer.«

»Wir haben diese Macht eben nie als eine Macht verstanden, sondern als Unterwerfung. Ich bin aber überzeugt, daß das häusliche Reich unter seiner scheinbaren Schale von Unterwerfung ganz feste Strukturen hat und die Männer nur unvermeidbare Anhängsel sind.«

»Mag sein«, sagte Lavinia, der Diskussion müde, »ich glaube eigentlich mehr, daß du die Wirklichkeit des Hausfrauendaseins spürst und die dazugehörigen Abwehrmechanismen entwickelst. Das ist alles immer schon so gewesen. In Wirklichkeit hat sich doch für uns nichts verändert.«

»Du hast deine Meinung, ich hab meine«, gab Sara zurück.

Lavinia zog es vor, nicht weiter mit Sara zu streiten. In Gedanken war sie mit anderen Dingen beschäftigt. Es würde sich schon noch Gelegenheit ergeben, das Thema zu vertiefen. Vielleicht begann sich Sara ja mit Adrián unzufrieden zu fühlen und mochte es nur nicht vor sich selbst zugeben.

Es dunkelte. Das Abendlicht ergoß sich in den Garten und

über die unteren Zweige des Malinche-Baumes. Die beiden Freundinnen verstummten und tranken schweigend, jede ihren eigenen Gedanken nachhängend, eisgekühlten Tee aus hohen Gläsern.

»Was gibt's Neues aus dem Gesellschaftsleben?« fragte schließlich Lavinia.

»Viele unserer Freundinnen feiern Feste, um sich aus dem Junggesellinnenleben zu verabschieden«, antwortete Sara. »Es sieht so aus, als wären alle bald unter der Haube. Und in zwei Wochen ist das Jahresfest im Club. Hast du dir inzwischen überlegt, ob du hingehen willst, oder bist du noch immer entschlossen, diese Räumlichkeiten nicht zu betreten und dich vom Schlachtenlärm der Außenwelt fernzuhalten?«

»Ich werde wohl hingehen«, antwortete Lavinia. »Ich fühle mich in letzter Zeit ziemlich allein. Vielleicht tut mir ein bißchen gesellschaftliches Leben zur Abwechslung mal ganz gut.«

»Aber natürlich wird dir das guttun«, meinte Sara. »Es heißt, daß der Club dieses Jahr keine Kosten scheut. Über zwanzig Debütantinnen werden in die Gesellschaft eingeführt. Du wirst dich sicher amüsieren. Es ist natürlich anders als in deinen Diskotheken, aber es ist trotzdem unterhaltsam.«

»Es ist eine große Show«, sagte Lavinia. »Das hat mir nie gefallen daran. Das Gefühl zu haben, du stündest in einem Schaufenster, um an den Meistbietenden verkauft zu werden.«

»So habe ich das nie empfunden«, gab Sara zurück. »Ich finde, es ist die ganz normale, natürliche Art, wie sich junge Leute kennenlernen und einen Partner finden können. Außerdem wirst du dich jetzt sicher nicht mehr so fühlen. Du wirst bestimmt mehr Spaß daran haben. Alle fragen schon, wo du geblieben bist.«

Nach dem Erlebnis mit Lucrecia in ihrer elenden Hütte und der Sache mit den Füßen im Krankenhaus würde es schwer sein, sich beim Ball zu amüsieren. Doch hatte es keinen Zweck, mit Sara darüber zu reden. Es war auch gar nicht ratsam für das Bild, das Sebastián ihr zu wahren geraten hatte. Er wiederholte ein ums andere Mal, wie wichtig es sei, daß sie sich am gesellschaftlichen Leben des Clubs beteilige, nicht nur für ihr Image, ihre Rolle als hundertprozentige Gesellschaftsdame. In diesen Kreisen konnte sie wertvolle Informationen für die Bewegung sammeln. »Es ist wichtig für uns, zu erfahren, was diese Leute denken und was sie vorhaben«, hatte Sebastián gesagt.

»Kann sein, daß ich mich jetzt besser fühlen werde«, sagte Lavinia zu Sara und bemühte sich, überzeugend zu klingen. »Jetzt, wo ich mehr Abstand habe.«

»Wenn du willst, können wir ja zusammen zum Ball gehen«, meinte Sara. »Ich bin sicher, Adrián führt uns liebend gern beide aus ... und Felipe, was ist mit ihm? Wird der nicht sauer sein? Ich glaube nicht, daß er mitgehen kann ...«

Nein, natürlich nicht, dachte Lavinia. Felipe war nicht zugelassen. Zum Club zugelassen zu werden, das war eine richtige Prozedur. Man mußte nicht nur eine stattliche Aufnahmegebühr zahlen, sondern auch noch das Urteil einer Aufnahmekommission über sich ergehen lassen, die sich zusammensetzte und lang und breit über den Stammbaum des Antragstellers diskutierte. Mit schwarzen und weißen Kugeln wurde dann abgestimmt. Nicht einmal die hohen Offiziere des Großen Generals hatten Zutritt. Der größte Teil der Aristokratie betrachtete die Partei des Großen Generals und ihre Mitglieder als »Pöbel«, »ungehobelte Militärs« oder »Neureiche«. Wenigstens im gesellschaftlichen Leben hatten sich die

Aristokraten die Macht erhalten, aber das schien ihnen auch zu genügen. Lavinia mußte lächeln, als sie an die absurde Prozedur der Auswahl der Clubmitglieder dachte und sagte: »Unmöglich! Felipe würde nur schwarze Kugeln abbekommen, wenn er den Aufnahmeantrag stellte. Aber das hat er natürlich auch gar nicht vor. Ich glaube kaum, daß ihn das in irgendeiner Weise interessiert.« Und sie lächelte wieder in Gedanken an Felipes Kommentare.

»Wer weiß, wer weiß«, meinte Sara. »Leute, die wie Felipe aus einfachen Verhältnissen stammen und Akademiker geworden sind, geben für gewöhnlich eine ganze Menge darum, Mitglieder im Club zu werden. Natürlich wird er das niemals zugeben, zumal er ja weiß, daß er nicht die geringste Chance hat, aufgenommen zu werden... Wenn ihr heiraten würdet, wäre das sicher anders...«

»Du meinst anscheinend wirklich, daß sich alle Menschen danach sehnen, Mitglieder im Club zu werden, was?« fragte Lavinia und konnte ihren Ärger über die Worte der Freundin nur schwer verbergen.

»Warum sollte es anders sein?« entgegnete Sara. »Für Felipe als jungen Akademiker wäre das doch ein großer Vorteil in seiner Karriere. Niemand wird bestreiten, daß jeder, der in diesem Land etwas zählt, Mitglied im Club ist.«

»Wenn ich ihm klarmache, daß er, wenn er mich heiratet, Mitglied im Club werden kann«, meinte Lavinia spöttisch, »dann hält Felipe vielleicht tatsächlich um meine Hand an.«

»Du kannst unmöglich behaupten, daß es nicht gut für ihn wäre«, antwortete Sara beharrlich. »Für ihn eher als für dich.«

Sara war wirklich nicht zu helfen, dachte Lavinia. Sie hatte keine Lust mehr, ihr weiter zuzuhören, ihr dabei zuzusehen, wie sie von Tag zu Tag mehr zusammenschrumpfte.

»Ich muß gehen«, sagte sie und stand auf. »Es ist schon fast sechs, und ich muß noch in den Supermarkt. Ich habe nichts mehr zu essen im Haus.«

»Bleibt es denn dabei, daß wir zusammen zum Ball gehen?« fragte Sara.

»Ich weiß nicht, ob ich überhaupt ein passendes Kleid habe«, meinte Lavinia sarkastisch. »Die, die ich habe, kennen die Leute schon.«

Sara brachte sie zur Tür. Über das richtige Kleid solle sie sich keine Gedanken machen, meinte sie ganz ernst. Das spiele doch bei ihr keine Rolle, weil alle nur froh sein würden, sie mal wieder zu sehen.

Ja, dachte Lavinia und betrat den Supermarkt, sie konnte sich das leisten: Sara und Flor, wie unterschiedlich ihre Leben waren.

Schon umgab sie die klinisch saubere Atmosphäre des hell erleuchteten Supermarktes. Seine Einweihung kürzlich war ein richtiges gesellschaftliches Ereignis gewesen. »Das größte Sortiment der Hauptstadt!« und »Er steht in nichts hinter einem nordamerikanischen Supermarkt zurück!«, hatten die Zeitungen geschrieben. Sie nahm den noch blitzblanken Einkaufswagen und begann, durch die Gänge zwischen den Regalen zu gehen und sich von den angebotenen Waren überfluten zu lassen – Dosen mit englischen und französischen Aufschriften, bunte Marmeladen in prachtvollen Gläsern, geräucherte Austern, Calamares, roter Kaviar, schwarzer Kaviar.

Sie kaufte Brot, Schinken und Käse. Um diese Zeit waren wenig Menschen im Laden. Ein paar Frauen diskutierten im Gang bei den Kleinkinderartikeln über Babynahrung. (Das waren die Frauen, die Sara gemeint hatte, dachte sie und erinnerte sich an die Theorien ihrer Freundin.)

Die Kassiererin lächelte und machte eine Bemerkung darüber, wie wenig Lavinia gekauft hatte. Lavinia gab keine Antwort. Hätte sie ihr erzählen sollen, daß sie müde war? Daß sie das Gefühl deprimierte, sich von Sara und allem, was sie noch bis vor kurzem für »normal« gehalten hatte, rasend schnell zu entfernen, ohne zu wissen, wohin. Und daß sie spürte, daß sie auch von der anderen Wirklichkeit, der der Menschen im Krankenhaus, nicht akzeptiert würde? Natürlich konnte sie das nicht sagen. Die Frau hätte sie nur schweigend angesehen und Lavinias Vertraulichkeit für fehl am Platze gehalten.

Sie ging hinaus. Ein barfüßiger Junge mit geflickten Hosen kam zu ihrem Auto gelaufen. »Ich hab' auf Ihr Auto aufgepaßt«, sagte er und streckte erwartungsvoll die Hand aus. Lavinia zog ein paar Münzen hervor und gab sie ihm. Der Junge hatte lebendige schwarze Augen. Er hätte Arzt oder Rechtsanwalt werden können, dachte Lavinia, sah, wie sich in ihrem Kopf das Bild zu den anderen gesellte, und verstand nicht genau, was mit ihr geschah. Die ganze Straße war plötzlich ein einziger Schrei. Ihre Umgebung veränderte sich. All das war doch so und nicht anders dagewesen, seit sie ein Kind war, dachte sie: immer der gleiche Zustand der Dinge. Sie hatte es immer sehen können. Sie erinnerte sich sogar daran, wie Tante Inés ihr die Unterschiede aus der Perspektive ihres christlichen Mitleids gezeigt hatte. Und sie war in der lärmenden Gesellschaft ihrer Freunde durch diese Straßen gegangen, von Fest zu Fest, von Ausflug zu Ausflug, ohne etwas zu sehen. Wenn sie die Feste im Club und die prunkvollen Räume verachtet hatte, dann aus einer Protesthaltung heraus, weil sie anders sein wollte. Jetzt hingegen waren ihre Empfindungen schmerzhaft schärfer, eindringlicher. Es war, als habe sie im riesigen Theater ihren bequemen Platz im Zuschauerraum vertauscht mit der Bühne, dem Rampenlicht und der Verantwortung, zu wissen, daß die Aufführung ein Erfolg werden und mit Applaus enden mußte.

Die Dunkelheit senkte sich schon auf die Roteichen in ihrer Straße, als sie ins Haus trat, ganz in Gedanken versunken über die neuen Gefühle, die sie überfielen, seit sie Teil des unterirdischen, unsichtbaren Netzes der Männer und Frauen ohne Gesichter, der geduckten Wesen geworden war. Sie dachte daran, wie anders es jetzt sein würde, am Ball teilzunehmen, wie merkwürdig, dorthin geschickt zu werden, hinzugehen, sich unter ihre eigenen Leute zu schmuggeln.

Sie brachte die Einkäufe in die Küche, öffnete gleich die Tüte mit dem Brot und machte sich ein Schinken-Käse-Sandwich, bevor sie den Rest in den Kühlschrank legte. Dann ging sie auf die Terrasse, um zu essen und die Zeitung zu lesen.

Felipe würde heute nicht kommen. Sie fühlte es zwischen den Blättern und in der Luft. Sie vertraute auf ihre Vorahnung, auf ihre Fähigkeit, die kommenden Ereignisse in der Luft zu lesen, in der Art, wie sich die Blumen bewegten, in der Richtung, aus der der Wind wehte.

Felipe würde heute bestimmt nicht kommen, und es war gut so.

Jetzt wird sie die Erde nicht mehr ohne Spur verlassen wie die verwelkenden Blumen. Versteckt in der Nacht, in der sie mich ansieht, sind Vorzeichen, und die Obsidianklinge, der Eichenschaft, kommen endlich langsam aus der Scheide. Kaum etwas ist geblieben von jener schlafenden Frau, die der Duft meiner

Blüten aus dem schweren Schlaf der Trägheit weckte. Schritt für Schritt ist Lavinia auf ihren eigenen Grund vorgedrungen, hat den Ort erreicht, an dem die edlen Gefühle schlafen, die die Götter den Menschen geben, bevor sie sie auf die Erde schicken, um Mais zu säen. Meine Nähe ist die Klinge gewesen, die die Gleichgültigkeit durchschnitt. Doch waren sie schon in ihr verborgen, die Gefühle, die nun zu blühen beginnen und eines Tages Gesänge anstimmen, die niemals sterben.

14

Am nächsten Tag kamen die beiden Vela-Damen zu ihr ins Büro.

Lavinia schneuzte sich. In der Regenzeit mußte sie immer häufig niesen.

»Sind Sie erkältet?« fragte die alleinstehende Schwester anteilnehmend.

»Es ist Heuschnupfen«, antwortete sie und legte ihr Notizbuch auf den Schreibtisch.

»Mein Mann bekommt auch immer Heuschnupfen«, sagte Señora Vela. »Menschen mit Heuschnupfen müssen in dieser Jahreszeit vorsichtig sein. Es ist so viel Blütenstaub in der Luft.«

General Vela hatte also Heuschnupfen.

»Na, wie steht es mit den Entwürfen?« fragte die Junggesellin, die Azucena hieß.

Lavinia holte ihre ersten Skizzen hervor. »Als Ausgangspunkt meiner Arbeit habe ich unsere erste Unterhaltung neulich genommen. Das hier sind ein paar allgemeine Vorstellungen, nur ein paar Ideen zum Anfang. Das Haus hat, unter

Ausnutzung des abfallenden Geländes und um möglichst wenig Erde bewegen zu müssen, drei verschiedene Ebenen. Die oberste Ebene ist Wohnbereich, die mittlere Ebene Schlafbereich, und die unterste Ebene ist der Arbeitsbereich des Personals.« Sie wies in der Zeichnung auf den Haupteingang und die Treppen, die von einem Stock zum anderen führten. »Alle drei Ebenen sollten einen guten Ausblick auf die Landschaft haben, auch der Arbeitsbereich.«

Señora Vela hatte sich eine Brille aufgesetzt, an deren äußeren Enden winzige Brillanten funkelten. Während sie mit dem Zeigefinger die Linien der Zeichnungen nachzog, als ginge sie schon durchs Haus, runzelte sie angestrengt die Brauen. Señorita Azucena sah erwartungsvoll abwechselnd auf den Plan und zu ihrer Schwester. Ab und zu hob sie den Kopf und lächelte. Sie gehörte zu den Menschen, die sich Mühe geben, immer freundlich zu sein. Sie schien keine eigenen Interessen zu haben und nur dazu da zu sein, das Leben der anderen zu schmieren, Reibung und Quietschen zu vermeiden. Bei Lavinia verursachte sie eine Mischung aus Mitleid und Sympathie.

»Ich sehe, Sie haben das Arbeitszimmer meines Mannes neben die Wohnhalle gelegt«, sagte Señora Vela.

»Ja, damit er dort auch eine gute Aussicht hat«, antwortete Lavinia.

»Ich finde aber, daß wir dort lieber das Musikzimmer einrichten sollen, das Sie weiter hinten lassen wollen. Mein Mann liest nicht allzuviel. Er hört lieber Musik. Wenn er einmal lesen will, dann tut er es im Bett oder im Wohnzimmer.«

»Er ist wirklich kein sehr großer Leser«, fügte Señorita Azucena erklärend hinzu.

»Und das Billardzimmer? Könnte das nicht auch an der Seite mit dem schönen Blick liegen?« fragte Señora Vela wieder.

»An der Seite mit der Aussicht ist aber kaum noch Platz«, antwortete Lavinia.

»Aber sehen Sie sich doch mal den Arbeitsbereich an«, sagte wieder Señora Vela, »was für eine Verschwendung! Wofür brauchen die Dienstboten eine schöne Aussicht!«

»Wenn wir den Arbeitsbereich zu weit nach innen verlegen, bekommen wir Schwierigkeiten mit der Lüftung«, sagte Lavinia. »In der Regenzeit wird dann die Wäsche nicht richtig trocken«, fügte sie noch hinzu, damit ja kein Verdacht aufkam, sie könnte sich zu viele Gedanken um die Dienstboten machen.

»Das glaube ich nicht. Es sind ja Fenster an den Seiten«, beharrte Señora Vela.

»Die Luft zirkuliert aber nicht genügend«, beharrte auch Lavinia.

»Dann wird es eben ein bißchen warm dort. Das ist doch kein großes Problem... Und die Wäsche können sie draußen aufhängen und reinholen, wenn es regnet.«

»Und wenn wir den Arbeitsbereich auf die Innenseite der zweiten Ebene legen?« warf Azucena ein.

»Das können wir versuchen«, antwortete Lavinia. »Wie ich ja schon sagte, ist dies nur ein erster Entwurf.«

Der Bereich mit den Schlafzimmern und den anderen privaten Räumen sei nur angedeutet, erklärte Lavinia, denn dafür müsse sie noch mehr über die Lebensgewohnheiten der Familie wissen.

In diesem Augenblick kam Julián herein.

Die beiden Frauen lehnten sich in ihren Sesseln zurück und

setzten ein Lächeln auf, von dem sie wohl meinten, daß es für Damen der Gesellschaft schicklich sei. Die Armreifen von Señora Vela klingelten leise, als sie sich eine Locke zurechtlegte. Lavinia war ihnen sympathisch, doch Julián war ein Mann.

»Na, wie kommt ihr voran?« fragte Julián freundlich-lässig.

»Wir haben gerade erst angefangen«, beeilte sich Azucena zu antworten, »aber es scheint so, als sei alles bestens. Señorita Alarcón hat interessante Ideen.«

»Sehr interessante Ideen«, fügte Señora Vela hinzu.

»Das bezweifle ich nicht«, meinte Julián und trat an den Tisch, um einen Blick auf die Zeichnung zu werfen.

»Ich habe ihnen schon die Idee mit den drei Ebenen erklärt«, sagte Lavinia. »Sie möchten, daß wir nach einer Möglichkeit suchen, das Billardzimmer so zu plazieren, daß es ein Fenster auf die Landschaft hinaus hat. Es gibt nur Schwierigkeiten mit dem Arbeitsbereich.«

Julián studierte aufmerksam den Plan, während ihm Lavinia zeigte, wo Wasch- und Bügelräume sowie die Dienstbotenzimmer liegen konnten. Sie sah, wie aufmerksam die Frauen auf eine Äußerung von Julián warteten. Es schien, als warteten sie darauf, daß ein Gott sich anschickte, sein Urteil zu sprechen. Die Unterhaltung mit Sara fiel Lavinia wieder ein. Wie konnte die Freundin nur glauben, daß Männer für Hausfrauen nicht wichtig waren?

»General Vela ist seit seiner Kindheit ein Billardfan«, sagte Señorita Azucena.

»Das ist seine Art von Entspannung«, setzte Señora Vela hinzu. »Wenn er nach Hause kommt, spielt er erst mal eine Partie Billard.«

Lavinia sah ihn vor sich, den dicken Mann im T-Shirt, wie er auf die bunten Kugeln anlegte, um sich vom »Tagesgeschäft« zu erholen: den Razzien, den Treibjagden auf die Guerilleros in den Bergen, den Napalmbombardements auf Bauerndörfer. Was mochte er wohl denken, während er spielte?

»Ich finde auch, es wäre eine gute Idee, dort ein großes Fenster mit Blick auf die Landschaft zu haben«, meinte Julián schließlich. »Der Arbeitsbereich kann sicher im ersten oder zweiten Stock untergebracht werden, oder wir überlegen uns eine ganz andere Alternative der Raumaufteilung. Wie Ihnen Lavinia gewiß erklärt hat, handelt es sich hier nur um einen ersten Entwurf. Was uns in dieser Phase am meisten interessiert, ist, zu erfahren, ob Ihnen dieser Stil grundsätzlich gefällt, ich meine diese Lösung mit den verschiedenen Ebenen.«

»Mir gefällt sie gut«, antwortete Señora Vela, »und ich bin sicher, daß sie meinem Mann auch gefallen wird.«

»Möchten Sie einen Kaffee?« fragte Lavinia und ging zur Tür.

»Nein. Danke«, antwortete Señorita Azucena, »wir trinken nur morgens Kaffee. Für gewöhnlich gehen wir früh schlafen, und wenn wir um diese Zeit noch Kaffee trinken, können wir nicht einschlafen. Vielen Dank.«

»Aber ich hätte gern einen«, meinte Julián.

Lavinia bat Silvia um Kaffee und trat an den Tisch zurück. Sie hatte eine genaue Liste von Fragen über die Familie aufgestellt, damit sie Lage und Größe der Zimmer bestimmen konnte.

»Sie sagten, der Junge ist dreizehn und das Mädchen neun, nicht wahr?« fragte sie.

»Ja, richtig«, antwortete Señora Vela.

»Ja«, fügte Señorita Azucena hinzu, »der Junge ist ja so durchgeistigt. Mein Schwager ist ganz verzweifelt, weil sein

Sohn so für Vögel schwärmt. Er meint, wenn der Junge soviel fürs Fliegen übrig hat, dann sollten es lieber Flugzeuge sein.«

»Flugzeuge gefallen ihm eigentlich schon«, beeilte sich Señora Vela zu sagen und sah ihre Schwester strafend an. »Nur vor Hubschraubern hat er ein bißchen Angst.«

»Allerdings, das ist wahr«, meinte jetzt wieder Señorita Azucena. »Ein Zimmer mit Flugzeugmotiven an der Wand würde ihm sicher gefallen.«

»Wir möchten nicht, daß der Junge und das Mädchen ihre Zimmer zu dicht beieinander haben«, beendete Señora Vela die merkwürdige Diskussion über Vögel und Flugzeuge. »Wegen des Altersunterschiedes streiten sie sich so oft. Und für später ist es auch nicht gut.«

»Und außerdem müssen beide natürlich auch ihre eigenen Badezimmer haben«, fügte Señorita Azucena noch hinzu.

»Haben Sie einen besonderen Wunsch für das Mädchenzimmer?« fragte Lavinia.

»Ich glaube, es sollte etwas größer sein. Sie wissen ja, wir Frauen brauchen gewöhnlich mehr Platz«, antwortete Señora Vela mit komplizenhaftem Lächeln. »Und ein bißchen verspielt darf die Einrichtung ruhig sein.«

»Will Ihr Mann die Entwürfe nicht sehen?« fragte Lavinia zustimmend lächelnd.

Julián warf ihr einen schnellen Seitenblick zu, sagte aber nichts.

»Die Entwürfe noch nicht«, antwortete Señora Vela wieder. »Er will das fertige Planungsprojekt sehen.«

»Er möchte, daß wir uns um die Details kümmern. Er ist ein vielbeschäftigter Mann, das sagten wir doch neulich schon. Er muß ja so viel im ganzen Land herumreisen«, fügte

Señorita Azucena hinzu, »da ist es besser, wir ersparen ihm diese Arbeit.«

Lavinia lächelte immer noch unmerklich, als sie in ihr Büro zurückging. Sie hatte die Schwestern Vela an der Eingangstür verabschiedet. Es war wirklich unglaublich, was man alles über Leute erfahren konnte, denen man ein Haus baute.

Sie sollte Sebastián an der Ecke eines Kinos in einem der ärmsten Stadtviertel abholen. »Pünktlich um sechs«, hatte Flor gesagt, »keine Minute eher, keine Minute später.« Im Autoradio sagte »Radio Minuto« Minute für Minute die Zeit an, die für sie die »offizielle Zeit der Bewegung« war. Im Hintergrund der Musik war laufend ein Tick-Tack zu hören. Jede Minute wurde die Musik von einer Sprecherin mit tonloser Stimme unterbrochen, die die Zeit ansagte und an die Tonbandansagen im Telefon erinnerte.

Sie hielt sich an die Anweisungen, eine Weile ziellos umherzufahren und sich zu vergewissern, daß ihr niemand folgte. Es fiel ihr schwer, sich daran zu gewöhnen, laufend in den Rückspiegel zu schauen. Es schien ihr unnötig. Wer sollte ihr denn schon folgen?

Aber Flor hatte darauf bestanden, daß sie die Sicherheitsbestimmungen genau befolgte. Niemals und niemandem zu trauen. Und sie wolle ja auf keinen Fall gleich zu Anfang einen Fehler machen. Sie gab sich Mühe, auf jede Einzelheit zu achten, sich zu vergewissern, daß der rote Wagen tatsächlich an der Ecke abbog und nicht etwa geradeaus weiterfuhr wie sie.

Sie hatte sich verschätzt und kam fünf Minuten vor dem verabredeten Zeitpunkt am Treffpunkt an. Sebastián war nirgends zu sehen, nur ein paar Passanten standen vor einem Verkaufsstand.

Aus dem Radio klang vor dem Hintergrund des Tick-Tack Janis Joplins ›Me and Bobby McGee‹. Das Tick-Tack verlieh der Musik einen Anschein von Dringlichkeit. Während sich jetzt die Dunkelheit über die Stadt legte, überquerte sie mehrere Kreuzungen und entfernte sich ein paar Blocks weit vom Treffpunkt. In den Türen der Häuser saßen Frauen in Schaukelstühlen, tranken ihre abendliche Erfrischung und erholten sich von der drückenden Hitze des Tages. Das Leben mit seinen Hunden, Katzen und Kindern, die auf dem Bürgersteig Himmel und Hölle spielten, ging seinen täglichen und nächtlichen Gang weiter, und die fünf Minuten wollten kein Ende nehmen.

Endlich verkündete die Stimme der Ansagerin: »Es ist genau achtzehn Uhr.« Sie bog wieder in die Straße ein, an der das Kino lag. Da stand Sebastián, die Schiebermütze auf dem Kopf, am vereinbarten Platz.

Sie näherte sich mit dem Wagen. Als sie neben ihm war, hielt sie, streckte den Kopf zum Fenster hinaus, als erkenne sie gerade einen Freund, und begrüßte ihn. Sebastián trat näher, auch er tat so, als sei dies eine zufällige Begegnung.

»Grüß dich«, sagte sie. »Wo willst du denn hin?«

Er nannte irgendeinen Namen.

»Wenn du magst, kann ich dich ein Stück mitnehmen«, sagte sie.

Sebastián stieg ein, und die Fahrt ging los.

»Hast du gut aufgepaßt?« fragte Sebastián.

»Viel zu gut«, sagte sie. »Ich fahre schon eine Viertelstunde durch die Gegend, weil ich zu früh da war.«

»Besser zu früh als zu spät«, antwortete er. »Du wirst schon noch lernen, die Zeit richtig abzuschätzen. Grundsätzlich ist es am besten, weder zu spät noch zu früh zu kommen. Wenn du viel herumfährst, kannst du leicht auffallen. Wenn du zu früh kommst, ist es immer am besten, du fährst aus der Kontaktzone heraus und näherst dich erst wieder zwei, drei Minuten vor dem verabredeten Zeitpunkt. Du mußt ein Gefühl für Zeit und Geschwindigkeit entwickeln und die Stadt gut kennen. Aber das kommt schon. Am Anfang ist das alles ganz normal. Fahr jetzt Richtung Süden und vergiß nicht, den Rückspiegel im Auge zu behalten. Wie geht's mit Velas Haus voran?«

»Den ersten Entwurf haben wir fertig. Ich habe seiner Frau vorgeschlagen, dem General unsere Vorstellungen zu Hause zu erklären, doch sie meinte, es wäre besser zu warten, bis das Planungsprojekt fertig ist. Offensichtlich befindet sich Vela irgendwo im Landesinneren.«

»Er befehligt die Anti-Guerilla-Aktionen«, klärte Sebastián sie auf. »Wie lange wird der Hausbau dauern?«

»Kommt drauf an«, meinte Lavinia. »Von dem Zeitpunkt, an dem die Baupläne fertig und abgenommen sind, kann es sechs, acht Monate dauern. Das hängt davon ab, wie gut die Baufirma ist.«

»Mit anderen Worten, wenn die Pläne im nächsten Monat abgenommen werden, kann das Haus im Dezember fertig sein?«

»Richtig«, bestätigte Lavinia.

Sebastián schwieg.

»General Vela hat Heuschnupfen«, fuhr Lavinia fort und begann stolz, die gesammelten Informationen weiterzugeben. »Nach der Arbeit spielt er gern Billard. Er liest nicht sehr gern, sondern hört lieber Musik. Seinem halbwüchsigen Sohn gefallen anscheinend besonders Vögel, und das bringt den Vater zur Verzweiflung. Er möchte die Vorliebe des Jungen auf

Flugzeuge lenken. Der hat aber Angst vor Hubschraubern... Die Familie geht früh schlafen...«

»Sehr gut, sehr schön«, sagte Sebastián und lächelte. »Fahr nicht so dicht auf den Vordermann auf, hörst du. Du mußt immer genügend Abstand halten, um ein unvorhergesehenes Manöver machen zu können, vor allem, wenn du jemanden aus dem Untergrund im Wagen hast.«

Lavinia gehorchte und spürte gleichzeitig, wie sie plötzlich Angst überkam und der Adrenalinspiegel stieg. Es war so leicht zu vergessen, daß Sebastián im Untergrund war. Und da saß er nun hier bei ihr im Wagen, einfach so. Sie gewann ihren Instinkt für Gefahr zurück und sah angestrengt in den Rückspiegel, wobei sie wieder staunen mußte, daß wirklich sie es war, die jemanden aus dem Untergrund in ihrem Auto spazierenfuhr.

»Von jetzt an«, nahm Sebastián den Faden wieder auf, »wirst du über jedes deiner Gespräche mit ihnen einen Bericht schreiben. Wenn's geht, unmittelbar danach, weil du sonst wichtige Einzelheiten vergessen könntest. Eine einzige Ausfertigung ohne Kopie und ohne Namen. Und die lieferst du mir wöchentlich ab. Flor hat dir ja auch schon gesagt, daß jede noch so kleine Einzelheit wichtig sein kann. Wenn die Planung fortgeschritten ist, mußt du auf einem Gespräch mit dem General bestehen, bei ihm zu Hause. Vielleicht kannst du auch einen engeren Kontakt zu der Schwägerin, der Junggesellin, aufbauen und ihr Vertrauen gewinnen. Hast du dich überhaupt schon auf den Ball vorbereitet?«

»Schon, aber ich weiß nicht so recht, was ich da soll.«

»Sei nett zu den Leuten.«

»Mach' keine Witze, Sebastián.«

»Mach' ich nicht, ich meine das ganz im Ernst. Du mußt

den Eindruck erwecken, daß du dich freust, am Ball teilzunehmen, in die alten Kreise zurückzukehren. Es kommt darauf an, deine Bekannten glauben zu machen, daß deine wilden Jahre vorbei sind... Das ist das Wichtigste. Ansonsten mußt du auf die Kommentare der Leute achten, dir alles merken, was dir nützlich erscheint. Was wichtig ist, mußt du entscheiden, wenn du dort bist. Du mußt eine konspirative Haltung entwickeln, um Informationen zu sammeln.«

Je höher sie die bergige Straße hinaufkamen, desto mehr änderte sich das Klima. Ein kühler Wind kam durch die offenen Fenster herein. Draußen bewegte es die Bäume am dunklen Straßenrand.

»Wie fühlst du dich überhaupt?« fragte Sebastián mit geändertem Tonfall und nahm sich die Mütze ab.

Er überraschte sie jedesmal aufs neue. Er war eine dauernde Mischung aus Sanftmut und Härte, obwohl Härte vielleicht nicht der richtige Ausdruck war. Vielmehr nahm er, wenn es um die Bewegung ging, einen sachlichen, genauen, präzisen Ton an, der spürbar sanft wurde, wenn sich die Unterhaltung persönlichen Themen zuwandte.

»Es geht mir gut, danke«, antwortete sie.

»Daß es dir gutgeht, weiß ich«, erwiderte er. »Man sieht's dir an. Aber wie fühlst du dich? Wie geht es dir mit deinen ganzen widersprüchlichen Gefühlen?«

»Einigermaßen«, sagte sie lakonisch und dachte an Sara, den Ball und die Bemerkungen der Freunde dort, an die Füße im Krankenhaus bei Lucrecia. Alles Dinge, die ihm wie unwichtige Kleinigkeiten vorkommen mußten, die ihn langweilen würden.

»Und wie hat Felipe reagiert, als er erfuhr, daß du Mitglied der Bewegung geworden bist?«

»Zuerst war's schlimm. Er hat gesagt, daß ich nicht reif genug sei, daß ich lieber weiter über ihn mitarbeiten solle, doch zum Schluß blieb ihm nichts anderes übrig, als es zu akzeptieren.«

»Vielleicht sollte er ein Reife-Thermometer erfinden, was? Dann würden wir vielleicht alle aus der Bewegung fliegen...«

Sie lachten beide.

»Jetzt mußt du aufpassen, nicht der Versuchung zu erliegen, deine Arbeit mit ihm zu besprechen, ihn um Rat zu fragen. Es ist in Ordnung, daß er so ganz allgemein über die Sache mit Velas Haus Bescheid weiß, doch müßt ihr die Trennung eurer beiden Bereiche beibehalten. Nur so wird er lernen, dich zu achten, und merken, ob du reif bist oder nicht. Uns Männern fällt es für gewöhnlich schwer, bestimmte Dinge mit Frauen zu teilen. Da haben wir Konkurrenzprobleme. Es gibt einem einfach eine gewisse Befriedigung, sich vor der Frau, die man liebt, wichtig zu fühlen. Du weißt ja, der Machismo...«

»Du scheinst nicht so ein Macho zu sein«, sagte Lavinia und sah ihn von der Seite an.

»Natürlich bin ich ein Macho. Ich überspiele das vielleicht nur besser als Felipe. Mir würde es auch gefallen, ein Weibchen zu haben, das auf mich wartet...«, sagte er etwas ironisch. Lavinia fragte sich, ob er wohl eine Frau hatte. Sie wußte nichts über ihn, würde auch nichts von ihm erfahren. Aus der Art und Weise seines Verhaltens konnte sie nur ahnen, daß er aus einfachen Verhältnissen stammte. Auch aus seiner Art, so zu sprechen wie die Leute vom Land, aus manchen Ausdrücken, die er benutzte. Doch wich er persönlichen Fragen immer aus.

»Du kommst mir aber gar nicht so vor. Flor hat mir erzählt, wie du sie in die Bewegung geholt hast...«

»Wir sind doch alle Machos, Lavinia, sogar ihr Frauen habt etwas davon. Wichtig ist zu merken, daß es nicht gut ist, einer zu sein. Doch zwischen Wort und Tat liegt ein weiter Weg. Ich bemühe mich ...«

»Ich bin nicht deiner Meinung, daß wir Frauen auch etwas von Machos an uns haben«, unterbrach ihn Lavinia. »Uns ist nur ein bestimmtes Verhalten anerzogen worden ... von euch, von den Männern.«

»Da sind wir bei der alten Frage nach der Henne und dem Ei und wer von beiden eher da war. Richtig ist, daß es die Frauen selbst sind, die ihre Söhne als Machos erziehen. Das weiß ich aus eigener Erfahrung.«

»Das bestreite ich gar nicht, aber es ist nicht so, weil wir Frauen selbst etwas von Machos an uns haben, sondern weil die Welt so von den Männern eingerichtet worden ist ... die uns dann auch noch selbst die Schuld dran geben wollen ... Drehst du bitte das Fenster hoch? Mir ist kalt.«

»Wer weiß, wer weiß«, sagte Sebastián, während er das Fenster hochkurbelte. »Wenn ich eine Frau wäre, ich glaube, ich würde meinen Söhnen ein anderes Verhalten anzuerziehen versuchen, schon aus eigenem Interesse.«

»Ich glaube, du hättest sie genauso erzogen wie deine Mutter dich.«

»Vielleicht. Darüber läßt sich endlos streiten. Das einzige, was ich sicher weiß, ist, daß es darum geht, die Verhältnisse zu ändern. Die Bewegung spricht in ihrem Programm von der Befreiung der Frau. Ich für meinen Teil bemühe mich, die Diskriminierung der Compañeras zu vermeiden. Aber leicht ist es nicht gerade. Kaum bringst du Männer und Frauen in einem gemeinsamen Versteck unter, da fangen die Frauen schon an, die Hausarbeiten zu übernehmen, ohne daß sie darum gebeten worden wären. Die bitten dann gleich die Compañeros, ihnen ihre schmutzige Wäsche zum Waschen zu geben ... Hier, jetzt mußt du in den Weg da abbiegen ...«, sagte er plötzlich.

Sie fuhren jetzt über einen schmalen Sandweg, der sich zwischen Kaffeeplantagen und sattgrünen Hecken hindurchschlängelte. Die Feuchtigkeit legte sich wie ein Film auf die Windschutzscheibe. Wo wir wohl hinfahren? dachte Lavinia und merkte, daß sie in der Nähe des Anwesens ihres Großvaters waren.

»Hier steige ich aus.«

Überrascht bremste sie. Es gab weder eine Abzweigung noch ein Haus noch sonst irgend etwas.

»Hier willst du aussteigen?« fragte sie erschrocken.

»Keine Sorge. Mein Ziel ist hier ganz in der Nähe. Den Rest des Wegs kann ich gut zu Fuß gehen.«

»Soll ich dich denn nicht abholen kommen?«

»Nein. Ich werde von hier wieder mitgenommen.«

»Hier«, das war mitten im Nirgendwo. Vielleicht lag weiter den Weg hinauf ein Haus, dachte Lavinia, der immer noch unwohl war bei dem Gedanken, ihn einfach auf diesem einsamen, engen, kalten Weg abzusetzen.

»Da hinten kannst du wenden«, sagte Sebastián und deutete auf eine Einbuchtung. »Ich werde dich einweisen.«

Er stieg aus und bedeutete ihr, wie weit sie auf dem engen Weg zurücksetzen konnte. Als der Wagen schon wieder in entgegengesetzter Richtung stand, kam er noch mal ans Fenster.

»Bis dann«, sagte er und tätschelte ihr den Kopf. »Und vielen Dank. Vergiß die Berichte nicht. Flor wird dir Bescheid geben, wann wir uns wieder treffen.«

»Paß auf dich auf«, antwortete Lavinia. »Hier ist es sehr einsam.« Sebastián lächelte, hob zum Abschied noch einmal die Hand und bedeutete ihr dann loszufahren.

»Tanz schön bei eurem Fest«, hörte sie ihn noch sagen.

Auf dem Rückweg fuhr Lavinia schneller. Die Kurven rasten auf sie zu. Es machte ihr Spaß, nachts auf der Landstraße zu fahren, es gab ihr ein Gefühl von Freiheit. Sie war zufrieden mit sich selbst. Endlich fühlte sie sich zu etwas nutze. Aber zu was? fragte sie sich auf einmal, als ihr das Gesicht von Señorita Azucena mit den lebendigen, freundlichen Augen durch den Kopf zuckte, dieser Frau, die stetig bemüht war, die schroffe Oberfläche ihrer Schwester zu glätten, die Welt mit den Velas zu versöhnen.

Wofür würde die Bewegung die Informationen über die Familie wohl verwenden? fragte sie sich leicht beunruhigt und dachte an die Leichtigkeit, mit der Information auf Information aus den beiden Schwestern floß und ein Bild der Familie, ihrer Sitten und Gebräuche, ihrer Gewohnheiten, Eigenheiten und ihrer Konflikte mit dem heranwachsenden Sohn formte. (Den Sohn hätte sie gern kennengelernt.) Und sie, die alles im Geiste festhielt und weitergab ... Felipe hatte ihr vorgeworfen, daß sie sich über den General und seine Familie Sorgen machte. Aber das war doch unvermeidlich, dachte sie. Denn die Gewalt war nicht normal. Es fiel ihr schwer, sich Felipe, Flor und Sebastián schießend vorzustellen. Sicher würde es ihr ganz anders gehen, wenn sie den General Vela kennenlernte. Die Militärs der Nationalgarde hatten einen anderen Gesichtsausdruck, sie wurden dazu abgerichtet, die Bevölkerung als formlose, gesichtslose Masse anzusehen. Wie schafften sie es nur, zu vergessen, daß sie selbst aus dieser gesichtslosen Masse stammten? Der größte Teil der Soldaten stammte aus einfachen, bäuerlichen Verhältnissen. General Vela selbst war ja auch nicht gerade ein Aristokrat. Frau und Schwägerin mochten vielleicht die Töchter irgendeines Lehrers oder Verwaltungsangestellten sein.

Vielleicht lief das, was mit ihr geschah, bei Leuten wie Vela genau entgegengesetzt ab, vielleicht begannen sie ihre Herkunft und alles zu hassen, was sie an das Elternhaus und seine Enge erinnerte. Waren sie erst einmal oben, dann haßten sie die Erinnerung und meinten, sie müßten den Abstand zeigen, der sie von damals trennte.

Die Lichter der Stadt blinkten wie ein Lichterteppich in der Ferne unter ihr, als sie die letzte Kurve, ehe es wieder in die Hitze zurückging, nahm. Sie spürte, wie sie eine Welle der Anspannung überschwemmte. Sie hätte zurückfahren mögen, um sich zu vergewissern, daß auf dem Weg, wo sie Sebastián zurückgelassen hatte, alles ruhig war. Sie mochte nicht daran denken, daß irgendein General Vela dieses Lächeln durchlöchern könnte, um es für immer gefrieren zu lassen.

Diesen Mann, vor dem sie sich fürchtet, stelle ich mir so vor wie die Heerführer der Invasoren. Vielleicht will auch er taufen, an andere Götter glauben lassen.

Meine Mutter erzählte immer, wie anfangs unsere Calachunis, unsere Häuptlinge, richtige Expeditionen aufstellten, um die Spanier kennenzulernen. Sie brachten ihnen Geschenke dar, Taguizte, Gold, das sie so faszinierte. Meine Mutter begleitete meinen Vater auf einer dieser Reisen. Sie sagte, es sei ein richtiges Schauspiel gewesen. Fast fünfhundert Menschen trugen Vögel und alle möglichen anderen Geschenke. Sie führten auch zehn große Schirme aus weißen Federn mit sich.

Die Frauen, siebzehn an der Zahl, gingen in ihrem Goldschmuck neben den Häuptlingen.

Meine Mutter erinnerte sich an den Anführer. Aufrecht stand er in dem Zelt, in dem sie die Geschenke ablegten. Er war von hohem Wuchs und hatte goldgelbes, strähniges Haar. Er sprach mit unserem obersten Häuptling und forderte mehr Gold von ihm, er sagte ihm, daß sie sich taufen lassen sollten, daß sie den »heidnischen« Göttern entsagen sollten. Die Unseren versprachen, binnen drei Tagen wiederzukommen.

Der oberste Häuptling rief die Männer zusammen, kaum daß sie das Lager der Spanier verlassen hatten. Die Eindringlinge waren gering an der Zahl und sahen schwach und schutzlos aus, wenn sie nicht auf ihren vierfüßigen Bestien ritten.

Nach drei Tagen kamen die Häuptlinge mit vier- oder fünftausend Kriegern zurück, aber nicht, um sich taufen zu lassen, wie die Eindringlinge das wollten, sondern um gegen sie zu kämpfen. Sie fielen über sie her, richteten große Verwirrung unter ihnen an und ließen viele Tote und Verwundete zurück. Und die anderen Häuptlinge verfolgten sie genauso, als sie flüchtend durch ihr Gebiet kamen, und nahmen ihnen die Geschenke wieder weg, die sie ihnen überreicht hatten, denn es waren ja keine Götter, und sie verdienten weder Gastfreundschaft noch Anbetung.

Die Eindringlinge flohen. Auf langen Märschen, bei denen viele unter unseren Pfeilen fielen, schafften sie es, zu ihren Schiffen, zu den riesigen, schwimmenden Häusern zurückzukehren. Und fuhren ab. Es wurde gefeiert, erzählte meine Mutter, Pulque-Schnaps getrunken, getanzt und gespielt.

Aber nach Monaten kamen die Spanier wieder. Mit mehr

Schiffen, mehr Männern mit Haaren im Gesicht, mit mehr Bestien und Feuerstöcken. Die Unseren begriffen, daß es nicht ausreichte, eine einzige Schlacht zu gewinnen.

Lavinia begann, das Fest im Club vorzubereiten. Gemeinsam mit Lucrecia inspizierte sie ihren Kleiderschrank und überlegte, welche Garderobe sie für jenen Abend wählen sollte.

»Wieviel schöne Kleider Sie haben«, rief Lucrecia aus, als sie alle in Frage kommenden Kleidungsstücke auf das Bett gelegt hatten. Bewundernd hob sie ein rotes Gewand aus Peau de Soie hoch und glättete es ein wenig mit ihren rauhen, breiten Händen. Sie entdeckte den angefressenen Saum und wies Lavinia darauf hin. »Ich habe vorhin schon eins gesehen, an dem die Mäuse gefressen haben«, antwortete Lavinia.

»Ich kann sie kürzer machen«, schlug Lucrecia vor, während sie die Kleidungsstücke betrachtete. »Sie können sie immer noch tragen, Señorita. Sie wären viel zu schade zum Wegwerfen.«

Lucrecias dunkles Gesicht, das wegen des hohen Blutverlustes, an dem sie beinahe gestorben wäre, noch einen bleichen Schimmer hatte, war leicht gerötet, und ihre Augen blitzten vor Eifer und Begeisterung über den Berg zarter Stoffe auf dem Bett.

Lavinia fühlte plötzlich den Drang, Lucrecia fühlen zu lassen, daß sich etwas geändert hatte zwischen ihnen, auch wenn es nur ein kleines bißchen war.

»Lucrecia«, sagte sie. »Ich möchte dich um einen Gefallen bitten.«

»Ja bitte, Señorita Lavinia...« Lucrecia sah Lavinia überrascht an.

»Ich möchte, daß du mich nicht mehr Señorita Lavinia nennst und daß du mich auch nicht mehr mit ›Sie‹ anredest.«

»Aber so habe ich Sie doch immer genannt... Daran kann ich mich nicht gewöhnen! Das geht doch nicht! Das will mir nicht über die Lippen«, stotterte sie, während sie die Augen senkte und rot wurde.

»Auch wenn du meinst, daß es dir nicht über die Lippen will, versuch es bitte mal«, sagte Lavinia eindringlich. »Bitte... Ich mag es nicht, daß du mich wie eine alte Dame behandelst.«

»Sie sind meine Herrin. Wie kann ich da Lavinia zu Ihnen sagen und Sie duzen? Das ist respektlos. Bitten Sie mich lieber nicht darum...«

»Also, wenn du mich weiter so anredest, dann behandele ich dich genauso. Dann sag ich einfach Señorita Lucrecia zu dir und fang an, dich zu siezen.«

Sie sahen sich an und lachten. Lucrecias Lachen klang nervös.

»Das geht nicht, das geht nicht«, meinte sie. »Wie wollen Sie mich Señorita Lucrecia nennen?« Sie fing wieder an zu lachen.

»Du wirst ja sehen...«

»Um Gottes willen, was Ihnen alles einfällt!«

»Von jetzt ab wollen wir Freundinnen sein«, sagte Lavinia. »Ich möchte, daß wir Freundinnen sind.«

Lucrecia sah sie mit unsäglich traurigen Augen an. Freundinnen? sagten diese Augen. Freundinnen?

»Wie Sie wünschen«, antwortete Lucrecia und schlug den Blick nieder, ohne zu wissen, was sie tun sollte. Sie knüllte mit den Händen ihre Schürze zusammen, als hätte sie nasse Hände, die sie sich trocknen müsse. »Ich glaube, ich muß die

Wäsche abhängen«, sagte sie dann, »sonst wird sie noch naßgeregnet.« Schnell ging sie hinaus auf den Hof.

Niemals werden sie mich akzeptieren, dachte Lavinia, setzte sich auf die Ballkleider und sah, wie die Schatten der Abenddämmerung langsam das Sonnenlicht versinken ließen. Ich hätte das nicht sagen sollen, dachte sie. Wer bin ich denn, so etwas zu sagen.

Eine Woche vor dem Ball tauchte die Leiche des ermordeten Gerichtsarztes auf, der im Verfahren gegen den Direktor des La-Concordia-Gefängnisses den Angeklagten schwer belastet hatte. Die Entrüstung der Bevölkerung über den Mord bedeckte die Stadt mit einem Mantel verhaltener Wut. Die Polizeistreifen an den Straßenecken wurden verdoppelt.

Dr. Flores war, von Kugeln durchlöchert, tot neben seinem Auto an der Straße nach der Provinzstadt San Antonio aufgefunden worden, wo er Verwandte besuchen wollte. Die Polizei hatte angeblich keine Spur von den Mördern. Der Gefängnisdirektor, Hauptmann Lara, war am Wochenende zuvor wegen guter Führung aus der Haft entlassen worden. Niemand zweifelte daran, daß er der Täter war. Das sagte auch die Oppositionszeitung in den Schlagzeilen ihres Extrablattes, das im Zeichensaal von Hand zu Hand ging. Am Morgen des kommenden Tages sollte die Beerdigung des Arztes sein. Viele Menschen würden daran teilnehmen. Der Große General konnte nichts dagegen unternehmen, daß Hunderttausende von Menschen als Ausdruck des Protestes gegen das Regime kamen. Wie sollte er es untersagen, wo doch der Arzt auch dem Militär angehört hatte? Nicht einmal der Tote selbst konnte verhindern, daß sein Begräbnis zur größten politischen Demonstration seit jenem berüchtigten Sonntag während der Wahlkampagne der Opposition, dem Sonntag des Massakers, werden würde.

Felipe telefonierte gerade, als Lavinia in sein Büro trat. Nachdem er sich mit jemandem für den nächsten Morgen »am Treffpunkt« verabredet hatte, legte er auf und sah sie an.

»Seit der Verhandlung haben wir es alle gewußt«, meinte Lavinia. »Wir wußten, daß Lara ihn umbringen würde, sobald er aus dem Gefängnis kommt.«

»Aber es lag nicht in unserer Macht, es zu verhindern«, antwortete Felipe.

»Gehst du morgen hin?« fragte sie.

»Ja. Ich gehe mit ein paar Studenten aus der Fakultät.«

»Ich weiß noch nicht, mit wem ich gehen werde«, sagte sie wieder, um dann entschlossen fortzufahren: »Aber daß ich gehe, weiß ich bestimmt.«

Diesmal mußte sie nicht von weitem zusehen, wie der Trauermarsch sich dem Friedhof näherte. Diesmal war es anders, dachte Lavinia und mußte an die ruhige Stimme des Arztes denken, als er in der Verhandlung aussagte. Der Große General sollte die Abscheu der Bevölkerung über dieses Verbrechen zu spüren bekommen, das ganz ohne Zweifel mit seiner Zustimmung begangen worden war.

»Genau darüber habe ich eben mit Sebastián gesprochen«, sagte Felipe. »Er läßt dir ausrichten, daß du auf keinen Fall hingehen sollst. Du mußt sauber bleiben, gerade jetzt.«

»Aber...«, stammelte Lavinia ungläubig.

»Das sage nicht ich«, fuhr Felipe fort, »Sebastián hat mir das eben gesagt. Er bat mich, es dir auszurichten.«

»Aber... warum denn nicht?« fragte Lavinia und setzte sich Felipe an seinem Schreibtisch gegenüber. »Das verstehe ich nicht.«

»Es ist doch ganz einfach, Lavinia. Und wenn du dir ein bißchen Mühe gibst, wirst du es auch verstehen. Die ganze Presse wird da sein, Fernsehen, Fotografen. Und jede Menge Sicherheitsbeamte und Armeepatrouillen... Möglicherweise wird sogar Vela auftauchen. Es ist nicht ratsam, daß er dich dort sieht. Auch sonst niemand, der ihm davon erzählen könnte. Es ist nicht ratsam, daß du im Fernsehen auftauchst oder auf einem Zeitungsfoto...«

Sie nickte. Es stimmte alles. Sie mußte sich nur Mühe geben, es zu verstehen. Aber leicht war es nicht. Seit sie der Bewegung angehörte und sich an den Gedanken zu gewöhnen versuchte, ihr Leben zu ändern, ein anderer Mensch zu werden und das nur auf sich selbst bezogene Leben zu überwinden, sehnte sie sich nach dem Augenblick, aktiver beteiligt zu sein. Die Angst zu durchbrechen und den ganz unmittelbaren, nicht nur den theoretischen Konsequenzen ihrer Entscheidung ins Auge zu sehen. Doch schienen die Dinge genau entgegengesetzt zu funktionieren. Man gab ihr Anweisung, ihre Stellung als Architektin zu nutzen und von dort aus Informationen über die Familie Vela auszukundschaften, wieder an ihren alten Freundeskreisen teilzunehmen, zum Ball zu gehen und sich nicht an der Demonstration zu beteiligen. Das hatte sie nicht erwartet. So hatte sie sich das nicht vorgestellt. Anscheinend nützte sie der Bewegung nur als die, die sie immer schon gewesen war.

»Es ist verdammt frustrierend«, sagte sie und ließ sich im Sessel zurücksinken. »Ich hatte gedacht, daß sich mein Leben radikal ändern würde, daß ich mich beteiligen könnte; daß ich nicht wie immer schon am Rande stehen müßte.«

Und sie blieb am Rande, in Gesellschaft von Sara und Adrián. Unruhig saß sie bei den beiden zu Hause auf der Terrasse, mit Blick auf den Garten, und sah die Fernsehnachrichten. Auf den Straßen marschierte eine schweigende Menge zum Friedhof, eingekeilt zwischen dichten Reihen von Soldaten mit Sturmhelm und aufgepflanztem Bajonett, die so taten, als nähmen sie an der Beerdigung teil, als schützten sie den Toten nachträglich vor seinem Tod.

Schweigen lastete auf der Stadt. Büros und Geschäfte hatten geschlossen. Niemand war zur Arbeit gegangen, obwohl die offiziellen Medien wieder und wieder eindringlich davon berichteten, wie »normal« die Situation sei, und die Bevölkerung aufforderten, zur Arbeit zu gehen und nicht auf die »Agitatoren« zu hören, die den »bedauerlichen Zwischenfall« auszunutzen versuchten.

Schon frühmorgens konnte man den massiven Militäreinsatz beobachten. Als sie zu Sara und Adrián hinüberfuhr, bemerkte Lavinia die mit Soldaten vollgestopften Militärlastwagen, die in Richtung der Avenida fuhren, durch die der Trauerzug kommen mußte. Als angebliche Ehrengarde plazierten sich Schützenpanzer an den Straßenecken um den Friedhof herum. An ihren Geschützrohren waren Trauerkränze. Unter dem Vorwand militärischer Ehren überflogen schon seit den ersten Morgenstunden Flugzeuge die Stadt. Die offiziellen Radio- und Fernsehsender übertrugen das Begräbnis als »Ehrenbezeugung für einen hervorragenden Soldaten«. Die Fernsehkameras taten ihr Bestes, die Menschenmenge unsichtbar zu machen, die sich nur hinter den Bildern ahnen ließ, um sich lieber auf den Leichenwagen mit dem Sarg und die rotverweinten Gesichter der Ehefrau und der Kinder zu konzentrieren.

Auf beiden Seiten der Straßen waren jetzt die Reihen der

Soldaten zu sehen, die mit aufgepflanztem Bajonett und in Hab-Acht-Stellung die Begräbnisteilnehmer flankierten. Ein einziger Schrei, eine rebellische Bewegung der Menge, und es konnte sich ein Massaker unvorhersehbaren Ausmaßes ereignen. Sie waren eingekreist und zur Unbeweglichkeit, zum stummen Protest verurteilt. Alles andere war Selbstmord.

Schweigend, bewegungslos, durch die gleiche Spannung vereint, sahen Sara, Lavinia und Adrián auf die kleine Mattscheibe.

»Hoffentlich macht keiner was«, sagte Sara gepreßt.

Und Lavinia mußte an Felipe denken, der jetzt dort mit seinen Studenten schweigend marschierte und auf den günstigen Augenblick wartete.

»Da macht keiner was«, sagte Adrián. »Der Große General plant das gut. Da kann überhaupt keiner was machen.«

Der Trauerzug war jetzt auf dem Friedhof angelangt.

»Da, Lavinia«, sagte Adrián, »der da ist General Vela.«

Der General stand nahe am Grab, ein großer Mann mit einem hervorstehenden Bauch und sorgfältig gekämmtem, schwarz glänzendem Haar.

Im Vorbeigleiten blieb die Kamera einen Moment auf ihm haften. In der Hand hielt er ein Sprechfunkgerät. Lavinia spürte, wie sie der Ekel ergriff. Sicher hatte er den Oberbefehl über die ganze Operation.

Der Sarg wurde in die Grube hinuntergelassen. Eine Militärkapelle spielte die Nationalhymne, dann legten die Totengräber den Stein aufs Grab. Die Menge begann sich schon zu zerstreuen, da durchbrachen Rufe, Schreie die feierliche Begräbnisstille, Parolen, die hinter Grabsteinen und Denkmälern, von Seitenwegen aus gerufen wurden: Mörder! Mördergarde! Nieder mit dem Großen General! Es lebe die Befreiungsbewegung! Es wurde in die Luft geschossen. Rennende Soldaten, eine auseinanderlaufende Menge. Das Fernsehbild erlosch. Ein Dia mit dem Bild des Toten erschien auf dem Fernsehschirm, und die Stimme des Sprechers sagte: »Liebe Fernsehzuschauer, das war die Übertragung der Begräbnisfeierlichkeiten für Hauptmann Ernesto Flores.«

Adrián schaltete das Gerät ab. Alle drei gingen sie zur Haustür, bewegten sich, um überhaupt etwas zu tun. In der Ferne waren vereinzelt Schüsse zu hören.

»O mein Gott!« seufzte Sara. »Laß uns lieber die Tür schließen, Adrián.«

Sie gingen ins Wohnzimmer zurück. Lavinia trat in die Küche, um sich ein Glas Wasser zu holen. In ihrem Kopf lief ein schrecklicher Film ab. Aus der Ferne versuchte sie fest an Felipe zu denken und daran, daß er nichts riskieren solle. Es hatte einfach keinen Zweck. Zuviel Militär kontrollierte die Straßen. Sie mußten todsicher unterliegen. Aber vielleicht dachte Felipe anders. Er und die anderen dachten nicht so wie sie. Sie maßen das Risiko mit anderen Maßstäben. Als sie ins Wohnzimmer zurückkam, saßen Adrián und Sara in den Schaukelstühlen und sahen abwesend in den Garten hinaus. Die beiden in ihren teuren, gutsitzenden Kleidern saßen unbeweglich wie auf einer Fotografie zwischen dem Mobiliar, all den so sorgfältig ausgewählten und arrangierten Gegenständen, den Pflanzen mit den glänzenden Blättern, dem kleinen Innenhof mit den großen Blumenschalen. Ich hätte dies auch alles haben können, dachte Lavinia und betrachtete sie wie hypnotisiert, wie von einer anderen Dimension aus: Dies hätte auch ihr Leben sein können. Alles war so angelegt gewesen, daß auch sie in einem Haus wie diesem hätte enden können, mit einem Mann wie Adrián, der nachdenklich vor sich hin sah und rauchte. Doch hatte sich an irgendeinem Punkt der Weg geteilt. Sie war auf der anderen Seite weitergegangen und sah Sara und Adrián jetzt wie durch einen Spiegel, in dessen Spiegelbild sie sich selbst nie mehr sehen würde, eine Gefangene anderer Ängste, die sie verschweigen mußte, die in diese Welt nicht eindringen durften.

»Ich muß fort«, sagte sie plötzlich.

»Was soll das denn heißen?« fragte Adrián erschrocken. »Bist du verrückt geworden?«

»Mir wird schon nichts passieren«, gab sie zurück und griff nach ihrer Tasche. »Da, wo ich wohne, ist doch alles ruhig.«

»Warum willst du denn bloß allein nach Hause?« fragte Sara, während sie sich besorgt erhob.

»Weiß ich auch nicht«, antwortete Lavinia. »Ich weiß nur, daß ich es nicht aushalte, noch länger hierzubleiben, ohne etwas zu tun.«

»Aber wir sind doch bei dir«, sagte Sara. »Beruhige dich doch.«

Sie wußte selbst, daß es das beste war, sich zu beruhigen. Doch es ging nicht. Sie konnte einfach nicht länger bleiben. Sie mußte fort.

»Das hier ist kein Spaß«, sagte Adrián. »Solange ich hier bin, wirst du dieses Haus nicht verlassen.«

»Du bist nicht mit mir verheiratet«, erwiderte Lavinia heftig. »Du hast mir gar nichts zu sagen. Ich will gehen. Laß mich raus.«

Auf einmal waren weitere Schüsse zu hören. Außer sich versuchte Lavinia, zur Tür hinauszukommen, doch stellte sich Adrián ihr in den Weg. Er war zwar nicht besonders groß, doch stark genug, um sie zurückzuhalten.

»Laß uns reden, Lavinia, bitte«, meinte er. »Warum willst du denn bloß unbedingt gehen?«

Sie vermochte nicht zu antworten, fühlte einfach nur den Drang, fortzugehen. Wie sollte sie es ihnen erklären, wie ihnen klarmachen, daß sie jetzt nicht in dieser Welt sein wollte, zu der sie schon nicht mehr zu gehören glaubte. Aber nach und nach siegte doch die Vernunft über den plötzlichen Gefühlsausbruch. Wozu, wohin wollte sie gehen? Den Demonstranten konnte sie sich nicht anschließen, die zogen jetzt durch die Straßen und zündeten vielleicht Busse an, um ihrem Zorn darüber Ausdruck zu verleihen, daß sie den Leichnam schweigend zwischen Spalieren von Soldaten hatten begleiten müssen...

Sie konnte nichts weiter tun als warten. Genau wie die anderen.

Warum ich sie wohl stieß? Welche Eingebung verführte mich dazu, sie nach draußen zu drängen, dorthin, von wo ich Schlachtenlärm hörte? Nicht einmal ich selbst vermag es zu sagen. Spürte ich das tiefe Bedürfnis, meine Kräfte zu messen? Oder erklang in mir das Echo ihrer Feuerstöcke?

Es hätte nicht geschehen sollen. Ich bin in ihr gefangen. Ich kenne diese Umgebung nicht, die Gewohnheiten, die Gesetze. Ich vermag die unbekannten Gefahren nicht abzuschätzen.

Ich hatte geglaubt, ich wäre schon weit entfernt von den Gefühlen des Lebens. Doch ist es nicht so: Sie spürt sie mit der Kraft, mit der ich sie mir vorstelle. Ich brauche mich bloß von meinen Gefühlen überwältigen zu lassen.

Ich muß mich hüten. Ich werde in ihrem Blut erlöschen.

»Ich weiß nicht, wie mir geschah«, sagte Lavinia später.

15

Wenige Tage später kehrte das Land zur »Normalität« zurück. Der vorübergehende Aufruhr ging in eine gespannte Ruhe über. So war Faguas: Es speicherte Energie, die sich schlagartig entlud, und dann erlangte die Landschaft, genau wie nach einem Gewitter, ihre bekannten Konturen zurück.

Nichts allzu Dramatisches war geschehen, bis auf ein paar weitere Anmerkungen für die dunkle Seite des Landes: drei Tote, ein paar Dutzend Verwundete, eingeschlagene Schaufenster an einigen Geschäften. Der Bischof vermittelte. »Die Nationalgarde hält die Ordnung im ganzen Lande aufrecht.«

Felipe und seine Studenten trafen sich wieder zu ihren Abendkursen. Keiner von ihnen war verprügelt oder eingesperrt worden. Sie hatten sich nicht unter die Wagemutigsten gemischt. Diesmal hatten sie das Risiko klein halten wollen.

»Es wäre Selbstmord gewesen«, meinte Felipe und gab Lavinia endlich einmal recht. »Auf jeden von uns, die wir alle unbewaffnet waren, kamen zehn bis an die Zähne bewaffnete Soldaten. Die, die die Parolen riefen, waren Provokateure.«

Die Vorbereitungen zum Ball machten Fortschritte. Lavinia ging ihr Kleid aus der Reinigung holen. »Frisch wie der junge Morgen in nur einer Stunde«, lautete die Werbung des Geschäftes. Es war das einzige, das einen solchen Service bot. Die Besitzer waren wohlhabende, freundliche Einwanderer aus einem der kleinen Nachbarländer. Ein perfektes Ehe- und Unternehmerpaar, so bewegten sie sich emsig durch die langen

Reihen der sorgfältig in langen Plastiksäcken verpackten Kleider. Die Plastiksäcke trugen den Aufdruck einer roten Blume und den Namen der Reinigung unzählige Male über die ganze Breite wiederholt.

Während Lavinia wartete, konnte sie von der Ladentheke aus eine Menge Abendkleider und Smokings sehen, die die Nähe des Balles anzeigten. Vergessen waren die Demonstrationen, die Toten und die Kugeln aus Armeepistolen. Lavinia kam die Garderobe auf den groben Bügeln, an lange Metallständer gereiht, plötzlich ganz merkwürdig vor. Während die Angestellte das Zettelchen mit der Nummer nahm und sich im Wald von Kleidern verlor, dachte sie daran, wie all diese reglosen Stoffe bald mit Leben erfüllt sein würden, wie sie bald dicke und dünne Körper einhüllten, mit Mandelcreme und anderen Duftstoffen einbalsamierte Haut, die sorgsam von der Sonne ferngehalten wurde, damit sie strahlend weiß wie Milch oder Perlmutt aussah. Es wäre sicher interessant gewesen, den Ball mit anderen Augen sehen zu können, inmitten des Spektakels und gleichzeitig draußen zu sein.

»Hier ist es schon«, sagte die Angestellte und riß Lavinia aus ihren Gedanken.

Als sie zu Hause ankam, hörte sie schon von draußen das Telefon klingeln. Sie beeilte sich, den Hörer abzunehmen.

»Lavinia?« Die unverwechselbare Stimme ihrer Mutter traf sie unvorbereitet.

»Lavinia?«

»Ja. Ich bin's.«

»Lavinia, ich habe heute Sara getroffen. Sie hat mir erzählt, daß du zum Ball gehen willst...«

»Ja und?«

»Ach, nichts weiter, ich wollte nur wissen, ob du wirklich hingehen willst.«

»Ja, ich gehe.«

»Ach, Töchterchen, du weißt ja nicht, wie wir uns freuen... was für eine Freude du uns machen würdest, wenn du mit uns gingest...«

»Ich kann nicht, Mamá, ich bin schon mit Sara und Adrián verabredet.«

»Aber denen würde das sicher nichts ausmachen. Meinst du nicht, daß du besser mit uns gehst als mit einem jung verheirateten Paar... Es würde bestimmt besser aussehen.«

»Sie sind inzwischen schon über ein Jahr verheiratet, Mamá.«

»Ich weiß, ich weiß, aber das ist doch noch nicht lange. Sie sind immer noch jung verheiratet... Es wird sicher Gerede geben, wenn wir getrennt hingehen. Es ist schon genug geredet worden, als du von zu Hause weggegangen bist... Du bist immer noch ein unverheiratetes Mädchen.«

»Mach' dir nicht soviel Gedanken, Mamá, ich bin doch schon erwachsen. Was sollen die Leute denn sagen, was sie nicht schon gesagt haben?«

»Dein Vater und ich würden dich sehr gern ausführen. Es ist doch nicht normal, daß wir so wenig miteinander zu tun haben, wie sieht das denn aus...«

Nach so vielen Monaten der Entfremdung kam sie jetzt plötzlich darauf, daß es nicht »normal« war. Aus dem Staunen über die Sorgen und Ängste ihrer Mutter würde sie wohl nie herauskommen.

»Aber so ist es nun mal mit uns, Mamá. Der Ball wird auch nichts daran ändern.«

»Vielleicht kannst du uns jetzt besser verstehen. Wir sind

schließlich deine Eltern. Wir können doch nicht das ganze Leben lang so weitermachen.«

Der Ball als Rückkehr der verlorenen Tochter. So sollte eins zum anderen führen.

»Ich kann nicht mit euch gehen, Mamá. Ich bin schon mit Sara verabredet. Wir können uns ja dort treffen. Ich kann mich auch ein Weilchen zu euch setzen.«

Es wäre bestimmt nicht schlecht, wenn sie sich zu ihnen setzte. Das konnte ihren Ruf nur verbessern.

»Das ist aber nicht dasselbe, Tochter.«

»Mamá, versteif dich bitte nicht darauf . . .«

»Schon gut, schon gut, aber ein Weilchen zu uns setzen würdest du dich? Ganz sicher?«

»Ja, Mamá, ganz sicher. Wie geht's Papa?«

»Der hat wie immer viel zu tun. Er ist noch nicht aus dem Geschäft zurück.«

»Grüß ihn schön von mir.«

»Ja, Tochter. Bist du auch wirklich sicher, daß du nicht mit uns zum Ball gehen kannst? Es macht Sara bestimmt nichts aus . . .«

»Nein, Mamá. Ich habe dir doch gesagt, daß es nicht geht. Laß uns das nicht alles noch schlimmer machen.«

»Ist gut, Tochter, ist gut. Du setzt dich aber zu uns, ja?«

»Ja, Mamá.«

»Also, ich freue mich wirklich, daß du zum Ball kommst.«

»Ja, Mamá.«

»Wir sehen uns also dann dort?«

»Ja, Mamá.«

»Bis bald dann, Tochter.«

»Bis bald, Mamá.«

Sie sah den Hörer an und vergaß, ihn wieder aufzulegen.

Der hohe Ton breitete sich in langen Spiralen in ihrer Hand aus.

Ihre Mutter war groß und schön. Als Kind hatte es ihr ein unbestimmtes Gefühl stolzen Staunens verursacht, sie anzusehen. Bei den Veranstaltungen in der Schule, bei denen die Mütter ihrer Mitschülerinnen die Stuhlreihen bevölkerten, mußte sie immer daran denken, wie gut ihre Mutter unter ihnen aussehen würde, wieviel größer, wieviel schöner. Doch langweilten ihre Mutter die Veranstaltungen, und niemals nahm sie an einer teil. »Sie sind zu nichts nütze«, sagte sie, »reine Zeitverschwendung.«

Ihre Schönheit nahm die ganze freie Zeit in Anspruch, die ihr neben dem Kartenspiel mit ihren Freundinnen und dem Bedienen ihres Mannes und seiner Freunde noch blieb. Etwas näher hatte sie sich ihrer Mutter nur gefühlt, als sie nach Europa kam, um sie mit der angemessenen »Aussteuer« für die Rückkehr nach Faguas auszustatten. Bei ihrem Besuch schleppte die Mutter sie auf endlose Einkaufsbummel, bei denen sie ohne Unterlaß von Mode und den guten Sitten sprach, von Hotels und teuren Restaurants.

Immer war sie für Lavinia eine fremde, unerreichbare Person gewesen. Wenn sie als kleines Mädchen in ihren Armen Schutz suchte, weil irgendeine Geschichte des Kindermädchens ihr angst gemacht hatte, so fand sie nur einen unerbittlichen Gesichtsausdruck und jenes »sei keine Heulsuse«. Von klein auf spürte sie, daß ihre Mutter sie eigentlich nicht liebte.

Gott sei Dank, daß da noch Tante Inés gewesen war, dachte sie jetzt und wischte die Tränen ab, die die Konturen der Gegenstände im Raum verschwimmen ließen. Denn Tante Inés hatte sie gern in den Arm genommen, hatte sie gehätschelt und ihr Süßigkeiten mitgebracht. Tante Inés hatte sie zu sich ins Bett geholt, ihr den Kopf gestreichelt und ihr Geschichten erzählt; wie Lavinia hatte auch sie einen großen Durst nach Zärtlichkeit gehabt.

»Sie wird sie noch ganz verziehen«, hatte die Mutter gesagt, und Lavinia war in Panik ausgebrochen, weil sie meinte, daß sie ihr die Tante wegnehmen wollte.

Doch der Vater verteidigte seine Schwester. »Sie ist so allein, die Arme. Das Mädchen ist das einzige, an dem sie Freude hat.«

»Deine Tante hat dich vor dem Alleinsein gerettet«, sagte Natalia, Lavinias spanische Freundin. Doch hatte sie niemand davor retten können, keine Mutter zu haben. Und das war ihre Mutter für sie gewesen: eine dauernd Abwesende.

Sie hätte sich wirklich denken können, daß ihre Mutter vor dem Ball anrufen würde. Unvorstellbar, daß sie sich nicht darüber Sorgen machte, was ihre Freundinnen sagen würden. Und trotzdem: Es war unglaublich, daß sie nur deswegen angerufen hatte. Nur deswegen.

Sie merkte plötzlich, daß sie immer noch den Hörer in der Hand hielt. Der lange Ton war in ein kurzes Tuten übergegangen. Sie legte auf und weinte vor sich hin.

Deprimiert wachte sie am nächsten Tag auf, und sie wurde noch deprimierter, als sie am Nachmittag Sara zum Friseur begleitete. Das einzige, was sie für die lange Wartezeit und den Anblick all der Frauen mit den zierlichen, gepflegten Füßen entschädigte, die im Empfangszimmer saßen, war der glückliche Zufall, die beiden Schwestern Vela zu treffen. Mit großem Gehabe kamen sie herein, um sich für den Ball zurechtmachen zu lassen, zu dem der Große General am gleichen Abend ins Offizierskasino einlud. »Mein Mann hat den

Antrag auf Aufnahme in den Club erst neulich gestellt, und deshalb werden wir wohl erst nächstes Jahr kommen können«, sagte Señora Vela mit einer Sicherheit, von der sie in Wirklichkeit weit entfernt war, während Sara sie herablassend ansah. »Der Große General hat wirklich keine Manieren«, urteilte Sara später, indem sie sich zu Lavinia herüberbeugte und die Stimme senkte. »Weil seine Offiziere im Club nicht zugelassen sind, richtet er ihnen jetzt am selben Tag einen Ball im Offizierskasino aus, damit sie sich nicht zurückgesetzt fühlen.«

Lavinia dachte nur daran, wie passend es gewesen war, die beiden Schwestern zu treffen, ihnen sagen zu können, daß sie zum Ball ging, und mit ihnen den gleichen teuren Friseursalon der Stadt aufzusuchen.

Als sie am Nachmittag von der Arbeit nach Hause kam, bereitete sie sich erst einmal ein großes Glas Orangensaft mit Eiswürfeln und ging ins Schlafzimmer, um ein wenig auszuruhen, bevor sie sich zum Ball zurechtmachte. Sie streckte sich auf dem Bett aus, dehnte ihre Muskeln und stellte sich vor, sie läge auf einem Floß unter gleißender Sonne. Sie mußte sich entspannen, sie war zu angespannt und aufgeregt. Wie auf einer Kinoleinwand sah sie sich in ihrem roten Abendkleid die Säle des Clubs betreten, sah die Blicke, die auf ihr ruhten, hörte das leise Klingeln der Eiswürfel in den Whiskygläsern und die Musik des Orchesters von der Terrasse her. Sie würde alles aus weiter Ferne sehen, würde die Macht spüren, die es bedeutet, anders zu sein. Sie stellte sich ihren Auftritt vor, stellte sich vor, wie ihre Füße den Saum ihres Kleides mit den herausfordernden Bewegungen einer Flamenco-Tänzerin hochwarfen, wie der weiche Stoff über den glänzenden Marmorfliesen die Absätze ihrer Pumps streifte.

Sie dachte an die Spielgefährten ihrer Kindheit, die sie jetzt, zu Männern geworden, in den Arm nahmen und frisch nach Duftwassern rochen, die sie sich auf die Aufschläge ihrer Smokings gespritzt hatten. Sie würde kokett lächeln, von ihrem Leben als Architektin erzählen und in das Gespräch die nötige Dosis Langeweile einfließen lassen, aus der ihre Gegenüber schließen konnten, daß das neue Spielzeug der »Rebellion« und »Unabhängigkeit« für das Mädchen seinen Reiz verloren hatte.

Sie wälzte sich auf dem Bett herum, fühlte ihren warmen, schweißfeuchten Körper. Die Einsamkeit ihres Bettes hätte an diesem Nachmittag nicht größer sein können. Niemandem konnte sie die merkwürdige Aufregung erklären, die ihr der Gedanke verursachte, sich wieder in jenes rote Kleid mit dem tiefen Dekolleté zu zwängen. Sich jetzt so zur Schau zu stellen war ein richtiges Vergnügen, fast so etwas wie eine Rache. Sich zur Schau stellen, jetzt, wo niemand sie mehr erreichen und weder in den Kreis ihrer Persönlichkeit eindringen noch sie mit lebenslänglicher Ehe und mit als gute Partie verkleideter Sklaverei bedrohen konnte. Das Gefühl war prickelnd und widersprüchlich zugleich. Sie konnte nicht abstreiten, daß ihr der Gedanke Vergnügen bereitete, einige ihrer Freundinnen wiederzusehen, allerdings ein geradezu machiavellisches Vergnügen, ähnlich dem, das sie bei dem Gedanken an die Gesichter der jungen Akademiker verspürte, die bei ihr die höfliche Zurückhaltung beiseite lassen würden, den Respekt, den sie den keuschen Jungfrauen gegenüber zeigten, um sich von ihrer kühl berechnenden Verführung gefangennehmen zu lassen, nur um irgendwann zu merken, daß sie keine Chance hatten, daß alles nur ein Spiel gewesen war. Das mußte alles nichts zu bedeuten haben. Sie war im Strom des Schicksals in entgegengesetzter Richtung geschwommen, und wenn es auch angenehm war, sich ihrer selbst sicher zu sein, so war es doch auch gleichzeitig beunruhigend.

Ob sie sich wohl etwas vormachte? Ob sie sich selbst genauso lächerlich zu einer Romanheldin hochstilisierte wie irgendeine ihrer ehemaligen Freundinnen, die die keusche Jungfrau spielten? Nein, entschied sie, es war nicht das gleiche. Für sie war der Besuch des Balles so etwas wie eine letzte Rückkehr, um von innen her auszubrechen, wie eine Fremde in ihre alte Umgebung zu treten, um sie ganz zu verlassen, sie zu verraten, um zu konspirieren, damit diese Welt des schönen Scheins für immer verschwand.

Ja, so sollte es sein, so mußte es sein. Sie hatte kein schlechtes Gewissen und keine Schuldgefühle. Sie wollte ja nicht, daß dies so weiterging, doch konnte sie noch nicht vermeiden – irgendwann gelänge es ihr vielleicht –, sich an die Geräusche jener Welt zu erinnern, die sie von klein auf umgeben hatte und die einmal eines Tages explodieren, auseinanderfliegen mußte … Und wenn das geschähe, dann wollte sie am anderen Ende stehen, nicht am Kasten, der den Sprengstoff enthielt, sondern da, wo die Hände die Zündschnur in Brand setzten.

Sie schloß die Augen und spürte, wie die Angst sie überkam. Sie hätte weinen mögen, so allein und einsam fühlte sie sich, so verloren in diesem Niemandsland, in das sie geraten war, weil sie weder zur einen noch zur anderen Seite gehörte, weil sie nichts als ein Wunsch, ein Wille war, ein abstraktes Brennen, mit der einzigen Gewißheit, daß die Magnetnadel ihres Kraftfeldes auf einen klaren Pol zeigte, auf den sie sich stolpernd zubewegte, alles Alte abstreifend, bis sie völlig nackt vorwärts lief, getrieben von einer geheimnisvollen, unbekannten Macht.

Sie trank gerade den letzten Schluck ihres Orangensaftes, da hörte sie, wie sich ein Schlüssel im Schloß drehte.

»Hallo, ... hallo ... Lavinia!?« hörte sie Felipe durchs Haus rufen.

»Ich bin hier, im Schlafzimmer.«

Erhitzt kam Felipe herein, auf seinem Hemd waren Schweißflecken zu sehen. Er beugte sich über sie und gab ihr einen Kuß. Sie roch an seinem Hals, sie mochte seinen Geruch nach Schweiß. Es war etwas primitiv Sinnliches an dieser verschwitzten Haut, dem salzigen Geschmack, dem Geruch nach Meerwasser.

»Dein Haar riecht gut«, sagte Felipe und strich ihr mit der Hand über den Kopf.

»Erlesenes Kräutershampoo, was sagst du nun«, kokettierte Lavinia zurück. »Das Dumme ist nur, daß eine ganze Reihe Frauen auf dem Ball heute abend so riechen werden. Wenn du ein Kater wärst und mich in der Nacht suchtest, könnte es sogar sein, daß du bei den Vela-Schwestern landest. Die waren nämlich auch beim Friseur. Der Große General lädt heute abend ebenfalls zum Ball ein, zu seinem eigenen Debütantinnenball im Offizierskasino.«

»Ach, ist ja interessant. Der Große General gibt also auch ein Fest«, meinte Felipe und setzte sich auf den Rand des Bettes.

»Ja, Sara meint, daß er auf diese Weise die Militärs dafür entschädigen will, so von der Clubleitung verachtet zu werden.«

»Es ist auf jeden Fall ein kluger Zug, sie bei Laune zu halten, damit sie sich nicht gegenüber den Aristokraten zurückgesetzt fühlen. Der Große General ist kein Dummkopf. Er weiß, wann er seinen Leuten Zirkus bieten muß.«

»Und so, wie die beiden Vela-Schwestern davon redeten, wird es ein ordentlicher Zirkus werden.«

»Sicher wird es auch ein ausführliches Gesprächsthema auf eurem Fest sein. Ein interessantes dazu. Und es wird auch interessant sein zu erfahren, wie die Aristokratie darüber denkt. Das gibt Arbeit für dich.«

»Die Aristokratie wird diese Emporkömmlinge niemals akzeptieren. Sie braucht sie wohl, aber sie verachtet sie auch. Das weiß doch jeder.«

»Bisher hatte es aber nie eine direkte Konkurrenz gegeben. Jeder hatte sein klar abgegrenztes Feld. In dem Maße, wie sich der Große General bedroht fühlt, muß er seine eigenen Leute stabilisieren. In jüngster Zeit hat er ihnen Geschäfte zugeschanzt, die der Aristokratie gewaltig Konkurrenz machen. Das wird deinen Freunden nicht besonders gefallen, glaube ich. Ich bin überzeugt, daß der Große General bei dem Versuch, seine Militärclique enger an sich zu binden, Konflikte schafft, von denen nicht einmal er selbst träumt. Konflikte, die wir erkennen müssen, damit wir sie nutzen können.«

»Und du glaubst tatsächlich, daß sich der Große General bedroht fühlt?«

»Ich denke, daß er unruhig geworden ist in letzter Zeit. Er hat gemeint, er könnte mit unseren Leuten in den Bergen genauso schnell aufräumen wie mit den zaghaften bewaffneten Unternehmungen der bürgerlichen Opposition früher. Aber nun muß er einsehen, daß er sich getäuscht hat. Wir werden ständig mehr. Er hat viele Truppen in den Norden, in die Berge schicken müssen. Und sie haben hohe Verluste erlitten. Und wenn du dann noch an die Demonstration neulich denkst... Sie sind nervös, das kann man wohl eindeutig sagen.«

»Ich glaube aber nicht, daß er sich schon wirklich bedroht fühlt.«

»Nein, bedroht nicht. Aber die Sache ist für seine Leute risikoreicher geworden, und er spürt, daß er sie dafür irgendwie entschädigen muß. Die Armee bei Laune zu halten wird für ihn immer wichtiger.«

»Ich gäb' was drum, bei diesem Ball durchs Schlüsselloch sehen zu können«, sagte Lavinia. »Wie es wohl Señorita Azucena gehen mag ...«

»Ich glaube nicht, daß sie leidet«, antwortete Felipe. »Sie scheint ja auch zufrieden mit ihrer Rolle als Schwester von Señora Vela zu sein, so wie du erzählst.«

»Ja, offensichtlich ist sie nicht unglücklich.«

»Du solltest eine engere Beziehung zu ihr entwickeln. Wenn sie keinen Freund hat und unzufrieden ist, dann können wir ihr sicher einen besorgen«, meinte Felipe augenzwinkernd.

»Ist das das Kleid, das du anziehen willst?« fragte er dann und trat an den Schrank, um es durch die Plastikhülle der Reinigung in Augenschein zu nehmen.

»Ja. Und ich müßte mich auch langsam fertigmachen, es ist schon halb sieben.«

»Aber kommen sie dich nicht erst um acht abholen?«

»Schon, aber ich muß noch duschen und mich zurechtmachen, und ich hetze nicht gern.«

Einem plötzlichen Gefühl nachgebend stand Lavinia auf, näherte sich ihm und legte ihren Kopf an seine Brust. Sie brauchte diese Umarmung Felipes jetzt.

»Ich bin ganz schön nervös«, sagte sie leise und ohne den bisherigen spielerischen Ton der Unterhaltung.

»Weshalb denn?« fragte Felipe überrascht, hielt sie leicht von sich und sah sie forschend an.

»Ich weiß auch nicht... wieder in den Club zu gehen. Das kommt mir so merkwürdig vor. Ich weiß noch nicht genau, wer ich bin.«

»Du bist eine Compañera aus der Befreiungsbewegung«, gab Felipe leicht zurück. »Hast du nicht selbst gesagt, daß du dir dessen sicher bist?«

»Ja, du hast recht«, meinte sie. »Wahrscheinlich sind es nur ein paar dumme Gedanken.«

Und sie löste sich aus seinen Armen, um zum Schrank zu gehen und ein frisches Handtuch hervorzuholen. Mit niemandem konnte sie darüber sprechen, dachte sie. Niemand verstand sie, weder auf dieser noch auf jener Seite. Sie mußte ihre Unsicherheit ganz allein aushalten.

»Wann mußt du gehen?« fragte sie Felipe.

»Erst später«, gab er zurück, »wenn du fertig mit dem Umziehen bist. Ich möchte dich unbedingt in dieser Verkleidung sehen.« Dann ging er in die Küche, um sich etwas zu essen zu machen.

Es kam ihm nicht mehr wie eine Verkleidung vor, als er sie erst einmal fertig angezogen sah und sie mit Adrián und Sara das Haus verließ.

Während sie sich schminkte, sah er ihr zu und machte die ganze Zeit über Witze, die sein eigentliches Unwohlsein überspielen sollten. Je mehr das Bild zum Vorschein kam, das die anderen Gäste des Balls sehen würden, desto stiller wurde er, unsicherer. Lavinia betrachtete sich selbst im Spiegel und fand sich ausgesprochen schön. Sie hatte in der letzten Zeit abgenommen, und das Kleid fiel weicher über ihren Körper, dessen helle Haut sich genauso angenehm vom Rot des Kleides abhob wie das auf die Schultern niederfallende kastanienbraune Haar. Die hochhackigen Schuhe unterstrichen vorteilhaft ihre schlanke Figur und machten sie wirklich zu dem, was man eine »Erscheinung« zu nennen pflegte.

»Du bist das getreue Abbild unserer blühenden Aristokratie«, witzelte Felipe mit einem Grinsen, das sie lustlos lächelnd erwiderte, spürte sie doch in Felipes Bemerkung die Kluft, die ihr mondänes Aussehen zwischen ihnen aufwarf. Auch er hatte seine Schwierigkeiten, mußte sie denken. Jetzt sah er sie an wie die anderen Wartenden an jenem Abend im Wartesaal des Krankenhauses. Vielleicht hatte seine Meinung, daß sie »noch nicht reif genug« sei, ebenso damit zu tun. Sie selbst hätte ja an seiner Stelle wahrscheinlich auch gezweifelt.

Still in den Fond des Wagens gelehnt, der sie zum Ball brachte, auf der Fahrt durch Avenidas, deren Palmen sich leicht im Abendwind wiegten, dachte sie noch an den belustigten Gesichtsausdruck Felipes, als Sara und Adrián sie abholen gekommen waren, an die Art und Weise, wie er die beiden (besonders Adrián in seinem Smoking) angeschaut und höflich verabschiedet hatte. Sie hatte in diesem Abschied eine große Ferne gespürt, als ob er ihr von der anderen Seite eines unüberwindlichen Grabens aus zuwinkte – wie in einer Filmszene, in der sich die Erde plötzlich auftut und ein Mann und eine Frau, die sich lieben, durch eine riesige und sich immer schneller verbreiternde Kluft getrennt werden.

»Sitzt du bequem dort hinten?« fragte Adrián. »Soll ich das Fenster ein bißchen weiter schließen?«

»Nein, nein«, sagte Lavinia, »meinetwegen nicht.«

Nun durchquerten sie den Gürtel der Elendsviertel mit ihren Hütten aus Brettern und Pappe, mit schlammigen, schlechtbeleuchteten Straßen, wo wilde Siedler sich hochgelegene trockene Plätze gesucht hatten. Dort konnten sie wohnen, bis man ihnen eine »geeignetere« Gegend zuwies, wo sie nicht so leicht zu sehen waren und mit dem unpassenden Bild ihrer Armut den Ausblick störten, oder bis die Stadtverwaltung die Grundstücke verkaufte und sie zwangsumsiedelte.

Endlich kamen sie auf eine beleuchtete Straße, eine breite Avenida ohne Elendsquartiere an den Seiten. Und kurz darauf bogen sie schon in den Privatweg ein, der ausschließlich als Zufahrt zum Club diente. Am Eingang wartete eine lange Schlange von Fahrzeugen darauf, von den Wächtern eingelassen zu werden. Die Wagen hielten, die Fahrer streckten ihre Einladungen heraus, und dann ging der Schlagbaum, der genauso aussah wie die an den Bahnübergängen, in die Höhe. So war dafür gesorgt, daß niemand, der nicht eingeladen war, diese exklusive Welt betrat.

Der Golfrasen war von Scheinwerfern in den Bäumen üppig beleuchtet, und auch auf den Tennisplätzen hatte man jetzt das Flutlicht für abendliche Spiele eingeschaltet. Adrián grüßte den Wächter, und der Schlagbaum ging umgehend in die Höhe.

Auf dem Parkplatz entluden strahlende »Mercedes-Benz«-, »Alfa-Romeo«-, »Jaguar«- und »Volvo«-Limousinen, riesige amerikanische Straßenkreuzer und moderne japanische Wagen ihre Fracht von Paaren in Smoking und Abendkleidern. Vom Pool aus ließ sich die Kapelle mit einem Bossa Nova hören.

Sie stiegen aus. Sara schien freudig erregt. Adrián spreizte sich wie ein Pfau. Sie sind aufgeregt, genau wie ich, dachte Lavinia und fuhr sich mit der Hand durchs Haar und über die Falten ihres Kleides. Adrián nahm ihre Mitte ein und hakte sie beide stolz unter.

Was Adrián wohl denken mochte? fragte sich Lavinia. Er warf ihr oft genug ihr »rebellisches Auftreten« vor. Auf seltsame Weise war er ein Verteidiger des Status quo, so sehr er auch von den »mutigen Guerilleros« sprechen mochte. Er akzeptierte weder Lavinias Drang nach weiblicher Unabhängigkeit noch ihre »unsolide« Beziehung mit Felipe. Wie ihre Mutter, so sah auch er ihr Erscheinen beim Ball als ein Zeichen ihrer Versöhnung mit der Wirklichkeit.

Der Saal erstrahlte im Glanz riesiger, mit Blumengirlanden geschmückter Kristallüster. Sie warfen ihr Licht auf eine bunte Menge von Abendkleidern, Dekolletés und Juwelen, die hin und her wogte und auf die offizielle Eröffnung des Balles wartete. Dort, wo die Tische standen, mischte sich das Gelächter mit dem leichten Klingen der Champagnergläser und dem Klirren der Eiswürfel in den Whiskytumblern.

Der Saal ging auf eine Terrasse hinaus, die ihrerseits an einen riesigen Pool grenzte, dessen blaues Wasser von Unterwasserscheinwerfern illuminiert wurde und über den für das Defilee der Debütantinnen eigens eine Brücke gebaut worden war. Großblättrige, echte, aus Miami importierte Lotusblüten trieben auf der Wasseroberfläche. Adrián hatte einen Tisch am Rand des Pools reserviert, damit sie das Defilee der Debütantinnen besser sehen konnten. Auf dem Weg zu ihrem Tisch in Begleitung eines Maître d'honneur, der den Gästen ihre Plätze zeigte, trafen sie zahlreiche Bekannte. »Das ist aber eine Überraschung, du siehst glänzend aus, du mußt mir unbedingt einen Tanz reservieren« und Ausrufe wie »Lavinia, da bist du ja endlich!« begleiteten sie dabei.

»Mir scheint, deine Beliebtheit ist ganz schön gestiegen«, meinte Sara, als sie Platz nahmen.

»Ich beginne den Verdacht zu hegen, dein angeblicher

Rückzug war nur Teil eines ausgeklügelten Plans, die Nachfrage gezielt zu erhöhen und dir mehr Bewunderer zu Füßen zu legen«, frotzelte Adrián.

»Du hast einen guten Platz ausgewählt«, erwiderte Lavinia lächelnd und ohne auf die Anzüglichkeiten einzugehen, atmete tief die frische Abendluft ein und musterte den Pool mit der Brücke für die Debütantinnen.

Bequem im Sessel zurechtgerückt, ließ sie den Blick nun durch den ganzen Saal schweifen. Überall standen Tische mit Blumengestecken darauf. Viele waren jetzt schon besetzt, auf anderen standen Schildchen mit der Aufschrift »Reserviert«. Von Tisch zu Tisch wurden Frisuren und Kleider eingehend studiert: Der weibliche Teil der Abendgesellschaft war ganz in das Spiel vertieft, sich von weitem gnädig zu grüßen und die aus langen Telefonaten oder den Kommentaren gemeinsamer Modisten bekannten Abendroben ausgiebig und kritisch zu betrachten. Ihre Eltern sah sie nicht. Entweder waren sie noch nicht da, oder sie saßen hinter einer der voluminösen, mit Pflanzen und Blumen verkleideten Säulen versteckt. Vielleicht sah sie sie ja, wenn das Defilee begann und die Gäste Platz nahmen.

Von weitem erkannte und grüßte Lavinia eine Reihe ehemaliger Schulfreundinnen, von denen die meisten den frischangetrauten Ehemann am Arm führten. Antonio und Florencia machten ihr vom nahe gelegenen Tisch ihrer alten Clique aus umständliche Zeichen. Lavinia erhob sich mit wehendem Rocksaum, um sie zu begrüßen.

»Scheint ja fast so, als werden wir dich von jetzt ab nur noch an solch abscheulichen Orten zu Gesicht bekommen!« rief Antonio mit gespielter Entrüstung, als er sie näherkommen sah.

»Du hast uns ja völlig im Stich gelassen«, fügte Florencia hinzu.

»Ach was«, lachte Lavinia und freute sich, sie alle hier wiederzusehen, »die ernste Phase geht langsam vorbei...«

»Und die Geschichte mit diesem Felipe?« fragte Antonio.

»Sei nicht so neugierig, du«, antwortete Lavinia und zwinkerte ihm zu.

Jetzt durchquerte der Clubpräsident den Saal und trat ans Mikrophon.

»Gleich geht's los«, juchzte Florencia wie ein Schulmädchen. Lavinia kehrte an den Tisch zurück, wo Sara und Adrián saßen. Kaum hatte sie sich gesetzt, da begann der Präsident auch schon mit seiner Ansprache.

»Einen schönen guten Abend, liebe Clubmitglieder«, klang es aus den Lautsprechern, was ein allgemeines Rennen derjenigen, die noch nicht saßen, zu ihren Tischen zur Folge hatte. Das aufgeregte Gemurmel vor Beginn des Schauspiels nahm langsam ab, bis genügend Stille für die Worte des Präsidenten eingetreten war, der nun im Tonfall verhaltener Genugtuung fortfuhr:

»Wie jedes Jahr in der langen Geschichte unseres geliebten Clubs haben wir uns heute abend zum traditionellen Jahresball versammelt, um eine ganze Reihe hübscher junger Damen, Töchter unserer ehrenwerten Mitglieder, in die Gesellschaft aufzunehmen...«

Die Rede pries die Qualitäten der jungen Damen, deren Namen, zusammen mit dem ihrer Eltern, unter Applaus verlesen wurden.

»Jetzt werden sie eine nach der anderen genannt«, sagte sich Lavinia und erinnerte sich daran, wie sie selbst dazugehört, wie sie mit den anderen oben im Erfrischungsraum der Damen darauf gewartet hatte, daß man sie ankündigte, um dann langsam die Treppe hinabzuschreiten, während die Kapelle ›La vie en rose‹ spielte (glücklicherweise gab es damals die Brücke noch nicht).

Jetzt kündigte der Präsident mit großem Pathos und unterstützt von einem Tusch des Orchesters das Erscheinen der ersten Debütantin an: Patricia Vilón, sie erinnerte sich noch gut an das lärmende Mädchen aus ihrer Schule, ein paar Klassen unter ihr. Es erschien in einem mit Pailletten besetzten Brokatkleid und mit einer Rose im kastanienbraunen Haar oben im Gang und schritt dann über die Brücke, als sei sie Miss Universum. Das Orchester wechselte unter dem heftigen Applaus der Gäste zu Verdis Aida-Marsch.

Mit ausgestrecktem Arm erwartete der Clubpräsident die Debütantin am Ende ihres Defilees. Mit einem zufriedenwichtigtuerischen Lächeln nahm er ihren Arm und plazierte sie an seiner Seite innerhalb des Halbkreises, den die Väter der noch kommenden jungen Damen dort bildeten.

Gemurmel und Geklatsche begleiteten das Erscheinen der weißen Duftwolken mit Blumen im Haar, die sich nach und nach zum Präsidenten und der ersten Debütantin gesellten. Sara und Adrián klatschten gleichfalls und machten ihre Bemerkungen. Auch Lavinia applaudierte. Sie erinnerte sich an Sebastiáns Hinweis, sich glücklich zu zeigen »wie ein Fisch im Wasser«. Immerhin war dies ja ihre gewohnte Umgebung gewesen, dachte sie, auch wenn sie sich jetzt doch recht seltsam vorkam. Ein Gefühl der Absurdität hüllte sie ein und ließ sie Lust verspüren, gleichzeitig zu lachen und laut loszuschreien, inmitten all der fröhlichen Gesichter, die den Ritus feierten, diese Vestalinnen dem Leben im Luxus und der Fortpflanzung der eigenen Art zu weihen.

Insgeheim fühlte sie sich in ihrer Entscheidung bestätigt, sich der Befreiungsbewegung anzuschließen, sich von diesem Schauspiel zu entfernen: Unmöglich, dies mitzuerleben und nicht den Wahnsinn ihres Landes zu spüren, in dem der Überfluß so ungestraft neben den schlimmsten Auswüchsen des Elends existieren konnte – ohne die Ungerechtigkeit zu sehen, ohne etwas von den Campesinos zu wissen, die aus Hubschraubern abgeworfen wurden, weil sie mit der Guerilla zusammenarbeiteten, ohne etwas zu ahnen von den Schreien der Gefolterten in den Kellern des Präsidentenpalastes.

Jetzt begann der eigentliche Ball. Der Präsident nahm den Arm der ersten Debütantin und führte sie auf die Tanzfläche, wo er sie zu den Takten eines Walzers zu schwenken begann, dem sich nach und nach die anderen Debütantinnen mit ihren Vätern anschlossen – all das unter artigem Applaus und dem Lächeln geschminkter Lippen, beifälligem Gemurmel und Bemerkungen darüber, wer die Hübscheste war und wer das eleganteste Kleid trug.

Die Gäste erhoben sich von ihren Plätzen und bildeten einen Halbkreis um die Tanzfläche, wo die Hauptdarsteller dieses wichtigsten gesellschaftlichen Ereignisses des Jahres tanzten. Auch Adrián, Sara und Lavinia traten in den Kreis.

»Weißt du noch«, sagte Sara, die neben Lavinia stand, »als wir an der Reihe waren? Ich glaube, daß ich nur am Tag meiner Hochzeit genauso nervös gewesen bin.«

Sie erinnerte sich noch sehr gut an alles. Manchmal blätterte sie im Fotoalbum und staunte darüber, daß sie es war, die da am Arm ihres Vaters erschien, mit dem gleichen Gesichtsausdruck wie die Mädchen, die jetzt da vor ihr tanzten.

»Ich kann mich noch an euch beide erinnern«, mischte sich

Adrián ein. »Ihr saht aus wie erschreckte Rehe. Gott sei Dank bin ich nicht als Frau geboren.«

»Da hinten ist deine Mutter«, sagte Sara plötzlich und wurde ernst. »Sie winkt dir.«

Sie blickte hinüber und sah ihre Mutter auf der anderen Seite des Saals im Kreis der Zuschauer stehen und den Arm zu einem Gruß heben. Ihr Vater nahm die Brille ab, damit er sie erkennen konnte.

»Wie alt sie geworden ist«, sagte sie halblaut und hob gleichfalls den Arm. Ihre Mutter war ein wenig dicker als sonst und sah jetzt noch mehr aus wie eine grauhaarige Matrone. Ihr Vater hingegen schien schmaler zu sein und hatte sich gegenüber ihrem letzten Zusammentreffen kaum verändert.

In diesem Moment löste sich der Kreis auf. Die Zuschauer begaben sich auf ein Zeichen des Clubpräsidenten hin auf die Tanzfläche. Ihre Eltern nahmen sich in den Arm und durchquerten tanzend den Raum bis dorthin, wo sie stand. Jetzt kam der »große Augenblick«. An den Nachbartischen setzte sich manch einer passend zurecht, um dem Zusammentreffen beizuwohnen, das wie auf einem öffentlichen Platz und mit Tanzmusikbegleitung stattfand.

»Wie geht's denn, Töchterchen?« fragte ihre Mutter in einem Ton, als hätten sie vorhin gemeinsam das Haus verlassen, und gab ihr einen Kuß auf die Wange. »Und ihr zwei, wie geht's euch?« sagte sie dann zu Sara und Adrián, die sich vorbeugten, um sie gleichfalls mit einem Kuß auf die Wange zu begrüßen.

»Wie geht's?« fragte auch der Vater und sah sie von oben bis unten an. »Du siehst blendend aus.« Dann drückte er sie fest an sich.

Während sie sich aus seiner Umarmung befreite, mußte sie

an irgendeinen schlechten mexikanischen Film über verlorene Söhne oder Töchter und reuige Eltern denken. In dieser Umgebung war es ihr einfach unmöglich, ihren Gefühlen freien Lauf zu lassen und den Versuch ihres Vaters zu erwidern, Zuneigung zu zeigen. Das tat ihr leid für ihn. Denn wenigstens hatte er sie im Laufe der vergangenen Monate ab und zu angerufen und sie gefragt, ob es ihr gutginge, ob sie Geld brauchte.

»Warum setzt ihr euch denn nicht?« schlug Adrián vor, durchbrach das der Begrüßung folgende Schweigen und half, die peinlich steife Szene zu überwinden, die durch die betont fröhliche Tanzmusik drohte, vollends ins Lächerliche abzugleiten. »Sara und ich gehen ein bißchen tanzen.«

Und schon betraten sie die Tanzfläche. Lavinia sah noch, wie Sara auf Adrián einredete, während sie davongingen. Sicher schalt sie ihn dafür, Lavinia allein gelassen zu haben.

»Du siehst wirklich glänzend aus, Töchterchen«, meinte die Mutter, während sie sich setzte, »und das Kleid sieht immer noch wie neu aus. Erinnerst du dich noch, wie ich dir sagte, daß es sich lohnt, Markenware zu kaufen? Da hab' ich wieder mal recht gehabt.«

»Du bist wirklich sehr hübsch«, schloß sich der Vater an.

»Und wie geht es euch?« fragte Lavinia.

»Danke, gut«, sagte der Vater schnell. Es war zu spüren, daß er bemüht war, die Unterhaltung zu bestimmen, damit die Mutter möglichst wenig zum Zuge kam.

»Du hast schon ganz schön für Wirbel gesorgt auf dem Ball«, unterbrach die Mutter aber. »Alle meine Freundinnen haben mich gefragt, ob du jetzt auch wieder nach Hause zurückkehren wirst.«

»Ich hoffe, du hast ihnen klargemacht, daß das nicht der Fall ist«, gab Lavinia irritiert zurück und spürte die bekannte Reaktion in sich aufsteigen, die ihre Mutter bei ihr auslöste.

»Was macht die Arbeit?« fuhr der Vater schnell dazwischen.

»Alles bestens«, antwortete Lavinia. »Und wie geht's mit der Fabrik?«

»Wie immer, du weißt ja schon. Ich muß mir langsam einen guten Geschäftsführer suchen, der mich irgendwann ablöst. Ich bin einfach zu alt und zu müde. Aber das Geschäft geht nach wie vor gut, obwohl noch nicht abzusehen ist, ob sich das ändert, wenn die neue Fabrik eröffnet, die eine Gruppe von Offizieren des Großen Generals gerade baut.«

»Was, die bauen eine Fabrik?«

»Ja, ja. Die mischen sich jetzt in eine ganze Reihe industrieller Bereiche und auch ins Bankengeschäft und ins Geschäft mit Grundstücken. Hast du schon mal was von der Vereinigten Bank gehört? Das ist zum Beispiel ein Unternehmen, das mit dem Geld des Großen Generals und dem seiner Offiziere aufgezogen wird. Sie versuchen uns Konkurrenz zu machen, wo sie nur können. Doch ist es eine unfaire Konkurrenz, denn sie bekommen mit Leichtigkeit Steuerbefreiungen und bauen ihre Anlagen mit Maschinen des Staates. Sie wollen uns ruinieren.«

»Wann kommst du uns besuchen, Töchterchen«, mischte sich die Mutter von neuem ein. »Wir könnten doch mal ein Mittagessen für deine Freundinnen arrangieren.«

»Erzähl' doch mal, wie soll's denn mit deinem Leben weitergehen?« schloß sich der Vater nun den typischen Fragen der Mutter an.

»Mein Leben ist ruhig und ordentlich«, antwortete Lavinia bestimmt. »Ich habe meine Arbeit und führe meinen Haushalt. Es gibt nichts, weshalb ihr euch irgendwelche Sorgen machen müßtet.« Und sie lächelte, ohne weiter auf die Fragen einzugehen, mit einem Ausdruck, der den Schlußpunkt unter dieses Thema setzen sollte.

»Und dieser Architekt, den man nicht kennt und mit dem du ausgehst...?« fiel die Mutter wieder ein.

»Das ist nur ein Arbeitskollege. Wir treffen uns ab und zu. Es ist nichts Ernstes zwischen uns... Wollt ihr denn nichts gegen die Konkurrenz des Großen Generals tun?« versuchte Lavinia, zum vorigen Thema zurückzukehren.

»Wir haben ein paar Versammlungen gehabt deswegen, aber wir sind noch auf keine Lösung gekommen.«

Nachdem sie so eine Weile zusammengesessen und den Tanzenden zugeschaut hatten, wobei die Mutter Bemerkungen über die Abendroben und den letzten Klatsch machte und der Vater von seinen Konferenzen erzählte, erhob sich der Vater und meinte, man könnte sich ja kaum unterhalten, die Musik sei so laut, und es wäre besser, Lavinia käme sie zu Hause besuchen.

Alle drei erhoben sich, offensichtlich erleichtert, das Zusammentreffen gut über die Bühne gebracht zu haben, auch wenn jeder für sich behielt, was er eigentlich hätte sagen wollen und es hinter Abschiedsfloskeln, dem Kuß auf die Wange und dem »Bis bald dann« versteckte. Lavinia sah ihnen nach, wie sie, beide groß und aufrecht, zwischen den Tänzern verschwanden: Vater und Mutter, ein Paar menschliche Wesen, die sich sehr ähnelten. Der Vater, der sich kerzengerade, mit immer noch vollem, wenn auch grauem Haar, seinen markanten Zügen und großen Augen, mit leicht schleppenden Schritten bewegte und müde denen zulächelte, die ihn im Vorübergehen grüßten. Die Mutter mit ihrem Flair einer großen Dame, dem dichten, graumelierten Haar, den feingliedrigen langen Händen, die sie geerbt hatte, dem angestrengt-fröhlichen Gesichtsausdruck.

Während sie ihnen so nachsah, bekamen die Kristallüster und anderen Lampen auf einmal feucht-verschwommene Umrisse. Ihr Blick aus tränenerfüllten Augen ließ ihre Eltern noch weiter entfernt erscheinen, und plötzlich begriff sie, daß sie sie schon von der anderen Seite aus sah, daß sie es endlich geschafft hatte, gegen den Strom zu schwimmen, und am anderen Ufer angelangt war. Nur Weinen, nur Wasser war zwischen ihnen geblieben, Wasser, das alles davonwaschen sollte.

»Hast du nicht Lust zu tanzen? Du sitzt hier so allein ...« Eine Hand auf ihrer nackten Schulter ließ sie zusammenfahren. Die Tische, die Tänzer, die Kapelle kehrten wieder in ihr Bewußtsein zurück. Sie hob den Kopf und sah Pablo Jiménez vor sich stehen, einen alten Freund aus ihrer eigenen Debütantinnenzeit, der sie über die schwarze Fliege am Hals seines Smokings hinab anschaute. Er war ein stiller, schüchterner junger Mann. Die Farbe seiner Haut, seines Haars und seiner Augen schien vom kräftigen Wasser im Bauch seiner Mutter, einer lauten, alles beherrschenden Frau, verdünnt worden zu sein. Er wurde von allen nur Pablito genannt. Die Mädchen hielten ihn für »harmlos«.

»Hallo, Pablito«, gab sie zur Antwort.

»Hallo«, sagte auch er jetzt und streckte die Hand aus, »komm, laß uns tanzen, sitz nicht so allein herum.«

Während sie sich erhob, dachte sie, daß sie keinen besseren Partner für ihren ersten Tanz hätte wählen können als diesen sanften, durchsichtigen, »harmlosen« jungen Mann. Auch die Musik, ein Bolero, erleichterte das Erscheinen auf der Tanzfläche. Sie machten sich ein wenig Platz. Die Paare bewegten sich eng umschlungen, nutzten die Musik, um die Körper sich einander nähern zu lassen und sich leise ins Ohr zu flüstern.

Pablito roch intensiv nach Rasierwasser. Er umfaßte sanft ihre Taille, und schon wiegten sie sich beide im Takt der Musik.

»Ich habe gehört, du arbeitest bei Julián Lazo«, fing er eine Unterhaltung an. »Gefällt's dir?«

»Ja, sehr«, antwortete sie. »Die Arbeit ist sehr interessant.«

»Du hast dich aber ganz schön rar gemacht! Nur in den Diskotheken bist du noch ab und zu aufgetaucht.«

»Nach dem Jahr meines Debüts hatte ich für lange Zeit die Nase ziemlich voll von dieser Art Feste, kann ich dir sagen. Aber das ist jetzt fast vorbei.«

Sie schmiegte sich ein wenig näher an ihn und hoffte auf einmal, daß er nicht soviel reden möge, damit sie die Musik und den Tanz genießen könne. Sie tanzte gern, und Pablito war ein guter Tänzer. Ich sollte das eigentlich nicht tun, dachte sie, ich müßte ein Gespräch führen, ihn ausfragen. Doch war sie immer noch leicht verwirrt; es machte ihr Mühe, sich auf das zu konzentrieren, was um sie herum vorging, ihre Eltern zu vergessen. Sie hätte sich gewünscht, daß die Arme, die sie umfangen hielten, Felipes Arme wären. Dann hätte sie einfach die Augen schließen und mit der Musik davonschweben können.

»Und du, was machst du so?«

»Ich arbeite in einer gerade eröffneten Forschungsabteilung der Zentralbank. Wir machen da sozio-ökonomische Untersuchungen, die zumindest dem Namen nach unpolitisch und unabhängig sind. Anscheinend hat der Zentralbankpräsident den Großen General von der Notwendigkeit überzeugt, ein Büro zu haben, das ihm unfrisierte Daten liefert. Die Regierung machte sich ein bißchen mehr Gedanken darüber, was zum Teufel tatsächlich los ist in unserem Land. Ich glaube nicht, daß viel dabei herauskommt, doch wenigstens hat man das Gefühl, als könnten sich ein paar Sachen verbessern, und sei es auch nur aus Angst.«

»Ist es denn kein komisches Gefühl, dort zu arbeiten?«

»Nein, absolut nicht. Ich bin überzeugt davon, daß man in diesem Land nur im Rahmen des herrschenden Regimes etwas tun kann, von innen heraus, und da wir sicher noch eine ganze Reihe von Jahren mit ihm werden leben müssen, scheint es mir das Vernünftigste zu sein, zu versuchen, ob nicht einiges einfach besser funktionieren kann. Außerdem sind wir, wie gesagt, eine unabhängige Arbeitsgruppe. Es mischt sich keiner in unsere Arbeit ein, wir sind ganz einfach Technokraten.«

Unpolitisch sein war eine bequeme Art der Komplizenschaft, wollte Lavinia schon sagen, doch fiel ihr gerade noch rechtzeitig ein, daß sie ja hier war, um ihre Tarnung zu verbessern, und nicht, um sich als Rebellin aufzuspielen. Außerdem nutzte eine solche Bemerkung überhaupt nichts. In dieser Umgebung gehörte die Mehrheit der bürgerlichen Opposition an. Es gehörte zum guten Ton, über die Regierung zu schimpfen, selbst wenn man oft genug stillschweigend mit ihr kollaborierte. Schimpfen wir ein bißchen über sie, doch ändern wir sie lieber nicht, war die allgemeine Parole. Bis vor kurzem war es auch ihre eigene gewesen.

Der Bolero ging zu Ende, und das Orchester stimmte eine schnellere Cumbia an, die eine weitere Unterhaltung unmöglich machte.

»Ich bringe dich lieber an deinen Tisch zurück«, meinte Pablito. »Das ist kein Rhythmus für mich.«

Auch Sara und Adrián waren zurückgekehrt und fächelten sich mit ihren Servietten Luft zu.

»Mein Gott, ist die Tanzfläche ein Backofen! Hallo, wie geht's, Pablito?«

»Danke, gut. Ihr zwei seht glänzend aus.«

»Bei der Gymnastik, die wir hinter uns haben, kein Wunder!« scherzte Adrián.

Der Tanz mit Pablito eröffnete den Reigen der Besuche alter Freundinnen und Freunde, die in den kurzen Musikpausen an ihren Tisch kamen. Der Abend füllte sich mit Gesprächen, in denen flüchtige Informationen über Karrieren und Zukunftspläne ausgetauscht wurden, alles schön verpackt in eine höfliche, zuvorkommende Atmosphäre. Unmöglich, herauszubekommen, was diese freundlich lächelnden Gesichter, die am Tisch vorbeidefilierten, wirklich dachten.

Sie tanzte mit den Freunden aus der Clique: mit Antonio, der sie eindringlich über Felipe befragte. Und sie tanzte mit dem wie immer witzigen Jorge. Das machte ihr Spaß, es kostete sie keine Mühe, mit den Wimpern zu klimpern und von vorn bis hinten ordentlich zu kokettieren, »sympathisch« zu wirken.

Nur gelegentlich kehrte das Gefühl zurück, hier fremd zu sein, und die Bilder von Sebastián, Flor und Felipe schossen ihr durch den Kopf, das Begräbnis des Militärarztes, das alle einfach vergessen zu haben schienen. Nur ab und zu machte jemand eine Bemerkung darüber, welches Glück es doch sei, daß der Ball nicht abgesagt werden mußte, und wie die Angst sie ergriffen habe, daß die Katastrophe losbräche.

Ihre alten Schulfreundinnen erzählten ihr von ihren Heiratsplänen, den Verlobten, sprachen über Mode und die neuesten Verhütungsmittel. Ab und zu sah sie, wie Adrián sie amüsiert und neugierig zugleich anschaute. Sie war sich sicher, daß er merkte, wie sie schauspielerte, doch wußte sie gleichzeitig, daß er die Gründe dafür niemals erraten würde. Er forderte sie zum Tanzen auf, doch Lavinia, die wußte, daß er sie nur einem ausgiebigen Verhör unterziehen wollte, tat so, als könne sie ihn unter den vielen Bewerbern beim besten Willen nicht mehr plazieren.

»Ich glaube, wir sollten langsam gehen«, sagte sie schließlich. »Ich kann keinen einzigen Tanz mehr tanzen. Meine Füße sind völlig hin ...«

Sara leistete ihr Schützenhilfe.

»Ja, gehen wir«, sagte sie gähnend, »ich komme um vor Müdigkeit.« Sie umrundete den Pool, um nicht mehr durch den Saal gehen zu müssen. Auf dem Parkplatz sah sie von weitem ihre Eltern ins Auto steigen und davonfahren.

»Du warst reizend heute abend«, machte ihr Adrián ein Kompliment, als sie schon auf dem Heimweg waren.

»Richtig sympathisch, nicht«, frotzelte sie leicht zurück.

»Du bist ja auch wirklich sympathisch«, meinte Adrián, »vor allem, wenn du so bist, wie du bist, und nicht versuchst, die emanzipierte, unabhängige Frau zu sein ...«

»Ich bin tatsächlich emanzipiert und unabhängig«, gab sie zurück, »täusch dich bloß nicht.«

»Die Frauen werde ich wohl nie verstehen«, sagte Adrián noch. Dann schwiegen sie und hörten auf das gleichmäßige Atmen von Sara, die auf dem Beifahrersitz eingeschlafen war.

Ob es Heimweh ist, diese Sehnsucht, die ich fühle? Ich spürte oft Sehnsucht nach dem Leben meines Stammes. Doch war in meinem Fall keine Rückkehr möglich. Was ich hinter mir ließ, löste sich auf wie ein Stück alter Leinwand. Nie wieder sollten wir sie genießen, die stillen Freuden des Calmeac, zu denen unsere Meister uns in der Kunst des Tanzes und des Webens unterwiesen; nie wieder sollte ich mich für die heiligen Zeremonien schmücken, mit denen wir nach den letzten Tagen des Jahres die Rückkehr der Sonne feierten, diese schrecklichen Tage, an denen wir uns alle in den Häusern aufhielten und fasteten und es uns jungen Leuten untersagt war, im Fluß zu baden oder im See zu fischen.

Seltsam sind die Empfindungen Lavinias: Sie stechen wie Pfeile. Eine Mischung aus Gift und Honig. Ihre ganze Person ist wie zerwühlter Stoff, ein Arm, der zum Abschied winkt, der liebt und haßt zur gleichen Zeit. Und sie ist gewiß verwirrend, diese Zeit, in der so unterschiedliche Dinge geschehen, als existierten zwei Welten nebeneinander, ohne sich zu berühren. Ein bißchen so wie ich und sie, die wir beide dieses Blut bewohnen.

Sie zog sich das rote Kleid aus, warf es auf einen Stuhl, sah, wie es sich im Lichtstrahl, der aus dem Bad fiel, in eine unförmige Masse aus Rüschen und Spitzen verwandelte. Dann wusch sie sich das Gesicht und rieb sich die schwarze Schminke von den Augen.

Es amüsierte sie, Felipe in ihrem Bett auf sie warten zu sehen und so zu tun, als schliefe er. Dabei war sie sich sicher, daß er sie unter halbgeschlossenen Lidern beobachtete. Deshalb gab sie ihren Bewegungen etwas Theatralisches. Von allen Attributen des Festes befreit, stellte sie sich nackt vor den Badezimmerspiegel, bevor sie barfuß zum Bett ging.

»Na, wie ist es dir ergangen?« fragte Felipe mit schläfriger

Stimme, so, als erwachte er eben erst, als sie unter die Laken schlüpfte.

»Gut, sehr gut«, antwortete sie, während sie es sich an seiner Seite bequem machte, um ihm dann einen Kuß auf die Wange zu geben.

»Ist das alles? Willst du mir weiter nichts erzählen?«

»Laß mich überlegen, wie ich es dir in aller Kürze sagen kann... Es waren viele Leute da, viele teure Kleider mit Rüschen und Pailletten, eine Brücke über den Pool für die Debütantinnen und aus Miami importierte Lotusblüten auf dem Wasser, viel unwichtiges Gerede, zwei Kapellen, der Tanzsaal war brechend voll... Ich habe ziemlich viel getanzt. Ich war sympathisch, so wie es Sebastián mir aufgetragen hatte. Und ich habe meine Eltern getroffen.«

»Und wovon haben die Leute so geredet?«

»Über alles mögliche. Mir kommt es immer so vor, als redeten sie, um sich selber reden zu hören, als redeten sie soviel, weil sie sich ständig hören müssen, um Schutz zu suchen vor der eigenen Einsamkeit. Die Geräusche der anderen können sie nur als zweite Geigen in der Sinfonie ihres Eigenlobs akzeptieren. Vielleicht hat das mit der Erziehung ihrer Klasse zu tun. Wir sind alle so erzogen worden, als wären wir der Nabel der Welt, der Anfang des Universums.«

»Du bist ja wirklich sehr philosophisch zurückgekommen«, meinte Felipe und stützte sich lächelnd auf einen Ellenbogen. »Aber was haben sie denn nun geredet?«

»Du möchtest wissen, ob ich irgendwelche nützlichen Informationen herausbekommen habe, stimmt's? Wenn ich nämlich anfange, alles zu wiederholen, was so geredet worden ist, dann sind wir morgen noch nicht fertig. Ich glaube nicht, daß du an einem Vortrag über die zwischenmenschlichen Beziehungen mancher Bevölkerungsgruppen interessiert bist...«

»Stimmt. Was ist also geredet worden, das uns nützlich sein könnte?«

Nun erzählte sie ihm, was ihr Vater gesagt hatte, von Pablito und den Bemerkungen über die »Geschmacklosigkeit« des Großen Generals, am gleichen Abend im Offizierskasino ein Fest für das Militär zu veranstalten.

»Sie sind also sauer, weil er und seine Clique anfangen, in ihrem Gebiet zu wildern... interessant«, meinte Felipe. »Wir haben so etwas erwartet.«

Sie beobachtete, wie er, zufrieden darüber, Vermutungen bestätigt zu finden, in seinen Gedanken versank. Sie hingegen hatte das Bedürfnis, das Fest von einem anderen Blickwinkel aus Revue passieren zu lassen. Im Hinblick auf Politisches hatte sie eigentlich nichts besonders Interessantes gehört, vielmehr war es für sie interessant gewesen, dies alles mit der Beobachtungsgabe zu sehen, die ihr die Tatsache verlieh, daß ihr Leben nun einen bestimmten Rhythmus gefunden hatte, daß sie den Lauf der Dinge klar vor sich liegen sah, die Dinge einen Sinn für sie hatten. Am liebsten hätte sie Felipe von ihren Gefühlen erzählt, morgens nicht mehr wie früher aufzustehen und die Empfindung zu haben, vor einem gähnenden Loch unbekannten Ausmaßes zu stehen, einem riesigen Klumpen Lehm, der nur darauf wartete, daß sie zu handeln anfing, um sich in Fisch, Baum oder Apfel zu verwandeln.

Jetzt, da sie wußte, was sie zu tun hatte. Jetzt, da sie endlich Herrin über ihre eigene Zeit, endlich erwachsen geworden war. Jetzt, da sie fähig war, sich umzusehen und »das andere« und »die anderen« in neuem Licht zu entdecken, ohne das kindische Verlangen, die Welt um sich kreisen zu sehen.

»Es ist wirklich interessant, wie Leute meiner Herkunft sich verhalten«, sagte Lavinia nachdenklich und halblaut vor sich hin. »Alle wollen sie die Aufmerksamkeit der anderen auf sich selbst lenken. Da herrschte eine wüste Konkurrenz. Sie tun alles, aber auch alles, um im Mittelpunkt zu stehen, um das Rampenlicht ganz für sich allein zu haben. Und natürlich sind sie amüsant, ach, wie amüsant sie sind. Ich habe viel lachen müssen. Doch sieh mal, mich hatten sie zum Beispiel ganz lange nicht gesehen, und trotzdem stellten sie mir nur ganz oberflächliche Fragen, das Übliche: Wie geht's, was machst du so. Niemand hat etwas anderes wissen wollen. Es interessierte sie einfach nicht. Das einzige, was sie interessierte, war, sich zu spreizen wie die Pfauen, Mittelpunkt zu sein und ohne Unterlaß ihre eigenen Geschichten zu erzählen. Für mich war das vielleicht sogar besser so, doch auf jeden Fall sagt es eine ganze Menge darüber aus, wie sie wirklich sind.«

Felipe zuckte nur die Schultern. Das, was sie eben entdeckt hatte, war für ihn offensichtlich nichts Neues.

»Und mit wem hast du so getanzt?«

Sie erzählte ihm, wie die Männer sich ihrem Tisch genähert hatten, von den Fragen, ob sie schon in festen Händen sei. Es war interessant, seine Reaktion zu sehen. Auch ihn interessierte es anscheinend nicht, was sie bewegt hatte, er fragte nicht einmal nach ihren Eltern. Außer dem Politischen interessierte ihn als Macho nur noch, wer sich ihr zu nähern versucht hatte. Nur schlecht verbarg seine scheinbare Gleichgültigkeit die Unsicherheit, bevor sein Gesicht den Ausdruck weicher Sinnlichkeit erlangte und er sie verführte, sich mit ihm stürmisch und ausgiebig zu lieben und zu fühlen, daß er sie besaß, und sich so für die Boleros und anderen Gesellschaftstänze zu rächen.

16

Flor erinnerte sie an ihre Tante Inés. Die beiden waren so verschieden, und trotzdem gab es Augenblicke, da konnte Lavinia nicht umhin, Ähnlichkeiten zwischen ihnen festzustellen. Beide hatten eine bestimmte, ernste Art, über das Leben zu sprechen.

»Du machst dir zuviel Gedanken, ob du akzeptiert wirst oder nicht«, sagte Flor, »und über deinen Platz auf der Welt... Wir alle tragen bis ans Ende unserer Tage unsere persönliche Geschichte mit uns herum. Doch bauen wir auch auf, du als Architektin solltest das eigentlich verstehen. Das Grundstück bekommen wir bei der Geburt, aber das, was wir darauf bauen, ist unsere eigene Sache.«

»Als Architektin weiß ich eben auch, welche Rolle das Grundstück beim Bau spielen kann«, lachte Lavinia. »Aber du hast recht. Vielleicht mach ich mir einfach zu viele Gedanken.«

»Genau. Mach dir nicht so viele Gedanken. Konzentriere dich lieber darauf, dein Möglichstes zu geben. Mit der Zeit kommt schon die Anerkennung durch deine Umgebung. Wichtig ist, daß du ehrlich zu dir selbst bist. Das achten die anderen, und deshalb achten sie dich auch.«

So war Flor. Ohne himmelhohe Höhen, ohne abgrundtiefe Tiefen. Lavinia war, während sie sie besser kennenlernte, immer wieder überrascht von der Einfühlsamkeit und Zärtlichkeit, die sich hinter der ernsten, zurückhaltenden, ja manchmal fast schroffen Erscheinung verbargen. Die beiden Frauen hatten in vielen Gesprächen und an den langen Abenden, an denen sie »Eingemachtes« fabrizierten – Briefe und Gegenstände, die, harmlos verpackt, zu den Guerilla-Einheiten in den Bergen geschickt wurden –, eine offene, schwesterliche Freundschaft entwickelt. Sie sprachen über ihre Träume und Pläne, lasen gemeinsam feministische Texte und entwickelten ihre Vorstellungen von den »neuen Beziehungen« zwischen Mann und Frau.

Jetzt, während sie auf ihrem hohen Zeichenstuhl saß und an den Plänen für das Haus der Velas arbeitete, vermißte Lavinia Flor richtig. Seit Wochen schon hatten sie sich kaum gesehen. Sie war offensichtlich sehr beschäftigt, genau wie Sebastián und Felipe.

Lavinia verbrachte fast ihre gesamte Zeit damit, die ersten Zeichnungen für den Hausbau der Velas fertigzustellen. Julián hatte sie gebeten, sie möge ihr gesamtes Können darauf konzentrieren.

Sie erhob sich vom Zeichentisch und ging an ihren Schreibtisch hinüber. Seine Oberfläche war unter den dicken Stößen nordamerikanischer Zeitschriften kaum noch zu sehen. Neben dem Telefon lag ein Stapel Postkarten mit Ansichten aus dem Haus William Hearsts in Kalifornien. Das Schwimmbekken im Stil eines griechischen Bades mit Intarsien aus Lapislazuli und Gold, Säle wie aus einem mittelalterlichen Palast, vierzig Zimmer... Es war nützlich, den Geschmack protziger Menschen zu kennen; wenn es auch hierarchische Unterschiede gab, so glichen sie sich doch.

Sie nahm im Schreibtischsessel Platz und verordnete sich eine Pause. Es kostete sie Kraft, gegen ihren eigenen Geschmack zu zeichnen und andauernd die Grundsätze einfacher Ästhetik verletzen zu müssen, nur um die Launen der gierigen Señora Vela zu befriedigen. Sie zündete eine Zigarette an und zog den Rauch tief ein, um dann genußvoll weiße Ringe auszustoßen, die als kleine Wölkchen zum Neonlicht der Deckenlampe emporschwebten. Durch das Fenster sah sie den Mairegen, der das grelle Licht des Tages weicher zeichnete.

Das Telefon läutete. Am Apparat war Señora Vela. Seitdem sie die leichte Abneigung gegenüber der Art des Grundstücks überwunden hatte und die Möglichkeiten der Bauweise über drei Ebenen begriff, war ihr Enthusiasmus nicht mehr zu bremsen. Fast täglich rief sie an und hatte neue Ideen für das Haus. Heute war ihr eingefallen, das »Nähzimmer« neben dem Musikzimmer ihrem Mann zu überlassen, als kleine Überraschung.

»Wissen Sie«, sagte sie durchs Telefon, »er hat eine Waffensammlung, die er sehr liebt. Ich kann mir gut vorstellen, daß wir sie an den Wänden dieses Zimmers ausstellen, wie finden Sie das?«

»Sie hätten dann aber kein Nähzimmer mehr«, gab Lavinia zu bedenken. »Vergessen Sie nicht, er hat schon sein Musikzimmer mit Bar und Billardtisch.«

»Das macht nichts, das macht nichts«, antwortete Señora Vela. »Ich nähe sowieso nie. Die Schneiderin kann ja irgendwo anders im Haus arbeiten.«

Während sie mit Señora Vela sprach, ließ Lavinia die Ansichtskarten des Hearst-Hauses durch die Finger gleiten. Sie erinnerte sich daran, in einem der Zimmer eine Waffensammlung gesehen zu haben. Nun hielt sie die bunte Abbildung in der Hand, »Secret Chamber«, geheimes Zimmer, stand auf der Rückseite. Während sie weiter den Tiraden von Señora Vela zuhörte, begann sie in ihrer Phantasie schon Möglichkeiten zu entwerfen.

»Nicht schlecht, nicht schlecht«, bekräftigte sie die Señora. »Sie haben recht. Der General wird begeistert sein von der

Idee. Ich werde einen Vorschlag erarbeiten, und nächste Woche sehen wir uns ihn an, einverstanden?«

Als sie endlich aufgelegt hatte, blieb sie noch einen Moment nachdenklich sitzen. Ihre Aufgabe, die Waffenregale zu entwerfen, erleichterte den Zugang zu General Vela. Für den Bau benötigte sie detaillierte Angaben über Größe und Gewicht der Waffen. Da fiel es nicht schwer, um einen Termin bei ihm zu bitten.

Mehrmals drehte sie die Ansichtskarte des Hearst-Hauses in den Händen. Eine geheime Waffenkammer würde auf General Vela sicher Eindruck machen.

Kurz vor Feierabend, als sie noch in die ersten Entwürfe vertieft war, erschien Mercedes in der Tür und wollte sie zu einem Kaffee einladen. Sie trat an den Zeichentisch und sah Lavinia über die Schulter.

»Weshalb zeichnen Sie denn Gewehre und Revolver?« fragte sie.

»Weil Señora Vela auf einmal eine Waffenkammer möchte«, antwortete Lavinia, »für die Sammlung, die ihr Mann seit seinem Eintritt in die Armee fleißig zusammengetragen hat.«

»Jeden Tag was Neues, nicht wahr? Deswegen ruft sie also immer an ...«

»Genau.«

Mercedes schwieg jetzt, ging um den Tisch herum und nahm geistesabwesend Pinsel und Stifte in die Hand.

»Sie mögen Ihre Arbeit, nicht wahr?«

»Ja, eigentlich schon, sie macht mir Spaß.«

»Mir macht meine Arbeit auch Spaß, aber heute bin ich deprimiert.«

»Was ist denn los?«

»Ich habe Probleme.«

»Schon wieder?« fuhr es Lavinia heraus, ohne daß sie es vermeiden konnte. Mercedes vertraute sich ihr von Zeit zu Zeit an. Alle im Büro kannten Manuel, der sie besuchte und mit dem sie endlose Telefonate führte. Er war verheiratet. Beharrlich versprach er ihr, sich bald von seiner Frau zu trennen. Seit mehr als zwei Jahren gelobte er das schon, wie Mercedes sagte.

»Ich habe herausgefunden, daß Manuels Frau schwanger ist. Er hat mir immer erzählt, daß er nur wegen der Kinder bei ihr bliebe. Angeblich haben sie kaum noch miteinander gesprochen. Heute rief mich eine Freundin an und erzählte mir, daß seine Frau ein Kind erwartet.«

»Siehst du, mir kam diese Geschichte ja immer ganz schön windig vor.«

»Mir auch«, antwortete Mercedes und sah auf die wolkenverhangene Landschaft. »Aber ich wollte ihm glauben. Ich habe ihm geglaubt, daß es wirklich nur wegen seiner Kinder wäre... Ich war sicher, er betet sie an. Aber jetzt weiß ich nicht mehr, was ich glauben soll.«

»Du bist eine junge Frau, Mercedes, du bist hübsch und intelligent. Du hast Besseres verdient als den zweiten Platz. Warum verläßt du ihn nicht ein für allemal? Du würdest schon bald sehen, daß es noch mehr Männer auf der Welt gibt.«

»Sie sind doch alle gleich.«

»Mag sein, aber ein paar sind wenigstens Junggesellen.«

»Ich bin aber nicht mehr Jungfrau, und den Junggesellen ist es wichtig, eine Jungfrau zu heiraten. Das einzige, was ich noch erwarten kann, ist ein neuer Liebhaber. Deshalb sind ja gerade die verheirateten Männer hinter mir her.«

In gewisser Weise, dachte Lavinia, hatte Mercedes sogar

recht. Die Sorte Männer, mit denen Mercedes verkehrte, wollten auf der sozialen Leiter emporklettern. Deshalb erfüllten sie peinlich genau die moralischen Ansprüche, die in den höchsten Kreisen der Gesellschaft gestellt wurden. Eine Frau, die sich mit einem verheirateten Mann eingelassen hatte, mußte auf diesem Heiratsmarkt Schwierigkeiten haben. Als Geliebte würde man sie nehmen, doch als Ehefrau zogen sie ein unschuldiges, unterwürfiges, leicht formbares junges Ding vor. »Vergiß nicht, daß Jungfrauen eine aussterbende Art sind«, sagte Lavinia jetzt.

»Aber es gibt leider immer noch genug davon«, sagte Mercedes und mußte lachen.

»Dann bleibst du eben allein, Mercedes. Besser allein als in schlechter Gesellschaft, sagt das Sprichwort. Wenn du mit Manuel nicht mehr glücklich bist, sehe ich keinen Grund, warum du weiter mit ihm zusammenbleiben sollst.«

Abwesend blätterte Mercedes in den Zeitschriften auf dem Schreibtisch. Offensichtlich wollte sie ihr Problem lösen, doch im Grunde, so dachte Lavinia, war sie in ihrer Liebe gefangen wie eine Spinne in ihrem Netz.

Sie sah, wie Mercedes zur Tür ging.

»Ich liebe ihn eben«, sagte sie dabei. »Jetzt gehe ich besser, ich halte Sie nur auf«, und war schon zur Tür hinaus.

Nachdenklich schaute Lavinia durch das Fenster auf den bleiernen Himmel, den die Wolken im Sonnenuntergang rosa und lila färbten. Mercedes tat ihr leid. Es war beinahe ein Fluch, sich so an die Liebe zu klammern. Sehr weiblich. Wie machen es die Männer nur, fragte sie sich, die Sorgen des alltäglichen Lebens so beiseite zu schieben? Zumindest so weit, daß sie die Konzentration und auch den Boden unter ihren Füßen nicht verlieren, wenn es mit den Gefühlen nicht stimmte? Sie schienen die Fähigkeit zu haben, das Privatleben in hübsche kleine Einzelteile zu zerlegen und zwischen hohen Mauern abzugrenzen. Unzugänglich für das übrige Leben. Für die Frauen hingegen schien die Liebe der Mittelpunkt des Sonnensystems zu sein. Änderte sich einmal die Umlaufbahn, dann schmolzen gleich die Polkappen, und es gab Sintfluten, Unwetter und Chaos. Doch was würde aus der Liebe, wenn sich die Frauen nicht mehr um sie kümmerten? Vielleicht waren es gerade die Frauen, die diesen von der Natur bestimmten Bereich schützten. Vielleicht waren sie gezwungen, den der Männer mit zu übernehmen, damit das Gleichgewicht nicht ganz durcheinander geriet...

Sie hörte die Feierabendgeräusche, das Ausknipsen der Lampen über den Zeichentischen, das Schlüsselgeklapper und das tägliche »Bis morgen«.

Mechanisch, ohne lang nachzudenken, hatte sie mehrere Blätter mit raschen Strichen vollgezeichnet. Sie sah sie sich noch einmal an, bevor sie sie in den Papierkorb warf: Feuerwaffen, Pistolen, Gewehre, und – wie seltsam! – sie hatte auch alte Armbrüste gezeichnet und unzählige gespannte, stilisierte Bogen und Pfeile...

Lavinia denkt an ihr Geschlecht von der Farbe einer Nispero-Frucht und fragt nach der Liebe. Die Zeit schreitet nicht fort: Sie und ich, die wir so weit entfernt voneinander waren, könnten uns in einer Mondnacht am Feuer unterhalten, und wir würden uns verstehen. Zahllos sind die Fragen ohne Antwort. Der Mann entflieht und gleitet uns durch die Finger wie ein Fisch im seichten Wasser. Wir formen ihn, berühren ihn, hauchen ihm Atem ein, beherbergen ihn zwischen unseren Beinen, und trotzdem bleibt er uns so fremd. Als sei sein Herz aus einem anderen Material. Yarince meint, ich wolle seine Seele. Es sei mein innigster Wunsch, ihm die Seele einer Frau in seinen Körper einzublasen. Das sagte er, als ich mein Bedürfnis nach Zärtlichkeit zu erklären versuchte und ihn um sanfte Hände auf Gesicht und Körper bat. Um mehr Verständnis, wenn das Blut mir aus dem Körper rann und ich mich traurig, zart und verletzlich wie eine eben geborene Pflanze fühlte.

Für ihn war die Liebe wie der Pulque-Rausch, scharf wie ein Beil und stürmisch wie der Wirbelsturm. Er mußte sie bezwingen, zurückdrängen, damit sein Verständnis für mich nicht verletzt wurde. Er fürchtete sie geradezu. Für mich hingegen war die Liebe eine Kraft mit zwei Gesichtern: eines von Feuer und Schwert und das andere von Baumwollflocken und sanftem Regen.

Meine Mutter sagte, daß nur der Frau die Gabe der Liebe gegeben sei, der Mann wisse das wenigste darüber. Die Götter hätten seine Kraft nicht davon ablenken wollen. Doch ich hatte auch Männer gesehen, die vor Liebe verrückt waren. Selbst Yarince hatte, um mich bei sich zu behalten, den Zorn der Priester und weisen Männer auf sich gezogen. Es fiel mir schwer, mich wie meine Mutter damit abzufinden, daß sie in sich nur den Obsidian des Kriegshandwerkes tragen sollten. Mir schien, als versteckten die Männer ihre Liebe aus Angst, weiblich zu wirken.

Sie hatten sich im Park der Schirmakazien verabredet. Seit ein paar Wochen hatte Lavinia Flor nicht mehr besucht, so sehr waren sie beide beschäftigt gewesen. Wenn sie sich trafen, war es meistens an öffentlichen Plätzen: Parks, Restaurants oder während Lavinia die Freundin in ihrem Auto wegbrachte. Auch Flor ließ sich zum Weg in den Kaffeepflanzungen fahren. Im Park trafen sie sich meist unter dem riesigen Schirm einer der Akazien, die dem Ort seinen Namen gaben. Man mochte sie für Studentinnen halten, wie sie da mit ihren Büchern und Heften auf einer der Steinbänke saßen. Lavinia traf sich gern dort mit Flor. Die weit ausladende Krone des Baumes warf einen großen Schattenkreis, wie grünes Tuch mit blauer Stickerei, die der Himmel darüber beisteuerte. Von hier aus konnten sie den Kindern zuschauen, die auf einer ausrangierten Lokomotive spielten. Nur das Gezwitscher der Vögel und fernes Kinderlachen unterbrach die Stille des Nachmittags.

Als sie zur verabredeten Zeit eintraf, war Flor noch nicht zu sehen. Lavinia stellte ihren Wagen auf dem Parkplatz ab, nahm die Bücher und Hefte, die zu ihrer »Tarnung« als Studentin gehörten, und ging ohne Eile zur Bank hinüber. Es war heiß; die Tage der Regenzeit, an denen es nicht regnete, konnten wegen der Feuchtigkeit extrem stickig sein.

An diesem Nachmittag spielten nur ein paar kleine Kinder auf der Lokomotive. Sie trugen verwaschene, alte Kleider, die unzählige Male geflickt wurden. Mit ihren kurzen Beinen mühten sie sich ab, bis oben auf die Lokomotive zu gelangen. Auf dem Rasen standen verlassene Körbe und Schüsseln mit Süßigkeiten, Zigaretten und Kaugummi, die sie für ihre Mütter im Park verkaufen sollten.

Später, wenn die reichen Kinder mit ihren Gouvernanten, in blitzsauberen Kleidern, die weißen Schürzen vorgebunden, in den Park kamen, konnten sie nicht mehr auf der Lokomotive spielen. Dann mußten sie sich damit begnügen, dem Spielen von den Gehwegen des Parks aus zuzusehen, während sie die Waren schleppten und mit ihren schrillen Stimmchen anpriesen: »Karamelbonbons! Karamelbonbons!« – »Kaugummi! Kauft Kaugummiiiiii!«

Minuten später kam Flor den Gehweg entlang. In einem Beutel trug sie ihre Arbeitskleider aus dem Krankenhaus. Unter dem Saum ihrer ausgeblichenen Jeans schauten noch grobe weiße Strümpfe und schlichte Arbeitsschuhe hervor.

Sie sah müde aus, hatte Ringe unter den Augen. Schon beim letzten Mal, als sie sich trafen, schien es Lavinia, als habe Flor abgenommen. Nun ließen die scharfen Züge des Gesichts keinen Zweifel mehr zu: Sie war ein ganzes Stück dünner, ihre Bewegungen waren träge, aber ihre Augen blitzten.

»Hallo«, sagte sie und beugte sich herab, um Lavinia einen Kuß auf die Wange zu geben. »Entschuldige, daß ich ein bißchen spät dran bin. Der Bus kam nicht, und mein Wagen ist mal wieder kaputt. Wahrscheinlich ist diesmal nichts mehr zu machen.«

»Hast du ihn schon in die Werkstatt gebracht?«

»Ich glaube, das hat gar keinen Zweck mehr. Da reparieren sie ihn, und nach ein paar Tagen ist wieder etwas anderes kaputt. Vielleicht können sie ihn noch als Schrott verkaufen. Schade, ich hatte mich so an ihn gewöhnt, aber er ist ja auch schon ziemlich alt.«

»Auf jeden Fall haben wir ja immer noch mein Auto.«

»Darüber reden wir noch«, antwortete Flor, holte eine Zigarette hervor und begann, ihre Handtasche nach dem Feuerzeug zu durchsuchen. Lavinia schwieg gespannt und wartete, bis ihre Freundin das Feuerzeug gefunden und endlich den ersten Zug genommen hatte.

»Also gut«, sagte Flor wie jemand, der eine wichtige Unter

haltung beginnt, »du hast sicher bemerkt, daß wir sehr beschäftigt sind, mehr als sonst, nicht wahr?«

Lavinia nickte zur Bestätigung mit dem Kopf. Ohne zu wissen, worum es ging, hatte sie gemerkt, daß mehr Bewegung in ihre Umgebung gekommen war. Es machte sie ein wenig traurig, nicht daran beteiligt zu sein, doch sie wußte, daß die Befreiungsbewegung ihre ungeschriebenen Gesetze, ihre Riten und Probezeiten hatte.

»Es ist einiges los«, sagte Flor mit gesenktem Blick, fast wie zu sich selbst. Plötzlich hob sie den Kopf und sah Lavinia fest an: »Hast du eigentlich schon den Schwur geleistet?«

»Nein«, antwortete sie und erinnerte sich an diesen schönen und gleichzeitig pathetischen Text aus den Broschüren, ein symbolischer Akt, der formelle Eintritt in die Bewegung.

Flor kramte wieder in ihrer Handtasche. Sie glich der Spielzeugkiste eines Kindes, die voller Schätze unter dem Bett steht. Schließlich zog sie eine Broschüre hervor.

Nervös vor Angst, sah sie von einer Seite des Parks zur anderen. Da waren nur die spielenden Kinder; sie beruhigte sich schnell.

»Leg deine Hand hier auf die Broschüre«, befahl ihr Flor und nahm als Unterlage das Buch, in dem sie zu lesen vorgab.

»Jetzt heb deine andere Hand, wenigstens ein bißchen«, flüsterte sie lächelnd, »und sprich mir nach ...«

Lavinia wiederholte leise die Worte, die Flor auswendig wußte, den Schwur. Beide flüsterten sie diese großen, gewaltigen Sätze. Park und Akazien waren die Kathedrale der Zeremonie. Lavinia fühlte sich hin und her gerissen zwischen Rührung, Angst und etwas Ungewissem, was man nur als unwirklich, phantastisch bezeichnen konnte. Alles ging sehr schnell. Sie versuchte, sich auf die Bedeutung der Worte zu konzentrieren, sich klarzumachen, was es hieß, sein Leben einzubringen, damit der neue Tag kein bloßes Trugbild mehr war. Damit der Mensch nicht länger des Menschen Wolf, sondern alle Menschen gleich wären, so wie sie zur Welt kamen, mit demselben Recht, die Früchte ihrer Arbeit zu genießen... Für eine Zukunft in Frieden und ohne Unterdrückung, in der das Volk Herr seines eigenen Schicksals war... Schwören, der Bewegung treu zu sein und Geheimnisse notfalls mit dem eigenen Leben zu hüten. Hinzunehmen, daß Verräter mit dem Verlust ihrer Ehre und mit dem Tod bestraft wurden...

Ganz ergriffen dachte sie an sich selbst wie an eine fremde Person. Sie ließ sich von dem leidenschaftlich-bestimmten Flüstern Flors anstecken, die jetzt, leicht die Stimme hebend, mit dem Satz »Freies Vaterland oder den Tod« schloß.

»Freies Vaterland oder den Tod«, wiederholte Lavinia, während Flor sie rasch umarmte. Sie steckte die Broschüre wieder in die Tasche, wobei sie sich, genau wie beim Vorlesen, umsah, ob im Park auch alles ruhig blieb.

Die flüchtige, doch feste Umarmung ließ in Lavinia das Gefühl verhaltener Zuneigung zurück. Eigentlich konnte man es als ganz normale Geste nehmen, als Teil des Ritus, das Siegel des Paktes, wenn da nicht in Flors Verhalten etwas gewesen wäre, das sie nicht genau ausmachen konnte, eine merkwürdige Traurigkeit.

»Siehst du, jetzt hast du den Schwur geleistet. Es war mir wichtig, daß ich ihn dir abnahm«, sagte sie und senkte die Augen auf eine Weise, die Lavinias unbestimmte Trauer nur noch größer werden ließ.

»Ich freue mich, daß du es gemacht hast«, antwortete Lavinia und verspürte den Drang, sie noch einmal in den Arm zu nehmen und ein bißchen zu weinen.

Flor fuhr sich mit der Hand durchs Haar und strich die in die Stirn hängenden Strähnen nach hinten, wo sie sie mit einem Tuch zu einem Pferdeschwanz gebunden hatte.

»Wie ich schon sagte«, fuhr Flor fort, wobei sie sich sichtlich anstrengen mußte, um ihre Rührung zu überwinden und zum sachlichen Ton ihrer Treffen zurückzukehren, »ist zur Zeit einiges los. In den vergangenen Tagen haben wir verschiedene Treffen zwischen den Führern der Guerilla in den Bergen und denen in der Stadt gehabt. Dabei sind für die Bewegung sehr weitreichende Entscheidungen getroffen worden. Das ist es auch gewesen, was uns in der letzten Zeit so beschäftigte«, fügte sie noch erklärend hinzu (Sie muß gespürt haben, wie ausgeschlossen ich mich fühlte, dachte Lavinia). »Ich kann dir nicht viele Einzelheiten berichten, auf jeden Fall ist beschlossen worden, Compañeros wie dir eine gewisse militärische Ausbildung zukommen zu lassen. Das hat mit Überlegungen zu tun, die du noch erfahren wirst. Da jedoch deine Arbeit am Haus von General Vela als sehr wichtig und auf jeden Fall vorrangig angesehen wird, hat man beschlossen, dir die Möglichkeit eines Mindesttrainings von einem Wochenende vorzuschlagen.«

Lavinia war aufgeregt und nickte nur (Gewehre, Pistolen, Revolver, Armbrüste, Pfeile und Bogen ...).

»Wie du weißt, befindet sich die Bewegung in einer Phase, die wir das ›stille Kräftesammeln‹ nennen. Wir haben in der jüngsten Vergangenheit nur in den Bergen operiert, um ein Mindestmaß an Widerstand aufrechtzuerhalten und auf bessere Bedingungen zu warten. Wir müssen uns jetzt aber darauf vorbereiten, den Compañeros in den Bergen Entlastung zu schaffen. Wir müssen auch mehr Bewußtsein und bessere Kampfbedingungen in den Städten schaffen. All das wird eine Reihe von Veränderungen zur Folge haben. Außerdem werden wir die persönlichen Fähigkeiten und den Ausbildungsstand aller Mitglieder verbessern. Verstehst du, was ich meine?«

Sie verstand sehr gut. Sebastián hatte schon die letzten Fahrten zum Weg in die Kaffeepflanzungen dazu genutzt, ihr zu erklären, wie die Situation aussah. Ihr sollte die Notwendigkeit klarwerden, daß die Bewegung handeln mußte. Er hatte dieses Erfordernis so klar in den Raum gestellt, daß Lavinia von sich aus auf einmal gefragt hatte, warum sie nicht etwas tun würden. Dies hatte ihm ein breites Lächeln entlockt.

»Ja«, sagte sie jetzt lakonisch.

»Außerdem wollte ich dir noch sagen«, fügte Flor hinzu, »daß du weiter mit Sebastián zusammenarbeiten wirst; ich muß eine Reise machen.«

Der Untergrund! durchzuckte es Lavinia. Aus den Bemerkungen Felipes wußte sie, daß »eine Reise machen« in der Sprache der Bewegung das Abtauchen in den Untergrund bedeutete.

»Wohin?« fragte sie und wußte, daß sie das gar nicht fragen durfte. Sie hoffte, es handelte sich diesmal wirklich um eine Reise und nicht um das andere.

»Das kann ich dir nicht sagen«, antwortete Flor. Sie lächelte und berührte leicht ihren Arm, »aber du weißt ja wohl schon, worum es geht...«

Sie schwiegen jetzt beide. Lavinia überlegte, ob sie das, was ihr durch Hirn und Herz ging, sagen sollte. Flor unterbrach ihre Gedanken.

»Diese Momente sind immer schwierig«, nahm sie die Unterhaltung wieder auf, »sie haben etwas von Abschied an sich. Wir sind nicht immer fähig zu dem Optimismus, der für diese Sache eigentlich gebraucht wird. Wir sollten uns nicht mit dem Gefühl voneinander verabschieden, daß wir uns vielleicht nicht wiedersehen. Wir haben zwar dies Gefühl, doch genauso gibt es ja auch eine Möglichkeit, daß wir uns wiedersehen. –

Weißt du noch, wie du mir von deiner Angst erzählt hast?« – Sie sprach jetzt wie zu sich selbst und sah zu den Vögeln, die über der Hügelkuppe auf der anderen Seite des Parks im Licht des Spätnachmittags flogen. – »Als man mir sagte, daß ich in den Untergrund gehen soll, hatte ich auch Angst. Ich dachte an all das, was ich dir erzählt habe, was ich vielen neuen Compañeros erzählt habe, was Sebastián mir selbst am Anfang erzählt hat. Aber ich merkte, daß dies ein anderer, ein neuer Schritt ist und daß jeder Schritt eine neue eigene Angst mit sich bringt, die man überwinden muß. Das Schwierige ist nur, daß bei jedem Schritt das Maß deiner Verantwortung steigt. Die Möglichkeit, die Angst zu teilen, wird immer geringer. Man muß sich diesen Schwächen immer einsamer stellen, auch wenn die Angst die gleiche ist. Ich habe es so gewollt, für mich ist es ein Erfolg. Es gibt ja nicht viele Frauen im Untergrund. Für mich ist es eine Bestätigung der Tatsache, daß wir Verantwortung übernehmen und teilen können, genau wie jeder Mann. Aber wenn man sich als Frau neuen Aufgaben zuwendet, weiß man, daß man auch einen inneren Kampf zu überstehen hat. Den Kampf, sich selbst von seinen eigenen Fähigkeiten zu überzeugen. Außerdem mußt du aufpassen, daß du, eben weil du eine Frau bist, deine Angst nicht zeigst.«

»Dir wird sicher nichts passieren«, sagte Lavinia und spürte augenblicklich, wie trivial das klang. Sie durfte ihre eigene Angst jedoch nicht auch noch auf Flor übertragen.

»Das hoffe ich auch«, antwortete sie.

»Ich denke, es ist wichtig, daß man sich der Fähigkeiten bewußt wird, die man hat. Viele schlummern vor sich hin, weil sie kaum genutzt werden. Wir müssen lernen, sie aufzuwecken.

Die Männer benutzen sie andauernd und fühlen sich deshalb auch nie unsicher. Neulich erst habe ich gedacht, wie sehr sich Männer und Frauen auf verschiedene Fähigkeiten spezialisiert haben. Wir Frauen zum Beispiel haben einfach mehr Kenntnisse aus der Gefühlswelt. Die Männer sind darin wesentlich begrenzter. Da müßten sie von uns lernen, so wie wir von ihnen diese leichte Handhabung von Autorität und Verantwortung lernen müßten. Hier wäre ein Austausch möglich.«

»Ich weiß nicht«, meinte Flor nachdenklich, »ich glaube, im Augenblick ist es notwendiger, das Weibliche zu unterdrükken. Wir müssen versuchen, ihnen auf ihrem Gebiet mit ihren Waffen Paroli zu bieten. Vielleicht können wir uns in der Zukunft einmal den Luxus erlauben, auf unsere eigenen Qualitäten zurückzukommen.«

»Aber bei dem inneren Kampf, von dem du redest, kannst du dir doch nicht den Wert ganz bestimmter Eigenschaften versagen, die du als Frau hast. Es geht doch nicht darum, eine andere Persönlichkeit zu erlangen und die eigene abzulegen. Wir müßten in der Lage sein, die Welt um uns herum zu feminisieren, weiblicher zu gestalten, gerade an solchen Plätzen, wo es so hart zugeht wie in unserem Kampf!«

»Ich muß sagen, daß ich unseren Kampf in dem Sinne, wie du es sagst, ganz schön feminisiert finde. Da brauchen wir uns nämlich und bilden deshalb enge gefühlsmäßige Beziehungen mit den anderen. Mir scheinen unsere Männer ganz schön sensibel zu sein. Angst, Gefahr und Tod zwingen dich jedoch dazu, Abwehrschranken aufzubauen, die sind einfach notwendig. Wenn wir die nicht hätten, ich wüßte nicht, wie wir dann weitermachen sollten.«

Flor schien ganz in sich selbst versunken. Lavinia sah sie an und dachte, daß ihre Worte nur eben die Spitze des Eisbergs ausmachten. In Flors Augen tauchten Erinnerungen auf, von denen sie, Lavinia, nur eine Ahnung haben konnte und die sie von ihr trennten.

»Du wirst mir fehlen«, sagte sie.

»Du mir auch«, gab Flor zurück. »Auf jeden Fall finde ich es gut, daß du mit Sebastián weiterarbeiten wirst. Er ist feminisiert, wie du es nennst«, sagte sie lächelnd, »obwohl du ihm das so nicht sagen solltest, sonst denkt er noch, du meinst etwas ganz anderes... Felipe wird dir ja auch weiterhin zur Seite stehen, selbst wenn er ein solcher Macho ist. Ich bin überzeugt, für ihn ist es besser, mit dir zusammenzusein als mit einer Frau, die ihm niemals widerspricht. Wenn ich daran denke, wie du ihm einen Strich durch die Rechnung gemacht hast! Da ist bei ihm der Schuß nach hinten losgegangen.«

»Manchmal glaube ich, daß er ein sehr widersprüchlicher Macho ist«, meinte Lavinia. »Den Frauen nach zu urteilen, mit denen er zusammengewesen ist, bringt ihn irgend etwas, vielleicht unbewußt, immer wieder in solche Situationen.«

»Ja, merkwürdig. Daran hatte ich noch gar nicht gedacht, aber jetzt, wo du es sagst... Die Deutsche war sicher auch nicht gerade sanft wie ein Lamm... Eigentlich glaube ich, daß Felipe im Grunde ein ehrlicher Typ ist. Theoretisch natürlich nur. In der Praxis ist er dickköpfig wie ein richtiger Indio...«

»Und kämpft wie Yarince«, fügte Lavinia abwesend hinzu. In Gedanken war sie bei Flors Schritt in den Untergrund.

»Wer ist denn Yarince?« fragte Flor neugierig.

»Was?« sagte Lavinia. »Was habe ich gesagt?«

»Daß er wie Yarince kämpft...«

»Keine Ahnung, wer Yarince ist und wie ich darauf gekommen bin...«

»Hast du vielleicht vor kurzem über die Eroberung Lateinamerikas durch die Spanier gelesen?« fragte Flor. »Da gibt es nämlich einen Häuptling Yarince, der die Boaco- und die Caribe-Indianer anführte. Er kämpfte mehr als fünfzehn Jahre gegen die Spanier. Die Geschichte ist wunderschön. Der Widerstand, den die Indianer leisteten, ist ja kaum bekannt. Wir sollen alle glauben, daß die Kolonialzeit eine reine Idylle war, aber das ist ganz falsch. Yarince hatte auch, obwohl man nicht weiß, ob es stimmt oder bloß eine Legende ist, eine Frau, die an seiner Seite kämpfte. Eine jener Frauen, die sich weigerten, den Spaniern noch mehr Sklaven zu gebären... Das solltest du mal lesen. Vielleicht hast du irgendwo etwas davon aufgeschnappt, und der Name ist dir im Gedächtnis haften geblieben. Manchmal kommt das vor, die Psychologen nennen es ›déjà vu‹. Etwas, was du unbewußt behältst, wie wenn du irgendwohin kommst, wo du nie warst, und der Ort kommt dir trotzdem bekannt vor.«

»Kann sein«, sagte Lavinia nachdenklich, »du kannst dir nicht vorstellen, welche merkwürdigen Sachen mir passieren... Ich habe noch nicht besonders darauf geachtet, aber jetzt, wo du es sagst, fällt mir auf, daß sie immer mit Indios zu tun haben... mit Bogen und Pfeilen und solchen Dingen... Komisch, nicht?«

»Ich finde das nicht komisch. Schließlich kommen wir ja

alle von dort, mehr oder weniger. Vielleicht hat dich auch als Kind etwas beeindruckt... Auf jeden Fall glaube ich, daß wir alle unsere indianische Herkunft im Blut haben.«

»Kann sein. Vielleicht hat mein Großvater mir davon erzählt, als ich noch klein war...«

Ohne Erfolg versuchte sie, sich daran zu erinnern. Es gelang ihr nicht, sich zu konzentrieren, und Flor holte sie bald zu den neuen Entwicklungen beim Hausbau für General Vela zurück.

Sie blieben noch lange sitzen. Jetzt spazierten schon die artigen Kinder mit ihren Gouvernanten durch den Park. In der Ferne gingen die Schaukeln wie Uhrenperpendikel hin und her. Die Zeit des Abschieds war gekommen.

»Ich muß jetzt gehen«, sagte Flor schließlich. »Es hat mir gutgetan, mit dir zu reden. Ich fühle mich ruhiger. Danke.«

»Ich habe dir zu danken«, antwortete Lavinia und fühlte die Tränen wieder in die Augen steigen. »Du kannst dir nicht vorstellen, was es für mich bedeutet hat, jemanden wie dich zu haben.«

»Na, na«, sagte Flor lächelnd, »du redest, als wäre ich schon tot. Du wirst mich ja behalten. Solange du die Bewegung hast, wirst du auch mich haben, also noch für sehr lange.«

»Ich kann mich nicht an den Gedanken gewöhnen, dich bis wer weiß wann nicht mehr zu sehen.«

»Das Leben ist dialektisch«, gab Flor zurück, »alles ändert sich, verändert sich ständig. Vielleicht sehen wir uns ja schon bald wieder. Wir müssen optimistisch sein.«

»Danke für das mit dem Schwur«, sagte Lavinia. »Ich bin froh, daß du es warst, die ihn mir abgenommen hat.«

»Ich auch«, gab Flor zurück. »Und jetzt gehe ich wirklich, es ist spät geworden.«

»Soll ich dich nicht mitnehmen?« fragte Lavinia in der Hoffnung, die Zeit des Abschieds noch etwas ausdehnen zu können.

»Nicht nötig«, antwortete Flor. »Ich habe schon ein Treffen ganz in der Nähe verabredet. Gib mir fünfzehn Minuten, bevor du von hier weggehst.«

Unter dem riesigen Schirm der Akazien umarmten sie sich; sie machten es kurz und unverdächtig, wie bei irgendeinem Abschied, und gaben sich einen flüchtigen Kuß auf die Wange.

Lavinia sah ihr nach, wie sie davonging, und blieb allein auf der Bank zurück. Sie hörte die Kinder in der Ferne und sah dem Tag zu, der langsam im Dunst verschwand.

17

Ich habe in Lavinia die Bemerkung ihrer klugen Freundin mit dem dunklen Haar gelöscht. Ich will nicht, daß sie in meine Vergangenheit eindringt. Daran will ich mich mit ihr in meinem eigenen Rhythmus erinnern und sie an diese Nabelschnur aus Wurzeln und Erde knüpfen.

Ich fürchte mich auch davor, an das Ende Yarinces zu denken. Es geschah kurz nach meinem Tod. Von meiner Erdwohnung aus sah ich ihn, als handelte es sich um einen Traum.

Schrecklich war jene Zeit. Wir waren ja schon erschöpft von den langen Jahren des Kampfes, und der Ring um uns wurde immer enger. Die besten Krieger waren gefallen. Einer nach dem anderen starben wir und wollten die Niederlage nicht wahrhaben. Tief im Gebirge vergruben wir die Lanzen der Toten und hofften, daß sie sich eines Tages gegen die Invasoren erheben würden. Doch war jeder Tod und jeder Tote unersetzbar, riß uns auf wie ein Obsidianmesser. In jedem Tod steckte ein Teil unseres Lebens, bis wir nur noch eine Armee von Gespenstern waren. Doch in unseren Augen konnte man zornige Entschlossenheit lesen. Wir begannen, uns wie die Tiere zu bewegen, so lange lebten wir schon in den Wäldern, und die Tiere wurden unsere Verbündeten und warnten uns, wenn Gefahr drohte. Sie rochen ihre eigene Wildheit in unserem Schweiß. Wie stark erinnere ich mich jener Tage des Schweigens und des Hungers!

Das alte Haus der Familie Vela lag in einem Stadtteil, der einst zu den elegantesten gehört hatte, jetzt jedoch von dem Villenviertel in höheren Lagen in der Gunst der Reichen verdrängt wurde.

Nach der Begrüßung an der Tür, als sie Lavinia ins Haus führte, erklärte ihr Señorita Montes, das jetzige Heim sei von nordamerikanischen Professoren gemietet, die ein Jahr Forschungsurlaub außerhalb des Landes verbrachten.

»Deshalb eilt es uns auch so sehr«, sagte sie, »Ende des Jahres kommen die Besitzer nämlich zurück.«

Die Mittagssonne fiel erbarmungslos auf den Garten, in den sie aus dem klimatisierten Salon hinaussehen konnten. Der General war noch nicht da, doch wurde er jeden Augenblick erwartet. Vom Geklimper ihrer zahllosen Armreifen begleitet, bat Señorita Montes Lavinia, Platz zu nehmen. Lavinia setzte sich und legte die Papprollen mit den Entwürfen für den Neubau quer über ihre Knie.

Das Haus war genauso geschmacklos eingerichtet, wie sie es

sich vorgestellt hatte, eine hemmungslose Mischung der unterschiedlichsten, schreiendsten, protzigsten Stile: Spiegel in geschwungenen Goldrahmen, kleine Tischchen an den Wänden, schwere Möbel mit Damastbezügen, verchromte Tische und Stühle, riesige geblümte Krüge, Teppiche in Pastelltönen, Reproduktionen von Landschaftsbildern, schwülstige Ölbilder, Nippes. Eine Wand des Wohnzimmers war ganz mit der Fototapete eines herbstlichen europäischen Waldes bedeckt, wie man ihn in diesen Breiten niemals vorfinden würde.

»Meine Schwester läßt sicher nicht lange auf sich warten«, meinte Señorita Montes verbindlich, »sie probiert nur gerade noch ein Kleid an. Heute ist der Tag, an dem immer die Schneiderin kommt, Sie wissen sicher, wie so etwas ist... Möchten Sie etwas trinken?«

»Wenn Sie eine Coca-Cola hätten...«

Señorita Montes erhob sich und ging zu einem Vorhang, hinter dem ein Wandschrank zum Vorschein kam. Mit einem der Schlüssel, die sie in einem eindrucksvollen Bund bei sich trug, öffnete sie die Tür, die Neonröhren im Innern leuchteten auf, und das Licht fiel auf Spiegel, Gläser und eine Batterie Schnapsflaschen. Sie nahm ein Glas und öffnete den kleinen, ebenfalls in die Wand eingelassenen Kühlschrank, dem sie Eis und eine Flasche Cola entnahm.

»In die Wand eingelassene Schränke liebt der General besonders«, sagte Señorita Montes, während sie alles wieder sorgfältig abschloß, zum Tisch zurückkehrte und die Flasche Cola samt dem eisgefüllten Glas vor sie hinstellte.

»Sie sparen ja auch Platz«, antwortete Lavinia höflich, ohne ihre wirkliche Meinung über die geschmacklose Dekadenz dieser Hausbar zu verraten.

»Das sagt er auch immer. Und er ist ja so sparsam. Außerdem mag er es nicht, daß die Hausangestellten Dinge anrühren, die sie nichts angehen. Sie wissen schon... wenn man Alkohol in Reichweite der Mädchen stehen läßt, kann man ihm gleich auf Wiedersehen sagen. Sie nehmen ihn sich einfach, irgendeinen Verlobten oder Verwandten haben sie immer dafür. Deshalb hat er diese Bar einbauen lassen, mit dem Kühlschrank gleich dabei, und alles verschließbar. Nur so geht es. Anfangs mußte ich mich daran gewöhnen, immer erst alles aufzuschließen, wenn ich etwas brauchte... bei mir zu Hause wurde nie etwas eingeschlossen, aber das ist natürlich auch etwas anderes...«

»Wie lange wohnen Sie denn schon mit ihnen zusammen?«

»Ach, seit der Junge geboren wurde... dreizehn Jahre. Ja, dreizehn Jahre sind das jetzt schon. Die Zeit vergeht rasend, nicht wahr?«

»Und woher stammen Sie eigentlich?«

»Aus San Jorge. Mein Vater war Verwalter auf ›La Fortuna‹. Die kennen Sie doch sicher, nicht wahr? Die Tabakhazienda des Großen Generals. Dort haben sich auch meine Schwester und mein Schwager kennengelernt. Damals war er gerade zur Leibgarde des Großen Generals gekommen. Und sie besuchten oft die Hazienda, dem Großen General machte es Spaß, am Wochenende Gäste dorthin mitzubringen, Ausritte zu veranstalten, im Fluß zu baden... es war immer sehr lustig, wenn sie kamen. Da wurden große Feste veranstaltet, es wurden Schweine und Rinder geschlachtet. Na, und weil meine Schwester jung und hübsch war, verliebte sich Florencio in sie. Dann heirateten sie auch bald, und der Große General war Trauzeuge. Als Hochzeitsgeschenk hat er Florencio gleich befördert und ihn dann mehr und mehr zu seinem Vertrauten gemacht. Tja, und heute ist er schon General. Wer hätte das gedacht, damals!« Sie machte eine Pause, so, als dächte sie nach, als erinnerte sie sich. »Und weil ich nie geheiratet habe, baten sie mich, zu ihnen zu ziehen, als das erste Kind geboren wurde, damit sie Unterstützung hätten. Meine Schwester hat nie ein besonderes Händchen für Kinder gehabt. Und weil ich ganz allein war – mein Vater war schon gestorben, an Asthma, der Arme, und meine Mutter starb bei meiner Geburt –, nahm ich das Angebot gern an. Eigentlich hätte ich ja Nonne werden wollen, doch hier diene ich letztendlich auch Gott. Immerhin ist das Leben einer Nonne ja auch ziemlich hart, und manche Dinge des irdischen Lebens gefallen mir einfach... Schmuck zum Beispiel«, sie sah auf ihre Armreifen und lächelte verschmitzt, »für Schmuck habe ich sehr viel übrig. Und ich gehe gern auf Bälle und sehe mir die eleganten, gutangezogenen Menschen dort an. Ich selbst tanze zwar nicht, doch sehe ich für mein Leben gern zu... da fällt mir ein: Wie war's denn bei Ihrem Ball neulich?«

Lavinia trank ihr Glas aus. Nie hätte sie gedacht, daß Señorita Montes so gesprächig sein würde.

»Oh, sehr schön. Es war wirklich ein außergewöhnlich schöner Ball. Jedes Jahr sind sie besser, strahlender, größer. Und ich sehe auch gern die eleganten Menschen bei solchen Anlässen. Ich habe den ganzen Abend getanzt...« Sie mußte über ihren Sarkasmus lächeln.

»Wie schade, daß wir nicht haben hingehen können, aber nächstes Jahr sind wir sicher dabei...«

»Wie war denn der Ball im Kasino?« fragte Lavinia.

»Ach, der war auch schön, wirklich sehr nett. Aber es ist nicht das gleiche, wissen Sie. Der schönste und wichtigste ist eben doch der im Club. Ich glaube, daß es eine gute Idee des Großen Generals war, auch einen Ball auszurichten, und es war auch alles bestens hergerichtet, phantastisches Essen, Champagner gratis, drei Kapellen, Bühnenshow mit allem Drum und Dran, aber es gab nur fünf Debütantinnen, die nicht einmal besonders hübsch waren, braune Haut, stumpfes Haar, kein bißchen grazil...«

Die Compañeros hatten eine falsche Vorstellung von dieser Junggesellenschwester, weil sie so still war und hinter ihrer Schüchternheit etwas zu verbergen schien. Sicher schwieg sie nur in Gegenwart ihrer Schwester und ihres Schwagers. Jetzt plapperte sie ohne Unterlaß.

»Ob dem General etwas dazwischengekommen ist?« fragte Lavinia und sah auf die Uhr.

»Das glaube ich nicht«, antwortete Señorita Montes, »er hat vorhin anrufen lassen, daß er etwas später kommen würde. Er mußte auf einen Sprung beim Großen General vorbei, aber er hat zugesagt, daß er käme. Das Mittagessen zu Hause läßt er sich fast nie entgehen, wissen Sie? Nur wenn etwas wirklich Besonderes los ist oder er eine Mission außerhalb der Hauptstadt hat. Sonst ißt er immer hier zu Hause. Die Köchin ist sehr gut, sie weiß, was ihm schmeckt. Außerdem läßt er nicht gern die Siesta ausfallen...«

Der gellende Lärm quietschender Reifen, gefolgt vom heftigen Schlagen einer Tür, drang durch das monotone Geräusch der Klimaanlage.

»Das ist er«, sagte Señorita Montes und erhob sich so schnell, als ließe sie ein Magnet die Schwerkraft überwinden. »Entschuldigen Sie mich bitte für einen Augenblick, ich will ihm nur Bescheid sagen, daß Sie hier sind, und auch meine Schwester rufen.« Mit diesen Worten verließ sie den Raum.

In wenigen Augenblicken sollte sie General Vela gegenüberstehen. Nervös fuhr sie sich mit der Hand durchs Haar. Der

Gedanke, ihn kennenzulernen, löste Anspannung, ja Angst in ihr aus. Flor hatte ihr an jenem Nachmittag im Park eine Menge Informationen über seine militärische Karriere gegeben. Felipe und Sebastián ergänzten das am Vorabend durch Daten zu seiner Persönlichkeit. Viele Mitglieder der Bewegung, die im Gefängnis gewesen waren, hatten Gelegenheit gehabt, ihn bei den Verhören kennenzulernen. Er spielte für gewöhnlich die Rolle des »Guten«, desjenigen also, der nach der Folter hereinkam und den Gefangenen bat, sie nicht zu zwingen, ihn weiter so zu behandeln. In den Gebirgsregionen des Nordens war er als »der Flieger« bekannt; ihm wurde die Idee zugeschrieben, die Bauern lebendig aus Hubschraubern zu werfen, wenn sie nicht mit der Nationalgarde zusammenarbeiten oder die Guerilleros verraten wollten. Und die »Schlammgefängnisse« im Norden gingen auch auf sein Konto: ein enges Loch im Boden, dessen Wände aus Betonplatten, dessen Boden jedoch aus Schlamm bestand, und das mit einer Betonplatte verschlossen wurde, die gerade genügend Luft zum Atmen ließ. In diesen Schächten wurden die Campesinos tagelang lebendig begraben, bis sie das Bewußtsein verloren oder verrückt wurden.

Er war die rechte Hand des Großen Generals, wegen seiner harten Linie den Bauern und den Guerilleros gegenüber und weil er unbedingte Disziplin von seinen Untergebenen forderte. Der Große General rühmte ihn als Mann des Volkes, dem er geholfen hatte, etwas aus sich zu machen. »Der ist mein eigenes Werk«, pflegte der Diktator zu sagen. Es war ein offenes Geheimnis, daß es auch zu den Aufgaben von Vela gehörte, den Großen General mit hübschen, jungen Frauen für seine ausschweifenden Gelage zu versorgen (das, was Señorita Montes die fröhlichen Feste genannt hatte).

»Du mußt deine Herkunft voll ausspielen«, hatte ihr Sebastián geraten, »verhalte dich ernst und höflich, doch laß ihn spüren, daß du dich ihm überlegen fühlst, ohne es ihm allzu deutlich zu verstehen zu geben. Sei nett nach Art einer Prinzessin, sagen wir mal. Gib ihm Vertrauen in deine beruflichen Fähigkeiten, aber nicht auf zu persönlicher Ebene...« Der Gedanke, einer solchen Person gegenüber freundlich und verbindlich auftreten zu müssen, ekelte sie. Sie dachte an das Gespräch mit Flor. Dies war ihre erste richtige Mission. Sie durfte keine Angst haben, es mußte gelingen.

Da öffnete sich auch schon mit einem heftigen Ruck die Tür: Der General kam herein, gefolgt von Frau und Schwägerin, und ging auf sie zu, um sie zu begrüßen, wobei er sie wie ein Feudalherrscher von oben bis unten musterte.

»Sie sind also die berühmte Architektin«, sagte er mit einer Stimme, in der der Spott deutlich zu spüren war.

Lavinia nickte nur mit dem Kopf und lächelte ihr geheimnisvollstes Lächeln. Der General streckte abrupt die Hand aus, eine große, unförmige Hand. Er war ein Mann, auf den die Bezeichnung »Gorilla« wie angegossen paßte. Seine indianischen Züge mochten einst fast schön gewesen sein, jetzt waren sie durch Fettleibigkeit und den dümmlich-arroganten, den Weißen imitierenden Gesichtsausdruck zur Fratze verkommen. Wie jemand, der seine Herkunft und Vergangenheit vergessen machen will, roch der General übermäßig nach teurem Aftershave und trug die makellose Khaki-Uniform hoher Offiziere. Sein gewelltes Haar hatte er sorgfältig mit Brillantine und einem unerschütterlichen Haarschnitt gebändigt. Sein vorspringender Bauch zeugte von seiner Vorliebe für gute und reichliche Küche.

Er bedeutete Lavinia, daß sie sich setzen möge, und nahm selbst Platz. Die beiden Schwestern, die in Gegenwart ihres Herrn verstummt waren, lächelten sie nur an, als wollten sie ihr Mut machen oder die überwältigende Wirkung der Person des Generals lindern helfen.

»Dann lassen Sie mal sehen«, sagte der General mit der gleichen lauten, befehlsgewohnten Stimme, mit der er sie begrüßt hatte.

Lavinia erhob sich, wobei sie darauf achtete, daß ihre Bewegungen selbstbewußt wirkten, versuchte, den anzüglichen Blick des Generals nicht wahrzunehmen, und entnahm den Papprollen einen Satz Baupläne, die sie auf dem runden Tisch neben den Sesseln, in denen die Velas saßen, ausbreitete.

»Ich glaube, es ist besser, wenn wir sie uns hier ansehen«, sagte sie bestimmt.

»Ja, natürlich«, antwortete der General und erhob sich.

Sie begann, die einzelnen Blätter auszurollen und zu erklären: die Vorder- und Seitenansicht, das Innere, die Dachkonstruktionen, das Mobiliar und die Anlage des Gartens. Der General unterbrach ständig mit Fragen und Bemerkungen, aber Lavinia bat ihn höflich, alle Unklarheiten am Schluß zu besprechen, weil ein großer Teil sich während der Vorstellung erledigen würde.

»Diese Methode gefällt mir gar nicht«, knurrte der General, »wenn ich bis zum Schluß warten soll, vergesse ich vielleicht die Fragen.«

Er fragte weiter, meist unbedeutende Dinge, mehr um sie nervös zu machen, nach Maßen, Materialien, Farben, den Möglichkeiten, Musik- und Billardzimmer und Bar zusammenzulegen, weil sie zur gleichen Zeit benutzt würden... Doch schien er nicht allzu interessiert daran zu sein, die Verfügung seiner Frau zu ändern. Trotz des schneidenden Tons seiner Stimme nahm er nur geringe Korrekturen vor. Er behielt den spöttisch-überlegenen Tonfall bei, bis Lavinia den Plan für die Waffenkammer ausrollte. Da nahm sein Gesicht einen deutlich interessierten Ausdruck an. Offensichtlich hatte er so etwas noch nie gesehen, und die von Lavinia gezielt eingebauten raffinierten Details beeindruckten ihn. Die beiden Schwestern sahen sich an und lächelten mit komplizenhafter Befriedigung. Es war zu spüren, wie fasziniert er war, als ihm Lavinia die Idee mit der drehbaren Wand vorstellte, einer Wand aus Holzlamellen, die auf einer zentralen Achse rotierten und erlaubten, daß das Mittelstück, auf dem die Waffen ausgestellt sein würden, sich ganz drehte. Durch den Platz, den dieses Manöver benötigte, ergab sich ein unsichtbares, sozusagen geheimes Zimmer, in dem weitere Waffen aufbewahrt werden konnten.

»Oder was immer Sie wollen«, sagte Lavinia abschließend. Sie hatte sich lange den Kopf darüber zerbrochen, wie das »geheime Zimmer« auf den Ansichtskarten vom Hearst-Haus funktionierte. Nicht einmal mit Julián hatte sie darüber gesprochen. Es war ihr Trumpf, den General für sich zu gewinnen. Ihr geheimer Trumpf. Und es klappte. Sie konnte es deutlich in seinem Gesicht lesen.

»Sie sind nicht dumm, Señorita«, sagte er und senkte merklich die Stimme, »ich muß zugeben, daß das eine hervorragende Idee ist.« Und zu seiner Frau gewandt, fügte er noch hinzu: »Endlich hast du mal was Vernünftiges gemacht.«

Lavinia lächelte wie eine Prinzessin und verachtete ihn gleichzeitig mit jeder Faser ihres Körpers. Dann sagte sie, sie müsse ihm noch ein paar Fragen stellen, über die Waffen, die auf der Wand ausgestellt werden sollten.

»Natürlich, natürlich«, nickte er beifällig, »aber warum bleiben Sie nicht zum Mittagessen? Dann können wir nachher gleich weitermachen.«

Als sie das Haus General Velas verließ, lastete die Mittagshitze schwer auf der Stadt. Die Luft schmeckte nach Siesta und Schläfrigkeit. Das Ehepaar Vela verabschiedete sie an der Tür, umgeben von Sicherheitsbeamten mit weißen Hemden und dunklen Sonnenbrillen, die sie freundlich anschauten, als sie an ihnen vorbeiging. Während des Mittagessens hatte der General eine hinterhältige Bemerkung über die Zugehörigkeit ihrer Familie zur Oppositionspartei gemacht. »Unsere Architektin hat das blaue Blut der Opposition«, hatte er gesagt. »Das ist Familientradition«, antwortete sie, »ich habe mit Politik nichts im Sinn. Da mische ich mich lieber nicht ein.« Der General meinte, daß das sicher auch gut so wäre. Schließlich war die Politik ja Männersache...

Einer der Leibwächter öffnete ihr die Autotür, sie bedankte sich mit einem charmanten Lächeln und fuhr mit einem Winken davon.

Unterwegs verspürte sie ein starkes Unwohlsein und das nachhaltige Bedürfnis, sich zu duschen. So beschloß sie, erst zu Hause vorbeizufahren, bevor sie sich wieder ins Büro begab, wo Julián auf Nachrichten von ihr wartete. Es war nicht leicht gewesen, das üppige, viel zu fette Mittagessen unter dem endlosen Reden des Generals durchzustehen und anschließend die Erklärungen über die Kampfeigenschaften der verschiedenen Waffen, die er ihr voller Stolz auf »Feuerkraft« und »Tötungskapazität« zeigte. Doch hatte sie ihren Auftrag erfolgreich ausgeführt. Der General war hochzufrieden gewesen. Mit unwesentlichen Veränderungen hatte er die Vorentwürfe angenommen, die endgültigen Pläne in Auftrag gegeben und sie auch gebeten, selbst die Baufirma auszusuchen, die die Arbeiten ausführen sollte, denn sie »flößte ihm Vertrauen ein«, wie er sagte. Und er hatte angeboten, die Lkw für die Erdarbeiten zur Verfügung zu stellen, damit sobald wie möglich begonnen werden konnte, denn das Haus sollte spätestens im Dezember fertig werden. Er war auch bereit, alle dafür nötigen Überstunden zu zahlen.

Lavinia hielt vor einer Ampel und preßte sich leicht die Hand auf den Magen, um das Übelkeitsgefühl zu lindern. Der General hatte sich von der Idee der Waffenkammer, die sie sein »privates Arbeitszimmer« nennen wollten, bestechen lassen, obwohl er seinen spöttischen Ton und die lüsternen Blikke nicht ganz ablegte. Das gehörte eben zu diesem Spiel, dachte Lavinia, von diesem Mann war kein anderes Verhalten zu erwarten. Wichtig war, daß der Trick mit dem Hearst-Haus funktioniert hatte.

Während des Mittagessens waren die Schwestern in Schweigen verfallen, das sie nur unterbrachen, um dem General von Zeit zu Zeit zuzustimmen oder um dem Mädchen, das bei Tisch aufwartete, Anweisungen zu geben. Ihre Blicke zeigten Lavinia, wie glücklich und dankbar sie waren.

Lucrecia öffnete ihr fröhlich die Tür. In letzter Zeit schien sie besonders zufrieden mit sich und der Welt und sang vor sich hin, während sie Besen und Staubtuch schwang. Das Radio in der Küche spielte mit voller Lautstärke Musik der Sonora-Matancera-Band durchs Haus.

»Das ist aber eine Überraschung, daß Sie zu dieser Uhrzeit kommen«, rief sie und fügte nach einem besorgten Blick hinzu: »Fühlen Sie sich nicht gut? Sie sehen ganz blaß aus!«

»Ja, ja, aber mach dir keine Sorgen«, antwortete Lavinia,

während sie sich im Laufschritt ins Schlafzimmer begab. »Mir ist nicht wohl, und dann diese Hitze. Ich muß mich nur rasch unter die Dusche stellen.«

Sie warf ihre Handtasche und die Rolle mit den Bauplänen aufs Bett und stürzte ins Bad, unfähig, länger den Brechreiz aufzuhalten. Anschließend wusch sie sich im Waschbecken das Gesicht. Durch die geschlossene Tür hörte sie Lucrecia besorgt fragen: »Señorita Lavinia, Señorita Lavinia? Sind Sie wohlauf? So öffnen Sie doch!« Das Handtuch noch in der Hand, mit dem sie sich das Gesicht abgetrocknet hatte, aber schon ruhiger, tiefer atmend, öffnete sie die Tür.

»Ist schon gut, Lucrecia«, sagte sie. »Mir ist das Essen nicht bekommen, jetzt fühle ich mich schon besser. Ich lege mich nur ein bißchen hin, weil ich nachher noch mal ins Büro muß.«

Sie ließ sich aufs Bett fallen und schloß die Augen, während Lucrecia in die Küche ging, um ihr eine Limonade zuzubereiten. Langsam entspannte sie sich, und ihr Atem gewann den alten Rhythmus zurück. Dann erst fuhr sie ins Büro zurück.

»Er hat also alles akzeptiert?«

Julián lief aufgeregt auf und ab, wobei er sich freudig die Hände rieb.

»Ich wußte doch, du würdest ihn überzeugen. Siehst du, ich hatte doch recht damit, dich mit dem Entwurf des Hauses zu beauftragen.«

»Er ist sogar bereit, Überstunden zu zahlen, damit das Haus im Dezember fertig ist. Er hat darum gebeten, daß wir umgehend mit den Erdarbeiten beginnen... Julián, bitte, renne doch nicht dauernd herum, das macht mich nervös. Ich weiß gar nicht, weshalb du so aufgeregt bist.«

»Ich finde es einfach unglaublich, daß er alle Verrücktheiten akzeptiert hat, die wir ihm untergejubelt haben ... die Sauna, den Gymnastikraum, den Whirlpool, die vier Salons. Ich habe noch nie einen so einfachen Kunden gehabt.«

»Und dabei habe ich dir von meiner großen Erfindung noch gar nichts erzählt«, lächelte Lavinia und lehnte sich lässig im Sessel zurück. Julián sah sie fragend an und setzte sich auf seinen Drehstuhl hinter dem Schreibtisch.

»Eine Waffenkammer wie auf einem mittelalterlichen Schloß, mit geheimem Zimmer und allen Schikanen. Die habe ich ihm entworfen, nachdem ich die Ansichtskarte vom Hause Hearsts in Kalifornien gesehen hatte, die du mir gegeben hast.«

»Aber ich habe doch die Pläne gesehen ...«

»Vor mehr als einer Woche.« Lavinia sah ihn belustigt an. »Vor ungefähr fünf Tagen hat dann Señora Vela angerufen und mir von ihrer Idee mit der Waffenkammer erzählt. Erinnerst du dich noch, daß es für sie so etwas wie ein Nähzimmer mit Sitzgruppe gab ...?«

Julián nickte nur und hörte gespannt zu.

»Siehst du, und diesen Raum wollte sie ihm abtreten, sie meinte, sie wolle ihrem Mann eine Überraschung machen. Und auf diesen Gedanken war sie durch eine Zeitschrift gekommen. Erst habe ich versucht, sie davon abzubringen, doch hat sie hartnäckig darauf bestanden, und so habe ich ihr diese Waffenkammer entworfen. Und der General war begeistert davon.«

»Das kann ich mir vorstellen.« Julián lächelte sie breit an.

»Die Waffenkammer trägt auf den offiziellen Bauplänen den Namen ›Arbeitszimmer‹. Die wirkliche Bauweise geht aus einem geheimen Plan hervor. Die ganze Geheimniskrämerei ist Teil der Attraktivität. Ich habe das so vorgeschlagen, damit es ihm noch mehr Spaß macht. Vela hat reagiert wie ein Äffchen, dem du eine Armbanduhr schenkst. Aber diese Geschichte bleibt unter uns, ja? Sag es niemandem weiter, bitte.«

»Keine Sorge«, zwinkerte Julián amüsiert.

Lavinia wollte nicht, daß Felipe etwas davon erfuhr. Sie war sich nicht sicher, ob er den Plan gutgefunden hätte.

»Julián«, Lavinia versuchte, Juliáns gute Laune auszunutzen, »wie du weißt, habe ich noch nie ein Bauprojekt alleine durchgezogen. Ich wollte dich bitten, dieses Projekt beaufsichtigen zu dürfen. Ich glaube, das habe ich mir verdient.«

Nachdenklich sah Julián sie an.

»Ich weiß nicht, ich weiß nicht«, antwortete er dann, »mit den Ingenieuren und Bauleitern klarzukommen ist schon für einen Mann schwer genug. Für eine Frau stelle ich es mir fast unmöglich vor.«

»Wie willst du das wissen, wenn du es noch nicht einmal ausprobiert hast?« fragte sie, bemüht, freundlich zu bleiben und die Stimme nicht zu heben.

»Weil ich diese Leute kenne«, gab er zurück.

»Also ich kann dir versichern, daß es dem General gefallen wird. Er ist überzeugt davon, daß ich eine erstklassige Architektin bin. Es hat nicht viel gefehlt, und er hätte gesagt, daß ich so gut wie ein Mann bin... Noch nie hätte er eine so intelligente Frau gesehen.«

»Das glaube ich dir gern, doch wird der General keine Anweisungen von dir entgegennehmen müssen.«

»Aber ich habe dieses verdammte Haus doch entworfen«, gab Lavinia etwas lauter zurück, »warum soll dann ein anderer Architekt den Bau überwachen? Das steht doch mir zu!

Alles andere finde ich ungerecht. Nur weil ich eine Frau bin! Das muß sich doch langsam ändern hier, wie überall auf der Welt! Es stimmt, daß es vielleicht nicht leicht sein wird, doch wenn sie merken, daß ich weiß, was ich tue, werden sie mich schon respektieren.«

»Ich glaube nicht, daß das so einfach sein wird«, meinte Julián. »Ich könnte dich höchstens als Stellvertreterin des leitenden Architekten einsetzen.«

»Aber...« Lavinia war entschlossen, nicht so leicht aufzugeben.

»Kein aber«, sagte Julián schnell, »beruhige dich und denke mal realistisch. Ich kann dir ja praktisch die ganze Arbeit überlassen und nur ab und zu auftauchen, und das zählt doch letztendlich, nicht wahr? Alles andere ist graue Theorie.«

»Mit Theorie hat das nichts zu tun«, erwiderte Lavinia wütend, »das ist ganz einfach schlimmster Chauvinismus. Du glaubst, daß ich die Arbeit sehr wohl tun kann, traust dich jedoch nicht, mich zur leitenden Architektin zu machen, weil du fürchtest, die anderen Männer könnten dir das übelnehmen! Ich bin genauso gut wie irgendeiner der Architekten, die hier arbeiten!«

»Einschließlich Felipe?«

»Einschließlich Felipe! Außerdem wirst du den auf keinen Fall mit der Bauaufsicht beauftragen.«

Sie sahen sich gegenseitig herausfordernd an, sagten sich mit ihren Blicken, was sie beide wußten, ohne ein Wort auszusprechen.

»Du kannst mich nicht überzeugen«, sagte Julián schließlich, ohne sich eine Spur Unsicherheit anmerken zu lassen, »also laß uns nicht unnötig streiten und uns den schönen Erfolg versauern. Wenn du mein Angebot annimmst, geht alles klar. Wenn nicht, muß ich mir eben einen anderen Architekten suchen.«

Einen Moment lang überlegte sie, ihm die Pläne vor die Füße zu werfen. Doch sie konnte nicht anders, als sein Angebot annehmen. »Laß es mich noch einmal überdenken«, sagte sie, um ihr Gemüt zu beruhigen, und erhob sich.

»Denk darüber nach, und gib mir Bescheid, morgen will ich die Baufirma zu einem Gespräch einladen. Laß mir die Pläne hier, und stell dich nicht so an. Du weißt genau, daß ich viel von deinen beruflichen Fähigkeiten halte. Das hat also nichts mit dir zu tun, sondern nur mit den Leuten vom Bau.«

Deutlich verstimmt verließ sie Juliáns Büro. Wie einfach, dachte sie, alles auf die Leute vom Bau zu schieben. Die Machos schoben sich immer gegenseitig die Schuld zu, doch auf lange Sicht hielten sie die Reihen geschlossen.

Am Donnerstag traf sie Sebastián und brachte ihn an jenen Weg zwischen den Kaffeeplantagen. »Im Dezember will er es also einweihen«, Sebastián sah gedankenverloren auf die Straße.

»Ja, und Julián ist entschlossen, sein Möglichstes zu tun. Es ist mir nicht gelungen, zu erreichen, daß er mich zum leitenden Architekten für den Bau macht. Aber er hat mich zu seiner Stellvertreterin ernannt.«

Eine Weile schwiegen sie. Nur der Gesang der Grillen drang durch die Stille. Zu dieser Zeit war wenig Verkehr, ab und zu trafen sie einen großen Lkw und mußten ihre Geschwindigkeit verlangsamen.

»Wie geht's Flor?« fragte Lavinia.

»Gut. Sie arbeitet viel. Flor ist eine hervorragende Compañera.«

»Sie fehlt mir«, sagte Lavinia.

»Ihr seid ja auch wirkliche Freundinnen geworden. Mir fehlt sie übrigens auch.«

»Aber seht ihr euch denn nicht?«

»Sei nicht so neugierig«, antwortete er freundlich, »du fragst ein bißchen viel ...«

»Du hast recht, doch kommen mir manche Dinge einfach nicht so geheim vor.«

»Durch anscheinend unwichtige Informationen können wichtigere verraten werden.«

»Aber wem sollte ich denn etwas verraten?«

»Das ist kein Mangel an Vertrauen. Aber wir dürfen niemals außer acht lassen, daß wir jederzeit geschnappt werden können. Und wenn sie dich foltern, kannst du leicht etwas verraten. Anfangs waren wir sehr hart. Jeder, der den Sicherheitskräften der Diktatur etwas sagte, galt automatisch als Verräter. In dem Maße jedoch, wie die Foltermethoden brutaler und raffinierter geworden sind, verlangen wir von den Compañeros nur noch, daß sie eine Woche aushalten, damit gefährdete Leute untertauchen können. Nach einer Woche darfst du ein bißchen preisgeben, damit sie dich nicht noch mehr fertigmachen.«

Lavinia versuchte, nicht daran zu denken.

»Die Folter muß schrecklich sein«, sagte sie dann leise.

»Ja«, gab Sebastián zurück, »ich will lieber sterben, als daß mich diese Schweine lebend kriegen.«

»Als ich mit dem General zu Mittag gegessen habe, mußte ich immerzu daran denken, was er mit seinen Händen alles macht.«

»In letzter Zeit tut er es nicht mehr persönlich. Er gibt nur die Befehle. Aber es gibt einen Compañero in den Bergen, den der General persönlich gefoltert hat. Er hat ihn bis zum Hals eingegraben und eine Woche lang der prallen Sonne ausgesetzt. Ab und zu ist er hingegangen und hat ihm einen Eimer Wasser über den Kopf gegossen. Der Compañero konnte nur das bißchen trinken, das ihm über das Gesicht lief. Es ist ein Wunder, daß er noch lebt. Während eines Transportes hat er abhauen können, und wir mußten ihn in die Berge schicken, weil er völlig von Platzangst besessen war... Du mußt hart arbeiten«, fügte er nach einer kurzen Pause hinzu, »um ihm möglichst viele Informationen zu entlocken und sicherzustellen, daß das Haus im Dezember fertig ist.«

»Meinst du nicht, es wäre besser, wenn sich das ein bißchen verzögert? Das war eigentlich mein Plan, und deshalb wollte ich auch den Bau überwachen.«

»Lavinia«, meinte Sebastián sehr ernst, »du mußt lernen, daß du hier nicht für die Pläne, sondern nur für die Baupläne zuständig bist.« Er lächelte ganz leicht. »Deine Ideen sind immer willkommen, aber sie müssen von unserer Leitung akzeptiert werden. Du bist es gewohnt, allein zu entscheiden, aber jetzt mußt du anfangen zu lernen, gemeinsam und diszipliniert zu handeln. Ich möchte dich nicht bremsen, doch kann in der Bewegung nicht jeder einfach das tun, was ihm einfällt, auch wenn er es für richtig hält. Wir sind alle Teil einer Mannschaft und müssen an die anderen Spieler denken. Deshalb mußt du so etwas mit deinem Verantwortlichen besprechen, der eine genauere Kenntnis der Situation hat. Was die Verzögerung beim Bau angeht, so schlag dir das gleich aus dem Kopf. Uns interessiert, daß der General das größte Vertrauen zu dir hat, deshalb mußt du, wenn eben möglich, das Haus bis Dezember fertigstellen.«

»Geht in Ordnung«, gab Lavinia kleinlaut zurück.

»Okay«, meinte Sebastián. »Flor hat mit dir über ein militärisches Training gesprochen, nicht wahr?« Sie nickte bestätigend. »Daran nimmst du an diesem Wochenende teil. Felipe wird dich hinbringen.«

Sie waren angelangt. Lavinia hielt mit laufendem Motor. Ein starker, kalter Nachtwind blies und bog die Kaffeesträucher. Bevor Sebastián ausstieg, drehte er sich noch einmal zu ihr hin. Im Halbdunkel sah sein schmales, ruhiges Gesicht besorgt aus.

»Wir haben große Erwartungen an dich, Lavinia«, sagte er. »Du bist in einer schwierigen, intensiven Phase zur Bewegung gestoßen. Wir wissen, daß es nicht immer leicht ist, zu lernen. Ich will dich nur daran erinnern, daß wir es alle haben tun müssen. Die Bewegung ist eine Schule. Keiner von uns ist perfekt, und keiner erwartet von dir, daß du es bist, doch ist es unsere Pflicht, dir das zu zeigen, was wir gelernt haben. Das erfordert Bescheidenheit und Vertrauen von dir, Verständnis und Eindeutigkeit von uns. Bis bald, dann.« Bevor Lavinia antworten konnte, war er schon ausgestiegen und ging eilig den engen Weg davon.

Wieder auf der Landstraße, blies der Wind durch das halboffene Autofenster. Sie wußte nicht, weshalb sie sich so belastet fühlte. Sebastián flößte ihr tiefen Respekt ein, und seine Rüge machte sie betroffen und zeigte ihr, wie weit sie noch davon entfernt war, so zu sein wie er, wie Flor, sogar wie Felipe. Vielleicht war ihr Vorsprung nicht aufzuholen. Wann würde sie all das lernen, was die anderen schon seit Ewigkeiten zu wissen schienen?

Wie sehr ihr Flor fehlte! Mit ihr hatte sie Stunde um Stunde reden können, ohne Schwierigkeiten, vom Politischen ins Persönliche hinüberzuwechseln, ohne Angst vor Unverständnis über ihre Schwächen und Zweifel. In letzter Zeit rebellierte sie gegen die ganze Welt, so kam es ihr vor. Nicht nur, weil sie sich der Bewegung angeschlossen hatte, sondern auch, weil ihr ureigenstes Selbstbewußtsein sie gegen eine andere, tieferliegende Wirklichkeit aufbrachte: Kräche mit Felipe, mit Julián, der skeptisch-spöttische Blick Adriáns, der General, die Rüge Sebastiáns ... die Welt der Männer eben.

Wirf Sebastián nicht mit den anderen in einen Topf, sagte sie zaghaft zu sich selbst, doch gelang es ihr nicht, ihn ganz davon zu trennen. Auch er war ein Teil davon.

18

In rasantem Tempo raste der klapprige Jeep die vom Regen durchweichte Piste hinunter. Der Fahrer, Felipe nannte ihn Toñito, ein Mann in mittlerem Alter und mit freundlich-sympathischen Zügen, umklammerte mit festem Griff das Lenkrad, das weit nach beiden Seiten ausschlug, als habe es keinerlei Verbindung zur Vorderachse.

Bei Tagesanbruch waren sie losgefahren. Sie nahmen die nördliche Ausfallstraße, um an einer bestimmten Stelle in ein Tal abzubiegen, das weiter in die Berge hineinführte. Die Landschaft lag, sonnenlichtgebadet, in feucht-dunstigen Pastelltönen vor ihnen.

Felipe und Lavinia saßen vorn; die Frau und die beiden Männer auf den seitlichen Rücksitzen ließen, durch die wenigen Brocken einer von Zeit zu Zeit gemurmelten Unterhaltung, kaum ihre Anwesenheit erahnen. Sie hatten sie an verschiedenen Punkten der Stadt aufgesammelt. Lavinia fürchtete, sie könnte etwas Falsches sagen, etwas, das die »Informationsteilung« gefährdete, und schwieg lieber. Sie hatte das erste Mal mit anderen Mitgliedern der Bewegung zu tun und kannte die Spielregeln für solche Situationen nicht.

Felipe döste. Der Fahrer machte, vielleicht weil er ein alter Hase in diesem Geschäft war, einen entspannten Eindruck und pfiff ab und zu ein paar Takte aus einem aktuellen Schlager oder einem alten Lied von Augustín Lara.

Jetzt hatte sich der Nebel gelichtet, die Sonne beschien ausgedehnte Mais- und Zwiebelfelder. Sie waren mitten auf dem Lande, Elektrizität gab es hier nicht. Keine Strommasten standen wie Kreuze am Straßenrand, und keine Spatzen saßen auf den Hochspannungsleitungen. Es roch gut und sauber, nach Kühen und Pferden in der Ferne.

»Wie weit ist es noch?« fragte Felipe, den ein harter Stoß geweckt hatte.

»Wir sind gleich da«, antwortete Toñito, dann fielen die beiden wieder in Schweigen.

Wir sind bald da, dachte Lavinia erwartungsvoll. Sie hoffte, bei der Ausbildung kein allzu schlechtes Bild abzugeben. Felipe hatte ihr von dem Unterricht im Auseinandernehmen und Zusammensetzen der Waffen und den Schießübungen erzählt. Obwohl sie nie sehr sportlich oder gar athletisch gewesen war und nur auf ein bißchen Ballettunterricht in ihrer frühen Jugend verweisen konnte, sorgte sie sich nicht allzusehr wegen des körperlichen Trainings. Sie war eine gute Wanderin und hatte von Natur aus einen festen Körper. Was ihr ein wenig Sorgen machte, waren die Schießübungen. Bis zu dem Tag, als General Vela sie zum Essen einlud, hatte sie noch nie eine Waffe in der Hand gehalten. Vor dem General mochte sie kaum das blauglänzende Material berühren. Sie hatte die »typisch weibliche« Angst vor Feuerwaffen vorgeschützt, die sie jedoch an jenem Tag, gegenüber den Werkzeugen wer weiß wie vieler Morde, auch tatsächlich verspürt hatte.

Einmal hatte ihr Tante Inés, die als Mädchen den Großvater auf die Jagd begleitet hatte und deshalb etwas von Flinten verstand, den Mechanismus eines alten Revolvers gezeigt. Sie bewahrte ihn in der Schublade mit den »heiligen Dingen« auf, zwischen Rosenkranz und den Briefen verflossener Liebhaber. Der feine innere Aufbau hatte sie beeindruckt, die als Ballistik angewandte Physik, die sorgfältig synchronisierte Mechanik. Da hatte sie zum ersten Male eines der Instrumente aus der Nähe gesehen, vor denen ihre Mutter eine Heidenangst hatte. »Anfassen streng verboten, nicht einmal in die Nähe darfst du gehen«, pflegte sie jedesmal zu sagen, wenn der Vater, weil er meinte, Diebe zu hören, seinen alten Revolver hervorholte.

Jetzt war sie unterwegs, um den Umgang mit Feuerwaffen zu lernen. Vielleicht sollte sie auch einige bei sich zu Hause verstecken. Sie konnte sich sich selbst nicht schießend vorstellen. Was fühlte man wohl, wenn man den Abzug durchzog?

Wie wenig ihre Eltern etwas von ihrem jetzigen Leben ahnten! Seit dem Ballabend hatte sie sie zweimal besucht. Im Wohnzimmer ihres Elternhauses saßen sie wie entfernte Bekannte, tranken Kaffee und knabberten Plätzchen. Ab und zu telefonierten sie miteinander, und die Eltern fragten nach ihrem gesellschaftlichen Leben. Zwischen ihnen war jetzt eine breite Kluft, die nur selten von versteckten Gefühlen überbrückt wurde. Aber so wollte sie es ja. Es war besser, höfliche Distanz zu halten. Sie konnte keine unvorhergesehenen vertraulichen Besuche ihrer Eltern gebrauchen.

Sie denkt an die Ihren. In den unerwartetsten Momenten tauchen die Bilder doch auf, die sie gern unterdrücken möchte.

In Augenblicken der Gefahr habe ich gespürt, wie sie sich nach dem Schoß ihrer Mutter und dem jener anderen Frau sehnt, deren Bild in ihrer Erinnerung verschwimmt. Es scheint, als gäbe es viele ungelöste Dinge in ihrem Leben. Dinge, die ihr fehlten. Zärtlichkeit, die ihr nie zuteil wurde. Ihre Kindheit lebt in ihrer Phantasie als nebelumwobene, einsame Region, und manches Mal fängt sie sie in einer wirren Welt stiller Geister und verflossener Zeiten. Sie hat sich nie verabschiedet. Ihre Eltern haben sie nicht gesegnet. Sie haben sich nicht in der Ferne verlieren sehen, wie der Bogenschütze dem abgeschossenen Pfeil nachsieht. Sie haben sie nicht freigegeben.

Toñito stieß Felipe mit dem Ellenbogen an.

»Wir sind da«, sagte er und bremste den Wagen. Sie waren am Ende der Piste angelangt. Sie endete abrupt an einem Weidezaun. Alles ringsherum war dicht bewachsen, ausgedehnte Bananenpflanzungen schlossen hier den Weg von beiden Seiten ein. Felipe bedeutete allen, auszusteigen. Sie folgten schweigend der Anweisung, wobei sie sich verständnislos umsahen. Lavinia und die anderen sollten in der Nähe des Zauns auf ihn warten, während er mit dem Fahrer sprach. Der alte Jeep bewegte sich rückwärts in eine Staubwolke. Als er gewendet hatte, hob Toñito die Hand zum Abschied und entfernte sich im gleichen Höllentempo, mit dem er sie hergebracht hatte.

»Hier geht's lang«, sagte Felipe und zeigte auf eine Stelle im Zaun. Nacheinander hielten sie sich den Draht hoch, damit einer nach dem anderen hindurchschlüpfen konnte. Dann gingen sie ungefähr eine halbe Stunde still nebeneinander her, bis sie schließlich auf eine Lichtung kamen, auf der ein altes Bauernhaus stand.

Es war jetzt schon hellichter Tag, und trotzdem ließ sich im Haus kein Lebenszeichen erkennen. Fast sah es so aus, als sei das Haus unbewohnt, aber wem gehörten dann die Bananenpflanzungen? Felipe trat näher heran und klopfte an eine der Türen, drei kräftige Schläge gefolgt von zwei kurzen, schnellen. Die Tür öffnete sich, und zwei junge Männer in Blue jeans, ohne Hemd und Schuhe, kamen heraus. Nacheinander umarmten sie Felipe und warfen dabei einen Blick auf die kleine Gruppe, die ihn begleitete.

»Sind das die Studenten?« meinte der Größere der beiden, ein gutaussehender Junge mit schmalen Gliedmaßen, heller Haut und strähnigem braunem Haar.

»Ja«, antwortete Felipe, »das sind sie«, und stellte sie vor: »Inés, Ramón, Pedro, Clemencia ...«

Der andere der beiden sah sie mit einem Ausdruck gutmütigen Spotts an. »Na, habt ihr Lust auf ein bißchen Bewegung?« fragte er, und alle lächelten etwas gezwungen. »Dann wollen wir gleich mal anfangen.«

Sie betraten das Haus, und die beiden zeigten ihnen, wo sie ihre Sachen lassen konnten. Außer einer Reihe Hängematten waren nur eine Feuerstelle und ein paar Proviantsäcke zu sehen.

Die Ausbildung begann im Hof. Lavinia konnte sich auf den Ort keinen Reim machen. Wo waren die Bauern, und wer wohnte hier? dachte sie, während René, der Größere der beiden, sie aufforderte, abzuzählen. Er befahl ihnen, sich die ganze Zeit, die sie hier miteinander verbrachten, nur noch mit diesen Zahlen anzureden. Lavinia war die Nummer sechs, die letzte.

Felipe saß auf der halbverfallenen Veranda unter dem windschiefen Vordach und sah ihnen zu.

»Wir wollen jetzt den Unterricht einteilen. Ich werde euch etwas über militärische Formation und Technik beibringen, Felipe gibt Unterricht im Auseinandernehmen und Zusammensetzen der Waffen, und Lorenzo kümmert sich tagsüber um die Wache. Nachts übernehmen wir sie abwechselnd«, sagte René in professionellem Ton. »Ich will kein Gelächter und keine Unterhaltung hören, bis wir eine Pause machen. Verstanden?«

»Verstanden.« Lavinia nickte nur zustimmend und dachte, daß die anderen viel klüger wirkten als sie.

Den ganzen restlichen Morgen verbrachten sie damit, im Hof Exerzierübungen zu wiederholen, militärische Befehle und die dazugehörigen Bewegungen zu lernen. Stillgestanden, links um, rechts um, abzählen... Rechts um! brüllte René, und alle drehten sich und schlugen die Hacken zusammen... Lavinia begriff nicht, wozu sie das alles lernen sollte, das eher für Soldaten als für Guerilleros bestimmt zu sein schien. Sie gab sich jedoch redlich Mühe mitzuhalten, kam bei den gymnastischen Übungen auch ordentlich ins Schwitzen. René hatte endlich Mitleid: »Rührt euch!«

Felipe machte ihr mit der Hand ein Zeichen, und sie folgte ihm zwischen den Bananenstauden hindurch zu einem Bächlein, das in der Nähe floß.

»Hier kannst du dich ein wenig frisch machen«, sagte er und fuhr ihr zärtlich durchs Haar, »du bist ganz schön schmutzig.«

»Und die anderen?« fragte Lavinia. »Sie haben sicher auch Lust, sich frisch zu machen.«

»Die kommen schon noch«, antwortete Felipe, »keine Sorge. René bringt sie bestimmt gleich her. Ich wollte nur einen Moment mit dir allein sein. So weit draußen auf dem Land sind wir noch nie zusammengewesen ...«

»Wem gehört eigentlich dieser Hof?«

»Das Haus ist verlassen, wie du vielleicht gemerkt hast. Es gehört Leuten, die mit uns zusammenarbeiten. Sie haben sich ein neues gebaut. Hierher kommt für gewöhnlich niemand. Die Campesinos sagen, daß es im Haus spukt. Sie kommen nur her, wenn es unbedingt notwendig ist, wie zur Erntezeit. Aber die reifen Bananenbüschel sind gerade erst geschnitten worden... Außerdem arbeiten die meisten sowieso mit uns zusammen. Es ist hier also ziemlich sicher. Es gefällt mir, dich so verschwitzt und schmutzig zu sehen«, fügte er noch hinzu.

Lavinia lächelte. Das Wasser war schön erfrischend. Das Bächlein rann zwischen hohem Schilf hindurch, trug Steinchen fort und beleckte die Ufer mit seinem glucksenden Gesang. Während sie sich die verschwitzten Arme und das Gesicht netzte, fragte sie sich, wie Felipes Hirn wohl funktionieren mochte. Gestern noch hatte er den Eindruck gemacht, als sei er über die Notwendigkeit von Lavinias militärischer Ausbildung insgeheim anderer Meinung als Sebastián. Mit ihr allein, hatte er dann auch seinem Unmut freien Lauf gelassen. Er beharrte darauf, daß sie noch sehr »neu« in der Bewegung sei und außerdem keine ihrer Aufgaben eine solche Vorbereitung nötig mache.

Entschlossen, sich nicht provozieren zu lassen, hatte sie ihm zugehört, so wie man dem Regen zuhört. Sie war sich bewußt darüber, daß Felipe die Anweisung nicht anfechten konnte, ob er wollte oder nicht. Doch hatte sie, wie immer, wenn er in ein solches Verhalten zurückfiel, den bitteren Geschmack nicht loswerden können, den seine Bemerkungen hinterließen. Genau wie sie sich jetzt nur darüber wundern konnte, wie gutgelaunt er schien, als sei nichts zwischen ihnen vorgefallen.

»Ich weiß, es war nicht in Ordnung, wie ich mich gestern verhalten habe«, sagte er plötzlich, als habe er ihre Gedanken gelesen. »Ich weiß einfach nicht, warum ich manchmal so aggressiv werde, ich weiß nicht, warum es mir so schwerfällt, zu akzeptieren, daß du auch in der Bewegung bist...«

»Daß es dir immer nur leid tut, nützt mir gar nichts«, antwortete Lavinia und machte sich auch das Haar ein wenig feucht. »Das wirkt auf die Dauer einfach ein bißchen langweilig«, fügte sie dann noch fast nachsichtig hinzu. Sie hatte keine Lust zu streiten, wollte lieber verständnisvoll lächeln.

Jetzt hörten sie, wie auch die anderen sich näherten. Dabei lachten sie leise und machten Witze über Rheuma, Muskelkater, ihre müden Knochen. Schüchterne Witze von Menschen, die sich plötzlich wie Schiffbrüchige oder wie in einem Abenteuer zusammengebracht finden, an dessen Ausgang Leben oder Tod lauern könnten.

Die Nummer drei, Clemencia, wechselte einen verständnisvollen Blick mit ihr, sozusagen von Frau zu Frau. Sie hatte eine olivfarbene Haut, kurzes Haar und klare Züge. Sie war nicht dick, aber von robuster Statur und hatte breite Hüften, die sie beim Gehen anmutig wiegte. Es war Lavinia schon aufgefallen, daß Lorenzo sie von seinem Beobachtungsposten ab und zu verstohlen ansah. Unter Witzeleien darüber, daß in der kommenden Nacht die Gespenster ihnen an den Zehen zupfen würden, kehrten sie zum Haus zurück. Auf der Feuerstelle bereiteten sie sich ein karges Mittagessen aus Reis, Bohnen und Kochbananen zu.

Es war seltsam, welches Verständnis in diesen Umständen unter völlig unbekannten Menschen aufkam. Über Persönliches konnten sie ja nicht sprechen, doch teilten sie die gleichen Ansichten von den Dingen, dieselbe stille Entschlossenheit. Deshalb fühlten sie sich auch nicht fremd untereinander. Im Gegenteil: Wie sie da auf der windschiefen Veranda des halbverfallenen Hauses saßen und gemeinsam ihren Hunger stillten, hätte man meinen können, es handele sich um Menschen, die sich längst aus einer anderen Zeit kannten. Vielleicht schon aus einem anderen Leben.

Lavinia unterschied sich in ihren Blue jeans, den Tennisschuhen und dem T-Shirt, ungeschminkt und das Haar in einen Pferdeschwanz gebunden, von den anderen nur durch ihre zarteren Züge; doch auch René war hellhäutig und etwas feiner gebaut. In ihrem Verhalten waren sie sich alle gleich. Reis und Bohnen wurden zusammen mit einer Tortilla und einer Tasse schwarzen Kaffees gegessen. Lorenzo, René und sogar Felipe aßen mit großem Geschick und ohne von ihrem Essen aufzusehen mit den Händen. Lavinia bemühte sich, ihre Hilflosigkeit zu verbergen. Sie hatte etwas Schwierigkeiten, den Reis und die Bohnen ohne Eßbesteck einigermaßen sicher zum Mund zu führen. Deshalb wickelte sie alles in ihre Tortilla ein, konnte jedoch nicht vermeiden, daß aus deren beiden Enden die roten und weißen Körner hervorquollen. Verstohlen blickte sie in die Runde, stellte aber beruhigt fest, daß es nicht nur für sie ungewohnt war, ohne Messer und Gabel zu essen.

Die Pause tat gut, bei der Gymnastik hatten sie alle viel geschwitzt.

»Ihr müßt mehr körperliches Training machen«, sagte René, »keiner von euch hält einen Dauerlauf von einer halben Stunde durch, geschweige denn einen Marsch durch die Berge ...«

Nach dem Essen gingen sie ins Haus und verschlossen die Türen. Durch die hochliegenden Fenster leuchtete die Nachmittagssonne ins Innere des Hauses und warf fahles Licht auf die massigen Wände. Hier unter dem hohen Dach war es fast kühl. Lavinia kannte diese typisch spanischen Gebäude. Die dicken Wände hielten die Hitze ab, durch das hohe Dach konnte die Wärme im Inneren aufsteigen, und am Boden entstand eine angenehme Kühle. In den im Kolonialstil erbauten Stadthäusern öffneten sich die sonst nach allen Seiten geschlossenen Zimmer nur auf den Innenhof mit seinen Veranden. Das Bauernhaus hatte, da es für das Leben auf dem Lande erdacht war, eine andere Bauweise: ein Innenraum, der praktisch nur dem Ausruhen diente, und eine Veranda, die zu den Feldern hin lag und auf der sich alles alltägliche Geschehen abspielte. Wo an den Nachmittagen längst vergangener Zeiten die Männer und Frauen in kunstvoll geflochtenen Hängematten gelegen und auf die Pflanzungen hinaus gesehen haben mochten.

Jetzt hatten sich Zeit und Verfall unübersehbar auf die rissigen Wände gelegt. Die Spinnweben hatten ihre Durchsichtigkeit verloren und sich mit Staub gefüllt, bildeten bizarre Muster des Verfalls.

Felipe plazierte nun sorgfältig eine braune Leinwandtasche in die Mitte des Raumes, der er das bescheidene Waffenarsenal entnahm: ein M-16-Sturmgewehr nordamerikanischer Fabrikation und eine P-38-Pistole vom Kaliber 9 mm. Das war alles. Felipe nahm die Waffen behutsam auf, als handele es sich um etwas Zerbrechliches: »Dies ist ein M-16-Gewehr«, sagte er dabei und zeigte es, hielt es in die Höhe, blies und wischte sorgfältig den Staub von der Waffe. Dann erklärte er ihre Eigenschaften, Reichweite und nannte weitere technische Daten. Er begann langsam, sie zu zerlegen, wobei er laufend die einzelnen Teile erklärte: Schloß, Abzug, Bolzen, Lauf.

Alle sahen aufmerksam schweigend zu, wie er sorgfältig ein Teil neben das andere legte.

Als ob man den Tod kennenlernte, dachte Lavinia und sah sich genau die komplizierten Präzisionsinstrumente an. Unbegreiflich, was im Kopf des Menschen vorging, der diese Gegenstände herstellte, um andere Menschen aus der Welt zu schaffen; riesige Fabriken, die nichts anderes als dies produzierten: Gewehre, Granaten, Panzer, Kanonen... Nur um sich gegenseitig zu zerstören. So war es seit dem Anfang der Welt immer gewesen: der Mensch, der den anderen beraubt, verfolgt, sich gegen ihn verteidigt. All das nur aus dem Drang nach Herrschaft und Eigentum, mein und dein... Bis es schließlich Teil seiner Natur zu sein schien, Teil der Gesellschaftssysteme, des Alltaglebens: der Starke gegen den Schwachen. Noch im zwanzigsten Jahrhundert das Verhalten von Nomaden, die das Feuer mit Gewalt an sich reißen. Noch nicht überwunden und anscheinend unüberwindlich das wilde Stadium des Menschen. Und sie, die dort mit Feuerwaffen umzugehen lernten, ohne eine andere Möglichkeit zu haben, als sie berühren und kennenlernen und mit ihnen umgehen zu müssen. Genau wie die von der Gegenseite.

Lavinia fühlte Haß in sich aufsteigen, Haß gegen den Großen General, den General Vela und alle anderen Generäle. Gegen den Reichtum, die ausländische Beherrschung ihres Landes: Gegen alles, das sie dazu zwang, hier, in diesem verlassenen Haus, vor den Waffen knien zu müssen und Felipe zuzuhören, der inzwischen Schußfolge, Einzelfeuer und Feuerstoß erklärte. Mit gemischten Gefühlen wartete sie auf den Augenblick, da er die Ziele für das Übungsschießen bestimmte. Auf den Moment, in dem sie die Explosion der Waffe hören sollte, den hohlen, trockenen Knall.

»Jetzt machen wir Haltungs- und Zielübungen«, hörte sie Felipe sagen.

Es wurde kein einziger wirklicher Schuß abgefeuert. »Zielübungen«, das Schießen ohne Patronen, war alles, was in geheimen Schulen wie dieser gezeigt wurde. Theoretische Schüsse und hypnotische Feuerstöße, Zettel, auf denen die Schüsse vermerkt wurden, die nur in der Phantasie abgegeben wurden. Das hätte ich mir denken können, dachte Lavinia. Der Lärm der Schüsse hätte die Aufmerksamkeit auf sie gelenkt.

Die Nacht verbrachten sie vollständig angezogen in den Hängematten, die zwischen den Balken des Hauses aufgespannt waren. In den konspirativen Häusern und in den Trainings- und Guerilla-Lagern in den Bergen wurde immer angezogen geschlafen. Nur manchmal konnte man wenigstens die Schuhe ausziehen.

Bevor sie in den Schlaf fiel, hörte Lavinia noch, wie sich Felipe mit Lorenzo und René unterhielt. René war bei den Einheiten in den Bergen gewesen und erzählte vom Marschieren im Schlamm, von Insekten, die einen bei lebendigem Leibe auffraßen, und vom Hunger der Guerilleros. »Es kommt mir so vor, als hätten wir die ganze Zeit nur vom Essen geredet und davon, was wir essen wollten, wenn wir erst siegreich in die Hauptstadt einzögen.« Er sagte, daß er sich jetzt, wo er aus den Bergen heraus sei, ganz merkwürdig fühle, daß es ihm schwerfiele, sich wieder in einer Stadt zu bewegen. Nach all dem Schlamm und den Strapazen in den Bergen waren Bürgersteige einfach zu ungewohnt für ihn.

Mit den leisen Stimmen im Ohr schlief sie ein. Später träumte sie, sie stünde in einem Kleid mit großen gelben und weißen Blumen in einem Gemäuer, das einer Festung glich. In der Hand hielt sie eine Pistole, die wie eine kleine Kanone aussah.

Eine Frau mit den Zöpfen einer Indianerin befahl ihr zu schießen.

Sie erwachte, als Lorenzo sie leicht an der Schulter rüttelte. »Compañera, compañera«, sagte er, »du bist mit der Wache dran.«

Eilig erhob sie sich und begleitete Lorenzo zu einem kleinen Hügel zwischen den Bananenpflanzungen in der Nähe des Hauses. Es war kalt und dunkel, ein weißer Viertelmond erleuchtete nur schwach die Umrisse der Bananenstauden.

Lorenzo drückte ihr die Pistole in die Hand und schärfte ihr ein, sie müsse auf die Geräusche von Schritten und Gestalten von Menschen im Unterholz achten. Dann zeigte er ihr, wie sie pfeifen mußte, wenn sie irgendeine ungewöhnliche Bewegung wahrnahm. Sie dürfte nur dann schießen, wenn sie absolut sicher war, daß es sein mußte. Wenn sich jemand näherte, sollte sie ihn mit den Worten »Wer lebt?« anrufen. Antwortete er: »Pascual«, dann war alles in Ordnung, das war das verabredete Zeichen.

Lorenzo ging fort. Anfangs verspürte sie keinerlei Angst, sie fühlte sich vielmehr wichtig, fast wie eine richtige Guerillera. Je mehr Zeit jedoch verging, desto feindlicher und verdächtiger kamen ihr alle Geräusche der Nacht vor. »Wer lebt?« flüsterte sie ab und zu, erhielt jedoch keine Antwort. Was sie hörte, war nichts weiter als der Nachtwind, Insekten, die Tiere des Waldes. Ihr wurde kalt, und die Zähne klapperten. Ein Kälteschauer nach dem anderen lief ihr über den Rücken. Um sich Mut zu machen, dachte sie an Flor, an Lucrecia, an Sebastián, und von Zeit zu Zeit auch an den General Vela, um sich von Wut und Abscheu beleben zu lassen.

Schließlich landete sie in Gedanken bei ihrer Tante Inés, und später dann betete sie zum vergessenen Gott ihrer Kindheit, daß niemand kommen möge und sie nicht gezwungen wäre, die schwere Pistole zu benutzen, mit deren Umgang sie sich eben erst vertraut gemacht hatte. Sie wußte, daß Lorenzo irgendwo ganz in der Nähe war. Er, René und Felipe begleiteten abwechselnd die Neuen bei der Wache. Sie konnte ihn jedoch nicht sehen und mußte sich damit bescheiden, zu wissen, daß er irgendwo in Reichweite war.

Zwei Stunden später kam Lorenzo mit Nummer vier, um sie abzulösen. Steif und zitternd vor Kälte, kehrte sie in ihre Hängematte zurück. In der Tür traf sie auf Felipe, der Lorenzo ablösen wollte. Schweigend umarmte er sie flüchtig und sagte ihr, sie solle seine Decke nehmen, um sich aufzuwärmen. Der Morgen graute schon.

Sie wußte nicht, warum auf einmal, als die Wärme in ihren Körper zurückkehrte, auch ein Lachen in ihr hochstieg. Erst mußte sie darüber lächeln, daß sie ihre erste Wache überstanden hatte. Dann lachte sie richtig leise vor sich hin, als sie sich selbst sah, dort als anderer Mensch in der Hängematte liegend: eine Frau mitten in ihrem Land, auf einem einsamen, den Gespenstern überlassenen Gehöft, ihnen, den Träumern, die entschlossen waren, den Zustand der Dinge zu ändern; junge rastlose Don Quijotes mit gesenkter Lanze. Oder lachte sie nur die Aufregung weg, die Angst, die sie dort zwischen den Blättern der Farne verspürt hatte, die Angst vor den Schlangen und dem Lärm der Pocoyos, die sich zu ihrem nächtlichen Flug erhoben, lachte sie, um jetzt die Wärme und die Müdigkeit wohlig in ihren Körper einströmen zu lassen? Sie hatte ein seltsames Gefühl von Kraft, von Unbesiegbarkeit, während draußen die Compañeros wachten.

Am nächsten Tag bestand die Ausbildung darin, das alte Haus »einzunehmen«, als sei es eine Armeekaserne in den

Bergen. Erschöpft hörten sie gegen vier Uhr nachmittags auf, nach langen Anschleichmanövern, Überfällen, Angriffen und Rückzugsgefechten.

Gegen halb sechs kam wieder Toñito in seinem klapprigen Jeep den Weg entlanggefahren. Sie erwarteten ihn, auf der anderen Seite der Einzäunung verborgen. Dann verabschiedeten sie sich von Lorenzo und René und stiegen wieder in den Wagen. Jetzt, auf der Rückfahrt, herrschte eine angeregte Unterhaltung, und es gab viele Bemerkungen, wie sich ein jeder geschlagen hatte. Es wurden Witze darüber gemacht, wer wohl der beste Militärstratege war und wie sich Lavinia im Stacheldraht verfangen und dem Feind eine leichte Beute gewesen war.

Erst als sie in die Stadt einfuhren, verstummte das Gespräch wieder. Die Passagiere stiegen an verschiedenen Ecken aus. Sie verabschiedeten sich – vielleicht sollten sie sich nie wiedersehen! –, und schließlich ließ Toñito auch Lavinia und Felipe, wenige Blocks von ihrem Haus entfernt, aussteigen.

»Du hast Glück gehabt«, meinte Felipe, als sie den Bürgersteig entlanggingen. »Du hast eine ruhige Schulung unter guten Bedingungen mitgemacht. Glaub nicht, daß es immer so abläuft. Letztes Jahr hat die Nationalgarde eines unserer Lager entdeckt und fast alle Compañeros, die dort trainierten, umgebracht. Nur zwei haben sich retten können.«

»Ja, ich habe Glück gehabt«, stimmte Lavinia zu und dachte, daß alles nicht so schwierig gewesen war, auch wenn sie einen ziemlichen Muskelkater hatte.

»Sebastián paßt auf dich auf«, sagte Felipe.

»Meinst du wirklich?« fragte sie gerührt und wurde erst jetzt auf die unsichtbare Anwesenheit Sebastiáns bei der Planung ihrer Ausbildung aufmerksam. Nach einer Weile sagte sie wie zu sich selbst:

»Sebastián sagt immer, daß die Bewegung große Erwartungen in mich setzt. Ich glaube, er sagt das vor allem, damit ich mich gut fühle. Trotzdem habe ich Angst, ihn zu enttäuschen. Ich weiß nicht, wie nützlich ich wirklich sein kann.«

Als sie das Haus betreten hatten und das Licht einschalteten, sah Felipe sie ernst an: »Das kommt ganz auf dich allein an.«

19

Der Juni näherte sich seinem Ende. Lavinia riß das Kalenderblatt ab und überflog die Termine des kommenden Tages. Mercedes hatte für 11 Uhr eine Sitzung mit Julián und den Ingenieuren und für vier Uhr nachmittags ein Treffen mit den Vela-Schwestern notiert. Sie schrieb noch ein paar Punkte hinzu, die sie zwischen den beiden Terminen erledigen muße, ordnete Unterlagen und Stifte auf dem Schreibtisch und schloß die Schublade ab. Sara erwartete sie um halb sechs, und es war schon fünf Uhr. Sie schaltete das Licht aus und verließ ihr Büro. Mit raschem Schritt ging sie zum Parkplatz hinüber und bog bald schon um die Ecke, um sich in den Verkehr auf der Avenida Central einzureihen. Eine dichte Karawane von Fahrzeugen kroch stoßweise von Ampel zu Ampel. Sie saß zerstreut und ein wenig müde in ihrem Wagen und dachte an die Sitzung mit den Ingenieuren. Das Haus von General Vela mußte pünktlich fertig werden, und sie hatte dafür zu sorgen, daß die Arbeit der Baufirma zügig voranging. Durch das Seitenfenster glitt ihr Blick zu den Fahrern der anderen Wagen, die aufmerksam darauf warteten, ein Stück voranzukommen.

Da sah sie Flor. Sie saß in einem Auto nur wenige Meter

schräg vor ihr. Lavinia brauchte nur Sekunden, um sie trotz ihrer kurzen Haare zu erkennen. Sie fühlte, wie ihr Herz pochte. Flor, ihre Freundin Flor, so nah bei ihr. Lavinia konnte sie gestikulieren und lächelnd mit dem Fahrer des Wagens plaudern sehen. Schnell überlegte sie, was sie tun konnte, um sie auf sich aufmerksam zu machen. Doch Hupen oder ein Überholmanöver hätte zuviel Aufmerksamkeit erregt. Aber sie konnte versuchen, neben das Auto zu gelangen, damit Flor sie sah. Aber beide Fahrzeuge waren durch eine der vier Spuren der Avenida getrennt.

Die Ampel schaltete jetzt auf Grün, und der Wagen, in dem Flor immer noch in ihre Unterhaltung vertieft war, kam auf der linken Spur schneller voran. Sie versuchte aufzuholen, doch die vor ihr fahrenden Wagen waren zu langsam. An der nächsten Ampel hatte sie sie verloren.

Ein heiserer Ton der Enttäuschung kam aus ihrer Brust und ließ sie mit der flachen Hand aufs Lenkrad schlagen. Fast war es wie eine Vision: die Freundin so nah und gleichzeitig so fern, unerreichbar fern. Sie spürte schwere Traurigkeit und ein Gefühl von Verlust. Das ging ihr oft so. Der größte Teil ihrer engen Freunde hatte sich aus ihrem Leben entfernt. Auch wenn nur der Verlust ihrer Tante Inés wirklich unersetzlich für sie sein mochte, so verursachte ihr der Gedanke an Flor, ihre spanische Freundin Natalia und an Jérome doch immer wieder eine klopfende Sehnsucht.

In der Erinnerung, in der Flor langsam verschwamm, trieben wie Blumen auf dem Wasser die gemeinsamen Gespräche, das gleiche Empfinden, die Vertrautheit. Sie dachte an die einzigartige Übereinstimmung ihrer Ziele und ihres Geschlechtes, die sie weder mit Felipe noch mit Sara teilte. Sie zu sehen, sie so wenige Meter von sich entfernt zu wissen, ohne ihren Namen rufen und nicht einmal die kleine Freude eines fernen Lächelns, einer zum Gruß erhobenen Hand spüren zu können, ließ die Tränen der Traurigkeit vom Grund ihrer Augen aufwallen. Es war alles sehr hart, dachte sie. Wer stellte in all diesen Kämpfen die kleinen und großen persönlichen Verzichte in Rechnung? Wer dachte noch daran, die Trennungen zu verbuchen, die die Schlacht nötig machte?

Sie parkte ihren Wagen vor Saras Haus. Mit Sara war es anders. Von Sara, ihrer besten Freundin aus Kindheit und Jugend, entfernte sie sich Tag für Tag mehr, bis zu einem Punkt, da sie dachte, sie wohnten beide unter einem unsichtbaren Turm zu Babel, wo sich die Sprachen verwirrten.

Sara öffnete schon die Tür, sie sah bleich aus.

»Komm rein, Lavinia«, sagte sie zur Begrüßung, »ich habe dir einen Kaffee gemacht und Kekse bereitgestellt.«

»Mir scheint, du brauchst das mehr als ich«, antwortete Lavinia, »fühlst du dich nicht wohl? Du siehst so blaß aus ...«

»Mir ist nicht so wohl in letzter Zeit«, antwortete Sara mit einem eigentümlichen Ausdruck der Verschämtheit und Freude. Lavinia sah sie fragend an.

»Du bist doch nicht etwa schwanger? Hast du deine Tage endlich bekommen?«

»Nein. Habe ich nicht. Und werde ich auch nicht. Heute morgen habe ich den Labortest zurückbekommen. Ich bin schwanger!« Sie sprach erregt, ließ die Stimme langsam ansteigen, um in diesem jubilierenden »Ich bin schwanger« zu enden.

Die Freundinnen sahen sich an, mit offenen, lächelnden Gesichtern, aus denen die Gewißheit ihrer Zuneigung sprach.

»Wie schön!« rief Lavinia und umarmte sie erfreut. »Ich gratuliere dir!«

»Es wird im Februar zur Welt kommen«, erzählte Sara weiter, während sie die Umarmung der Freundin erwiderte und sie dann an den Tisch führte.

»Hast du es Adrián schon erzählt?«

»Ach!« seufzte Sara und klang etwas traurig. »Adrián hat überhaupt keinen Sinn für Romantisches, für die Gefühle von uns Frauen. Seit Tagen hat er mir schon vorhergesagt, daß ich schwanger bin. Deine Tage sind ausgeblieben, also bist du schwanger; das ist doch eine ganz einfache Rechenaufgabe, sagt er mir ein ums andere Mal. Ich hab' ihn angerufen und ihm von dem positiven Test erzählt, und das einzige, was er mir geantwortet hat, war: ›Hab' ich dir's nicht gesagt?‹... Es stimmt ja, man ahnt es ja schon vorher, aber weißt du, der Test, wenn du es schwarz auf weiß siehst, das ist die große Sache... Es ist nicht das gleiche, wie es nur zu ahnen. Und ich hatte mir vorgestellt, daß alles ganz romantisch sein würde, daß er sofort nach Hause kommen, mich in den Arm nehmen und mir Blumen mitbringen würde... was weiß ich. Irgend so etwas, aber dies ›Hab' ich's nicht gesagt‹, das hat mich dann doch frustriert.«

»Du hast recht«, sagte Lavinia und verglich in Gedanken, was sie wohl in einer solchen Situation erwartet hätte; überrascht stellte sie fest, daß sie keinerlei Vorstellungen hatte. Ihr fiel wieder Flor ein, wie sie vorhin im Auto gesessen hatte. Ob sie beide wohl jemals Kinder haben würden?

»Also schön, wie eine Freundin von mir immer sagt, gehören die Kinder zur Frau. Der Mann hat nicht das gleiche Verhältnis zu ihnen«, fuhr Sara fort und schenkte Kaffee ein.

»Ich habe keine Ahnung, wie sich die Männer ihren Kindern gegenüber fühlen. Ich glaube vielmehr, daß es für sie etwas Geheimnisvolles ist, was uns Frauen widerfährt. Sie sind ja, ist das Kind erst einmal unterwegs, nichts weiter als Beobachter des Geschehens, und gleichzeitig wissen sie, daß sie daran beteiligt sind... Vielleicht spüren sie Ferne und Nähe gleichzeitig. Für sie muß es seltsam sein. Du solltest Adrián einmal danach fragen.«

»Ich werde ihn fragen, obwohl ich jetzt schon weiß, daß er nicht viel dazu sagen wird. Er wird mir das Übliche antworten, daß er glücklich ist und daß alles andere nur meine Einbildungskraft bestätigt.«

»Es kommt mir ganz merkwürdig vor, daß du wirklich schon ein Kind bekommen sollst... Unglaublich, wie die Zeit vergeht, nicht? Ich weiß noch, wie wir uns in meinem Zimmer über diese Dinge unterhalten haben.« Sie schloß die Augen, legte den Kopf auf die Sofalehne und sah die beiden kleinen Mädchen vor sich, wie sie mit roten Köpfen die Farbtafeln in einem Buch von Tante Inés betrachteten, das ›Das Wunder des Lebens‹ hieß.

»Ja«, Saras Ton war wehmütig, »jetzt sind wir erwachsen. Und bald sind wir alt, haben Enkel und sagen, das kann doch gar nicht wahr sein.«

Ob sie wohl Enkelkinder haben würde? dachte Lavinia und schwamm in einem Gefühl aus Wehmut und der Unfähigkeit, ihre Zukunft mit solch einer Sicherheit vorherzusehen, wie Sara das konnte. Vielleicht hätte sie nicht einmal Kinder.

»Und du, denkst du denn immer noch nicht daran, zu heiraten und Kinder zu bekommen?« fragte Sara.

»Nein, im Moment noch nicht«, antwortete sie.

»Weißt du, ich mache mir ein wenig Sorgen um dich, Lavinia. Ich weiß nicht, warum, aber ich habe immer Angst, du könntest dich eines Tages in etwas verrennen, du könntest dich von irgendeiner Eingebung mitreißen lassen. Du hast mich zwar immer im Spaß ›die Mystische‹ genannt, aber ich glaube, von uns beiden bist eigentlich du die romantische Idealistin; es fällt dir viel schwerer als mir, die Welt so zu akzeptieren, wie sie ist.«

»Die Welt ist nicht einfach so oder so, Sara. Das ist genau der Punkt. Wir sind es selbst, die die Welt so oder so machen.«

»Nein. Das sehe ich überhaupt nicht so. Es sind doch nicht wir, die die Entscheidungen treffen. Das sind andere. Wir sind nur irgendwer, irgendwelche Leute... Willst du noch einen Keks?« fragte sie und hielt Lavinia den Teller mit den Kokosplätzchen hin.

»Das ist eine bequeme Ansicht.« Lavinia sah abwesend in den Garten hinaus. Immer wieder liefen die Gespräche mit Sara auf das gleiche hinaus. Nie war sie sich sicher, ob es sich lohnte, weiterzureden. Normalerweise beendete sie solche Unterhaltungen inzwischen lustlos.

»Aber was kann man denn machen, kannst du mir das vielleicht sagen; was kann man hier zum Beispiel machen?«

»Ich weiß nicht, ich weiß nicht«, gab Lavinia zurück, »doch irgend etwas läßt sich immer machen...«

»Du willst es nicht wahrhaben, aber Tatsache ist, daß du hier gar nichts machen kannst. Du siehst es ja, dich läßt man mit deinen ganzen idealistischen Vorstellungen das Haus von General Vela bauen.«

»Na und, wer weiß denn, ob ich den General nicht davon überzeuge, daß er sich mehr um die Not der Leute kümmern soll...«, sie ging in einen spöttischen Tonfall über, der diesen Teil des Gesprächs beenden sollte. »Laß gut sein, Sara, reden wir lieber von deinem Kind. Bei diesem Thema kommen wir doch nicht auf den grünen Zweig.«

Sie blieb noch ein Weilchen und unterhielt sich mit der Freundin. Am kommenden Sonntag waren sie zu einem Besuch auf der Hazienda von Bekannten eingeladen, zum Geburtstag des Gastgebers. Die Hazienda hatte einen Swimmingpool, und der Ausflug versprach nett zu werden. Sie verabredeten, zusammen zu fahren.

»Willst du nicht Felipe mitnehmen?« fragte Sara wie jedesmal, wenn es um gesellschaftliche Ereignisse ging.

»Nein. Du weißt doch, daß er Feste nicht mag.«

»Ich habe noch nie einen so unsozialen Menschen kennengelernt wie deinen Felipe«, meinte Sara theatralisch, »aber immerhin können wir zwei dann ja offener miteinander reden.«

Beim Hinausgehen traf sie Adrián, der gerade aus dem Büro heimkam, und beglückwünschte ihn. Verlegen wie ein artiges Kind nahm er die Glückwünsche entgegen. Lavinia mußte insgeheim lächeln, als sie ihre Vermutung bestätigt fand, daß er, obwohl er sicher glücklich war, mit seiner Beteiligung an diesem Geschehen nichts anzufangen wußte. Daß er keine ironische Bemerkung gemacht hatte, war der beste Beleg für seine Rührung. Aber Sara konnte nicht einmal das wahrnehmen, wartete sie doch auf die Filmszenenumarmung für die werdende Mutter.

Sie liebte es, bei Musik zu lieben; liebte es, sich im Meer der Küsse von Musik begleiten, treiben zu lassen. Musik, so sanft und anschmiegsam wie der Körper, der ihr im Bett wuchs. Erstaunlich, dachte sie, wie der Körper sich verändern konnte. Tagsüber ein Zinnsoldat, der zackig durch die Straßen oder von Büro zu Büro ging, sich kerzengerade auf unbequeme Stühle setzte; nachts, kaum daß die Musik, das

Berühren, die Küsse begonnen hatten, gab er sich weich und leicht hin, dehnte sich in der Vorfreude der Lust, rieb sich an der anderen Haut, schleckte sie schnurrend.

Niemals verlor sie das Gefühl andächtigen Staunens, wenn zwei nackte Körper sich trafen. Da war immer dieser Augenblick gespannter Erwartung, wenn der letzte Vorhang aus Stoff und Kleidern bezwungen war und neben dem Bett zu Boden fiel, wenn glatte Haut hell wie der Mond zwischen den Laken aufging, um die Nacht mit seinem Licht zu erhellen. Jedesmal war das erste Mal und war voller Bedeutung. Nackt sein, verletzlich, offene Poren vor einem anderen menschlichen Wesen, das seine Haut ebenso darbot. Dann tiefe Blicke, Verlangen und jene Bewegungen und Handlungen, die so vorhersehbar und doch so neu in ihrer Überlieferung waren: das sich Nähern, das Berühren, Hände, die Kontinente entdecken, bekannte Hautflächen, die neu erkundet werden. Sie mochte es, wenn Felipe in einen langsamen Rhythmus ohne Hast fiel. Sie hatte ihm beibringen müssen, die Zärtlichkeiten in Zeitlupe, das sanft-verführerische Spiel zu genießen, bis schließlich die Deiche der Geduld brachen und das Tempo des Tändelns, das Kokettieren der Leidenschaft Platz machten und die apokalyptischen Reiter entfesselt wurden, um einem Happy-End entgegenzureiten.

Ihre Körper verstanden sich viel besser als sie selbst, mußte sie denken, während sie fühlte, wie Felipes Gewicht sich erschöpft auf ihren Schenkeln niederlegte. Von Anfang an war klar gewesen, daß sie sich beide frei von Zwängen und zu jedem Abenteuer bereit ins Bett legten. Sie mochten gemeinsame Entdeckungsreisen, Bergsteigen und Tiefseetauchen und ein Universum aus Super-Novas und funkelnden Meteoriten. Sie waren die Marco Polos köstlicher Essenzen, des Safrans;

ihre Körper und deren Funktionen schienen ihnen natürliche Quellen der Freude.

»Du überraschst mich immer wieder«, sagte er eines Morgens und strich ihr zärtlich durchs Haar, »du hast mich abhängig gemacht von dir. Von deinen kleinen Seufzern.«

»Du mich genauso«, antwortete sie.

Das Bett war der Ort, waren ihre Vereinten Nationen, wo Streit geschlichtet und Trennungen aufgehoben wurden. Lavinia schien es seltsam, daß sie sich auf dieser Ebene so gut verstanden, wo sie doch auf dem Feld der Worte so oft aneinandergerieten. Sie fand das nicht logisch, doch so war es nun einmal. Auf diesem Feld hatten sie Gleichheit und Gerechtigkeit erstritten, Verletzbarkeit und Vertrauen; einer hatte über den anderen die gleiche Macht.

»Reden verwirrt oft nur«, sagte Felipe, doch sie beharrte darauf, daß das nicht stimmte. Vielmehr war sie überzeugt davon, daß sich menschliche Wesen nur durch Sprechen verständigen konnten. Was mit den Körpern geschah, war etwas anderes, ein ursprünglicher, ungemein mächtiger Impuls, der jedoch die verschiedenen Meinungen nicht ausgleichen konnte, auch wenn er scheue Versöhnungen, neue Zärtlichkeiten möglich machte. Es war eher gefährlich, behauptete sie, zu meinen, daß man Probleme so miteinander lösen konnte. Die stauten sich dann unter der Haut, lauerten zwischen den Zähnen und verminten anscheinend neutrales Gebiet. Es war ein Wunder, daß das noch nicht geschehen war, so oft, wie sie Streit hatten. Vielleicht hatte das damit zu tun, daß Lavinia, wenn sie sich stritten, im Grunde den Felipe, den sie liebte, von jenem anderen Felipe trennte, der ihr so vorkam, als spräche er nicht für sich selbst, sondern als Verkörperung einer längst überholten Ansicht; ein schlechterzogenes Kind, ein bockiges Rumpelstilzchen, das sie erlösen, das sie aus dem anderen Felipe, den sie liebte, vertreiben wollte. Flor pflegte zu sagen, daß Lavinia zu optimistisch war, wenn sie glaubte, sie könne den einen Felipe vom anderen befreien; doch ließ sie ihr die Hoffnung.

Diese Hoffnung war es vielleicht auch, die sie die Musik der Liebe spüren ließ, wenn sie miteinander schliefen, obwohl es vielleicht auch nur ein Abwehrmechanismus war, den sie sich erfand, um sich gegen die Enttäuschung und den Pessimismus zu schützen, daß eine Veränderung unmöglich schien... Wie konnten sie so heftig an die Möglichkeit glauben, die Gesellschaft verändern zu können, und sich gleichzeitig versagen, an die Veränderung der Männer zu glauben? »Wir müssen einen Schritt nach dem anderen tun«, meinte Flor, doch diese Theorie befriedigte sie nicht. Zwar leugnete sie nicht die Kompliziertheit des Problems und gab sich auch keinen Illusionen über seine leichte Lösung hin; doch schien es ihr im Grunde um eine Frage der Methode zu gehen. Wie konnte man Veränderungen herbeiführen? Wie mußte sich die Frau dem Mann gegenüber verhalten, was konnte sie tun, um den »anderen« in ihm zu retten?

Sie legte den Arm um den schlafenden Felipe und ließ sich vom Schlaf erfassen, floh vor den vielen Ungewißheiten, die sie bestürmten.

20

General Vela hatte sie in sein Büro bestellt. Zehn Minuten vor der verabredeten Uhrzeit bog sie von der Hauptstraße zum Tor des Militärgeländes ein.

Der Posten trat aus seinem Schilderhäuschen und pfiff mit autoritärem Gehabe auf seiner Trillerpfeife, wobei er ihr mit der Hand Zeichen machte, sie solle schleunigst auf die Hauptstraße zurückfahren. Lavinia bremste, streckte den Kopf zum Fenster hinaus und schrie, daß General Vela sie erwarte. Der Posten im Kampfanzug und Sturmhelm senkte den Arm und näherte sich langsam, vorsichtig dem Wagen.

»Was sagten Sie?« fragte er, während er sie mißtrauisch ansah und den Blick in das Wageninnere gleiten ließ.

»Ich sagte, ich habe eine Verabredung mit General Vela. Er erwartet mich in fünf Minuten.«

»Haben Sie einen Ausweis?«

»Meinen Führerschein.«

»Geben Sie her.«

Sie griff nach ihrer Tasche. Der Posten wich einen Schritt zurück, als fürchtete er, es könne gleich eine Waffe losgehen. Sie zog ihren Führerschein hervor und reichte ihn hinaus.

»Warten Sie hier. Rühren Sie sich nicht vom Fleck«, sagte der Soldat und ging zum Schilderhäuschen zurück.

Zufrieden stellte Lavinia fest, daß sie kein bißchen nervös war. Im Gegenteil, sie spürte, da sie sich ihrer Überzeugungen sicher war, eine gewisse freudige Erregung darüber, in diesen uneinnehmbaren Ort vorzudringen, in den Herrschaftsbereich des Feindes selbst. Vom Militärgelände konnte sie noch nichts sehen. Vor den Blicken der Passanten war es durch eine hohe, undurchdringliche Mauer geschützt, nur unterbrochen von dem schwarzen Eisentor.

Ungeduldig klopfte sie mit den Fingerspitzen aufs Lenkrad. Wenn der Posten nicht bald wiederkam, würde sie abfahren und sich beim General beschweren, er möge künftig genauere Anweisungen geben. Ganz ohne Zweifel würde der General seinen Untergebenen eine Strafe verpassen.

Anfangs war es nicht leicht für sie gewesen zu begreifen, welche Macht es bedeutete, mit der unbeirrten Sicherheit desjenigen zu handeln, der herrscht und Respekt verdient. Das galt noch mehr, wenn man eine Frau war. Sie dachte an die Sitzungen mit den Ingenieuren und mit General Vela. Wenn sie in vertrauliches Lächeln fielen, war das immer sexistisch und voll unterschwelliger Verachtung. Was berufliche Dinge anging, hatte Flor recht: Da mußte man von den Männern lernen. Und so hatte sie die Männer beobachtet, bis sie glaubte, das Geheimnis begriffen zu haben.

Lavinia sah auf die Uhr. Jetzt waren fast fünf Minuten verstrichen. Sie beschloß, nicht länger zu warten.

Sekunden später öffnete sich das Tor, und ein Posten mit Hauptmannsstreifen näherte sich ihrem Wagen.

»Señorita Alarcón«, sagte er, als er ans Fenster trat, »wenn Sie erlauben, begleite ich Sie in Ihrem Wagen zu General Velas Büro.«

»Ist er denn nicht hier?«

»Doch, doch, Sie müssen aber quer über das ganze Gelände fahren. Ich werde Sie begleiten, damit Sie keine Schwierigkeiten bekommen«, und dabei öffnete er auch schon die Tür und setzte sich neben sie. Hinter der hohen Mauer bildeten eine Reihe von Gebäuden und Militärbaracken eine Art kleiner Stadt, in deren Straßen Militärfahrzeuge fuhren oder parkten, und auf deren Gehsteigen uniformierte Soldaten hin und her liefen. Sie durchfuhren zwei weitere bahnschrankenähnliche Schlagbäume, bis sie schließlich zu einem Komplex von Betonbauten gelangten. In kleinerem Maßstab hatten sie die gleiche geschmacklos-monumentale Architektur wie die Bauten im neuzeitlichen Rom Mussolinis: glatte graue Wände in geometrisch-rechteckiger Anordnung. Lavinia war bemüht, alle Einzelheiten der Gebäude und die Anlage der Verbindungsstraßen im Kopf zu behalten.

»Hier ist es«, sagte der Hauptmann, ohne auch nur einen Augenblick sein kadettenhaftes Auftreten abzulegen, »dort ist der Generalstab. Da drüben können Sie den Wagen abstellen.«

Sie stiegen aus, überquerten eine Rasenfläche und betraten das Hauptgebäude. Ein riesiges Gemälde des Gründers der Dynastie, dem Vater des Großen Generals, beherrschte die Eingangshalle. Die Sekretärin am Empfang grüßte den Hauptmann mit einem Kopfnicken.

Über breite Marmortreppen ging es hinauf zu einem weiteren, größeren Empfangsraum. Vor jeder der vielen Türen stand ein Posten in Galauniform. Die lederne Sitzgruppe verlor jeden Reiz, den sie haben mochte, durch die Plastikblumen auf dem Tisch. Auch das Vorzimmer des Generals bestand aus der gleichen Mischung geschmackloser Einzelheiten mit massiver architektonischer Kälte. Die Krönung aber war ein Farbfoto des Großen Generals. Es war von schräg unten aufgenommen worden und sollte so dem kleinen dicken Mann zu fehlender majestätischer Pose verhelfen. Die übrige Einrichtung versuchte modern zu sein: Vinyl und Chrom. Die Aschenbecher und Schmuckgegenstände aus Muscheln und Schneckenhäusern fügten dem kitschigen Eindruck das ihre bei. Auf einem Aktenschrank stand ein riesiges Glas, in dem die Sekretärin Streichholzschachteln sammelte. Sie war eine dünne, nervöse Blondine mittleren Alters mit gefärbtem Haar, die versuchte, sich wie ein Teenager zu kleiden. Sie bat Lavinia, Platz zu nehmen, während sie den

General von ihrer Ankunft verständigte. Der höfliche Adjutant des Generals zog sich diskret zurück.

Sie saß noch nicht richtig, da summte schon die Gegensprechanlage. Die Sekretärin beeilte sich zu antworten, sagte »Jawohl, General«, im Tonfall eines kranken Vögelchens und öffnete gleich darauf, wie eine Marionette an einer Schnur gezogen, die Tür zu Velas Büro und bedeutete ihr, einzutreten.

»Guten Tag, Señorita Alarcón«, sagte der General, der hinter seinem Schreibtisch aus massivem Zedernholz stand, umgeben von unzähligen Fotografien des Großen Generals und ihm selbst, wie der Große General ihn umarmte, wie er ihm einen Orden verlieh, mit ihm angelte, mit ihm im Hubschrauber flog, wie er mit ihm einen Ausritt machte.

»Guten Tag, General«, gab sie zurück und ging zum Schreibtisch vor, um ihm die Hand zu reichen.

»Nehmen Sie Platz, nehmen Sie Platz«, sagte er gönnerhaft, »möchten Sie eine Tasse Kaffee?«

»Sehr gern«, sie versuchte ihr bezauberndstes Lächeln.

»Sie werden von Tag zu Tag hübscher«, meinte der General mit einem Blick, der sie frieren ließ.

»Danke«, erwiderte sie. »Was gibt's Neues? Weshalb haben Sie mich gebeten, herzukommen?«

»Ach ja«, murmelte der General zerstreut, »ich habe Sie rufen lassen, weil ich gestern abend, als ich die Baupläne meines Hauses durchgesehen habe, auf die Idee gekommen bin, auf der Terrasse vor dem Wohnzimmer außer der Pergola auch noch einen Gartengrill zu bauen.«

»Aber wir haben doch schon einen neben dem Pool...«

»Ja, ja, ich weiß, ich weiß. Der nützt mir aber eigentlich nur in der Trockenzeit. In der Regenzeit brauche ich zum Grillen einen Platz im Trocknen, also überdacht. Ich habe Ihnen erzählt, nicht wahr, daß wir das oft machen, wenn ich Freunde zu Besuch habe?«

Lavinia holte ihr Notizbuch hervor und schrieb sich kopfnickend ein paar Stichworte auf.

»Soll dieser Grill genauso groß sein wie der neben dem Pool?«

»Ich meine, er kann ruhig ein bißchen kleiner sein, finden Sie nicht auch?«

»Auf jeden Fall müssen wir die Pergola weiter nach außen verlegen.«

»Genau das war auch meine Vorstellung, und den Grill ein bißchen kleiner machen.«

»Ja, ein bißchen kleiner wäre sicher besser.« Während sich Lavinia Notizen machte, fragte sie sich insgeheim, warum sie General Vela wegen einer solchen Kleinigkeit rufen ließ, die man genausogut telefonisch hätte regeln können.

»Ist das alles?« fragte sie dann.

»Ja, ja, das ist alles. Aber trinken Sie Ihren Kaffee in Ruhe. Sie sind ja gerade erst gekommen. Erzählen Sie mal, wie gehen die Bauarbeiten voran.«

Jetzt war sie sich sicher, daß der General etwas im Schilde führte. Sie begann zu überlegen, wie sie sich verhalten würde, wenn er Anstalten machte, sie zu verführen. Sie wußte, sie würde höflich bleiben müssen. Bis in alle Einzelheiten erklärte sie ihm die Vereinbarungen mit den Baufirmen, über die Erdbewegungen, die Materialien, elektrischen Installationen und die Wasserleitungen. Sie wollte ihm keine Gelegenheit geben, die Unterhaltung auf ein anderes Thema zu lenken.

»Und glauben Sie, daß das Haus auch ganz sicher im Dezember fertig sein wird?« fragte der General.

»Wir werden alles tun, was in unserer Macht steht. Und ich glaube, es wird klappen«, sagte sie.

»Wir wollen nämlich zu Silvester ein Einweihungsfest geben, alle unsere Freunde dazu einladen ... Sie natürlich auch ...«

»Danke, danke«, meine Lavinia nur.

»Tanzen Sie gern?«

»Nicht besonders«, antwortete Lavinia und dachte, aha, jetzt kommt's.

»Wie schade! Ich wollte Sie eigentlich zu einem kleinen Fest einladen, das ich und ein paar meiner Kollegen veranstalten ... Sie wissen schon, nichts Besonderes, nur um uns ein wenig abzulenken. Es ist immer soviel zu tun, und wir entspannen uns ja kaum einmal. Sie sind wohl von der Sorte Mensch, die viel arbeitet und sich wenig amüsiert, obwohl Sie noch so jung sind. Sie sind immer so ernst ...«

»Aber nein, das scheint Ihnen nur so! Ich werde häufig auf Feste und Ausflüge eingeladen ...«

»Aber Sie gehen fast nie hin«, antwortete der General lächelnd.

»Doch, natürlich gehe ich, wenn auch sicher nicht zu allen. Sie wissen, wie schwer es ist, morgens aufzustehen, wenn man abends zu lange aufgeblieben ist.«

Sie begann sich unwohl zu fühlen. Ohne zu ahnen, wohin die Fragen des Generals führten, spürte sie doch eine Neugier, von der sie nicht wußte, ob sie auf sein Getue als Frauenheld oder auf Schlimmeres, Gefährlicheres zurückzuführen war.

»Haben Sie denn keinen Freund?«

»Also ... eigentlich könnte man sagen, ja, schon. Ich gehe mit einem Mann aus, der Architekt ist wie ich, ein Arbeitskollege.« Ob er von Felipe wußte? dachte Lavinia. Sie beschloß, die Wahrheit zu sagen, das war weniger verdächtig, als es abzustreiten. Wenn er seine Leute auf sie angesetzt hatte, wußte er ohnehin sicher von Felipe.

»Aha«, meinte der General mit unschuldigem Gesichtsausdruck, »deshalb können Sie also nicht an unserem kleinen Fest teilnehmen. Wie schade! Dabei hatte ich meinen Freunden so von Ihrer guten Arbeit vorgeschwärmt. Sie werden verzeihen, doch findet man selten Frauen, die nicht nur hübsch, sondern auch noch klug und fähig sind. Ich wollte, daß sie Sie kennenlernen.«

»Danke«, sagte sie und beruhigte sich ein bißchen.

»Was ist also? Kommen Sie, oder kommen Sie nicht?«

»Wann ist es denn?«

»Kommenden Sonntag.«

»Da habe ich leider schon etwas vor... einen Ausflug mit ein paar Freunden«, sagte Lavinia und war richtig dankbar, daß es stimmte.

»Aber doch sicher nur tagsüber, und das Fest ist am Abend...«

»Da haben Sie recht, aber wir werden spät zurückkehren, und Sie wissen ja, wie abgekämpft man vom Landausflug nach Hause kommt. Ein anderes Mal vielleicht.«

»Also gut, wenn es nicht anders geht, dann eben ein anderes Mal«, sagte der General mit künstlichem Lächeln. Offensichtlich störte es ihn, nicht bekommen zu haben, was er wollte. Er stand auf und zeigte dadurch an, daß er die Unterhaltung als beendet betrachtete.

»Auf jeden Fall – und verzeihen Sie mir meine Hartnäckigkeit – möchte ich Sie bitten, es sich noch einmal zu überlegen. Vielleicht sind Sie doch nicht so müde, wenn Sie zurückkehren. Wenn Sie sich entschließen zu kommen, können Sie hier in meinem Büro anrufen. Ich werde Instruktionen geben, daß Sie abgeholt werden. Sagen Sie Ihrem Freund, daß Sie eine Arbeitssitzung haben...«

»Sie sind ein sehr hartnäckiger Mann«, sagte Lavinia und mußte sich zusammennehmen, um nicht ein »Lassen Sie mich in Frieden« hinzuzufügen.

»Ich erreiche immer, was ich mir vornehme«, gab der General mit einem lasziven Lächeln zurück.

Draußen wartete wieder der wohlerzogen-höfliche Kadettenhauptmann auf sie, um sie zum Ausgang des Militärgeländes zu begleiten. Schweigend und die Wut und das Gefühl unterdrückend, von den Blicken und Anspielungen Velas unsittlich berührt worden zu sein, verließ Lavinia das Vorzimmer mit festem Schritt ihrer hohen Absätze. In den Augen der Sekretärin meinte sie Mitleid erkennen zu können.

»Du hättest einfach nein zu ihm sagen sollen und fertig«, sagte Felipe und ging wütend im Büro auf und ab.

»Im Grunde habe ich ihm genau das gesagt«, antwortete Lavinia. »Du weißt doch, daß ich es ihm nicht so sagen kann, wie ich es denke. Ich mußte mich ein bißchen dumm stellen. Ich weiß nicht, warum du dich so aufregst!«

»Ich merke einfach, wo das hinführt... und es sind noch ein paar Monate, bis das Haus fertig ist! Du mußt ihm sobald wie möglich klarmachen, daß du nicht bereit bist, dich verführen zu lassen.«

»Bitte, Felipe, beruhige dich. Warum können wir nicht gemeinsam überlegen, wie wir damit umgehen, ohne daß du dich so aufregst? Ist dir denn nicht klar, daß es für mich viel schlimmer ist als für dich? Du kannst dir nicht vorstellen, wie ich mich fühlte, als ich diese geilen Augen sah...«

»Siehst du? Siehst du nun, wieso ich nicht wollte, daß du da hineingezogen wirst?«

»Ich glaube, ich höre nicht recht«, erwiderte Lavinia und verlor langsam die Geduld, »alle und du als erster waren einer Meinung, daß die Sache mit Velas Haus unheimlich wichtig wäre. Komm mir jetzt nicht damit, daß ich mich nicht hätte da hineinziehen lassen dürfen!«

»Dich zu einem kleinen Fest einladen! Die kleinen Feste der Offiziere kennen wir nur zu gut! Was hat sich dieses Schwein eigentlich gedacht, wer du bist!«

»Eine Frau. Für den sind doch alle Frauen gleich.« Und, indem sie die Stimme senkte: »Was, glaubst du, wird Sebastián sagen? Meinst du, daß er der Ansicht ist, ich solle gehen?«

»Nein. Du wirst nicht da hingehen.« Er sagte das mit wütender, unbeherrschter Stimme.

»Felipe, du bist nicht mein Verantwortlicher. Mein Verantwortlicher ist Sebastián«, sagte Lavinia und versuchte es mit Argumenten. »Denk dran, wie oft du mir gesagt hast, daß die Bewegung an erster Stelle steht und alles andere zweitrangig ist. Du reagierst wie ein beleidigter, eifersüchtiger Ehemann.«

»Du bist dagegen ganz ruhig, wie ich sehe. Hast du vielleicht insgeheim doch Lust, zu dem Fest zu gehen?« stieß er in verletzendem Tonfall hervor.

»Das reicht mir«, Lavinia stand auf, »ich werde nicht zulassen, daß du mir so was unterstellst... Du solltest lernen, dich besser in der Gewalt zu haben!«

Beim Hinausgehen knallte sie die Tür, ohne auf die Blicke der Zeichner zu achten, die Reihe der Köpfe, die sich wie auf Kommando von den Tischen erhoben und ihr folgten, bis sie die Tür ihres Büros hinter sich schloß.

Es verging fast eine Woche, ohne daß sie sich sahen. Im Büro liefen sie aneinander vorbei, ohne miteinander zu sprechen, jeder verschanzt hinter seinem absurden Schweigen.

An dem Sonntag, als das »kleine Fest« des Generals stattfinden sollte, nahm Lavinia nur an dem Ausflug mit Sara und Adrián teil. Bei ihrer Rückkehr nach Hause fürchtete sie, eine Nachricht oder einen wartenden Wagen vorzufinden, mit freundlichen Grüßen von General Vela. Doch war da nichts weiter als die normale Ruhe ihrer Bücher und Pflanzen; die Stille ihres Hauses ohne Felipe.

Sie vermißte ihn voller Wut. Sie verstand ihn nicht oder wollte ihn auch gar nicht verstehen. Angesichts von Felipes Verhalten fiel es ihr schwer, noch an ihre Theorien vom »anderen« Felipe zu denken und ihn im Namen einer alten Erbschaft von jeglicher Verantwortung freizusprechen. Er hatte im Grunde sein Verhalten mehrere Tage hindurch fortgesetzt, war ihr im Büro aus dem Wege gegangen, war einfach nicht bei ihr erschienen und hatte sie mit seinem Schweigen für ihren angeblichen Wunsch bestraft, an General Velas Fest teilzunehmen. Es war lächerlich, unglaublich absurd und dazu erniedrigend, daß er auch nur für eine Sekunde glauben konnte, sie habe irgendein persönliches Interesse, zu diesem Fest zu gehen.

»Das ist nichts weiter als Eifersucht, keine Sorge. Eifersucht ist etwas, was sich nicht mit Vernunft begreifen läßt«, sagte Sebastián. Sie fragte, nicht ohne Angst vor einer positiven Antwort, ob Felipes Verhalten eine Rolle bei der Entscheidung gespielt habe, sie nicht zu Velas Fest zu schicken. Sebastián sagte nein. Die Bewegung hatte kein Interesse daran, ihr eine solch schwierige und unangenehme Aufgabe zu geben. Man wollte vielmehr, daß ihre Beziehung zu General Vela völlig auf ihren Beruf beschränkt blieb. Zu keinem Zeitpunkt hatte man daran gedacht, die vorhersehbaren eindeutigen Absichten von Vela auszunutzen. Deshalb riet man ihr, auf Distanz zu bleiben. Nein, die Geschichte mit Felipe hatte damit nichts zu tun, wiederholte er.

In Gedanken versunken, öffnete Lavinia die Fenster, um die Frische des Abends hereinzulassen. Die beschauliche Stille des Gartens stand ganz im Widerspruch zu ihrer innerlichen Unrast.

Vielleicht war es an der Zeit, die Beziehung zu Felipe zu beenden. Er verdiente, so tief, wie er in seinen Vorurteilen und alten Ansichten steckte, keine Frau, die stolz darauf war, eine Frau zu sein. Doch machte sie dieser Gedanke unausweichlich einsam. Gab es denn nur diese beiden Alternativen, nur diese bittere Wahl zwischen dem Alleinesein und dem faulen Kompromiß?

»Was soll ich nur machen?« sagte sie laut und sah den Orangenbaum an, sprach mit ihm, wie sie das oft in letzter Zeit getan hatte. Es war, als hörte sie ihre Tante Inés reden, als sähe sie deren tiefe, dunkelbraune Augen, während sie sagte: »Du mußt es lernen, dir selbst gute Gesellschaft zu leisten.« Die Unterhaltung im Büro mit Mercedes fiel ihr ein, die Gespräche mit Sara. Es war so schwer, konsequent zu sein, wenn man liebte.

»Willst du ihn nicht wenigstens ermahnen?« hatte sie Sebastián gefragt. Die Bewegung solle auch auf diese wenig revolutionären Verhaltensweisen ihrer Mitglieder achten. Sebastián hatte nur traurig gelächelt: »Die Revolution wird von menschlichen Wesen gemacht, Lavinia, nicht von Übermenschen. Der neue Mensch, das ist bisher nichts weiter als ein Traum.«

Arme Lavinia, wie sie mich, so ganz in Gedanken an ihre Liebe versunken, anschaut. Nicht einmal meine neuen Blüten sind ihr aufgefallen, der Duft, den sie verströmen. Sie hat sich durch das Haus bewegt wie jemand, der träumt: zerstreut und traurig.

Ihre Traurigkeit ist in mich eingedrungen und hat sich in alle meine Äste ergossen. Wie ansteckend die Sehnsucht ist! Ich denke oft an die Einsamkeit. Ich konnte Yarince nicht begleiten, als seine Traurigkeit mit jeder Schlacht, die wir verloren, zunahm, je größer unser Abgeschiedensein wurde mit jeder weiteren Stadt, jedem weiteren Stamm, die sie unterwarfen. Schrecklich, nachts an Orte zurückzukehren, wo einstmals Pipiles und Chorotegas uns Nahrung gegeben hatten. Schrecklich, unsere einstigen Gefährten als Weiße verkleidet zu sehen in langen Gewändern wie die Spanier, den Beschäftigungen von Dienstboten nachgehend. Nur wenige wagten es, auf unsere verschlüsselten Zeichen – nachgeahmten Pocoyo- oder Güis-Rufen – zu antworten. Nur manchmal hörten wir durch die Nacht eine lange Klage, die uns anzeigte, daß sie uns nicht helfen, daß sie nichts für uns tun konnten. In manchen Dörfern gab niemand mehr Antwort.

Traurig kehrten wir in unsere Lager zurück und setzten uns fern voneinander, gaben uns einsam unseren dunklen Gedanken hin. Nichts konnten wir uns sagen. Mit nichts uns trösten.

Wir wußten damals schon, daß wir ohne Hoffnung kämpften. Früher oder später würden sie uns besiegen; doch wußten wir auch, daß wir keine andere Wahl hatten, als bis zu diesem Tage weiterzukämpfen.

Wir waren jung. Wir wollten nicht sterben, doch konnten wir auch nicht die Sklaverei annehmen, um uns vor dem Tode zu retten. In den Wäldern würden wir wie Krieger sterben, und die Götter nähmen uns in Ehren bei sich auf. Ergaben wir uns jedoch, um unser Leben zu retten, so fielen wir den Hunden und dem Feuer zum Opfer und konnten keinen blumenreichen Tod erwarten

Um uns vor Mutlosigkeit und Verzweiflung zu schützen, versammelten wir uns an den Abenden ums Feuer und erzählten uns unsere Träume. Doch machten uns die Sehnsucht, die Erinnerung, das Heimweh ganz krank. Oft verstummten wir, und in der Stille der Einsamkeit kämpfte jeder für sich allein gegen Angst und Traurigkeit. Wir hatten nicht die Kraft, uns den Gespenstern der anderen entgegenzustellen. Jeder von uns war einsam, jeden Tag einsamer.

Es war um die Mittagszeit. Die Planierraupen und Bulldozer krochen über das Grundstück von General Vela. Der Wind blies feinen, terracottafarbenen Staub auf, der die Kleidung der Arbeiter rötlich färbte. Die Baufirma hatte für die nächtlichen Arbeiten einfache, aber starke Scheinwerfer auf beiden Seiten der Baustelle angebracht.

Lavinia stieg aus ihrem Wagen und ging zur Bretterbude hinüber, wo sich der Bauleiter mit dem Chefingenieur aufhielt. Sie sah, wie sich die Arbeiter verstohlen nach ihr umsahen. Im Verschlag standen ein roher Tisch mit mehreren Stühlen und ein Hocker mit einer Kaffeemaschine darauf. Zwei Männer, ein jüngerer und einer, der in den Fünfzigern sein mochte, tranken Kaffee.

»Guten Tag.« Sie fragte, zum Älteren der beiden gewandt: »Sind Sie Don Romano?«

»Ja, der bin ich. Was möchten Sie denn?« antwortete der Mann, der ein Unterhemd und eine blaue Arbeitshose trug und einen Bleistift hinter dem Ohr stecken hatte.

»Ich bin Lavinia Alarcón«, sie streckte ihm zur Begrüßung die Hand entgegen, »die zweite Architektin, die das Projekt betreut.«

»Ach, tatsächlich?« antwortete Don Romano neugierig. Er hatte ein gutmütiges Gesicht mit runden Backen, hellen Augen und buschigen Augenbrauen, aus denen einige graue Härchen hervorstanden.

»Ja«, sagte Lavinia, »ich sehe, die Erdarbeiten gehen gut voran...«

»Diese Woche werden wir damit fertig«, meinte Don Romano. »Das hier ist der zweite Ingenieur, Señor Rizo.«

»Sie und ich werden uns hier wahrscheinlich öfter sehen als Julián und Fito«, begrüßte Lavinia lächelnd Señor Rizo, um auf diese Weise den Kontakt zu vertiefen.

»Das ist gut möglich«, gab der zweite Ingenieur zurück, den Lavinia ungefähr so alt wie sich selbst einschätzte und der schlaksig und schüchtern wirkte.

Sie gab sich betont locker, um nicht zu verraten, daß sie mit der Ablehnung der »Männer vom Bau« rechnete, vor der Julián sie so gewarnt hatte. Sie bat Don Romano, ihr zu erklären, wie sie bei den Erdbewegungen vorgingen, und wies darauf hin, wie wichtig es war, die verschiedenen Ebenen genau zu nivellieren, auf denen sich das Gebäude erheben würde. Sie sollten gleich merken, daß sie das architektonische Konzept voll beherrschte. Don Romano antwortete ihr ruhig. Ihr fiel auf, daß er sie aufmerksam, fast neugierig dabei ansah, fühlte aber von keinem der beiden Männer Geringschätzung oder Ablehnung. Der zweite Ingenieur schaute schweigend auf die Baupläne und nickte nur ab und an zustimmend mit dem Kopf. Gott sei Dank habe ich einen Schüchternen erwischt, dachte Lavinia.

Sie machten noch einen Rundgang über die Baustelle, und schließlich verabschiedete sich Lavinia. Don Romano begleitete sie zum Wagen.

»Kommen Sie morgen wieder?« fragte er.

»Ja«, antwortete Lavinia, und lächelnd fügte sie noch hinzu: »Sie werden mich jetzt wohl jeden Tag hier zu sehen bekommen.«

»Ich habe eine Tochter gehabt, wissen Sie, die wollte auch Architektin werden, wie Sie. Doch statt dessen hat sie geheiratet, und bei der Geburt ihres ersten Kindes ist sie mir gestorben ... Ich war eigentlich nie richtig einverstanden, daß sie das studieren wollte, aber wenn ich Sie so sehe ...«

Sie wußte nicht, was sie sagen sollte: Der alte Mann rührte sie. Sie klopfte ihm nur ein paarmal freundschaftlich auf die Schulter, sagte noch: »So ist das Leben halt«, und fuhr davon. Das so spontane Vertrauen von Don Romano machte sie melancholisch. Den ganzen Tag über versuchte sie, sich abzulenken, um nicht an Felipe denken zu müssen, doch der Besuch der Baustelle erinnerte sie daran, daß sie selbst im Augenblick sehr empfindlich war.

In ihrem Büro fand sie eine kurze Nachricht von Felipe auf ihrem Schreibtisch. »Komm zu mir ins Büro, sobald du da bist.« Ihr Herz machte einen Satz. Sie beschloß, ein wenig abzuwarten; es erschien ihr wenig würdevoll, auf das erste Zeichen hin sofort loszulaufen. Sie rief Mercedes herein, bat sie um einen Kaffee und fragte, ob in ihrer Abwesenheit jemand für sie angerufen hatte.

»Schauen Sie doch mal auf Ihrem Schreibtisch nach«, meinte Mercedes kokett und ging hinaus, um den Kaffee zu holen. Im Handumdrehen war sie zurück, und während sie den Kaffee auf den Tisch stellte und ihn umständlich mit einer Serviette drapierte, sagte sie: »Haben Sie den Zettel von Felipe schon gesehen?«

»Ja«, antwortete Lavinia nur und mußte sich Mühe geben, ihren Unmut über Mercedes' Neugier nicht zu zeigen. Es war so gut wie unmöglich, vor ihr irgend etwas zu verbergen. Sie hatte eine unglaubliche Art, alles zu erfahren, was im Büro passierte. In diesem Falle hatte sie ganz offensichtlich auf Lavinias Schreibtisch herumgeschnüffelt.

»Du solltest diese schlechte Angewohnheit aufgeben, auf den Schreibtischen anderer Leute herumzustöbern«, fügte sie nun doch hinzu.

»Aber ich hab Ihnen doch nur einen Brief hereingebracht«, antwortete Mercedes und spielte die Unschuldige, »da hab ich ihn gesehen. Er war nicht einmal zusammengefaltet. Ich schnüffle nie, wenn Sie das meinen ...«

Lavinia machte eine Handbewegung, die zeigen sollte, daß sie nicht gewillt war, sich mit Mercedes auf eine Diskussion einzulassen. Mit schwingenden Hüften und einer Pose der Entrüstung ging die junge Frau hinaus. Mercedes' Neugier kannte keine Grenzen. Vielleicht war es ja ihre Art, mit ihren eigenen Schwierigkeiten fertig zu werden. Sie hatte die Beziehung mit Manuel wiederaufgenommen, doch diesmal mit einer deutlich sichtbaren Dosis Bitternis, so als ergäbe sie sich in ein unausweichliches Schicksal. Lavinia spürte einen leichten Druck im Magen, als sie daran dachte, daß auch sie drauf und dran war, ihre Beziehung mit Felipe wiederaufzunehmen.

Sie lehnte sich im Schreibtischstuhl zurück und zündete eine Zigarette an. Das Geräusch der Klimaanlage brummte durch die nachmittägliche Stille. Es war die Stunde der Siesta, der trägen Hitze. Trotz der künstlichen frischen Luft hier drinnen konnte man durch das Fenster die Hitze wabern und sich wie ein weißer Dunstschleier auf die Landschaft legen sehen.

Sie war dabei nachzugeben, da machte sie sich nichts vor, doch mußte sie sich etwas einfallen lassen, damit Felipe ein paar Dinge klarer würden. Er sollte das Absurde und Respektlose seines Verhaltens einsehen. Sie wollte ihm nicht den Sieg einer leichten Versöhnung gönnen.

Sie dachte noch daran, was sie ihm sagen würde, als Felipe plötzlich in der Tür stand.

»Wenn der Berg nicht zum Propheten kommt, dann kommt der Prophet eben zum Berg.«

Er setzte sich und zündete sich gleichfalls eine Zigarette an.

Er kommt als der sympathische Verführer, stellte Lavinia bei sich fest, beeilte sich, Haltung zu bewahren, und lehnte sich wieder lässig im Sessel zurück, aus dem sie hochgefahren war.

»Wie du vielleicht gemerkt haben wirst«, fuhr Felipe fort, »ist es nicht gerade meine Stärke, um Entschuldigung zu bitten.«

Lavinia blieb ernst.

»Aber so schlimm ist es doch nun auch wieder nicht gewesen«, sagte er. »Mach' nicht so ein Gesicht...«

»Wenn es nicht so schlimm gewesen ist, wie du meinst«, bemerkte Lavinia kalt, »warum hast du dann so lange gebraucht, dafür um Entschuldigung zu bitten?«

»Weil es mir nicht leichtfällt, um Entschuldigung zu bitten... vor allem, wenn es um so offensichtliche Dummheiten geht. Ich habe mich wie ein Idiot benommen... Du mußt wenigstens anerkennen, daß es schwerfällt, die eigene Schwäche einzusehen.«

»Und du glaubst, daß ich sie akzeptieren muß?«

»Nein, natürlich nicht. Deshalb muß ich an dein Verständnis appellieren. Denn das sind ja Dinge, die in einem sozusagen unfreiwillig funktionieren... Mißtrauen... Unsicherheit... der Macho, wenn du so willst...«

»Das ist der Gipfel, daß du meine eigenen Worte benutzt, um dich selbst aus der Verantwortung zu stehlen. Du bist unverbesserlich! Du bist ein Meister im Zu-Kreuze-Kriechen!«

»Du willst einfach zu schnell Veränderungen sehen, wie durch Zauberei. Du meinst, daß man durch Reden die Probleme auch schon lösen kann. So einfach ist das aber nicht. Man hat ja fast instinktive Reaktionen ganz bestimmten Dingen gegenüber. Denkst du vielleicht, daß ich an jenem Tag zum Beispiel nicht gemerkt habe, wie blöd ich mich verhalten habe, daß es ungerecht war, was ich sagte? Doch konnte ich es nicht vermeiden, es platzte heraus, bevor ich etwas dagegen tun konnte. Und du bist gleich aufgesprungen und hast die Tür geknallt und hast mir keine Zeit gegeben, noch etwas daran zu ändern. Und hast es zu einer ernsten Angelegenheit gemacht, für die man ausdrücklich um Entschuldigung bitten muß, so, wie ich das jetzt tue. Und das fällt mir eben nicht leicht, es ist schwer, den eigenen Stolz zu überwinden. Aber du siehst: Hier bin ich und bitte dich um Entschuldigung!«

»Ich kann doch nicht mein ganzes Leben lang Nachsicht zeigen, weil du für deine instinktiven Impulse, wie du das nennst, nicht verantwortlich bist, wie du behauptest. Ich widerrufe das, was ich gesagt habe. Ich habe kein Verständnis. Wenn ich nämlich immer Verständnis habe, muß ich schließlich alle deine Handlungen akzeptieren.«

»Ich will mich ja gar nicht rechtfertigen. Ich sage dir doch gerade, daß ich weiß, daß ich mich wie ein Idiot benommen habe. Was willst du denn noch?«

»Ich weiß nicht, warum ich das Gefühl habe, daß mir nur noch die Soutane fehlt, um ein Priester zu sein, der dir die Beichte abnimmt und dich zur Strafe fünf Rosenkränze beten läßt.«

»Ich werde sie beten, Lavinia. Wenn du es willst, werde ich sie beten«, sagte Felipe und kniete in Büßerhaltung neben ihrem Sessel nieder.

Da konnte sie das Lächeln nicht mehr unterdrücken, nicht die Umarmung und auch nicht die Versöhnung, die das Lachen einleitete. Er kannte den Mechanismus. Sie ließ es zu, daß er ihn benutzte. Gegen das Verlangen gab es keine Zaubermittel, viel weniger noch bei diesen Umständen, wo das ganze Universum an hauchdünnen Drähten zu hängen schien und jeder gelebte Tag ein Tag war, den man der unaufhörlichen Möglichkeit von Trennung oder Tod abgewann.

»Daß das klar ist: Dies war der letzte instinktive Impuls, den ich verstehe«, meinte Lavinia, als Felipe schon wieder zur Tür ging.

Eine verlorene Woche, dachte Lavinia und sah Felipe hinterher. Eine wegen einer Dummheit verlorene Woche! Als ob sie soviel Zeit zu verlieren hätten!

21

»Immer unterwegs. Sie haben wohl nie Pause...«, meinte Lucrecia und nahm die schmutzige Wäsche aus dem Korb im Bad.

Lavinia machte sich noch rasch zurecht, bevor sie wieder

zur Arbeit ging. Ihr einziger Erfolg mit Lucrecia war es gewesen, daß die jetzt »Lavinia« anstatt Señorita Lavinia zu ihr sagte und daß sie sie ins Vertrauen über die neue Liebe zog, die sie bei der Hausarbeit singen ließ: ein Elektriker, der fast fünfzig war und seine wilden Jahre hinter sich und der ihr die Ehe samt einem Häuschen angeboten hatte. Im nächsten Monat sollte die Hochzeit gefeiert werden. Lavinia hatte zugesagt, Trauzeugin zu sein. »Sie sind doch meine Freundin«, lächelte Lucrecia. Und Lavinia hatte sich inzwischen mit dieser »Freundschaft« abgefunden. Unmöglich war es gewesen, die traditionelle Beziehung zwischen Herrin und Dienstboten zu durchbrechen. Vielleicht würden sich die Dinge in einer anderen Epoche, einer anderen Gesellschaft der Zukunft, für sie beide ändern. Vielleicht konnte Lucrecia sie dann als gleiche annehmen, dachte Lavinia.

Sie zog sich noch die Lippen nach, bat Lucrecia, im nahe gelegenen Laden Brot zu kaufen, und fuhr wieder zur Arbeit. Tatsächlich war in den vergangenen Monaten, seit der Bau des Hauses von General Vela begonnen hatte, ihr Rhythmus ziemlich durcheinandergeraten. Sie hatte so viel zu tun, daß ihr die vierundzwanzig Stunden des Tages nicht dazu ausreichten. Es hatte den Anschein, als habe ihre gesamte Umgebung sich verabredet, mit einem Schlage eine schnellere Gangart einzuschlagen. Sie mußte sich nicht nur mit Julián, den Ingenieuren, den Materiallieferanten, den Zimmerleuten und Innendekorateuren herumschlagen, die alle durch die von Vela geforderte Frist in Aufregung versetzt waren; auch die Bewegung schien in eine hektische Geschäftigkeit getreten zu sein. Plötzlich waren von irgendwoher neue Gesichter aufgetaucht, schweigende, lächelnde Männer und Frauen, die sie im Morgengrauen oder in der Abenddämmerung auf den Weg in die Kaffeepflanzungen bringen mußte. Sebastián schickte sie merkwürdige Dinge einkaufen: fünfzehn ganz genau gehende Uhren zum Beispiel, festliche Kleider oder eine Batterie Feldflaschen.

Felipe, auch er mit ungewöhnlichen Dingen beschäftigt, blieb an den Wochenenden fort und kam erst Sonntag abends meist todmüde nach Hause. Sie hatte den Verdacht, daß er an einem militärischen Training teilnahm, denn er kam mit schmutzigen Fingernägeln und schmutzigem Haar zurück und brachte eine zweite Garnitur Kleider mit, die verschlammt genug war, um Lucrecia zur Verzweiflung zu bringen.

So vergingen mit wachsender Geschwindigkeit die Monate. Im Novemberwind kündigte sich schon die Trockenzeit an. Seit Oktober waren die Tage klarer und hatten es ermöglicht, mit dem Bau des Vela-Hauses zügig voranzukommen.

Der General lud Lavinia weiterhin zu seinen »kleinen Festen« ein, doch hatte sie es deutlich genug gemacht, daß sie ihre Beziehung auf das Berufliche beschränken wollte. Sebastiáns Rat folgend, hatte sie ihn so freundlich und diplomatisch wie nur möglich darauf hingewiesen, daß er das entweder akzeptierte oder sich damit abfinden müsse, daß ein anderer Architekt die Arbeit übernähme. Es war ein unangenehmer Moment der Spannung, doch schien Vela schließlich nachzugeben und drosselte seine Anträge wenigstens so weit, daß sie seltener und weniger aufdringlich waren.

Als sie im Büro ankam, sprach sie zuerst kurz mit Julián über ein paar Probleme bei der Beschaffung des Holzes für die Verschalung der Decken, mit der in der kommenden Woche begonnen werden sollte. Während sie an ihrem Schreibtisch saß und noch einmal die Verträge mit den Teppichboden- und

Gardinenlieferanten durchsah, schweiften ihre Gedanken ab. Die Bewegung hatte einen neuen Auftrag gegeben. Sie mußte Adrián davon überzeugen, daß er der Bewegung half.

Fast hatte sie vergessen gehabt, daß Adrián in einer Zeit, die ihr nun schon so weit zurückzuliegen schien, oft und mit Respekt von der Bewegung gesprochen hatte. Er war es ja immerhin auch gewesen, der ihr in den Tagen der Gerichtsverhandlung gegen den Gefängnisdirektor, als sie die Guerilleros noch als »heldenhafte Selbstmörder« bezeichnete, die ersten Erklärungen über die Bewegung gegeben hatte. Sebastián erinnerte sie daran.

»Auf der Universität haben wir ein paarmal versucht, uns ihm zu nähern«, sagte er, »doch ging das nie über einige kurze, erste Kontakte hinaus. Dann beendete er sein Studium, und wir verloren ihn aus den Augen.«

Es war seltsam, daß sie es vergessen hatte, dachte sie, vor allem, da sie sich jetzt an Gespräche erinnerte, bei denen Adrián Geschichten erzählte, die er in der Universität über die »Compañeros« gehört hatte. Damals war ihr dies so fern gewesen, daß sie nicht einmal genau zugehört hatte. An jenem Tag, als sie Sebastián gegenüber Adriáns Namen erwähnte, hatte er sie nach Adriáns Nachnamen gefragt, und als Lavinia antwortete: »Linares«, hatte Sebastián nur wie zu sich selbst »Ach, schau mal an« gemurmelt.

In der vergangenen Woche hatte Sebastián sie dann gefragt, was Adrián jetzt machte, wie er lebte, was er dachte. Sie bemühte sich, gerecht in ihrem Urteil zu sein.

Sie erwähnte die positiven Bemerkungen, die er über die Bewegung machte, selbst wenn er sich so bemüht zeigte, seinen »Status quo« zu halten. »Er ist wie Julián«, meinte Lavinia, »er hat keine Hoffnungen.« Und sie sagte, daß sie im

Gespräch mit ihm und Sara Themen vermied, die sie auf das Feld der Politik führten. Immerhin waren die beiden ja ihre Verbindung zum gesellschaftlichen Leben. Es wäre sicher schwierig gewesen, sie mit ihrem neuen Bewußtsein zu konfrontieren. Adrián machte sich ohnehin Sorgen über das, was er ihre »Flatterhaftigkeit« nannte. Diese Sorge hatte ja Ursachen. Er hatte sie von ihrer offensichtlichen Rebellion, dem Verlassen des Elternhauses und des Clubs, zum Kreis der Feste und gesellschaftlichen Ereignisse, zu denen sie gewöhnlich gemeinsam gingen, zurückkehren sehen. Dieser Wechsel gab ihm immer noch zu denken; er überzeugte ihn nicht.

Zu ihrer Überraschung hatte Sebastián ihr aufgetragen, Adrián die Möglichkeit, mit der Bewegung zusammenzuarbeiten, »ohne Umschweife« nahezubringen. »Er weiß schon, was das heißt«, hatte er gesagt und wies auf die Zeit der Universität hin. Lavinia wußte nicht genau, was »ohne Umschweife« bedeutete. Sie stellte sich Adriáns erstauntes Gesicht vor, wenn sie ihn darauf ansprach, und empfand eine insgeheime Befriedigung dabei. Doch sorgte sie sich gleichzeitig auch darum, wie er reagieren könnte. Adrián hatte die Fähigkeit, sie unsicher zu machen, als bekäme sie ein schlechtes Gewissen. Nie hatte sie es gelernt, resolut gegen seine Ironie und seinen Sarkasmus anzugehen. Sie hatte Angst, er könnte sich darüber lustig machen, daß die Bewegung Leute wie sie rekrutierte; sarkastische Bemerkungen, die an ihre Unsicherheit rührten, die sie trotz der Anerkennung, die ihr die Bewegung zuteil werden ließ, oft verspürte.

Immer noch beobachtete sie sich ängstlich, ob sie nicht an sich selbst die gleichen abstoßenden Verhaltensweisen der

Privilegierten und Mächtigen entdecken konnte, die sie mehr noch, als die Compañeros das taten, haßte und verabscheute, weil sie sie selbst nur zu gut kannte.

Diese Gedanken beschäftigten sie, bis sie am Nachmittag zu Adrián und Sara hinüberfuhr. Auf dem Weg versuchte sie, ihre gute Laune zurückzugewinnen. Um sich zu beruhigen, dachte sie an die Beispiele der Männer und Frauen, die wie sie aus einem privilegierten Elternhaus hervorgegangen und den Salto mortale ohne Netz und doppelten Boden in eine andere Zukunft hinein erfolgreich hinter sich gebracht hatten.

Vielleicht hing ihre Angst, nicht anerkannt zu werden, ja auch mit ihrer Kindheit zusammen, dachte sie, und hatte mit der Bewegung gar nichts zu tun. Vielleicht war die Bewegung jetzt für sie Vater und Mutter, deren Liebe sie immer hatte gewinnen wollen, deren Anerkennung ihr so wichtig gewesen war, eben weil sie schmerzhaft darauf verzichten mußte. Ohne Tante Inés wäre ihr jegliche Anerkennung verweigert gewesen, aber andererseits hatte vielleicht auch der insgeheime Wunsch der Tante, sie als Kind anzunehmen, dazu geführt, daß ihre Eltern sich zurückzogen und ihr gram waren, ohne es selbst überhaupt zu merken. Wer konnte das jetzt noch erforschen? Es blieb ihr nichts anderes übrig, als gegen diese Gespenster der Vergangenheit ihres Unterbewußtseins zu kämpfen; sie hatten ihr Leben nun einmal bestimmt. Da nützte es überhaupt nichts, im fahlen Licht des Nachmittags über vermeintlich Schuldige zu Gericht zu sitzen.

Die Neonlampen der Straße, in der Adrián und Sara wohnten, gingen wie von Zauberhand an, als sie ihren Wagen hinter dem von Adrián in der Garageneinfahrt abstellte und, immer noch unsicher, wie sie das Thema anschneiden, einen günstigen Augenblick dafür herbeiführen sollte, zur Haustür ging.

Als sie schon im Inneren des Hauses die Türglocke läuten hörte, fuhr sie bei dem Gedanken zusammen, daß sie gar nicht an Saras Gegenwart gedacht hatte.

Die beiden aßen gerade zu Abend. Seit dem Beginn ihrer Schwangerschaft trug Sara so etwas wie einen Glorienschein um sich, als habe sie in dem Embryo, der in ihr wuchs, eine wundersame Quelle des Friedens und der Gelassenheit gefunden. Ihr Körper nahm langsam in weichen, runden Linien an Umfang zu. Immer, wenn Lavinia sie sah, spürte sie eine Hitzewelle durch ihren Bauch ziehen, es war wie ein intensiver Wunsch, auch schwanger zu sein, ein tiefes Gefühl von Zärtlichkeit.

»Na, was macht der Bauch?« fragte sie fröhlich, während sie Sara auf den gewölbten Leib klopfte und ihr einen Kuß auf die Wange gab.

»Blüht und gedeiht, wie du siehst«, entgegnete Sara und zeigte ihn voller Stolz, indem sie das Kleid darüber spannte. Tatsächlich war er ordentlich gewachsen. Die fünf Monate Schwangerschaft ließen sich deutlich sehen. Lavinia begrüßte auch Adrián und setzte sich dann. Die schweigende Mahlzeit wurde nur von normalen Belanglosigkeiten unterbrochen. Lavinia fiel es schwer, sich zu konzentrieren, sie dachte angestrengt darüber nach, wie sie es anstellen sollte, mit Adrián allein zu sein.

»Adrián«, sagte sie, einer plötzlichen Eingebung folgend, »nach dem Essen möchte ich dich gerne zu dem Projekt um Rat fragen, an dem ich gerade arbeite.«

»Ah, das Haus von General Vela!« antwortete Adrián mit ironischem Lächeln.

»Ganz genau.«

»Natürlich, sehr gern.«

»Hast du Millimeterpapier im Hause?« Wenn sie es schaffte, Adrián in sein Arbeitszimmer zu bugsieren, hatte sie gewonnen.

»Ja, natürlich. Im Arbeitszimmer.«

»Macht es dir etwas aus, Sara, wenn wir uns für einen Augenblick ins Arbeitszimmer zurückziehen?«

»Aber nein doch, mach dir deswegen keine Gedanken. Ich werde mich schon hinlegen, wenn ihr nichts dagegen habt. Ich bin sehr müde. Seit ich diesen Bauch habe, bin ich immerzu müde«, Sara unterdrückte ein Gähnen.

»Sie ist ein richtiges Murmeltier geworden«, sagte Adrián zärtlich, »eigentlich müßte sie sich eine Höhle zum Überwintern suchen wie ein Bär, bis das Kind zur Welt kommt.«

Alle drei lachten. Lavinia war erleichtert, einen Teil des Problems so schnell gelöst zu haben. Nach dem Abendessen trug Sara der Hausangestellten auf, Lavinia und Adrián den Kaffee ins Arbeitszimmer zu bringen, und verabschiedete sich dann mit einem Kuß auf die Wange. »Ohne Umschweife«, hatte Sebastián gesagt. Der Ausdruck ging ihr immer wieder durch den Kopf.

Sie betraten das Arbeitszimmer, einen kleinen, gemütlichen Raum, den Sara eingerichtet hatte. An einer Wand hingen die verschiedenen Diplome und Urkunden Adriáns, an der gegenüberliegenden die gerahmten Reproduktionen alter kolonialer Stadtansichten. Hinter Adriáns Arbeitstisch stand ein Regal mit Büchern und Aufnahmen von ihrer Hochzeit und in der Mitte des Raumes zwei bequeme Sofas mit einem Tisch, auf den das Mädchen das Tablett mit dem Kaffee stellte, um leise wieder den Raum zu verlassen. Adrián schaltete die Klimaanlage ein, während Lavinia schon den Kaffee eingoß.

»Du hast wirklich das große Los gezogen mit deiner Heirat, was?«

»Ja, nicht wahr?« antwortete Adrián. »Es gibt nichts Schöneres auf der Welt, als Herr im Haus zu sein und eine gute Frau zu haben.«

»Es geht schon wieder los, wie?«

»Ja, du weißt doch, daß das bei einem Gespräch zwischen uns nicht ausbleiben kann. Wo wir ohnehin immer bei dem Thema landen, ist es doch besser, gleich damit anzufangen, oder?« Adrián lächelte.

»Ich glaube, daß wir uns diesmal aber nicht allzu lange dabei aufhalten werden«, gab Lavinia zurück.

»Ich weiß, ich weiß. Wir wollen über das Haus von General Vela sprechen ... Ich verspreche dir, nicht sarkastisch zu werden, obwohl du ja weißt, wie ich über die Sache denke.«

»Ich bin ganz deiner Ansicht. Meine erste Reaktion war auch, mich zu weigern, das Haus zu entwerfen.«

»Warum hast du es dann getan?«

»Weil es Leute gibt, die das für wichtig hielten.« Lavinia dachte, daß sich die Geschichte einfacher anließ, als sie sich vorgestellt hatte.

»Natürlich. Julián hat es sicher für sehr wichtig gehalten.«

»Ich meine nicht Julián. Ich meine die Nationale Befreiungsbewegung.«

»Was hast du denn mit der Bewegung zu tun?« Adrián verschluckte sich fast an seinem Kaffee.

»Ich arbeite seit ein paar Monaten mit ihr zusammen«, gab Lavinia ungerührt zurück.

»Ach, du meine Güte«, entfuhr es Adrián. »Ich habe ja gewußt, daß du dich in Schwierigkeiten bringen wirst!«

»Das sind keine Schwierigkeiten, Adrián. Du selbst hast

immer gesagt, daß das die einzigen vernünftigen Leute sind, die einzig konsequenten.«

»Das denke ich nach wie vor, aber du... du bist nicht für solche Sachen geschaffen; du bist zu romantisch, zu leichtgläubig, du hast kein Gefühl für Gefahr. Das kommt dir alles sicher wie ein großes Abenteuer vor.«

»So war es vielleicht zu Anfang. Doch jetzt ist das anders. Du kannst nicht abstreiten, daß das Leben einen Dinge lehrt...«

»Das will ich auch gar nicht. Und du bist eine sensible Frau, aber... Ich weiß nicht, ich kann dich mir einfach so nicht vorstellen.«

»Schon gut, lassen wir das mal aus dem Spiel. Die Compañeros haben mir aufgetragen, dich um Unterstützung zu bitten. Sie sagen, sie hätten schon auf der Universität Kontakte zu dir gehabt, bei denen sich allerdings nie etwas Konkretes ergeben habe, und sie möchten wissen, ob du zur Zusammenarbeit bereit bist.«

Adrián legte den Kopf auf die Lehne des Sofas und schwieg. Lavinia zog eine Zigarette heraus und rauchte, wobei sie ihn, um ihm Zeit zum Nachdenken zu geben, nicht ansah. »Sie haben dir also das mit der Universität erzählt?« sagte er schließlich, beugte sich vor, nahm einen Schluck Kaffee und sah sie an.

»Ja.«

»Das waren doch nur Spielereien, ein Liebäugeln, nichts weiter«, fuhr er fort und lehnte sich wieder zurück. »Zu jener Zeit haben wir alle irgendwie mitgemacht, haben heimlich Flugblätter gedruckt und verteilt. Dann war man fertig mit dem Studium und mußte sich sein Brot verdienen... einen Job suchen, sich häuslich einrichten, heiraten... Da vergißt man die Träume, wird realistischer.« Er sah sie forschend an.

»Man muß aber doch an die Träume glauben, Adrián«, sagte sie sanft, doch eindringlich. »Wir dürfen uns nicht von der schrecklichen Realität unterkriegen lassen. Willst du denn, daß dein Kind in einer solchen Gesellschaft aufwächst? Willst du denn nicht, daß die Welt für es anders aussieht? Soll es eines Tages seinen Eltern vorwerfen, sie hätten nichts getan, daß sich die Dinge ändern?«

»Was ich vor allem nicht will, Lavinia, ist, daß mein Kind Waise wird. Ich will bei Sara sein, um es aufzuziehen, und ihm alles geben, was es braucht.«

»Wir alle wollen das, Adrián. Meinst du denn etwa, ich möchte kein Kind haben?«

»Du hast aber keins.«

»Ich hätte aber gern eines, wenn die Verhältnisse anders sind.«

»Es freut mich, daß du solche Pläne hast. Meine Realität ist aber, daß Sara ein Kind erwartet.«

»Das ist eher noch ein Grund mehr, Adrián, mitzumachen.«

Er erhob sich und ging zum Arbeitstisch hinüber, wo er nervös mit Bleistiften, Radiergummis und Linealen zu hantieren begann.

»Und was wollt ihr von mir?« fragte er nach einer Weile.

»Keine besonderen Sachen«, antwortete Lavinia, »du sollst uns nur im kommenden Monat ein paarmal die Woche abends dein Auto leihen.«

»Weißt du, was das bedeutet?« fragte Adrián nervös und kam näher. »Wenn sie jemand in meinem Auto erwischen, ist es das Ende für mich. Dann sperren sie mich sofort ein.«

»Man hat mich gebeten, dir zu sagen, daß nur Legale den Wagen fahren werden ... Und ich soll dich fragen, ob in eurem Haus ein paar Waffen versteckt werden können.«

»Das auf keinen Fall«, schrak Adrián auf. »Ich kann alles übernehmen, was nur mich allein betrifft, doch Waffen zu verstecken, bedeutet, Sara mit hineinzuziehen, und das kommt überhaupt nicht in Frage. Ich darf gar nicht daran denken, was alles passieren könnte... Siehst du«, fügte er dann aufgeregt hinzu, »das ist das Problem mit euch. Fängt man erst mal an, mit euch zusammenzuarbeiten, dann zieht ihr einen, bevor man sich's anders überlegen kann, weiter rein, in noch gefährlichere Sachen.«

»Schon gut, schon gut, beruhige dich bitte«, sagte Lavinia, »weil ihr unverdächtig seid, dachten wir, euer Haus wäre ein gutes Versteck... Ich habe das gedacht, um ehrlich zu sein.«

»Das ist genau das Problem. Du denkst nicht genug nach. Dir ist nicht klar, mit wem ihr es aufnehmen wollt. Du hast die Repression ja nie am eigenen Leibe erfahren! Du glaubst, daß das alles wie im Kino ist! Ich habe selbst gesehen, wie sie in der Universität Compañeros wegen Kleinigkeiten mitgenommen haben, und wir haben sie nie wiedergesehen. Sie verschwanden einfach! Als hätten sie nie existiert!«

»Reg dich nicht auf, Adrián«, Lavinia versuchte, ruhig zu bleiben, keinen Streit mit Adrián anzufangen, sich von seinen Worten nicht anrühren zu lassen, »vergiß das mit den Waffen. Sag mir nur, ob du uns deinen Wagen leihst.«

»Was heißt, daß nur Legale mein Auto fahren werden?«

»Das soll heißen, daß der Wagen nicht für gefährlichere Sachen benutzt wird. Es werden nur Leute damit transportiert, das Risiko ist minimal. Wir müssen nur einen zweiten Schlüssel anfertigen lassen, den gebe ich jemandem. Dreimal die Woche läßt du ihn dann an einer bestimmten Stelle stehen, wo ihn jemand abholt und ihn dir dann später wieder vor die Tür stellt.«

»Und wie soll ich das Sara erklären?«

»Wenn du willst, kann ich das ja übernehmen«, sagte Lavinia erleichtert.

»Nein. Wir sagen ihr besser gar nichts. Es ist sicherer für sie, wenn sie nichts weiß.«

»Ich persönlich finde, daß es besser ist, wenn sie es weiß, aber das mußt du natürlich entscheiden.«

»Ich werde ihr nichts davon sagen, nein, ich werde ihr bestimmt nichts davon sagen. Es wäre nicht gut, sie in ihrer Schwangerschaft zu beunruhigen. Mir wird wegen des Wagens schon eine Ausrede einfallen.«

Lavinia lehnte sich im Sofa zurück. Schweigend zündete sie sich noch eine Zigarette an und sah auf die Uhr.

»Ich werde mich jetzt verabschieden«, sagte sie dann, »es ist spät geworden. Sara macht sich sicher schon Sorgen, wenn sie nicht längst eingeschlafen ist. Im Namen der Bewegung danke ich dir.«

»Mach's nicht so förmlich.«

»Das ist ganz ernst gemeint. Du weißt ja gar nicht, wie schwer es ist, Autos aufzutreiben und Mitarbeiter zu gewinnen.«

Müde erhob sie sich, erschöpft von der Anstrengung, dem inneren Kampf Adriáns zuzusehen; zu spüren, wie schwach er war, und ihn gleichzeitig zu verstehen.

»Wenn ich dich so ansehe, fällt es mir immer noch schwer zu glauben, daß du mit diesen Dingen zu tun hast«, meinte Adrián, als er sie zur Tür brachte, und legte ihr die Hand auf die Schulter. »Paß gut auf dich auf, bitte. Es ist sehr gefährlich.«

»Das weiß ich«, antwortete Lavinia, »keine Sorge, ich weiß das.«

»Der Große General ist außer sich über das, was in den Bergen los ist, und die Konkurrenzkämpfe um die Geschäfte in der Stadt bringen ihm die Feindschaft der gesamten Unternehmerschaft. Ich glaube, er kann seine Reaktionen nicht mehr richtig bemessen. Doch scheint er auf der Hut zu sein. Ist dir aufgefallen, wie die Sicherheitsmaßnahmen in der Stadt zugenommen haben?«

»Ja, natürlich ist mir das aufgefallen, aber ich habe eine gute Tarnung. General Vela zumindest hat mir gegenüber keinerlei Verdacht.«

»Sei dir da nicht so sicher. Wenn er irgendeinen Verdacht hätte, würdest du es wahrscheinlich gar nicht merken. Er ist Experte in solchen Dingen.«

Sie verabschiedete sich von Adrián. Die Nacht war dunkel, kein Mond schien. Die wenigen Sterne am Himmel konnten die Schatten nicht erhellen. Das Licht der Neonlampen war erloschen. Die dunkle Straße hatte etwas Bedrohliches an sich. Die am Straßenrand geparkten Autos wirkten wie skurrile, einsame, vorsintflutliche Tiere. Sie spürte, daß sie Angst hatte. Sie fühlte nicht mehr die brennende Panik der ersten Zeit, doch hatte das Gespräch mit Adrián die alten Ängste wiederaufleben lassen. In den vergangenen Monaten war, wenn sie die Erzählungen Sebastiáns oder Felipes über die Unterdrükkung der Campesinos hörte, ihr hauptsächliches Gefühl die Wut gewesen, ein Zorn, der sie bei den täglichen Aufgaben antrieb. Gegenüber der dauernden Bedrohung, der die Compañeros in den Bergen ausgesetzt waren, schienen die Risiken der Arbeit in der Stadt klein und bedeutungslos. Außerdem war das, was in der Hauptstadt getan wurde, geringfügig; die Bewegung schien sich zu ducken wie ein Tier. Lavinia wußte, daß ein großer Coup vorbereitet wurde. Nur so ließ sich die heimlich-hektische Betriebsamkeit erklären, deren Zeuge sie war, die jedoch all denen verborgen blieb, die nichts mit dem Untergrund zu tun hatten.

Obwohl Sebastián ihren Fragen auswich, so wollte er doch ihre Meinung darüber wissen, wie Armee und Machthaber auf eine »kühne Aktion« der Bewegung reagieren könnten. Aus Andeutungen und Bruchstücken von Unterhaltungen schloß sie auf eine Entführung, doch verneinte Felipe eine solche Möglichkeit ein ums andere Mal.

»Bei einer Entführung geht es um einzelne Personen«, sagte er, »wir wollen den Kampf aber verbreitern.«

Die »kühne Aktion«, gleichgültig, was sie sein mochte, würde ohne Zweifel eine Welle besinnungsloser Unterdrükkung auslösen. Das Stillhalten, das Schweigen der Bewegung in den letzten Monaten mußte die Armee alarmieren, selbst wenn man meinen konnte, daß sich der Widerstand auf die Berge des Nordens konzentrierte. »Die Compañeros kämpfen einen heldenhaften Kampf«, sagte Sebastián. »Sie binden große Teile der Armee, fast ohne Waffen und Munition und unter großen Opfern.«

Es war richtig, was Adrián gesagt hatte: Die Sicherheitsmaßnahmen waren streng. Mehrmals am Tage und auch nachts jagten die grünen Armeejeeps voller Soldaten in Kampfanzügen und mit Maschinengewehren bewaffnet durch die Stadt. Während sie so in Gedanken versunken durch die stillen, dunklen Straßen fuhr, wurde die Spannung für sie körperlich spürbar. Normalerweise schenkte sie, wenn sie mit dem tagtäglichen Einerlei beschäftigt war, der Bedrohung in ihrer Nähe kaum noch Beachtung. Flor hatte ihr einmal gesagt, daß ihr ein bißchen Angst nicht schlecht bekommen würde. »Ein gewisses Maß an Angst ist ganz gesund«, sagte sie.

Sie atmete tief aus, um sich zu beruhigen. Immerhin konnte sie mit ihrem Gespräch mit Adrián zufrieden sein. Beim Abschied hatte er sie liebevoll-sorgend in den Arm genommen. Im Grunde war er kein schlechter Kerl. Vielleicht konnten sie jetzt wirklich Freunde sein.

In ihrem Schlafzimmer traf sie auf Felipe. Er hatte einen Koffer aufs Bett gestellt, in den er Kleider und Bücher verstaute.

»Wo willst du denn hin?« fragte sie erschrocken und legte ihre Tasche auf den Stuhl, sie fühlte eine dunkle Ahnung in sich aufsteigen.

»Keine Angst«, gab Felipe zurück. »Ich will nirgendwohin.«

»Aber... was hat dann der Koffer zu bedeuten?«

»Nun, also gut, ich will vielleicht ein bißchen fort.«

»Hör auf mit den Andeutungen«, sagte sie und suchte nervös nach einer Zigarette.

»Du rauchst zuviel in letzter Zeit«, meinte er, »das ist nicht gut für die Gesundheit.«

»Laß das bitte meine Sorge sein, ja? Erklär mir lieber, was das zu bedeuten hat, daß du ein bißchen weg willst«, antwortete sie und kam näher, um in den Koffer zu sehen.

»Das bedeutet, daß wir es für deine und meine Sicherheit nicht länger für gut halten, daß ich praktisch bei dir wohne. Nach außen hin ist es besser, wenn wir ein bißchen auf Abstand gehen. Das hätten wir längst tun sollen. Mich haben sie zwar nicht im Visier, doch so ganz unverdächtig bin ich auch nicht mehr. Und die Sicherheitsmaßnahmen haben zugenommen. Wir haben auf deine Tarnung vertraut. Leute wie dich bespitzeln sie normalerweise nicht allzusehr, doch dürfen wir ab jetzt kein Risiko mehr eingehen. Wir haben uns ein bißchen zu unbesorgt benommen, und das ist nicht gut. Auch wir müssen unsere Sicherheitsmaßnahmen verstärken. Sonst kann alles schiefgehen.«

»Und weshalb ausgerechnet jetzt, was kann denn ausgerechnet jetzt schiefgehen, wie du es nennst?«

»Bitte, Lavinia! Hast du denn nicht gemerkt, daß wir an einer Sache dran sind?«

»Doch, natürlich habe ich das bemerkt, aber... aber um was geht es, Felipe? Sag es mir, ich glaube, ich habe ein Recht darauf, es zu erfahren.«

»Das ist keine Frage von Recht, Lavinia, sondern eine Frage der Sicherheit. Es war nicht zu vermeiden, daß du etwas merkst. Aber je weniger du weißt, um so besser. Für dich und alle Beteiligten. Keiner von uns darf mehr wissen als das, mit dem er bei seiner jeweiligen Aufgabe zu tun hat.«

»Es geht um Vela, nicht wahr? Wollt ihr ihn entführen?« fragte Lavinia hartnäckig.

»Nein«, sagte Felipe, »mit Vela hat es nichts zu tun. Das war ein erster Plan, doch wir haben ihn schnell verworfen.«

»Warum dringt Sebastián dann so drauf, daß das Haus im Dezember fertig sein muß?«

»Um dich abzulenken«, antwortete Felipe. »Und das dürfte ich dir eigentlich gar nicht sagen. Ich sage es dir nur, weil ich dich liebe, doch eigentlich dürfte ich das nicht. Erzähl es bloß nicht Sebastián. Du machst weiter wie bisher und befolgst seine Anweisungen. Das, was ich dir gerade gesagt habe, bleibt zwischen uns, damit du beruhigt bist. Ich möchte nicht, daß du dich grundlos sorgst.«

Lavinia setzte sich in den Sessel und trat ihre Zigarette auf den Fliesen aus. »Dann sehe ich dich also nicht mehr«, sagte sie resigniert, besiegt von Felipes Vertrauen.

»Doch, natürlich sehen wir uns. Im Büro werden wir uns weiter sehen, und ab und zu kann ich auch herkommen. Und wir können uns auch anderswo sehen, mit den nötigen Sicherheitsvorkehrungen. Doch kann ich nicht so oft wie bisher hier sein. Wenn sie mir auf die Spur kommen und mir hierher folgen, das wäre nicht auszudenken.«

»Meinst du denn nicht, daß sie längst von unserem Verhältnis wissen?«

»Möglich ist das schon, doch haben sie bisher nicht viel durch mich erfahren können. In Zukunft wird das anders sein. Es ist jetzt schon anders. Und deshalb können wir nicht weiter so tun, als passierte nichts.«

»Und du willst wirklich jetzt gehen?« fragte Lavinia verzagt und fühlte sich müde.

»Ja. In einer halben Stunde werde ich abgeholt.«

»Bist du sicher, daß du mir nichts vormachst, Felipe, du gehst wirklich nicht in den Untergrund wie Flor?«

»Nein, Lavinia, glaub mir, was ich dir sage. Wenn ich abtauchen würde, dann würdest du es erfahren.«

Er trat zu ihr und nahm ihre Hand, sie umarmten sich. Lavinia schloß die Augen und ließ sich willenlos fallen, atmete den Geruch von Felipes Brust, von seinem Hemd, und begann leise zu weinen. »Ich habe Angst.«

»Mach's nicht so schwer«, murmelte Felipe und drückte sie an sich. »Es wird alles gutgehen, du wirst schon sehen.«

»Ich will nicht allein bleiben.«

»Du bleibst nicht allein, Lavinia. Wir werden uns doch sehen.«

»Es ist nicht das gleiche.«

»Nur für ein Weilchen«, sagte er und fuhr ihr tröstend durchs Haar.

»Ich habe Angst«, sagte sie wieder und drängte sich an Felipe, hörte sein Herz schlagen und spürte plötzlich ein unerklärbares Verlangen, ihn zurückzuhalten, als fürchte sie, dieses Herz könne zu schlagen aufhören, berührte Felipes Haut, berührte seine Muskeln, berührte dieses Fleisch, das eine Kugel so leicht zerstören konnte, stumm und taub für ihre Zärtlichkeiten. Sie schloß die Augen und versuchte, sich Felipes Bild herbeizurufen, wie er wieder bei ihr wäre, eines nicht allzufernen Tages; wie sie, Seite an Seite, nachts beieinanderlagen. Nichts. Das Bild wollte nicht auftauchen. Schon als Kind hatte sie geglaubt, sich selbst in der Zukunft sehen zu können. Passierte ihr etwas Ungewisses, dann schloß sie die Augen, um sich zu vergewissern. Zum Beispiel in einem landenden Flugzeug, denn sie hatte Angst zu fliegen. Wenn das Bild erschien, beruhigte sie sich. Es war ihre Art, in Erfahrung zu bringen, ob alles gutgehen würde, ob sie ohne Hindernisse ans Ziel gelangen würde. Immer hatte es funktioniert. Zahllose Male hatte sie sich so gesehen. Jetzt sah sie nichts.

»Ich kann dich nicht sehen«, schluchzte sie und versuchte das Weinen zu unterdrücken, das aus der Angst aufstieg, die größer war als der begrenzte Raum ihrer Brust.

»Natürlich siehst du mich«, sagte Felipe sanft, »hier bin ich doch.«

»Du verstehst mich nicht«, antwortete sie. »Ich kann dich nicht in der Zukunft sehen. Ich sehe uns nicht zusammen...«

»Niemand kann in die Zukunft sehen«, Felipe hielt sie ein wenig von sich und lächelte sie zärtlich an. Doch Lavinias Weinen wollte nicht aufhören.

»Na, na, na«, sagte Felipe. »Nimm es doch nicht so schwer. Wir müssen jetzt stark und optimistisch sein. Wir dürfen uns nicht von der Traurigkeit und vom Pessimismus fortreißen lassen. Wir müssen darauf vertrauen, daß alles gutgehen wird. Er ist nie gut, der Angst die Zügel schießen zu lassen. Hab Vertrauen.«

Ja. Sie mußte Vertrauen haben. Sie durfte Felipe nicht in einem Meer der Verzweiflung gehen lassen. Sie mußte stark sein. Sie atmete tief durch. Sie durfte dem kindlichen Aberglauben keine Beachtung schenken, den Trugbildern, durfte sich nicht tödlichen Vorahnungen hingeben. Es war nur ihre Angst, nichts weiter als ihre Angst.

»Du hast recht«, sagte sie. »Du hast recht. Ich beruhige mich schon.«

Wieder atmete sie tief. Sicher würde alles gutgehen. Felipe ging ja nicht in den Untergrund. Morgen schon würde sie ihn im Büro wiedersehen. Langsam beruhigte sie sich. Sie ging ins Bad und kam mit Toilettenpapier wieder, um sich die Nase zu putzen und die Tränen zu trocknen. Felipe ging ihr ein Glas Wasser holen.

»Wie ist die Sache mit Adrián gelaufen?«

»Ich glaube, ganz gut. Es war nicht ganz leicht, ihn zu überzeugen, doch hat er schließlich eingewilligt, sein Auto zu leihen. Das mit den Waffen war unmöglich.«

»Hab ich mir gedacht. Aber immerhin etwas.«

»Er sagte, es ginge nicht, weil Sara schwanger sei und er sie nicht in Gefahr bringen wolle.«

»Das ist verständlich. Da mache ich ihm keinen Vorwurf.«

Bald darauf ging er. Die Stille des Hauses umgab sie zäh und klebrig. Sie ließ die Lampen brennen und meinte, so könne sie die schwarzen Gedanken vertreiben, die sie bedrängten, kaum daß Felipe zur Tür hinaus war.

22

Die Zeit, dieser verspielte Gott, dieses Etwas, Wesen, das unsere Astrologen Tag und Nacht vom Gipfel der Berge aus erforschten, indem sie aufmerksam die Bewegung der Himmelskörper beobachteten, die Sternenkuppel, die uns seit jeher unendlich und unergründbar umgab, diese Zeit, sie spinnt ihre Spiralen. Das Schicksal flicht seine Netze. Sie ist auf dem Scheitelpunkt der Blütezeit ihres Lebens angelangt, sie hütet die Dinge der Erde. So sang Huehutlacoalli:

»Hüte die Dinge dieser Erde,
tue etwas: schlage Holz, bebaue das Land,
pflanze Bäume, ernte Früchte.
Du mußt essen, trinken und dich kleiden.
So stehst du aufrecht.
So wirst du wirklich sein.
So wird dein Name genannt.
So wird man dich ehren.
Man wird dich kennen.«

In dieser neuen Welt führen die einfachsten Dinge zu komplizierten Beziehungen. Sie hat die Schlacht der Lanzen noch nicht geführt. Sie hat mit ihrem eigenen Herzen gekämpft bis zur Erschöpfung; bis ihre Innenwelt wie von hundert Vulkanen geschüttelt wurde; bis neue Flüsse auftauchten, Seen und sorgfältig entworfene Städte. Ich, stumme Bewohnerin ihres Körpers, sehe sie den Bau anleiten, solide Fundamente für ihr eigenes Leben. Jetzt steht sie aufrecht und schreitet unwiederbringlich zu dem Ort, wo ihr Blut seine Ruhe finden wird.

»Ich habe eine Überraschung für dich«, sagte Sebastián durchs Telefon.

Es war Morgen, und Lavinia saß in ihrem Büro. Die Sonne brach durch die Wolken und tauchte die ferne Kette der Berge in weißes Licht. Sie fühlte sich besser. Die Tränen der Nacht waren, von bleierner Müdigkeit besiegt, in einen tiefen, traumlosen Schlaf übergegangen, aus dem sie erst spät erwachte. Es war fast zehn Uhr, als sie ins Büro kam.

»Eine gute oder eine schlechte Überraschung?« fragte sie zurück.

»Eine gute selbstverständlich«, antwortete Sebastián, »ich möchte sie dir aber nicht am Telefon geben. Wir treffen uns bei meiner Tante (die »Tante« war ein bestimmter Ort; weitere Plätze waren die »Cousine«, die »Holzhandlung«, einfach verschlüsselt fürs Telefon). Hol mich dort um fünf Uhr ab.« (Um fünf, das hieß in Wahrheit um sechs.)

»Okay. Bis dann.«

Sie hatte keine Ahnung, was die »gute Überraschung« sein sollte, die Sebastián für sie bereithielt. Ob es mit Felipe zusammenhing? Das glaubte sie nicht. Die Entscheidung, daß Felipe ihr Haus verlassen sollte, war richtig gewesen. Wenn er heikle Aufträge auszuführen hatte, dann war es besser, daß sie ein wenig auf Distanz gingen.

Sie dachte an die vergangene Nacht und ihre panikartige Reaktion. Die Erinnerung an ihre Angst lag ihr immer noch im Magen. Sicher war alles nur so gekommen, weil sie vorher das Gespräch mit Adrián geführt hatte, und vielleicht auch wegen ihrer Müdigkeit. Sie schämte sich ein bißchen, so melodramatisch reagiert zu haben. Aber die Traurigkeit blieb; es würde nicht leicht werden, sich daran zu gewöhnen, daß Felipe nicht mehr da war. Als sie ins Büro kam, hatte sie ihn getroffen. Zärtlich besorgt hatte er sie gefragt, ob sie geschlafen habe. Sie beruhigte ihn, spielte Verständnis und Standfestigkeit, die sie gern gehabt hätte, und bat ihn um Entschuldigung für ihre erste Reaktion.

Lavinia kam wie immer zu früh am verabredeten Platz an. Die »Tante«, das war eine wenig belebte Ecke der Avenida, die an der Mauer des Zentralfriedhofs entlangführte. Dort stand ein großer Mandelbaum, an dem für gewöhnlich Sebastián lehnte und auf sie wartete, auf einer reifen Mandel kauend, die er vom Boden aufgelesen hatte.

Das erste Mal fuhr sie dort drei Minuten vor der Zeit vorbei. Die Sprecherin von Radio Minuto verkündete mit der gleichen Monotonie wie immer: »Es ist siebzehn Uhr und siebenundfünfzig Minuten.« Auf dem Bürgersteig war nur eine Frau zu sehen, als sie abbog, um eine Runde zu fahren und um genau achtzehn Uhr wieder am Mandelbaum anzukommen.

Während sie sich entfernte, fiel ihr auf, daß ihre Sinne im Vorbeifahren an etwas hängengeblieben waren. Sie versuchte, sich den Ort vor Augen zu führen und dieses kaum wahrnehmbare Etwas klarer zu sehen. Erst als sie, genau zur richtigen Zeit, wieder auf der Avenida war und die Frau am Stamm des Baumes lehnen und Mandeln kauen sah, wie Sebastián es auch immer machte, fiel ihr auf, daß sie sie Minuten zuvor, als sie um die Ecke gebogen war, in Richtung auf den Treffpunkt hatte laufen sehen. Es war Flor.

Lavinia sah sie lächeln, als sie ins Auto stieg, spürte die ausgestreckte Hand mit der kleinen, reifen, rosafarbenen Mandel.

»Ich habe dir was mitgebracht«, sagte Flor, während Lavinia ihr noch ganz sprachlos und mit Tränen in den Augen die kleine Frucht aus der Hand nahm. Sie umarmten sich, und

Lavinia ließ ein unterdrücktes Schluchzen hören. Flor schob sie sanft von sich.

»Weine doch nicht, meine Liebe. Wir können hier nicht stehenbleiben«, sagte sie, »komm, laß uns losfahren. Du mußt mich zum Weg in den Kaffeeplantagen fahren. Beiß mal in die Mandel. Du wirst sehen, wie der saure Geschmack dich belebt.«

Gehorsam steckte Lavinia die Mandel in den Mund und machte Anstalten, wieder loszufahren. Die einfache liebevolle Geste, die unerwartete Gegenwart Flors: All das hatte die Kraft, das Durchhaltevermögen, das in den letzten Tagen schon genug strapaziert worden war, gesprengt. Sie konnte nichts dagegen machen, daß ihr die Tränen aus den Augen strömten. Sie trocknete sich mit dem Handrücken die Wangen, lutschte an ihrer Mandel und atmete tief durch, denn der Verkehr beanspruchte jetzt ihre ganze Aufmerksamkeit und trug dazu bei, daß sich die Schleusentore wieder schlossen.

»Entschuldige«, sagte sie, »aber die letzten Tage sind so turbulent gewesen. Ich bin sowieso schon angespannt, und dich auf einmal zu sehen, das war ein bißchen viel.«

»Mach dir nichts draus«, gab Flor zurück. »An Tagen wie diesen, wenn sich soviel aufstaut, genügt der kleinste Anlaß, die Sintflut ausbrechen zu lassen... Wie ich mich freue, dich zu sehen!« fügte sie hinzu und tätschelte Lavinia zärtlich die Hand.

»Ich hätte nie gedacht, daß dies die Überraschung sein könnte«, sagte Lavinia, »das übertrifft alle meine Erwartungen. Unglaublich, dieser Sebastián, er macht Kunststücke wie ein Zauberer!«

»Und du hast mich gleich erkannt, nicht wahr, trotz des kurzen, braunen Haars?«

»Ja, natürlich, sofort. Ich habe dich nämlich schon einmal mit dem neuen Haarschnitt gesehen, weißt du, vor ein paar Monaten auf der Avenida Central. Du saßt bei jemandem im Wagen. Es war entsetzlich, dich so nah zu sehen und nichts tun zu können, weder hupen noch dich rufen zu können, gar nichts...«

»Ich habe dich nicht bemerkt. Wenn ich in einem Auto fahre, versuche ich, nicht nach draußen zu sehen.«

»Wie ist es dir denn ergangen?«

»Gut, sehr gut. Viel Arbeit mit hervorragenden Compañeros. Und immer in Bewegung... Und du, wie geht's dir?«

»Ich habe auch viel zu tun gehabt. Das Haus von General Vela ist fast fertig.«

»Wie ist es dir denn damals bei deinem ersten Treffen mit ihm ergangen?«

»Bestens, ich habe ihn für mich gewonnen und mich natürlich besonders ins Zeug gelegt. Ich hab ihm einen Raum eingerichtet, in dem seine Waffensammlung ausgestellt sein wird. Ich habe einfach die drehbare Wand aus dem Haus eines kalifornischen Millionärs nachempfunden. Er war begeistert!«

»Was ist denn das, eine drehbare Wand?«

»Die anscheinend feststehende Wand ist aus beweglichen Holzlamellen zusammengesetzt. Das erlaubt ihm, seine Waffensammlung zu zeigen oder sie verschwinden zu lassen. Mit dem Trumpf habe ich ihn überzeugt. Nur Julián, ich und jetzt natürlich auch du wissen davon.«

»Anders gesagt, wenn keine Waffen zu sehen sind, hängen sie ganz einfach auf der anderen Seite?«

»Ganz genau.«

»Ganz schön gerissen«, meinte Flor anerkennend. »Da verstehe ich natürlich, daß du mit Vela vorangekommen bist.«

Langsam begann der Abend, die Umrisse der Bäume am Straßenrand zu verwischen. Lavinia fuhr langsam, versuchte, das Zusammensein mit Flor in die Länge zu ziehen. Die Strekke schien ruhig wie immer, kein verdächtiges Fahrzeug war im Rückspiegel zu sehen.

»Ich sehe, du bist vorsichtiger geworden«, lächelte Flor und meinte die aufmerksamen Blicke Lavinias.

»Besonders in den letzten Tagen. Die Atmosphäre ist gespannt, die Sicherheitsmaßnahmen sind verstärkt worden.«

»Vor allem unsere Aktionen in den Bergen sind verstärkt worden, und die Nationalgarde will ihre Macht demonstrieren. Sie meinen, wir wären schon vernichtet und sie bräuchten nur noch die letzten Widerstandsnester in den Bergen auszuheben. Sie können sich gar nicht vorstellen, daß wir in der Lage sind, etwas in der Stadt zu organisieren. Sie unterschätzen uns völlig.«

»General Vela wird nicht müde zu wiederholen, daß die Subversion im Lande verschwindend gering ist. Erst neulich hat er das wieder gesagt, bei einer Pressekonferenz.«

»Das wird sich noch herausstellen. Auf jeden Fall tust du gut daran, noch vorsichtiger zu sein als bisher schon.«

»Felipe ist bei mir ausgezogen«, wechselte Lavinia jetzt das Thema. »Er scheint mit irgend etwas Verdächtigem beschäftigt zu sein, und man will vermeiden, daß seine Spur zu meinem Haus verfolgt werden könnte.«

»Ganz genau.«

»Ich habe immer den Eindruck, als wüßten alle anderen, was sie zu tun haben; nur ich muß darauf warten, daß man es mir sagt.«

»Du erleidest eben zur Zeit die langwierige Prozedur des Anfangs. Das geht vielen so, vor allem, wenn man Mitglied der Bewegung wird und meint, daß man gar nichts ist. Es dauert ja auch seine Zeit, bis man sich das Vertrauen erworben hat und das Recht oder die moralische Autorität, mitzureden und seine Meinung einzubringen. Was das mit Felipe angeht, so haben wir es erst jetzt für nötig gehalten. Wenn du in diesem Land einer bestimmten sozialen Schicht angehörst, dann bist du ja praktisch automatisch frei von jedem Verdacht. Nicht einmal die Führer der bürgerlichen Opposition werden allzusehr überwacht. Der Große General und seine Leute haben eine sehr klassenorientierte Sicht von Konspiration und Unterdrückung, die bis zu einem gewissen Grade sogar stimmt. Das wird sich in absehbarer Zeit sicher ändern. Deshalb brauchen wir uns darüber nicht allzu viele Sorgen zu machen. Deine Herkunft hat also nicht nur Nachteile, wie du siehst: Außerdem ist Felipe noch nicht allzusehr aufgefallen. Er ist ein paarmal in ihr Blickfeld geraten, als er an der Universität lehrte, doch das nehmen sie nicht allzu ernst. Sie meinen, alle Studenten und Leute von der Uni sind Krachmacher und Ruhestörer. Trotzdem dürfen wir sie auf keinen Fall unterschätzen, wir dürfen nichts riskieren, jetzt weniger denn je.«

Sie bogen in den Feldweg ein, der von der Landstraße abzweigte; bald würde Flor aussteigen.

»Jetzt haben wir fast nur von mir geredet«, sagte Lavinia. »Was ist denn aus deinen Zweifeln geworden?«

»Das hat sich mehr oder weniger so gelöst, wie ich es erwartet hatte. Ich habe mich behaupten müssen, mich ab und zu auch ein bißchen wie ein Mann verhalten müssen, wenn du so willst, aber der Untergrund ist ein Bereich großer persönlicher Nähe. Manchmal verbringst du viele Tage zusammen mit den gleichen Compañeros und Compañeras in einem Haus. Da lernt man sich sehr gut kennen, und da klappen auch die persönlichen Abwehrmechanismen nicht mehr. Die Leute fangen an, von ihren Träumen und ihren Zweifeln zu reden. Die meisten Gespräche haben mit der Zukunft zu tun... Es ist für mich eine Erfahrung gewesen, die mich sehr bereichert hat; ich habe jetzt viel mehr Hoffnung als vorher.«

»Und bist du die Angst losgeworden?«

»Ich kann besser damit umgehen«, sagte Flor und lächelte. »Ganz wirst du sie ja nie los, wenn du das Leben liebst und aufs Spiel setzen mußt, doch lernst du es, sie zu beherrschen, sie stillzuhalten, sie nur dann zu benutzen, wenn du sie brauchst. Das Problem ist, glaube ich, nicht, daß man Angst hat, sondern wovor man Angst hat: Der irrationalen Angst darf man keinen Raum geben.«

Sie waren zwischen den Kaffeebüschen angelangt. Lavinia hielt am gleichen Ort wie immer und schaltete das Licht aus.

»Fahr noch ein Stückchen«, sagte Flor.

Schweigend fuhren sie weiter, bis sie nach wenigen Metern zur Auffahrt eines Landhauses kamen, das in der Dunkelheit nur undeutlich zu erkennen war.

»So«, meinte Flor, »hier steige ich aus. Ich habe dich weiterfahren lassen«, fügte sie noch hinzu, »weil es gut ist, wenn du diesen Ort kennst, wenn in den kommenden Tagen einmal ein großes Problem auftaucht, ein besonders großes Problem. Wenn sie zum Beispiel hinter dir her sind und dich schnappen wollen, du ihnen aber entkommst, dann mußt du unter allen Umständen versuchen, herzukommen, ohne entdeckt zu werden. Du mußt dich auf jeden Fall vergewissern, daß dir niemand auf den Fersen ist, und sie abschütteln. Sollten sie dich aber schnappen, darfst du diesen Ort unter keinen Umständen verraten, mußt ihn mit deinem Leben schützen, wenn es nötig ist, ihn unter keinem Druck, keiner Folter nennen. Hier gilt die Frist von einer Woche nicht, die die Sicherheitsvorkehrungen festlegen.«

Lavinia nickte und wurde genauso ernst wie Flor. Dann schaute sie zum Haus hinüber, es war ihr merkwürdig vertraut, obwohl es das erste Mal war, daß sie hier war. Sie begann, die Dimension dessen zu begreifen, was geschehen sollte.

»Wahrscheinlich sehen wir uns wieder«, Flor sah sie an, »deshalb brauchen wir uns nicht groß zu verabschieden. Denk immer dran: Die Sicherheitsbestimmungen befolgen, wortwörtlich!« Damit stieg sie aus dem Wagen.

Sie blieb stehen und wartete, bis Lavinia den Wagen gewendet hatte und losfuhr. Lavinia sah die zum Gruß erhobene Hand hell in der Dunkelheit.

Flor, Blume, heißt in unserer Sprache Xotchitl. Das erinnert mich an meine Freundin Mimixcoa. Sie war eine große Künstlerin am Webstuhl. Schweigend webte sie Stunde um Stunde wunderschöne Centzontilmatli, bunte Decken, die ihre Mutter auf dem Markt verkaufte. Am Tage meines Sternzeichens, Atl, schenkte sie mir einen Rock und Federn für mein Haar, mit denen schmückte ich mich und feierte.

Gemeinsam nahmen wir an den Calmeac-Zeremonien teil. Wegen ihres ernsten, sanften Wesens war sie dazu bestimmt worden, den Göttern zu dienen. Wir glichen uns nur wenig. Sie schien immer ihren Platz auf der Welt zu kennen. Ich hingegen mied die langen Stunden an der Spindel und beim Maismahlen am Metlatl. Die Ichpochlatoque, unsere Lehrerin, tadelte mich, Mimixcoa – das heißt Nordstern – hingegen liebte sie zärtlich. Bei diesen Unterschieden möchte man meinen, daß zwischen uns beiden wenig Nähe bestand. Das war jedoch nicht so. Gespannt hörte sie mir zu, wenn ich ihr von meinen Abenteuern mit Citlalcoatl erzählte, als ich den Umgang mit Pfeil und Bogen lernte. Sie bat mich sogar, es ihr auch zu zeigen, doch fiel sie gleich beim ersten Mal auf die Nase und versuchte es dann nie wieder. Ihr Blick war so tief wie der heilige Brunnen, in dem sie dem Regengott, Quiote-Tláloc, geopfert wurde. In jenen Tagen vor der Zeremonie haben wir viel miteinander geredet. Sie brach mit ihrer üblichen schweigsamen Art, um mir ihre magischen Träume von tanzenden Gestirnen zu erzählen und von ihrer Vision über die Rückkehr Quetzalcóatls, des Gottes, den sie am meisten liebte und mit dem sie sich vereinigen wollte, sobald sie die jadegrünen Augen Tlálocs unter der Wasseroberfläche sähe.

Ich war sehr traurig, und sie verstand, wie schwer die Trennung für uns sein würde, denn wir waren wie Schwestern. Doch regte sie mich dazu an, mein Leben zu tanzen. Sie sang mir Verse wie diese:

Jeder Mond
jedes Jahr
jeder Tag
jeder Wind
kommen und gehen vorüber
Auch alles Blut
gelangt an den Ort seiner Ruhe.

Sie wußte ja, daß sie sterben würde. Mich nicht mehr wiederzusehen, die Blumen des Feldes nicht mehr und nicht mehr den goldenen Mais, das tiefe Purpur des Abendhimmels, das alles machte sie traurig. Doch war sie auch glücklich, denn sie sollte bei den Göttern wohnen, die Mütter der Götter, die Chuateteo, auf ihrer Reise an jenen Ort begleiten, wo die Sonne untergeht. Sie gab mir kluge Ratschläge. Sie sagte mir, daß sie mich immer begleiten werde. Bei jedem Sonnenuntergang weiß ich, daß sie mich sieht... Früher sah sie mich. Heute sieht sie mich. Sie beschützt mich.

Am Tage ihres Opfers schritt ich mit meiner Mutter unter den Kriegern zum heiligen Brunnen. Mimixcoa führten sie, gemeinsam mit anderen Kindern und festlich geschmückten Jungfrauen, zu den Dampfbädern, wo sie gereinigt wurden. Meine Mutter und ich warfen Jade und andere kostbare Steine ins heilige Wasser.

Die Priester erwarteten Mimixcoa auf dem Nacom, der Opferplattform. Sie entledigten sie ihres Federschmuckes, dann stießen sie sie in ihrem einfachen weißen Leinenkleid ins Wasser. Bevor sie in der ewig strömenden Quelle unterging, sah ich sie unverwandt und innig an. Dann verschwand sie.

Lange blieb ich schweigend neben meiner Mutter stehen und bat die Götter, daß sie sie erretten und als Botin zurückschicken möchten. Doch Mimixcoa kehrte nicht an die Oberfläche zurück, und da weinte und schrie ich, so sehr mich meine Mutter auch zu beruhigen suchte. Ich wollte nicht, daß sie ertränke. Ich konnte mich nicht damit abfinden, sie Tláloc geben zu müssen, der sie in diesem Augenblick mit seinen Jadeaugen betrachtete.

Da wußte ich noch nicht, daß mich Tláloc Jahre später in seinem Schoß empfangen sollte, um mich in Gärten zu schikken, in diesen Baum, den ich jetzt bewohne, und von dem aus ich meine Freundin Mimixcoa vermisse.

23

Sie stand vor der Baustelle, General Velas Haus war fertig. Männer bewegten sich wie Arbeitsameisen um das Gebäude und räumten das Grundstück von Werkzeugen. Ein Lastwagen der Baufirma brachte übriggebliebenes Holz, Zement und große Kübel Farbe fort.

Eine andere Gruppe Arbeiter riß die Hütte ein, die den Bauleitern und Ingenieuren als Büro gedient hatte. Dort hatte Lavinia in den vergangenen Monaten zahlreiche Stunden in Gesellschaft von Ingenieur Rizo und Don Romano verbracht und mit Julián und Fito. Es war der 15. Dezember. Der Zeitplan war mit akribischer Pünktlichkeit eingehalten worden.

Die bebaute Fläche des Hauses nahm fünfundsechzig mal fünfundsechzig Meter ein, die wie die hängenden Gärten von Babylon über vier Ebenen verteilt waren und auf den drei oberen Ebenen großflächige Fenster hatten. Die wichtigsten Aufenthaltsräume, die Salons, die Señora Vela sich gewünscht hatte, das Eßzimmer und das Musikzimmer des Generals – hatten wirklich eine grandiose Aussicht. Das riesige Schlafzimmer des Hausherrn, das Arbeitszimmer und die Zimmer der Kinder und der Schwägerin waren, aus Angst vor Einbrechern und Attentaten, ins Innere des Hauses verlegt worden.

Die Arbeitsräume lagen auf der vierten, der untersten Ebene. Dort gab es keine großflächigen Fenster, doch hatte es Lavinia immerhin erreicht, daß große Kippfenster eingebaut wurden, die etwas Ausblick und gute Lüftung gewährten. Alle Außenwände waren weiß gestrichen und mit geklinkerten Abschnitten versetzt. Trotz des schlechten Geschmacks der Besitzer war das Haus zu einem architektonischen Schmuckstück geworden. Organisch mit dem abfallenden Hang verbunden, bot sein Inneres große, helle Flächen mit viel Platz für seine Bewohner.

Was Lavinia wirklich störte, war die protzige Inneneinrichtung. Erfolglos hatte sie versucht, Señora Vela dazu zu bewegen, die Herstellung des Mobiliars bei einheimischen Handwerkern in Auftrag zu geben. Nur die zahlreichen Einbauschränke wurden vor Ort geschreinert; die Möbel des Salons, des Schlaf- und des Eßzimmers, die Teppiche, Vorhänge und Accessoires, kurz und gut: alles übrige wurde aus den Vereinigten Staaten importiert. Die beiden Schwestern verbrachten die letzten Wochen vor der Fertigstellung mit rastlosem Reisen, durchkämmten fasziniert die Warenhäuser Floridas und schickten mit dem Flugzeug ihre Einkäufe nach Hause.

Doch von außen, von da, wo Lavinia stand, war das Haus eine Augenweide, ein wohlgestalteter Adlerhorst auf der Hügelspitze. Die Landschaft, ihre geliebte Landschaft, gab sich durch die gläsernen Augen der Wohnhallen schamlos den unwürdigen Bewohnern dieses Palastes hin.

Eines Tages werden wir uns das wiederholen, dachte sie bei sich. Eines Tages würde dieses Haus eine Kunsthochschule beherbergen oder zumindest von empfindsamen Menschen bewohnt sein, deren Herzen im Einklang mit der sie umgebenden Schönheit schlugen.

»Man möcht's kaum glauben, nicht wahr?« hörte sie die Stimme von Señorita Montes hinter sich sagen.

»Sie haben mich ganz schön erschreckt«, Lavinia fuhr herum und mußte sich erst wieder fangen. »Ich habe Sie gar nicht kommen hören.«

»Sie waren ja auch völlig in Gedanken versunken«, meinte Señorita Azucena munter, »so sehr, daß Sie gar nicht gemerkt haben, wie meine Schwester und ich gekommen sind. Sie ist schon im Haus, sie hat die Gärtner dabei, um gleich mit der Gartengestaltung anzufangen. Wir haben ja so viele schöne Pflanzen aus Miami mitgebracht! Die Vorgärten sollen sie auch sofort in Angriff nehmen. Das Haus muß ja mit allem Drum und Dran am 20. Dezember fertig sein. Dann wollen wir es nämlich einweihen. Das wird das erste große Fest der Saison!«

»Was, in fünf Tagen nur?« fragte Lavinia überrascht.

»Ich weiß, ich weiß. Eigentlich hatten wir ja vor, es erst Silvester einzuweihen, doch wird der Große General dann nicht im Lande sein. Er fährt im Weihnachtsurlaub in die Schweiz, nach St. Moritz, und deshalb haben wir uns entschlossen, das Fest vorzuverlegen. Wir haben nicht nur die Pflanzen, sondern auch gleich den Rasen in Miami gekauft. Den verkaufen sie dort nämlich wie Teppichboden, ist das nicht toll!? Man braucht ihn nur noch auszurollen und fertig. Sie werden sehen, wie phantastisch das aussieht!«

»Das glaube ich gern«, Lavinia blieb höflich, während sie an die Unsummen dachte, die sie für den Transport all dessen ausgegeben haben mußten. Es fiel ihr auf, daß General Vela nichts von der Vorverlegung des Termins gesagt hatte. Sie hatte ihn allerdings in jüngster Zeit kaum gesehen. Er verbrachte die meiste Zeit im Norden des Landes.

»Sie kommen doch auf unser Fest, nicht wahr? Sie sind einer der Ehrengäste!«

»Sicher, sicher, natürlich komme ich«, beeilte sich Lavinia zu antworten. »Wann kommt denn der General zurück?«

»Ich glaube morgen. Der Arme muß immerzu in den Norden, Sie verstehen schon. Um so besser, daß meine Schwester in letzter Zeit auch viel unterwegs gewesen ist. Sie macht sich doch immer solche Sorgen, wenn er diese Art von Aufgaben erledigen muß. Diese Subversiven, diese Terroristen sind schrecklich. Und sie hassen ihn richtig! Mehrfach haben sie schon angekündigt, daß sie ihn ›hinrichten‹ wollen, wie sie das in ihrer entsetzlichen Sprache nennen, wenn sie die Leute umbringen.«

»Wollen wir hoffen, daß ihm nichts passiert und er glücklich und zufrieden an seinem Fest teilnehmen kann«, sagte Lavinia, ohne mit der Wimper zu zucken. »Gewöhnlich paßt er ja auch gut auf sich auf. Ich glaube, da brauchen Sie sich nicht allzu viele Sorgen zu machen.«

»Warten Sie, ich will gleich Ihre Einladung holen«, wechselte Señorita Montes das Thema. »Wir verteilen sie nämlich schon. Ich glaube, meine Schwester hat die Ihre.«

Lavinia folgte ihr ins Innere des Hauses. Dort trafen sie Señora Vela, die in hektischer Aktivität einem Trupp Männer, die ihr von hier nach dort folgten, lauthals Anweisungen gab.

»Señorita Alarcón!« rief sie ganz entzückt, als sie Lavinia kommen sah. »Wie geht es Ihnen? Finden Sie es nicht auch unglaublich, daß das Haus fertig ist? Und wie wunderschön es geworden ist! Viel schöner, als ich je gedacht habe. Und wenn wir jetzt noch die Pflanzen aufstellen, die ich mitgebracht habe, wird es einfach phantastisch aussehen! Hat meine Schwester Ihnen schon das mit dem Fest erzählt? Warten Sie, hier in meiner Handtasche habe ich Ihre Einladung.«

Sie war völlig aufgedreht und sprach ununterbrochen. Haus und Fest waren zweifellos der Höhepunkt ihrer gesellschaftlichen Karriere. Ihre Freunde würden sie beneiden, es wäre das Ereignis des Jahres, der Gipfel des Ruhms für General Vela, zumindest auf gesellschaftlichem Parkett. Und sie als seine Frau hatte das Verdienst, die Ausstattung dieser Salons und der Gärten hauptsächlich bestimmt zu haben.

Während Señora Vela ihr nun die Einladung überreichte, eine »Hallmark«-Karte, die auf der Rückseite die kitschige Zeichnung eines Hauses trug, das aus einem Geschenkpapier herauslugte, und die die steile Handschrift von Señorita Montes trug, erschienen die Kinder des Generals in der Eingangshalle. Das Mädchen, das vielleicht neun, zehn Jahre alt sein mochte, etwas dicklich war und sympathische Züge hatte, kam etwas schüchtern, doch mit der typischen Art eines Kindes, das gewohnt ist, alles zu bekommen, was es will, langsam näher, beäugte Lavinia und berührte ihren Ledergürtel.

»Schenkst du mir deinen Gürtel?« fragte es in dem lieben Ton, den es sicher immer anwendete, um sein Ziel zu erreichen. Lavinia lächelte. Das Pummelchen war sympathisch, obwohl es die Tochter Velas war. Eben ein kleines Mädchen. Es stimmte traurig, daran zu denken, was einmal aus ihm werden sollte.

»Sag der Señorita Alarcón schön guten Tag«, meinte Señora Vela barsch, »sei gefälligst nicht so ungezogen.«

»Guten Tag«, sagte das Mädchen folgsam und lächelte.

»Komm, Ricardo, sag du auch guten Tag. Señorita Alarcón ist die Architektin, die unser Haus gebaut hat.«

Der Junge, der an der Schwelle zwischen Knaben- und Heranwachsendenalter stand und entsprechend linkisch wirkte, streckte schüchtern die Hand aus. Ein wenig sah er seiner Tante ähnlich, doch hatte er die traurigen Augen und die Ausstrahlung von jemandem, der Schutz braucht in einer Umgebung, die zu brutal ist für Träume vom Fliegen.

»Du bist also der, der immer vom Fliegen träumt«, sagte sie halb fragend.

Der Junge nickte nur.

»Und hast du manchmal auch Träume, in denen du dich wirklich fliegen siehst?«

»Ja«, sagte er jetzt und sah sie aus leuchtenden Augen an.

»Er ist ausdauernd in seinen Träumen«, seufzte die Mutter tadelnd. »Das ist sein Problem.«

Das Gesicht des Jungen hatte wieder den alten glanzlosen Ausdruck, den Lavinias Fragen für einen Moment erhellt hatten.

»Ab und zu darf man ruhig träumen«, gab Lavinia dem Jungen Schützenhilfe. Er tat ihr leid.

»Ich glaube, ich muß jetzt gehen. Wenn Sie noch etwas brauchen, können Sie mich ja im Büro anrufen. Morgen früh um elf kommen Julián und ich dann mit den Ingenieuren zur offiziellen Schlüsselübergabe.«

»Sehr gut«, antwortete Señora Vela, »ich hoffe, mein Mann wird dabeisein können. Er müßte eigentlich morgen in aller Frühe zurück sein.«

»Sonst machen wir es eben ein bißchen später«, sagte Lavinia. »Sie brauchen nur Bescheid zu sagen.«

»Um so besser.« Señora Vela brachte sie zur Tür.

»Ach, einen Moment bitte noch«, sagte Lavinia plötzlich, als sie schon fast an der Tür waren. »Ich möchte noch rasch die letzten Arrangements im Arbeitszimmer nachsehen. Lassen Sie sich durch mich nur nicht aufhalten.«

»Aber natürlich«, gab Señora Vela zurück. »Ich gehe wieder zu den Gärtnern hinüber, wenn es Ihnen nichts ausmacht.«

Als sie die Waffenkammer betrat, spürte sie ein leichtes Kribbeln in der Magengegend. Während der Bauarbeiten hatte sie versucht, diesen Raum zu vergessen, der dem General soviel Vergnügen bereitete. Er war ganz mit Holz getäfelt, hatte einen rötlich-gelben Teppichboden und ein Fenster mit kaffeebraunen Vorhängen, das auf einen der Innenhöfe hinausging. Die Möbel, zwei Ledersofas und ein hölzerner Couchtisch, standen nahe der Tür an der Wand. Auf dem Boden sah sie mehrere verschlossene Holzkisten; sicher enthielten sie die Waffen der Sammlung des Generals.

Auf den ersten Blick schien das Zimmer an einer Holzwand zu enden, einer Wand aus herrlich gemaserten Teakholzlamellen. Sie trat näher und stieß leicht gegen das Holz, was den unsichtbaren Mechanismus in Gang setzte. Die Teakplatte drehte sich um ihre Achse und gab den Blick auf den kleinen Raum dahinter frei, an dessen Wänden Regale angebracht waren, zwischen denen ein Safe eingepaßt war. Auf der vorher unsichtbaren Seite des Wandelements waren die in Holz angepaßten Halterungen für die Waffen zu sehen.

Sie ließ das Element in seine Ausgangsstellung zurückgleiten und kontrollierte die beiden anderen Wandteile. Auch sie funktionierten reibungslos. Bevor sie die Lamellen wieder in die Ausgangsstellung brachte, verharrte sie noch einen Moment im geheimen Zimmer. Sie fühlte, wie ihr ein Kälteschauer über den Rücken lief. Dieser Raum, der weder Lüftung noch Fenster und gerade einen schmalen Lichtstreifen unterhalb der Decke hatte, mußte, je nach Jahreszeit, sehr kalt oder sehr heiß sein. Das spielte jedoch keine Rolle. Es würde sich auf alle Fälle nie jemand lange dort aufhalten.

»Träumen Sie auch manchmal?« In der Tür stand auf einmal der Junge.

»Ja. Ich träume manchmal, daß mein Großpapa mir riesige weiße Flügel umlegt und mich von einem hohen Berg aus in die Luft wirft.«

»Ich träume, daß ich ohne Flügel fliege, wie Superman. Und

dann träume ich auch, daß ich mich in einen Vogel verwandele. Doch mein Papa wird immer ganz böse darüber. Er will, daß ich Pilot der Luftwaffe werde.«

»Väter täuschen sich oft in ihren Kindern«, sagte Lavinia. »Ich an deiner Stelle würde Zivilpilot werden. Luftwaffenpilot ist ein sehr trauriger Beruf. Da mußt du fliegen, um zu töten. Das hat mit deinen Träumen vom Fliegen nichts zu tun.«

Vor allem, wenn du Pilot in der Luftwaffe des Großen Generals bist, dachte sie und fragte sich, ob es nicht unklug war, so mit dem Jungen zu reden.

»Auf Wiedersehen«, sagte der jetzt und verschwand so schnell, wie er gekommen war.

Als sie das Haus endlich verließ, blendete Lavinia die gleißende Helligkeit des Mittagslichts. Sie rieb sich die Arme, um die Kälte zu vertreiben. Welch traurige Augen der Sohn von Vela hatte!

Felipe ordnete Unterlagen auf seinem Schreibtisch, als Lavinia sein Büro betrat. Es war nicht leicht gewesen, den Rhythmus ihrer Beziehung zu ändern. Wie heimliche Liebhaber trafen sie sich manchmal verstohlen auf der Straße, um sich zur Mittagsstunde in seltsamen, etwas heruntergekommenen Pensionen wenigstens für einen Moment ganz zu haben.

»Vela hat beschlossen, sein Einweihungsfest auf den Zwanzigsten vorzuverlegen«, sagte sie, setzte sich, nachdem sie ihm einen langen Kuß gegeben hatte, Felipe gegenüber und kramte in ihrer Handtasche nach der schrecklichen Einladungskarte.

»Das hier ist die Einladung.« Felipe nahm sie in die Hand, ohne ein Wort zu sagen. Er las den Text und warf sie auf den Tisch.

»Und was soll das? Hast du eine Ahnung?«

»Das machen sie, damit der Große General kommen kann. Der fährt nämlich samt Familie über Weihnachten in die Schweiz, deshalb mußten sie das Fest verlegen.«

»Bist du mit dem Haus zufrieden?« fragte Felipe, der sich hingesetzt hatte und einen Ausdruck zwischen Zerstreutheit und Besorgnis zur Schau trug.

»Eigentlich ja, von außen ist es traumhaft schön. Innen ist es eher ein Alptraum. Eben das Haus eines Militärs, eines Neureichen dazu. Sogar den Rasen haben sie aus Miami kommen lassen. Nur die Einbauschränke sehen ganz hübsch aus und ein paar Farbkombinationen, zu denen ich Señora Vela bewegen konnte.«

»Nun ja, das war zu erwarten ...«

»Ja, nichts zu machen. Als ich mir das Haus heute so angesehen habe, dachte ich, daß wir es vielleicht in der Zukunft einmal, wenn alles anders ist, als Kunstschule benutzen können.«

»Ich freue mich über deinen Optimismus«, lächelte Felipe.

»Gehen wir zusammen Mittagessen?«

»Heute geht's leider nicht«, Felipe suchte eifrig nach irgendeinem Schriftstück auf seinem Schreibtisch, »ich muß los.«

»Aber du hast mir doch gesagt ...« Lavinia war sichtlich enttäuscht.

»Ja, aber jetzt ist mir was dazwischengekommen.«

»Was Schlimmes?«

»Nein, nein. Nur etwas Dringendes«, sagte er und gab ihr einen Kuß. »Wir sehen uns später, okay?«

Sie sah ihn nicht wieder. Weder an diesem noch am nächsten Tag. Nur einen Zettel fand sie bei sich zu Hause, der ihr sagte, daß es ihm gutginge, daß sie nicht nach ihm suchen solle.

Zwei Tage vergingen, ohne daß sie irgend etwas von ihm oder den anderen aus der Bewegung hörte. Der Dezemberwind wehte durch die Zweige des Orangenbaums in ihrem Garten. Plötzlich war sie ganz allein auf der Welt, einsam und voller Angst. Sie spürte, wie sehr die Bewegung ihr ganzes Leben eingenommen hatte. Die Familie, die Freunde. Monate hindurch hatte sie nicht ein einziges Mal daran gedacht, ins Kino zu gehen, sich zu amüsieren. Die Feste, an denen sie teilgenommen hatte, waren für sie Arbeitsaufträge im Dienst der Sache gewesen.

Ihre Liebe und Rebellion hatten sie ganz beansprucht. Und kopfüber hatte sie sich in beides hineingestürzt, sich mit einer nie gekannten Begeisterung ins Netz der konspirativen Telefonate und Kontakte, der Transporte von Compañeros verstrickt. Und jetzt dieses abrupte Schweigen. Sie hatte keine Möglichkeit, Kontakt mit ihnen aufzunehmen, keine Telefonnummer, nichts. Das im Zwielicht liegende geheimnisvolle Haus war ihr einziger Anhaltspunkt. – Gleichzeitig und genauso abrupt hatte auch die Arbeit am Haus des Generals aufgehört. Tags zuvor war die offizielle Übergabe gewesen, an der der General höchstpersönlich, gemeinsam mit seiner Frau, der Schwägerin und den Kindern teilgenommen hatte. Die ganze Familie war von Zimmer zu Zimmer, von Innenhof zu Innenhof gegangen, hatte Lichtschalter an- und ausgeknipst, Steckdosen kontrolliert und Wasserhähne aufgedreht. Währenddessen waren die Gärtner immer noch damit beschäftigt gewesen, Pflanzen zu setzen und Rasen zu legen, das Schwimmbecken wurde gefüllt und das Wasser mit Chemikalien versetzt, die es besonders durchsichtig aussehen lassen sollten. Velas Sohn hatte in Anwesenheit seines Vaters einen noch glanzloseren Blick, als er ihn sonst schon zeigte.

Julián meinte, sie solle doch erst mal eine Woche Urlaub nehmen, doch verschob Lavinia dieses Angebot auf später, auf irgendwann, nur nicht in dieser Zeit ohne Felipe und die anderen. Was sollte sie denn jetzt in ihrem stillen Haus anfangen, durch das nur der warme Dezemberwind blies und in dem die Einsamkeit sie erdrückte. Sie zog es vor, ins Büro zu gehen, auch wenn sie dort nur herumsaß, abwesend, verängstigt, erwartungsvoll. Selbst das herannahende Weihnachtsfest mit seiner besonderen Atmosphäre schien für sie nicht zu existieren. Das einzige, was ihr zwischen den riesigen Weihnachtsmännern aus Pappmaché und mit künstlichem Schnee auf den Schultern, die fröhlich-rotbackig die Schaufenster bevölkerten, etwas die Stimmung hob, waren die Sprühparolen, die an den Wänden aufgetaucht waren, Parolen, die ein »Weihnachten ohne politische Gefangene« forderten.

Ihre Mutter hatte sie mehrfach angerufen und gefragt, ob sie zum Weihnachtsessen zu ihnen käme. »Bitte, Töchterchen, bitte.« Vielleicht blieb ihr nichts anderes übrig, als zum Essen zu diesen beiden Unbekannten zu gehen, die sie irgendwann einmal gezeugt hatten. Nicht einmal Eltern hatte sie, dachte sie selbstmitleidig. Nie würden sie ihr die Liebe zu Tante Inés verzeihen, genausowenig, wie sie ihnen verzieh, sie dieser bequemen Liebe überlassen zu haben. So hatten sie alle elterlichen Pflichten abgeschoben, als sie jung waren und keine Zeit hatten, sich einem neugierigen, verspielten kleinen Mädchen zu widmen, das die Bücher liebte und in seiner Phantasiewelt aus Abenteuern und Plänen aufging.

Auch Sara und Adrián luden sie »gemeinsam mit Felipe« ein, Heiligabend mit ihnen zu verbringen. Sara hatte ihr erzählt, daß sie in letzter Zeit wenig ausgingen, weil Adrián mit seinem guten Herzen den Wagen dreimal die Woche einem

Kollegen lieh, damit der seine Abendkurse besuchen konnte. So erfuhr Lavinia, daß Adrián Wort hielt. Er hatte aufgehört, Witze über ihre »Emanzentour« oder ihre »Flatterhaftigkeit« zu machen. Sie beschränkten sich jetzt auf langweilige, oberflächliche Unterhaltungen, jetzt, da sie mehr denn je hätten reden müssen, da sie sich endlich auf gleichberechtigter Ebene verstehen konnten. Doch wieder schob sich sein verdammter Machismo dazwischen.

Die Welt würde sich schon ändern, mußte sich ändern, das dachte sie hartnäckig und sah all die namen- und gesichtslosen Compañeros vor sich, die in den Bergen dafür kämpften. Sie waren die Hoffnung der Trauer. Was galten ihre paar Tränen gegen das tägliche Heldentum dieser anderen? Und irgendwo in dieser Stadt bereitete sich eine Gruppe darauf vor, den Schlag zu führen, setzte wie ein Tiger zum Sprung an: die »Aktion«, die sie nur verschwommen ahnte. Sie beneidete sie. Vielleicht waren auch Felipe, Flor, Sebastián dabei, alle außer ihr, die allein und ihrer Einsamkeit ausgeliefert war, dem Rauschen des Orangenbaumes im Wind.

An jenem Tag erwachten wir vor dem Morgengrauen. Wir mußten den Fluß vor Sonnenaufgang durchqueren. Am Abend zuvor hatten Yarince und ich uns lange wie zwei Alte am Feuer unterhalten, unserer Kindheit gedacht, der Jahre von Liebe und Krieg, all der Gewitterstürme, durch die wir gemeinsam gegangen waren. Gemeinsam ließen wir unsere Leben vorbeiziehen, zarte Skizze aneinandergereihter Worte.

Vielleicht müssen wir bald sterben, hatte Yarince gesagt. Er wollte noch einmal die Vergangenheit wachrufen, jetzt, wo die Zukunft so klar war.

Ich bettete ihn in meine Arme. Mit diesen Flügeln kannst du die Welt umarmen, sagte er. Wir schmiegten uns aneinander. So viele Tage hindurch waren unsere Körper die Quelle unerschöpflicher Freude gewesen. Manches Mal hatte sie die einzige Kraft bedeutet, die uns half, nicht aufzugeben.

Wir waren jetzt nur noch ein Grüppchen von zehn Kriegern. Wir sahen abgezehrt aus, und aus geweiteten Augen sicherten wir die Umgebung wie verfolgtes Wild.

Er war frisch, jener Morgen, ein sanfter Wind bog das Schilf am Ufer des Flusses. Wir waren dem Lager der Eindringlinge sehr nahe gekommen und mußten den Fluß vorsichtig durchqueren, um nicht entdeckt zu werden.

Wir trugen wenig Last, nur ein paar wilde Kaninchen, die wir tags zuvor erlegt hatten, die Hängematten und einiges Tongeschirr. Tixtlitl ging voraus, ich folgte, dann kamen drei weitere Krieger und zum Schluß Yarince. Wir gingen, uns mit den alten Priestern zur Zeremonie zu versammeln, die Orakel zu lesen und zu erfahren, was die Zukunft für uns bereithielt. Wir sehnten uns danach, zu beten, uns unseren Totems anzuempfehlen, daß sie uns von soviel Unglück befreien möchten. Tixtlitl hatte im Traum Tláloc gesehen, in Gestalt einer Frau mit feuchten Augen, die unter der Wasseroberfläche lächelte. Es war ein wirrer Traum, den ich erst später deuten konnte.

Tixtlitl und ich waren ungefähr in der Mitte des Flusses, als die Spanier aus ihren Verstecken hervorkamen. Sie hatten sich ins Gebüsch geduckt und auf uns gewartet. Vielleicht hatten sie uns schon seit Tagen beobachtet. Wir kehrten im Wasser um, verzweifelt und völlig schutzlos. Ich hörte die Geschosse ihrer Armbrüste sehr dicht neben mir ins Wasser schlagen.

Meine Augen suchten Yarince, während meine Füße auf dem Grund des Flusses nach Halt suchten.

Ich sah ihn am Ufer laufen. Er hatte aus dem Wasser entkommen können. Es erging ihm nicht wie Tixtlitl, dessen Blut eine rote Lache um mich bildete, seinen Körper sah ich stromabwärts treiben.

Es erging ihm nicht wie mir.

Ich spürte einen harten Schlag im Rücken, eine zähe Hitze, die mir die Arme lähmte. Es dauerte einen Augenblick nur. Als ich die Augen wieder aufschlug, war ich schon nicht mehr in meinem Körper; ich schwebte dicht über dem Wasser, sah mich verbluten, sah, wie auch mein Körper stromabwärts trieb. Ich hörte die Rufe der Spanier und plötzlich, zwischen den Bäumen am Flußufer, wo ich zum letzten Male Yarince gesehen hatte, jenen langgezogenen verwundeten Schrei meines Mannes.

Es war eine so erschütternde Klage, daß die Feinde verstummten. Sie gerieten in Panik und verließen schnell das Wasser, um sich im Gebüsch zu verstecken.

Ich trieb mit meinem Körper in der Strömung flußabwärts. Kaum nahm ich Yarince wahr, der wie ein verstörtes Wild das Ufer entlang meiner Blutspur folgte.

Ich öffnete den Mund, um zu schreien, doch nur der Wind antwortete mir. Da merkte ich, daß mir menschliche Laute und Bilder für immer verwehrt waren. Ich fühlte Laute und Bilder, doch waren dies nur Empfindungen, die mein Geist wahrnahm, diffuse Abbilder aus der Erinnerung an das Leben. Oh, ihr Götter, welch ein Schmerz war es, Yarince zu fühlen, ohne daß er mich sehen konnte, ohne einen Muskel rühren zu können, ihn zu berühren, ihm die Tränen zu trocknen. In einer Biegung des Flusses, das tiefe Wasser war seichter, erreichte er mich. Er und Natzilitl zogen mich ans Ufer.

Seine Liebe fiel auf mich nieder wie ein Wirbelsturm aus

Wehgeschrei, aus Klagen. Außer sich vor Verzweiflung, schüttelte er mich an den Schultern, umarmte mich. Wieder und wieder sagte er »Itzá, Itzá«, mit der wirren Stimme der Verzweiflung, des Lebens im Angesicht des Todes. Nur schwer konnte ich es ertragen.

Da begann ich, die Laute zu verlieren. Ich fühlte Yarince weiter, doch hörte ich nur noch die Wellen, die glucksenden Laute des Wassers an den Steinen, das Wasser, das am Ufer des Flusses leckte.

Ich weiß, daß es Tláloc war, der mir zugestand, während der Zeremonie bei Yarince sein zu dürfen, als die Priester bei Anbruch der Nacht an meinem Körper beteten. Die weisen Alten leiteten die Zeremonie am Ufer, bis Tláloc mich in seine Gärten führte.

Dann nahm Yarince meinen Körper und brachte mich hierher, an diesen Ort, wo ich jahrhundertelang gewartet habe, wie von meinen Ahnen bestimmt.

24

Am kommenden Tag sollte das Einweihungsfest sein, und sie hatte niemanden, mit dem sie besprechen konnte, ob sie hingehen sollte. Sie beschloß, sich den Nachmittag freizunehmen, ins Kino zu gehen, Sara oder ihre Mutter zu besuchen. Sie ertrug die entnervende Einsamkeit, das Schweigen der Compañeros nicht. Und sie wollte vermeiden, daß Julián sie erneut nach Felipe fragte; schließlich wußte sie nicht, was sie ihm antworten sollte.

Sie setzte sich ins Auto und fuhr ziellos durch die Stadt. Auf einmal merkte sie, daß sie die Landstraße hinauffuhr, die zum grünen Hügel ihrer Kindheit führte, zum Hügel des kleinen Mädchens, dem die ganze Welt gehörte. Ihr gehörte jetzt nichts mehr, dachte sie. Weder ihre Liebe noch ihre Familie, noch ihr Leben. Alles hatte sie diesem Warten auf die Detonation der Zeitbombe überlassen. Immerhin hatte sie ihren Traum verwirklicht, das eigene Leben einem höheren Ideal unterzuordnen. Diese Einsamkeit war nichts anderes als das Warten auf die Geburt: An irgendeinem Ort bereiteten die Compañeros sich darauf vor, die Peitsche zu schwingen, die Peitsche derjenigen ohne Stimme, derjenigen, die aus dem Paradies, ja, aus den erbärmlichsten Hütten ausgestoßen waren, die Peitsche gegen die Velas dieses Fleckchens Erde. Sie hatten sie nicht im Stich gelassen, sagte sie sich noch einmal. Sie selbst war es, die diese Gefühle der Mutlosigkeit nährte. Doch mußte sie es schaffen, zwischen der Wirklichkeit und ihren Phantasien zu unterscheiden. Ohne Zweifel gelangten die Vorbereitungen der letzten Monate an ihr Ende. Wer konnte schon wissen, ob nicht doch Vela das Ziel jener langen Vorbereitungen war? Heute, morgen, in drei, vier Tagen konnte sie davon hören, in dem Moment, wenn sie zu handeln beschlossen.

In Serpentinen führte die Straße bergan. Gelbe Dezemberblumen blühten. Ohne hinzusehen, fuhr sie am Weg vorbei, der in die Kaffeepflanzungen hineinging. Durch enge Kurven ging es, bis sie die Landstraße verließ und auf den schotterbedeckten Feldweg einbog, der zu ihrem Hügel führte.

Zu dieser Nachmittagsstunde war hier fast niemand. Auf dem Weg kamen ab und zu ein paar Knechte der umliegenden Haziendas vorbei, doch auf der Spitze des Hügels wehte nur einsam der Wind.

Sie stieg aus und ging den Pfad zum Gipfel hinan. Dort

setzte sie sich auf den Grenzstein, der die beiden hier aneinanderstoßenden Anwesen trennte. Die Inschrift war von den vielen Besuchern abgewetzt, die hier gesessen und von ihrer Liebe, ihren Plänen und Träumen gesprochen hatten.

Es war ein klarer Tag. Frei vom Dunst breitete sich die Landschaft zu ihren Füßen aus. Die winzigen Häuser, der See, die blaue Vulkankette lagen still, reglos, majestätisch in der Ferne. Von den Kaffeefarmen wehte ein süßlicher Geruch herüber. Der Wind vermischte das Rauschen der Zweige mit dem Zwitschern der Perico-Schwärme, die mal hier, mal dort aufflogen.

Ja, es lohnte, für diese Pracht zu sterben, und sei es nur für diesen einen Moment, für den Traum von jenem Tag, an dem diese Landschaft wirklich allen gehörte.

Diese Landschaft, das war ihr Heimat und Vaterland, davon hatte sie geträumt, als sie auf der anderen Seite des Ozeans gewesen war. Diese Erde sang in ihr, im Fleisch und Blut einer in Liebe und Rebellion entbrannten Frau. Sie verdiente etwas Besseres. Dieses Volk verdiente diese Landschaft und nicht die übelriechenden Kloaken am Seeufer, die Straßen, durch die die Schweine grunzten, die heimlichen Abtreibungen, das verseuchte Wasser.

Wo sie wohl waren, ihre Compañeros? Durch welchen Ort, durch welche Straßen gingen sie gerade? Was machte Felipe wohl jetzt, in diesem Augenblick, in dem sie sich endlich als Teil des Ganzen fühlte?

Vor dem Schlafengehen stand sie im Badezimmer lange vor dem Spiegel, versuchte, in den vertrauten Linien ihres Gesichtes die Spuren der Veränderungen zu finden. Die Konturen waren schärfer geworden, deutlicher ausgeprägt, die Anstrengung der vergangenen Wochen und die Leere der letzten Tage hatten Schatten in ihrem Gesicht hinterlassen, die sie vorher noch nie bemerkt hatte.

Plötzlich dachte sie an das wachsende Schweigen zwischen ihr und ihren Eltern. Würde sie Kraft und Zeit finden, dieses Verhältnis zu klären? Nicht für ihre Mutter und nicht für ihren Vater, sondern für sich. Eines Tages mußte sie sich mit ihrer Kindheit aussöhnen, mußte sie ihre Wurzeln akzeptieren.

Sie wusch sich gerade das Gesicht, da hörte sie das Geräusch im Wohnzimmer. Ein dumpfes Geräusch wie von einem Schlag, einer Tür, die ins Schloß fällt.

Das Herz begann ihr in der Brust zu rasen, die Angst lähmte sie fast. Sie sah ihr Gesicht im Spiegel bleich werden, während sie in das Dunkel horchte und sich bemühte, ihre weichen Knie unter Kontrolle zu bringen.

Auf Zehenspitzen schlich sie sich ins angrenzende Schlafzimmer, griff nach der Pistole, die Felipe ihr dagelassen hatte, als er auszog, und die sie im Kleiderschrank versteckt hielt, und blieb mit angehaltenem Atem stehen, um zu lauschen.

Ein heiseres Flüstern, eine Stimme, die wie aus den Tiefen eines Sees zu ihr emporstieg, ließ sie zusammenfahren. Jemand rief ihren Namen. Kaum hatte sie Zeit, sich darüber klarzuwerden, zu wem die Stimme gehörte, da stand sie schon in der Tür des Zimmers, lief zu der Stelle, wo Felipe auf dem Boden lag.

Sie schrie auf. »Was ist passiert?«

Er antwortete mit heiserer Stimme, so als strenge er sich sehr an.

»Geh nach draußen und sieh nach, ob ich am Eingang Spuren hinterlassen habe.« Er schloß die Augen.

Wie von Sinnen stürzte sie auf die Straße. Auf dem Beton des Bürgersteigs war nichts zu sehen. Erst als sie schon fast wieder an der Haustür angelangt war, sah sie das Blut.

Sie rannte hinein und kniete neben Felipe.

»Mach die Flecken weg«, sagte er, »mach erst die Flecken weg.« Er sprach mit dem Gesicht auf dem Boden, ohne auch nur den Kopf zu heben.

Sie lief in die Küche, griff nach irgendeinem Lappen und rannte damit hinaus. Dann fuhr sie mit dem Fuß über den feuchten Rasen, wo Blut zu sehen war. Auf der Straße war niemand, es war fast Mitternacht. Sie trat ins Haus, sperrte die Tür ab und zog auch die Vorhänge zu. Felipe lag kreidebleich, einen Arm unter dem Körper, in der gleichen Stellung auf dem Boden. Sie kniete neben ihn.

»Ich habe alles abgesperrt. Was ist denn passiert, Felipe?«

»Hilf mir jetzt, mich umzudrehen«, keuchte er, »hilf mir, zu deinem Bett zu kommen. Mich hat's erwischt.« Von Zeit zu Zeit stockte ihm die Stimme.

Ich muß ruhig bleiben, dachte sie und versuchte, tief durchzuatmen, während sie ihm half, sich auf den Rücken zu drehen.

Sie mußte sich zusammennehmen, ihn nicht loszulassen, als sie seine Brust, seinen Bauch, seine blutgetränkten Kleider sah, den Boden, der eine einzige Blutlache war.

Felipe nahm jetzt alle Kraft zusammen, um sich aufzusetzen. Er kniff die Augen und den Mund fest zusammen.

»Ich bring' dich besser zum Auto, Felipe. Ich weiß, wo wir hinfahren können.« Sie dachte an das Haus in den Kaffeefeldern.

»Nein«, antwortete er. »Nein. Hilf mir jetzt.« Der Schmerz verzerrte ihm das Gesicht.

In einigen Minuten, die wie die Ewigkeit schienen, gelang es ihm, sich aufzurichten. Auf Lavinia gestützt, schleppte er sich zum Licht des Schlafzimmers. Irgendwie schafften sie es, zum Bett zu gelangen. Ruhiger, als sie sich fühlte, holte Lavinia ein Handtuch aus dem Bad und begann, ihm das Hemd aufzuknöpfen. Es bestand vorn nur noch aus Fetzen. Felipe hielt sie zurück, indem er seine Hand auf die ihre legte und ihr bedeutete, zu warten.

Mehrere Minuten vergingen. In Lavinias Kopf überschlugen sich die Gedanken. Sie mußte ihn ins Krankenhaus bringen. Das hier war keine kleine Sache wie damals bei Sebastián. Felipe lag im Sterben, war am Verbluten, hatte den Bauch in Höhe des Magens ganz aufgerissen.

Leben retten, nichts anderes zählte jetzt.

»Felipe, das hier ist verdammt ernst«, sagte sie, und ihre Stimme versagte ihr fast dabei, »damit kannst du nicht hierbleiben. Ich muß dich ins Krankenhaus bringen.« Felipe öffnete die Augen. In sein Gesicht war Ruhe zurückgekehrt. Er atmete schwer. Instinktiv stopfte sie ihm ein Kissen in den Rücken, um ihn ein bißchen aufzurichten, sie dachte an die innere Blutung, seine Lungen.

»Ich muß dich ins Krankenhaus bringen«, wiederholte sie und entschloß sich, Adrián anzurufen.

»Beug' dich tiefer«, stöhnte Felipe, »wir können gleich ins Krankenhaus fahren, aber erst muß ich mit dir reden... bitte...«

»Aber laß mich doch erst Adrián anrufen«, Lavinia war der Verzweiflung nahe, »laß mich Adrián anrufen, damit er sich schon auf den Weg machen kann, während wir reden.«

»Nein, nein. Komm erst her, beug dich zu mir nieder. Wir haben keine Zeit. Später... später kann Adrián kommen...«

»Aber...«

»Bitte, Lavinia, bitte.«

Er ließ nicht locker, bestand mit den Augen auf seinem Willen. Widerstrebend gab Lavinia nach und beugte sich zu ihm nieder.

»Hör gut zu. Morgen wird die Aktion stattfinden. Im Haus von Vela. Wir werden Velas Haus überfallen und es besetzen. Ein Kommando von dreizehn Personen. Ich gehöre zu diesem Kommando ... gehörte«, fügte er mit einem matten Lächeln hinzu. Er sprach jetzt mit fester Stimme, als nehme er alle Kräfte zusammen. »Jedes einzelne Mitglied des Kommandos ist unersetzbar. Ich möchte, daß du meinen Platz einnimmst. Du kennst das Haus in- und auswendig. Ich möchte, daß du es bist, die meinen Platz einnimmt. Du und niemand sonst. Ich weiß, du kannst es. Außerdem schulde ich es dir, denn ich bin es gewesen, der sich gegen deine Beteiligung ausgesprochen hat...« Er schloß die Augen, öffnete sie aber gleich wieder. »Ich schulde dir das. Und du kannst es bestimmt, du hast es ja schon gezeigt, du kannst es. Sicher. Fahr zum Haus hoch. Sag den Compañeros, daß es mich erwischt hat, als wir die Operation mit den Taxis gemacht haben. Sag ihnen, es war nicht die Nationalgarde, es war der Taxifahrer. Als ich ihm sagte, er solle mir das Taxi geben, hat er mich für einen Räuber gehalten und aus nächster Nähe auf mich geschossen. Ich war zu nervös, ich hätte ihm erst sagen sollen, daß ich zur Bewegung gehöre. Ich dachte nicht, daß er eine Waffe hätte. Das war mein Fehler. Meine eigene Schuld. Wenn ich es ihm vorher gesagt hätte, er hätte nicht auf mich geschossen. ›Hätten Sie doch was gesagt‹, sagte er, aber da war's zu spät.« Felipe lächelte über das Verrückte dieses unglücklichen Zwischenfalls. Dann schloß er die Augen, als sammle er alle Kraft, um fortzufahren. »Der Mann hat mich selbst hergefahren. Er wollte mir irgendwie helfen. Er wollte mich schon ins Krankenhaus bringen, doch konnte ich ihn dazu überreden, mich hier in der Nähe abzusetzen. Ich habe ihm eingeschärft, auf keinen Fall die Polizei zu verständigen. Ich habe ihn sogar bedroht...«, Felipes Stimme wurde jetzt schwächer, »für alle Fälle.«

Lavinia sah Felipes Gesicht, den Ausdruck, den es angenommen hatte. Es war ein durchdringender, ja starrer Ausdruck, als ob er sie aus einer nahen Ferne anblickte. Sie hatte das Gefühl, ihn zu verlieren wie ein zu leises Funksignal, das im Äther verschwindet. Bewegungslos, fast wie gelähmt hatte sie ihm zugehört, hatte gehört, daß er ihre Beteiligung an der Aktion verhindert hatte und sie jetzt bat, seinen Platz einzunehmen. Verzweiflung und Liebe durchkreuzten ihre Brust wie eiskalter Wind. Sie konnten nicht so hier sitzen bleiben, sich weiter ansehen und mit dem Blick das sagen, wozu keine Zeit mehr war angesichts von Felipes Tod.

»Laß mich Adrián anrufen«, sagte Lavinia und nahm Felipes Hand, um sich freizumachen.

»Du hast mir noch nicht geantwortet«, murmelte er, »wirst du meinen Platz einnehmen? Wirst du es tun?«

»Ja«, antwortete sie, »ja, ich werde es tun.«

»Und du wirst nicht zulassen, daß sie nein sagen?«

»Nein, Felipe. Ich werde nicht zulassen, daß sie nein sagen.«

Sie merkte, daß sie mit ihm redete wie mit einem kleinen Kind. Ihre Stimme klang ruhig und tröstend.

Felipe schloß die Augen und ließ ihre Hand los. Er hustete unterdrückt, und seine Brust klang entsetzlich zugeschnürt. Lavinia spürte, wie sein Leben sich anschickte, vor ihren Augen zu fliehen. Sie mußte jetzt handeln, durchzuckte es sie, sie mußte hoffen, daß Felipe weiterleben würde.

Sie stand auf und ging zum Telefon. Felipe mit seinen geschlossenen Augen. Felipes Blut, das sich wie ein roter See auf ihrem Bett ausbreitete.

»Adrián?«

Die verschlafene Stimme antwortete mit einem heiseren »Ja«.

»Adrián, ich bin's, Lavinia, bitte, wach auf.«

Die unterdrückte Panik in ihrer Stimme ließ Adrián schnell zu sich kommen. Sie sagte ihm nur, daß sie ihn dringend brauchte, sonst erklärte sie ihm nichts. Es war ein Notfall. »Bitte, komm schnell her, es ist dringend.« »Ich bin gleich da«, sagte Adrián nur. Sie überlegte, wie lange er brauchen würde, um herüberzukommen. Höchstens fünfzehn Minuten zu dieser Uhrzeit, zu der es kaum Verkehr gab. Sie ging ins Bad und holte ein sauberes Handtuch. Sie trat ans Bett und kniete neben Felipe. Er öffnete wieder die Augen.

»Lavinia?« fragte er, und sein abwesender Blick ließ sie zusammenfahren.

»Ich bin hier, Felipe. Adrián ist schon unterwegs. Dann bringen wir dich gleich ins Krankenhaus. Alles wird gut, du wirst schon sehen. Ruh dich jetzt etwas aus. Alles wird gut, du wirst sehen.«

»Du bist eine mutige Frau, weißt du das?«

»Ich glaube, du darfst jetzt nicht soviel sprechen«, eine unbeschreibliche Angst kroch in ihr hoch. »Sei ganz ruhig, Liebster, mein Liebster…«, sie konnte den Wunsch nicht unterdrücken, sich über ihn zu beugen, ihren Kopf an seine Stirn zu lehnen, ihn zu küssen, ihm mit der Hand durchs Haar zu fahren.

»Ach, Liebste, meine Liebste.« Felipes Stimme war nur ein Hauch, und Lavinia mußte ihren Kopf ganz nah an sein Gesicht bringen, um ihn zu verstehen. Ihre Hände umfaßten vorsichtig seinen Kopf, gruben sich in sein dichtes Haar, dessen Weichheit sie immer verwundert hatte. Die Minuten, in denen sie so, ihre Wange an Felipes Kopf geschmiegt, neben ihm kniete, vergingen schweigend und langsam, unterbrochen nur hin und wieder durch einen rasselnden Atemzug Felipes.

Sie ahnte, sie hörte, sie spürte das Ende kommen. Felipes Kopf ruhte plötzlich seltsam schwer in ihrer Hand, sein Atem war unhörbar geworden, die Brust, die sich eben noch heftig gehoben und gesenkt hatte, war jetzt bewegungslos. Lavinia beugte sich zurück und sah den halbgeöffneten Mund Felipes, so, als hätte er noch einmal tief Luft holen oder ihren Namen rufen wollen und wäre mitten in der Bewegung eingeschlafen. Felipe war tot.

»Felipe?« sagte sie leise, als fürchte sie, ihn aufzuwecken. »Felipe?« sagte sie etwas lauter.

Sie bekam keine Antwort. Sie wußte, daß sie keine Antwort mehr bekommen würde. Felipe lag zusammengesunken und bewegte sich nicht mehr.

Er ist tot, sagte sie sich. Es kann nicht sein, sagte sie sich. Wo bleibt Adrián, fragte sie sich, wann kommt er endlich, dachte sie. Felipe kann nicht einfach so sterben, wiederholte sie sich und berührte ihn, führte ihr Gesicht ganz nah an das von Felipe, verstand nicht, warum er sie nicht ansah. Nein! wollte sie schreien. Nein, sagte sie tonlos in die Einsamkeit der Nacht hinein.

Es kann nicht sein, sagte sie laut vor sich hin. Felipe, sagte sie laut. Felipe, komm zurück, bitte. Felipe! Und ihre Stimme wurde von Mal zu Mal verzweifelter, ohne daß er sich bewegte, ohne daß er sie zu beruhigen versuchte, ohne daß er sagte: »Lavinia, so beruhige dich doch!«

Sie erhob sich und schaltete, ohne zu wissen warum, die Lichter im ganzen Haus an. Hastig bewegte sie sich durch die Räume, sie mußte etwas mit ihren Händen tun, wußte nicht, ob sie um sich schlagen sollte, zu weinen anfangen. Doch da waren keine Tränen. Sie konnte nur noch an Adrián denken, Adrián mußte kommen. Sie wollte nicht hinnehmen, daß Felipe tot war, bis Adrián käme. Felipe war nur bewußtlos. Felipe lag nur bewußtlos in ihrem Schlafzimmer. Er hatte ja soviel Blut verloren. Sicher war es nur deshalb. Sie war kein Arzt. Sie konnte den Tod nicht feststellen. Adrián mußte kommen. Wenn Adrián kam, würde alles gut werden.

Und Adrián kam. Sie öffnete ihm die Tür, griff ohne ein Wort zu sagen nach seiner Hand und führte ihn ins Schlafzimmer, und der andere sagte nichts und fragte nichts, denn er sah, wie blutverschmiert sie war, ihr Kleid, die blutigen Hände.

Er kniete neben Felipe. Faßte ihn an, legte ihm die Hand auf die Stirn. Sie sah, wie er ihm die Hand vor den Mund hielt, sah, wie er sein Feuerzeug entzündete und es ihm vor die Augen führte. »Gib mir einen Spiegel«, sagte er. Er hielt ihn Felipe vor den Mund. Dann sah sie, wie Adrián ihm mit der Hand über das Gesicht fuhr, ihm den halboffenen Mund schloß, ihn auf dem Bett zurechtrückte, ihm die Hände auf der Brust zusammenlegte wie bei einem Toten. Schließlich stand er vom Bettrand auf.

»Da ist nichts mehr zu machen«, sagte er ganz leise, als verrate er ihr ein Geheimnis. Lavinia sah ihn an und wollte nicht verstehen.

»Er ist tot«, sagte Adrián. »Wir können nichts mehr für ihn tun.«

»Wir müssen ihn aber doch ins Krankenhaus bringen«, erwiderte Lavinia. »Du und ich, wir verstehen doch nichts von diesen Sachen.«

Adrián legte ihr die Hände auf die Arme und sah sie fest an.

»Doch, Lavinia«, sagte er. »Felipe ist tot.« Dann nahm er sie in den Arm und streichelte ihr langsam über den Kopf.

»Das ist nicht wahr«, sagte Lavinia und machte sich von ihm frei. »Das ist nicht wahr! Das ist nicht wahr!« schrie sie.

Adrián holte sie in seine Arme zurück und hielt sie fest an sich gedrückt. »Lavinia, bitte, mach' es nicht noch schlimmer. Bitte. Es ist schrecklich. Doch du mußt es glauben.«

Felipe war tot. Sie mußte es glauben, mußte akzeptieren, daß es so war. Sie machte sich wieder aus Adriáns Armen frei. Wieder kniete sie neben dem Bett, berührte Felipe. Er war kühl. Seine Haut war kühl, aber nicht kalt. Nur kühl. Doch er bewegte sich nicht. Er atmete nicht. Er war tot.

»Felipe?« sagte sie. »Felipe?« und blieb kniend neben ihm, das Gesicht auf die Brust gesunken, in sich zusammengesunken, tränenlos.

Wieder trat Adrián zu ihr. Er legte ihr die Hand auf die Schulter, richtete sie auf, führte sie ins Bad, ließ sie ihre Hände waschen, brachte sie aus dem Zimmer und in die Küche, befahl ihr, sich auf eine der Holzbänke zu setzen, während er ihr einen Kaffee kochte.

»Wir müssen ihn ins Krankenhaus bringen«, sagte Lavinia, »trotz alledem.«

»Kennst du seine Familie?«

»Nein. Ich weiß nur, daß sie in Puerto Alto lebt.«

»Bist du sicher, daß wir ihn ins Krankenhaus bringen können? Ich weiß, daß es nicht leicht für dich ist, aber du mußt dir Mühe geben. Denk mal drüber nach, ob es richtig ist, ihn ins

Krankenhaus zu bringen. Man wird Fragen stellen. Was können wir antworten? Erzähl' mir, wie es passiert ist. Was war los?«

»Es war in einem Taxi. Er sollte das Taxi besorgen, es dem Fahrer abnehmen. Leihweise, du weißt, was ich meine... Doch der Taxifahrer hat es nicht gleich begriffen. Er dachte, Felipe wäre ein Dieb und wolle ihn ausrauben. Er hat sofort auf ihn geschossen. Dann hat er ihn hergebracht, er war ganz entsetzt. Er hat noch gesagt, daß er nicht zur Polizei gehen würde...«

»Was?« sagte Adrián. »Das verstehe ich nicht. Er ist in ein Taxi eingestiegen, der Fahrer dachte, er wolle ihn ausrauben und hat auf ihn geschossen. Warum hat er ihn aber dann hergebracht? Und warum hat Felipe nicht zuerst geschossen? War er denn nicht bewaffnet?«

»Ich weiß nicht. Ich weiß es doch nicht«, antwortete Lavinia. »Wahrscheinlich schon. Wahrscheinlich hat er nicht mehr schießen können, weil der andere es zuerst getan hat. Dann hat er ihm gesagt, daß er der Bewegung angehöre und daß er ihn nicht an die Polizei ausliefern solle. Und der Mann hat ihn zu mir gebracht. So muß es gewesen sein.«

Sie nahm die Tasse, die Adrián ihr reichte, und trank. Der heiße Kaffee tat ihr gut. Sie zitterte, ihr war sehr kalt. Hatte es geregnet? Warum war ihr nur so kalt? Felipes Familie... Was war mit Felipes Familie?

Adrián erhob sich, holte eine Decke und legte sie ihr über die Schultern.

»Felipes Familie lebt in Puerto Alto«, sagte sie. »Sein Vater ist Hafenarbeiter... Meinst du, wir sollten sie benachrichtigen? Und ihnen Felipe übergeben?«

»Lavinia...«, sagte Adrián.

Sie antwortete nicht. Sie mußte an Felipes Mutter denken. Ob ihr Sohn ihr ähnlich sah? Und wie schrecklich es sein würde, mit dem toten Felipe zu ihr zu kommen. Sie stellte sich vor, wie die Frau schreien würde, ihren schmerzerfüllten Blick. Sicher würde sie fragen, wie es passiert war. Es zog ihr die Brust zusammen.

Adrián nahm sie an der Schulter und fragte sie, ob sie sich hinlegen wolle. Sie ließ einen häßlichen Laut hören, ein trokkenes, heiseres Schluchzen.

»Weine ruhig«, sagte Adrián, »es wird dir guttun.«

Sie hob den Kopf.

»Dazu ist jetzt keine Zeit«, sagte sie und wiederholte dann: »Dazu ist keine Zeit.« Felipe hatte gesagt, sie solle seinen Platz einnehmen. Sie hatte keine Zeit zu verlieren. Im Fenster begann schon der Morgen zu grauen. In der Ferne krähten die ersten Hähne.

Adrián mußte sich um Felipe kümmern, den toten Felipe. Sie mußte fort, mußte zu dem Haus, wo man Felipe erwartete. Ganz sicher warteten sie dort schon auf ihn. Sicher war das Kommando nervös, sicher dachten sie, ihm sei etwas passiert. Es konnte etwas schiefgehen, wenn sie nicht bald dort wäre. Sie setzte sich aufrecht.

»Adrián, du mußt dich um Felipe kümmern«, sagte sie. »Ich muß fort.«

Adrián dachte, sie sei außer sich.

»Bitte, Lavinia. Mach jetzt bloß keinen Quatsch. Laß uns das alles gemeinsam lösen. Beruhige dich. Trink noch ein bißchen Kaffee.«

»Du verstehst mich nicht«, antwortete sie. »Es ist alles in Ordnung mit mir. Ich bin ganz ruhig. Aber ich muß fort. Ich muß ihnen Bescheid geben.«

»Das können wir doch noch später tun«, meinte er beschwichtigend.

»Nein, das geht nicht. Mehr kann ich dir nicht sagen. Ich muß fort, bevor es richtig hell wird. Jetzt gleich.«

»Und Felipe?« fragte Adrián. »Was soll mit Felipe geschehen?« Er war sichtlich erschrocken.

»Wir müssen Julián anrufen«, antwortete Lavinia, »Julián ist sein Freund. Er weiß, wie man die Familie verständigen kann. Und ihr müßt ihn heimlich von hier wegbringen, ohne daß die Nachbarn etwas merken. Das ist sehr wichtig. Ich kann Julián anrufen, aber ich kann nicht mehr auf ihn warten. Du mußt hierbleiben, bis er kommt, und ihm erklären, daß ich weg mußte. Er soll nicht viel fragen. Aber er wird dir helfen. Er war sein Freund, sie haben sich sehr gemocht...« Wieder verspürte sie den Wunsch, dazubleiben und zu weinen. Doch war keine Zeit dazu. Sie mußte fort.

»Aber du kannst doch nicht einfach so allein weg. Es geht dir nicht gut, Lavinia. Warte wenigstens, bis Julián da ist, dann bringe ich dich weg.«

»Nein. Es geht mir gut. Mir wird schon nichts passieren. Ich muß nur hin, um ihnen Bescheid zu sagen. Wirklich, glaub mir das. Du kannst mich nicht hinbringen. Niemand kann mich hinbringen. Ich muß allein fahren...« Sie fuhr sich mit der zitternden Hand durchs Haar. Einen Augenblick lang dachte sie, sie würde verrückt, so irreal kam ihr plötzlich die Situation vor. Nur durch eine gewaltige Kraftanstrengung konnte sie die Hysterie, die sie angesichts des Unfaßbaren in sich aufsteigen spürte, zurückdrängen.

Sie mußte das Wort halten, das sie Felipe gegeben hatte. Das war das letzte gewesen, was er ihr gesagt hatte, daß sie seinen Platz einnehmen solle. Sie mußte es tun. Und außerdem würden die anderen sicher in Sorge sein. Die Aktion konnte abgeblasen werden. Alles konnte schiefgehen, wenn sie nicht stark war. Doch war ihr der Gedanke schrecklich, ihn dort so schmutzig, blutbesudelt in ihrem Bett zurückzulassen.

Gefolgt von Adrián, ging sie ins Schlafzimmer. Felipe lag unverändert. Er hatte sich nicht bewegt. Sie hatte die verzweifelte Hoffnung gehabt, ihn bei ihrem Eintreten auf der Seite liegend vorzufinden, so wie er gerne schlief. Doch lag er immer noch auf dem Rücken, die Hände auf der Brust verschränkt, genau wie Adrián ihn zurückgelassen hatte.

Sie ging zum Telefon. Schlechtgelaunt und verschlafen antwortete Juliáns Frau. Es war noch nicht einmal fünf Uhr morgens. Julián kam ans Telefon. Sie sagte ihm, er müsse zu ihr nach Hause kommen, sofort; daß er nicht fragen solle, aber es wäre wegen Felipe, Felipe habe einen Unfall gehabt. Es wäre dringend, er müsse gleich kommen.

Dann ging sie ins Bad und zog sich die blutverschmierten Kleider aus. In Blue jeans, T-Shirt und Tennisschuhen trat sie in den Flur, nahm Felipes Jeans-Jacke und warf sie sich über, immer noch zitterte sie vor Kälte.

Bevor sie ging, kniete sie noch einmal neben Felipe. Das Weinen blieb erstickt in ihrer Brust wie ein Fluß ohne Bett, ein Schmerz, der gegen jede Faser ihres Körpers schlug.

»Ich muß jetzt gehen, Felipe, Compañero«, sagte sie leise und beugte sich zu seinem Gesicht nieder. Als sie ihm die Hände küßte, spürte sie, wie ihr die Tränen aus den Augen zu strömen begannen. Sie erhob sich, floh vor diesem Meer von Tränen, das sie zu lähmen und auf das blutige Hemd Felipes niederzuwerfen drohte.

»Ich gehe jetzt«, sagte sie zu Adrián und verließ rasch das Zimmer. Adrián folgte ihr zur Tür. Sie verabschiedeten sich rasch. Eine feste Umarmung. »Paß gut auf ihn auf«, sagte Lavinia. »Paß gut auf dich auf«, gab Adrián zurück.

Sie sah auf die Uhr, es war gerade fünf geworden. Sie ließ den Motor an und wischte mit der Handfläche über die vom Tau und Nebel beschlagenen Scheiben. Dann fuhr sie los. Langsam begannen sich die Straßen mit den Milchwagen und Zeitungsausträgern zu beleben, die die Zeitungen von ihren Motorrädern aus in die Vorgärten schleuderten. Ein neuer Tag war angebrochen, ein ganz normaler Tag. Alles sah so aus wie immer. In den Vorgärten der Häuser sah sie den weihnachtlichen Schmuck, künstliche Tannenbäume mit bunten Kerzen. Auch durch die Fenster waren Weihnachtsbäume zu sehen. Nichts schien sich verändert zu haben.

Sie fühlte, wie die Tränen in ihr hochstiegen und ihr Magen ein schmerzender Klumpen wurde. Sie versuchte, tief zu atmen, sie mußte sich beruhigen.

In ihren Gedanken jagten sich die Bilder. Felipe, wie er lachte, Felipe im Bett, im Büro, am Morgen, als sie ihn das letzte Mal sah, Felipe, der ihr sagte, daß die Aktion nichts mit Vela zu tun habe, Felipe, als sie sich kennenlernten, Felipe blutüberströmt und unbeweglich in ihrem Schlafzimmer. Die Welt ohne Felipe. Nichts war anders geworden. Und doch war für sie alles anders geworden. Die Wut, die unbeschreibliche Wut über seinen Tod, seinen so nutzlosen Tod, den Tod so vieler anderer, die Wut auf die Diktatur, den Großen General, den General Vela und sein lächerliches Haus, seine dümmlichen Frauen. Sie haßte sie, sie haßte sie aus tiefster Seele, aus ihrem schmerzenden Inneren heraus. Sie hätte sie mit ihren bloßen Händen umbringen wollen, es hätte ihr nichts ausgemacht.

Sie mußte weitermachen. Felipe durfte nicht umsonst gestorben sein. Sie mußte seine Träume verwirklichen, die Träume all der anderen. Nicht zulassen, daß seine Träume ohne Echo verhallten und zu nichts nütze waren. Er durfte nicht umsonst gestorben sein. Sie mußten noch so viel tun, mußten ihrer Sache zum Sieg verhelfen. Felipe, wie er lachend am Strand entlanglief, Felipe auf dem Schiff nach Deutschland, Felipe als kleiner Junge in der Schule... Felipe, der Kobold, Felipe, der Vogel, Felipe, der Kolibri, Felipe, der Bär, der Macho Felipe, der sanfte Felipe. Am Ende hatte er sie gebeten, seinen Platz einzunehmen. Nicht, weil er es sich gewünscht hatte, sondern einfach aus Not. Die Frauen traten aus Not in die Geschichte ein, die Not der Männer, die es nicht schafften, allein zu arbeiten, allein zu kämpfen, allein zu sterben. Sie brauchten sie schließlich doch, auch wenn sie es erst in ihrem Tode begriffen. Warum, Felipe, warum? Warum bist du mir gestorben? Mein Liebster, mein Kleiner, mein geliebter Felipe?

Sie gelangte zum Haus in den Kaffeefeldern. Es lag dunkel im heranbrechenden Morgen. Mit dem Wagen fuhr sie bis vor die Tür. Lichter gingen an, es bewegte sich etwas. Dann erschien ein Mann in der Tür, der Wachposten. »Ich bin Inés«, sagte sie. »Kann man hier Pflanzen kaufen?« Das war die Parole.

»Stell deinen Wagen hinter dem Haus ab, Compañera«, und sie fuhr ihn dorthin, wo schon andere Autos standen, Taxis, Marke Mercedes-Benz. Sie standen halbversteckt, zwei in einem Schuppen untergestellt und eines mit einer Plane zugedeckt. Mit ihrem eigenen waren es vier.

In der Hintertür des Hauses, einer Glastür, die auf eine von einer Pergola bedeckte Veranda führte, erschienen Sebastián und Flor. Sie trugen Jacken über ihre Schultern gehängt und sahen besorgt aus. Wieder spürte sie, wie sich ihr Magen zusammenzog, als sie sie sah. Mit dem Handrücken fuhr sie sich über die Nase. Flor und Sebastián liefen fast, als sie näher kamen. Sebastián legte ihr die Hand auf die Schulter. »Was ist passiert?« fragte er, und Lavinia vermochte nicht zu antworten. Alle Verkrampfung löste sich, und die Tränen brachen wie ein ersehnter Regenguß aus ihren Augen. Sie klammerte sich an Sebastián und weinte, weinte laut und ohne Scham, spürte, daß sie endlich angekommen war, daß sie zu Hause war, bei ihrer Familie, bei ihren Schwestern und Brüdern, bei den Ihren.

Sie brachten sie ins Haus. Sie sah einen riesigen Raum, in dem sich kaum Möbel befanden, nur ein paar Gartenstühle mit geblümten Bezügen. Flor sagte etwas zu dem Wachposten, der wieder hinausging. Sie schalteten die Lichter aus. Der neue Tag ließ die Dunkelheit der Nacht schon hinter sich.

Flor kam mit einem Glas Wasser, das sie Lavinia gab. Sebastián hatte sie auf einen Stuhl gesetzt, er kniete halb neben ihr und hielt sie immer noch im Arm.

Sie trank das Wasser und ermahnte sich zur Ruhe. Sie war nicht hergekommen, um zu weinen. Sie mußte ihnen berichten, was geschehen war, doch fühlte sie einen Schmerz, als würde Felipe genau in diesem Augenblick sterben, da sie es ihnen sagte. Die Worte wollten nicht hervorkommen, sie konnte wieder nur weinen.

»Sind sie hinter dir her?« fragte Sebastián eindringlich. »Sind sie bei dir zu Hause aufgetaucht? Ist etwas geschehen?«

Sie nickte und schüttelte gleichzeitig den Kopf.

»Laß sie sich erst einmal beruhigen«, meinte Flor und trat zu ihr, um ihr den Rücken zu streicheln und ihr noch ein bißchen Wasser zu geben. Sie mußte es ihnen jetzt sagen, die anderen wurden von Minute zu Minute nervöser, das spürte sie. Im Haus wurde Alarm gegeben, im oberen Stockwerk waren Schritte zu hören, Gegenstände wurden umhergeschoben.

»Keine Angst«, konnte sie schließlich sagen, »niemand ist mir gefolgt. Mit der Nationalgarde hat es nichts zu tun.«

Sie atmete tief.

»Es hat mit Felipe zu tun«, sie trank einen Schluck Wasser. »Felipe hat ein Taxi überfallen. Der Fahrer hat gleich auf ihn geschossen. Felipe ist bei mir zu Hause gestorben. Vor ungefähr einer, vielleicht auch zwei Stunden. Das ist alles.«

Sie bemühte sich, nicht an Felipe zu denken, ihn nicht vor sich zu sehen. Sie mochte nicht in die Gesichter von Flor und Sebastián sehen.

»Du mußt dich jetzt zusammennehmen, Lavinia«, sagte Sebastián und nahm ihre Hand, »und mir alles ganz genau erzählen.«

Sie berichtete, so gut sie konnte, trank zwischendurch immer wieder von dem Wasser, das Flor ihr gereicht hatte, und fuhr sich mit einem großen Taschentuch durchs Gesicht, das Flor ihr gegeben hatte.

Als sie fertig war, gingen Flor und Sebastián ein paar Schritte zur Seite und redeten leise miteinander.

»Wir werden einen Compañero schicken, damit er sich um deine Wohnung kümmert; gib mir deine Wagenschlüssel«, sagte Sebastián, und zu Flor gewandt: »Bleib du bei ihr.«

»Warte einen Augenblick«, sagte Lavinia, »geh nicht gleich weg. Ich muß dir noch etwas sagen. Felipe möchte, daß ich seinen Platz einnehme. Er hat darauf bestanden. Er hat gesagt, daß ich das Haus so gut wie niemand sonst kenne. Daß ich es tun muß, unbedingt. Daß ich seinen Platz einnehmen muß.«

»Gut, gut. Darüber können wir später noch reden.«

»Nein, Sebastián. Ich muß es tun. Bitte. Wäre Felipe nicht dagegen gewesen, dann hätte ich ja von Anfang an teilgenommen. Das hat er mir gesagt, bevor er starb. Und er hat gesagt, ich solle mich nicht davon abbringen lassen.«

»Darüber reden wir noch«, antwortete Sebastián und ging schnell hinaus, ohne ihr Zeit zu geben, weiterzusprechen.

25

Er starb bei Tagesanbruch und kehrte zur Sonne zurück. Jetzt ist er Gefährte des Adlers, ein Quauhtecatl, Gefährte auch der Sterne. In vier Jahren wird er als sanft glänzender Huitzilin, als Kolibri, auf die Erde zurückkehren, um in der lauen Luft von Blume zu Blume zu fliegen.

Der Mais und die Pflanzen werden im Westen, in Tamonchan, geboren, dem Garten der irdischen Göttinnen des Lebens. Dann machen sie unter der Erde die lange Reise ihres Keimens. Die Götter des Regens, Quiote-Tláloc und Chaac führen und ermutigen sie, damit sie ihren Weg nicht aus den Augen verlieren und wieder im Osten zum Vorschein kommen, im Land der aufgehenden Sonne, dem Land der Jugend und des Überflusses, dem hellen Land der Morgenröte, wo der Quetzalcoxcoxtli singt. Weder Mensch noch Natur sind zu ewigem Tod verdammt. Tod und Leben sind wie die beiden Gesichter des Mondes, eines hell, das andere dunkel.

Das Leben bricht aus dem Tod wie der Keimling aus dem Maiskorn, das sich im Schoß der Erde auflöst und wieder geboren wird, uns zu ernähren. Alles ändert sich, alles nimmt andere Gestalt an.

Felipes Geist blies Wind in mein Blattwerk. Er weiß jetzt, daß es mich gibt, daß ich in Lavinias Blut das Schicksal hüte, das in die Erinnerung an die Zukunft geschrieben steht. Er sieht sie vom Zug der Sterne aus, die der Sonne zum Zenit folgen. Er wird sie nicht aus den Augen verlieren. Er wird mir seine Wärme schicken, damit ich sie schütze.

Lavinias Blut brodelt wie ein aufgeschreckter Bienenschwarm. Felsen mußten ihr Weinen aufhalten und ihr Schmerz sich in gesenkte Lanzen verwandeln wie der Schmerz Yarinces angesichts meines leblosen Körpers.

Zwei Männer, die die Angst zur Eile antrieb, trugen den Körper des gefallenen Kriegers fort. Sie kleideten ihn in saubere Gewänder, verbanden seine tiefen Wunden. Dann nahmen sie ihn zwischen sich, als sei er ein vom Pulque-Schnaps Betrunkener.

Flor führte sie in ein kleines Zimmer, auf dessen Boden zwei lange, schmale Matratzen lagen, und bedeutete ihr, sie solle versuchen, ein wenig zu ruhen, während sie es den anderen erzählte.

Kurz darauf hörte Lavinia draußen Stimmengemurmel und die Geräusche von Menschen.

Sie sah an den grünlich-rissigen Wänden des Raumes empor. Ihr war kalt, sie bedeckte ihren Oberkörper mit den Armen. Sie war in einem Zustand ungläubiger Gleichgültigkeit. Sie wußte nicht, ob sie noch in der Wirklichkeit war oder in einer von Schmerz verzerrten Zeit.

Flor kam wieder herein, in der einen Hand hielt sie einen Aluminiumbecher mit Milchkaffee und in der anderen eine mit Butter bestrichene Scheibe Brot.

»Willst du nicht etwas frühstücken?« fragte sie. »Es wird dir guttun.« Sie stellte Kaffee und Brot auf den Boden und setzte sich neben Lavinia auf die Matratze.

»Ich kann es einfach nicht glauben«, sagte sie, als spräche sie mit sich selbst. »Es kommt mir unglaublich vor, daß Felipe tot sein soll. In letzter Zeit geht mir das oft so. Ich kann den Tod der Compañeros einfach nicht glauben. Ich zeige keine Reaktion darauf. Ich weiß nicht, vielleicht werde ich irgendwann zu weinen anfangen und nicht mehr aufhören. Vielleicht weine ich dann für alle, die ich noch nicht beweint habe. Wir behaupten immer, daß man den Tod als Teil dieses Lebens akzeptieren, ihm ins Gesicht sehen lernt, ohne den Blick zu senken. Ich glaube aber eher, daß wir ihn einfach nicht wahrhaben wollen. Wir können ihn nicht akzeptieren und lehnen ihn einfach ab. Wir hoffen weiter darauf, die Compañeros lebend wiederzusehen. Wir glauben, daß wir sie am Tag unseres Sieges alle wiedertreffen werden, um zu sehen, daß sie nicht tot waren, sondern sich nur irgendwo versteckt gehalten haben.«

Lavinia legte das Gesicht auf die Knie, die sie mit den Armen umfangen hielt.

»Warst du allein mit ihm, als er starb?«

»Ja. Als ich ihn sah, wußte ich, daß er sterben würde. Aber als wir dann redeten, weigerte ich mich einfach zu glauben, er könnte sterben. Als Adrián kam und es mir bestätigte, wollte ich es immer noch nicht wahrhaben. Später bin ich dann sogar zu ihm ins Zimmer gegangen, um zu sehen, ob er anders lag, ob er sich bewegt hatte. Aber er lag unverändert...«

»Und er hat dir erzählt, daß die Aktion heute stattfinden wird, in Velas Haus?«

»Ja, er hat mir gesagt, ich solle seinen Platz einnehmen, daß er mir das schulde, weil er es gewesen sei, der sich gegen meine Beteiligung ausgesprochen habe. Du bist mutig genug, hat er gesagt, du kannst es bestimmt. Finde dich nicht damit ab, daß sie nein sagen.«

»Bist du dir denn im klaren darüber, wie schwer es ist, dich jetzt noch aufzunehmen? Wir, die wir das Kommando bilden, haben zwei Monate lang gemeinsam trainiert und alles genau durchgespielt.«

»Ich kenne das Haus aber besser als irgend jemand anders. Ich bin die ganze Zeit über dort gewesen, ihr kein einziges Mal. Ich habe es gebaut.«

»Das macht aber nicht alles wett, Lavinia. Wir kennen die Baupläne in- und auswendig.«

»Ja, ich weiß. Es sind aber noch Veränderungen vorgenommen worden.«

»Aber doch keine grundsätzlichen ...«

»Das nicht, aber immerhin Veränderungen. Ich kann sicher nützlich sein. Die Pläne zu kennen oder dagewesen zu sein ist nicht das gleiche.«

Sie hatte recht, gab Flor zu, aber sie mußten auf jeden Fall auf Sebastiáns Rückkehr warten. Schweigend blieben sie sitzen.

»Geht's dir denn wenigstens ein bißchen besser jetzt?« fragte Flor nach einer Weile.

»Ich weiß es nicht. Ich weiß nicht, wie ich mich fühle. Mir kommt es so vor, als sei nichts von dem, was geschieht, wirklich.«

»Du mußt stark sein«, meinte Flor, »vor allem, wenn du an der Aktion teilnehmen willst. Sebastián darf dich nicht so angeschlagen sehen. Du mußt versuchen, dich wieder etwas auf die Beine zu bringen, du darfst nicht mehr diesen abwesenden Blick haben wie eine Schlafwandlerin. Du mußt es schaffen. Tue es für Felipe, genau das hätte er von dir erwartet.«

»Wie traurig, daß er erst ganz am Schluß gemerkt hat, daß ich teilnehmen kann, nicht wahr? Wie traurig.«

Lavinia fuhr sich mit der Hand durchs Haar und steckte sich das T-Shirt in den Hosenbund. Flor hatte recht. Sie mußte den Schmerz überwinden, wenn sie an der Aktion teilnehmen wollte. Sie führte vorsichtig den Becher Kaffee an die Lippen und begann, in kleinen Schlucken zu trinken. Dabei biß sie zwischendurch von der Scheibe Brot ab. Flor beobachtete sie schweigend.

»Es wäre noch viel trauriger gewesen, wenn er es nie gemerkt hätte«, gab sie nach einer langen Pause zurück. »Lavinia«, sagte sie, und ihre Stimme nahm einen fast feierlichen Ton an, »Felipe hatte da seine Schwierigkeiten, du hast sie besser kennengelernt als irgend jemand anders. Die Bewegung ist jedoch der Ansicht, daß du Mut und Bereitschaft gezeigt hast. Vor kurzem haben wir deshalb beschlossen, dich ganz in die Reihen der Bewegung aufzunehmen, mit allen Rechten eines vollwertigen Mitglieds. Wir wollten dir das eigentlich erst nach der Aktion sagen, doch ich glaube, es ist wichtig, daß du es jetzt schon erfährst. Ich wollte dir auch noch sagen, daß du, egal, was geschehen mag, immer auf mich zählen kannst. Ich habe dich sehr lieb, so, wie man eine Schwester liebt. Ich weiß, daß dies alles für dich wahnsinnig schwer ist, aber ich weiß auch, daß du daraus stärker hervorgehen wirst. Ich, die ich dich so viele Zweifel und Schwierigkeiten habe überwinden sehen, habe genug Grund, dir zu vertrauen, dich zu achten. Du hättest dein bequemes Leben einfach weiterführen können, aber du hast dich dafür entschieden, mit uns zusammenzugehen, alles zu riskieren, dein Leben aufs Spiel zu setzen. Das hat viel zu bedeuten, und ich verspreche dir, daß ich mich für deine Beteiligung an der Aktion einsetzen werde, um deiner eigenen Verdienste willen, nicht weil Felipe dich darum gebeten hat, sondern weil du es verdienst.«

Draußen begannen die Compañeros mit den letzten Vorbereitungen für die Aktion. Es herrschte Aufregung, seit zwei Monaten warteten sie auf diesen Augenblick. Sie hatten intensiv trainiert, doch wußte aus Sicherheitsgründen keiner genau, worum es ging. Sebastián würde es erklären, sobald er zurück war. Währenddessen gab ihnen Flor Anweisungen, das Haus von allen Spuren zu reinigen, Papiere zu verbrennen, Kleider, die sie nicht brauchten, in Säcke zu verstauen, die Waffen nachzusehen.

Ursprünglich hatte die Gruppe aus vier Frauen und neun Männern bestanden. Jetzt, da Felipe tot war, würden es vielleicht fünf Frauen sein, die an der Aktion teilnahmen.

Sebastián kam zurück, als sie gerade unter der Dusche stand. Flor hatte ihr das kleine Badezimmer gezeigt. »Das Wasser ist sehr kalt«, sagte sie, »doch es wird dir guttun.«

Der Wasserstrahl war wie ein Peitschenhieb auf ihrer Haut, eiskaltes Bergwasser, das sie erschauern ließ und sie belebte. Sie stellte sich ganz unter die Dusche und ließ sich das Wasser über Gesicht und Haare laufen. Sie wollte die schrecklichen Bilder der letzten Stunden fortspülen, die vom Weinen geschwollenen Augen kühlen.

Dann kleidete sie sich an und zog auch die blaue Jeansjacke von Felipe wieder über. Die Sonne wärmte schon, doch war in dieser Gegend und zu dieser Jahreszeit das Klima auch tagsüber frisch. Sie trat in den großen Raum und sah Sebastián und Flor allein an dem einfachen Tisch sitzen und sich über eine Anzahl Baupläne beugen. Sebastián hob den Kopf, als er sie kommen hörte.

»Du siehst nicht mehr so schlecht aus«, sagte er.

Lavinia lächelte und erwiderte, daß sie sich besser fühle, das Wasser habe ihr gutgetan. Sie blickte die beiden forschend an. »Habt ihr schon über meine Teilnahme entschieden?« fragte sie dann so belanglos wie möglich.

»Ja«, gab er zurück. »Du kannst mitmachen. Wir glauben, deine genaue Kenntnis des Hauses kann tatsächlich sehr wertvoll sein. Auf jeden Fall müssen wir dir aber eine Blitzvorbereitung geben. Es bleibt kaum noch Zeit, nur knapp zehn Stunden. Nummer fünf wird dir den Umgang mit der Waffe zeigen. Du bist die Nummer zwölf. Ich bin Nummer Null, und Flor ist Nummer eins. Von jetzt ab reden wir uns nur mit unseren Nummern an. Du darfst unsere Namen auch nicht vor den anderen nennen. In ein paar Minuten werden wir uns hier versammeln, um alle Einzelheiten zu besprechen.« Er war zu seinem sachlichen Ton zurückgekehrt.

Ich werde teilnehmen, dachte Lavinia. Einen Augenblick lang war sie fast glücklich.

»Danke«, sagte sie erleichtert. »Nur noch eins: Hat man sich um Felipe gekümmert?«

»Ja«, antwortete Sebastián. »Und wir haben auch den Taxifahrer gefunden. Er sagt, er hätte nicht geschossen, wenn er gewußt hätte, daß es sich um eine Aktion der Bewegung handelte. Er respektiert uns, sagt er. Ihm zufolge hat Felipe tatsächlich erst hinterher etwas davon gesagt. Es ist verrückt, schwer zu glauben. Auf jeden Fall haben wir ihn unter Kontrolle, diesen unseligen Menschen.« Die letzten Worte murmelte er mit ohnmächtiger Wut. Lavinia spürte keinerlei Haß gegen den Taxifahrer. Sie hätte ihn vielleicht kennenlernen mögen. Doch spielte das jetzt keine Rolle mehr. Wozu? Was zählte, war, daß Felipe Opfer der Gewalt in diesem Lande geworden war, der Gewalt der Elendsviertel mit ihren heruntergekommenen Kneipen voller Betrunkener, den Hütten neben Müllhalden, der Kriminalität, den nächtlichen Festnahmen, den Jeeps, die durch die Straßen patrouillierten, undurchdringliche, harte Gesichter von Soldaten unter Sturmhelmen, die Elitetruppen mit ihren schrecklichen Kriegsrufen, die Kaste, die Dynastie des Großen Generals: Dagegen mußten sie ihre Wut, all ihren Zorn richten.

»Komm her«, sagte Sebastián und winkte ihr. »Ich möchte, daß du dir die Pläne noch mal ansiehst.«

Sie trat an den Tisch, ihr fiel der Nachmittag wieder ein, als Felipe sie um die Zeichnungen gebeten hatte. Er wollte sie unbemerkt aus dem Büro schmuggeln und fotokopieren. Sie hatte sie ihm nicht geben wollen. Das war eine weitere Grenze gewesen, die sie überwinden mußte. Felipe hatte ihr nicht erklären können, wozu sie gebraucht wurden. »Nur um sie zu haben«, sagte er. »Man kann nie wissen, wozu sie noch nützlich sein können. Wir müssen alle Informationen sammeln, die wir kriegen können.«

Der Bauplan auf dem Tisch stimmte. Nur ein paar kleine Änderungen waren noch in letzter Minute vorgenommen worden. Wichtig und nicht auf den Plänen verzeichnet war das komplizierte System von Schlössern und Zwischentüren, das der General installieren ließ, um nachts die verschiedenen Ebenen des Hauses voneinander zu trennen. Das hatte er so haben wollen, damit ein etwaiger Einbrecher sich nicht ungehindert durchs Haus bewegen konnte. Jede Ebene konnte durch eine Gittertür von der anderen getrennt werden. »Das ist sehr wichtig«, meinte Sebastián und nickte mit dem Kopf.

»Die Möglichkeit, daß wir von anderen Ebenen Besuch bekommen könnten, machte uns schon Sorgen.«

»Wir wissen aber nicht, ob der General die Türen geschlossen haben wird«, sagte Lavinia. »Das ist normalerweise nur nachts so, wenn die Familie schlafen geht.«

»Macht nichts, wir können sie ja schließen, wenn wir alle auf einer Ebene zusammen haben... Jetzt zum Garten. Was kannst du mir zum Garten sagen?«

Der Garten war von einer hohen Mauer umgeben, über die niemand entkommen konnte. Das Haus war eine richtige Festung.

»Erklär noch mal den Trick mit der Wand, von dem du mir erzählt hast«, warf Flor jetzt ein.

»Die liegt hier«, Lavinia wies auf das Arbeitszimmer des Generals. »Hier hat der General seine Waffensammlung. Sie ist auf Regalen an der Wand angebracht. Die Wand läßt sich drehen. Wenn man die Waffen nicht sieht, dann sind sie versteckt auf der anderen Seite.«

»Warum ist das nicht auf den Plänen eingezeichnet?« fragte sie Sebastián

»Dafür gibt es einen besonderen Plan.«

»Ruf bitte die anderen«, sagte Sebastián zu Flor. »Ich möchte allen noch mal unser Vorgehen erklären.«

Flor verschwand die Treppe hinauf. Minuten später kam das ganze Kommando herunter. Es waren sieben Männer und drei Frauen. Lavinia erkannte Lorenzo und René, die Ausbilder aus dem Trainingslager, an dem sie teilgenommen hatte. Und sie konnte kaum ihre Überraschung verbergen, als sie unter den Compañeros auch Pablito entdeckte, ihren Jugendfreund, mit dem sie auf dem Fest des Clubs getanzt hatte und der ihr erzählte, er arbeite im eben eröffneten Büro für Sozialforschung der Zentralbank, Pablito, der Harmlose. Sara hatte ihr noch vor kurzem erzählt, er habe das Land verlassen, um in einer Bank in Panama zu arbeiten. Die Überraschung war gegenseitig. Die anderen vier Männer hatte sie noch nie gesehen, genausowenig wie die Frauen. Eine von ihnen war klein und gut gebaut, hatte langes braunes Haar und mandelförmige Augen. Dann war da eine dunkle, sympathisch aussehende Dicke; die beiden anderen sahen ernst, fast abweisend aus und waren ein wenig älter als der Rest der Gruppe; sie mochten gut dreißig sein, während das Alter der übrigen in den Zwanzigern lag.

Als sie alle im Raum waren, befahl Sebastián, Formation anzunehmen. Flor bedeutete ihr, sich mit den anderen aufzustellen.

»Stillgestanden!« Alle nahmen militärische Haltung an.

»Abzählen!«

Das Zählen begann, und Lavinia prägte sich die Nummern ein. Pablito war die Nummer neun, René und Lorenzo die zwei und die fünf. Das Mädchen mit den Mandelaugen die sieben und die sympathische Dicke die acht.

»Rührt euch!« Sie lockerten sich, blieben aber am gleichen Platz stehen. Sebastián stellte sich vor die Gruppe und begann zu sprechen. Es war in der Bewegung üblich, die Bedeutung jeder Aktion vor ihrem Beginn noch einmal grundsätzlich zu erklären. Lavinia hörte aufmerksam schweigend den Worten Sebastiáns zu, der erläuterte, wie die Organisation auf sie vertraute, auf ihre Fähigkeit, die Operation »Eureka« auszuführen. Man hatte das Vertrauen, sagte er, daß sie alle zusammen und jeder einzelne von ihnen den Namen der Bewegung gut repräsentierten und ihre Existenz, ihren Kampf in den Bergen, vor der Weltöffentlichkeit unter Beweis stellten. Mit dieser

Aktion, fuhr er fort, würden sie das Schweigen brechen, das die Bewegung über Monate in der Hauptstadt bewahrt hatte, und sie würden gleichzeitig Repression und Gewalt der Diktatur anprangern.

»Ein Mitglied dieses Kommandos ist heute morgen ums Leben gekommen, die Nummer zwei«, fügte er nach einer Pause hinzu. Lavinia sah die Trauer in den Augen der anderen. Mit einfachen Worten erzählte Sebastián noch einmal die Umstände von Felipes Tod. »So ist er, unser Kampf«, sagte er. Felipe sollte weiter unter ihnen sein, die Aktion würde seinem Gedenken dienen, der Trupp, den die Compañera Nummer eins anführte, sollte seinen Namen tragen. Felipes Tod und der Tod all der anderen verpflichtete sie, für die Verwirklichung der Träume zu kämpfen, für die sie ihr Leben gelassen hatten.

Sebastián hielt einen Augenblick inne und sah auf den Boden. Dann hob er den Kopf und sagte mit fester, schwerer Stimme:

»Compañero Felipe Iturbe!«

»Er ist unter uns!« antworteten die anderen, dann schwiegen alle einen Moment zu seinem Gedenken, während sich Lavinia den toten Felipe nicht vor Augen rufen konnte und wieder und wieder dachte, daß dies alles nicht wirklich war, daß es nicht wirklich geschehe.

Dann erklärte Sebastián, daß sie die Gewalt nicht aus freien Stücken gewählt hatten, sondern weil sie ihnen aufgezwungen worden war. Die Bewegung kämpfte ja gegen die Gewalt, gegen die Gewalt eines ungerechten Systems, das nur der Kampf des gesamten Volkes abschaffen konnte. Es gelte nicht, kurzlebige Träume zu verkaufen. Sie kämpften für tiefere Veränderungen, und es ging ihnen nicht darum, Illusionen über das Ende des Regimes zu wecken, das im Augenblick eher stabilisiert würde. Das mußte ihnen klar sein, sagte er nachdrücklich, damit sie verstehen konnten, warum die Aktion erst beginnen sollte, wenn der Große General das Haus verlassen hatte. Die Aktion war ja nur der Beginn einer neuen Etappe ihres Kampfes, sie sollte ein Entlastungsschlag für die Compañeros in den Bergen sein, die seit Monaten isoliert waren und gnadenlos gejagt wurden. Zum Schluß nannte er die Forderungen, die sie stellen wollten: Freiheit für die politischen Gefangenen, die Verbreitung einer Erklärung in allen Radiosendern und Zeitungen. Diese Bedingungen waren ultimativ. Es war eine Aktion unter dem Motto: Freies Vaterland oder Tod, sagte er noch, einen Rückzug würde es nicht geben. Entweder sie siegten, oder sie kamen alle um dabei. »Entweder siegen wir, oder wir sterben«, schloß er, um dann noch mit lauter Stimme hinzuzufügen: »Freies Vaterland ...«

»Oder Tod!« antworteten alle im Chor.

Die Versammlung war beendet, alle waren sichtlich bewegt. Felipes Tod lastete auf ihnen.

Es war entsetzlich, dachte Lavinia, daß sie die Aktion mit diesem Tod beginnen mußten. Mit einem Schlage wurde sie sich der Größe ihres Vorhabens bewußt. Der Gedanke, sie könne etwas falsch machen und alle in Gefahr bringen, sie könne Risiken für ein so sorgfältig vorbereitetes Unternehmen schaffen, das für die Zukunft der Bewegung entscheidend war, ließ sie zusammenfahren.

Die Compañeros lösten die strenge Ordnung auf.

»Laßt uns jetzt einen Halbkreis um den Tisch bilden«, sagte Sebastián wieder. »Die Compañera Nummer zwölf hatte mit dem Bau des Hauses zu tun.« Dabei deutete er auf sie. »Sie wird auch mit uns an der Aktion teilnehmen. Sie kann uns eine Menge Einzelheiten über das Innere des Hauses sagen.«

Zehn Augenpaare sahen sie aufmerksam, kameradschaftlich an. Sie stellte sich neben Sebastián, der weitersprach und auf den Plan zeigte. »Gehen wir es noch mal durch«, meinte er jetzt und glitt mit dem Finger über die verschiedenen Räume des Hauses. »Das Haus hat einen Haupteingang. Man kann es aber auch durch die Garagen betreten. Auf der ersten Ebene gibt es drei Salons, die durch Pflanzen voneinander getrennt sind, eine Eingangshalle, das Eßzimmer, von dem aus man über eine Treppe zur zweiten Ebene hinuntergeht, eine Gästetoilette und die Küche. An der linken Außenwand ist eine Tür, durch die man von der Garage her Zugang zur Eingangshalle hat...«

Lavinia konnte folgen, ohne hinzusehen. Sebastián erklärte die zweite Ebene mit den Schlafzimmern, sprach vom Musikzimmer, der Waffenkammer, dem Nähzimmer... Sie verlor den Faden, ihre Gedanken schweiften zu den vielen Monaten Arbeit, die sie an ihrem Zeichentisch gesessen und dieses Haus entworfen hatte. Felipe wäre nicht tot, wären nicht an jenem fernen Nachmittag die Schwestern Vela ins Büro gekommen, als Julián sie zu sich gerufen hatte, um sich mit ihnen zusammenzusetzen. Sie sah sie wieder vor sich, die beiden Frauen, erinnerte sich an den ersten Eindruck, den sie von Azucena, Señorita Montes, gehabt hatte. Und sie dachte an Velas Sohn, der vom Fliegen träumte.

»Was hast du über das Schließsystem erzählt?« fragte Sebastián und brachte sie in den Raum zurück. Die Compañeros sahen sie an.

»Es gibt zwei Gittertüren«, erläuterte sie und tat so, als habe sie die ganze Zeit zugehört, »die erste befindet sich im Eßzimmer, die zweite zwischen Waffenkammer und Nähzimmer auf der zweiten Ebene. Die erste trennt den öffentlichen Bereich von den Schlafzimmern und den anderen privaten Räumen, die zweite schottet diese Zone gegen den Arbeitsbereich ab. Es ist wahrscheinlich, daß während des Festes beide Türen geöffnet sein werden, denn der General und seine Frau werden sicher allen Besuchern das Haus zeigen wollen.«

»Was ist mit den Waffen?«

»Die Waffen sind in Velas Arbeitszimmer. Die Wand gegenüber der Tür ist holzgetäfelt. Diese Holztäfelung ist drehbar. Je nach Wunsch kann er die Waffen offen oder versteckt halten. Wenn sie nicht zu sehen sind, muß man einen Hebel betätigen, der sich unter der Lichtschalterattrappe rechts an der Wand befindet. Hier« – alle beugten sich vor –, »um die Attrappe zu heben, schiebt man einen kleinen Riegel zur Seite, dann bewegt man den Hebel, und die Täfelung dreht sich. Ich vermute, daß er während des Festes die Waffen ausgestellt haben wird.«

»Was ist mit den Bauten im Garten, der Sauna, dem Fitneßraum und so weiter?« unterbrach Sebastián sachlich knapp.

»Das ist hier eingezeichnet, neben dem Schwimmbecken.« Lavinia zeigte auf den Plan. »In diesem Pavillon sind zwei Bäder mit Dusche, zwei Umkleideräume, die Sauna, ein Fitneßraum und, in dem Raum, der die Umkleidekabinen von der Sauna trennt, eine Bar mit einer überdachten Sitzgelegenheit.«

»Das ist der Bereich, den wir nicht verstanden«, sagte die Pummelige, die Nummer acht.

»Es gibt einen direkten Zugang über den gepflasterten

Weg, den ihr hier sehen könnt, vom Schwimmbecken zum öffentlichen und zum privaten Bereich. Diese Zugänge haben Gittertüren mit Schlössern.«

»Das Haus ist verdammt gut gesichert«, meinte Pablito, die Nummer neun.

Lavinia fuhr in ihren Erklärungen über Einzelheiten und Einrichtung fort. Sie sprach, ohne zu stocken, das Haus war ihr Kind, ihre Schöpfung. Die anderen sahen sie mit dem Ausdruck des Respektes an.

»Weißt du, was für Waffen im Arbeitszimmer ausgestellt sind?« fragte Sebastián.

»Alle möglichen«, antwortete sie. »Gewehre, Pistolen, Maschinenpistolen.«

Flor nahm ein Stück Papier und erläuterte, daß sie sich in drei Trupps zu je vier Compañeros aufteilen würden. Ein Trupp sollte durch den Haupteingang ins Haus eindringen, ein anderer durch den Dienstboteneingang neben der Küche und der dritte durch den Garageneingang. Nummer Null gehörte zu keinem der Trupps, sondern würde sie alle befehligen. Er sollte mit dem zweiten Trupp durch den Haupteingang ins Haus eindringen.

»Das Wichtigste«, sagte Sebastián, »ist, daß wir alle ins Haus kommen. Wer draußen bleibt, ist ein toter Mann. Der Trupp zwei und ich werden uns darum kümmern, die Waffen aus diesem Zimmer zu holen und zu verteilen.«

Die Führer der einzelnen Trupps mußten, sobald sie im Haus waren, sicherstellen, daß alle Zugänge verschlossen waren. Trupp 1, der durch den Dienstboteneingang eindringen sollte, mußte sich mit Trupp 2 vereinen und zur zweiten Ebene des Hauses vordringen. Trupp 3 sollte die Umgebung des Hauses sichern, den Bereich des Schwimmbeckens absuchen und alle Gäste mitbringen, die dort waren, um dann durch die Tür auf der dritten Ebene ins Haus zu kommen und von dort aus mit allen Gästen und allem Personal, das sie vorfanden, ebenfalls auf die zweite Ebene kommen. Dann wollten sie sich, mit den erbeuteten Waffen, in zwei Trupps aufteilen: einen, der die Gäste in Schach hielt, und einen, der die Verteidigung und Sicherung des Hauses übernahm. Alle Gäste sollten auf der zweiten, der am besten geschützten Ebene, versammelt werden.

Der schwierigste und gefährlichste Augenblick würde das Verlassen der Fahrzeuge sein. Sebastián berichtete, daß der Informationstrupp das Haus schon beobachtete. Aus sicherer Quelle wußten sie, daß mehrere Botschafter das Fest besuchen würden und hohe Mitglieder der Streitkräfte, wichtige Persönlichkeiten aus dem politischen Leben des Landes und Mitglieder aus der Familie des Großen Generals.

»Beim Aussteigen schießen wir auf alles, was sich bewegt«, sagte Sebastián und sah prüfend von einem zum anderen. »Die Besatzung der ersten beiden Fahrzeuge muß den Weg zur Eingangstür freibekommen. Die im dritten Fahrzeug geben ihnen Feuerschutz und schießen sich selbst auch den Weg frei. Wir müssen so schnell wie es nur irgend geht in Keilform zum Haus vordringen.«

»Nummer Null«, meinte Pablito, die Neun, zu Sebastián gewandt, »von Anfang an habe ich die Sorge gehabt, daß wir zu wenige sind, um die vielen Leute unter Kontrolle zu halten.«

»Wir rechnen damit, daß viele gehen werden, wenn sich der General verabschiedet. Von ihm und der Zahl der verbleibenden Gäste hängt es ab, wann wir handeln werden. Auf keinen Fall können wir riskieren, daß uns alle dicken Fische durchs

Netz gehen. Und es ist wichtig, daran zu erinnern, daß wir die Gäste gut behandeln, nicht auf sie schießen, außer wenn wir wirklich angegriffen werden. Da dürfen wir nicht zu schnell die Nerven verlieren, ist das klar? Am besten wäre es, wenn wir mit allen Gästen lebend das Haus verlassen. Wir wollen kein Massaker anrichten. Es ist absolut wichtig, daß die Geiseln merken, sie haben es mit Revolutionären zu tun und nicht mit gemeinen, gnadenlosen Mördern«.

Bei der Generalprobe wurde alles noch einmal bis in die letzte Einzelheit geübt. Das Kommando war zwar mit der Art Aktion vertraut, die es durchzuführen galt, doch hatten seine Mitglieder aus Sicherheitsgründen bis vor wenigen Stunden nicht gewußt, was das Angriffsziel, was die genaue Aufgabe sein würde. Jetzt wiederholten sie ein ums andre Mal Abläufe, Bewegungen. Sie stellten noch viele Fragen, diskutierten, bis alle wußten, was zu tun war. Schritt für Schritt konnten sie die Aktion vor ihren Augen ablaufen sehen.

Dann gab Sebastián den Befehl »Klarmachen zum Gefecht«. Es begann die Phase unmittelbar vor der Aktion. Flor gab Anweisung, die Rucksäcke noch einmal nachzusehen, den Vorrat an Medizin zu überprüfen, Konserven, Bicarbonat, Batterien, Wasser... alles, was sie bei einer längeren Belagerung gegen Tränengasgranaten und für die Behandlung von Wunden brauchten. Und sie ordnete die Durchsicht der Waffen an, die jedem einzelnen zugeteilt waren. Der Compañera, die für sie kochte, trug sie auf, ein leichtes Abendbrot zuzubereiten. Es war wichtig, daß sie das letzte Essen verdaut hatten, wenn die Aktion begann. Blutungen waren mit vollem Magen gefährlicher.

Dann sagte sie Lavinia, sie solle mit Nummer fünf in ein Nebenzimmer gehen, um sich den Umgang mit ihrer Waffe erklären zu lassen, einem Schnellfeuergewehr vom Typ Madzen.

Die hektische Betriebsamkeit im Hause entwickelte sich in geordneten Bahnen. Die Compañeros breiteten den Inhalt ihrer Rucksäcke auf dem Boden aus und begannen die Überprüfung.

Es war zwölf Uhr mittags.

26

Der Tag ist gekommen, der Tag, der für die Schlacht günstig ist, der das Zeichen »ce itzcuintli« trägt und der den Göttern des Feuers und der Sonne geweiht ist.

Vor der Ankunft der Invasoren zogen wir nie ohne Ankündigung in den Krieg. Viele Botschaften sandten unsere Häuptlinge in die gegnerischen Gebiete, um zu friedlichen Regelungen zu kommen. Wir gaben dem Gegner nicht nur genügend Zeit, die Verteidigung vorzubereiten; wir versorgten ihn sogar noch mit Keulen, Schilden, Pfeilen und Bogen. Unsere Kriege gehorchten dem Willen der Götter von Beginn der Welt, von der Zeit an, da die vierhundert Wolkenschlangen vergaßen, der Sonne Speise und Trank zu geben. Der Ausgang unserer Kriege entschied sich nach »dem Urteil der Götter«, und deshalb war es wichtig, daß dieses Gericht nicht durch ungleiche Kämpfe oder Überraschungsangriffe verfälscht wurde.

Es waren die Eindringlinge, die die neuen Kriegsregeln einführten und sie uns aufzwangen. Sie gingen mit List zu Werk, waren durchtrieben. Die Kriege, die sie gegen uns führten, waren von Anfang bis Ende entheiligt. Sie achteten die grundlegendsten Regeln nicht. Wir lernten, daß wir diesen Gegner nachts angreifen mußten, geduckt und leise wie die schlaue Maus, Quimichtin – es tarnten sich die Krieger, die wir auf Erkundung in die Gebiete des Feindes entsandten –, oder in Gegenden, die nur wir kannten und in die wir sie lockten, indem wir unser Taguizte blitzen ließen, das goldene Metall, das sie so faszinierte.

Doch wie sehr hat sich die Kriegskunst gewandelt, in dieser von der Zeit veränderten Welt. Die Krieger, die Lavinia umgeben, schweigen. Sie haben keine Chimallis, um sich vor dem feindlichen Feuer zu schützen; vergessen sind auch der Atlatl, Pfeil und Bogen, die vergifteten Tlacochtli. Sie reiben sich den Körper vor der Schlacht nicht mit Öl ein, und ich glaube, daß sie im Angesicht der Feinde auch nicht mehr die großen Seeschneckenhäuser erdröhnen lassen oder die Flöten aus Menschenknochen gellend blasen.

Ach, aber was sage ich denn, was für Gedanken sind das! Diese Erinnerungen sind ja selbst für mich schon alt. Die Invasoren brachen mit allen unseren Regeln. Sie begnügten sich nicht wie wir damit, den wichtigsten Tempel der Feinde zu besetzen und so die Niederlage ihres Gottes und den Sieg Huitzilopochtlis anzuzeigen, sie mordeten und brandschatzten alles, was sie auf ihrem Wege antrafen. Ließen unsere Krieger nicht am Leben, wie wir ihre Soldaten, um sie als Opfer darzubringen, ihnen den heiligen Tod zu geben. Töteten ohne Gnade, schlugen die Gefangenen wie Tiere, wie Rindvieh, in Eisen, um sie dann den Hunden zum Fraß vorzuwerfen oder sie als Lasttiere zu benutzen. Die Invasoren schlossen nicht, wie es der Brauch war, mit Siegern oder mit Besiegten Frieden, um nach dem Schiedsspruch der Götter in Eintracht die Tribute zu bestimmen, die den Siegern gezollt werden mußten. Sie rissen einfach alles an sich und ließen keinen Stein auf dem anderen. Ihre Kriege waren totale Kriege. Ihr einziger Gott war grausamer, blutrünstiger als alle unsere Götter zusammen. Ihr Häuptling, den sie »König« nannten, hatte einen unstillbaren Durst nach schimmerndem Taguizte.

Nur der kühne Mut allein blieb uns, am Schluß hatten wir noch unser kochendes Blut, es ihnen entgegenzusetzen. Und mit seinem kochenden Blut bezwang Yarince auch den Tod. Er suchte sich einen Panzer, die harten Muschelhäuser, in denen die Schnecken wohnen, und kleidete sich in Kalk und Stein, um die große Einsamkeit der Nacht zu überstehen. Viele Tage irrte er noch umher, während ich, die ich in meiner Wohnung aus Erde schlief, seine Schritte fühlte, unverwechselbar zwischen dem Schleichen der Jaguare und dem Hufgetrappel der Hirsche.

Bis ihn die Invasoren einkreisten. Und das alles sah ich in einem Traum: Wie ein Puma richtete er sich auf dem Felsen auf und von dort, von der Spitze jenes Berges, sah er noch ein letztes Mal das Haargeflecht der Flüsse, den weit ausgebreiteten Körper der Wälder, den blauen Horizont des Meeres, diese Erde, die er sein eigen genannt, die er geliebt und besessen hatte, wie ein Mann seine Frau besitzt.

»Ihr werdet nicht Hand an mich legen!« schrie er zu den verblüfften Bärtigen zurück. »Nicht eine Faser dieses Körpers sollt ihr bekommen!«

Dann schrie er »Itzá!« mit einem langgezogenen Schrei und warf sich in die Luft, zerschellte auf den Felsen, die ihn mitleidsvoll aufnahmen. Niemals konnten die Invasoren auch nur eine Ahnung dieses Körpers finden, dieses Körpers, meiner Gesänge Heimat, geliebtes Territorium, das sich für immer dem Eindringling verweigert.

Den Anweisungen Flors folgend, zogen sich Lavinia und Lorenzo in den Nebenraum zurück. Lorenzo nahm sie fest in den Arm.

»Es tut mir so leid, Compañera«, sagte er, »ich kann das mit Felipe kaum glauben! Was für ein Pech! Wie konnte das denn nur passieren, daß der Taxifahrer auf ihn schoß?«

Sie erklärte es ihm mit ruhiger Stimme, es schien ihr plötzlich so, als läge der Tod Felipes lange Zeit zurück, als sei sie nicht mehr sie selbst, sondern eine andere Frau, entschlossen, stark, ungerührt im Angesicht der Gefahr, ja selbst des Todes. Vielleicht ist es mir inzwischen egal zu sterben, durchzuckte es sie. Vielleicht kam daher die Kaltblütigkeit, mit der sie dem Geschehen der nächsten Stunden entgegensah.

Lorenzo, der während des Trainingswochenendes so spröde und autoritär gewesen war, holte jetzt allen Sanftmut und alle Geduld hervor, derer er fähig war.

Er zeigte ihr die versteckten Kammern der Waffe, wie man sie auseinandernahm und wieder zusammensetzte, und ihre Kampfeigenschaften. Seine Stimme klang weich und beruhigte durch die Überzeugung, daß nichts schiefgehen konnte. Die Aktion mußte ein Erfolg werden.

Mehrere Stunden verbrachten sie so. Lavinia entging kein einziges Detail. Sie mußte ihre Sache gut machen, sie war Felipe, Felipe war sie. So verschmolzen sie, um ihren Platz im Kampf einzunehmen. Felipe sollte in ihren Händen leben, im Finger, der den Abzug durchriß, würde mit seinem Vermächtnis in ihrem Blut und ihrem Kopf sein, daß sie hart wurde, ohne die Zärtlichkeit zu verlieren, wie es Che gesagt hatte.

»Na, fühlst du schon, wie sie Teil von dir wird?« fragte Lorenzo. »Das ist das Gefühl, das du haben mußt. Im Kampf mußt du absolut sicher sein, daß dir die Waffe so gehorchen wird wie ein Arm oder ein Bein, wie jemand, der dich liebt und dich mit seinem Leben verteidigt. Fühlst du das schon?« Er trat zu ihr, legte eine Hand auf ihre Schulter und die andere auf das Schnellfeuergewehr, das Lavinia an die Brust drückte.

»Ja«, antwortete sie, »ich fühle sie wie eine Schwester...« Und wie Felipe, fuhr sie im Geist fort.

»Ganz genau, ganz genau«, meinte Lorenzo, »genau das mußt du denken. Daran mußt du denken, wenn du sie abfeuerst. Daran mußt du denken, wenn du sie zu deiner Verteidigung benutzt.«

Lavinia spürte die Tränen hochsteigen, doch durfte sie nicht an den toten Felipe denken. Sie mußte ihn lebendig vor sich sehen. Lebendig und energisch. Lebendig und mutig. Entschlossen. Stark. Sie wischte sich die feuchtgewordenen Augen. Lorenzo sah sie an.

»So ist's richtig, Compañera«, sagte er, »nur jetzt nicht weich werden.«

Sie würde nicht weich werden. Sie hatte keine Zeit dazu.

Der Augenblick rückte näher. Sebastián war losgefahren, um den letzten Bericht des Spähtrupps in Empfang zu nehmen. Wie Schnelläufer vor dem Start, mit angespannten Muskeln saß die Gruppe im großen Raum.

Als Lavinia mit Lorenzo den Raum verlassen hatte, war Pablito zu ihr gekommen. Sie sahen sich kurz an und verziehen sich so all das, was sie, das wußten sie, vom anderen gedacht hatten. Jetzt sah sie ihn dort nachdenklich, schweigend auf dem Boden sitzen. Im Gegensatz zu den anderen hatten sie nicht durch Elend und Erniedrigung hierherkommen müssen. Die Leere ihres Überflusses, das hohle Nichts ihres anscheinend so bequemen und mit allen Gütern dieser

Welt gesegneten Lebens hatte sie hergebracht. Niemals hätte sie gedacht, daß sie sich nach dem Tod Felipes so ausgefüllt fühlen könnte. Dort mit dem Rücken an der Wand zu sitzen, inmitten von Menschen, die zu träumen wagten, verursachte ihr eine sanfte innerliche Wärme, die Sicherheit, sich endlich gefunden zu haben. Endlich glaubte, vertraute sie, war sie sich sicher, dort und nur dort sein zu wollen und mit diesen Menschen und keinen anderen das zu teilen, was vielleicht die letzten Augenblicke ihres Lebens waren. Sie war gewiß, daß sie alle in diesem Augenblick, in dieser Klammer, die die Zeit schlug, zu einem Wesen zusammenschmolzen. Ihre Leben hingen voneinander ab. Lavinia sah auf diese schweigenden Menschen. Mit ihren Sinnen, ohne Land- noch Sternenkarten hatte sie es geschafft, in diesen Raum zu gelangen, in dem sie jetzt saß, auf hartem kaltem Boden, mit dem Rücken an die Wand gelehnt. All die Zweifel, all der Schmerz, der Tod Felipes waren dazu notwendig gewesen.

Ihre Tante Inés wäre sicher stolz auf sie gewesen, das dachte sie. Sie hatte daran geglaubt, daß man Spuren hinterlassen mußte auf seinem Weg durch diese Welt. Wäre da nicht der Tod Felipes gewesen, die Zukunft ohne ihn, dieses Warten hätte wie ein Triumph, ein einziges Glücksgefühl sein können.

Ihr Blick glitt über die in sich gekehrten Gesichter. Sebastián hatte gesagt, daß sie nur siegen oder sterben konnten. Dies waren vielleicht die letzten Augenblicke ihres Lebens. Und sie wußten es. Doch war die Stimmung ruhig-gelassen. Diesen Tod fürchtete man nicht wie andere Tode. Er war nicht von dunkler Angst und unbekannten Geistern umgeben. Er würde, wenn er stattfand, fast vorhersehbar sein. Kein Geheimnis hüllte ihn ein. Starben sie, dann sollte kein dumpfes Bedauern zurückbleiben. Dann war es eine bewußte, freigewählte Entscheidung. Sie brachten nicht ihren Tod dar, sondern ihr Leben. Es würde ein würdiges Ende sein. Ihre Leben hatten einen Sinn. Sie hatten sich gegen Dunkelheit und für das Licht entschieden.

Scheinwerfer vor den Fenstern. Sebastián kehrte zurück. Sie standen auf, griffen nach ihren Rucksäcken und steckten die Strumpfmasken in die Taschen. Lavinia sah auf die Uhr, die genau die gleiche Zeit anzeigte wie die Uhren der anderen. Zehn Uhr dreißig.

»Es geht los«, sagte Sebastián, als er zur Tür hereinkam. »Der Große General ist schon gegangen und der Ami-Botschafter und eine Reihe anderer Gäste auch. Aber es sind noch genügend dicke Fische im Teich.«

Sie versammelten sich im Raum, damit er ihnen die Lage erklären konnte.

»Die meisten spielen Karten«, sagte Sebastián. »Die ahnen gar nichts, deshalb können wir den Überraschungseffekt voll ausnutzen, das heißt so schnell wie möglich ins Haus eindringen. Denkt dran: Wer draußen bleibt, ist ein toter Mann!«

Jetzt gingen die Trupps unter Führung ihrer Chefs, Flor (die Nummer eins), Nummer zwei (René) und Nummer drei, ein untersetzter dunkler Mann mit großem Schnauzbart, zu den Wagen hinaus. Lavinias Auto hatten am Nachmittag die Compañeros mitgenommen, die sich um ihr Haus kümmern sollten. Die drei Autos waren »Mercedes-Benz«-Taxis, alle in gutem Zustand.

Sie bestiegen die Fahrzeuge. Lavinia gehörte zum Trupp eins, den Flor anführte. Außer ihr gehörten auch Lorenzo und die Nummer acht dazu.

»Nummer zwölf«, sagte Flor befehlsmäßig, »du fährst.«

Lavinia setzte sich ans Steuer. Flor, die Nummer acht und

Lorenzo stiegen auch zu ihr ein. Die Motoren wurden angelassen, und dann waren sie auch schon auf dem Weg in den Kaffeefeldern. Das alte große Haus blieb im leichten Nebel dieser Nacht zurück.

»Bei der Ankunft werden wir die Fahrzeuge wie einen Schild auffahren«, sagte Flor, als sie die Landstraße erreichten. »In Form eines Dreiecks. Nummer elf auf der einen Seite, du in der Mitte, und Nummer sieben auf der anderen. So haben wir Schutz, wenn wir herausspringen. Verstanden?«

»Ja.« Lavinia fuhr vorsichtig. Sie wandte die Augen nicht von der Straße, hielt sich dicht bei der Nummer elf und bemühte sich, die Nummer sieben nicht aus den Augen zu verlieren. Der Nebel der Hügel blieb hinter ihnen zurück. Die Nacht war kühl und windig, eine typische Dezembernacht.

»Dieses Weihnachten wird schön«, sagte die Pummelige. »Weihnachten ohne politische Gefangene.«

»Und mit gutem Essen«, fügte Lorenzo hinzu. »Bei Vela gibt's sicher Truthahn.«

Alle vier mußten sie trotz der Anspannung lachen.

»Fühlst du dich gut?« fragte Flor, zu Lavinia gewandt.

»Sehr gut«, gab Lavinia zurück. »Wenn das mit Felipe nicht wäre, könnte ich direkt glücklich sein.«

»Felipe ist bei uns«, sagte Flor.

»Was hätte er eigentlich für eine Aufgabe gehabt?«

»Er hätte den Trupp drei geführt. Nummer zwei hat seinen Platz eingenommen.«

Lavinia mußte lächeln und machte eine Bemerkung darüber, daß sie Felipe nicht als Truppführer hatte ersetzen können.

»Du bist nicht zu dieser Aktion gestoßen, um Felipe zu ersetzen«, mahnte Flor. »Denk an das, was ich dir gesagt habe. Gehen wir es rasch noch mal durch«, Flor drehte sich halb in ihrem Sitz um, damit sie Lorenzo und die Pummelige sehen konnte. »Erstens: Wir springen schießend aus den Wagen und laufen in Keilform aufs Haus zu, zur rechten Seite, wo der Dienstboteneingang liegt. Zweitens: Wir dringen schnell ins Haus ein und bewegen uns den Gang zum Schwimmbecken auf der zweiten Ebene hinunter. Wenn wir dort jemand antreffen, neutralisieren wir ihn, ohne zu schießen, außer wenn er bewaffnet ist, und nehmen ihn zur zweiten Ebene mit. Denkt dran, daß wir uns nur mit den Leibwächtern Gefechte liefern. Auf der zweiten Ebene vereinigen wir uns mit Trupp eins. Vergeßt nicht, daß wir uns die Masken anlegen, sobald wir das Haus betreten. Alles klar?«

Jetzt bogen sie in die Straße des Villenviertels ein, in dem Velas Haus lag. Lavinia spürte das Gewicht der Waffe auf ihren Knien. Noch nie hatte sie eine solche Waffe abgefeuert, das einzige Mal, daß sie wirklich geschossen hatte, war mit einer Pistole an einem einsamen Strand, zusammen mit Felipe. »Mehrere aus dem Kommando haben noch nie mit den Waffen geschossen, die sie tragen«, hatte Lorenzo ihr beruhigend erzählt, als er ihr das Gewehr erklärt hatte. Das klang nahezu unglaublich. Die Aktion baute mehr auf ihre Kühnheit als auf tatsächliche Überlegenheit.

Sie hielten etwas mehr Abstand, als sie an den Posten vor Velas Haus vorbeikamen, doch beachteten die sie überhaupt nicht. Mehrere Autos befuhren die Straßen, so daß die drei Taxis nicht auffielen.

Der Nachrichtentrupp hatte detaillierte Informationen über Anzahl und Standort der Sicherheitsbeamten durchgegeben, die das Haus schützten. Auf dieser Grundlage war jedem Trupp sein Feuerbereich zugewiesen worden. Sie sollten schießen, auch wenn sie gar nichts sahen, einfach auf den zugeteilten Sektor schießen, das waren die Anweisungen.

Als sie fast das Haus erreicht hatten, beschleunigte Lavinia, genau im gleichen Moment wie die anderen.

27

Sekunden später sprangen sie vor Velas Haus aus den Autos. Die Sicherheitsbeamten wurden völlig überrascht und begannen erst, als sie mit den Wagen den Sicherheitskordon durchbrachen, in verschiedene Richtungen auseinanderzulaufen.

Trupp eins mit Sebastián an der Spitze feuerte die ersten Schüsse ab. Lavinia mußte sich nach rechts werfen und das Feuer eröffnen. »Du mußt das Gewehr ganz fest packen«, hatte Lorenzo gesagt. Inmitten des ohrenbetäubenden Lärms der Schüsse, dem Pfeifen der Kugeln, duckte sie sich, lief bis dorthin, wo sie ihren Feuerbereich vermutete, und zog den Abzug durch. Einen Augenblick lang ergriff sie Panik, als die Wucht der Salve ihr die Hände hochriß und ihr höllischer Lärm in den Ohren dröhnte. Sie mußte versuchen, die Madzen fest in Hüfthöhe zu halten. Der Feuerstoß hatte sie für einen Moment aus dem Gleichgewicht gebracht. Wenn sie so stehen blieb, konnte sie leicht getroffen werden, dachte sie, also lief sie geduckt und Haken schlagend weiter, so wie es René ihr während der Ausbildung gezeigt hatte, blieb dann wieder stehen, suchte Stand und feuerte erneut. Wieder das Dröhnen in den Ohren, das Pfeifen der Schüsse, ihrer eigenen und der der anderen, überall um sie herum. Sie sah, daß René und Sebastián schon am Haupteingang waren und sich gegen die Tür warfen. Sie nahm den Finger vom Abzug und lief, bis sie am Dienstboteneingang und bei den anderen angelangt war. Sebastián war schon mit dem Trupp eins ins Haus eingedrungen.

»Die Masken!« hörte sie Flor schreien, »setzt die Masken auf!«

Ihr Herz klopfte wie wahnsinnig, und ihr Kopf war noch ganz benommen. Alles schien ihr wie ein großes Durcheinander, sie konnte nicht ausmachen, ob ihr Plan klappte oder nicht. Lorenzo warf sich, so fest er konnte, mit der Schulter gegen die Tür.

»Mach schnell, Nummer fünf«, keuchte Flor, »so fest du kannst.«

Ganz in der Nähe sah sie auf dem Rasen zwei tote Sicherheitsbeamte liegen, in schwarzen Hosen und weißen Hemden. Sie hatten diese Tür bewacht, die sich nun endlich öffnete.

Lorenzo und die Nummer acht legten die noch intakten Riegel wieder vor und schoben einen großen Blumenkübel gegen die Tür. Flor bedeutete Lavinia, daß sie ihr folgen solle, und schnell bewegten sie sich, die Waffen im Anschlag und nach allen Seiten sichernd, auf den Eingang zur zweiten Ebene des Hauses zu. Draußen wurde jetzt weniger geschossen; dann wurde es still auf der Straße. In die Stille hinein erklang plötzlich der Lärm eines Motors, und ein Auto entfernte sich in hohem Tempo. Der erste Teil der Aktion war gelungen, sie hatten es geschafft, ins Haus einzudringen.

»Schnell«, rief Flor und wandte sich den anderen beiden zu, »durchkämmt die Räume.«

Sie hatten sich die Masken aufgesetzt, und ihre Züge sahen seltsam verändert aus unter dem Nylon der Strümpfe.

Fast fühlten sie sich schon sicher, da pfiff dicht an Lavinia ein Schuß vorbei. Er kam aus einem Gebüsch des Gartens.

Alle vier ließen sich blitzartig zu Boden fallen und nahmen Gefechtshaltung ein. Lavinia spürte, wie ihr das Blut aus dem Gesicht gewichen war.

»Gebt mir Feuerschutz«, rief Lorenzo und lief hakenschlagend auf das Gebüsch zu, wobei er ohne Pause aus seiner UZI feuerte. Flor und die Nummer acht feuerten ebenfalls. Lavinia zog den Abzug durch und kniff schon in Erwartung des Feuerstoßes die Augen zusammen, doch geschah nichts. Die Madzen ließ nur ein trockenes Klicken des Bolzens hören. Sie war ohne Waffe, schutzlos. Mit fliegenden Händen fingerte sie am Gewehr herum.

Unterdessen war Lorenzo schießend am Gebüsch angekommen, eine seiner Garben löste einen unterdrückten Schrei aus, gefolgt vom Geräusch eines fallenden Körpers. Vorsichtig schlich sich Lorenzo heran und spähte hinter den Busch. Dann stand er auf.

»Der wird uns keine Probleme mehr machen«, rief er und lief zu ihnen zurück.

»Nummer fünf«, sagte Lavinia, immer noch aufgeregt, »meine Waffe funktioniert nicht mehr.«

Lorenzo nahm sie in die Hand, untersuchte sie kurz und gab sie ihr dann mit einem Grinsen zurück:

»Du mußt nur das Magazin wechseln, weiter nichts.«

Am liebsten wäre sie vor Scham auf der Stelle im Boden versunken. In der Aufregung, dem Schreck des so dicht an ihr vorbeipfeifenden Schusses hatte sie vergessen, an das Einfachste zu denken. Zwei Tage ohne Schlaf waren nicht spurlos an ihr vorbeigegangen.

Sie drangen weiter vor. Im Haus waren Schreie von Frauen zu hören, die Geräusche von fallenden Gegenständen. Der Bereich des Gartens, in dem sie sich befanden, sah merkwürdig ruhig aus, wie er im Halbdunkel der Gartenbeleuchtung dalag. Auf der anderen Seite des Schwimmbeckens konnten sie Trupp drei kommen sehen. Zwei Compañeros führten die Musiker der Band und zwei oder drei Gäste mit erhobenen Händen vor sich her. Zu dieser Zeit waren, wohl weil die Nacht so kalt, windig und dunkel war, nur noch wenige Gäste im Garten gewesen.

Endlich erreichten sie die Stahlgittertür, die in die zweite Ebene des Hauses hineinführte. Sie war verschlossen und mit einem schweren Vorhängeschloß gesichert.

»Geht beiseite«, sagte Flor und zog ihre Pistole. Der Schuß krachte, und wenig später war das Gitter geöffnet. »Nummer fünf, wirf dich gegen die Tür«, befahl Flor jetzt.

»Mit Freuden«, grinste Lorenzo zurück und warf sich krachend gegen die Holztür, die hinter der jetzt offenstehenden Gittertür den Weg versperrte. Die Holztür sprang auf, und sie drangen in die zweite Ebene des Hauses ein.

Das Bild des Salons war so dramatisch wie lächerlich. Frauen in strahlenden Abendroben und Männer in tadellosen Smokings standen mit erhobenen Händen an der Wand. Lavinia sah auch eine Reihe von Männern in Offiziersuniformen, einer von ihnen lag tot am Boden.

Nummer sieben und Nummer sechs bewegten sich zwischen den Gästen hin und her und durchsuchten sie, wobei sie sich den Militärs besonders vorsichtig näherten, aus deren Stiefelschäften sie zwei oder drei Pistolen zogen. Sebastián und René hielten währenddessen ihre Schußwaffen auf sie gerichtet. Da standen auch die beiden Schwestern Vela, sie sahen bleich aus, in den vor Schreck weit aufgerissenen Augen glänzte das Weiß. Und die beiden Kinder von Vela: Die Tochter weinte herzzerreißend. Dem Jungen klapperten die

Zähne vor Angst. Wie ein kleines Reh drängte er sich an die Mutter.

Es waren ungefähr dreißig Menschen im Raum. Vor allem die Kinder taten ihr leid. Schnell warf sie einen Blick durch die offene Tür des Arbeitszimmers. Die Waffen waren ausgestellt gewesen, Sebastián und die anderen mußten sie von den Regalen genommen haben. Sie fragte sich, ob sie hinter die drehbare Wand gesehen hatten.

In diesem Augenblick kamen von der dritten Ebene Nummer neun und Nummer zehn mit sechs Musikern, mehreren Kellnern und Dienstmädchen und noch drei Gästen herein.

»An der Wand aufstellen!« befahl ihnen Sebastián, nur um festzustellen, daß keine Wand mehr frei war. »Hierher!« berichtigte er sich und wies auf die Mitte des Raumes.

»Geht ihr in den Garten zurück«, sagte er dann zu Nummer neun, »und nehmt den hier mit.« Dabei zeigte er auf den toten Offizier.

Die zwei Compañeros gingen hinaus und nahmen die Leiche mit.

»Durchsuche sie!« wies Sebastián Flor an.

Einige der Musiker und Dienstmädchen wimmerten vor sich hin und bettelten ein ums andre Mal: »Tut uns nichts, tut uns nichts, wir haben damit doch nichts zu tun.«

»Ruhe!« herrschte Flor sie an.

Als sie die Dazugekommenen untersucht hatten, sah Lavinia sich um. Die Gesichter, jetzt alle ihnen zugewandt, waren voller Angst. Die Offiziere, die im Fernsehen immer so strahlend-selbstsicher wirkten, sahen unruhig von einer Seite zur anderen. Als Profis des Kriegshandwerks überlegten sie sicher fieberhaft, wie sie sich aus der Affäre ziehen konnten. In der Ecke hielten die Schwestern Vela mit vor Angst verzerrten, bleichen Gesichtern die Kinder des Generals im Arm. Der Junge wimmerte jetzt leise vor sich hin.

Lavinia fiel auf, daß General Vela nicht unter den Anwesenden war. »Er ist mit dem Großen General fort«, stammelte Frau Vela schluchzend, als Sebastián sie verhörte. Plötzlich waren draußen laute Detonationen zu vernehmen. Die sechs sahen sich an, und die Offiziere machten eine unbestimmte Bewegung, genau in dem Moment, als Flor, zu Lorenzo gewandt, »Mörsergranaten« murmelte.

»Keine Bewegung!« befahl Flor, sie hatte das Manöver des Militärs gerade noch rechtzeitig wahrgenommen. »Nummer fünf«, fuhr sie dann fort, »trenn sie mir von der Gruppe und bring sie da ins Zimmer.« Dabei zeigte sie auf das Zimmer des Jungen. »Laß die Tür offen und bleib bei ihnen. Nummer acht, du begleitest ihn.«

Der Junge blickte zu seinem Zimmer hinüber und begann zu weinen. Nummer fünf bedeutete den Offizieren mit dem Gewehrlauf, daß sie sich bewegen sollten, und brachte sie gemeinsam mit Nummer acht ins andere Zimmer.

»In zwei Trupps teilen«, befahl Sebastián jetzt scharf. »Zwei und vier, geht in den Garten hinaus und organisiert dort die Verteidigung des Hauses!«

Die Stimme Sebastiáns war scharf. Den Trupp eins bildeten Sebastián, Flor, Lorenzo, Nummer acht und sie selbst.

Alles war bisher rasend schnell gegangen. Der Adrenalinschub hatte ihr den Mund ausgetrocknet. Sie hatte entsetzlichen Durst, und die Lippen waren ihr aufgesprungen. Wieder blickte sie sich um, einige der Gesichter im Raum waren ihr bekannt, auch wenn kaum jemand aus den Kreisen da war, in denen sie sich sonst bewegte. Sie erkannte zwei Paare, den Geschäftsführer einer großen internationalen Mineralölgesellschaft mit seiner Frau und einen reichen Unternehmer, der die Holzindustrie des Landes kontrollierte und der seine weinende Frau nervös zu beruhigen versuchte. Einige der Gesichter kannte sie aus Zeitung oder Fernsehen.

Jetzt wurden die Detonationen draußen häufiger, es gab Motorenlärm. Das mußten die Antiterror-Einheiten sein, dachte Lavinia. Sie würden sie alle umbringen.

»Nummer zwölf«, rief ihr Sebastián zu, »komm her!«

Sie ging zu ihm hinüber, ihr Körper schmerzte. Sebastián flüsterte ihr ins Ohr, sie solle die Schwägerin Velas und noch zwei weitere Gäste in die Mitte des Raumes führen. Sie sollten mit einem weißen Taschentuch nach draußen geschickt werden, um die Forderung zu überbringen, das Schießen einzustellen, oder sie würden alle Geiseln umbringen. »Wenn wir das nicht schnell tun, gibt's hier ein Blutbad«, fügte Sebastián noch hinzu. Ohne ein Wort zu sagen, ging sie zur Ecke des Raumes hinüber, wo Señorita Montes völlig verängstigt die Tochter Velas im Arm hielt. Sie griff wortlos nach dem Handgelenk der Señorita und zerrte sie zur Mitte des Raums. Mit Panik im Blick sah die Frau sie an.

»Nein, nein, bitte nicht!« bettelte sie.

»Vorwärts!« antwortete sie und versuchte, bestimmt zu klingen. Es gelang ihr. Sie brachte die drei zu Sebastián hinüber. Señorita Montes hatte sie tatsächlich nicht erkannt. Erst als sie sich wieder umwandte und den Blick durch den Raum gleiten ließ, über die in seiner Mitte zusammengedrängte Gruppe und die Gäste an den Wänden, trafen sich ihre Augen mit dem verblüfften, ungläubigen Blick des Jungen. Er hatte plötzlich zu wimmern aufgehört, sah sie durchdringend an und schien den Blick nicht von ihr wenden zu können. Er hatte sie erkannt. Sie war sich ganz sicher. Der plötzliche

Schreck und eine unbestimmte Angst ließen sie rasch zur Seite sehen.

»Ihr drei«, sagte Sebastián jetzt zu Señorita Montes gewandt, »ihr geht jetzt durch die Garagentür nach draußen und sagt ihnen, daß sie zu schießen aufhören sollen, sonst bringen wir alle hier drin um. Habt ihr verstanden? Alle!«

Señorita Montes nickte. In der Ecke schluchzte das kleine Mädchen bei seiner Mutter. Der Junge, der so aussah, als wolle er jeden Moment ohnmächtig werden, sah Lavinia immer noch wie hypnotisiert an. Der Lärm draußen war ohrenbetäubend. Kommandos, sich zum Sturmangriff bereitmachende Nationalgardisten, das Krachen der Mörsergranaten, Gewehrschüsse. Sie waren dabei, das Haus zu umzingeln. Von ferne näherte sich das Geräusch eines Hubschraubers.

»Schnell!« rief Sebastián. »Nummer eins, bring sie zur Tür. Nummer sechs, du begleitest sie!« Dann wandte er sich an die Frauen im Salon und befahl ihnen »Nicht schießen!« zu schreien. »Schreit!« herrschte er sie an. »Schreit, so laut ihr könnt, sie sollen nicht schießen!« Er nahm jemandem ein weißes Taschentuch ab und gab es Flor. Die Spannung stieg von Sekunde zu Sekunde. Der Hubschrauber überflog im Tiefflug das Haus. Sebastián, die Pummelige, Lavinia und die Nummer sieben bewachten die Gruppe von Menschen, die mit schreckgeweiteten Augen und verzweifelt aus vollem Halse schreiend dastanden.

Flor ging mit den anderen hinaus, es folgten einige angespannte Minuten, in denen die Schüsse und das Mörserfeuer anhielten. Plötzlich dann Stille. Flor und die Nummer sechs kamen zurück, die Schwägerin Velas und die beiden anderen waren schon außerhalb des Hauses. Der Junge wandte seinen Blick nicht von Lavinia.

Seit Beginn der Operation »Eureka« waren genau zwei Stunden vergangen. An die Wand zum Arbeitszimmer gelehnt, bewachte Lavinia die Geiseln und war bemüht, dem Blick des Sohnes von Vela auszuweichen. Der Raum war nicht klein, doch trotzdem war die große Zahl Menschen darin gefährlich. Zu viele Menschen, dachte sie und preßte das Sturmgewehr an sich. Ihr schmerzten die Hände und die Kiefermuskeln von der Anspannung. Langsam breitete sich Stille aus.

»Nummer sechs«, befahl Sebastián, »geh in den Garten und bring mir einen Bericht über die Lage bei Trupp drei.« Er sah sich im Raum um und sprach dann ganz nahe bei Lavinia leise mit Flor. Es sei offensichtlich, sagte er, daß Vela gegangen war, um den Großen General nach Hause zu begleiten. Wenn er zurückkehrte, würde er sein Haus besetzt vorfinden. Seine Schwägerin würde ihm alle Einzelheiten erzählen. Doch hatten sie immer noch seine Frau und seine Kinder – die sie freilassen wollten, sobald ein Vermittler eingeschaltet wurde –, zwei Unternehmer, mehrere Mitglieder des Generalstabes, die Botschafter von Chile und Uruguay, den Verkehrsminister, den Außenminister und, was das wichtigste war, den Schwager des Großen Generals, den Mann seiner einzigen Schwester... Das waren noch genügend dicke Fische, es würde schon alles gutgehen. Nur waren zu viele Leute im Raum, sagte jetzt auch Sebastián leise zu Flor.

»Wir werden noch eine Gruppe freilassen«, kündigte er dann mit lauter Stimme an und begann einige Frauen, die Musiker und Hausangestellten auf eine Seite zu dirigieren. »Ihr geht in Vierergruppen raus«, befahl er ihnen dann. »Schnell.«

Nun wiederholte sich die gleiche Operation, die Freigelassenen wurden zur Tür geleitet. Da flog der Hubschrauber zum zweiten Mal über das Haus hinweg. »Sagt diesen Hurensöhnen da draußen, wenn dieser Hubschrauber noch mal hier 'rüberfliegt, fangen wir an, Tote rauszuschmeißen, verstanden?« rief Sebastián der Gruppe nach.

In diesem Augenblick klingelte das Telefon. Die Mitglieder des Kommandos fuhren auf.

»Nummer zwölf, nimm ab«, bedeutete ihr Sebastián.

Lavinia ging zum Telefon. Sie nahm den Hörer ab. Die Stimme am anderen Ende der Leitung, seit Generationen ans Befehlen gewöhnt, ließ sie zusammenzucken. Es war der Große General. »Wer spricht da?« fragte er barsch.

»Sie sprechen mit dem Kommando David Padilla der Nationalen Befreiungsbewegung«, antwortete Lavinia mit fester Stimme.

»Was wollt ihr?« fragte er.

Lavinia antwortete nicht, sondern bedeutete Sebastián, den Hörer zu übernehmen. Wieder flog der Hubschrauber über das Haus hinweg.

»Stoppen Sie sofort alle Angriffe auf dieses Haus, oder es überlebt niemand!« rief Sebastián in den Hörer. »Sagen Sie Ihren Piloten, sie sollen nicht mehr über dieses Haus fliegen!«

Im Raum wurde es still. Alle hörten erwartungsvoll dem Telefonat zu. »Wir verlangen den Priester Rufino Jarquin als Vermittler. Außerdem wollen wir einen Arzt, und zwar Dr. Ignacio Juárez.«

Diese beiden Personen waren als unpolitisch, doch ehrlich bekannt. Sebastián lauschte in den Hörer, um gleich darauf fortzufahren.

»Wir verlangen die Freilassung aller politischen Gefangenen und die unzensierte Verbreitung einer Erklärung, die wir dem Vermittler übergeben, in alle Medien. Wird diesen Forderungen nicht Folge geleistet, werden Sie der einzige Verantwortliche dessen sein, was dann mit den Geiseln geschieht. Sie haben eine Stunde, um den Vermittler zu schicken.«

Dann hängte er ein, ohne auf eine Reaktion zu warten.

Während Sebastián sprach, hatte Lavinia in der Mitte des Raumes, nahe den Angehörigen Velas, Stellung bezogen. Der Junge sah sie immer noch an, doch war sein Blick anders geworden. Sie ging ihm weiter aus dem Weg, spürte jedoch, daß etwas Merkwürdiges in seinem Blick war. Es schien so, als wolle er erreichen, daß sie auf ihn aufmerksam wurde.

Die Gruppe, die die Musiker zur Tür gebracht hatte, kam wieder in den Raum. Von der Straße her hörte man Stimmen und abfahrende Wagen. Flor ging gleich zu Sebastián, Lavinia hörte ihre geflüsterte Unterhaltung.

»Die Nummer neun hat's erwischt«, sagte Flor. »Trupp drei hat ihn in die Umkleidekabinen am Schwimmbecken gebracht. Er hat einen Schuß im Oberschenkel. Sie haben das Bein schon abgebunden, doch verliert er weiter viel Blut.«

»Wir warten, bis der Arzt kommt«, sagte Sebastián, ohne mit der Wimper zu zucken.

Inzwischen waren drei Stunden vergangen. Lavinia war heiß. Sie schwitzte unter dem Nylonstrumpf. Die Auswirkungen der Anspannung und des langen Wachseins wurden immer deutlicher spürbar, und sie war auch noch benommen von der Schießerei, ihr rechtes Ohr war taub.

Jedesmal, wenn sich die Tür öffnete, durch die die Compañeros zum Garten ein und aus gingen, hielt sie den Atem an und wartete auf die Salve. Doch geschah nichts. Eine gespannte Stille, nur unterbrochen von Schritten, den Geräuschen an- und abfahrender Autos und den verzerrten Stimmen des Funksprechverkehrs der Nationalgarde.

Der Junge sah sie weiter an, Lavinia war drauf und dran, ihm zuzulächeln. Irgend etwas schien er ihr mit dem Blick sagen zu wollen. Als er ihren Blick auf sich gezogen hatte, sah er angestrengt hinter sie, so als wolle er ihre Aufmerksamkeit auf etwas lenken, das in ihrem Rücken lag. Sie rührte sich nicht. Vielleicht war es nur ein Trick, vielleicht wollte er sie nur ablenken. Immerhin war er der Sohn Velas. Doch der Junge ließ nicht locker. Ab und zu verstärkte er den Ausdruck seines Blicks noch mit einer kaum wahrnehmbaren Bewegung des Kinns in die gleiche Richtung. Señora Vela, die neben ihm stand, schenkte ihm keine Beachtung, sie war zu sehr mit ihrer von Zeit zu Zeit aufschluchzenden Tochter und ihrer eigenen Angst beschäftigt.

Die Geiseln setzten sich auf Befehl Sebastiáns auf den Boden. Dann ging er mit Nummer sechs hinaus, um nach Nummer neun, Pablito, zu sehen.

Lavinia rief sich die Zeichnungen des hinter ihr liegenden Teils des Raumes vor Augen. Links hinter ihr lag, den Plänen zufolge, die Gittertür zum Garten, das Musik- und Billardzimmer. Auf der rechten Seite das Arbeitszimmer Velas mit der Waffensammlung, die die Compañeros unter Sebastiáns Anleitung verteilt hatten. Ein paar alte Pistolen und Jagdgewehre hatten sie unbrauchbar gemacht. Hätten sie nicht Velas Waffen gehabt, wären einige von ihnen unbewaffnet. Jetzt hatte jeder von ihnen zwei, in Lavinias Gürtel steckte eine Magnum.

Sebastián kehrte zurück, Pablito befand sich in schlechtem Zustand. Sonst war die Lage im Garten unter Kontrolle.

Lavinia drehte sich um und wollte wieder ihren Platz einnehmen.

28

Da klingelte erneut das Telefon.

»Nummer zwölf«, sagte Sebastián, »nimm ab. Wenn es der Große General ist, gib ihn an mich weiter.«

Doch es war nicht der Große General. Es war der Priester, den sie als Vermittler gefordert hatten. Der Große General war bereit zu verhandeln. Der Priester bat um Anweisungen, wie er sich dem Haus nähern sollte. Sebastián sprach mit ihm.

Während sie wieder zu ihrem Platz hinüberwechselte, sah Lavinia auf die holzgetäfelte Drehwand des Studios ihr gegenüber. Der geheime Raum. Natürlich! dachte sie. Jetzt wurde es ihr klar. Das war es, worauf der Junge sie aufmerksam machen wollte! Aber warum? fragte sie sich. Die Waffen waren nicht mehr an ihrem Platz. Sebastián und die Nummer eins, Flor, hatten sie verteilt... Doch wenn sie den Raum gar nicht geöffnet hatten? dachte sie plötzlich. Vielleicht hatten sie, weil sie keine Architekten waren, nur darauf geachtet, ob die Waffen an ihrem Platz auf der drehbaren Wand waren...

Jetzt war sie wieder auf ihrem Posten angelangt. Sie wandte sich um und lehnte ihren Rücken grübelnd gegen die kühle Wand von General Velas Arbeitszimmer.

Auf einmal wußte sie es. Die Gewißheit lähmte sie. Der Junge sah ihren Gesichtsausdruck, sah, wie sie sich spannte, sich aufrichtete, als verbrenne sie sich an der Wand; und gab ihr ein Zeichen der Bestätigung. Er senkte den Kopf, als sähe er zu Boden, und deutete so ein »Ja« an, das nur für sie zu sehen war. Niemand hatte ihre stumme Unterhaltung bemerkt. Sie und er waren allein auf der Welt. Wieso kam sie erst jetzt darauf! Vela war dort drinnen, war versteckt im geheimen Raum.

Niemand hatte die Auskunft von Señora Vela bezweifelt, nicht einmal sie selbst. Es war ihr einfach nicht in den Sinn gekommen. Sie hatte genau wie die anderen der Frau geglaubt. Es paßte ja zu Vela, so unterwürfig zu sein, den Großen General nach Hause zu begleiten. Niemand fand das merkwürdig! Vela war dort drinnen. Die Gewißheit erdrückte sie. Er war dort drinnen und wartete auf den geeigneten Moment, herauszukommen. Schießend herauszukommen und alle umzubringen!

Warum hatte sie nicht darauf bestanden, den Raum zu öffnen und nachzusehen? Weil sie ganz einfach gedacht hatte, die anderen hätten es schon getan, hatte nicht bedacht, daß die anderen wahrscheinlich meinten, da wäre nur eine drehbare Wand, aber kein Raum dahinter! Ganz sicher dachten sie das...

Warum hatte sie selbst die Wichtigkeit des geheimen Raumes beiseite geschoben, den Raum, wo sich nun Vela versteckte wie ein böses Tier, das den günstigen Moment abwartete. Vela war dort drinnen, daran hatte sie keinen Zweifel mehr. Das war es, was der Junge ihr hatte sagen wollen.

Auf dem Boden sitzend, mit dem Rücken an die Wand gelehnt, wartete die Festgesellschaft nun ab. Sebastián sprach durch das Telefon mit dem Priester. Jetzt blieb nur noch, seine Ankunft im Haus vorzubereiten. Es war eine Frage der Zeit. Die Stille senkte sich schwer auf ihre Gemüter.

Lavinia sah zu dem Jungen hinüber. Er war in die Hocke gegangen, wie abwartend. Warum hatte er sie gewarnt? fragte sie sich. Sie sah ihn wieder vor sich, an jenem Tag, als das Haus übergeben wurde, gehorsam, schweigend hinter seinem Vater hergehend, mürrisch. Sicher haßte er den Vater, der seine Träume nicht verstand. Er machte sich über ihn lustig, über seine Träume vom Fliegen.

War dies seine schreckliche Kinderrache? Sie spürte einen Schauer den Rücken hinablaufen. Den eigenen Vater auszuliefern! Und sie, was sollte sie tun?

Nummer vier trat ein, Nummer neun war gestorben. Sie hörte die verschlüsselte Botschaft, als er es Sebastián sagte. Nummer neun war Pablito. Pablito war tot.

Sie mußte Vela allein entgegentreten, dachte sie. Niemand außer ihr sollte in Gefahr geraten. Pablito war tot. Niemand sollte mehr sterben. Sie sah sich um. Sebastián lehnte an einer Schlafzimmerwand. Nummer sechs und Nummer acht waren auf der Seite des Nähzimmers. Nummer sieben hatte die Treppe zur ersten Ebene im Auge. Niemand war direkt in der Nähe des Waffenschrankes. Wenn Vela wirklich dort war, konnte niemandem etwas passieren. Er konnte auf niemanden schießen, außer auf sie. Ihre Hände wurden feucht, sie schwitzte. Sie nahm die Waffe fester in die Hand. Mit langsamen, verstohlenen Bewegungen prüfte sie das Magazin. Es war voll eingerastet. Die Waffe war schußbereit.

Der Junge wandte die Augen nicht von ihr. Er wollte, daß sie es tat. Es war entsetzlich, doch sie fühlte, er wollte, daß sie es tat. Er befahl ihr mit den Augen, es zu tun. Sie konnte es kaum glauben. Vielleicht hoffte er auch darauf, daß gerade sie seinen Vater entdecken und ihm das Leben retten würde. Vielleicht war es so. Sie hatte ihm erzählt, wie traurig der Krieg ist, Menschen zu töten. Er dachte vielleicht, daß er seinen Vater schützen mußte. Sie mußte schnell handeln, den richtigen Zeitpunkt erwischen.

In Gedanken führte sie sich den Mechanismus der Wand

vor Augen. Sie mußte den Hebel in der Wand zur Seite bewegen. Dann konnte sie die Wand mit dem Fuß bewegen. Die Wand ging sicher auf, wenn sie fest genug dagegen trat.

Dann konnte sie Vela in Schach halten, ihn auffordern, sich zu ergeben. Und Vela ergab sich sicher. Ihm war bewußt, daß er ein toter Mann war, wenn er schießend herauskäme.

Von draußen waren Geräusche zu vernehmen. Der Vermittler war eingetroffen. Flor kam herein, um es Sebastián zu sagen und den Platz mit ihm zu tauschen.

Es begann zu tagen. Die Gesichter der Gäste waren grau vor Übermüdung. Die kleine Tochter von Vela war eingeschlafen.

Die Augen des Jungen schlossen sich von Zeit zu Zeit, sie konnten den Schlaf kaum noch zurückhalten. Er kämpfte dagegen an, wollte die Augen nicht von ihr wenden. Wenn er sie nach kurzem Dösen wieder öffnete, blickte er sie sofort an.

Jetzt mußte sie es tun, dachte Lavinia. Jetzt. Wenn der Junge einschlief, mußte sie es tun. Sie umklammerte fester das schwarze Metall.

Der Junge schloß wieder die Augen. Er war in einem Alter, wo der Schlaf stärker war als Angst, als Erregung.

Kaum sah sie, daß er schlief, da glitt sie auch schon ins Zimmer hinein. Flor, die Nummer sechs und die Nummer acht bewachten die Gäste. Sie brauchten einen Augenblick, um ihre Bewegung zu bemerken. Sie brauchten nur einen Augenblick, aber ein Augenblick war genug.

Einmal im Zimmer, bewegte sie sich schnell. Der braune Teppichboden schluckte ihre Schritte. Sie war ganz ruhig. Von irgendwoher ergriff sie eine Welle kalten Blutes. Sie mußte ihn überraschen, dachte sie. Sie mußte schnell handeln.

Lautlos löste sie den Sicherungshebel in der Wand. Kein Geräusch war zu hören. Mit dem Fuß stieß sie gegen das erste

Drehelement. »Das Kind soll bleiben, wo es ist«, hörte sie Flor im Wohnzimmer sagen. Und dann, genau in jenem Augenblick, als Lavinias Augen die geduckte Gestalt Velas wahrnahmen, ertönte der Schrei des Jungen, ein langgezogenes, schrill gellendes »Neiiiiiiiin!«.

Lavinia, die die Waffe fest an sich gedrückt hielt, spürte einen Schauer über ihren Rücken jagen, als sie den General in der Dunkelheit jenes Raumes stehen sah, den sie sich einmal ausgedacht hatte. Für den Bruchteil einer Sekunde lähmte sie ebenso wie Vela der gellende Schrei des Kindes.

Dann trat sie voll hinter der Drehwand hervor. Auch Vela war schußbereit. Wirre Gedanken regneten in ihrem Kopf, so rasend wie Sterne, die irre geworden durchs All taumeln.

»Neeeeeiiiiiin!« schrie das Kind noch einmal.

Ich fühlte ihren Schrecken, bemerkte ihre Lähmung. Ich hörte die Schreie des Jungen, der wie ein kranker Vogel rief, um seinen Vater zu retten. Jenes Kind, das ihn verraten hatte, weil es ihn haßte, aber auch liebte. Ich merkte, wie sein Rufen sie verwirrte.

Ich aber zweifelte keinen Lidschlag. Ich ließ in ihrem Blut die giftigen Pfeile sich gegen den Himmel recken, aus allen Winkeln ihres Körpers schrie ich, heulte wie der Sturm, den Augenblick des Zögerns zu überwinden, presse meine Finger, ihre Finger gegen das Metall, das Feuer spuckte.

Lavinia fühlte im Chaos ihrer Venen die Macht aller Rebellionen ihres aufrührerischen, unbeherrschbaren Landes, die in ihrem Innern tobten und die über den Anblick des Jungen, über das Bild von sich selbst, das ihr die Kindesaugen zurückspiegelten, über Liebe und Haß, über das biblische »Du sollst nicht töten« Sieger blieben. Da wußte sie plötzlich, daß sie den letzten Bogen aller Kreise schließen mußte, den letzten Grund aller Widersprüche durchbrechen, ein für allemal Partei ergreifen mußte. Wie der Blitz glitt sie zur Seite, ging dem auf sie zielenden Mann gegenüber in Stellung und zog mit hartem, unbarmherzigem Finger den Abzug durch.

Die dröhnenden Schüsse brachten die Schreie des Jungen zum Verstummen. Die Salve aus ihrer Mazden brach eine Zehntelsekunde eher los, als Vela schießen konnte.

Lavinia spürte den Schlag auf ihrer Brust, die brennende Hitze, die sie überschwemmte. Sie sah General Vela noch vor sich stehen, sich mühsam aufrecht halten, mit blutbespritzter Uniform um sich schießen, den Blick wie glühendes Eisen.

Trotz der Kugeln aus Velas Waffe gelang es ihr, das Gleichgewicht wiederzuerlangen, und ohne zu denken, mit verstreuten Bildern aus ihrem Leben vor den Augen, mit Felipe an ihrer Seite, fühlend, wie die Schüsse in ihren Körper einschlugen und die Wärme sich immer mehr in ihm ausbreitete, drückte sie die Waffe fest an sich und schoß das ganze Magazin leer.

Das Haus liegt still. Der Wind in meinen Zweigen weht kaum, wie der Rauch über ausgehendem Feuer. Ich bin wieder allein, bin wieder ganz Natur. Bald wird der Sommer kommen, und vielleicht sterbe ich dann auch. Von neuem. Unter sengender Sonne werde ich vertrocknen, und ganz gelb werde ich im Bett irgendeines Flusses aufwachen. Ich habe einen Zyklus vollbracht: mein Schicksal als keimendes Samenkorn, die Bestimmung meiner Urahnen. Lavinias Geist tanzt jetzt im Abendwind, ihr Körper düngt die Felder und macht sie fruchtbar.

Ich konnte den Sieg ihrer nach Gerechtigkeit dürstenden Brüder und Schwestern noch sehen. Sie konnten ihre Mitstreiter befreien, sie siegten sicher über den Haß. Die Fackel ist entzündet, niemand wird sie mehr löschen können. Niemand wird den Klang der Trommeln zum Verstummen bringen können. Ich sehe große Menschenmengen den Weg herunterkommen, den Yarince und die Krieger vorbereitet haben, die von damals, die von heute.

Niemand wird ihn besitzen, diesen Körper aus Seen
und Vulkanen.
Sie wird in unser Volk zurückkehren, diese Mischung
der Rassen, die Geschichte gesenkter Lanzen.
Zu unserem Volk, das den Mais liebt
und die Feste im Vollmondschein,
unserem Volk der Lieder und der buntgewebten Stoffe.
Wir beide, sie und ich, sind nicht ohne Erbe gestorben.
Wir sind zur Erde zurückgekehrt, auf der wir zu neuem
Leben entstehen werden. Mit wohlschmeckenden Früch-
ten werden wir die Luft neuer Zeiten bevölkern.
Kolibri Yarince
Kolibri Felipe
ihr werdet über unseren Blüten schwirrend tanzen
ihr werdet uns auf ewig befruchten
Gemeinsam werden wir in der Dämmerung der Freude
leben
und in den Gärten, in der Morgenröte
Bald werden wir den Tag voll Glückseligkeit sehen

und die Schiffe der Eroberer, die für immer davonsegeln
Unser werden sein das Gold und die Federn
der Kakao und die Mango
das duftende Öl der Sacuanjoche-Blume
Niemand, der liebt, stirbt jemals.

Graham Greene im dtv

»Bei Graham Greene ist Schuld die menschliche Unzulänglichkeit vor dem Schicksal, und Sühne ist nicht die absolute Verdammnis.«
Eberhard Thieme

Ein Mann mit vielen Namen
Roman
dtv 11429

Orient-Expreß
Roman
dtv 11530

Ein Sohn Englands
Roman
dtv 11576

Zwiespalt der Seele
Roman
dtv 11595

Das Schlachtfeld des Lebens
Roman
dtv 11629

Das Attentat
Roman · dtv 11717

Die Kraft und die Herrlichkeit
Roman · dtv 11760

Der dritte Mann
Roman · dtv 11894

Das Herz aller Dinge
Roman
dtv 11917

Jagd im Nebel
Roman
dtv 11977

Unser Mann in Havanna
Roman
dtv 12034

Der stille Amerikaner
Roman
dtv 12063

Der Mann, der den Eiffelturm stahl und andere Erzählungen
dtv 12129

Der Honorarkonsul
Roman
dtv 12187

Die Stunde der Komödianten
Roman
dtv 12199

Rafik Schami im dtv

»Meine geheime Quelle ist die Zunge der anderen. Wer erzählen will, muß erst einmal lernen zuzuhören.«
Rafik Schami

Das letzte Wort der Wanderratte
Märchen, Fabeln und phantastische Geschichten
dtv 10735

Die Sehnsucht fährt schwarz
Geschichten aus der Fremde
dtv 10842
Erzählungen vom ganz realen Leben der Arbeitsemigranten in Deutschland.

Der erste Ritt durchs Nadelöhr
Noch mehr Märchen, Fabeln & phantastische Geschichten
dtv 10896

Das Schaf im Wolfspelz
Märchen & Fabeln
dtv 11026

Der Fliegenmelker und andere Erzählungen
dtv 11081
Geschichten aus dem Damaskus der fünfziger Jahre. Im Mittelpunkt steht der unternehmungslustige Bäckerjunge aus dem armen Christenviertel, der Rafik Schami einmal gewesen ist.

Märchen aus Malula
dtv 11219
Rafik Schami versteht es, in diesen Geschichten den Zauber, aber auch den Alltag und vor allem den Witz und die Weisheit des Orients einzufangen.

Erzähler der Nacht
dtv 11915
Salim, der beste Geschichtenerzähler von Damaskus, ist verstummt. Sieben einmalige Geschenke können ihn erlösen. Da schenken ihm seine Freunde ihre Lebensgeschichten...

Eine Hand voller Sterne
Roman · dtv 11973

Der ehrliche Lügner
Roman · dtv 12203